Rachel Rhy

DAS VERSPRECHEN DER FREIHEIT

Roman

Deutsch von
Ivana Marinovic

blanvalet

Die Originalausgabe erschien 2017 unter dem Titel
»A Dangerous Crossing« bei Doubleday, an imprint of
Transworld Publishers, London.

FSC
www.fsc.org
MIX
Papier aus verantwortungsvollen Quellen
FSC® C083411

Verlagsgruppe Random House FSC® N001967

1. Auflage

Neumarkter Str. 28, 81673 München
Redaktion: Susann Rehlein
Umschlaggestaltung: www.buerosued.de
Umschlagmotive: © ILINA SIMEONOVA/Trevillion Images;
Imagno/Hulton Archive/Getty Images; www.buerosued.de
WR · Herstellung: sam
Satz: Uhl+Massopust, Aalen
Druck und Bindung: CPI books GmbH, Leck
Printed in Germany
ISBN 978-3-7645-0659-9

www.blanvalet.de

Für Joan Holles
und all die anderen Abenteurerinnen

4. September 1939, Sydney, Australien

Flankiert von zwei Polizisten geht die Frau die Landungsbrücke des Schiffes hinab. Die Handgelenke vor ihrem Körper sind gefesselt, die Arme fest im Griff der Männer, doch ihr Rücken ist kerzengerade, als würde er vom Fahnenmast am Bug des Schiffes aufrecht gehalten. Sie trägt ein waldgrünes Kostüm aus Samt, mit modisch eng anliegendem Rock, dessen Saum sich knapp unterhalb der Knie um ihre Waden schmiegt, darunter schwarze Strümpfe und grüne Lederschuhe mit zierlichen Absätzen. Um ihre Schultern ist eine rostrote Fuchsstola geschlungen; der pelzige Kopf scheint den Schuhen dabei zuzuschauen, wie sie über die Planken schreiten. Draußen herrschen über zwanzig Grad, die Aufmachung der Frau ist viel zu warm für das sonnige Wetter, und die schaulustige Menge ist froh über die eigene luftige Baumwollkleidung.

Auf dem sorgfältig zurückgesteckten Haar sitzt ein zum Ensemble passender grüner Hut, dessen Schleier ihr Gesicht verhüllt. Wenigstens diese bescheidene Geste des Anstands hat man ihr zugestanden.

Sie blickt starr geradeaus, als sähe sie sich an einem ganz anderen Ort. Sie schaut sich nicht im Hafen um, wo die Schiffe grau und spitz wie zu groß geratene Haie aus dem Wasser emporragen. Sie lässt den Blick nicht über die Masten hinweg zur berühmten Sydney Harbour Bridge schweifen, die sich wie ein gigantischer Fächer über die Mündung des Meeresarms spannt, um die Süd- mit der Nordseite zu verbinden, und auch nicht zurück zu dem Weg, den das Schiff eben gekommen ist, an den endlosen Sandstränden der australischen Küste entlang.

Sie scheint unbeeindruckt von den intensiven Gerüchen, der Hitze und dem üppigen Grün der Hügel in der Ferne, auch wenn sie allesamt so ganz anders sind als dort, wo sie herkommt. Das Krächzen der Seemöwen über ihr und das Summen der Insekten bleiben unbeachtet, und als eine Fliege sich für einen Moment auf der dekorativen Brosche über ihrer rechten Brust niederlässt – sie hat die Form eines Vogels, das Auge ein winziger, spitzer Smaragd –, scheint sie es nicht zu bemerken.

Ein Reporter folgt dem ungleichen Trio bei seinem Weg über den Kai, an den Grüppchen von Familienangehörigen und Freunden vorbei, die darauf warten, die Neuankömmlinge zu begrüßen, und mit unverhohlener Neugier die Polizisten und die elegant gekleidete Frau anstarren. Die Menge steht bereits seit Stunden in der prallen Sonne, und das unerwartete Drama bietet eine willkommene Abwechslung.

Der Reporter ist ein junger Mann, die Hemdsärmel bis zu den Ellbogen hochgekrempelt. Er scheint unschlüssig, wie er sich verhalten soll. Normalerweise schreibt er über das ganz normale Hafenleben, empfängt die großen Ozeandampfer, die von Liverpool, Southampton oder Tilbury eintreffen, befragt die Einwanderer, wie es sich anfühlt, endlich auf australischem Boden angelangt zu sein. Er mag seinen Job. Seitdem die Regierung mit Unterstützung des Migrationsrats der Church of England das Programm zur assistierten Überfahrt eingeführt hat, um mehr junge Frauen zu ermutigen, die Reise von England nach Australien zu wagen, kommen immer auch ein paar Mädchen von Bord, die ganz begierig darauf sind, einen waschechten »Aussie« zu treffen, wobei ihre britische Zurückhaltung unter der ungewohnten Sonne dahinzuschmelzen scheint. Normalerweise sind sie überglücklich, ihm erzählen zu dürfen, wo sie herkommen und wie ihre Hoffnungen für die Zukunft aussehen. Die meisten von ihnen nehmen direkt eine Anstellung in einem der wohlhabenden Häuser in und um Sydney herum an, fast immer mit britischen Herrschaften, wo sie sich für 35 Schilling und mit einem freien Tag die Woche als Dienstmädchen oder Köchinnen verdingen und der Glanz der goldenen Zukunft in der Realität des schnöden häuslichen Alltags nur allzu bald abblättert.

Er fragt sich, ob dieser elegant gekleideten Dame ebenfalls eine Zukunft als Haushaltshilfe beschieden war. Wäre gut möglich. Seiner Erfahrung nach wählen die meisten von ihnen ihren besten Sonntagsstaat für die Ankunft in der neuen Welt. Er weiß, er sollte ihr Fragen stellen, die Polizisten an ihrer Seite löchern. Die Gerüchte brodeln schon, seit das Schiff im Hafen angelegt hat. Das hier ist seine Möglichkeit, etwas aus sich zu machen, sich die Titelseite unter den Nagel zu reißen, statt sich mit den paar kleinen Spalten auf Seite fünfzehn zu begnügen. Doch irgendetwas hat diese Frau an sich, das ihn zögern lässt. Die Art, wie sie ihr Gesicht unter dem grünen Schleier trotzig hebt, auch wenn ihre Hände in den dünnen weißen Handschuhen sichtlich zittern.

Er überholt die drei und dreht sich schnell um, sodass sie ihn nicht ignorieren können. »Würden Sie mir Ihren Namen verraten?«, fragt er die Frau. Er hat seinen Notizblock gezückt, und seine Finger umklammern begierig den Stift, doch nichts deutet darauf hin, dass sie ihn gehört hat.

Er versucht, den Polizisten links und rechts von ihr eine Antwort zu entlocken. »Wer ist das Opfer?«, fragt er, während er rückwärts vor ihnen herläuft. Und dann: »Wo ist die Leiche?«

Die Polizisten in ihren schweren Uniformen wirken von der Hitze mitgenommen und nervös. Der eine ist jung – jünger noch als der Reporter selbst –, und seine Finger, die sich um den Arm der Frau schließen, sind lang und feingliedrig wie die eines Mädchens. Er blickt entschlossen in die andere Richtung, um den Fragen des Reporters auszuweichen. Der andere Polizist ist ein Mann mittleren Alters, übergewichtig, das quadratische Gesicht gerötet und vor Hitze glänzend. Er funkelt den Reporter durch halb geschlossene, blutunterlaufene Augen an, die auf einen schweren Trinker schließen lassen.

»Gehen Sie uns aus dem Weg!«, sagt er brüsk.

Schon sieht der verzweifelte Reporter seine Chance auf einen karrierefördernden Exklusivbericht schwinden.

»Gibt es etwas, das Sie uns sagen möchten?«, wendet er sich wieder an die Frau. »Warum waren Sie auf dem Schiff? Was führt Sie nach Australien? Wie fühlen Sie sich, jetzt, da der Krieg erklärt wurde?«

Die Frau bleibt abrupt stehen, woraufhin der junge Polizist in den übergroßen Stiefeln beinahe über seine eigenen Füße stolpert.

»Krieg?«, flüstert sie durch ihren Schleier hindurch.

Dem Reporter fällt ein, dass sie über fünf Wochen auf hoher See war – das letzte Mal wird sie vor zwei Tagen etwas vom Weltgeschehen gehört haben, als das Schiff in Melbourne anlegte.

»Hitler ist in Polen einmarschiert«, ergänzt er. »England befindet sich nun offiziell im Krieg... genauso wie wir.«

Die Frau scheint ins Taumeln zu geraten, doch die Polizisten bugsieren sie unerbittlich vorwärts. Sie strafft die Schultern, hebt den Kopf, und die drei ziehen an ihm vorüber, als ob er nicht da wäre.

Der Reporter weiß, dass er ihnen folgen sollte, aber er hat die Lust verloren. Irgendetwas an dieser Frau ist ihm nicht geheuer.

Später – wenn er die Wahrheit über das erfährt, was auf dem Schiff passiert ist; wenn die Zeitungsredaktionen und Radioanstalten des Landes, nach Neuigkeiten lechzend, vor dem Gefängnis kampieren – wird er sich dafür verfluchen, nicht beharrlicher gewesen zu sein. Doch im Moment steht er einfach nur da und sieht ihr nach, als sie über den Kai zu dem wartenden Automobil geführt wird. Das Wagenfenster ist heruntergekurbelt, und das letzte Bild, das er auf sie erhascht, als der Wagen losfährt, ist ihr grüner Schleier, der gegen ihr Gesicht weht.

1

29. Juli 1939, Tilbury Docks, Essex

Ihr ganzes Leben lang wird Lilian Shepherd sich an diesen ersten Anblick des Schiffes erinnern. Sie hat Fotos der *Orontes* in Prospekten gesehen, aber nichts hat sie auf die schiere Größe vorbereitet – die gigantische weiß lackierte Wand, die über dem Kai emporragt und vor der die Passagiere und Stewards wie winzige Ameisen hin und her wuseln. So weit das Auge reicht, über die gesamte Länge der Hafenanlage hinweg, recken sich die langen Metallhälse der Ladekräne in den wässrig blauen Himmel. Sie hat mit dieser Anzahl von Menschen gerechnet, doch der Lärm der gesamten Szenerie ist überwältigend – das heisere Kreischen der Möwen, die über ihren Köpfen kreisen; das Knirschen der schweren Eisenketten, mit denen die Container von den Kais gehievt werden, und das metallische Knallen, wenn sie auf dem Deck aufkommen; das Gebrüll der Hafenarbeiter mit ihren schmutzigen Gesichtern, die das Be- und Entladen beaufsichtigen. Und unter all diesem Getöse das aufgeregte Geplapper der Familienangehörigen, die sich versammelt haben, um ihre Liebsten zu verabschieden – selbstverständlich in ihrer besten Kleidung, die sonst nur zu Hochzeiten und Beerdigungen hervorgeholt wird.

Es herrscht eine solche Betriebsamkeit hier, ein so

reges Treiben, dass sie trotz ihrer Nervosität von der allgemeinen Hochstimmung angesteckt wird und die Vorfreude prickelnd durch ihre Adern schießt.

»An Gesellschaft wird es dir nicht mangeln, so viel ist sicher«, sagt ihre Mutter. »Wirst gar nicht die Zeit haben, uns zu vermissen.«

Lily hakt sich bei ihrer Mutter unter und drückt ihren Arm. »Red keinen Unsinn, Mam«, sagt sie.

Frank, ihr Bruder, starrt derweil neugierig zu einem Pärchen, das rechts von ihnen steht. Die Frau lehnt an einem hölzernen Gerüst, während der Mann über ihr emporragt, die Hände links und rechts von ihrem Kopf abgestützt, den Kopf zu ihr geneigt, sodass die Strähne, die sich aus seinem Haar gelöst hat, über ihre Stirn streicht. Sie blicken einander voller Leidenschaft an, die Nasenspitzen nur Zentimeter entfernt, als würde nichts um sie herum existieren, als könnten sie weder den Lärm um sie herum hören noch das beißende Gemisch aus Meersalz und Fett, Öl und Schweiß riechen. Selbst mit einigen Metern Abstand ist die ungewöhnliche Attraktivität der Frau offenkundig. Das scharlachrote Kleid schmiegt sich an den grazilen Körper, als hätte man es ihr auf den Leib geschneidert; die vollen Lippen sind in dem gleichen tiefen Rot geschminkt und bilden einen extravaganten Kontrast zu dem seidenglatten schwarzen Haar. Er wiederum ist groß, stattlich, mit Oberlippenbart. Zwischen seinen Fingern baumelt eine glimmende Zigarette. Obwohl das Paar völlig selbstvergessen scheint, fühlt Lily sich unwohl, als würden sie und ihre Familie bei etwas stören.

»Wirst du wohl aufhören, solche Stielaugen zu machen«, weist sie ihren jüngeren Bruder streng zurecht, grinst jedoch sogleich, um ihm zu zeigen, dass es als Scherz gemeint war.

Lilys Familie hat Besucherpässe, damit sie sie an Bord begleiten können. Lily macht sich Sorgen, wie ihr Vater die steile Landungsbrücke bewältigen soll, aber er greift nach dem Geländer, verlagert sein Gewicht auf das gute Bein und zieht sich so empor. Erst als er sicher oben angekommen ist, atmet sie wieder auf. Sie werden älter, denkt sie. Und ich lasse sie zurück. Bittere Schuldgefühle machen sich in ihr breit, und sobald sie sich alle oben auf dem Deck des Schiffes versammelt haben, platzt es aus ihr heraus: »Es ist nur für zwei Jahre, das wisst ihr doch! Bevor ihr euch's verseht, bin ich wieder da.«

Das Schiff ist viel weitläufiger und tiefer, als Lily es sich vorgestellt hat. Die oberen Decks sind für die Passagiere der ersten Klasse reserviert, darunter kommen die Touristen und ganz unten die Wäschereien und die Kabinen der dritten Klasse. Das Deck F, auf dem sich Lilys Kabine befindet, gehört zur Touristenklasse und ist ein einziges Wirrwarr aus engen Fluren und Treppen. Sie müssen sich bei zwei Stewards nach dem Weg erkundigen, ehe sie die Kabine endlich finden. Das Innere ist mit zwei Stockbetten ausgestattet, die so eng beieinanderstehen, dass man nur die Hand ausstrecken muss, um die Person in der gegenüberliegenden Koje zu berühren. Lily ist froh, dass ihre Reisetruhe, die unter einem der Betten hervorlugt, wohlbehalten eingetroffen ist, ihr Name gut sichtbar in Großbuchstaben auf die Seite gedruckt.

Zwei andere Frauen sind bereits in der Kabine und sitzen auf den unteren Betten. Lily schätzt, dass die eine zwei, drei Jahre jünger ist als sie selbst, zweiundzwanzig oder dreiundzwanzig vielleicht. Sie hat ein rundes, offenes Gesicht mit blassblauen Augen, die aufgerissen sind und ziellos dreinblicken, sodass Lily vermutet, ihre Kabinennachbarin müsste eigentlich eine Brille tragen. Die Vorstellung, dass sie womöglich eine in ihrer Handtasche hat, sie jedoch in einem trotzigen Akt von Eitelkeit nicht aufsetzen will, lässt Lily sie auf Anhieb sympathisch finden. Nicht so ihre Begleiterin, die mindestens ein Jahrzehnt älter scheint, die Lippen zu einem dünnen Lächeln zusammengepresst, das Kinn lang und spitz.

Die jüngere Frau springt auf und offenbart damit ihre überdurchschnittliche Größe, wobei sie jedoch den Kopf ein Stück nach unten neigt, wie um sich kleiner zu machen. »Bist du Lilian? Ich dachte mir, dass du es bist, weil wir doch nur zu dritt in der Kabine sind. Oh, ich freue mich ja so, dich kennenzulernen! Ich bin Audrey, und das hier ist Ida. Und das muss deine Familie sein. Australien! Ist das zu fassen?« Die Wörter sprudeln nur so aus ihr hervor, als habe sie keinerlei Kontrolle darüber. Ihre Stimme überschlägt sich beinahe.

Lily stellt ihre Eltern und ihren Bruder Frank vor, dessen Blick jedoch desinteressiert an Audreys schlichten Zügen abgleitet. Bald schon wird das Schiff ablegen, und ich werde mit diesen zwei wildfremden Frauen an Bord bleiben, während meine Familie ohne mich nach Hause zurückfährt, ruft Lily sich in Erinnerung. Trotzdem wirkt nichts von alldem real.

Lilys Mutter erkundigt sich bei Audrey und Ida, wo sie herkommen und was sie machen.

»Wir arbeiten als Zimmermädchen im Claridge's Hotel in London«, antwortet Audrey.

»Nicht mehr«, berichtigt Ida sie knapp. Sie trägt ein

altmodisches, hochgeschlossenes schwarzes Kleid, und als sie sich vorbeugt, verströmt sie einen säuerlichen Geruch, der Lily unangenehm in die Nase steigt.

»Als wir die Werbung für die assistierte Überfahrt gesehen haben, dachten wir uns, na ja, warum eigentlich nicht?«, sagt Audrey. »Aber wir hätten uns nie träumen lassen... Das heißt, *ich* hätte mir nie träumen lassen...« Sie blickt zu ihrer älteren Begleiterin, und die Worte in ihrem Mund ersterben.

»Freuen Sie sich schon, all die Sehenswürdigkeiten auf Ihrer Reise zu sehen... Neapel, Ceylon?« Lilys Mutter bewegt die fremdartigen Namen neugierig im Mund.

»Alles ist besser, als hierzubleiben, nicht wahr?«, erwidert Ida. »Falls es zum Krieg kommt...«

Sofort blicken Lily und Frank zu ihrem Vater, der die gesamte Zeit über schweigend an der Wand gelehnt hat.

»Es wird keinen Krieg geben«, entgegnet Lily hastig, um dem Gespräch eine andere Wendung zu geben. »Das hat Mr. Chamberlain doch selbst gesagt, oder nicht? ›Frieden für unsere Zeit‹, das hat er gesagt.«

»Politiker sagen viel, wenn der Tag lang ist«, entgegnet Ida.

Im Flur ertönt das mahnende Schrillen einer Glocke. Und dann noch einmal.

»Ich nehme an, es ist Zeit für uns, von Bord zu gehen«, sagt Lilys Mutter. Ihre Stimme verrät eine Unsicherheit, die zuvor nicht da war. Ich werde sie zwei Jahre nicht sehen, ruft Lily sich ins Bewusstsein, der stechende Schmerz, den sie verspürt, überrascht sie, und sie legt sich unwillkürlich die Hand auf die Brust, um sich wieder zu fassen.

»Ich komme mit euch an Deck und winke zum Abschied«, sagt Audrey zu Lily. »Meine Leute haben mich zwar schon an der Liverpool Street verabschiedet, aber ich will noch einen letzten Blick auf das gute, alte England werfen, bevor die Reise losgeht. Kommst du auch mit, Ida?«

Die ältere Frau kneift ihre kleinen schwarzen Augen zusammen. »Für mich gibt es da nichts zu sehen«, erwidert sie. »Wem sollte ich schon zuwinken? Einem Baum vielleicht? Oder einem Kran?«

Auf dem Weg zum Deck flüstert Audrey Lily ins Ohr: »Beachte Ida nicht weiter. Sie ist nur beleidigt, weil sie aufgrund ihres höheren Alters nicht die vollen Reisekosten für die assistierte Überfahrt erstattet bekommen hat. Ich hatte gehofft, das würde sie von dem Vorhaben abbringen, aber so viel Glück hatte ich leider nicht.«

Lily muss lächeln, doch sie erwidert nichts darauf. In ihrer Brust wabert ein dumpfer Schmerz gleich einer Tintenwolke im Wasser. Sie betrachtet die Rücken ihrer Eltern, die Richtung Deck vorangehen, bemerkt, wie ihre Mutter den Kopf unter dem guten schwarzen Hut gebeugt hält, wie ihr Vater sich an der Reling festklammert, während er die Stufen nimmt, die Knöchel ganz weiß vor Anstrengung.

»Ist dein Vater immer so ruhig?«, fragt Audrey.

Lily nickt. »Der letzte Krieg«, sagt sie.

»Ah.«

Endlich sind sie wieder unter freiem Himmel und stellen sich in der Schlange von Besuchern an, die das Schiff wieder verlassen. Lily malt sich aus, wie sie nach dem Arm ihrer Mutter greift. *Ich habe es mir anders überlegt,* würde sie sagen. *Ich komme mit euch heim.*

»Pass gut auf dich auf, ja?«, sagt ihre Mutter und dreht

sich zu ihr um. »Ein hübsches junges Mädchen wie du. Wer würde das nicht ausnutzen wollen.«

Lily spürt, wie sie knallrot anläuft. Ihre Mutter hat sie noch nie hübsch genannt. Andere Leute schon. Leute wie Robert mit seiner butterweichen Stimme – *du bist so wunderhübsch, Lily* –, aber nicht ihre Mutter. Wahrscheinlich in der Sorge, sie könnte ihr eitle Flausen in den Kopf setzen, ihrer Meinung nach das schlimmste Laster der Frauen.

Mrs. Collins taucht neben ihnen auf. Eine korpulente Frau mit warmherzigem Gesicht, die vom Migrationsrat der Church of England im Rahmen der assistierten Überfahrt damit beauftragt wurde, Lily und sechs weitere junge Frauen auf ihrer Reise nach Australien zu begleiten. »Begleiten« ist nur ein anderer Ausdruck für »Anstandsdame spielen«, aber Lily stört das nicht. Sie haben Mrs. Collins an der Liverpool Street Station getroffen und hatten so die Gelegenheit, sich die gesamte Zugfahrt über zu unterhalten. Lily merkte sofort, dass ihre Mutter sie gut leiden konnte, und das wird ihr in den kommenden Wochen sicher ein großer Trost sein.

»Machen Sie sich keine Sorgen, Mrs. Shepherd«, sagt Mrs. Collins nun, und die Falten in ihrem breiten, freundlichen Gesicht verziehen sich zu einem herzlichen Lächeln. »Ich werde gut auf die junge Dame hier aufpassen.«

Frank ist der Erste, der zum Abschied ansetzt. »Vergiss nicht zu schreiben … also falls du Zeit hast zwischen all den eleganten Dinners und Bällen und liebeskranken Verehrern!«

Lily knufft ihn sanft in den Arm, dann zieht sie ihn in einer festen Umarmung an sich. »Pass auf Mam und Dad auf«, murmelt sie leise in sein Ohr. Ihre Stimme klingt heiser und irgendwie fremd.

»Wird gemacht.«

Ihr Vater schließt sie wortlos in eine lange Umarmung. Als er sich von ihr löst, schimmern Tränen in seinen Augen, und Lily muss schnell wegschauen, als habe sie etwas gesehen, was sie nicht sehen sollte.

»Wir müssen jetzt von Bord«, sagt ihre Mutter. Sie drückt ihr lediglich einen trockenen Kuss auf die Wange, doch Lily kann spüren, wie starr und angestrengt sie Haltung bewahrt, als wäre ihr Körper ein Damm, der eine ansonsten unbezwingbare Naturgewalt zurückhalten muss.

»Ich werde euch schreiben«, verspricht Lily. »Ich führe Tagebuch. So werde ich mich an jedes noch so kleine Detail erinnern.« Doch ihre Eltern sind bereits halb die Landungsbrücke hinunter, mitgerissen von der Flut an Besuchern, die sich hinter ihnen stauen.

Audrey, die diskret an ihrer Seite gewartet hat, hakt sich bei Lily unter.

»Du wirst sie schon bald wiedersehen. Die zwei Jahre werden im Handumdrehen verfliegen. Einfach so.« Sie schnipst mit ihren langen Fingern vor Lilys Gesicht. Ihre Hände sind gerötet und rau. Lily weiß nur zu gut, wie hart das Leben als Zimmermädchen sein kann.

Mrs. Collins nickt. »Sie hat recht. Aber jetzt husch, husch, meine Damen, wenn Sie noch einen Platz ganz vorne erwischen wollen!«

Die Passagiere, die sich bereits verabschiedet haben, scharen sich entlang der Reling. Scharlachrot leuchtet weiter vorn in der Menge auf, und Lily erkennt die Frau, die sie schon auf dem Kai gesehen hat. Sie lehnt sich gegen die Reling, die ausgestreckten Arme zu beiden Seiten aufgestützt. Lily ist verblüfft, als sie die schwarz getönte Sonnenbrille in ihrem Gesicht bemerkt – obwohl sie schon welche in Modezeitschriften gesehen hat, ist es das erste Mal, dass sie jemanden erblickt, der sie im echten Leben trägt. Die Brille wirkt exotisch, wie die Facettenaugen einer Fliege. Die Frau lässt den Blick über die Menge unter ihr schweifen, als würde sie nach jemandem suchen. Ihr gut gebauter Begleiter mit dem Oberlippenbart ist nirgends zu sehen.

»Hier drüben!« Audrey zerrt Lily weiter zu einer Lücke in dem Gedränge.

Abermals wird Lily die schiere Größe des Ozeandampfers bewusst, als sie zum Kai hinunterblickt, wo die Freunde und Familien der Passagiere sich in ihrem dunklen Sonntagsstaat versammelt haben, die blassen, besorgten Gesichter nach oben, Richtung Deck, geneigt. Lily mustert die Menge, hält Ausschau nach den sanften braunen Augen ihrer Mutter. *Oh, dort!* Da ist ihre Familie. All drei recken sie die Hälse und halten Ausschau nach ihr. Lily schüttelt Audreys Arm ab und winkt wie wild, um ihre Aufmerksamkeit auf sich zu lenken. Ihr Herz zieht sich schmerzhaft zusammen bei dem Gedanken, wie klein sie dort unten sind.

Als Frank sie entdeckt, schiebt er sich zwei Finger in die Mundwinkel und pfeift laut. Lily kann sehen, wie ihre Mutter ihm einen spielerischen Klaps auf die Schulter gibt. Die liebevolle Vertrautheit dieser Geste lässt sie schlucken, und plötzlich hat sie einen Kloß im Hals. Sie muss wegschauen, und ihr Blick fällt auf einen Mann, nur wenige Schritte von ihrer Familie entfernt, den sie zuvor nicht bemerkt hat. Er trägt ein cremefarbenes Jackett, das ihn aus der düsteren Menge herausstechen lässt. Zudem trägt er im Gegensatz zu den meisten Anwesenden keine Kopfbedeckung, sodass sich das matte Sonnenlicht in seinem blonden Haarschopf fängt, als hätte man ihn mit Blattgold überzogen. Selbst vom Deck aus kann sie seine perfekten Proportionen ausmachen, die breiten Schultern und die schmale Hüfte. Er tritt aus der Menge, bis er am äußersten Rand des Kais steht, wo die hölzernen Planken abrupt enden. Nun, da er ihr näher ist, kann sie erkennen, dass seine Haut einen ebenso goldenen Schimmer hat wie sein Haar, die Wangenknochen sind wie aus Stein gemeißelt. Er ruft etwas, die Hände seitlich an den Mund gepresst, den Kopf in den Nacken gelegt. Lily beugt sich gespannt vor, um die Worte zu verstehen.

»Bleib! Bitte, bleib!«

Er starrt auf einen Punkt zu ihrer Linken, und sie folgt seinem Blick, nur um abermals die Frau in Rot vorzufinden. Sie steht immer noch allein an der Reling, den Blick nach unten auf den goldenen jungen Mann gerichtet, völlig ungerührt, als könnte sie seinen gequälten Ausdruck nicht sehen, sein herzzerreißendes Flehen nicht hören. Dann, plötzlich, wirbelt sie herum und bahnt sich ihren Weg durch die Menschenmasse hinter ihr. Für eine winzige Sekunde begegnen sich ihre Blicke, und Lily ist sich beinahe sicher, dass eine der dunklen, perfekt geschwungenen Augenbrauen sich eine Spur über die schwarze Sonnenbrille hebt. Doch da taucht die Frau schon in der Menge unter und verschwindet in Richtung des Eingangs, der zu den Kabinen der ersten Klasse hinaufführt.

Lily wendet sich wieder ihrer Familie zu. Ihr Vater steht reglos da, das Gesicht nach oben gereckt. Aus dieser Entfernung kann sie nicht erkennen, ob er immer noch weint, und dafür ist sie dankbar. Sie gibt sich Mühe, nicht darauf zu achten, wie zusammengeschrumpft ihre Mutter wirkt, stattdessen prägt sie sich den Anblick der drei Gestalten auf dem Kai ein, wie um sie für immer in ihre Erinnerung zu bannen. Sie kramt in ihrer Handtasche nach dem ordentlich zusammengefalteten Taschentuch, das sie dort verstaut hat, doch die Tränen, die sie vergießen sollte, kommen nicht. An ihrer statt spürt sie das verräterische Flackern von Aufregung: Sie wagt es. Sie geht wirklich fort.

Die Landungsbrücke wurde bereits eingeholt, und plötzlich ertönt das Schiffshorn wie das Dröhnen von tausend Dudelsäcken gleichzeitig. Dann, endlich, setzt das Schiff sich in Bewegung, und die Gestalten auf dem Kai erstarren in ihren Positionen wie auf einem Gemälde in einer Galerie, von dem sie sich langsam entfernt. Sie kann kaum glauben, dass sie all das wirklich hinter sich lässt – ihre Familie, ihr Zuhause, aber auch das, was sie hofft, in der Ferne endlich vergessen zu können: Maggie, Robert, das Zimmer mit der abblätternden Tapete und dem grünen blutbefleckten Teppich. »Laufen Sie vor irgendetwas davon, Liebes?«, hat die nette Dame im Australia House gefragt, als sie sich für das Auswanderungsprogramm bewarb. Lily hat verneint, doch wem wollte sie etwas vormachen?

Aber jetzt gehört all das der Vergangenheit an. Heute beginnt ein neues Leben. Zum ersten Mal seit achtzehn Monaten erstrahlt Hoffnung in Lilys schmaler Brust wie ein farbenprächtiges Feuerwerk. Dennoch winkt sie weiter, bis Tilbury Dock nur noch ein schwarzer Fleck in der Ferne ist.

2

Als sie sich an diesem ersten Abend für das Dinner zurechtmacht, fühlt Lily sich, als wäre sie irgendwie aus ihrem eigenen Leben hinausgestolpert und befände sich nun in einem ganz und gar fremden. Wo ist ihr kleines möbliertes Pensionszimmer im Londoner Stadtteil Bayswater? Wo sind die Strümpfe, die zum Trocknen über der offenen Tür des Kleiderschranks hingen? Wo das schmale Bett, in dem sie nachts wach lag und durch die papierdünnen Wände dem Husten ihrer Nachbarin lauschte? Was ist aus den Busfahrten zum Piccadilly Circus und den Neun-Stunden-Schichten im Lyons Corner House, dem berühmten Teehaus an der Ecke Coventry Street/ Rupert Street, geworden? Wie überaus seltsam, dass ein Leben innerhalb von acht Wochen solch eine vollkommene Wendung nehmen kann.

Sie hatte keinerlei Fluchtgedanken gehegt, als sie an jenem Sonntagnachmittag die Zeitung aufhob. Sie lag einfach dort im Zug auf dem gepolsterten Sitz gegenüber, wo ein Fahrgast sie zuvor hatte liegen lassen. Lily hebt normalerweise keine Dinge auf, die fremde Leute liegen lassen. Sie erträgt die Vorstellung nicht, jemand könne denken, sie wäre bedürftig. Aber der Waggon war leer bis auf eine ältere Dame, die eingedöst war und deren Nase beinahe in ihrem gewaltigen Busen versank. Außerdem war Lily schrecklich unruhig. Sie hatte die Fahrt von Reading, wo ihre Eltern wohnten, nach Paddington Station schon so oft unternommen, dass sie sich manchmal dabei erwischte, wie sie wach im Bett lag und die Stationen in einer Art Litanei vor sich hin murmelte: Reading, Maidenhead Bridge, Slough, West Drayton, Southall, Paddington. Bei Nacht trösteten die vertrauten Namen sie, doch tagsüber hatte sie das Gefühl, sie müsse verrückt werden angesichts der Eintönigkeit all dessen.

Die Titelseite war voller Schlagzeilen zu den neuesten Provokationen Adolf Hitlers in Europa, aber Lily weigerte sich hartnäckig, vom Schlimmsten auszugehen. England war schon letztes Jahr am Rand des Abgrunds gewesen und hatte noch einmal die Kurve gekriegt. Trotzdem blätterte sie rasch weiter, als könnte ein längeres Verweilen das Unglück herausfordern.

Auf Seite vier blieb sie an einer Überschrift hängen. NEUES REGIERUNGSPROGRAMM FÖRDERT AUSWANDERUNG NACH AUSTRALIEN, stand da. Lily spürte, wie etwas in ihrem Inneren aufkeimte, eine Freude, die sich wie eine zarte Ranke in ihrer Brust entfaltete. *Australien.* Allein das Wort verhieß kobaltblaue Himmel und smaragdgrüne Blätter, vor deren Hintergrund exotische Blüten prangten. Lily war noch nie weiter weg gewesen als an der Südküste Englands, aber sie hatte in der Wochenschau im Kino Beiträge über Australien gesehen, und ihr Onkel, der in seiner Jugend Matrose gewesen war, hatte ihr in der Kindheit Geschichten von den Stränden und den Haien erzählt, und von Spinnen, die größer waren als ihr Handteller.

Sie las weiter. Die Regierung bezuschusste ein Programm für junge Frauen und Männer im Alter zwischen achtzehn und fünfunddreißig Jahren und bot eine assistierte Überfahrt nach Australien an. Junge Frauen mit

Erfahrungen im haushälterischen Bereich waren besonders willkommen. Die herrschaftlichen Häuser und Anwesen um Sydney und Melbourne herum benötigten Bedienstete, und britischen Angestellten eilte ein besonders guter Ruf voraus.

Lily hatte sich eigentlich geschworen, nie wieder als Dienstmädchen zu arbeiten – nicht nach dem, was mit Robert passiert war –, aber heiligte der Zweck nicht die Mittel? Könnte sie das tun? Würde sie es wagen?

Und jetzt ist sie hier. Bevor Lily und Audrey vorhin in ihre Kabine zurückkehrten – Lily in Gedanken immer noch bei dem letzten Bild von ihren Eltern und ihrem Bruder, die immer kleiner und kleiner wurden, bis sie nur noch winzige dunkle Staubflocken waren –, hatte man sie flüchtig den anderen vier jungen Frauen vorgestellt, die im Rahmen des Programms mitreisten: zwei Schwestern aus Birmingham und zwei anderen Mädchen, deren Namen Lily sofort wieder vergaß. Danach zeigte Mrs. Collins ihnen das Schiff, als würde es ihr selbst gehören. Die Gänge und die engen Treppenhäuser auf Deck F schwirrten vom aufgeregten Geplapper der anderen Passagiere, die sich ebenfalls einen Überblick verschaffen wollten.

Erst besichtigten sie die Bäder. Obwohl die Kabinen über eigene, wenn auch bescheidene Waschmöglichkeiten verfügen, gibt es direkt auf dem Flur richtige Badezimmer und Toiletten. Mrs. Collins gab ihnen den Ratschlag, den Badstewards gleich zu Beginn der Reise ein Trinkgeld auszuhändigen und dann noch einmal auf halber Strecke. Zu geschäftigeren Tageszeiten könne es lange Warteschlangen geben, und dann sei es gut, wenn man jemanden habe, der sich um einen kümmere. Sie alle pflichteten ihr bei, bis auf Ida, die brummte, sie werde niemandem ein Trinkgeld geben, bevor sie nicht wisse, ob er seine Arbeit auch ordentlich machte.

»Ich bin schon etwas älter als der Rest von euch. Ich weiß, wie die Welt funktioniert. Es ist sinnlos, gleich zu Beginn Trinkgelder zu verteilen, ihr müsst die Leute für ihren Lohn arbeiten lassen.«

Später flüsterte Audrey Lily zu, dass Ida nichts dafür könne, dass sie so verbittert war. Sie habe früher einen Verlobten gehabt, der an der Grippe gestorben war, erklärte Audrey. Doch Lily fand das eine recht dürftige Entschuldigung dafür, ein ganzes Leben lang so miesepetrig zu sein und schlechte Laune zu versprühen wie einen üblen Geruch. Der letzte große Krieg ist schließlich erst zwanzig Jahre her. Jeder hat jemanden verloren.

Als Nächstes ging es zum Büro des Zahlmeisters, um dort ihr Geld und ihre Wertgegenstände aufzugeben. Lily war erleichtert, als sie ihm ihre ersparten vierzehn Pfund überreichen konnte – sie mussten schließlich die gesamte Überfahrt und die erste Zeit nach ihrer Ankunft in Australien reichen. Die Sorge um das viele Geld hatte sie belastet, doch nun, da der Zahlmeister es an sich genommen und in seinem großen Kontobuch gewissenhaft die Summe neben ihrem Namen vermerkt hat, fühlt sie sich unendlich befreit. Das Zahlmeisterbüro befindet sich auf dem Deck der ersten Klasse, und Lily genoss es sehr, einen Blick in den eleganten Speisesaal werfen zu können, der aussah, als würde er in ein luxuriöses Hotel gehören, sowie in die prachtvoll eingerichtete Lounge mit den dekorativen Topfpalmen und schweren Samtvorhängen.

Zurück in der Touristenklasse, kamen sie am Swimmingpool vorbei, der natürlich um einiges kleiner war als der auf dem oberen Deck, aber zweifelsohne würde sie dankbar dafür sein, sobald das Wetter heißer würde. Dann schauten sie in ihrem Speisesaal vorbei, einem weitläufigen Raum, in dem zahlreiche runde Tische aufgestellt waren, die mit weißen, gestärkten Tischtüchern bedeckt und für jeweils sechs Personen eingedeckt waren. Es gab auch Listen mit der Sitzordnung für die verschiedenen Tischzeiten. Lily suchte gespannt nach ihrem Namen und war erleichtert, als sie entdeckte, dass sie in derselben Sitzung eingetragen war wie Audrey, wenn auch nicht am selben Tisch. Ida hingegen war zu ihrem großen Unmut in der früheren Sitzung.

Zu guter Letzt ging es in die Lounge der Touristenklasse, um einen Tee zu trinken, der mit Sandwiches, Scones und Kuchen serviert wurde. »Bis wir in Sydney ankommen, bin ich rund wie ein Elefant«, seufzte Mrs. Collins und griff beherzt nach einem weiteren Stück Kuchen. In der Zwischenzeit hatten sie erfahren, dass sie vor einigen Jahren Witwe geworden war und diese Reise schon zum zweiten Mal machte, um ihre Tochter in Sydney zu besuchen. Es sei eine praktische Möglichkeit, die Reise bezahlt zu bekommen, erklärte sie ihnen. Und sie genoss die Gesellschaft an Bord.

Die Lounge war weniger steif eingerichtet als der Speisesaal; sie verfügte über gemütliche Sofas, deren altrosa Bezüge Lily an die Vorhänge im Wohnzimmer ihrer Eltern erinnerten, das nie jemand benutzte. Kleine Schreibtische, an denen die Passagiere ihre Briefe nach Hause schreiben konnten, waren in Nischen an der Wand aufgereiht, und am anderen Ende des Raums stand ein glänzender Flügel, der das Licht des Kronleuchters reflektierte. Eine Fensterfront erstreckte sich über die gesamte Außenwand, durch welche man gerade noch die Küste Südenglands und den dunklen Obelisken des Eddystone-Leuchtturms erkennen konnte. Lily musste unwillkürlich an ihre Eltern denken und fragte sich, ob sie schon wieder in Reading waren. Sie stellte sich vor, wie sie das kleine Haus in der Hatherley Road betraten und wie still es sich anfühlen würde, – die Diele kühl und leer, und der Gedanke trübte einen Moment ihre Stimmung.

Doch nun ist es beinahe Zeit für das Abendessen, und Lilys Laune hebt sich wieder, als sie über den Flur zum Badezimmer eilt. Sie denkt an Mrs. Collins' Ratschlag und gibt dem Badsteward fünf Schilling, bevor sie ihn darüber informiert, dass sie ihr Bad gerne jeden Tag vor dem Abendessen nehmen möchte, und ihn bittet, ihr eine Kabine zu reservieren. Der Steward ist ein junger Mann, jünger noch als Frank, schätzt sie, und er lächelt sie schüchtern an.

»Selbstverständlich, Miss.«

Zum ersten Mal in ihrem Leben hat Lily das Gefühl, jemand zu sein, jemand, der eine Wahl hat. Sie summt in ihrer Badewanne vor sich hin, hält jedoch inne, als ihr einfällt, dass der Steward direkt vor der Tür wartet. Das Wasser fühlt sich seltsam an auf ihrer Haut. Irgendwie prickelnd. Mrs. Collins hat ihnen erklärt, dass sie auf dem Schiff gefiltertes Meerwasser für die Bäder nutzen, und Lily ist froh über die Waschschüssel mit frischem heißem Wasser, die auf einem Holzbrett am Ende der Badewanne steht, damit sie sich am Ende des Bades damit abspülen kann. Als sie aus der Wanne gestiegen ist, sieht sie an ihrem Körper hinab, betrachtet ihre bleichen Glieder und die kleine Erhebung ihres Bauchs. Sie muss an Robert denken und wickelt sich schnell in ein Handtuch.

Als sie in die Kabine zurückkommt, freut sie sich über die ordentlich bezogenen Betten und die vereinzelten Cremetiegel und Parfümfläschchen auf dem Frisiertisch, der eingequetscht ist zwischen dem schmalen Kleiderschrank und der schlichten Kommode, in der die Wäsche verstaut wurde. Audrey und Lily kleiden sich sorgfältig an. Lily bringt Audrey von der Idee ab, ihr einziges Abendkleid anzuziehen. »Das ist doch nur ein Abendessen«, sagt sie. »Heb dir das für einen richtigen Ball auf.«

Es fühlt sich gut an, wieder so mit einer anderen Frau reden zu können. Seit Maggie hat sie diese Art weiblicher Vertrautheit zutiefst vermisst.

Lily selbst entscheidet sich für das mitternachtsblaue Seidenkleid mit der weißen Bordüre. Es ist ein altes Kleid, das einst der Dame des Hauses gehörte, damals, als sie noch als Zimmermädchen arbeitete. Aber es ist von guter Qualität, und Lily hat es so abgeändert, dass es ihr perfekt passt.

»Oh, das sieht aber wirklich hübsch aus an dir«, sagt Audrey. »Es betont deine Augen. Was für ein ungewöhnlicher Farbton. Wie nennt man den wohl? Karamell? Bernstein? Also, wenn ich solche Augen hätte, würde ich mich die ganze Zeit im Spiegel anschauen.«

»Das ist nur das Licht hier drin«, mischt sich Ida ein. »Da sieht alles anders aus. Ich schätze mal, bei mir hat es denselben Effekt.«

Nur Idas schwarze Augen scheinen überhaupt kein Licht zu reflektieren. Sie ist alles andere als begeistert, dass sie in der früheren Sitzung essen muss. »Warum hat man euch beide zusammengesteckt und nicht mich? Ich werde ein Wörtchen mit dem Steward reden und schauen, ob ich mit jemandem von eurem Tisch tauschen kann.«

Lily nimmt sich fest vor, sich mit ihren Tischgenossen heute Abend zu verbünden und einen so guten Eindruck zu hinterlassen, dass alle, falls sie gebeten werden, ihren Platz aufzugeben, unbedingt ablehnen müssen.

Das Dinner besteht aus vier Gängen – Suppe, Heilbutt, kalter Bratenaufschnitt, Erdbeermousse –, aber Lily ist vor lauter Neugier auf die anderen kaum in der Lage, sich auf die gebotene Auswahl zu konzentrieren. Zu ihrer Linken sitzt eine zerbrechlich wirkende Frau Mitte dreißig, die mit ihrer jugendlichen Tochter reist.

»Ich bin Clara Mills, und das hier ist meine Tochter Peggy.« Als sie sich vorstellt, ist ihre Stimme so leise, als würde das Sprechen sie ermatten, und ihre zarten Hände flattern nervös um ihren schlanken Hals. »Wir reisen ganz allein. Ich habe vor lauter Sorge seit Wochen kein Auge zugemacht. Wir sind auf dem Weg nach Sydney, um uns Peggys Vater anzuschließen, der dabei ist, dort ein Geschäft aufzubauen. Wir haben ihn seit über zwei Jahren nicht mehr gesehen.«

»Was für ein Geschäft?«

»Oh, er ist Buchhalter.«

»Nun, Buchhalter braucht man heutzutage immer, nicht wahr?«

»Ja. Nur dass er nicht…«

»Papa hat einen Süßwarenladen eröffnet!« Peggy hat das teigige, unförmige Aussehen, das für manche Jugendliche so typisch ist, sie sieht aus, als wäre sie noch nicht ganz fertiggestellt. Sie verkündet das Geschäftsvorhaben ihres Vaters mit einem Ausdruck von Triumph, der Lily überrumpelt.

Ein dunkelrosa Fleck breitet sich über Claras Hals und Dekolleté aus. »Ja«, sagt sie schwach, »das ist eine ziemliche Umstellung für uns alle.«

Das Ehepaar rechts von Lily war auf dem Sitzplan als Edward und Helena Fletcher vermerkt. Vertieft in ihre Unterhaltung mit den Mills-Damen, hat Lily nur einen kurzen Blick auf sie erhaschen können, als sie fünf Minuten nach Beginn der Zwanzig-Uhr-Sitzung am Tisch Platz nahmen, doch nun wendet der Mann sich ihr zu, um sie in ihre Unterhaltung einzubinden.

»Wir haben gerade darüber diskutiert, was wir am meisten vermissen werden ... Miss Shepherd, nicht wahr?«

»Ja, aber bitte nennen Sie mich Lily.«

»Helena hier glaubt, den Morgenfrost ... Sie wissen schon, wenn man in aller Herrgottsfrühe über den Bürgersteig geht, der Boden unter den Sohlen knirscht und man diese befriedigenden Fußstapfen in der weißen Eisschicht hinterlässt ... Aber ich tendiere mehr zum klassischen Victoriakuchen mit Vanillesauce.«

Während Edward Fletcher spricht, mustert Lily ihn unauffällig. Er scheint etwas älter zu sein als sie, aber gewiss nicht über dreißig. Obwohl sein Teint kreidebleich ist und seine Wangen etwas eingefallen, hat er ein sympathisches Gesicht mit wachen grünen Augen und einem vollen, klar umrissenen Mund, dessen Winkel, selbst wenn sie ruhen, etwas nach oben zu zeigen scheinen, als würde er lächeln. Sie kann sehen, dass er sich Mühe gegeben hat, seine dunklen Locken mit Pomade zu bändigen, aber sie kringeln sich längst wieder vorwitzig um seine Ohren. Er hat schmale Schultern, und seine

Hände, die aus dem Jackett und den gestärkten Hemdsärmeln hervorschauen, sind grazil, die Knöchel weiß und glatt wie Kieselsteine.

»Im Ernst, Edward, du bist so ein Kindskopf«, sagt die Frau, die zu seiner anderen Seite sitzt.

Lily ist überrascht, dass Helena Fletcher so viel älter zu sein scheint als ihr Mann. Man kann durchaus erkennen, dass sie einst eine Schönheit war, doch jetzt ist ihre Haut fahl, und sie hat tiefe Ringe unter den Augen. Ihr glattes braunes Haar wurde achtlos hochgesteckt, als habe sie keinen Spiegel zur Verfügung gehabt.

»Was ist mit Ihnen, Lily?«, fragt Edward. »Was werden Sie schmerzlich vermissen?«

»Ich werde natürlich meine Familie vermissen. Und dann noch ...« Lilys Stimme verebbt. Was wird sie vermissen? Die kalten Morgen im Bett, in denen ihr Atem Wolken in der Luft über ihr bildete und das Kondenswasser sich auf den Wänden sammelte? Die Heimfahrten im Bus nach einer weiteren Spätschicht, wenn ihre Füße vom langen Stehen schmerzten und es stets einen Kerl mit einem Bier zu viel intus gab, der glaubte, nur weil Lily zu später Stunde noch allein unterwegs war, wäre sie auf männliche Gesellschaft aus?

»Na ja, eigentlich vor allem meine Familie«, schließt sie etwas lahm.

»Sollen wir einen Wein bestellen?«, fragt Edward und wendet sich an Helena, wartet jedoch ihre Antwort nicht ab. »Ja, ich denke, das sollten wir ... um auf unseren guten Start anzustoßen. Und darauf, all die lästigen, leidigen Dinge hinter uns gelassen zu haben.« Er ruft den Kellner, bestellt eine Flasche und versichert sich, dass sie auf seine Rechnung geht. Lily ist erleichtert, dass er nicht erwartet, dass sie sich an dieser zusätzlichen Ausgabe beteiligen.

»Was treibt Sie zu dieser Reise, Lily?«, fragt Clara mit ihrer leisen, atemlosen Stimme.

»Ja, erzählen Sie es uns«, fordert Edward sie auf. »Haben Sie einen Liebsten, der am anderen Ende der Welt auf Sie wartet?«

Lily sucht in seinem Gesicht nach einem Anzeichen, dass er sich über sie lustig macht, aber sein Lächeln ist offen und freundlich. Für einen Augenblick fragt sie sich, ob sie sich neu erfinden soll, ob sie sich eine interessantere, beeindruckende Geschichte ausdenken soll. Doch dann reckt sie das Kinn. Die Arbeit als Bedienstete war gut genug für ihre Mutter und Großmutter gewesen, sie sollte sich deswegen nicht schämen. Sie erklärt ihren Tischnachbarn das Programm der assistierten Überfahrt und das Verfahren, das sie bis hierher geführt hat. Die Formulare, die sie an den Migrationsrat der Church of England schicken musste, das Vorstellungsgespräch im Australia House in London, mit seiner riesigen Eingangshalle und den von Säulen gesäumten Wänden. Sie lässt den Moment aus, als ihre Betreuerin, eine freundliche Frau Mitte sechzig, sich zu ihr vorbeugte: »Verzeihen Sie die Frage, aber laufen Sie vor irgendetwas davon, Liebes?« Stattdessen erzählt sie ihnen von ihrer Sehnsucht zu reisen und von ihrem Onkel mit seinen Geschichten voller Abenteuer und Riesenspinnen. Sie gefällt ihr – diese Version ihrer selbst – kühn und unabhängig.

»Und Sie? Was führt Sie auf das Schiff?«, gibt sie die Frage nun an Helena weiter, sorgsam darauf bedacht, sie in das Gespräch mit einzubeziehen. Die ältere Frau zögert.

»Edward ging es nicht gut«, erwidert sie schließlich. »Tuberkulose.«

»Bitte, schauen Sie nicht so besorgt«, unterbricht er sie, als er Lilys Gesichtsausdruck bemerkt. »Ich bin mittlerweile gänzlich wiederhergestellt.« Wie um seine neue, robuste Verfassung zu demonstrieren gießt er vier große Gläser Wein aus der Flasche ein, die der Kellner soeben auf dem Tisch abgestellt hat, und reicht sie weiter.

»Die Ärzte sind der Meinung, das australische Klima sei besser für seine Gesundheit«, fährt Helena fort.

Lily ist betroffen von Helenas Distanziertheit – sie sieht ihren Ehemann kein einziges Mal an, während sie spricht.

Die ganze Zeit über war ein Stuhl am Tisch leer, doch nun taucht ein Mann auf; er wirkt gehetzt, hat den Blick zu Boden gerichtet, seine Wangen sind tief gerötet.

»Ich entschuldige mich für meine Verspätung«, sagt er mit einem Anflug von Ärger in seiner Stimme. »Ich musste für die Bäder anstehen.« Der Neuankömmling stellt sich der Tischgesellschaft als George Price vor. Er sei auf dem Weg nach Neuseeland, um seinem Onkel auf dessen kleiner Farm auszuhelfen, erzählt er. Wie auch Edward Fletcher scheint er Ende zwanzig zu sein, aber er ist untersetzt, mit klobigen, fleischigen Händen und einer geknickten Nase, die aussieht, als sei sie mehrfach gebrochen gewesen. Als er Lily vorgestellt wird, zucken seine kleinen Augen zu ihrem Gesicht und schnell wieder weg.

Nun, da George sich ihnen angeschlossen hat, gerät das Gespräch ins Stocken und verliert seine vorherige Leichtigkeit. Er versucht, sie in eine politische Debatte über Deutschland und den Krieg zu verwickeln.

»Statt uns Hitler zum Feind zu machen, sollten wir besser von ihm lernen«, erklärt er. »Sie sollten mal sein Buch lesen. Da wird einem so einiges klar.« George ist außerdem fuchsteufelswild, weil der Zahlmeister sein kabelloses Radio konfisziert und »aus Sicherheitsgründen« weggeschlossen hat. »Er meinte, ich solle mir mal vorstellen, was passieren würde, wenn der Krieg während der Reise ausbricht, mit all den verschiedenen Nationalitäten an Bord ... Itaker, Deutsche, was auch immer. Woraufhin ich sagte: ›Wenn der Krieg ausbricht, wäre ich persönlich ganz gern vorbereitet.‹«

Helena erinnert ihn an die Anschlagtafel, wo zweimal täglich Nachrichten aus aller Welt ausgehängt werden sollen.

»Ja, aber wenn es zum Krieg kommt, werden sie dichthalten«, sagt er. »Zumindest bis wir von Bord sind. Die Hälfte der Passagiere wären unsere Feinde.«

Lily ist froh, als das Abendessen vorbei ist und die Fletchers sie auf einen Kaffee in der Lounge einladen. Eine Passagierin – eine ältere Dame ganz in Rosa –, spielt auf dem Flügel, und es herrscht eine Atmosphäre heiterer Zuversicht. Lily sieht sich in dem Raum um, ob die Frau in dem scharlachroten Kleid womöglich unter den Gästen ist, oder der Mann, mit dem sie auf dem Kai stand, doch sie ist nicht überrascht, sie nicht zu entdecken. Das Kleid kam aus keinem der Geschäfte, in denen Lily einkauft, und sie ist sich sicher, dass das Paar in dem luxuriöseren Speisesaal auf dem Erste-Klasse-Deck speist.

»George ist etwas ermüdend, findet ihr nicht auch?«, murmelt Edward, als sie sich auf einem der komfortablen Sofas niederlassen. »Ich hoffe, er wird uns nicht die gesamte Reise mit seinen Tiraden versüßen.«

»Ignoriere ihn einfach, und geh ihm aus dem Weg«, erwidert Helena scharf. Dann greift sie sich an den Kopf. »Entschuldigt mich«, sagt sie und wendet sich Lily zu. »Ich fühle mich nicht besonders. Ich denke, ich werde in die Kabine zurückkehren und mich hinlegen.«

Zu Lilys Überraschung steht Edward nicht auf, um sie zu begleiten. Stattdessen schickt er ihr vom Sofa aus einen Luftkuss zu. »Schlaf gut und süße Träume«, wünscht er.

Plötzlich ist Lily verlegen; sie weiß nicht, was in dieser Situation angebracht ist.

»Ich hoffe, deiner Frau geht es morgen früh besser«, sagt sie schließlich steif. Die Fletchers haben Lily im Laufe ihres Gesprächs das Du angeboten, doch es fühlt sich immer noch ungewohnt an.

Edwards bleiches, ausgemergeltes Gesicht drückt Überraschung aus, um sich sogleich zu einem belustigten Lächeln zu verziehen. »Oh, du dachtest … Wie überaus komisch.«

Gerade als Lily sich schon ärgern will, dass er sie so zappeln lässt, lenkt er ein.

»Helena ist nicht meine Frau«, sagt er. »Sie ist meine Schwester.«

3

30. Juli 1939

Am nächsten Morgen kann Lily sich für einen Moment beim besten Willen nicht erinnern, wo sie ist, doch dann schaut sie zur Seite und erblickt Audreys blondes Haar, das sich über das Kissen breitet. Sie lässt den Blick träge weiterschweifen zu der Koje darunter, nur um erschrocken festzustellen, dass Ida hellwach ist und sie unverwandt anstarrt.

»Du sahst gestern Abend aber ganz schön vertraut aus mit dem jungen Herrn.« Ida setzt sich auf. Lily betrachtet fasziniert ihr Haar, das sich nicht mit dem Rest ihres Körpers zu bewegen scheint, bis ihr klar wird, dass es von einem schwarzen Haarnetz zusammengehalten wird. »Und? Hast du uns nichts zu erzählen?« Ida lächelt, wobei sich ihre Augen zu kleinen Schlitzen verengen, doch Lily verspürt einen heftigen Widerwillen angesichts dieser ungebetenen Einladung zu einem intimen Plausch. Denk an ihren toten Verlobten, ermahnt sie sich. Sei nett. Trotzdem will sie keine Vertraulichkeiten mit Ida teilen. Nicht dass es etwas zu teilen gäbe.

»Ich fürchte, da gibt es nichts zu erzählen. Er und seine Schwester sind meine Tischnachbarn. Wir haben uns nur über das Schiff unterhalten, nichts weiter.«

Die Reaktion auf ihre Zurückweisung folgt unmittelbar. Ida schwingt abrupt die Beine aus dem Bett. »Nun, ich würde dir raten, in Zukunft etwas vorsichtiger zu sein. Ich weiß ja nicht, was Mrs. Collins sich dabei denkt, die ihr anvertrauten jungen Damen bis in die Puppen um irgendwelche wildfremden Männer herumscharwenzeln zu lassen, die sie gerade erst kennengelernt haben.«

Lily ist froh, dass das Gespräch damit beendet ist, aber sie hat das ungute Gefühl, dass es ein Fehler war, sich Ida zur Feindin zu machen.

Audrey sprüht vor Aufregung, als sie beim Klopfen des Kabinenstewards aufwacht, der ihnen ihren morgendlichen Tee bringt, und ist begierig darauf, sich mit Lily über ihre neuen Bekanntschaften auszutauschen. An ihrem Tisch gibt es eine andere junge Frau, mit der sie bereits Freundschaft geschlossen hat. Lily verspürt einen Anflug von Erleichterung – obwohl sie Audrey immer mehr in ihr Herz schließt, will sie nicht gänzlich für diesen Wirbelwind von einem Mädchen verantwortlich sein. Außerdem freut sie sich darauf, Edward und Helena besser kennenzulernen, und hofft, sie wird sich nicht verpflichtet fühlen, Audrey zu jedem gesellschaftlichen Ereignis oder Zwischenhalt an Land mit sich zu schleppen. Sie weiß, dass sie nie wieder jemanden so nah an sich heranlassen wird wie Maggie. Es ist den Schmerz nicht wert.

Auf dem Weg in den Speisesaal, wo das Frühstück sie erwartet, versucht Lily, das Prickeln der Vorfreude zu unterdrücken, das durch ihre Adern rauscht, als sie daran denkt, Edward Fletcher wiederzusehen. Er wollte gestern Abend nur höflich sein, nicht mehr, ermahnt sie sich streng. Und dennoch, als sie ihn mit seiner Schwester am Tisch sitzen sieht, merkt sie, wie sie vor Freude errötet. Im Tageslicht ist Edwards Teint weniger gespenstisch, und trotz ihrer guten Vorsätze, ihn nicht zu wichtig zu nehmen, spürt sie, wie ihre Stimmung sich hebt, als sein Gesicht bei ihrem Anblick zu einem Lächeln erstrahlt.

»Ich bin froh, dass es dir besser geht«, sagt sie zu Helena. Doch in Wahrheit sieht Helena immer noch unpässlich aus, die Augen gerötet und verquollen.

»Danke«, erwidert Helena. »Aber ich konnte meinen kleinen Bruder unmöglich unbeaufsichtigt lassen. Jemand muss schließlich ein Auge darauf haben, was er so treibt.«

Sie lächelt, doch Lily bemerkt mit Unbehagen, dass die Geschwister einen sonderbaren Blick wechseln.

Peggy Mills erscheint ohne mütterliche Begleitung am Tisch. »Mama ist krank«, verkündet sie mit ausdrucksloser Stimme. »Der Steward musste ihr Papiertüten bringen, damit sie sich übergeben kann.«

George Price, der auf der anderen Seite des Tisches Platz genommen hat, verharrt mit seiner Gabel Rührei vor dem Mund. »Mit Verlaub, aber manche von uns würden gerne essen.«

Peggy zuckt die Schultern, scheint jedoch nicht beleidigt zu sein.

George fängt Lilys Blick auf und schüttelt den Kopf, wie um sie aufzufordern, in seine Missbilligung einzustimmen, aber sie schaut rasch weg, als hätte sie es nicht bemerkt. Den Rest der Mahlzeit unterhält sich Lily vor allem mit dem mutterlosen Mädchen, um sicherzustellen, dass Peggy sich nicht ausgeschlossen fühlt. Erst danach, als Edward einen Spaziergang auf dem Außendeck vorschlägt, ist es ihr möglich, sich ungezwungen mit den Fletchers zu unterhalten.

Draußen weht vom Meer her eine kühle Brise, und der Himmel ist von einem schlammigen Grau. Lily zieht ihren Cardigan fester um sich – dies ist nicht das Wetter, das sie erwartet hat.

»Ist dir kalt?«, fragt Edward.

Sie schüttelt den Kopf. »Ich bin Kälte gewohnt«, erklärt sie. »Mein Fenster in London hatte kilometerbreite Risse im Rahmen, und das Zimmer war so feucht, dass ich einmal Pilze in meinem Morgenmantel entdeckt habe, die dort wuchsen!«

»Ja, im Sanatorium war es auch kalt«, sagt Edward. »Selbst im Hochsommer war es unmöglich, dort so etwas wie Wärme zu spüren.«

Seine grünen Augen verdunkeln sich, und Lily tut es leid, ihn an diese offenbar unschöne Zeit erinnert zu haben.

»Edward hat mir erzählt, eure Familie komme ursprünglich aus Herefordshire«, wendet sie sich an Helena, um das Gespräch auf ein anderes Thema zu lenken.

Helena scheint einen Moment zu zögern. »Ja, das stimmt. Obwohl wir kürzlich an die Südküste gezogen sind. Wegen Edwards Gesundheit. Ich habe dort als Lehrerin unterrichtet. Vor allem kleinere Kinder.«

»Und hat es dir Spaß gemacht?«

Helenas Gesicht entspannt sich, als habe sie ein Paar unbequemer Schuhe abgestreift, und plötzlich kann Lily sehen, dass sie jünger ist als vermutet.

»Ich habe die Arbeit geliebt«, sagt sie.

»Helena ist ein Naturtalent im Umgang mit Kindern«, sagt Edward. Er greift nach der Hand seiner Schwester und drückt sie fest, eine Geste, die Lily unwillkürlich rührt. Jetzt, da sie stehen, ist die Ähnlichkeit zwischen den Geschwistern deutlicher. Sie haben beide eine schlanke Statur, und mit dem vollen Haar, das Helena auf ihrem Kopf aufgetürmt hat, verschwindet selbst der Größenunterschied beinahe. Auch einige ihrer Angewohnheiten sind ähnlich. Beide halten sich beim Lachen die Hand vor den Mund, als wollten sie ihre Fröhlichkeit davon abhalten zu entfliehen.

Auf der anderen Seite des Schiffes, im Windschatten der Lounge, wurden ein paar mit Segeltuch bespannte Liegestühle aufgestellt. Helena und Lily machen es sich bequem, während Edward anbietet, ein paar Decken aufzutreiben.

»Erzähl doch mal, Lily. Hast du jemanden in England zurückgelassen? Einen Liebsten vielleicht?«

Lily ist überrumpelt von der Frage. Helena scheint ihr nicht die Art Frau, die auf solche Vertraulichkeiten Wert legt. Sie denkt an Robert, an seine ungleichen Augen, nachdem die eine Pupille infolge eines Unfalls für immer geweitet geblieben war. Daran, wie diese Augen träge über ihren Körper schweiften, wenn sie durch die Tür trat, bis sie sich unter seinem Blick vollständig entblößt fühlte.

»Nein. Niemanden. Was ist mit dir?«

»Nein. Besser gesagt, nicht mehr.«

Und da wird Lily klar, warum Helena das Thema angeschnitten hat – um sich selbst zu gestatten, darüber zu reden.

»Es gab da jemanden. Tatsächlich waren wir verlobt, wollten heiraten. Er war … er ist … ein wunderbarer Mann. Er arbeitet als Lehrer und schreibt Gedichte. Wirklich sehr schöne Gedichte. Er hat eine sehr einzigartige Sicht auf die Welt.« Während Helena spricht, scheint sie beinahe zu strahlen; ihre fahle Haut färbt sich rosig.

»Was ist passiert, wenn ich fragen darf?«

Helena legt sich die Hand auf die Stirn, und die Farbe weicht so schnell aus ihrem Gesicht, wie sie gekommen ist. »Es hat nicht funktioniert.«

»Aber …«

»Glück gehabt!« Edward ist zurück und hat einen Stapel warmer Wolldecken mitgebracht. Lilys ist weich und rot-weiß kariert, und als sie die Decke von Edward entgegennimmt und über ihre Beine breitet, überkommt sie ein wohliges Gefühl. So wäre es also, verheiratet zu sein, denkt sie. So wäre es, jemanden zu haben, der sich darum sorgt, ob man es auch warm genug hat. Jemanden, der sich darum kümmert, dass man es bequem hat.

Zur Teestunde trifft sie sich mit Audrey in der Lounge. Der Raum knistert vor Leben, das Geplauder der Passagiere, die ihre alten Freunde begrüßen und sich mit ihren neuen Bekannten unterhalten, vermengt sich auf das Schönste mit dem Klappern von Porzellantassen und dem Klirren zierlicher Teelöffel. Wie schon am gestrigen Abend sitzt jemand am Flügel und spielt. Dieses Mal ein junger Mann, der leise eine Filmmelodie klimpert, die Lily aus dem Kino kennt. Audrey ist außer sich vor Aufregung über die Tanzveranstaltung am heutigen Abend. Da es der erste volle Tag ihrer Reise ist, soll es einen offiziellen Ball mit einer Band geben. Die perfekte Gelegenheit für Audrey, endlich ihr Abendkleid auszuführen, auf das sie so stolz ist.

»Ich muss schon sagen, ich bin ganz neidisch auf deinen Tischnachbarn«, sagt sie zu Lily. »Der jüngste Kerl an unserem Tisch ist fünfundsechzig und taub wie eine Nuss. Als ich ihn fragte, ob er mir die Butter reichen könne, antwortete er: ›Leider nicht so gut. Die Matratze ist schrecklich dünn.‹ Es ist wirklich schwierig, überhaupt ein Gespräch anzufangen. Nur gut, dass ich Annie habe, um mich mit ihr zu unterhalten. Ich kann es kaum erwarten, euch einander vorzustellen. Ich bin sicher, dass ihr euch ganz famos verstehen werdet.«

»Hallo, ihr beiden, ich habe euch schon überall gesucht.« Ida ist wie aus dem Nichts aufgetaucht. Auf ihrem Teller häufen sich die Sandwiches, als müsse sie sich für eine plötzliche Wiedereinführung der Lebensmittelrationierung wappnen. Wieder einmal ermahnt Lily sich, nett zu sein, aber Ida hat etwas an sich, das jegliche Freude aus der Luft zu saugen scheint.

»Ich habe Lily gerade gesagt, dass ihr Tisch ganz lustig zu sein scheint«, sagt Audrey gutmütig. »Vor allem dieser junge dunkelhaarige Kerl ist ein echter Augenschmaus!«

»Wenn man so etwas mag«, entgegnet Ida herablassend. »Ich bevorzuge ja große Männer, die etwas mehr auf den Rippen haben.«

»Edward ging es gesundheitlich nicht gut«, eilt Lily zu seiner Verteidigung. »Deswegen ziehen er und seine Schwester auch nach Australien.«

»Es ist wirklich nett von ihr, dass sie ihn begleitet. Ich weiß nicht, ob meine Geschwister das für mich tun würden«, sagt Audrey.

»Oder eine schlechte Ausrede. Sie muss schon ein recht armseliges Leben gehabt haben, um es so bereitwillig zurückzulassen«, lautet Idas Antwort.

Lily ist sprachlos. Doch jetzt, da sie darüber nachdenkt, ist es tatsächlich seltsam, dass Helena ihr eigenes Leben und die Arbeit, die sie so sehr liebte, aufgegeben hat, um ihrem Bruder bis ans andere Ende der Welt zu folgen. Andererseits war Helena nach ihrem Kummer wegen der gelösten Verlobung womöglich froh über die Gelegenheit zur Flucht. Die Mitglieder der Familie Fletcher scheinen einander offenbar sehr nahezustehen. Auf jeden Fall ist es ein gutes Zeichen, dass sie Edward nicht allein diese Reise haben antreten lassen. Während sie so über Edwards Familie nachdenkt, fällt Lily ihre eigene ein. Sie hofft, dass ihre Mutter sich keine allzu großen Sorgen um sie macht, und bemerkt schuldbewusst, dass sie bisher kaum an sie gedacht hat.

Ihre Eltern reagierten furchtbar schockiert, als Lily ihnen eröffnete, dass sie nach Australien gehen wolle. »Wieder als Dienstmädchen arbeiten?«, hatte ihre Mutter weinend gefragt. »Nach allem, was du durchgestanden hast?« Natürlich wussten ihre Eltern nicht über Robert und Maggie Bescheid, aber ihre Mutter war nicht dumm, sie wusste, dass etwas Schlimmes vorgefallen sein musste. Weshalb sie auch so erleichtert gewesen war, als Lily die Stelle als Kellnerin in dem renommierten Teehaus bekam. Es war ein grundlegend anderes Arbeitsmilieu.

Doch nach einer Weile lenkte ihre Mutter schließlich ein. »Ich weiß, dass du schon immer den Wunsch hattest, etwas anderes zu tun und etwas von der Welt zu sehen«, sagte sie zu ihr. »Du warst schon immer ein kluges Kind, und es hat mir furchtbar leidgetan, als du so jung von der Schule abgehen musstest, um Geld zu verdienen.« Lily selbst hatte das nicht so viel ausgemacht. Sie hatte mit elf Jahren ein Stipendium für die sogenannte höhere Töchterschule erhalten, und obwohl ihr der Unterricht dort großen Spaß gemacht hatte – vor allem in Englisch tat sie sich hervor –, hatte sie wenig Freude an dem vornehmen Getue der anderen Mädchen gehabt oder an der Weigerung ihrer Mutter, zum Weihnachtskonzert zu kommen, weil ihre Kleidung zu ärmlich war. Als sie mit vierzehn Jahren abging, weinte sie der Schule keine Träne nach.

Letzten Endes gaben ihre Eltern ihr also den Segen, nach Australien zu gehen, und so dankte sie es ihnen – indem sie sie vergaß, kaum dass sie außer Sichtweite waren. Zur Strafe setzt Lily sich nach dem Tee an einen der kleinen Schreibtische in den Wandnischen der Lounge, greift sich einen Bogen Briefpapier, das für die Passagiere bereitliegt und auf dem das beeindruckende Schiffswappen prangt, und verfasst einen langen, anschaulichen Brief, in dem sie alles beschreibt, was bisher auf ihrer Reise passiert ist: die Leute, die sie getroffen hat, das Essen, das ihr serviert wurde, selbst die Bewegungen des großen Ozeandampfers unter ihren Füßen. Als sie fertig ist, klebt sie das Kuvert zu und bringt den Brief zum Zahlmeisterbüro, damit er gleich im nächsten Hafen per Post verschickt wird. Danach fühlt sie sich viel besser.

Als sie später am Abend den Speisesaal betritt – in ihrem bodenlangen cremefarbenen Seidenkleid, das sie einen ordentlichen Batzen ihrer Ersparnisse gekostet hat und von dem Audrey behauptet, es ließe sie wie eine Filmdiva aussehen, – spürt Lily ihre aufgeregten Nerven unter der Haut prickeln wie die Bläschen in einem Glas Sodawasser.

Sowohl Edward als auch George Price erheben sich, als sie sich dem Tisch nähert, aber Helena ist es, die als Erste etwas sagt.

»Wie zauberhaft du doch aussiehst, Lily! Die Farbe steht dir ausgezeichnet. Und was für eine kluge Idee, es mit diesem Sträußchen Seidenrosen zu kombinieren.«

»Du wirst dir nachher beim Ball die Verehrer scharenweise vom Hals halten müssen«, sagt Edward. »Aber keine Angst, ich werde als deine persönliche Leibgarde auftreten.«

Da weder Peggy noch ihre Mutter auftauchen, bleiben zwei Stühle am Tisch leer.

»Die Leute fallen um wie Dominosteine«, bemerkt George mit einer gewissen Genugtuung. »Alle meine Kabinengenossen sind seekrank, und der Steward meint, die Hälfte der Leute auf unserem Deck hat sich ins Bett verkrochen. Die ersten Tage auf See können einem ganz schön zusetzen, wenn man es nicht gewohnt ist.«

»Dann sind Sie also schon zuvor per Schiff gereist«, sagt Lily.

»Oh ja. Europa. Amerika. Deswegen weiß ich auch so viel von dem, was in der Welt vor sich geht.«

»Gott, nicht schon wieder das politische Manifest«, stöhnt Edward kaum hörbar in Lilys Ohr.

Glücklicherweise lenkt Helena, die zu Georges Linker sitzt, ihn ab. »Amerika? Wie interessant! Wo genau waren Sie denn? Ist es wahr, dass die Amerikaner zu jeder Mahlzeit frittierte Kartoffeln essen?«

Nach dem Abendessen liegt eine spürbare Erregung in der Luft, während die Band ihre Instrumente aufbaut. Die Tanzfläche liegt zwischen der Lounge und der Bar, die auf beiden Seiten zum Deck hin geöffnet ist. Lily ist erleichtert, dass der Wind von heute Nachmittag nachgelassen hat. Sie besitzt zwar ein Abendcape, hätte aber nur ungern ihr neues Kleid verhüllt. Die Passagiere aus der früheren Sitzung schlendern bereits hinaus, um sich umzuschauen, oder versammeln sich an der Bar. Obwohl sie nichts Alkoholisches getrunken hat, fühlt Lily sich wie berauscht. Es ist die Mischung aus Musik und schönen Kleidern – aus Seide, Samt und Chiffon, in Pfauengrün und Saphirblau, in Rostrot und Violett – aus verschiedenen Parfüms, die frisch aufgetragen wurden und sich auf betörende Weise mit der schwirrenden Luft vermengen – moschusartige Aromen, florale Noten, Zitrusdüfte, der holzige Geruch von Zigarren. Es ist das glockenhelle Lachen der Frauen und der tiefe Bariton der Männer, das Weinen eines Babys, das gerade aufgewacht ist, empört, sich an einem ihm unbekannten Ort wiederzufinden. Doch vor allem anderen ist es das Bewusstsein, dass sie sich hier in einer eigenen dahintreibenden Welt befinden, losgelöst von allen anderen Welten, verbunden durch das Land, das sie verlassen haben, und dasjenige, zu dem sie aufgebrochen sind, und durch die Abertausenden von Meilen, die dazwischenliegen.

»In dem Kleid siehst du aus wie eine Märchenprinzessin«, sagt Edward leise, nachdem sie sich vom Tisch erhoben haben, um sich an den Rand der Tanzfläche zu stellen. Er trägt einen schwarzen Smoking, dessen Kontrast seiner Haut in dem dämmrigen Licht einen beinahe perlmuttartigen Schimmer verleiht. Auch heute Abend trotzt sein dunkler Haarschopf allen Versuchen, ihn zu bändigen, und die Locken springen ihm frech um das Gesicht.

Lily ist froh über die einbrechende Dunkelheit, denn sie kann spüren, wie ihr die Hitze in die Wangen schießt.

Helena trägt eine taubengraue Abendrobe, die sehr teuer aussieht, nur dass sie leicht zerknittert ist und die

Naht an einem Saum sich löst. Nicht zum ersten Mal fragt Lily sich, aus was für einer Familie die beiden wohl stammen. Ihre Kleidung ist tadellos geschnitten und von guter Qualität, und sie bezahlen die vollen Fahrtkosten für diese Reise. Edward hat ihr erzählt, dass er vor seiner Erkrankung Rechtswissenschaften studiert hatte und Anwalt werden wollte. Und dennoch sind die beiden jetzt hier und reisen mit ihr in der Touristenklasse. Sie vermutet, dass ihre Eltern die Kosten für die Schiffsreise und die erste Übergangszeit in Sydney übernehmen. Dennoch waren sie beide nicht sonderlich mitteilsam, als sie sich nach ihrer Familie zu Hause erkundigte. Lily weiß nur, dass der Vater ein hohes Tier im Staatsdienst ist und die Mutter Hausfrau. »Werden sie euch denn nach Australien nachfolgen?«, hat Lily gefragt, doch sie hat sich den Blick nicht eingebildet, den die Geschwister tauschten, bevor Helena antwortete: »Das hoffen wir sehr, aber Mutter befindet sich nicht in guter Verfassung, also werden wir abwarten müssen.«

Als die Band anfängt zu spielen, hofft Lily, dass Edward sie zum Tanzen auffordert. Obgleich sie keine sonderlich versierte Tänzerin ist, liebt sie doch den Glamour daran, dieses Gefühl, wenn ihr Körper sich dem Rhythmus hingibt, die Wärme einer männlichen Hand, die sanft an ihrer Taille ruht, während die Lichter und die Musik um sie herumwirbeln. Doch Edward scheint zufrieden damit zu bleiben, wo sie sind, und sich mit Helena zu unterhalten. Vielleicht, so überlegt sich Lily, will er seine Schwester nicht alleine hier stehen lassen.

»Schnell, ihr müsst mich verstecken!«, sagt sie und huscht hinter die beiden, als sie Ida am anderen Ende des Raumes in ihrem mausbraunen Kleid erspäht, das sie vor dem Essen aus ihrem Koffer gezogen hat. Doch als Ida sich schließlich umdreht, um in Richtung der Kabinen davonzugehen, ist es eher Reue als Triumph, was Lily verspürt. Was hätte es mich schon gekostet, nett zu ihr zu sein?, schilt sie sich.

Als die übrigen Passagiere aus dem Speisesaal und der Lounge geströmt kommen, wird es auf dem Deck voll. An der Bar steht eine laute Gruppe, unter ihnen eine Frau, deren lautes, penetrantes Lachen Lily durch und durch geht.

»Der Trupp ist von der ersten Klasse runtergekommen«, sagt George Price, der herübergeschlendert ist, um sich ihnen anzuschließen. »Wahrscheinlich haben sie genug von den langweiligen Spießern da oben … Oder sie wollen sich nur mal aus der Nähe anschauen, wie der Rest von uns haust. Würde mich nicht wundern. Das habe ich oft genug miterlebt.«

George fordert Lily zum Tanzen auf, und da ihr kein guter Grund einfällt, ihn abzuweisen, willigt sie ein. Aus nächster Nähe kann sie den Alkohol in seinem Atem riechen.

»Freuen Sie sich auf die Reise?«, fragt sie, nur um irgendetwas zu sagen.

»Für mich ist das nur Mittel zum Zweck«, erwidert er. »Momentan ist es ja recht angenehm, aber warten Sie nur ab, bis wir Toulon und Neapel erreicht haben und die ganzen Juden und Itaker an Bord kommen, die versuchen, Hitler zu entkommen. Spätestens dann werden wir auf der Hut sein müssen.«

»Es überrascht mich, dass Sie auf dem Weg nach Neuseeland sind, wo Sie sich offenbar so für das politische Geschehen hier interessieren«, bemerkt Lily spitz. Ihr gefällt nicht, welche Richtung das Gespräch nimmt. »Würden Sie es nicht vorziehen, in Europa zu bleiben, bei allem, was gerade passiert?«

»Mein Onkel braucht Unterstützung auf seiner Farm«, erwidert er mürrisch. Seine fleischigen Lippen sind feucht und haben die Farbe von roher Leber. »Eigentlich ist das nicht der wahre Grund. Mein Vater glaubt, es wird Krieg geben, also will er mich rechtzeitig fortschaffen.«

Lily ist bestürzt. Nicht nur wegen dem, was er gesagt hat, sondern weil er gewagt hat, es laut auszusprechen. Ihrer Erfahrung nach sprechen die Leute kaum je offen über die Wahrscheinlichkeit eines Krieges und noch weniger darüber, wie er zu verhindern wäre. George gerät aus dem Takt und stolpert beinahe, als sei er selbst schockiert von seinem Geständnis, und ihr wird bewusst, wie betrunken er ist.

Als sie auf das Deck zurückkehren, sind Helena und Edward nirgends zu sehen. Einen Augenblick glaubt Lily, man hätte sie absichtlich zurückgelassen, und sofort schwindet jegliche Freude an dem Abend. Dann entdeckt sie die beiden an der Bar, wo sie für Getränke anstehen, und der Raum erwacht wieder zum Leben.

»Ich dachte schon, ich hätte euch verloren«, sagt sie, nachdem sie sich durch die Menschenmenge bis zu ihnen durchgekämpft hat. Zu ihrer großen Erleichterung scheint George ihr nicht gefolgt zu sein.

»Wir wollten einen Wein bestellen, aber es dauert länger, als wir dachten. Was würdest du denn gerne trinken, Lily?«

In der Bar ist es heiß und drückend. Die laute Gruppe von vorhin steht immer noch da, samt der Frau mit dem unüberhörbaren grellen Lachen. Jetzt, da Lily sie aus der Nähe sehen kann, kommt sie zu dem Schluss, dass sie definitiv aus der ersten Klasse kommen. Es ist der elegante Schnitt der Abendkleider, das exklusive Rascheln, wenn die Frauen sich bewegen, die lässige Haltung der Männer. Endlich wird Edward bedient und reicht ihnen ihre Getränke, doch als sie sich durch die Menge schieben, ertönt plötzlich ein Gebrüll aus der Gruppe, woraufhin ein Mann abrupt zurücktritt, gegen Lily stößt und den gesamten Inhalt ihres Glases über ihrem Kleid verschüttet.

»Das tut mir schrecklich leid. Wie überaus ungeschickt von mir.«

Lily, die einen Moment fassungslos auf ihr ruiniertes Kleid hinabstarrt, blickt auf, und da durchfährt es sie – sie kennt diesen Mann. Es ist der Mann aus dem Hafen. Der große Mann mit dem Oberlippenbart, der mit der Frau in dem scharlachroten Kleid auf dem Kai stand. Und nun, da alle sich um sie scharen, bemerkt Lily, dass auch sie da ist – die Frau. Heute nicht in Rot, sondern in einer zartblauen Robe mit tiefem Wasserfallausschnitt, die sich eng um ihre schmale Taille und Hüften schmiegt, bevor sie sich bis zum Boden ergießt. Ihr schwarzes Haar fällt ihr in seidigen Wellen über die cremeweißen Schultern, und ihre Lippen haben die Farbe reifer Pflaumen.

»Oh, Max, was für ein fürchterlicher Trottel du doch bist! Schau, was du angerichtet hast. Dabei ist es so ein reizendes Kleid!«

Lily ist erstaunt, einen amerikanischen Akzent herauszuhören. Sie hatte schon einige amerikanische Gäste im Lyons Corner House, aber irgendwie will es nicht zu dem Bild passen, das sie sich im Geiste von der Frau gemacht hat. Wie frustrierend das Leben doch manchmal sein kann, wenn es seine eigene ernüchternde Version der Geschehnisse über diejenige kleistert, die man sich bunt wie ein frisches Werbeplakat bereits ausgemalt hatte.

»Verzeihen Sie mir. Bitte«, sagt dieser Max. »Was kann ich tun, um zu helfen? Ich bitte demütigst um Vergebung.«

Und sehr zu Lilys Schreck fällt er vor ihr auf die Knie, woraufhin eine Blondine mit langer Zigarettenspitze zu seiner Linken ein kreischendes Lachen ausstößt.

»Alles in Ordnung mit dir, Lily?«, erkundigt sich Helena und mustert sie aus ihren ruhigen grünen Augen.

»Nun, ich denke, momentan ist das schwerlich möglich. Nicht mit diesem riesigen Tölpel, der vor ihr auf dem Boden herumkriecht«, erwidert die Amerikanerin an ihrer Stelle. »Also, Lily … Ich darf doch Du sagen, nicht wahr? Du darfst dir bitte keine Sorgen um gar nichts machen. Ich begleite dich jetzt zu den Toilettenräumen, damit wir dich herrichten können, und in der Zwischenzeit wird mein Trampel von Ehemann den anderen einen Drink spendieren. Ist das nicht so, Max?«

Lily hat überhaupt keine Zeit zu protestieren, denn die Frau hat sie bereits unter dem Ellbogen gepackt und schiebt sie voran.

»Sie ist zurück, bevor ihr es merkt«, ruft sie Helena und Edward mit ihrer seltsam trägen, honigsüßen Stimme über die Schulter hinweg zu.

Auf dem kurzen Weg zur Damentoilette am hinteren Ende des Speisesaals erfährt Lily, dass ihre Begleiterin Eliza Campbell heißt und dass sie und ihr Mann Max sich auf ihren zweiten Flitterwochen nach Australien befinden.

»Während unserer ersten Flitterwochen waren wir in Paris, aber wir haben uns am dritten Tag schon so in die Haare gekriegt, dass ich ihn dort im Hotel sitzen ließ und mit dem Zug in die Schweiz fuhr. Es war der erstbeste Zug, den ich kriegen konnte, und ich landete in Zürich, ohne Geld und ahnungslos, was ich dort tun sollte. Warst du je in Zürich? Es ist der langweiligste Ort der Welt, aber Max hat mich drei ganze Tage dort schmoren lassen, bevor er mir das Geld für die Rückreise schickte!«

Eliza verströmt den Duft spätsommerlicher Rosen, und an ihren Ohren blitzen Diamanten. Neben ihr fühlt Lily sich unweigerlich plump und unbeholfen. Das ruinierte Kleid, das ihr vorhin noch so mondän und elegant schien, wirkt plötzlich billig, die Farbe im Vergleich zu Elizas grünlich schillerndem Blau fad. Sie versucht, etwas Geistreiches zu erwidern, um sich dem Tonfall ihrer neuen Bekannten anzupassen, aber alles, was ihr in den Sinn kommt, scheint platt und abgeschmackt. Über einem Waschbecken in der Damentoilette befeuchtet Eliza ein Handtuch mit heißem Wasser und betupft den Fleck, bis sie die schlimmsten Verfärbungen aus dem Seidenstoff entfernt hat, dann befestigt sie das Ansteckstäußchen mit den Rosenblüten so, dass es den Rest verdeckt.

»Selbstverständlich musst du uns die Rechnung für die Reinigung schicken«, sagt sie. Als Lily protestieren will, presst sie einen kühlen Finger sanft auf ihre Lippen, und Lily erstarrt angesichts dieser intimen Berührung. »Wenn ich dich das nächste Mal in dem Kleid sehe und es aussieht wie neu, werde ich es ohnehin wissen, und du wirst natürlich streng bestraft. Du weißt doch, auf so einem Schiff kommt man nicht ungeschoren davon. Hier weiß jeder alles.«

Als sie an die Bar zurückkehren, ist Max bereits in eine Unterhaltung mit Helena und Edward vertieft, die Köpfe eng zusammengesteckt, damit sie sich über die Musik hinweg verständigen können.

»Zum Glück konnte ich Lily retten. Ich glaube, dir ist verziehen, Darling«, sagt Eliza und reckt sich, um ihrem Mann einen Kuss auf die raue Wange zu geben.

Lily lächelt, um ihr beizupflichten, doch als sie sich zu ihren Tischnachbarn umdreht, gefriert ihr das Lächeln auf den Lippen. Edward starrt Eliza mit einem Ausdruck unverhohlener Gier an, als wäre sie eine kostbare Auster, die er mit einem großen, hungrigen Schluck verschlingen könnte.

4

31. Juli 1939

Als Lily aufwacht, fühlt sie sich irgendwie anders – als wären die Bewegungen des Schiffes in ihren Körper übergegangen; das Blut in ihren Adern schwappt in demselben schwankenden Rhythmus umher. Sie klettert mühsam die Leiter hinunter, aber sobald sie versucht, sich aufzurichten, rauscht eine Welle der Übelkeit über sie hinweg, und sie muss zur Toilette hasten, wo sie alles hochwürgt, was sie die letzten zwei Tage zu sich genommen hat.

Als sie endlich wieder herauskommt, innerlich ausgehöhlt wie eine Kalebasse, versucht der junge Badsteward, sie mit einem mitfühlenden Lächeln aufzumuntern, doch ihr ist zu elend, um es zu erwidern.

Zurück in ihrer Koje, scheint die komplette Welt aus dem Lot geraten zu sein. Wenn sie ihre Lider hebt, verschwindet beunruhigenderweise die Kabinendecke immer wieder aus ihrem Fokus, doch wenn sie die Augen schließen will, beginnt sich alles in ihrem Kopf zu drehen.

Audrey geht es ebenfalls nicht gut. Sie haben Papiertüten unter den Kissen liegen, die der Steward ihnen ausgeteilt hat, und Lily fällt Peggy Mills' spöttische Miene ein, als sie von der Übelkeit ihrer Mutter berichtete.

»Ich wünschte, ich hätte nie auch nur einen Fuß auf

dieses Schiff gesetzt«, ächzt Lily, als sie wieder kräftig genug ist, um zu reden.

»Und vor uns liegen noch fünf ganze Wochen!«, entgegnet Audrey und dreht den Kopf zur Wand.

Den ganzen Tag über und auch den nächsten driftet Lily immer wieder in die Bewusstlosigkeit ab, nur um mit brennendem Kopf wieder aufzutauchen. Wenn sie vor Hitze die Decke von sich schleudert, fängt sie nach wenigen Minuten an zu schlottern. Mrs. Collins kommt vorbei, um nach ihnen zu sehen, und versichert ihnen, dass sie ganz gewiss nicht sterben, sondern sich in ein, zwei Tagen wieder blendend fühlen werden, wenn sie sich erst einmal den Seemannsgang angeeignet haben. Einmal bildet Lily sich sogar ein, dass Ida ihr die kühle, trockene Hand auf die glühende Stirn legt, obwohl sie später nicht sagen kann, ob auch das nur ein Gespinst ihres fiebernden Hirns war.

Gegen Ende des zweiten Tages hört sie ein leises Klopfen an der Kabinentür – oder vielmehr ein sanftes Donnern –, und eine junge Frau tritt ein. Sie hat das röteste Haar, das Lily je gesehen hat, und ihr Gesicht ist so voller Sommersprossen, dass beinahe kein Platz für Augen, Nase und Mund bleibt. Sie trägt ein gelbes Sommerkleid mit Streublümchenmuster, das für eine viel größere Person gemacht scheint, und hält einen kleinen Teller in der Hand.

»Annie«, ertönt Audreys matte Stimme, die jedoch schon um einiges besser klingt als das letzte Mal, als Lily sie vernommen hat.

»Ich habe gehört, dass es dir schlecht geht, also dachte ich mir, ich bringe dir etwas Zwieback vorbei. Vielleicht hilft es dir ja. Und deiner Freundin natürlich auch.«

Sie blickt zu Lilys Koje. Lily bringt es nicht übers Herz, ihr zu sagen, dass allein der Gedanke, etwas in ihren Mund zu stecken, reicht, um wieder nach einer Papiertüte zu greifen.

Audrey jedoch schafft es, einen Zwieback hinunterzubekommen, und verkündet anschließend mit verhaltenem Optimismus, womöglich aufstehen zu können.

»Sicher, dass du nicht mit uns kommen willst, Lily? Wir könnten uns oben auf einer Liege unter eine Decke kuscheln wie zwei Omas. Die frische Luft wird uns guttun.«

Aber für Lily ist die Vorstellung, aus ihrer Koje zu klettern und den langen Weg zum Deck auf sich zu nehmen, mindestens genauso abwegig wie die, zum Mond zu fliegen. Den Rest des Abends und die gesamte Nacht verbringt sie damit, in ihrem Bett zu liegen und ihrem heißen, unregelmäßigen Atem zu lauschen, während die Luft um sie herum immer schaler und stickiger wird. Menschen tauchen vor ihr auf, doch sie kann nicht sagen, ob sie real sind oder nicht. Ihre Eltern sind da, ihr Vater, der einen Strom stummer Tränen vergießt… Und jetzt ist auch Edward hier, in seinen Augen liegt so viel Güte, so viel Wärme, dass sie am liebsten weinen möchte… Robert und Maggie kommen sie besuchen… und auch Eliza, die sie mit einem Ausdruck belustigten Mitleids betrachtet und sagt: »Wir müssen unbedingt dafür zahlen, dass es dir bald besser geht. Ich bestehe darauf.«

Einmal noch kommt Mrs. Collins, um nach ihr zu sehen – auch wenn sie in Lilys fiebriger Verwirrung genauso ein Hirngespinst sein könnte wie die anderen. Sie bringt den Schiffsarzt mit, der Lilys Stirn befühlt, ihr einige Fragen stellt, an die sie sich später nicht mehr erinnern wird, und ihr zwei Tabletten gibt, die sie mit etwas Wasser hinunterspült.

Dann, endlich, schläft sie. Und als sie das nächste Mal die Augen öffnet, ist die Welt wieder im Lot, wie ein Bild, das schief an der Wand gehangen hat und gerade gerückt wurde.

5

2. August 1939

Geschwächt von ihrer Seekrankheit, schleppt sie sich langsam hoch aufs Deck. Als sie nach draußen tritt, merkt sie sofort, wie viel wärmer die Luft ist, als hielte jemand einen riesigen Fön auf das Schiff gerichtet. Die weiß lackierten Wände reflektieren die Sonne und blenden sie nach der langen Zeit im Halbdunkel des Schiffsinneren. Ihr fällt die Sonnenbrille ein, die Eliza aufhatte, als das Schiff in See stach, und zum ersten Mal versteht sie, wozu sie gut sein könnte.

Liegestühle wurden über die Länge des gesamten Decks aufgestellt – viele von ihnen sind von Leuten besetzt, die sich in einem ähnlichen Zustand zu befinden scheinen wie Lily. Einige sind trotz der Hitze in Decken gewickelt, und ihre grünliche Blässe und die griffbereiten Stapel Papiertüten geben einen verräterischen Hinweis auf ihre Verfassung.

Lily lässt sich dankbar in eine der Liegen sinken und ist zutiefst erleichtert, dass der Boden unter ihren Füßen ruhig geblieben ist und ihr Blut nicht länger in ihrem Körper herumschwappt wie in einem übervollen Eimer. Sie schließt die Augen, genießt die Wärme der Sonne auf ihren Lidern und den klaren, schneidenden Geruch der See.

»Da bist du ja endlich!«

Als Lily die Augen öffnet und Edward neben sich auf dem Boden sitzen sieht – mit einer Mischung aus Freude und Besorgnis in den Augen –, fragt sie sich zuerst, ob das womöglich nur eine weitere Halluzination ist. Doch seine Fingerspitzen auf ihrer Stirn, die prüfend nach den Überresten des Fiebers tasten, überzeugen sie davon, dass er real ist.

Obwohl nur zwei Tage seit ihrer letzten Begegnung verstrichen sind, sieht er schon merklich gesünder aus. Seine Haut hat jene durchscheinende Blässe verloren und wirkt nicht mehr so, als müsse sie zerreißen, wenn man sie berührt; und auch seine Wangenknochen stechen weniger kantig hervor. Selbst sein Haar scheint gewachsen zu sein, doch das liegt nur daran, dass er wohl endgültig aufgegeben hat, es zähmen zu wollen, und die weichen Locken nunmehr natürlich um sein Gesicht fallen. Er hält eine Zigarette in der Hand, die beinahe schon aufgeraucht ist, und sie muss unwillkürlich an seine Tuberkulose denken und fragt sich mit einem Anflug von Sorge, ob es vernünftig von ihm ist zu rauchen.

»Ich bin so froh, dich zu sehen. Am Tisch war es furchtbar langweilig ohne dich.«

Sie meint, etwas Neues in seiner Stimme zu hören – einen merkwürdigen Missklang –, aber sie kann es nicht genau fassen.

»Habe ich etwas verpasst?«

Edward tut so, als müsse er scharf nachdenken. »Nun ja, Mrs. Mills ist gestern zum Mittagessen wiederaufgetaucht, aber sie war wohl etwas übereifrig, denn sie musste mitten während des Hauptgangs ihren Lachs stehen und liegen lassen und mit der Serviette vor dem

Mund hinausstürmen. Also mussten wir die kleine Peggy babysitten, und der gute alte George bekam schrecklich üble Laune, weil sie in einem fort darüber redete, wie schade sie es doch fände, den Krieg zu verpassen, wenn es denn einen gäbe, denn sie würde furchtbar gerne sehen, wie Hitler das bekommt, was er verdient. Ich weiß nicht, von wem sie das hat, aber sie scheint eine sehr gefestigte Meinung zu der ganzen Sache zu haben, und da sie noch ein Kind ist, blieb George nichts anderes übrig, als brav stillzusitzen und zu lauschen. Ich muss schon sagen, das war äußerst befriedigend.«

Ein Schatten fällt über Lilys Gesicht, und sie blickt auf, wobei sie ihre Augen mit der Hand abschirmt.

»Wen haben wir denn da! Schön, zu sehen, dass du wieder auf den Beinen bist. Ich dachte schon, du würdest den Rest der Reise dort unten versauern!«

Ida trägt einen schwarzen Hut mit breiter Krempe, sodass ihr Gesicht im Schatten liegt. Trotz ihres dicken schwarzen Kleides und der Strümpfe scheint es ihr nicht warm genug. Kaltes Blut, schießt es Lily durch den Kopf.

Lily bleibt nichts anderes übrig, als sie Edward vorzustellen, und Ida nimmt das als Vorwand zu bleiben. Sie zieht die nächststehende Liege so nah heran, dass sich ihre Knie beinahe berühren. Sie glaubt, wir sind jetzt Freundinnen, vermutet Lily, und der Gedanke lässt sie unwillkürlich schaudern.

»Du hast dich die ganze Nacht hin und her gewälzt«, sagt Ida, als habe Lily das absichtlich gemacht. »Und dann das ständige Gerede! Jedes Mal, wenn ich gerade dabei war einzuschlafen, fingst du an herumzuschreien, und ich bin aufgeschreckt.«

»Tut mir leid«, sagt Lily hilflos.

»Was hat sie denn so geredet?«, will Edward wissen. »Irgendetwas, das auch den guten alten Dr. Freud interessieren könnte?«

Wieder hat Lily den Eindruck, als sei da etwas anderes in seinem Tonfall, aber es ist vorbei, bevor sie Zeit hat, es zu analysieren. Abgesehen davon muss sie gerade über andere Dinge nachdenken, denn Ida fixiert sie mit ihrem listigen Lächeln, und bevor sie überhaupt den Mund aufmacht, weiß Lily, was sie sagen wird.

»Wer ist Robert?«

»Wie bitte?«

Lily weiß, sie sollte ihr einfach irgendeine Geschichte vorsetzen, aber sie ist so geschockt, den Namen aus einem fremden Mund zu hören, dass ihr Kopf so blank und rein ist wie ein frisches Stück Seife.

»Na, Robert. Du hast immer wieder über ihn geredet. Und über jemanden namens Maggie.«

Das ist mehr, als sie ertragen kann. Dass ausgerechnet Ida ihre Namen ausspuckt wie Apfelkerne. Lily greift sich an die Stirn. »Mir ist nicht gut.«

»Du hast dich sicher überanstrengt. Du musst es langsam angehen«, erwidert Edward besorgt. Dann blickt er zu Ida. »Wir sollten sie eine Weile ausruhen lassen«, sagt er, steht auf und lässt Ida keine Wahl, als es ihm gleichzutun.

Nachdem sie in verschiedene Richtungen davongegangen sind, lässt Lily den Kopf in die Hände sinken. Das Gespräch hat so viele Dinge in ihrem Inneren aufgewühlt, dass sie einen Moment glaubt, die Seekrankheit sei zurückgekehrt. Sie kann nichts dagegen tun. Sie hat versucht, ihr Herz einzumauern, aber allein die

Erwähnung der Namen hat alle Barrikaden einstürzen lassen.

»Ist sie weg?« Edward ist wieder aufgetaucht und nähert sich ihr aus der entgegengesetzten Richtung. Lily nickt. Sie wagt nicht zu sprechen und hofft, er kann ihr nicht ansehen, was für eine Woge des Glücks sie bei seinem Anblick erfasst.

»Ida ist nicht unbedingt das Stärkungsmittel, das man braucht, wenn man dabei ist, sich zu erholen«, konstatiert er und setzt sich auf den Stuhl, den Ida gerade verlassen hat. »Betrachte mich als deinen persönlichen Leibwächter«, sagt er. »Solange ich bei dir bin, kann dir niemand etwas anhaben.«

Für ein, zwei Sekunden gibt Lily sich tatsächlich dieser Fantasie hin, schließt die Augen und stellt sich vor, wie Edward in einer Art immerwährendem Dienst über sie wacht. Aber dann fällt ihr Idas Stimme ein, wie sie »Robert« und »Maggie« sagte, und sie reißt die Augen wieder auf.

»Bedrückt dich etwas, Lily?«, fragt Edward und beugt sich so weit vor, dass sie den Zigarettenrauch in seinem Atem riechen kann. »Du wirkst bekümmert.«

Das Aufblitzen einer Erinnerung – Roberts Arme, die sich um ihren Leib schlingen, die überraschende Festigkeit seines Körpers … Blut auf dem Teppich … Schreie.

»Nein, nichts. Wirklich nicht. Ich fühle mich nur immer noch etwas schwach.«

Edward nickt und lehnt sich wieder zurück. Sie sitzen schweigend da und blicken durch die Streben der Reling auf das endlose Meer hinaus, das sich glatt und glänzend bis zum Horizont erstreckt.

»Stell dir nur vor, morgen um diese Zeit werden wir in

Gibraltar einlaufen«, sagt Edward schließlich genüsslich. »Weißt du was, ich glaube inzwischen, diese Reise wird ein ganz fantastischer Spaß.«

Und da begreift Lily, was an ihm anders ist. Für einen kurzen Moment, während er sprach, klang er ganz genauso wie Eliza Campbell.

6

3. August 1939

Lily hat natürlich Fotografien von Gibraltar gesehen, aber keine davon konnte sie auf den Anblick dieser riesigen, gewaltigen Felswand vorbereiten, die wie ein grauer Eisberg aus dem blauen Wasser des Mittelmeers emporragt.

»Das ist das Schönste, was ich je gesehen habe. Aber andererseits habe ich auch noch nicht viel gesehen.« Wie immer platzt Audrey mit dem heraus, was ihr als Erstes in den Sinn kommt. Je besser Lily sie kennenlernt, desto mehr mag sie ihre Kabinennachbarin, obgleich sie manchmal das Bedürfnis überkommt, Audrey mit einer glänzenden Schicht Lack zu überziehen, so wie die Leute ihren Kleiderschrank mit einer Schellackpolitur behandeln, um sie vor Kerben und Kratzern zu bewahren. Sie hat mittlerweile herausgefunden, dass sie nur zwei Jahre älter ist als Audrey, aber manchmal hat sie das Gefühl, einer völlig anderen Generation zu entstammen.

Während sie sich dem Hafen nähern, kann Lily eine Flottille auf dem Wasser ausmachen und fragt sich, ob es Fischerboote sind. Aber als die *Orontes* Anker wirft, wird ihr klar, dass es Einheimische sind, die, von Obst und Gemüse bis hin zu kunstvoller Spitze, alle möglichen Waren verkaufen, die sie den Passagieren in bunten

Flechtkörben entgegenstrecken. Sie lächeln und gestikulieren und rufen den Passagieren und einander Worte in einer Sprache zu, die ihr genauso fremd ist wie das Kreischen der über ihren Köpfen dahinsegelnden Vögel.

Eine Frau mit besticktem Schultertuch und einem Baby im Schoß, die mit dem Rücken gegen den hölzernen Bug ihres Bootes gelehnt dasitzt, fängt Lilys Blick auf. »Hiiebschmieess!«, ruft sie und winkt mit einem Seidenschal empor. »Mieeesshiiebsch!«

»Das muss das spanische Wort für Schal sein«, sagt Lily.

Helena Fletcher, die an ihre Seite getreten ist, lacht – es ist ein tiefes, melodisches Lachen, bei dem Lily bewusst wird, wie selten sie es bisher gehört hat.

»Sie ruft ›hübsch, Miss‹. Aber ob sie damit den Schal meint oder dich, das weiß ich nicht.«

Trotz der Aura von Kummer, die Helena umgibt, hat sie etwas zutiefst Beruhigendes an sich. Ihre weit auseinanderstehenden grauen Augen, die so anders sind als die grünen ihres Bruders, schweifen langsam und bedächtig von einem Händler zum anderen, von Objekt zu Objekt, wobei sie jedes sorgfältig abzuschätzen scheint, bevor sie sich dem nächsten zuwendet. Jedem lässt sie ihre volle Aufmerksamkeit zukommen, alle würdigt sie gleichermaßen. Sie hat eine Art an sich, die sie völlig gegenwärtig und gleichzeitig einen Schritt neben dem Geschehen erscheinen lässt – Teilnehmende und Zeugin zugleich. Ich sollte mehr sein wie sie, denkt Lily bei sich. Ich sollte mich öfter zurückhalten. Doch sie weiß, dass sie diese Gabe nicht besitzt. Lily ist jemand, der sich kopfüber ins Leben stürzt.

Obwohl sie froh über Helenas Gesellschaft ist, kann

sie nicht anders, als sich nach Edward umzusehen. Auch wenn sie keine konkreten Pläne gefasst haben, gemeinsam an Land zu gehen, hat sie doch genau auf diese Gelegenheit gewartet. Sie hätte es niemals zugegeben – nicht einmal sich selbst gegenüber –, aber sie hat sich an diesem Morgen mit besonderer Sorgfalt angekleidet. Ihr weißes Leinenkleid ist gefüttert und hat lange Ärmel, viel zu warm für den sonnigen Tag, aber ihr gefällt, wie es sich an ihren Körper schmiegt. Außerdem hat sie sich das Haar mit ihren liebsten Kämmen aus teurem Schildpatt hochgesteckt. Gerade als sie schon überlegt, wie sie das Gespräch auf Edward bringen könnte, taucht er hinter Helena auf.

»Ist das nicht herrlich?«, fragt er und deutet auf den Felsen, die Boote und das Meer.

Ihr Blick folgt dem eleganten Schwung seiner Hand. Ja, das ist es. Herrlich.

Die Barkassen legen alle halbe Stunde Richtung Festland ab, und an Bord herrscht eine Atmosphäre freudiger Spannung. Lily hat vor ihrem inneren Auge ein Bild von sich, wie sie von außen wirken könnte – mit ihren Freunden scherzend, die laue Brise, die vom azurblauen Meer hochweht und ihr Haar zerzaust. Jung. Sorglos. Jemand, dem die Zukunft zu Füßen liegt. Jemand, dem alle Möglichkeiten offenstehen.

Als sie aus der Barkasse auf den Kai tritt, hat Lily das wunderliche Gefühl, ihre Beine würden immer noch den Bewegungen des Schiffes folgen, und sie strauchelt, doch da ist schon Edwards Hand, die ihren Ellbogen fasst, um sie zu stützen.

»Am Anfang ist es immer so«, sagt er. »Du wirst dich schon bald daran gewöhnt haben.«

Im Hafen herrscht reges Treiben. Die *Orontes* ist nicht das einzige Passagierschiff, das angelegt hat – die Barkassen kommen und gehen –, und dann sind da noch die kleineren Boote der Händler, wovon einige kaum seetauglicher wirken als die alten Lattenkisten, in denen die Lebensmittel ins Lyons Corner House geliefert wurden. Die Schiffe decken sich mit frischem Proviant ein, und auf dem Kai stapeln sich die riesigen Container, bereit, an Bord verfrachtet zu werden.

Da Gibraltar eine britische Kolonie ist, wusste Lily bereits, dass sie ihren Reisepass nicht würde abstempeln lassen müssen; trotzdem ist es ein seltsamer Gedanke, an einem derart fremden Ort zu sein, wo selbst die Luft einen anderen, zitrusartigen, Duft hat, und sich dennoch in einem Ableger der eigenen Heimat zu befinden.

Audrey und Annie wollen sich die Marktstände anschauen, also bleiben Lily, Edward und Helena zu dritt, um den Ort zu erkunden. Zuerst gehen sie zum Government House; Lily hat bereits in den Broschüren, die sie vor der Reise zugesandt bekommen hat, darüber gelesen und ist gespannt darauf, es zu sehen. »Es war ursprünglich ein Kloster«, erzählt sie den beiden, als sie das recht abweisende Backsteingebäude erreichen. Zur Abwechslung ist sie es, die den Geschwistern etwas Neues erzählen kann, statt andersherum, und diese Gelegenheit will sie nutzen. Also schmückt sie ihre Geschichte aus, so gut sie kann.

»Anscheinend wird es vom Geist einer Frau heimgesucht, von den Einheimischen die *Dame in Grau* genannt. Die Geschichte besagt, dass sie sich gegen den Willen ihrer Familie in einen jungen Mann verliebte, und als sie mit ihm durchbrennen wollte, wurde sie ertappt und zur Strafe in einem der Räume lebendig eingemauert.«

Lily ist so in ihre Erzählung vertieft, dass sie Helenas gequälten Ausdruck nicht bemerkt, bis es schon zu spät ist.

»Es tut mir leid«, sagt sie betreten. Sie ist wütend auf sich, weil sie nach allem, was Helena ihr erzählt hat, unbedingt die Geschichte dieser unglücklichen Liebe erwähnen musste.

»Schon gut«, erwidert Helena gefasst. »Aber können wir bitte hier weg. Dieser Ort hat wirklich etwas schrecklich Trauriges an sich.«

Auf der Suche nach den berühmten Affen von Gibraltar folgen sie der Straße, die sich aus der Stadt emporschlängelt und um den imposanten Felsen herumwindet. Lily gibt sich Mühe, ihre anfängliche Heiterkeit wiederaufleben zu lassen, doch es ist, als wäre sie an den steinernen Säulen des Government House zurückgeblieben. Je höher die Sonne steigt, deren Hitze von den gleißenden Felswänden zurückgeworfen wird, desto schwerer und schleppender werden ihre Schritte und Gespräche. Lilys Traum war es, den Gipfel des Felsens zu erklimmen und Afrika am Horizont zu sehen – den Dunklen Kontinent, der seine ganz eigene magische Anziehungskraft ausübt –, doch schon bald kann sie nur noch daran denken, in die Stadt mit ihrem lebendigen Treiben und der kühlenden Meeresbrise zurückzukehren. Ein gereiztes, angespanntes Schweigen liegt über der kleinen Gruppe. Lily spürt das Brennen der Blasen, die sich in ihren geschlossenen Lederschuhen bilden.

Während Edward und Helena weitergehen, beide ihren Gedanken nachhängend, lässt Lily sich auf einer der

Bänke nieder, welche den Weg säumen, streift den linken Schuh ab und reibt ihren wunden Fuß. Aus dem Augenwinkel bemerkt sie eine Bewegung. Dann noch eine. Plötzlich berührt etwas ihre Schulter. Sie wirbelt herum und blickt in die hellgrünen Augen eines winzigen Makaken. »Oh!«, ruft sie aus. Sie will schon nach ihren Begleitern rufen, als ein weiterer, größerer, Berberaffe erscheint, sich an der Lehne festklammert und ohne viel Aufhebens dazu übergeht, mit seinen Pfoten ihr Haar zu zerzausen. Ein dritter gesellt sich dazu, und bevor sie weiß, wie ihr geschieht, haben sich drei Affen hinter ihr versammelt und zerren mit ihren kleinen krallenbewehrten Händen an Lilys Haar. Sie versucht aufzustehen, kann mit nur einem Schuh jedoch kaum das Gleichgewicht halten. Panik überfällt sie.

»Aua! Aufhören!«

Endlich kommt sie auf die Füße und entfernt sich hinkend von der Bank; als sie sich umdreht, kann sie gerade noch sehen, wie die drei Affen im Unterholz verschwinden und zwei von ihnen ihre wertvollen Schildpattkämme umklammern wie Trophäen.

Alarmiert von ihren Schreien, kommen Edward und Helena herbeigeeilt; sie ärgern sich, dass sie vorangegangen sind und die Affen verpasst haben. Lily versucht zu erklären, wie schrecklich es sich angefühlt hat – die groben Affenhände, die mit ihren Krallen auf ihrem Kopf herumwühlten –, aber es klingt wohl eher komisch als unheimlich, denn ihre Begleiter verkünden, jetzt seien sie noch wütender auf sich, weil sie dieses Schauspiel verpasst haben.

Zu Lilys großer Erleichterung einigen sie sich darauf, den Rückweg anzutreten. Während sie den Felsen wieder hinabsteigen, versucht Lily, sich von der Sache mit den Affen abzulenken, indem sie mehr über ihre neuen Freunde in Erfahrung bringt. Sie sehnt sich danach, Edward in einem klaren Umfeld verorten zu können, etwas über seine Kindheit zu erfahren, sein Zuhause, seine Eltern. Doch obwohl die Geschwister ihre Fragen höflich beantworten, bleiben ihre Antworten unbefriedigend und enthüllen nie das vollständige Bild, nachdem es sie verlangt. Beide scheinen sie ihre Mutter sehr zu mögen, ihren Vater hingegen zu fürchten. Das ist nicht ungewöhnlich. Lily weiß, dass sie diesbezüglich großes Glück hatte.

Nach einem hartnäckigen Verhör hat sie zusammengetragen, dass sie genug Geld haben, um sich nach ihrer Ankunft in Australien in Ruhe umzuschauen, bevor sie sich entscheiden, wo sie sich niederlassen wollen. Es gibt eine Tante in Melbourne, erzählen sie ihr, und ein paar jüngere Cousinen und Cousins. Aber als sie fragt, ob sie bei ihr vorbeischauen wollen, wenn das Schiff dort anlegt, bleiben sie vage. Die Familie lebe in einiger Entfernung zur Stadt, erklären sie. Sie werden höchstwahrscheinlich nicht genug Zeit haben.

Helena erzählt von ihren Plänen, irgendwann wieder zu unterrichten. »Das Bildungssystem in Australien mag zwar ein anderes sein«, sagt sie, »aber letzten Endes sind Kinder immer Kinder, egal wo, glaubst du nicht auch?«

Lily ist froh, als sie den Fuß des Felsens erreichen, wo sich die Händler im Schatten der Bäume am Straßenrand reihen. Immer noch aufgewühlt von ihrer Begegnung mit den Affen und im Bewusstsein ihres wild zerzausten, kammlosen Haars, schlendert sie in ein Lädchen, um einige bunte Postkarten zu kaufen; danach bleibt sie an einem Stand stehen, an dem ein adretter kleiner Herr in verblasstem blauem Hemd und mit breitkrempigem Strohhut Seidenschals in allen erdenklichen Farben und Nuancen verkauft – vom kräftigsten Rot bis hin zum zartesten Grün.

»Diese ist sehr gut für Sie«, sagt er und hält einen goldenen Schal hoch, der mit winzigen orangefarbenen und rostroten Vögelchen bestickt ist.

»Oh, nein, ich glaube nicht.«

Lily hat zwar Geld für den Landgang mitgenommen, aber ihr ist bewusst, wie lange ihre Ersparnisse reichen müssen und dass die Reise noch mehrere Wochen dauert.

»Doch. Gut für die Augen. Schauen!« Der Mann hält den Schal an Lilys Gesicht, als könne sie auch ohne Spiegel sehen, wie das Gold ihre bernsteinfarbenen Augen hervorhebt.

»Nein, wirklich nicht. Ich …«

»Sie nimmt den Schal«, ertönt eine Männerstimme über ihre Schulter hinweg.

Lily wirbelt herum und ist schockiert, als sie in das äußerst belustigte Gesicht von Max Campbell blickt.

»Sie können doch nicht …«, setzt Lily an, doch er schneidet ihr das Wort ab.

»Nenn mich bitte Max … und natürlich kann ich. Nachdem ich neulich erst dein hübsches Kleid ruiniert habe, ist es das Mindeste, was ich tun kann. Außerdem hat der Herr absolut recht. Er ist sehr gut für die Augen.«

Er sieht sie so eindringlich an, als könne er direkt durch ihre Pupillen hindurch in ihren Kopf blicken, und für einen Moment bekommt sie keine Luft. Auf jeden Fall kann sie nicht schlucken, denn in ihrer Kehle steckt ein Klumpen von der Größe des Felsens, in dessen Schatten sie stehen.

Der Mann mit dem Strohhut ist hocherfreut. »Es ist gut, dass sie kaufen für wunderschöne Ehefrau.«

»Oh, aber ich bin gar nicht …«

»Da haben Sie recht«, sagt Max und richtet die volle Kraft seines blendenden Lächelns auf den Händler. »Meine wunderschöne Frau verdient wunderschöne Dinge.«

Er erkundigt sich nach dem Preis und macht keinerlei Anstalten, mit dem Mann zu feilschen; stattdessen greift er in seine Hosentasche und reicht ihm die Münzen, scheinbar ohne auch nur einen Blick darauf zu werfen.

Lily spürt, wie sich die Hitze in Flecken auf ihren Wangen ausbreitet. Sie hört immer noch Max' Worte – »meine wunderschöne Frau« –, und das Lachen, das in seiner Stimme perlt.

»Es macht dir doch nichts aus, nicht wahr? Bitte sag mir, dass es dir nichts ausmacht. Du würdest mir den größten Gefallen tun, wenn du das hier annimmst, denn andernfalls werde ich weiterhin über eine Art nachsinnen müssen, meine Schuld zu begleichen, und das wird so lange auf mir lasten, bis am Ende die ganze Reise ruiniert ist.« Er hält ihr den Schal hin, der mittlerweile in Papier eingewickelt wurde, und sie hat keine Wahl, als in sein breites, attraktives Gesicht zu blicken, das ein solch verschwenderisches Lächeln zur Schau trägt, als wisse er ganz genau, dass es dort, wo dieses Lächeln herkommt, immer noch mehr davon geben wird – so viele Gründe zu lächeln – und dass er es sich leisten kann, großzügig damit zu sein.

»Dankeschön«, sagt sie schließlich und greift nach dem Päckchen. Aber als ihre Finger sich darum schließen, lässt Max nicht los, zumindest nicht sofort, und so berühren sich ihre Hände, Haut an Haut.

»Du hast Lily gefunden! Wie überaus klug von dir, Darling!«

Beim Klang von Elizas Stimme reißt Lily ihre Hand zurück, als hätte sie sich verbrannt. Eliza trägt eine cremefarbene weit geschnittene Leinenhose und eine Art lockere weiße Folklorebluse, die tief auf ihren Schultern hängt. Ihr schwarzes Haar ist zurückgekämmt, und sie trägt wieder ihre Sonnenbrille, sodass Lily den Ausdruck in ihren Augen nicht lesen kann.

»Wir haben schon die ganze Zeit gehofft, dir über den Weg zu laufen, nicht wahr, Darling? Die Leute in der ersten Klasse sind so furchtbar spießig und langweilig, gerade so als wäre man mit einem Haufen verstaubter alter Bibliotheksbücher eingesperrt.«

»Aber es muss doch auch junge Leute dort oben geben. Was ist mit der Gruppe, mit der ihr kürzlich Abend an der Bar wart?«

Eliza gibt ein abfälliges *Pfff* von sich. »Debütantinnen und Dummköpfe, die nur darauf warten, selbst zu Bibliotheksbüchern zu verstauben.«

Edward stößt schwer atmend zu ihnen, als wäre er gerannt. »Warst du einkaufen?«, fragt er mit einem Blick auf Lilys Päckchen.

»Nur ein Schal«, antwortet sie und blickt verlegen zu Boden.

»Ich bestehe darauf, dass wir uns jetzt endlich diesen Drink genehmigen«, sagt Eliza und hakt sich bei Edward unter, als seien sie beste Freunde seit jeher.

Lily ist verwirrt. Fast als hätte der Wind die Seiten eines Buches vorgeblättert und sie wäre viel weiter vorne gelandet, als sie glaubte zu sein.

»Wir haben mit Eliza und Max Karten gespielt, als du

krank warst«, erklärt Helena, die nun auch zu ihnen gestoßen ist.

»Ich habe sie haushoch geschlagen und als rechtmäßige Gewinnerin verlangt, dass wir uns in Gibraltar alle zusammen einen Drink gönnen«, sagt Eliza. »Der Lohn des Siegers eben.«

»Ich muss euch warnen, Eliza ist eine gerissene Falschspielerin«, sagt Max. »Und sie hasst es zu verlieren.«

Sie wechseln einen Blick, der wegen Elizas Sonnenbrille unmöglich zu entziffern ist.

Zu fünft machen sie sich auf den Weg zu einem Hotel, das Lily vorhin schon aufgefallen ist, das sie jedoch als zu luxuriös und teuer abgetan hat. Eliza, Max und Edward sind bester Laune und plappern in einem fort. Lily, die mit Helena folgt, bemerkt, wie aufgeweckt Edward plötzlich ist. Oben auf dem Felsen war er so schweigsam, denkt sie. Aber schau ihn sich einer jetzt an.

»Die arme Lily hatte vorhin eine fürchterliche Begegnung«, sagt Edward jetzt und dreht sich mit einem Lächeln zu ihr um. »Mit einer Horde Affen.«

Er meint es als einen Scherz, um seine Begleiter zu unterhalten, doch Lily findet es immer noch nicht amüsant – all die kleinen Pfoten, die sich in ihren Kopf krallten und an ihrem Haar zerrten.

»Ein Scotch hilft bei so einem Schock immer«, sagt Max zu ihr. »Wir bestellen dir am besten gleich einen doppelten.« Er zwinkert und lächelt sein überschäumendes Lächeln.

»Ich glaube, ich werde besser aufs Schiff zurückkehren«, erwidert Lily und bleibt stehen. »Ich muss noch ein paar Postkarten schreiben. Wenn ich mich beeile, kann ich sie vielleicht noch hier abschicken.«

Ein Chor aus Stöhnen und kollektiven Neins ertönt.

»Bitte, komm mit uns, wir bleiben auch nicht lange«, sagt Helena. Lily zögert und blickt zu Edward. Wenn er sie bittet zu bleiben, wird sie ihre Meinung ändern.

»Ganz wie du meinst«, sagt er.

Lily fährt mit der nächsten Barkasse zum Schiff zurück, durch die Flottille kleiner Boote und die Rufe der Händler hindurch. »Miss! Miss!« *Miees, Miees.* Sie ist froh über die frische Brise. Und das Alleinsein. Es war dumm von ihr, so schnell Zuneigung zu fassen.

Zurück an Bord, geht sie direkt in die Lounge und setzt sich an einen der kleinen Schreibtische, um ihren Eltern und ihrem Bruder zu schreiben; erst dann holt sie ihr Tagebuch hervor und füllt Seite um Seite mit all dem, was die letzten Tage passiert ist. Als Helena und Edward schließlich auftauchen, senkt sie den Kopf und tut so, als hätte sie die beiden nicht gesehen.

7

4. August 1939

Am nächsten Tag dämmert der Morgen klar und hell und in vollkommener Stille, als sei es der erste Tag in einer frisch gereinigten Welt. Lily ist ihr Schmollen vom Vortag peinlich. Immerhin sind Edward und Helena ihr nichts schuldig; es sind einfach nur nette Leute, die sie gerade erst kennengelernt hat. Beinahe Fremde. Sie fasst den Vorsatz, ihren gesellschaftlichen Horizont zu erweitern und auf ihrer Reise auch für andere Bekanntschaften offen zu sein. Sie hat sich viel zu sehr an die Fletchers geklammert.

Mit ihrem neuen Seidenschal, den sie sich lose um den Hals geschlungen hat, und Elizas Bemerkung im Ohr, Erste-Klasse-Passagiere seien wie alte, verstaubte Bücher, beschließt sie, der kleinen Schiffsbibliothek einen Besuch abzustatten. Sie mag zwar mit vierzehn die Schule verlassen haben, aber die Lust am Lesen hat sie nie verloren, hegt insgeheim sogar den Traum, eines Tages selbst Bücher zu schreiben. Selbst in ihrer Zeit als Dienstmädchen hatte sie stets ein Buch auf ihrem Nachtschränkchen liegen. Mrs. Spencer fand es zwar einen etwas sonderbaren Wunsch, als Lily darum bat, sich hin und wieder ein Buch aus der gut bestückten Hausbibliothek ausleihen zu dürfen, aber sie erfüllte ihn ihr gerne und machte aus

Lilys Lesewut sogar eine Art Dauerscherz mit ihren Gästen: »Ich bin sicher, dass Lily uns einen ihrer legendären Apfelkuchen backen wird … wenn wir es nur schaffen, sie von ihren Büchern loszureißen!«

Maggie schüttelte immer den Kopf, wenn sie nachts aufwachte und das Lämpchen noch brennen sah, Lilys Nase tief in einem Buch vergraben, den Blick angespannt, um die Worte im schwachen Licht zu entziffern. »Was findest du nur daran?«, fragte sie dann, wobei ihr herzförmiges Gesicht unter der Decke hervorlugte, das blonde Haar vom Schlaf zerzaust.

Aber genug davon.

Sie macht es sich mit dem Buch, das sie sich ausgesucht hat, auf einem der Liegestühle vor der Bibliothek bequem – ein Roman von Agatha Christie mit dem verheißungsvollen Titel *Der Tod wartet.* Sie ist kein großer Fan von Krimis, aber sie ist fasziniert von der Tatsache, dass dieser im Nahen Osten spielt, schließlich könnte er eine geeignete Lektüre unter der heißen Mittelmeersonne sein. Als Buchzeichen verwendet sie den Brief ihrer Mutter, den sie auf ihrem Kopfkissen vorfand, nachdem das Schiff in Gibraltar abgelegt hatte. Es steht nicht viel darin, ein paar Zeilen zu ihrer Heimreise von Tilbury Docks nach Reading; die Nachricht, Frank habe eine Beförderung bei Huntley & Palmers bekommen, der großen Keksfabrik am Fluss, wo er seit achtzehn Monaten arbeitet, wenn auch etwas lustlos. Die eigentliche Bedeutung des Briefes jedoch liegt in der Schrift ihrer Mutter selbst – in den unregelmäßigen blauen Buchstaben, die schief zum rechten oberen Rand des Blattes hinaufwandern; in der Anstrengung, die es ihre Mutter, die kaum je schreibt, gekostet hat, sie aufs Papier zu bringen.

Das Meer liegt in vollkommener Stille da, nur die Geräusche des Schiffes schwirren in der reglosen Luft – das Kreischen kindlicher Begeisterung vom Swimmingpool auf dem oberen Deck, das Klackern eines Teewagens, während der Steward seine Runde dreht. Die Zeit spült angenehm träge über sie hinweg. Als sie von ihrem Buch aufschaut, erblickt sie Ida weiter hinten auf dem Deck, die offenbar auf dem Weg zur Lounge ist. Bevor sie den Kopf wieder hinter ihrem Buch verstecken kann, erspäht Ida sie und macht kehrt, wobei sie das hölzerne Bein eines Liegestuhls übersieht, den jemand ein Stück weit aus der Reihe vorgeschoben hat. *Oh!* Lily gibt ein Geräusch von sich, das lauter ist als ein Ruf, jedoch nicht als Warnung ausreicht. Schon segelt Ida der Länge nach durch die Luft, und ihr Kopf knallt mit einem scheußlichen Geräusch gegen einen der Pfeiler des Sonnendachs, wobei ihr Rock samt Unterröcken hochrutscht und die spindeldürren Beine in den gelben, zerknitterten Strümpfen schmachvoll entblößt.

Lily steht auf, ihr Verstand drängt sie loszueilen, um Ida aufzuhelfen, doch ihre Füße haften am Boden, als hätte sie jemand mit Klebstoff dort festgeklebt. Sie weiß, wie absolut unerträglich es für Ida mit ihrem steifen Stolz sein muss, auf diese peinliche Art und Weise vor aller Augen zu stürzen, und endlich zwingt sie sich vorwärts, doch jemand anderes kommt ihr zuvor. Eine Frau ist von einem der benachbarten Stühle aufgesprungen und kniet sich neben Idas hingestrecktem Körper auf das staubige Deck.

»Bitte erlauben Sie mir, Ihnen zu helfen«, sagt sie mit schwerem ausländischem Akzent. »Wissen Sie, mir ist erst gestern dasselbe passiert, und dabei habe ich nicht annähernd eine so gute Figur gemacht.«

Lily merkt, dass sie versucht, die Schmach für Ida zu mindern, aber Ida will davon nichts hören.

»Es geht schon. Danke.« Ida ignoriert geflissentlich die ausgestreckte Hand der Frau, während sie sich aufrappelt und nach dem Pfeiler greift, um sich hochzuziehen. Lily kann sehen, wie sich ihr schmales Gesicht vor Demütigung verhärtet, und wünscht, sie könnte die Frau warnen, den Rückzug anzutreten. Doch sie beharrt weiter.

»Sind Sie sicher, dass Sie sich nichts getan haben? Das war ein schlimmer Sturz.«

»Ich versichere Ihnen, mir geht es bestens.« Idas Mund schnappt zu wie eine Falle.

»Sollen wir uns eine Weile setzen, während du dich erholst?« Endlich findet Lily ihre Sprache wieder. Aber wenn das überhaupt möglich ist, sieht Ida bei Lilys Vorschlag noch erboster aus.

»Warum sollte ich mich hinsetzen wollen? Ich war gerade auf dem Weg zu meiner Kabine. Ich habe noch einiges zu erledigen.«

Das ist eine Lüge. Dennoch ist Lily mehr als erleichtert, als Ida davonrauscht. Sie lässt sich schwer in den nächstbesten Stuhl sinken, und die Frau, die Ida helfen wollte, nimmt wieder ihren Platz daneben ein. Sie tauschen einen hilflosen Blick, der die gesamte Verwirrung der vorangegangenen Situation zu umfassen scheint. Jetzt, da Lily die Gelegenheit hat, sich ihre Nachbarin genauer anzuschauen, bemerkt sie das längliche Gesicht mit den schmalen Zügen. Die eng zusammenstehenden Augen der jungen Frau blicken sie durch eine runde Schildpattbrille an, und das dichte dunkle Haar türmt sich auf ihrem Kopf wie eine Kissenfüllung. Dennoch ist der Gesamteindruck irgendwie angenehm, als würden sich die verschiedenen ungewöhnlich geformten Einzelteile zu einem besonders befriedigenden Puzzle fügen.

Die Frau stellt sich als Maria Katz vor. »Ich hoffe, ich habe Ihre Freundin nicht gekränkt«, sagt sie.

»Sie ist nicht meine Freundin«, erwidert Lily und ist sogleich verlegen ob ihres harschen Tonfalls.

Maria hat ein Buch neben sich liegen – den neuen Roman von Daphne du Maurier, den Lily bereits gelesen hat –, und schon bald sind sie in eine leidenschaftliche Diskussion vertieft. Lily ist verblüfft von der Anzahl an Büchern, die Maria offenbar gelesen hat, und wie fesselnd sie von ihnen erzählen kann – als seien es alte Freunde, keine leblosen Objekte aus Papier –, bis Maria ihr erklärt, dass sie in Wien aufgewachsen ist, in einer Stadtwohnung mit einer Bibliothek so groß wie ein Ballsaal.

Nach dieser Enthüllung wird sie stiller, die schmalen Lippen zusammengepresst, wie um die Worte davon abzuhalten hervorzuströmen.

»Mein Vater will seine Bücher nicht zurücklassen«, sagt sie leise. »Deswegen sind sie immer noch dort.«

Auf Lilys ratlosen Blick hin erklärt sie, dass sie einer jüdischen Familie entstammt. Lily hat durchaus schon beunruhigende Gerüchte über schlimme Dinge gehört, die den Juden in Deutschland, Österreich und der Tschechoslowakei zustoßen sollen, aber sie erschienen ihr nie real – das war etwas, das weit weg passierte. Doch als sie jetzt Maria lauscht, die beschreibt, wie sie mit ihrer Schwester und deren Familie erst nach Prag und dann, als auch diese Stadt unter die Kontrolle der Nazis fiel, nach London fliehen musste, verspürt Lily eine tiefe

Scham ob ihrer Unwissenheit. Nein, nicht Unwissenheit, denn das hieße, sie wäre nie mit der Wahrheit konfrontiert worden – vielmehr schämt sie sich für ihren Entschluss, nicht zu sehen, was vor sich geht.

»Ich habe jetzt seit über zwei Monaten nichts mehr von meinen Eltern gehört«, sagt Maria. »Das Schlimmste ist, nichts zu wissen. Manchmal habe ich Albträume, in denen ich Schritte hinter mir höre. Schritte, die mich verfolgen. Schritte überall.«

Marias Schwester ist in London zurückgeblieben; ihre Neffen sind gerade erst in die Schule gekommen. Sie wollen sich endgültig dort niederlassen und haben eine kleine Wohnung. Sogar ein Klavier. Doch Maria ist, genauso wie Lily, getrieben von Abenteuerlust.

»Wenn man alles aufgeben muss, was einem wichtig ist, ist das natürlich schrecklich. Aber auf eine gewisse Art und Weise kann es auch befreiend sein. In Österreich besaßen wir so viele wundervolle Dinge. Schöne Dinge. Gemälde, Bücher, Möbel, Kleider. Ich hatte sogar einen Hund, eine hässliche kleine Kreatur mit so einem Gesicht …« Sie drückt mit dem Finger ihre Nase platt und lässt die Augen komisch hervorglubschen. Lily kann sich ein Kichern nicht verkneifen. Dann fährt Maria fort: »Diese Dinge – die Bücher, der kleine hässliche Hund – hielten uns in unserem Heim verwurzelt, so sehr, dass meine Eltern sich nicht überwinden konnten fortzugehen. Obwohl …« Maria hält inne. Atmet tief ein. Lässt die Luft entweichen. »Jetzt habe ich nichts mehr. Aber ich bin frei.«

Einer von Marias Cousins hat einen kleinen Verlag in Melbourne gegründet und ihr Geld geschickt, damit sie rüberkommen und ihm als Assistentin bei seiner Arbeit helfen kann. Maria errötet, als sie Lily von ihrer Hoffnung erzählt, eines Tages vielleicht selbst ein Buch zu schreiben. »Wie sonst soll man einen Sinn in dieser seltsamen, sich wandelnden Welt finden, wenn nicht, indem man über sie schreibt?«, fragt sie.

Für einen Moment überlegt Lily, ihr von ihren eigenen schriftstellerischen Ambitionen zu erzählen, doch im letzten Moment hält sie sich zurück, aus Angst, etwas laut auszusprechen, das sie bisher noch nie jemandem anvertraut hat. Stattdessen berichtet Lily von dem Regierungsprogramm und der Stelle als Dienstmädchen, die sie in Sydney erwartet. »Ich hoffe, dass ich das nicht allzu lange machen muss«, fügt sie hinzu. Sie kann nicht anders. »Nur bis ich dort Fuß gefasst habe.«

Maria lächelt. »Also ein Neuanfang für uns beide«, sagt sie. »Und in der Zwischenzeit dürfen wir unter dieser strahlenden Sonne sitzen, jeden Tag köstlich speisen, Musik hören und Bücher lesen. Gar nicht so schlecht, dieses Leben.«

»Ich fühle mich schrecklich frivol«, sagt Lily, von Ehrlichkeit getrieben, obwohl sie ihre Wortwahl sogleich bereut. »Die Gründe, die ich hatte, mein Zuhause zu verlassen, sind so selbstsüchtig und banal im Vergleich zu deinen.«

Maria fixiert Lily durch ihre Brille hindurch, und Lily bemerkt, dass sie von einem dunklen Braun sind, warm wie Melasse. »Auf einem Schiff wie diesem«, sagt sie, »hat jeder triftige Gründe, vor irgendetwas davonzulaufen.«

Beim Mittagessen erzählt sie Helena und Edward von ihrer Begegnung mit Maria. George Price lauscht mit sichtlichem Abscheu.

»Die Juden haben sich das selbst zuzuschreiben«, sagt er. »Werden reicher und reicher, während alle anderen hungern müssen. Horten ihr Geld und ihre Kunstschätze ohne jegliche Loyalität den Ländern gegenüber, in denen sie leben. Dieses Schiff wimmelt nur so von Juden. Ich hätte nie geglaubt, dass sie hier sein würden, in derselben Klasse wie wir anderen.«

Lily möchte ihm verzweifelt widersprechen, aber sie weiß nicht, wie. Sie wünschte, sie wäre besser informiert, damit sie Georges Äußerungen schlagfertig parieren könnte. Ihr verspätetes »Also, ich fand sie sehr nett« klingt platt und dürftig.

George folgt ihr nach dem Mittagessen aufs Deck. Sie hat auf ein Gespräch mit Edward und Helena gehofft, doch stattdessen findet sie sich eingepfercht zwischen Reling und George wieder, der ihr den Rückweg versperrt.

»Ich kann sehen, dass Sie ein wohlmeinendes, nettes Mädchen sind«, sagt George, »aber Sie haben noch nicht viel von der Welt gesehen. Sie kennen die Geschichte hinter diesen Dingen nicht. Ich würde es nur ungern sehen, wenn jemand das ausnutzen würde. Deswegen rate ich Ihnen, sich an Ihresgleichen zu halten. Zudem würde ich mich freuen, Sie darüber aufzuklären, wenn Sie das wünschen.«

Lily denkt an Marias Ausdruck, als sie von ihren Eltern in Wien erzählte, von ihrem Hündchen und ihren Büchern.

»Das ist sehr nett von Ihnen, George«, sagt sie. »Aber ich bin durchaus in der Lage, mir meine Freunde selbst auszusuchen.«

Und schon wechselt Georges Gesichtsfarbe von Rot zu

Violett. Robert war so, schießt es ihr plötzlich durch den Kopf. Nicht immer, aber wenn er überzeugt war, sich im Recht zu befinden. Und in seiner Abneigung, abgewiesen zu werden.

»Dürfte ich Lily entführen? Wir brauchen dringend einen vierten Mitspieler für unsere Kartenpartie.«

Edward ist neben George aufgetaucht. Eine Sekunde funkelt George ihn an, als hätte er die Absicht, Nein zu sagen, aber da ist nichts an Edwards sanftem Auftreten oder seiner schlanken Statur, das ihm einen Angriffspunkt für seinen Zorn bieten könnte, und so tritt er widerwillig zurück.

Sie gehen ein paar Schritte, bis Lily sich gestattet zu seufzen.

»Danke«, flüstert sie. »Ich dachte schon, ich würde für immer dort feststecken. Das war ein guter Trick. Die Ausrede mit den Karten, meine ich.«

»Oh, nein, das war keine Ausrede. Na gut, sie kam zufällig sehr gelegen, da ich sehen konnte, dass du gerettet werden musstest. Eliza und Max haben uns aber wirklich auf eine Partie Karten oben in der ersten Klasse eingeladen, doch Helena hat sich hingelegt. Sie fühlt sich nicht besonders. Also fehlt uns ein vierter Spieler. Du kommst doch mit, nicht wahr?«

Lily zögert, als ihr Max' provokantes Zwinkern vom Vortag einfällt und ihre eigene Unsicherheit. Dann reißt sie sich zusammen. Ist sie nicht auf diesem Schiff, um Abenteuer zu erleben? Die Campbells sind so anders als alle anderen Leute, mit denen sie normalerweise verkehren würde. Es ist eine einzigartige Gelegenheit, ihren Horizont zu erweitern.

Edward blickt sie immer noch verunsichert an, und

plötzlich sieht sie ihn, wie er als Kind ausgesehen haben könnte – ein kleiner Junge, der sich wünscht, dass alles in Ordnung ist, dass alles gut wird.

»Natürlich komme ich mit.«

Auf dem Weg zur ersten Klasse wünscht sie, sie hätte sich zuvor umgezogen oder sich zumindest das Haar gebürstet, das vom langen Stehen an der Reling ganz zerzaust ist. Sie bereut, den neuen Seidenschal zu tragen. Was, wenn Max Campbell dem irgendeine Bedeutung beimisst? Sie trägt das mitternachtsblaue Kleid mit der weißen Bordüre und hat Angst, es könnte schäbig wirken. Als habe er ihre Gedanken gelesen, dreht Edward sich zu ihr um. »Wie gut dir diese leichte Sonnenbräune doch steht. Alles an dir hat die Farbe von Honig.«

Lily weiß, dass es nicht ungewöhnlich ist, wenn Gäste aus der Touristenklasse auf das obere Deck eingeladen werden. Einige Leute, die sie getroffen hat, haben Freunde, die erster Klasse reisen, und gesellen sich nach dem Abendessen regelmäßig auf einen Kaffee zu ihnen. Dennoch, als sie durch die opulent ausgestattete Lounge auf Max und Eliza zugehen, wird sie den Eindruck nicht los, dass alle sie anstarren. Sie fühlt sich wieder in die Schule zurückversetzt – diese Blicke, die ihr sagten, dass sie nicht die richtige Kleidung trug, dass ihre Eltern sich nicht richtig ausdrückten.

Eliza trägt heute Gelb – ein Sommerkleid mit eng anliegendem Mieder, das ihre schmale Taille betont, und einem weit schwingenden Rock. Es hat einen rechteckigen Ausschnitt, unter dem sich die zarte Wölbung ihres Schlüsselbeins abzeichnet.

»Ich bin ja so froh, dass du gekommen bist, Lily«, sagt sie und beugt sich vor, um ihre kühle Hand auf die von

Lily zu legen. »Ich habe schon befürchtet, wir hätten dich gestern vergrault. Mein Mann kann zuweilen etwas überwältigend sein. Ich hoffe, du hast nicht geglaubt, er würde dich festhalten und dir den Scotch gegen deinen Willen einflößen!«

»Nein, natürlich nicht.«

Lily war nervös bei der Vorstellung Max gegenüberzutreten, doch heute ist er gedämpfter Laune und scheint kaum zu registrieren, dass sie da ist. Der stets aufmerksame Edward bemerkt den Unterschied sofort. »Geht es dir gut, Max?«, fragt er.

»Ja, bestens!«, erwidert Max ungehalten, und Lily spürt, wie Edward sich neben ihr auf dem Sofa versteift. Es gefällt ihm sicher nicht, in Elizas Gegenwart so angefahren zu werden, denkt sie.

Als sie mit dem Kartenspiel beginnen, lockert sich die Stimmung etwas, obgleich sich Lily nur zu offensichtlich der bohrenden Blicke der anderen Passagiere bewusst ist. Unwillkürlich hebt sie die Hand und glättet ihr Haar, zupft ihren Schal zurecht.

»Er steht dir«, sagt Max. »Das wusste ich gleich.«

Er sitzt ihr gegenüber, lächelt, und seine Augen erinnern sie an die blauen Splitter einer zerbrochenen Glasvase. Lily spürt, wie Eliza zu ihr herschaut, und plötzlich ist ihr Mund staubtrocken.

Edward erzählt den Campbells, wie er Lily vor George Price gerettet hat, und dann muss Lily natürlich erklären, wie sie heute Morgen auf dem Deck Maria kennengelernt hat.

»Eine Jüdin?«, fragt Eliza. »Ach, die haben wir auch.« Als sie Lilys Verwirrung bemerkt, führt sie ihre Antwort näher aus. »In den Staaten, meine ich. Ich war mal mit einem Juden befreundet, eigentlich vor allem, um meinen Vater auf die Palme zu bringen. Er war schrecklich klug – der Jude, meine ich –, aber so ein Langweiler. Konnte Freitagabends nie ausgehen. Ich sagte immer: ›Kannst du nicht einen Freitag aussetzen und deine Gebete, oder was auch immer du da treibst, an einem Montag oder Dienstag nachholen?‹, aber darauf wollte er sich nie einlassen.«

»Ich glaube nicht, dass das so funktioniert«, lacht Edward.

Der Nachmittag vergeht, wie solche Nachmittage eben vergehen. Gestöhne, wenn das Blatt schlecht ist, entzückte Ausrufe, wenn eine Runde gewonnen wird. Als Eliza drei Partien in Folge verliert, verpufft ihr Interesse.

»Karten sind doch eigentlich furchtbar ermüdend, oder?«, sagt sie und zupft an ihrem dottergelben Kleid. »So viele Regeln und Vorschriften.« Und dann, ein paar Minuten später: »Ich bin so froh, dass wir morgen in Toulon Halt machen. Diese Spiele sind geradezu unerträglich.«

Zwei Runden später, als sie abermals verliert, fängt sie an, gegen ihren Ehemann zu sticheln. »Passt bloß auf Max auf. Er ist so ein gemeiner Betrüger.«

Die Lounge der ersten Klasse ist um einiges geräumiger als die auf dem unteren Deck. Die gemütlichen, ausladenden Sofas sind mit weichem bordeauxrotem Samt bezogen, und zusätzlich laden schwere Lehnsessel und Chaiselongues zum Verweilen ein. In der gegenüberliegenden Ecke des Raums spielt ein Streichquartett, und der eindringliche Klang der Violine erhebt sich über das beständige Murmeln der plaudernden Gäste. Stewards laufen umher und balancieren Silbertabletts mit Getränken, Teekannen und Zigaretten. Zwei kleine Mädchen in identischen Kleidern – ihre sonnenverbrannten Gesichter verraten, warum sie hier sind und nicht mit dem Rest ihrer Altersgenossen im Pool herumplanschen – singen leise »Backe, backe, Kuchen« und klatschen rhythmisch ihre Händchen gegeneinander.

Während sie Karten spielen, herrscht um sie herum ein stetes Kommen und Gehen. Erst ein junges Paar – sie mit einem auffällig runden Bauch –, dann drei ältere Frauen, die ungeduldig auf das Abendessen warten, und noch später eine Familie, die schweigend dasitzt, die Gespräche entweder schon erschöpft oder überflüssig. Doch trotz der wechselnden Gesichter wird Lily das ungute Gefühl nicht los, dass man sie anstarrt. Erst als das Spiel zu Ende ist und sie und Edward aufbrechen, lässt irgendetwas sie an der Tür innehalten und zurückblicken – vielleicht das Bedürfnis, sich die Szenerie einzuprägen, sodass sie diese später in einem ihrer Briefe besser beschreiben kann –, und da macht sie eine zutiefst verwirrende Entdeckung.

Nicht sie und Edward sind das Objekt dieser unablässigen, missbilligenden Musterung.

Es sind die Campbells.

8

5. August 1939

Lily wird vom Klirren und Klappern des Stewards geweckt, der ihnen den morgendlichen Tee bringt. Zu ihrem Entsetzen muss sie feststellen, dass die Übelkeit zurück ist, obwohl was ihr diesmal zu schaffen macht, eher ihr Kopf ist als ihr Magen.

Sie stützt sich auf die Ellbogen und hofft, dass der Schwindel verfliegt, doch obwohl ihr nun weniger elend ist, ist ihre Haut klamm, und ihre Körpertemperatur schwankt innerhalb kürzester Zeit von eisig kalt zu kochend heiß und wieder zurück.

»In etwa einer Stunde erreichen wir Toulon«, verkündet der Steward, ein freundlicher, stets gut gelaunter Mann mit rundem Gesicht, dessen Ohren von seinem Kopf abstehen wie die Henkel eines Bierkrugs. Zusätzlich zu den Teetassen, die sich auf seinem Tablett drängen, hat er auch Broschüren mitgebracht, die er an Lily, Audrey und Ida verteilt und auf denen sich ein Umgebungsplan sowie die Wegbeschreibung vom Hafen in den Ortskern befinden.

»Wollen Sie denn nicht aufstehen, Miss?«, fragt er Lily besorgt. Von ihrem erhöhten Blickwinkel aus der oberen Koje kann sie eine kahle Stelle auf seinem Kopf sehen. »Es könnte Ihnen guttun, festen Boden unter die Füße zu bekommen. Außerdem legen wir direkt im Hafen an, also müssen Sie nur die Landungsbrücke runter, und schon sind Sie da.«

Audrey verkündet, dass sie und Annie gut auf Lily aufpassen werden, wenn sie an Land gehen, was Ida sofort dazu veranlasst zu erwidern, dass Annie, so wie sie ausschaut, nicht einmal in der Lage wäre, auf einen Goldfisch aufzupassen, und dass Lily bei ihr in viel besseren Händen wäre. Ida macht kein Geheimnis aus ihrer Geringschätzung für Audreys neue Freundin, die erst spät eine bezahlte Arbeit aufnahm, da sie zu Hause geblieben war, um sich um ihre jüngeren Geschwister zu kümmern, und es nie weiter als bis zur Küchenhilfe geschafft hat.

Letztendlich wird beschlossen, dass sie zu viert an Land gehen. Lily ist zu schwach, um zu widersprechen, und zudem dankbar, dass sie, indem sie an der Seite von Audrey und den anderen bleibt, nicht Gefahr läuft, von den Campbells aufgelesen zu werden. Doch als sie sich angekleidet hat und langsam die Landungsbrücke hinuntersteigt – eine Hand ans Geländer geklammert, die andere bei Audrey untergehakt –, ist Lily bereits klar, dass sie einen Fehler macht. Obwohl die Sonne sich hinter einer hohen grauen Wolkenfront versteckt hält und der anhaltende Wind ihr eine prickelnde Gänsehaut über die Arme jagt, hat sie das Gefühl, ihre Stirn würde verbrennen.

Als sie dieses Mal festen Boden betritt, erwartet sie bereits, dass ihr Körper die Bewegungen des Meeres fortführt, trotzdem schwankt sie einige Sekunden, bis ausgerechnet Ida sie beim Arm nimmt, um ihr Halt zu geben.

»Hast du immer noch dieses wackelige Gefühl? Wenn du erst so viel gereist bist wie ich, merkst du das gar nicht mehr.«

Ida hat den gestrigen Sturz nicht erwähnt, und Lily ist klug genug, ihn ebenfalls nicht anzusprechen.

Einige der Passagiere haben vorab Touren nach Nizza gebucht. Als sie die Schlange vor den wartenden Bussen sieht, ist Lily froh, dass sie das nicht getan hat. Allein der Gedanke, stundenlang in einem Bus zu sitzen, der die Haarnadelkurven entlangrast, die sie auf dem Plan gesehen hat, bereitet ihr Übelkeit. Stattdessen folgt sie dem Rest der Passagiere Richtung Ortsmitte. Zur allgemeinen Überraschung verkündet Ida, sie spreche Französisch, doch als sie eine einheimische Frau nach dem Weg zum nächsten Postamt fragen, um ihre Briefe abzuschicken, klingen Idas Worte dürftig und stockend, und die Frau zuckt zuerst mit den Schultern, bevor sie einen Schwall unverständlicher Wörter hervorsprudelt.

»Sie sagt, da lang«, verkündet Ida und deutet nach vorne, aber Lily hat ihren Ausdruck gesehen und weiß, dass sie nur rät.

Erst als Audrey mit einem gezückten Briefumschlag in der Hand an einen älteren Herrn herantritt, mit dem Finger auf die Stelle zeigt, wo die Briefmarke sein sollte, und »Wo?« fragt, schaffen sie es zum Postamt und im Anschluss in ein kleines Café. Während sie sich zwischen den Tischen auf der Terrasse hindurchschlängeln, bleibt Lilys Blick an einer zusammengefalteten Zeitung hängen, die jemand auf einem der Tische hat liegen lassen. Die Schlagzeile ist auf Französisch, daher kann sie ihre Bedeutung nicht verstehen, doch an Hitlers zornigem Blick, der ihr von der Fotografie daneben entgegenstarrt, gibt es nichts misszuverstehen, und ein Schauder überläuft sie. Die vier Frauen lassen sich nieder und versuchen, Schwarztee zu bestellen, doch als sie von dem attraktiven jungen Kellner lediglich einen ratlosen Blick ernten, entscheiden sie sich stattdessen für Limonade.

Der erste Schluck fühlt sich herrlich kühlend an für Lily's fiebernden Kopf, aber als sie die Hälfte getrunken hat, zittert sie bereits wieder.

»Der Kellner schaut dich an, Lily«, flüstert Audrey. Sie und Annie blicken zur Bar und kichern.

»Ich bin ganz sicher, dass er nicht mich meint«, erwidert sie. »Ich glaube nicht, dass mich in meinem gegenwärtigen Zustand jemand anschauen würde. Außer vielleicht ein Arzt, der mich zu medizinischen Zwecken untersuchen will.«

Sie lachen alle, doch Ida fixiert Lily mit ihren schwarzen Augen. »Unsinn. Du bist eine attraktive junge Frau, Lily. Tatsächlich wundert es mich sehr, dass du niemanden in England zurückgelassen hast. Einen Ehemann oder Liebsten. Wie alt bist du? Fünfundzwanzig? Sechsundzwanzig? Du wirst auch nicht jünger.«

Trotz ihrer körperlichen Schwäche und eines Anflugs von Selbstmitleid muss Lily angesichts Idas Unverblümtheit einen plötzlichen Lachanfall unterdrücken und schlägt sich die Hand vor den Mund.

»Oh, Lily, ich hoffe, wir haben dich nicht gekränkt«, sagt Audrey, die ihre Geste missversteht. Nachdem Lily ihr versichert hat, dass dies ganz sicher nicht der Fall ist, fragt Audrey nach: »Also gab es da jemanden, Lily? Jemand Besonderen?«

Bei jedem anderen fände sie dieses Verhalten aufdringlich, aber die schlaksige, unbeholfene Audrey mit ihrem blonden Haarschopf und diesen hellblauen Augen hat so etwas Argloses an sich, dass Lily es nicht schafft, sie abzuweisen.

»Bitte, erzähl es uns«, sagt nun auch Annie und streicht eine rote Locke aus ihrem Gesicht.

Sie wollen eine romantische Geschichte, denkt Lily bei sich. Mädchen wie sie sind empfänglich dafür.

»Vielleicht sogar ein Heiratsantrag?«, fügt Annie eifrig hinzu.

Ganz plötzlich sitzt Lily in ihren fiebergetränkten Gedanken mit Robert im Park, und er wickelt ihr einen Grashalm um den Ringfinger. »Wir werden heiraten«, sagt er zu ihr. »Eines Tages.«

»Nein«, sagt Lily abrupt. »Niemanden.«

Ida schaut sie die ganze Zeit mit ihrem üblichen bohrenden Blick an, als sei Lily ein seltener Vogel, den sie bestimmen und kennzeichnen will. »Nun, ich glaube, es gibt da jemanden auf dem Schiff, der sich ziemlich in dich verguckt hat«, sagt sie jetzt ernst und bedächtig.

»Wen?« Annie, die eine Romanze wittert, ist begierig, mehr zu erfahren.

»Ihr Tischnachbar.« Sie wendet sich an Lily. »Ich habe ganz genau gesehen, wie er dich angeschaut hat.«

Bei Ida klingt es geschmacklos, wie etwas, das Lily frech herausgefordert hätte. Trotzdem hält das nicht die Freude auf, die durch Lily hindurchströmt und in ihre schmerzenden Knochen dringt, in ihren trägen, glühend heißen Körper. Die gesamte Zeit, in der sie krank das Bett hüten musste, hat sie es sich nicht gestattet, an Edward Fletcher zu denken. Sie rief sich immer wieder in Erinnerung, wie er sich in Eliza Campbells Gegenwart verhalten hatte, und tröstete sich damit, dass es besser sei, es jetzt gesehen zu haben, bevor sie sich zu etwas hinreißen ließ und sich Dinge einbildete. Doch Idas Worte haben einen verräterischen Funken Hoffnung in ihr entfacht.

»Ich glaube wirklich nicht, dass Edward an mir interessiert ist«, sagt sie.

»Edward? Ist das der mit den dunklen Locken? Oh, er ist wirklich sehr attraktiv«, sagt Annie und lächelt, sodass die Sommersprossen auf ihrer Nase zu einem einzigen braunen Fleck verschmelzen.

»Nein, nicht der.« Ida macht eine Bewegung, als würde sie eine Fliege verscheuchen. »Ich rede von dem anderen. Dem mit der zerdrückten Nase und den Erdbeerbacken.«

Und einfach so – genauso schnell, wie sie gekommen ist – entweicht jegliche Freude aus Lily und hinterlässt einen Hohlraum, wo sich nun die Kälte sammelt. Sie sitzen an einem Außentisch, aber die Sonne wird immer noch von einer dunklen Wolke verdeckt, und Lily zittert, als ein kühler Windstoß ihre Haut streift.

Sie wünschte, sie könnten heimgehen. Nicht in die schmale Koje in dieser stickigen, ständig schwankenden Kabine. Nicht einmal in das feuchte Zimmer in London. Nein, in das kleine Reihenhaus in Reading, wo ihre Mutter an ihrer Bettkante sitzen, ihr das schweißnasse Haar aus der Stirn streichen und ihr versichern würde, dass sie schon bald wieder putzmunter sein wird.

»Ich denke, wir sollten dich besser zurückbringen«, sagt Ida, und nicht zum ersten Mal überkommt Lily der beunruhigende Gedanke, dass die ältere Frau ihr am Gesicht ablesen kann, was sie denkt. Was für eine seltsame Mischung, diese Ida. Scharfsinnig, aber aufdringlich; taktlos, und doch sensibel für die Dinge, die andere nicht zu bemerken scheinen.

Als sie aufstehen, um das Café zu verlassen, legen sich Idas Finger eng um Lilys Oberarm.

9

7. August 1939

Wie schnell man sich doch an eine fremde Realität gewöhnen kann, bis es auf einmal die alte, wohlbekannte Welt ist, die einem unwirklich scheint. Es ist erst knapp über eine Woche her, aber wenn Lily über ihr Londoner Leben nachdenkt – die Busse, der Nebel, das Gedränge am Piccadilly Circus an den Wochenenden –, scheint es ihr beinahe wie etwas aus einem Buch oder einem Film. Die Realität hingegen ist Folgendes: der helle strahlende Tag, als sie am Morgen auf das Deck hinaustritt; das sanfte Wiegen des Schiffes unter ihren Füßen; das herrlich reinigende Gefühl dieser ersten erfrischenden Brise salziger Seeluft.

Lily tritt an die Reling, lehnt sich ein Stück vor und genießt den kühlen Sprühregen der Gischt auf ihrem Gesicht, den Anblick dieses endlosen blauen Teppichs aus Wasser, der sich in alle Himmelsrichtungen erstreckt.

»Kannst du schon Italien sehen? Nicht mehr lange, und wir sind in Neapel«, ertönt eine Stimme hinter ihr.

Sie dreht sich um und sieht Maria Katz in einem der Liegestühle sitzen, die dunkle Haarwolke von einem smaragdgrünen Kopftuch gebändigt, ein aufgeklapptes Buch im Schoß. Lily schaut noch einmal aufs Meer hinaus. Nun, da Maria es erwähnt hat, beginnt Lily an ihrer Sehkraft zu zweifeln. Könnte das dort drüben Land sein? Jener dunkle Streifen am Horizont? Sie zieht einen Liegestuhl neben den von Maria. »Du warst wieder seekrank?«

Lily nickt, und kurz darauf erwischt sie sich dabei, wie sie Maria alles über den unglückseligen Ausflug nach Toulon erzählt, über Ida und Audrey und den starrenden Kellner im Café. Als sie die zusammengefaltete Zeitung mit Hitlers Konterfei erwähnt, wird Maria still.

»Würde es euch stören, wenn ich mich zu euch geselle?«

Helena Fletcher steht vor einem leeren Liegestuhl an Lilys Seite. Heute trägt sie einen strengen schwarzen Rock mit einer schlichten Bluse. Es ist eine Aufmachung, wie Lilys Mutter sie genauso gut hätte tragen können. Warum will Helena sich unbedingt älter machen, als sie ist?, fragt sich Lily nicht zum ersten Mal. Sie vermutet, dass es etwas mit ihrer verlorenen Liebe zu tun hat – womöglich scheint ihr Aussehen ihr die Mühe nicht mehr wert.

Lily stellt Helena und Maria einander vor und freut sich, dass sich die beiden auf Anhieb zu verstehen scheinen. Beide verfügen sie über eine ähnlich schweigsame Intelligenz. Und beide haben sie gelitten – wenn auch Helena sich in ihr Leid hüllt wie in eine Decke, während Marias wie ein Büßerhemd ist, von dem nur sie weiß, dass sie es trägt.

Die beiden finden heraus, dass sie noch eine andere Gemeinsamkeit haben: Maria hat ebenfalls Kinder unterrichtet, obgleich sie ihre Arbeit aufgeben musste, als sie nach England zog. Sie unterhalten sich gut gelaunt und tauschen Anekdoten über ungezogene Schüler und anstrengende Rektoren aus. Während sie reden, lehnt Lily sich in ihrem Stuhl zurück und lässt sich das Gesicht von der Sonne wärmen. Sie erinnert sich an Edwards Worte: »Alles an dir hat die Farbe von Honig«; daran, wie sich seine Lippen nach oben verzogen und winzige Fältchen seine Augenwinkel rahmten.

»Hast du heute schon meinen Bruder gesehen, Lily?«

Lily schreckt zusammen. Hat sie etwa laut gedacht? »Nein, ich bin gerade erst aufgestanden.«

Helena runzelt die Stirn. Zwei Falten graben sich zu beiden Seiten ihrer Nase tief in die Haut.

Maria blickt auf. »Du suchst nach dem Mann, der immer bei dir ist, Helena.«

Lily wird bewusst, dass, wenn Maria eine Aussage trifft, es genauso gut eine Frage sein könnte. Wahrscheinlich ist es eine Eigenart der deutschen Sprache, die im Englischen anders ankommt, überlegt sie sich.

»Entschuldige. Ich möchte nicht wie eine Spionin klingen, aber ich beobachte gerne die Menschen um mich herum.«

»Maria ist Schriftstellerin«, erklärt Lily mit einem Anflug von Stolz.

»Lily ist viel zu freundlich. Es ist lediglich mein Wunsch, Schriftstellerin zu sein«, entgegnet Maria. »Ich habe dich und ihn oft zusammen gesehen, Helena. Er war vorhin hier, saß ganz in der Nähe. Aber dann ist er auf das obere Deck gegangen.«

Prompt macht Lilys gute Laune der Enttäuschung Platz. Es scheint gerade so, als könne Eliza Campbell ihn wie einen jungen Hund jederzeit zu sich zitieren. Sie stellt sich Eliza vor – mit ihren schillernden Augen, dem schweren, blumigen Duft und ihrer lasziven Art zu reden. Warum sollte er da auch nicht angerannt kommen?, denkt sie mutlos.

Helenas Gedanken scheinen in dieselbe Richtung zu gehen. Ihre grauen Augen sind von Sorge getrübt, und eine tiefe Furche hat sich zwischen ihre Brauen gegraben.

»War er in Gesellschaft von Mrs. Campbell?«, will sie wissen. »Der Dame mit dem glatten schwarzen Haar?«

Maria schüttelt den Kopf. »Nein, es war ein Mann. Groß, mit lauter Stimme und einem Schnurrbart.«

Helena scheint von dieser Nachricht nicht sonderlich beruhigt. »Ich wünschte, er würde sich von dort fernhalten«, sagt sie mit einem bohrenden Blick zum oberen Deck, als könne sie ihren Bruder durch die Holzplanken und Metallgeländer, die Teppiche und Samtvorhänge hindurch sehen. »Ich fürchte, das sind keine sehr netten Menschen. Die Campbells, meine ich«, erklärt sie, an Maria gewandt. »Edward ist viel zu vertrauensselig. Er lässt sich zu schnell auf Leute ein. Dabei geht es ihm immer noch nicht besonders gut.«

Der letzte Teil ist an Lily gerichtet.

»Aber er ist doch geheilt, nicht wahr.« Lily scheint sich ein Beispiel an Maria genommen zu haben, und die Frage entschlüpft ihren Lippen wie eine Tatsache.

Helena legt sich die Hand an ihr wirres Haar, das sie auch heute nur achtlos hochgesteckt hat. »Ich fürchte, er wird nie vollständig geheilt sein«, erwidert sie.

Lily will gerade nachfragen, als der Schrei eines Kindes von der Reling her ertönt.

»Land in Sicht! Ich sehe Land! Italien!«

Die drei Frauen stehen rasch auf und gesellen sich zu den anderen Passagieren, die hinausspähen. Und, *oh*… es ist so herrlich. Lilys unausgesprochene Frage erstirbt auf ihren Lippen, als das Schiff sich dem Festland nähert und sie die steilen Felsenklippen erkennen können – einige von grünen Bäumen gekrönt, andere mit Häuschen gespickt. Die Stadt selbst spannt sich über die gesamte Bucht wie eine Hängematte, und dahinter ragt in der Ferne die dunkle Silhouette des Vesuv vor dem blauen Himmel empor.

Edward taucht neben ihnen auf.

»Ist es nicht wunderschön?«, sagt Lily, und ausnahmsweise ist es ihr egal, ob sie sich als das behütete Mädchen aus der Provinz verrät, das noch nichts von der Welt gesehen hat.

»Ja, das ist es«, erwidert Edward lächelnd. Er legt flüchtig seine Hand auf ihren nackten Oberarm – sie trägt heute eine kurzärmlige Bluse zu einem dunkelblauen Rock –, und ihre Haut brennt unter seiner zarten Berührung.

Lily hat schon vor Antritt der Reise eine Tour nach Pompeji gebucht. Sie erinnert sich daran, wie sie mit ihren Eltern die Broschüren der Schifffahrtsgesellschaft auf dem Esstisch ausgebreitet hatte, um zu entscheiden, welche Ausflüge sie unternehmen sollte. Sie lächelt bei dem Gedanken daran, wie aufmerksam ihre Mutter die Fotografien der Ruinenstadt studiert hatte. »Ich kann nicht glauben, dass meine Tochter all das mit eigenen Augen sehen wird«, hatte sie gesagt. »All diese Wunder.«

Sehr zu Lilys Freude stellt sich heraus, dass die Fletchers und Maria dieselbe Tour gebucht haben. Nach einigem hektischen Gerenne zu den Kabinen und wieder zurück, um Kameras, Uhren und Jacken zu holen, versammeln sie sich mit etwa fünfzehn anderen Passagieren auf dem Hafenkai. Lily verspürt beinahe ein schlechtes

Gewissen, als Audrey und Annie mit Ida im Schlepptau an ihnen vorbeigehen, und Audrey das Gesicht verzieht, wie um zu sagen: *Schau mal, wen wir an der Backe haben!* Ihr Führer, ein überschwänglicher Italiener namens Antonio, der ein tadelloses Englisch mit einem sehr melodischen Akzent spricht, versichert ihnen, dass sie in Kürze eine der bedeutendsten Sehenswürdigkeiten der gesamten Welt erblicken werden.

»Meine Damen und Herren, Sie werden staunen«, verspricht er ihnen, nachdem sie ihre Plätze im Bus eingenommen haben. Lily wiederholt die Worte in ihrem Kopf. *Siiie wärrden staunään.*

Nachdem sie den großen, weiten Hafen verlassen haben, wo die Sonne sich glitzernd im Meer spiegelt und der Himmel endlos scheint, biegt der Bus in Richtung Innenstadt, wo die Straßen schäbiger und dunkler werden und *Viva Il Duce!*-Plakate die Laternenpfosten und Mauern pflastern; schließlich erreichen sie die kleinen Gassen, die so eng sind, dass Lily sich fragt, wie um alles in der Welt der Fahrer es schafft, sich hindurchzuschlängeln, während sich quer über ihren Köpfen die vollgehängten Wäscheleinen von Fenster zu Fenster spannen wie zerlumpte Girlanden.

»Mir war nicht bewusst, dass es hier so ärmlich sein würde«, sagt Lily zu Maria, als sie an zwei schmächtigen, in Lumpen gehüllten Kindern vorbeifahren, die auf einer Eingangsstufe sitzen und den Bus mit reglosen Gesichtern anschauen. Sie hat in London natürlich schon Armut gesehen, aber irgendwie scheint sie hier noch unfreundlicher – ein grauer, hässlicher Kontrast vor dem glitzernden Juwel des Mittelmeers.

»Armut ist immer schockierend«, erwidert Maria. »Und

falls das irgendwann nicht mehr der Fall sein sollte, gibt es keine Hoffnung mehr. Für keinen von uns.«

Lily ist erleichtert, als der Bus sich langsam aus der Stadt hinauswindet und sie den Dreck und die schmuddeligen, knochigen Kinder zurücklassen. Während sie immer weiter emporfahren, dringt ihr ein scheußlicher Geruch nach faulen Eiern in die Nase.

»Falls Sie gerade etwas riechen und hoffen, es würde gleich vorbeigehen, sollten Sie sich besser daran gewöhnen, denn das ist Schwefel«, scherzt der Führer und erklärt ihnen sogleich, wie die giftigen Gase, die sich über lange Zeit im Inneren des Vesuv angestaut hatten, zu einer gewaltigen Eruption führten, welche die gesamte Stadt unter einer Schicht aus Vulkanasche und Bimsstein begrub.

Als sie in Pompeji eintreffen, lässt die Atmosphäre Lily verstummen – das vollständig erhaltene Gerippe der Stadt, ihre Geheimnisse, welche beinahe zweitausend Jahre, nachdem sie zerstört wurde, vor aller Augen entblößt daliegen –, aber auch die düstere Gegenwart des Vesuv, der sich drohend und Rauch spuckend in der Ferne erhebt. Während die Sonne erbarmungslos auf sie niederbrennt, trotten sie durch den schattenlosen Staub die Straßen entlang, die einst voller Leben gewesen sein müssen; sie schauen in Häuser hinein, von denen viele noch über ihre komplizierten Mosaikböden verfügen. Sie sehen die Skulpturen von Menschen, die durch die geschmolzene Lava und Asche für immer in der Zeit erstarrt sind. Da ist ein Mann, der rücklings auf einer Marmorplatte liegt, vollkommen nackt bis auf ein Feigenblatt, das posthum angebracht wurde, um seine Scham zu bedecken. Es gibt sogar den Abdruck eines kleinen Hundes, den Lily lange Zeit betrachtet und sich fragt, ob er wusste, was ihm drohte, ob er Angst hatte.

Aus irgendeinem Grund muss sie bei dem Anblick des kleinen Hundes an Maggie denken, daran, wie verängstigt sie war. Nur noch ein Kind. Die Augen weit aufgerissen, starr auf Lily gerichtet. *Muss ich sterben, Lily?* Und sie hatte den Kopf geschüttelt. Was sonst hätte sie tun sollen?

»Wenn die Damen bitte das Haus dort drüben betreten würden? Sie werden dort einige Kochutensilien vorfinden, die Sie interessieren könnten«, sagt Antonio, der Führer. Während sie vor Hitze beinahe vergeht, sieht Lily ihm nach, als er die Herren in ein anderes Haus in der Nähe führt.

Als sie wieder zu ihnen stoßen, haben einige der Männer ein breites Grinsen im Gesicht, doch Edward wirkt verlegen und weicht ihrem Blick aus.

»Was war denn in dem Haus?«, fragt Lily voller Neugier, aber er schüttelt nur den Kopf.

»Nichts, was du sehen wolltest.«

Als die Gruppe weitergeht, lässt Lily sich zurückfallen und schleicht sich rasch in das zweistöckige Gebäude, das die Männer besichtigt haben. Zuerst kann sie nicht erkennen, was daran so interessant sein soll, doch dann bemerkt sie, dass die Wände des größten Raumes mit Fresken bedeckt sind. Als sie sich die Wandgemälde aus der Nähe ansieht, stellt sie fest, dass es sich um nackte Männer und Frauen beim Liebesspiel handelt, und das in einer Art und Vielfalt, die Lily den Atem verschlägt. Paare, Gruppen, selbst Tiere. Obwohl sie weiß, dass sie gehen sollte, kann Lily sich gleich den steinernen Bewohnern dieser Stadt nicht rühren; und trotz der Kühle, die im Inneren des Gebäudes herrscht, steht ihr Körper in Flammen. Ein Bild fesselt ihre Aufmerksamkeit ganz besonders. Darauf ist ein muskulöser Mann zu sehen, der hinter einer Frau kniet, die sich auf Händen und Knien tief nach vorne beugt. Obwohl das Gesicht des Mannes undeutlich ist, kann sie in den langen Sekunden, bevor sie sich endlich losreißt, ganz klar die Züge von Max Campbell sehen.

»Du hast also das Bordell gefunden?«, flüstert Maria belustigt, als Lily wieder zu ihnen stößt. Lily hat das Gefühl, vor Scham im Boden versinken zu müssen. Natürlich hat sie schon von solchen Orten gehört – sie ist schließlich weder unwissend noch naiv. Nicht mehr. Aber sie hat das Wort noch nie ausgesprochen gehört. Und das von einer Frau!

»Ich hatte ja keine Ahnung«, murmelt sie und bemerkt, wie Marias Belustigung mit ihrer Verlegenheit zu wachsen scheint. »Woher wusstest du …?«

»Ich habe recherchiert, bevor wir hergekommen sind«, sagt Maria. »Was für ein Glück, dass London über solch exzellente Bibliotheken verfügt.«

Auf dem Rückweg zum Reisebus kommen sie an einem kleinen Souvenirladen vorbei, der hochwertig gearbeitete Kameen verkauft, die entweder aus Muschelkalk oder dem Lavagestein des Vesuv geschnitzt wurden. Obwohl sie zu teuer für sie sind, fährt Lily mit dem Finger über die polierten Schmucksteine und bewundert die zierlichen Erhebungen der Reliefs. Am Ausgang sind Edward und Helena in eine Unterhaltung mit Maria vertieft. Da Lily immer noch aufgewühlt ist von dem, was sie in dem antiken Bordell gesehen hat, verweilt sie etwas länger in dem Lädchen und ist froh, ein paar Minuten für sich zu haben.

»Entschuldigen Sie…« Die Stimme gehört zu einer älteren Dame, die hinter ihr aufgetaucht ist. Sie trägt ein violettes Kostüm aus dickem Samt, das von guter Qualität zu sein scheint, in dem sie bei der Hitze jedoch geradezu schmoren muss. Auf ihrem Kopf sitzt ein farblich passender Hut, und die rundlichen Wangen sind wegen der Wärme stark gerötet.

Lily schenkt ihr ein etwas zögerliches Lächeln.

»Ich habe Sie erkannt, von neulich«, fährt die Frau fort. »Sie und Ihr Gatte haben in der Lounge Karten gespielt.«

»Oh, er ist nicht mein Ehemann.«

Lily weiß nicht, warum sie solchen Wert darauf legt, sich dieser Frau zu erklären, doch sie erträgt den Gedanken nicht, Edward könne mithören und denken, sie würde sich – und ihn – absichtlich und fälschlicherweise als Ehegatten hinstellen.

Die Frau hebt eine Augenbraue und zieht ihr Kinn zurück, sodass es sich in ihren fülligen Hals gräbt. »Verstehe. Wie auch immer, ich glaube, ich muss ein Wörtchen mit Ihnen reden.«

Sie hat mich vorhin in dem Bordell gesehen, denkt Lily mit hochrotem Gesicht. »Es tut mir leid, falls ich…«

Es ist, als hätte sie nichts gesagt. Die Frau redet einfach weiter und unterbricht Lily mitten im Satz. »Ich weiß ja nicht, wie viel Sie über die Campbells wissen, aber ich muss Ihnen mitteilen, dass diese Leute in der Gesellschaft – will sagen, der anständigen Gesellschaft – aufs Entschiedenste gemieden werden. Es gab da diesen entsetzlichen Skandal…«

»Josephine!« Ein mürrisch dreinblickender Mann stürzt auf sie zu, wobei ihm der Ärger aus sämtlichen Poren zu dampfen scheint. »Ich stehe jetzt schon so lange in dieser Affenhitze da draußen, dass es ein Wunder ist, dass ich keinen Hitzschlag erlitten habe. Kommst du nun endlich?«

Er würdigt Lily kaum eines Blickes. Die Frau nimmt seinen Arm, um sich zum Gehen zu wenden, doch dann zögert sie.

»Sie scheinen mir ein liebes Mädchen zu sein. Gutgläubig obendrein. Ich könnte nicht mehr in den Spiegel schauen, wenn ich Sie nicht gewarnt hätte. Diese Campbells mögen glamourös und aufregend erscheinen, aber in Wirklichkeit sind es sehr, sehr gefährliche Leute.«

Lily kehrt aufgewühlt zum Reisebus zurück und ist erleichtert, als sie sieht, dass die Frau und ihr Ehemann nicht mit ihnen fahren, sondern ein privates Taxi gemietet haben. Dennoch kann sie die Erinnerung an diese dunkelrot gefleckten Wangen nicht abschütteln; die Art, wie sie »entsetzlicher Skandal« sagte, mit einer Stimme, so laut, dass sie selbst Pompejis Tote aus ihrer zweitausendjährigen Ruhe gerissen hätte.

Auf gewisse Weise hat diese neue Information einige Rätsel gelöst. Sie erklärt, warum die anderen Passagiere Eliza und Max so gemustert haben, aber auch die häufige Anwesenheit der Campbells auf dem Touristendeck – nicht weil die Gesellschaft in der ersten Klasse so langweilig wäre, sondern vielmehr weil sie ausgeschlossen wurden. Aber während einige Fragen nun beantwortet sind, wurden gleichzeitig neue aufgeworfen. Was für ein Skandal mag das gewesen sein, der die Campbells zu Geächteten machte? Und warum sollen sie gefährlich sein?

Auch Maria wirkt nachdenklich, als der Bus sich an die Abfahrt Richtung Neapel macht, geistesabwesend knibbelt sie an ihren Fingern herum.

»Stell dir das nur einmal vor«, hatte sie vorhin auf dem Weg zum Souvenirladen zu Lily gesagt. »Eine ganze Gemeinde, vollkommen ausgelöscht.« Und Lily wusste, dass sie dabei an ihr eigenes Zuhause in Wien dachte, an ihre Eltern, die sich immer noch stur festklammerten, während die Stadt um sie herum sich leerte.

Lily hat einen Fensterplatz auf der falschen Seite des Busses erwischt, wo es keinen Schutz vor der Sonne gibt, die gnadenlos hereinscheint. Edward und Helena sitzen zwei Reihen weiter vorne, und Lily ertappt sich dabei, wie sie Edwards Hinterkopf betrachtet, die Stelle, wo sich sein Haar über dem Kragen lockt, seine schmalen Schultern. Bevor sie ihre Gedanken davon abhalten kann, huschen sie zu einem der Fresken in dem Bordell, auf dem eine nackte Frau zu sehen war, auf dem Rücken liegend, die Beine weit gespreizt, während in ihrer Mitte der Hinterkopf eines Mannes zu sehen war, dunkel gelockt wie der von Edward.

Nein, ermahnt sie sich fest. Nein, ich darf nicht.

Und dennoch.

Sie muss an Robert denken und wie seine Hände mit den dicken, tastenden Fingern sich unter ihren Rock schoben. »Ist schon gut«, raunte er atemlos in ihr Ohr. »Ich werde aufpassen. Wir werden heiraten.« Aber Lily dachte an ihre Eltern, an ihre Arbeit und an ihre Freundin Molly, die einzige andere Stipendiatin in ihrer Schulklasse, die mit sechzehn gezwungen worden war, einen Jungen zu heiraten, den sie nicht mochte, weil ein Baby unterwegs war. Sie stellte sich die Schande für ihre Mutter vor. Und stieß Roberts Hände beiseite. Obwohl sie es nicht wollte.

Was, wenn das ihre einzige Erfahrung in Sachen Liebe

bleiben wird? Dieses hektische Gefummel mit Robert, das sie beide stets keuchend und unbefriedigt zurückließ? Sie schließt die Augen vor der gleißenden Sonne, sodass ihre Gedanken in ein orangefarbenes Licht getaucht werden. Wieder entfliehen sie zu den Fresken, und sie muss an jenes denken, das ihr wie Max Campbell erschienen ist – stark und sonnengebräunt und überfließend vor Lust. Dann sieht sie wieder Edwards Hinterkopf, sein dunkles Haar … aber die Frau, zwischen deren Beinen er versunken ist, ist jetzt Eliza Campbell, den Kopf vor Verzückung in den Nacken geworfen.

»Alles in Ordnung, Lily?« Maria sieht sie neugierig an. »Du bist eingeschlafen und hast geschluchzt.«

»Ja. Mir geht es gut«, stößt Lily brüsk hervor.

Maria lehnt sich auf ihrem Sitz zurück und wendet den Kopf ab.

Als sie wieder am Schiff ankommen, wimmelt der Kai nur so von Menschen; viele von ihnen tragen große Bündel bei sich. »Die neuen italienischen Passagiere. Unser Steward hat uns gesagt, dass sie in Neapel an Bord kommen würden«, flüstert Helena, als sie sich durch die redselige Menge schieben.

»Es scheinen sehr viele schwangere Frauen darunter zu sein«, fällt Lily auf.

Maria erklärt, dass die meisten der Italienerinnen ihren Männern nachfolgen, die als Erntehelfer auf den Zuckerrohrplantagen in Queensland arbeiten, dass die Frauen ihre Überfahrt so legen, dass sie bei der Entbindung von der Anwesenheit des Schiffsarztes profitieren können. Die vier beginnen darüber zu spekulieren, welche Nationalität die Kinder wohl haben, wenn sie mit italienischen Eltern an Bord eines britischen Schiffes zur

Welt kommen, und im Laufe der Diskussion entspannt Lily sich allmählich. Sie fragt sich, ob sie Edward von ihrer seltsamen Begegnung im Souvenirladen erzählen sollte, aber sobald sie an Pompeji denkt, kommen ihr die Fresken wieder in den Sinn, und sie weiß nicht, ob es ihr möglich ist, gefasst darüber zu reden. Ich werde es ihm beim Abendessen erzählen, überlegt sie, und stellt sich bereits ein amüsantes Gespräch vor, bei dem sie abwechselnd raten werden, was die Campbells bei diesem »entsetzlichen Skandal« wohl verbrochen haben könnten.

Doch als sie sich zum Abendessen treffen, scheint Edward nicht in der Stimmung für Unterhaltungen – weder amüsanter noch anderer Art. Gedankenverloren lässt er sich zwei Plätze weiter auf den Stuhl sinken, während Helena sich neben Lily setzt.

George Price ist in voller Fahrt, während er sich darüber auslässt, dass das Schiff von »Itakern« überrannt wurde, obwohl, soweit Lily das beurteilen kann, kaum mehr als dreißig an Bord gekommen sind; ihre Kabinen befinden sich zudem ein Deck weiter unten in der dritten Klasse, und sie haben einen separaten, viel kleineren Speisesaal. »Sie sollten besser auf Ihre Wertgegenstände achtgeben«, mahnt er. »Die sind wie die Elstern. Dafür sind sie bekannt. Und eine Warnung an die jungen Damen: Lassen Sie sich ja nicht in eine Situation bringen, in der Sie allein mit einem Itaker sind. Wenn es um solche Dinge geht, verfügen diese Kerle über keinerlei Selbstkontrolle.« Dann wirft er einen vielsagenden Blick zur jungen Peggy Mills, als hielte er sich aus Rücksicht auf sie davon ab, mehr zu sagen.

Clara Mills, die nach ihrer langen Seekrankheit sogar noch zerbrechlicher wirkt als bei ihrer ersten Begegnung, schnappt erschrocken nach Luft. »Wenn ich gewusst hätte, dass diese Reise so aufreibend sein würde, hätte ich darauf bestanden, dass mein Ehemann zurückkommt, um uns zu begleiten«, sagt sie. »Man hat es so schwer als Frau ganz alleine.« Dann sieht sie zu Lily und Helena. »Ich meine, als allein reisende Frau, welche die Verantwortung für ein Kind trägt.«

Die gesamte Zeit über bleibt Edward schweigsam, und obgleich er Lily gelegentlich anlächelt, fehlt seinem Blick die übliche Wärme. Lily erinnert sich an das, was Helena heute früh gesagt hat, dass er nie völlig geheilt sein wird, und fragt sich besorgt, ob er sich womöglich übernommen hat. Der Tag war so lang, die Sonne schrecklich anstrengend und die steinernen Figuren der angstverzerrten Toten von Pompeji unbestreitbar verstörend.

Endlich ergreift er das Wort. »Ich frage mich, was die Campbells wohl in Neapel getrieben haben. Es ist seltsam, dass wir heute Abend nichts von ihnen gehört haben, wo wir sie doch die letzten Tage ständig um uns hatten.«

Also ist das der Quell seiner Niedergeschlagenheit. Die Abwesenheit der Campbells.

»Es war doch eine schöne Abwechslung, einen Tag ganz für uns allein zu haben«, entgegnet Helena. »Und jetzt sag mir nicht, du hättest es nicht genossen. Denk nur an diese Stille dort oben in der Ruinenstadt, die historische Atmosphäre.«

»Aber mit Max und Eliza ist alles so viel spaßiger«, beharrt Edward, und wieder vernimmt Lily einen Anflug von Elizas Tonfall in seiner Stimme.

»Du brauchst keinen Spaß, Edward«, sagt Helena womöglich eine Spur lauter als beabsichtigt, denn sie senkt ihre Stimme für den nächsten Satz. »Was du brauchst, ist Ruhe. Oder willst du wieder im Sanatorium enden?«

Edward war in den Anblick seiner Hände vertieft, doch nun schnellt sein Kopf hoch. Er hat Angst, spürt Lily. Bisher hat sie nicht wirklich darüber nachgedacht, wie es gewesen sein muss, dem Tod so nahe gewesen zu sein, umgeben von Menschen, deren Leben ebenfalls auf Messers Schneide stand, sodass jedes leer gewordene Bett einen an die eigene Sterblichkeit erinnern musste.

Was für ein Rätsel er doch ist, dieser Edward. So voller Widersprüche – Licht und Schatten, Sanftmut und Stärke. Er ist anders als irgendein Mann, den Lily je gekannt hat. Sie wünschte, sie könnte es ihm jetzt sofort erzählen, die Information über die Campbells, die sie in Pompeji bekommen hat. Doch sobald ihr der Gedanke kommt, wird ihr klar, dass es keinen Unterschied machen würde. Edward ist wie berauscht von Eliza. Lily kennt dieses Gefühl nur zu gut. Es ist dasselbe, das sie einst Robert gegenüber hegte.

In dieser Nacht hat sie einen schrecklichen Traum, in dem sie, Edward, Robert und die Campbells zu Stein verwandelt werden. Ida rüttelt sie wach. »Du hast geschrien«, sagt sie. »Im Schlaf. Wie soll man denn da zur Ruhe kommen?«

Hellwach liegt Lily nun in ihrer Koje, spielt die Ereignisse des Tages in ihrem Kopf durch und lauscht dem Meer, das vor dem Bullauge der Kabine rauscht und flüstert. Irgendwann schweift ihr Blick nach unten, und entsetzt stellen sich ihr die Härchen auf den Armen auf, als sie Idas Augen sieht, die sie durch die Dunkelheit hindurch anfunkeln.

10

8. August 1939

Was für ein Aufruhr.

Lily ist mit einem kleinen Berg Schmutzwäsche nach unten in die Wäscherei gegangen, nur um dort ein vollkommenes Chaos vorzufinden. Normalerweise sind die Waschräume, die sogar einen eigenen Bügelraum beinhalten, wohlgeordnet und sauber, und Lily hat nichts dagegen gehabt, sich das Geld für den Wäscheservice des Schiffes zu sparen, indem sie das selbst erledigte. Aber an diesem Morgen ist alles anders. Die Italienerinnen, die am vorherigen Nachmittag an Bord gekommen sind, haben riesige Beutel mit Wäsche heruntergebracht, die sie der Reihe nach in die Wannen kippen. Die Wäsche der anderen Passagiere, die diskret auf den Trockengestellen hing, wurde achtlos zu Boden gefegt, wo sie nun unschicklich und für alle sichtbar herumliegt.

Die Italienerinnen mit den riesigen Kugelbäuchen haben sich in den Räumen verteilt und plaudern vergnügt, scheinbar ohne zu ahnen, was für ein Ärgernis sie angerichtet haben, während einige der ursprünglichen Passagierinnen die Köpfe zusammenstecken und in aufgebrachtem Tonfall darüber diskutieren, wie man mit diesem Frevel, den man über ihre Unterwäsche gebracht hat, umgehen soll.

»Haben Sie das gesehen?«, fragt Clara Mills erschrocken, als sie Lily in der Tür erblickt. »George Price hat versucht, uns zu warnen, aber ich hätte nie gedacht… Oh, wenn ich nur daran denke, dass ich diese gesamte Reise vollkommen auf mich allein gestellt bin, mit niemandem an meiner Seite, der mich und meine Peggy beschützt!«

»Ich bin sicher, es handelt sich um ein Missverständnis«, sagt Lily, obwohl sie mit großer Verlegenheit einen ihrer Büstenhalter auf dem wirren Haufen verstreuter Kleidung erblickt. »Sie wissen eben noch nicht, wie wir die Dinge hier handhaben.«

Aber Clara und die anderen Frauen lassen sich nicht beschwichtigen. Man beschließt, eine Delegation zum Kapitän zu entsenden, und nach zehn Minuten tauchen die zu diesem Zwecke abgeordneten Damen in Begleitung des Zahlmeisters und zweier Stewards wieder auf. Der Zahlmeister ist ein streng dreinblickender Mann um die sechzig mit silbergrauem Haar und einer majestätischen Haltung, die von seiner gestärkten stattlichen Uniform ergänzt wird. Als er sie in ihrer Muttersprache anspricht, lauschen die Italienerinnen schweigend. Nach einer Weile erhebt sich ein Murmeln, und zwei von ihnen beginnen aufgeregt auf ihn einzureden, nur um von seiner autoritären Art wieder zum Schweigen gebracht zu werden.

Dann tritt er zu Lily, Clara und den anderen Frauen. »Ich habe ihnen eine Stunde gegeben, um die Waschräume in Ordnung zu bringen und zu reinigen, und ihnen mitgeteilt, dass sie ab sofort nur noch zwischen sechzehn und achtzehn Uhr waschen dürfen. Zu den übrigen Zeiten sind die Räumlichkeiten für die anderen Passagiere reserviert.«

Hinter seinem Rücken diskutieren die Italienerinnen mittlerweile aufgebracht, wobei sie immer wieder zu ihnen zeigen.

»Sie scheinen nicht besonders erfreut«, bemerkt Clara.

»Das mag wohl sein«, erwidert der Zahlmeister. »Aber sie befinden sich auf einem britischen Schiff, und daher müssen sie die britischen Gepflogenheiten respektieren. Je eher wir das deutlich machen, desto besser.«

Die gesamte Szene hinterlässt einen unangenehmen Nachgeschmack bei Lily. Die letzten anderthalb Wochen ist dieses Schiff eine Welt für sich gewesen, eine gewaltige schwimmende Stadt abseits der üblichen Regeln. Aber je länger die Reise andauert, desto beengter und bedrückender fühlt diese Welt sich an – Deck über Deck, Passagier über Passagier, alle wild durcheinandergewürfelt ohne eine Möglichkeit, sich aus dem Weg zu gehen.

Die steigenden Temperaturen machen es nicht besser. Es ist nicht nur die brennende Mittagshitze von Neapel, sondern eine ständige Schwüle, die sich wie ein Film über Lilys Haut legt und dafür sorgt, dass die Bluse ihr am Rücken klebt und der Schweiß sich in ihren Kniekehlen sammelt. Sie beschließt, dem kleinen Swimmingpool einen Besuch abzustatten, wo sie ihre Schuhe abstreift und die Füße im kühlen Nass baumeln lässt. Zwei kleine Mädchen planschen vergnügt im Becken. Normalerweise werden die Kinder von den Stewardessen der schiffseigenen Kinderkrippe beaufsichtigt, wo es ein organisiertes Unterhaltungsprogramm gibt, um die Kleinen auf der langen Reise bei Laune zu halten, und so ist es eine erfreuliche Abwechslung, den beiden Nackedeis beim Herumtollen im Wasser zuzuschauen. Sie fragt sich, ob sie eines Tages als Erwachsene, als Großmütter womöglich, zurückblicken und eine Erinnerung aus dem Nichts herauspicken werden, von einem großen Schiff und einem Schwimmbecken unter einem blauen, wolkenlosen Himmel. Bis dahin bin ich tot, denkt sie. Und der Gedanke trifft sie wie ein Schlag in die Brust.

Aus ihren Gedanken aufgeschreckt von einem Schrei, springt sie auf und eilt barfuß aufs vordere Deck, um zu sehen, was geschehen ist.

»Dort!«, sagt ein italienischer Herr und zeigt nach links, wo ein Vulkan sich wie eine gigantische Pyramide aus dem Wasser erhebt, während der Rauch sich um seinen Gipfel schlängelt. »Stromboli«, sagt der Mann lächelnd, und als würde der Vulkan auf seinen eigenen Namen reagieren, speit er eine Flamme in den Himmel. »Er ist wütend«, erklärt der Mann mit einem Lächeln, das mehrere schwarze und fehlende Zähne entblößt.

Beim Mittagessen ist Helena wieder einmal abwesend. »Der Ausflug nach Pompeji hat sie erschöpft«, sagt Edward.

»Ist sie denn krank?«, fragt Lily. »Sie scheint sich ständig ausruhen zu müssen.«

»Ich glaube, es ist nur ihr Herz, das krank ist«, sagt Edward. »Und das ist meine Schuld. Ich bin der Grund, warum sie alles ... alle ... zurücklassen musste.«

»Dafür kannst du doch nichts«, widerspricht Lily energisch. »Es war schließlich nicht deine Schuld, dass du an Tuberkulose erkrankt bist. Du darfst dir keine Vorwürfe machen.«

Edward seufzt und lächelt. »Du bist immer so nett zu mir, Lily. Aber du solltest mittlerweile wissen, dass Schuldgefühle nur ein weiteres meiner vielen Laster sind.«

Trotz dieses seltsamen Gesprächs freut es Lily zu sehen, dass Edward insgesamt besserer Stimmung zu sein scheint. Selbst George, der versucht, sie in eine vernichtende Verurteilung des morgendlichen Zwischenfalls in der Waschküche hineinzuziehen, scheint seiner guten Laune keinen Abbruch zu tun. Edward ist ihr gegenüber sehr aufmerksam, so sehr, dass es sie beinahe in Verlegenheit bringt. Als sie in der Damentoilette Audrey über den Weg läuft, zieht diese sie auf: »Jetzt hast du also schon zwei Verehrer an deinem Tisch sitzen. Das ist ja so ungerecht.« Und als Lily danach an den Tisch zurückkehrt, kann sie Edward kaum in die Augen blicken.

Nach dem Essen sitzen sie im Schatten des Vordachs auf dem Deck, und Edward fächert Lily Luft mit einem Strohhut zu, den er sich in Gibraltar gekauft hat. »Ich bin so froh, dass du an Bord bist«, sagt er zu ihr. »Du bist das Beste an dieser gesamten Überfahrt.«

Es ist wie am ersten Abend, und Lily genießt Edwards Gesellschaft so sehr, dass sie sich beinahe ärgert, als Maria auftaucht und fragt, ob sie sich zu ihnen gesellen dürfe. Doch schon bald plaudern sie angeregt über Pompeji, den Vorfall in der Waschküche und die erbarmungslose Hitze.

»Wie können sie bei diesen Temperaturen nur so viel Kleidung tragen«, fragt Lily und deutet auf eine Gruppe Juden ein Stück weiter – die Männer allesamt im dunklen Anzug mit hochgeschlossenem Kragen und Krawatte. Ihr ist schon zuvor aufgefallen, dass viele der jüdischen Frauen Tag für Tag dasselbe Kleid anhaben, ungeachtet des sich ändernden Wetters.

»Das ist alles, was sie haben«, antwortet Maria. »Viele derjenigen, die direkt aus Deutschland, Österreich oder der Tschechoslowakei gekommen sind, waren gezwungen mit nichts als ihren Kleidern am Leib aufzubrechen. Ich bin froh, dass ich die Möglichkeit hatte, in England zu arbeiten, sodass ich euch in den Genuss meiner exquisiten Kollektion von Haute-Couture-Modellen bringen kann.« Sie deutet mit einer überschwänglichen Geste auf ihr Kleid, ein tristes braunes Ding, das um die Brust herum ausschaut, als sei es für eine viel breitere Frau als Maria angefertigt worden.

»Und warum tragen die Männer ständig diese Aktentaschen mit sich herum?«, will Edward wissen.

Maria nimmt die Brille ab und reinigt mit einem Zipfel ihres Kleides die Gläser. »Einige dieser Männer waren Ärzte und Rechtsanwälte. Ich habe sogar einen getroffen, der Komponist war. Und einen anderen, der eine Reihe von Fabriken besaß. Aber jetzt sind sie hier und haben nichts mehr. Die Aktentaschen, selbst wenn viele davon leer sein sollten, sind alles, was sie mit den Männern verbindet, die sie einst waren.«

Lily versucht, sich vorzustellen, wie es wäre, nie wieder nach Hause zurückkehren zu können. Nie wieder durch die Haustür in Reading treten zu können, um ihrer Mam einen Kuss zu geben oder sich mit ihrem Bruder zu streiten. Nie wieder der Mensch zu sein, der sie immer war. Plötzlich versteht sie, dass auch sie womöglich den Drang verspüren würde, sich an jeden Gegenstand zu klammern, der sie mit ihrer Vergangenheit verbindet.

»Hier versteckt ihr euch also!«

Eliza Campbell ist aus der Lounge getreten und beäugt sie über den Rand ihrer Sonnenbrille hinweg. Sie trägt ein korallenrotes Kleid, das praktisch an ihrem Körper klebt und die Arme und den Ansatz ihres Busens entblößt, dazu weiße Lederschuhe mit schmalen Riemchen.

»Ich habe schon überall nach euch gesucht. Habt ihr

bei dieser Hitze nicht auch schreckliche Lust, euch einfach in Luft aufzulösen?«

Lily wartet darauf, dass Edward antwortet, dass seine Aufmerksamkeit automatisch von ihr zu Eliza überschwenkt, doch er springt nicht auf, wie sie erwartet hätte. Ein Funke Hoffnung keimt in ihr auf.

»Nun, jetzt da ich euch gefunden habe, werde ich euch nicht wieder entwischen lassen. Ich bestehe darauf, dass ihr mich nach oben begleitet und mit mir und Max eine Runde Karten spielt. Sonst wird es noch damit enden, dass wir uns gegenseitig die Köpfe einschlagen, und das wäre ganz allein eure Schuld.«

Lily versucht, ihr Maria vorzustellen, aber Elizas Blick gleitet an Maria ab, als wäre sie nur ein Teil vom Schiff, ein Stuhl oder eine Wand.

»Ich würde euch ja alle drei einladen, aber es ist leider nur ein Spiel für vier. Ich bin sicher, Maria wird es nichts ausmachen, wenn ich euch für eine Weile ausborge, nicht bei diesem herrlichen Ausblick, den sie von hier aus genießen kann.«

Lily will gerade Nein sagen, als Edward sich erhebt. »Komm schon, Lily«, sagt er. »Ein Tapetenwechsel wird uns guttun.«

»Außerdem haben wir viel bessere Ventilatoren«, lockt Eliza. »Herrliche, wohlig kühlende Ventilatoren.«

»Geht ruhig«, sagt Maria. »Ich mache es mir mit meinem Buch gemütlich.«

Trotzdem zögert Lily, aber gleichzeitig will sie bei Edward bleiben und stellt sich auch schon die kühle Luft auf ihrer Haut vor.

»Wir sehen uns später«, verspricht sie Maria, doch als sie geht, hat sie einen faden Nachgeschmack im Mund.

Oben angelangt und abermals dem unverhohlenen Starren der anderen Passagiere ausgesetzt, fällt ihr sofort wieder ihre Begegnung mit der rotwangigen Frau in Pompeji ein.

Nun, da Lily von dem »entsetzlichen Skandal« weiß, kann sie deutlich sehen, wie isoliert die Campbells sind. Niemand erwidert ihre Blicke, als sie auf Max zugehen, der allein an einem der Tische in der Lounge sitzt, Solitaire spielt und eine Zigarette raucht. Kein fröhliches »Guten Nachmittag!« oder »Ist es nicht furchtbar heiß?« Sie erkennt die Gruppe junger Menschen, die am ersten Abend ihres Zusammentreffens mit Eliza und Max an der Bar standen. Sie lümmeln ausgestreckt in den Sesseln in der Nähe des Eingangs und schauen weg, als Eliza vorbeigeht.

»Hast du etwas mit deinem Haar gemacht?«, fragt Max, als Lily sich an den Tisch setzt. »Du siehst heute besonders gut aus.«

»Das liegt daran, dass sie etwas Sonne abbekommen hat«, sagt Eliza. »Ich wünschte, ich hätte so einen Teint, der golden wird, statt die ganze Zeit so blass und langweilig zu bleiben.« Sie verzieht das Gesicht wie ein kleines schmollendes Mädchen und stülpt ihre Lippen hervor, die passend zu ihrem Kleid in einem kräftigen Korallenrot geschminkt sind. »Sollen wir was trinken? Oh, ich weiß, lasst uns einen Cocktail bestellen. Max, wie hieß er gleich, der, den wir den ganzen letzten Sommer über im Savoy getrunken haben?«

Max erinnert sich an den Namen. Die Cocktails werden bestellt. Jemand sitzt am Flügel und spielt eine leise Melodie, die sanft durch den Raum perlt. Die Ventilatoren laufen auf Hochtouren, und das erste Mal an diesem Tag spürt Lily so etwas wie Kühle auf ihrer Haut, während sie durch die weite Fensterfront blickt, wo der vorhin noch so monströse Stromboli immer kleiner wird. Max lächelt sein großzügiges Lächeln, Eliza versprüht ihren Charme, schürzt die Lippen und erzählt amüsante Anekdoten. Und im Handumdrehen spürt Lily, wie sie abermals in den strahlenden Lichtkreis gezogen wird, der die Campbells umgibt.

Sie teilen die Karten aus und beginnen ein neues Spiel, das Lily noch nicht kennt und das ihr erst lang und breit erklärt werden muss, bis Eliza die Geduld verliert und sagt: »Lasst uns einfach loslegen… du wirst es schon kapieren.« Dieses Mal gewinnt Eliza, trotzdem schweift sie ständig ab, um am laufenden Band Kommentare zu den anderen Passagieren abzugeben. »Schaut euch den an… er legt allen Ernstes seine falschen Zähne in eine Serviette auf den Tisch, während er isst«; »Und die dort drüben hat eine kleine Flasche in der Handtasche… schaut, wie sie sie rausholt und einen Schluck nimmt, wenn sie glaubt, dass niemand hinschaut.« Es werden mehr Cocktails bestellt. Und dann eine weitere Runde. Pink Ladys, nennt man sie wohl. Sie haben einen süßlichen Geschmack, der Lily an Eiscreme in einem Park an einem warmen Sommertag denken lässt.

Nach der nächsten Runde, die Edward unter Entschuldigungen für sich entscheidet, springt Eliza auf. »Lily, ich habe *das* perfekte Kleid für dich. Ich weiß überhaupt nicht, warum ich nicht zuvor daran gedacht habe. Du musst unbedingt mit mir in meine Kabine kommen. Ich kann es kaum erwarten, es dir zu zeigen.«

Lily zögert verlegen. Es behagt ihr nicht, wie alle sie anstarren. Es gefällt ihr nicht, dass jemand denken könnte, sie bräuchte ein Almosen. Eliza wendet sich an ihren Ehemann.

»Max, du kennst doch mein pfirsichfarbenes Seidenkleid? Kannst du es dir nicht auch hervorragend an Lily vorstellen? Mit diesem Haar und diesen Augen?«

Sofort geht Max dazu über, sie eingehend zu taxieren, wobei er den Blick von Kopf bis Fuß über sie hinabschweifen lässt.

»Ich glaube nicht...«, beginnt Lily. Sie blickt flehend zu Edward, doch der wirkt auf einmal verschlossen, geradezu angespannt. Er will nicht, dass Eliza geht, denkt Lily. Die unwillkommene Erkenntnis macht sie wütend und kühn. Sie steht auf.

Eliza klatscht in die Hände. »Komm. Komm mit.«

»Nur um zu schauen«, protestiert Lily. »Ich habe selbst genug Kleider. Dankeschön.«

Sie lässt sich fortführen und tut so, als würde sie Edwards gequälte Miene nicht sehen, auch nicht die neugierigen Blicke der anderen Gäste. Bisher waren ihre Besuche auf einen kleinen Abschnitt des Erste-Klasse-Decks beschränkt gewesen. Jetzt kommt sie mit Eliza an dem festlichen Speisesaal mit den runden Tischen und polierten Holztäfelungen vorbei, und weiter vorne ist der Swimmingpool zu sehen, der selbst aus dieser Entfernung um ein Vielfaches größer wirkt als der unten.

Sie hat keineswegs die Absicht, ein ausrangiertes Kleid von Eliza anzunehmen, aber sie ist neugierig, die Kabine der Campbells zu sehen. Sie hat gehört, dass eine simple Kabine in der ersten Klasse fünfundsiebzig Pfund kostet, eine Suite bis zu hundert. Solche Summen scheinen ihr unvorstellbar – hundert Pfund für eine Reise, die in wenigen Wochen enden wird! Lilys Mutter spricht selten über Geld, aber wenn, dann tut sie es immer mit gedämpfter Stimme, als wäre es nicht besonders anständig; doch als ihr Onkel sich letztes Jahr ein Haus in Edgware kaufte – der Erste aus ihrer Familie, der sich je ein Haus leisten konnte –, erzählte sie Lily stolz, dass er eine Anzahlung von zweihundert Pfund geleistet und die restlichen einhundertfünfzig geliehen hatte. Lily weiß womöglich wenig darüber, wie viel die Dinge kosten, aber allein die Vorstellung, dass zwei Erste-Klasse-Kabinen beinahe so viel kosten könnten wie ein gesamtes Haus … nun ja, das übersteigt ihr Fassungsvermögen.

Angesichts dessen ist die Kabine der Campbells beinahe eine Enttäuschung. Nicht, weil sie nicht luxuriös gewesen wäre – mit einem Ankleidezimmer, einem privaten Badezimmer und einem riesigen Bett, das Lily versucht, geflissentlich zu ignorieren –, sondern weil Lily es sich im Vorfeld in der Größe eines Palastes vorgestellt hat, ausstaffiert mit schwerem Samt und weichen Fellen, sodass alles andere ihr nun irgendwie unbefriedigend erscheinen muss.

»Oh, die Stewards waren schon da und haben aufgeräumt«, bemerkt Eliza mit einem Stirnrunzeln und beäugt die makellose seidene Tagesdecke auf dem Bett und den ordentlichen Frisiertisch mit den Parfümflaschen, die der Größe nach arrangiert wurden. »Jetzt werde ich wieder nichts finden können!«

Sie verschwindet im Ankleidezimmer, reißt die Tür eines der riesigen Wandschränke auf und geht die Kleider an der langen Stange durch, wobei sie ungeduldig die Kleidungsstücke herausreißt und beiseiteschleudert, die ihr im Weg sind. Schließlich findet sie das Kleid, das sie sucht.

»Hier!« Sie hält es hoch. »Hatte ich nicht recht? Ist es nicht absolut perfekt?«

»Ja, aber ich kann das wirklich nicht …«

Lilys Protest erstirbt ihr auf den Lippen. Es ist das schönste Kleid, das sie in ihrem Leben gesehen hat – ein Hauch pfirsichfarbener Seide, zart wie eine Spinnwebe. Eliza drückt es ihr in die Hände, und der Stoff ergießt sich über ihre Finger wie kühles Wasser.

Dennoch versucht sie, das Kleid zurückzugeben. »Es ist wunderhübsch, aber ich …«

»Unsinn. Probier es an. Komm schon. Ich bestehe darauf. Nur um mir den Gefallen zu tun.«

Eliza wirft sich aufs Bett und lehnt sich gegen das gepolsterte Kopfende, die Arme vor der Brust verschränkt, als warte sie auf den Beginn einer Show. Lily kommt der furchtbare Gedanke, Eliza erwarte von ihr, sich vor ihren Augen umzuziehen. Obwohl sie sich früher als Dienstmädchen ein Zimmer mit Maggie teilte und sich nie etwas dabei dachte, unvollständig bekleidet darin herumzulaufen, findet sie die Vorstellung, sich vor Elizas funkelndem, prüfendem Blick zu entkleiden, zu beunruhigend, um es auch nur in Erwägung zu ziehen.

»Ich gehe ins Ankleidezimmer, nur für den Fall, dass Max hereingeplatzt kommt.«

Obwohl sie die Tür hinter sich zuzieht, schält sie sich so diskret wie möglich aus ihrer Kleidung – selbst im Halbdunkel des Raumes fühlt sie sich entblößt. Der Kleiderschrank steht offen, und sie bemerkt das rote Kleid, das Eliza bei der Abfahrt des Schiffes in Tilbury trug. Sie muss es vorhin vom Bügel gerissen haben, und nun ergießt es sich wie eine Blutlache über den Boden des Schranks. Aber da liegt auch noch etwas anderes neben dem Kleid, das Lily beim ersten erschrockenen Blick für ein lebendiges Tier hält, bevor sie erkennt, dass es sich lediglich um eine Fuchsstola mit rostrotem und weißem Fell handelt. An einem Ende hängt immer noch der Kopf, und als sie die Stola aufhebt, um sie über einen Bügel zu hängen, begegnet sie dem Blick der toten Fuchsaugen und muss unwillkürlich schaudern.

Sobald sie das pfirsichfarbene Kleid übergezogen hat, weiß Lily, auch ohne in den Spiegel zu schauen, dass es perfekt ist. Die Art, wie es leicht über ihren Körper gleitet, wie es sich um ihre Hüften schmiegt und zum Saum hin leicht auffächert, die Art, wie die dünnen Träger ihre Schultern entblößen und hinten zu einem gewagten Rückenausschnitt herabfallen. Es ist das erste Mal, dass sie so ein modisch schräg geschnittenes Kleid trägt, und sie merkt sofort, dass es ein Stil ist, der ihrer schlanken, flachbrüstigen Figur schmeichelt. Eliza ist einen halben Kopf größer als Lily, und so fällt ihr das Kleid bis knapp über die Knöchel, statt bis auf Wadenlänge, aber als sie die Garderobentür schließt, damit sie sich im deckenhohen Spiegel betrachten kann, sieht Lily, dass ihr die Länge steht. Sie betrachtet ihr Spiegelbild eine ganze Weile – sie sieht aus wie eine vollkommen andere Frau.

»Bist du endlich fertig?«

Eine gereizte Note hat sich in Elizas Stimme geschlichen, also eilt Lily hinaus und streicht rasch den Stoff über ihren Hüften glatt.

»Ich wusste es! Habe ich es dir nicht gesagt? Du siehst absolut hinreißend aus. Oh, was bin ich für ein kluges Köpfchen … ich muss mich selbst loben.«

Eliza krabbelt auf Händen und Knien über die Tagesdecke, um über den Seidenstoff an Lilys Rippen zu streichen, und Lily weicht erschrocken zurück.

»Komm her und lass uns etwas plaudern«, sagt Eliza und zieht Lily zu sich aufs Bett. »Das ist es, was ich an Schiffen so liebe! Dass es keine albernen gesellschaftlichen Barrieren gibt und wir alle befreundet sein können, mit wem auch immer wir wollen!«

Während sie etwas steif auf der Bettkante sitzt, schaut Lily sich in der luxuriösen Suite um und denkt an das Touristendeck unter ihnen, wo sich Audrey, Ida und die Juden in ihrer einzigen Garnitur »guter Kleidung« drängen; an die Italienerinnen noch darunter, die sich mit ihren schweren Babybäuchen in die Waschküche schleppen und deren Reisekosten nur widerwillig von den Plantagenbesitzern bezahlt werden, für die ihre Männer schuften. Ist es wirklich das, was Eliza glaubt?, fragt sie sich. Dass wir hier auf dem Schiff alle gleich sind?

Eliza befragt Lily nach ihrem Leben und ihrer Herkunft, und obwohl sie anfangs sehr zurückhaltend ist, ertappt Lily sich irgendwann dabei, wie sie redseliger wird. Es fühlt sich gut an, über ihre Familie zu sprechen – die stoische Art ihrer Mutter zu beschreiben, die jugendliche Ungeduld ihres Bruders. Selbst als sie von der Kriegsverletzung ihres Vaters erzählt und wie schwer es ihm seitdem fällt zu arbeiten, hat das etwas Tröstliches.

»Für mich klingt das alles ganz wunderbar«, verkündet Eliza. »Du kannst dich glücklich schätzen, Lily.«

Als sie jedoch an der Reihe ist, von ihrer eigenen Familie zu erzählen, ist Eliza weniger überschwänglich. Sie zupft am Saum der Tagesdecke und scheint ihre Worte mit Bedacht zu wählen, statt loszusprudeln wie sonst. Ihre Mutter starb, als sie noch ein Kind war, erzählt sie.

Sie erinnere sich nur an sehr wenig – ein Paar hellblauer Schuhe mit Schleifen und hohen Absätzen, in denen ihr die kleine Eliza in einer Wolke von Verbenenduft hinterherstöckelte. Lily hat das Wort »Verbene« noch nie gehört, aber ihr gefällt der schmelzende Klang.

»Sie hat sich umgebracht«, sagt Eliza und blickt Lily unverwandt in die Augen, fast wie um sie herauszufordern, ihre Aussage zu widerlegen.

»Oh!« Lily kennt niemanden, der so etwas laut ausgesprochen hätte. In Lilys Welt redet man von Selbstmord nur sehr indirekt – als wäre es bereits eine Sünde, das Wort in den Mund zu nehmen –, und stets mit gedämpftem, flüsterndem Tonfall.

»Ihre Großmutter hat dasselbe getan«, fährt Eliza fort. »Das ist wohl Teil unseres Familienerbes. Ich wage zu behaupten, dass ich eines schönen Tages genauso enden werde. Mein Vater hat wieder geheiratet ... und das so unanständig bald, dass man die Möglichkeit in Betracht ziehen muss, dass die neue Mrs. Hepworth bereits im Spiel war, als die alte noch quicklebendig auf der Erde wandelte. Meine Stiefmutter hasste mich vom ersten Moment an, und dieses Gefühl beruhte auf Gegenseitigkeit, also hieß es für mich von da an: Internat!«

Eliza hat sichtlich Mühe, ihren sonst so kühlen Tonfall zu wahren, und Lily wird es schwer ums Herz. Sie mag wunderschöne Kleider und extravaganten Schmuck haben und genug Geld, um sich nach Belieben kreuz und quer über die Welt treiben zu lassen, sich nach Lust und Laune niederzulassen und wieder davonzufliegen, und dennoch mangelt es Eliza an etwas, das Lily hat – eine Familie, die sie liebt, ein Zuhause.

Doch nun fragt Eliza, ob Lily je einen Schatz hatte und

ob sie je verliebt war. Immer noch gerührt von der Ehrlichkeit, mit der Eliza ihr die Geschichte von ihrer Mutter anvertraut hat, erzählt Lily ihr von Robert.

»Ich glaube, ich war in jemanden verliebt, aber wir haben uns getrennt.«

»Ach, meine arme Lily. Ich wusste doch, dass du ein dunkles, tragisches Geheimnis mit dir herumträgst.«

Lily blickt auf, unsicher, ob man sich über sie lustig macht, aber Elizas Ausdruck ist voller Sorge, und ehe sie weiß, wie ihr geschieht, erwischt sie sich dabei, wie sie weiterredet. »Er war der Sohn der Herrschaften, für die ich bei meiner letzten Anstellung gearbeitet habe. Ich war damals so viel jünger und naiv genug zu glauben, dass daraus etwas werden könnte.«

»Und dann hat er dich rausgeschmissen? Wie überaus charakterlos von ihm!« Eliza ist an ihrer statt empört, und Lily versucht, es zu erklären.

»Nein, nicht deswegen. Außerdem war es meine Entscheidung, die Sache zu beenden.«

Sie wünschte, sie hätte Roberts Namen nicht erwähnt, hätte dieses Geheimnis nicht preisgegeben. Die schrecklichen Bilder, die sie seit Monaten in Schach zu halten versucht, streifen an den Rändern ihres Bewusstseins herum wie hungrige Wölfe. Nein. Panisch darum bemüht, die Richtung des Gesprächs zu ändern, spricht sie eilig weiter.

»Aber du musst es natürlich gewohnt sein, dass dir die Männer scharenweise zu Füßen liegen, Eliza. Ich glaube, Edward ist bis über beide Ohren in dich verliebt.«

Eliza, die bisher auf ihre Ellbogen gestützt war, das Kinn in den Händen abgelegt, setzt sich abrupt auf. Durch die Hitze ihrer eigenen Verlegenheit hindurch bemerkt Lily, dass diese Nachricht offenbar überraschend kommt – oder Eliza ist eine vollendete Schauspielerin.

»In mich verliebt?« Eliza lacht. »Jetzt mal im Ernst, Lily, bist du denn vollkommen blind?«

Lily schaut sie ratlos an, bis die Bedeutung ihrer Worte bis zu ihr durchsickert und eine erneute Welle der Verlegenheit mit sich bringt, gemischt mit unbändiger Freude. Sie spürt ein Brennen, das sich unter der hauchdünnen Seide ihres Kleides in ihrer Brust ausbreitet.

»Oh ... ich glaube nicht ...«, stammelt sie. Dann: »Aber er hat mir keinerlei Anlass gegeben zu glauben ...«

Eliza bedenkt sie mit einem merkwürdigen Blick, dann lacht sie wieder – dasselbe überspannte Lachen, das Lily von ihr gewohnt ist und das die stille Vertrautheit der letzten Minuten zwischen ihnen zerreißt.

»Aber natürlich ist er in dich verliebt. Wie auch nicht? Sieh dich doch nur an – du bist wunderhübsch. Selbst Max ist ganz vernarrt. Wir sollten ihn dich besser nicht in diesem Kleid sehen lassen. Wer weiß, was passieren würde!« Sie streckt ihre Hand aus und zieht einen der Träger wieder hoch, von dem Lily nicht einmal gemerkt hat, dass er ihr von der Schulter gerutscht ist. Ihre Finger sind kühl wie Marmor auf Lilys brennender Haut.

Hastig springt Lily auf. »Ich ziehe es lieber aus, bevor es zerknittert.«

Elizas Lachen verfolgt sie bis in das Ankleidezimmer.

11

9. August 1939

Nun, da die Hitze nicht einmal mehr nach Einbruch der Dunkelheit nachlässt – und die warme Luft so schwer lastet wie hundert Wolldecken, stellen die Stewards paarweise Feldbetten auf dem Deck auf, damit die Passagiere im Freien übernachten können. Eine Seite des Decks für die Herren, die andere für die Damen.

Lily hat noch nie unter freiem Himmel geschlafen und findet die Vorstellung abenteuerlich und nervenaufreibend zugleich. Nach all den Nächten in der stickigen Kabine, mit Idas zudringlicher Anwesenheit, die der Atmosphäre im Raum eine zusätzliche, unwillkommene Schwere verlieh, erfüllt allein der Gedanke, an einem Ort ohne Wände und Decke zu schlafen, sie mit Leichtigkeit und Sehnsucht – um sie herum nur das weite Meer und der unendliche Himmel. Doch von all diesen fremden Leuten umgeben zu sein? An einem öffentlichen Ort?

Letztendlich siegt Lilys Bedürfnis nach Luft und Raum über ihre Angst vor dem Unbekannten.

»Du wirst doch neben mir schlafen, nicht wahr, Maria?«, fragt sie ihre Freundin, als sie diese nach dem Abendessen an der Reling lehnend vorfindet, wo sie die Spiegelung des Mondes auf dem glatten Wasser betrachtet, rund und glänzend wie ein nagelneuer Schilling.

»Ach, ich weiß nicht, Lily.« Maria blickt zum anderen Ende des Decks, wo sich die jüdischen Passagiere, die wie gewöhnlich unter sich bleiben, versammelt haben.

»Bitte sag Ja. Audrey möchte in der Kabine bleiben, und Helena ist immer noch unpässlich, und ich würde mich viel sicherer fühlen, wenn du in meiner Nähe wärst.«

»Na gut.« Maria lächelt. »Das wird bestimmt ein Abenteuer, nicht wahr? Ich habe noch nie irgendwo kampiert!«

Während Lily in der Kabine herumschwirrt, um ihre Sachen für die Übernachtung im Freien zusammenzusuchen, folgen Idas Augen ihr wie der Lauf eines Scharfschützen.

»Ich finde, du solltest nicht alleine dort oben sein«, sagt sie. »Ich werde mit dir kommen. Wir können uns zwei Betten nebeneinander geben lassen.«

»Das ist nicht nötig. Maria schläft neben mir.« Schon während die Worte ihr herausrutschen, weiß Lily, dass sie zu schnell und zu eifrig gesprochen hat.

Ida presst die Lippen fest aufeinander. »Du bist noch nicht viel herumgekommen«, sagt sie schließlich, »also hast du keine Erfahrung in diesen Dingen, aber ich muss dich warnen: Es ist nicht gut für dich, so viel Zeit mit dieser Frau zu verbringen.«

»Warum? Weil sie Jüdin ist?« Sie ist überrascht von ihrem eigenen Zorn.

»Es gibt sehr viele Leute auf diesem Schiff, die diesen Leuten nicht wohlgesonnen sind. Du bist jung, und du verstehst das nicht, aber es gibt mittlerweile zu viele von ihnen in England, und sie übernehmen die guten Wohngegenden, die Häuser und die Schulen. Sie sind nicht wie wir. Sie passen nicht zu uns. Und die an Bord sind nicht anders. Schau dir nur an, wie sie sich abschotten, als wären sie zu gut für den Rest von uns. Außerdem tragen sie jeden Tag dieselbe Kleidung.«

Lily wendet Ida den Rücken zu und zieht ihre Truhe unter der unteren Koje hervor, um den neuen Satinpyjama herauszuholen, den sie noch nie anhatte.

»Du machst dich nicht sonderlich beliebt hier«, sagt Ida, als Lily schon zur Tür geht. »Verkehrst ständig mit diesen Leuten aus der ersten Klasse, benimmst dich, als ob du etwas Besseres wärst, und jetzt gibst du dich auch noch mit dieser Jüdin ab. Die Leute mögen solche Dinge nicht, Lily. Ganz und gar nicht.«

Als sie die Treppe zum Deck hochsteigt, hat Lily nun Idas dünne, monotone Stimme im Ohr wie das nervtötende Summen eines Moskitos. Ihre Schritte klingen auf den metallenen Stufen nach, ihr Blut rauscht empört durch ihre Adern, und sie geht all die Dinge durch, die sie ihr hätte entgegenschleudern sollen. Sie mochte Konfrontationen noch nie; meistens findet sie erst später und bloß in Gedanken den Mut zu sagen, was sie denkt, für das einzustehen, was sie für richtig hält.

Sie hat keine Ahnung, was die Juden verbrochen haben sollen. Maria ist die erste Jüdin überhaupt, die sie kennengelernt hat. Aber sie nimmt es Ida übel, dass sie meint, ihr vorschreiben zu können, mit wem sie verkehrt. Ausgerechnet Ida, die auf der gesamten Reise noch keine einzige Freundschaft geschlossen hat.

Oben wartet Maria schon auf einem Feldbett, das beinahe ganz am Ende der Reihe steht. Lily fragt sich, ob sie diese Lage bewusst gewählt hat, um sich einen Fluchtweg freizuhalten. Lily versteht dieses Bedürfnis. Nach dem, was mit Maggie passiert war, schlief sie wochenlang nur noch bei angeschaltetem Licht. Sie winkt Maria zu. Unterwegs kommt sie an Mrs. Mills und ihrer Tochter Peggy vorbei, die in die entgegengesetzte Richtung zu den Kabinen unterwegs sind.

»Haben Sie denn keine Lust, die Nacht hier draußen an der frischen Luft zu verbringen?«, fragt Lily höflich, auch wenn die Luft in Wirklichkeit kaum als frisch bezeichnet werden kann, lediglich etwas weniger schwül als unter Deck.

Clara Mills schüttelt den Kopf. »Ich würde mich nicht sicher fühlen«, erwidert sie. »Mit all diesen *Ausländern*, die auf unserem Schiff herumstreunen.«

»Bitte, Mama«, quengelt Peggy. »Unten in der Kabine ist es so stickig. Manchmal wache ich nachts auf und habe das Gefühl, ein Elefant würde auf mir sitzen. Ich bekomme einfach keine Luft.«

Peggy hat während der letzten zwei Wochen an Gewicht zugelegt, denkt Lily. Das Frühstück, das Mittagessen, das Dinner, gefolgt von Tee und Kuchen, sowie die Sandwiches vor dem Zubettgehen. Und keine Bewegung bis auf die kurzen Strecken von der Kabine zum Speisesaal, zur Lounge und zurück.

Clara sieht aus, als müsse sie gleich in Tränen ausbrechen. »Es tut mir leid, mein Schatz«, sagt sie, »aber das Risiko kann ich nicht eingehen. Eine allein reisende Frau mit Tochter ist doch genau das Ziel, auf das es solche Leute abgesehen haben.«

Maria hat das Bett neben sich bereits für Lily reserviert. Obwohl das provisorische Lager sich unter dem Vordach befindet, können sie, als sie sich auf den Rücken legen, nach oben zu den Sternen sehen, deren winzige Lichter den samtschwarzen Himmel spicken. Nun, da sich alle zur Ruhe gebettet haben, hören sie das sanfte Plätschern des Meeres, das gegen den Bug schlägt, und das dumpfe Brummen der Motoren unter ihnen. Jemand am anderen Ende der Reihe flüstert, und ein mahnendes *Schhhh* schwebt eine Weile in der reglosen Luft, bevor es sich in der Stille auflöst. Das Holz der Schiffsplanken ächzt in seinem eigenen weichen Rhythmus, während von der Männerseite des Decks ein leises Schnarchen ertönt. Irgendwo in der Küche unterhalb des Speisesaals kann Lily das entfernte Klirren und Klappern der Spüler hören, die ihre abendliche Schicht beenden.

»Hast du nicht auch das Gefühl, winzig zu sein?«, fragt sie Maria leise. »Zwei Körnchen Nichts auf einem kleinen Schiff, umgeben von diesem riesigen Ozean unter diesem endlosen Himmel?«

Doch Maria schläft bereits; die Brille ordentlich neben ihrem Kopf auf dem Kissen zusammengeklappt, das weiße Laken bis zum Kinn hochgezogen, ein schlanker Arm quer darübergelegt.

Das bin ich, ruft sich Lily in Erinnerung. Diese Frau, die unter den Sternen liegt, auf einem Schiff, das an der Küste Afrikas entlangzieht. Es scheint ihr kaum möglich.

Dann, als würde sie einen geheimen Schatz auspacken, gestattet sie sich, an Edward zu denken, der nur wenige Meter entfernt von ihr liegt und zu denselben Sternen hinaufschaut. Sie erinnert sich an das, was Eliza gesagt hat: *Natürlich ist er in dich verliebt*, als sei es das Offensichtlichste der Welt. Nach Robert hat sie sich geschworen, nie wieder ihr Herz an jemanden zu verlieren. Aber Edward ist so verschieden von Robert, wie es zwei Männer nur sein können: freundlich, da wo Robert oft gedankenlos war; rücksichtsvoll anderen gegenüber, wo

Robert nur mit sich selbst beschäftigt war. Als sie dann die Augen schließt, strahlt Edwards Gesicht in ihren Gedanken so hell wie der Mond, und sie träumt, dass sie mit ihm und Maria in einem kleinen Boot sitzt und sie ohne Ruder von dem riesigen Ozeandampfer abdriften.

Einige Zeit später wird sie von einem Schrei geweckt, der zuerst ihrem Traum zu entspringen scheint. Sie hört Schritte, dann einen weiteren Schrei, der sie vollends in die Gegenwart reißt.

Sie setzt sich auf und blickt sich verstört um, doch die Verblüffung darüber, dass sie sich im Freien befindet, weicht rasch der Sorge, als sie Maria aufgelöst neben ihrem Bett stehen sieht, das Laken um sich geschlungen, das schwarze Haar wie dunkles Blattwerk um ihr bleiches Gesicht abstehend.

»Was ist?«, drängt Lily. »Was ist passiert?«

Um sie herum rühren sich nun auch die anderen Frauen, und geflüsterte Worte wehen zu ihnen her. *Was ist los? Ich habe einen Schrei gehört.*

»Jemand war hier«, sagt Maria mit erstickter, heiserer Stimme »Jemand … hat mich angefasst.«

»Was meinst du mit ›angefasst‹?«, fragt Lily.

Mrs. Collins, die offenbar in der Nähe geschlafen hat, ist bereits herbeigeeilt. Sie trägt ein langes weißes Nachthemd, das bis zum Boden reicht, und hat eine altmodische Öllampe bei sich. Ihr rundliches, verschlafenes Gesicht wirkt ganz zerfurcht vor Sorge.

»Ich nehme an, Ihre Freundin meint, sie wurde *unsittlich* angefasst«, sagt sie.

Maria hat sich auf ihrem Feldbett zusammengekauert, die Arme um ihren Leib geschlungen, und weint stumm vor sich hin.

»Haben Sie jemanden gesehen?«, erkundigt sich Mrs. Collins.

Maria schüttelt den Kopf. »Ich bin aufgewacht, als ich die Hände gespürt habe... dort unten. Eine dunkle Gestalt kauerte neben mir, und als ich schrie, rannte sie los. Oh, Lily, es war so schrecklich...«

Lily setzt sich neben Maria und legt den Arm um ihre Freundin. Sie kann das Beben der dürren Schultern unter dem Laken spüren. Lilys eigenes Herz rast in ihrer Brust und vertreibt die letzten Überreste von Schlaf. »Ich bin hier. Alles wird gut.« Sie versucht zu verdrängen, dass sie diese Worte schon einmal zu jemandem gesagt hat und dass sie sich als Lüge entpuppt haben.

Ein Steward erscheint, und Mrs. Collins nimmt ihn beiseite, um ihm mit gedämpfter Stimme zu berichten, was vorgefallen ist. Der Steward ist ein korpulenter Mann, und sein rötliches Gesicht bekundet zuerst Empörung, aber als er sieht, wer das Opfer ist, scheint es Lily, als flaue seine Entrüstung zu etwas ab, das mehr wie Pflicht wirkt.

»Ich werde Ihnen einige Fragen stellen müssen, Miss«, sagt er. »Und wir werden natürlich den Zahlmeister informieren.« Seine Stimme ist höflich, aber distanziert.

Lily bietet an, mit Maria zu gehen, die aufgehört hat zu weinen, aber trotz der nächtlichen Schwüle immer noch am ganzen Körper zittert. Mrs. Collins besteht darauf, sie beide zu begleiten: »Sie befinden sich in meiner Obhut, Lily«, sagt sie. »Ihre Mutter würde mich gewiss für eine miserable Aufsichtsperson halten, wenn ich Sie das alleine durchstehen ließe.« Lily findet es seltsam, dass Mrs. Collins ihre Sorge an sie verschwendet, wo es doch Maria ist, die angegriffen wurde.

Sie sitzen in der Lounge, während der Zahlmeister herbeigerufen wird. Mrs. Collins scheint bemüht, einen Schuldigen zu finden. »Vielleicht haben Sie ja etwas an ihm erkennen können, Miss Katz? War er Ihnen bekannt?«

Maria schüttelt den Kopf. »Es war dunkel. Ich habe nichts gesehen. Ich habe nur seine Hände auf mir gespürt.«

Mrs. Collins seufzt und blickt gequält drein, als sei es irgendwie Marias Versäumnis, dass sie nicht mehr zur Aufklärung beitragen kann.

Endlich trifft der Zahlmeister ein, sein silbernes Haar glatt und gepflegt wie immer, sein Auftreten ruhig und unerschütterlich. Lily entspannt sich, hat endlich das Gefühl, dass jemand da ist, der sich der Sache annehmen wird.

»Eine äußert unglückliche Angelegenheit«, erklärt der Zahlmeister, nachdem er gehört hat, was Maria zu sagen hat. »Ich möchte Ihnen mein Bedauern aussprechen, dass so etwas auf unserem Schiff passiert ist. Seien Sie gewiss, dass ich gleich morgen Vormittag gründliche Untersuchungen anordnen werde. In der Zwischenzeit lasse ich an beiden Enden des Damendecks Stewards postieren, um keine weiteren Zwischenfälle zu riskieren.«

Sie kehren zu ihren Feldbetten zurück. Maria sagt, sie würde es bevorzugen, in ihrer Kabine zu schlafen, aber sie möchte ihre Kabinennachbarin, eine ältere Dame, die sie nicht sonderlich gut kennt, nicht aufschrecken. Zwei, drei Meter weiter, am Ende der Reihe, lässt sich ein Steward auf einem Liegestuhl nieder und reibt sich die Augen, als sei er gerade erst aus dem Schlaf gerissen worden.

Lily liegt noch lange wach und betrachtet die Sterne, doch nun sind die Geräusche des schlummernden Schiffes nicht mehr beruhigend, sondern unheimlich. Das Knarzen der Planken klingt, als schleiche sich jemand an ihr Bett; das Herumwälzen der ruhelosen Passagiere verwandelt sich in zurückweichende Schritte. Neben sich hört sie Maria schwer schlucken, wie um ein Schluchzen zu unterdrücken. Als Lily den Kopf dreht, sieht sie das tränenbenetzte Gesicht ihrer Freundin im Mondlicht schimmern.

12

10. August 1939

»John, raus aus den Federn, du Faulpelz! Komm her und schau dir das an!«

Die Schreie einer korpulenten Frau an der Reling reißen Lily aus dem Schlaf. Für einen Augenblick glaubt sie, sie sei in ihrer Kabine, und fragt sich, wer die Frau ist, doch dann kehren die Ereignisse der letzten Nacht wieder, und sie dreht sich zu Marias Bett um, nur um zu sehen, dass es leer ist – das Laken ordentlich am Fußende zusammengefaltet, als sei nie jemand da gewesen.

Benommen vom mangelnden Schlaf, tapst sie selbst zur Reling hinüber, wo sich nun noch mehr Leute versammelt haben; viele von ihnen stecken immer noch im Pyjama und versuchen, die letzten Traumfetzen abzuschütteln.

»Na, habe ich nicht gesagt, dass es die Reise wert ist?«, sagt die korpulente Frau, als sie hört, wie Lily nach Luft schnappt.

Irgendwann im Laufe der dunklen Nacht hat das Schiff die Mündung zum Suezkanal erreicht. Im Hafen tummeln sich Schiffe und Boote in allen erdenklichen Größen und Formen, und dahinter, ausgebreitet über eine Halbinsel, liegen die Häuser von Port Said, ihrem nächsten Zwischenhalt. Ganz vorne thront ein markantes weißes Gebäude mit bogenförmigen Säulengängen und Kuppeldächern. Das Wasser, das sich zwischen der *Orontes* und dem Festland erstreckt, ist von Hunderten anderer Schiffe und Boote gesprenkelt, von denen manche schwarze Rauchwolken ausstoßen.

»Ich wette, so etwas haben Sie noch nie gesehen«, sagt ein glatzköpfiger Mann. Lily beschließt, dass das wohl John sein muss.

Er deutet auf den Kai zu ihrer Linken, wo ein riesiger Dampfer vor Anker liegt; in einer langen Reihe eilen Männer mit rußgeschwärzten Gesichtern und wuchtigen Säcken auf dem Rücken darauf zu, und dann, sobald die Säcke geleert sind, in die andere Richtung zurück – allesamt im Gleichschritt.

»Ein Kohledampfer«, erklärt Wahrscheinlich-John. »Und die Kerle da, das sind Laskaren, indische Matrosen, die ihr Schiff mit Kohle beladen, damit es den Weg bis zum nächsten Hafen schafft. Ein schmutziges Geschäft, was?«

Lily fragt sich, was für Folgen es für einen menschlichen Rücken haben muss, das Gewicht dieser Kohlensäcke zu schleppen; worüber die Männer wohl nachdenken, während sie ihrem Vordermann hinterherwuseln. Oder lässt ihnen diese Art von Arbeit keinen Raum, um etwas anderes zu denken als: *Lauf, lauf, lauf, fast da … zurück, zurück, und wieder los*? Wie willkürlich ist doch diese Sache mit der menschlichen Geburt, die dazu führt, dass manche in ein Leben voller Luxus geboren werden und hundert Pfund zahlen, um in einer Erste-Klasse-Suite von London nach Sydney zu schippern, während andere ihr Leben lang mit krummem Rücken und kohlschwarzem Gesicht eine Landungsbrücke hoch und runter rennen müssen.

Lily reißt sich von dem Anblick des Hafens los, um in ihre Kabine zurückzukehren und sich für den Landgang bereit zu machen. Als sie jedoch die Treppe erreicht, die zu ihrem Deck hinunterführt, erblickt sie Ida, die sich von einem der Feldbetten ein paar Meter weiter erhebt und den Gürtel ihres Morgenmantels fester um die Taille zurrt.

»Ich dachte, du wolltest in der Kabine bleiben?«, sagt Lily und erinnert sich mit einem Anflug von Missmut an das unangenehme Gespräch vom Vorabend.

Ida zuckt die Schultern. »Ich habe es mir eben anders überlegt.«

In der Kabine ist Audrey außer sich vor Aufregung.

»Ich kann nicht glauben, dass wir gleich in Afrika landen«, sagt sie. »Wenn meine Eltern mich doch nur sehen könnten. Sie würden es nicht glauben.«

»In dieser Stadt wimmelt es nur so von Arabern«, erklärt Ida, die Lily gefolgt ist. »Ich für meinen Teil werde ganz sicher nicht an Land gehen.«

Dem Himmel sei Dank, denkt Lily.

Audrey will wissen, wie Lilys Nacht unter dem Sternenzelt verlaufen ist, und Lily berichtet in groben Zügen, was Maria widerfahren ist. »Du hast doch auch auf dem Deck geschlafen«, sagt sie, an Ida gewandt. »Du musst doch bestimmt etwas gehört haben.« Es erscheint ihr unglaubwürdig, dass solch ein Vorfall völlig an den anderen Passagieren vorbeigegangen sein soll.

Doch Ida beharrt darauf, sie habe geschlafen wie ein Baby. »Und überdies habe ich dich davor gewarnt, mit allen möglichen Menschen Umgang zu pflegen.«

Es gibt eine organisierte Tour, die von Port Said nach Kairo und dann weiter zu den Pyramiden von Gizeh führt, bevor das Schiff sie bei seinem nächsten Halt in Port Suez einholt. Als die Einzelheiten der Reise verkündet wurden, hüpfte Lilys Herz, aber der Preis – fast sechs Pfund – lag weit über ihren Möglichkeiten, genauso wie für die meisten anderen Reisenden der Touristenklasse. Sie muss sich einschränken, das ist ihr nur zu bewusst. Außerdem hat sie bereits mehr erlebt, als sie sich vor wenigen Monaten noch hätte träumen lassen. Sie muss lernen, nicht zu viel zu verlangen.

Für diejenigen, die nicht bei der Tour mitfahren, wird das Schiff nur einige Stunden anlegen. Ohnehin müssen frische Nahrungsmittel, Vorräte und die wartende Post geladen werden. Genug Zeit für Lily, um den Lärm und das rege Treiben in sich aufzunehmen, den Geruch der kohlegeschwängerten Luft zu atmen und sich an der Stelle fotografieren zu lassen, wo Afrika und Asien aufeinandertreffen.

Die *Orontes* legt direkt am Kai an, sodass die Passagiere nur die Landungsbrücke hinabmüssen, um ägyptischen Boden zu betreten. Als sie sich an Deck versammeln, strömen die Straßenhändler bereits mit ihren Waren auf dem Kai zusammen. Lily ist fasziniert von den langen Gewändern und den Turbanen, von der dunklen Haut und der fremdartigen, kehligen Sprache, die wie das harsche Kreischen der Möwen zu ihnen emporgetragen wird.

»Es ist, als wäre ich in Europa zu Bett gegangen und in einer anderen Welt aufgewacht«, sagt Helena, die endlich ihre Krankheit überwunden hat, obwohl sie mit ihrer blassen Haut immer noch so zerbrechlich wirkt. Lily hat sich sehr gefreut, als sie Edward und Helena an Deck vorfand, die bereits nach ihr Ausschau hielten. Heute trägt Lily ein Kleid aus einem zartgrünen, luftigen

Baumwollstoff, der sich gewagt anfühlt mit nur ihrem Büstenhalter und dem Höschen darunter. Beim Anziehen hat sie an Edward gedacht, hat versucht, es mit seinen Augen zu sehen. Und es hat sich gelohnt, schon um ihn sagen zu hören: »Lily, die Farbe steht dir wirklich wunderbar.« Genau wie seine Schwester sah er bleich aus und bedachte sie mit einem besorgten Blick.

»Ich habe gehört, dass letzte Nacht etwas vorgefallen ist«, sagte er. »Und ich habe gesehen, wie man dich und Maria in die Lounge geführt hat. Ist alles in Ordnung?«

Und so berichtete Lily ihnen von den Ereignissen der letzten Nacht, woraufhin sie entsetzt nach Luft schnappten und Helena sich die Hände vor den Mund schlug. Sie sahen sich nach Maria um, konnten sie jedoch nirgends entdecken, und als Lily sich der Frau näherte, mit der Maria sich die Kabine teilte, antwortete diese, dass ihre Freundin sich »ausruhe«, und bedachte sie mit einem langen, ernsten Blick, dessen Bedeutung Lily nicht entziffern konnte.

Als sie schon die Landungsbrücke hinabgehen wollen, zieht eine Unruhe in der Menge hinter ihnen auf. Es ist nicht unbedingt ein Geräusch, vielmehr die Ahnung einer Bewegung, ein frischer Anflug von Wachheit, ein Geruch nach Rosen, ein prickelnder Schauder, der von einer Person zur nächsten wandert.

»Lily! Edward! Gott sei Dank! Ich bin ja so froh, euch zu sehen.«

Eliza hat sich durch die Menge gekämpft und taucht neben ihnen auf. Max schlendert ihr hinterher, ein mildes Lächeln auf seinem attraktiven Gesicht, so als wolle er sagen: *Ich weiß, ich weiß, aber was soll man da machen? Was soll man machen?*

»Wo habt ihr zwei denn bloß gesteckt? Wir sind vor Langeweile beinahe verrückt geworden. Wir mussten sogar zusammen Karten spielen … und ihr könnt euch ja vorstellen, wie das geendet hat! Wir haben es nicht einmal durch das erste Blatt geschafft, ohne uns gegenseitig an die Gurgel zu gehen.«

»Das lag nur daran, dass du geschummelt hast, Darling«, sagt Max.

»Unsinn. Du kennst einfach die Regeln nicht.« Eliza trägt heute wieder das gelbe Kleid und zieht die Aufmerksamkeit auf sich wie die Sonne selbst. »Ich hoffe doch sehr, ihr drei kommt mit zu den Pyramiden, meine Lieben«, sagt Eliza, doch die Worte »meine Lieben« klingen seltsam mit ihrem amerikanischen Akzent. Gezwungen. Als würde sie aus einem Drehbuch ablesen.

»Ganz besonders du, Lily«, flüstert Max. »Dann hätte ich wenigstens was Hübsches anzuschauen, nicht nur diesen alten Steinhaufen in der Wüste.« Er beugt sich so nah zu ihr, dass sie beinahe die Spitzen seines Schnurrbarts auf ihrer Haut spüren kann. Er riecht nach Rauch und Schweiß und nach etwas anderem, das sie nicht ganz fassen kann. Instinktiv weicht sie zurück.

»Lass die arme Lily in Ruhe, Darling. Du erdrückst sie noch.« Eliza lächelt, doch ihre Stimme ist scharf.

Lily blickt zu Edward, gerade rechtzeitig, um das missbilligende Stirnrunzeln zu sehen, und sofort verspürt sie ein warmes Gefühl der Freude in ihrer Brust.

Als die Campbells erfahren, dass niemand von ihnen an dem Ausflug teilnimmt, protestieren sie lautstark.

»Aber ihr *müsst* mitkommen!«, sagt Eliza empört und hakt sich bei Edward unter, während sie die Landungsbrücke hinabsteigen. »Falls es eine Frage des Geldes ist, denkt überhaupt nicht daran. Wir werden euch die Tickets besorgen!«

»Das verbitte ich mir«, entgegnet Edward.

Als sie den Kai betreten, werden sie augenblicklich von fliegenden Straßenhändlern umzingelt; die meisten von ihnen tragen Tabletts, auf denen sie kleine Andenken und Modeschmuck feilbieten. Die Luft ist so heiß wie in einer Backstube, und die Männer strömen in Scharen um Eliza in ihrem kanariengelben Kleid zusammen, woraufhin sie sich noch fester an Edward klammert. Sie sieht sich um, begegnet Lilys Blick und bedenkt sie mit einem seltsamen Lächeln. Lily ist verwirrt. Sie denkt an das Gespräch in Elizas Kabine zurück, daran, wie sie Eliza einen Blick auf ihre Gefühle für Edward erlaubt hat… und doch scheint Eliza ihn nun für sich in Anspruch zu nehmen.

»Max!«, ruft Eliza. »Würdest du Edward bitte sagen, dass er mit uns kommen muss?«

Etwas Ungutes liegt in dem Blick, den die beiden wechseln, dann tritt Max vor, legt seinen Arm um Edwards Schulter und bugsiert ihn von seiner Frau weg.

»Natürlich musst du mitkommen, Sportsfreund! Und die beiden Damen selbstverständlich auch.«

Helena, die ihnen mit Lily folgt, schüttelt den Kopf so heftig, dass zwei ihrer Haarnadeln sich lösen und eine Strähne ihres braunen Haars ihr über den Rücken fällt. »Nein. Ich will nicht. Ich meine, das ist sehr freundlich von Ihnen, Mr. Campbell… ich meine, Max… aber ich würde lieber hierbleiben. Mir ging es nicht besonders gut. Und meinem Bruder ebenfalls nicht.«

Zu Lilys Überraschung packt Helena Edward am Arm und reißt ihn zu sich herum. Sie geht zu weit in ihrer

Rolle als große Schwester, denkt Lily. Edwards wütender Miene nach zu urteilen sieht er das genauso.

Nun setzt auch Lily dazu an zu widersprechen, zumal sie sich nicht sicher ist, ob die Campbells sich nicht nur einen Scherz mit ihnen erlauben. Sähe das Eliza nicht ähnlich – einen Vorschlag wie diesen in die Runde zu werfen, nur um amüsiert dabei zuzusehen, wie sie alle in Verlegenheit geraten?

»Mir reicht es vollkommen, wenn ich in Port Said bleibe und den Bazar besichtige«, sagt sie zu Max, obwohl das Gedränge der Händler um sie herum, die allesamt laut in dieser fremden harschen Sprache auf sie einreden, sie allmählich nervös macht. Sie sieht sich nach Eliza um, die mittlerweile von ihnen getrennt wurde, und erhascht einen kurzen Blick auf einen sonnengelben Fleck, bevor die Menge sich wieder um sie schließt.

Ein Händler versucht, Lily etwas in die Hände zu drücken – ein aufwändig geschnitztes Vögelchen aus Holz.

»Nein«, sagt sie und lässt die Hände zu den Seiten sinken. »Nein, danke.«

Die Augen des Händlers blicken ungerührt, als er ihr abermals den Vogel entgegendrückt.

Sie schüttelt den Kopf. »Nein«, wiederholt sie. Lauter diesmal. Sie macht einen Schritt zurück, wobei sie gegen ein Tablett stößt, dessen Inhalt scheppernd zu Boden kracht. Der Händler, dem das Tablett gehört, schiebt sein Gesicht direkt vor ihres und brüllt sie erbost an, sodass sein Speichel ihre Wange bespritzt. »Es tut mir leid«, sagt sie, als er auf die Knie fällt, um seine Spieluhren mit den komplizierten Intarsien wieder aufzusammeln, aber er funkelt sie nur zornig an.

In diesem Moment schwirrt etwas Gelbes durch die

Menge, und Eliza taucht neben ihnen auf, wobei sie triumphierend mit etwas wedelt. »Es ist alles schon geregelt«, verkündet sie. »Zwei extra Tickets. Helena, ich weiß, dass du lieber bleiben möchtest, und das ist natürlich ganz allein deine Entscheidung. Aber Lily und Edward kommen mit uns, selbst wenn wir sie kidnappen und eigenhändig auf die Kamele laden müssen.«

Lily, die immer noch ganz durcheinander ist von der Auseinandersetzung mit dem Spieluhrenhändler, ist entsetzt, als sie sich vorstellt, in einem Reisebus mit all den Erste-Klasse-Passagieren zu sitzen; sie alle würden doch wissen, dass sie nur aufgrund eines Almosens mitfahren können. Das kann sie Eliza gegenüber unmöglich zugeben, also entgegnet sie stattdessen: »Aber ich habe nichts bei mir. Keine Kleidung. Nichts.«

Eliza schnaubt. »Du brauchst eine Minute, um kurz in deine Kabine zu laufen. Herrje, es ist doch nur eine Nacht! Und würdest *du* mich bitte in Ruhe lassen!« Sie redet mit einem Jungen, der ihr permanent auf die Schulter tippt. Einen Moment blickt er sie betrübt an, dann fängt er wieder an. *Tipp, tipp, tipp.* »Oh, bitte, jetzt beeilt euch schon, ihr zwei, damit wir endlich hier fortkönnen.« Eliza hebt ihre Stimme und funkelt den Jungen wütend an.

Lily blickt Edward hilflos an. Er zuckt die Schultern.

»Hört mal, ihr könnt genauso gut mitkommen, ansonsten verfallen die Tickets nur«, mischt sich Max nun ein und verscheucht mit einem Wink seiner Hand einen zudringlichen Händler wie eine Fliege.

»Nun, in diesem Fall«, sagt Edward, »bleibt uns wohl nichts anderes übrig als uns zu bedanken. Ihr hättet das wirklich nicht tun sollen, aber die Pyramiden würde ich tatsächlich gerne sehen. Sollen wir los, Lily?«

Er wendet sich zum Schiff, und kleinlaut folgt ihm Lily die Landungsbrücke hinauf, wobei sie sich an den Passgieren vorbeischieben müssen, die gerade noch dabei sind, an Land zu gehen.

Als sie in ihrer Kabine steht, ist sie immer noch so perplex, dass sie kaum einen klaren Gedanken fassen kann und lediglich ein paar Sachen einsammelt, die sie hastig in eine Umhängetasche packt. Sie wagt es nicht, sich zu fragen, wie sie sich dabei fühlt mitzufahren. Oder darüber nachzudenken, wie es wohl sein wird. Ich werde die Pyramiden besichtigen, sagt sie sich immer wieder. Ich werde den Nil sehen. Das Ganze scheint so losgelöst von ihrer Realität, als würde sie ihre Absicht verkünden, eine Zeitreise zu unternehmen.

Ida platzt herein und bleibt wie angewurzelt stehen, als sie sieht, dass Lily zurück ist.

»Ich fahre bei der Bustour nach Kairo mit«, sagt Lily. »Morgen bin ich zurück. Bitte richte doch Mrs. Collins aus, wo ich bin.«

Ida verengt ihre schwarzen Augen in der Erwartung einer Erklärung, die nicht folgt.

Oben auf dem Deck sieht sie Edward und Helena neben der Landungsbrücke warten. Sie sind in eine heftige Diskussion vertieft und hören sie nicht näher kommen. »Ich flehe dich an, Edward, tu das nicht.« Helena hat einen fiebrigen Ausdruck im Gesicht, einige Strähnen hängen ihr immer noch wirr über den Rücken. »Das bist du mir schuldig. Hast du vergessen, was ich alles für dich aufgegeben habe?«

»Sag nicht *aufgeben*. Das würde bedeuten, dass du es freiwillig getan hast. Dass es deine Entscheidung war.« Edward funkelt seine Schwester wütend an, doch als er aufschaut und Lily entdeckt, wird sein Tonfall augenblicklich sanfter. »Sollen wir gehen?«

Lily nickt, zögert aber, bevor sie die Landungsbrücke betritt. »Ich wünschte, du würdest mitkommen«, sagt sie zu Helena.

Helena seufzt. »Pass gut auf dich auf, Lily«, sagt sie schließlich. »Und pass auf ihn auf.« Sie nickt in Edwards Richtung, der sich bereits entfernt.

»Es ist nur eine Nacht.«

»In einer Nacht kann viel passieren, Lily.«

Im Bus versinkt Lily in Schweigen und blickt aus dem Fenster über die staubvernebelten Felder, auf denen die Bauern in dichten Reihen unter der sengenden Hitze arbeiten. »Oh!«, entwischt es ihr, als sie das erste Mal ein Kamel erblickt, das auf der ausgedörrten Erde kniet und mit Zuckerrohr beladen wird. Max Campbell, der neben ihr sitzt, folgt ihrem Blick. »Die sehen ganz schön albern aus, die Viecher, was?«, sagt er. »Mit diesen Höckern auf dem Rücken. Wie alte bucklige Frauen.«

Lily begreift immer noch nicht ganz, wie es zu dieser Sitzordnung kam – Edward und Eliza vorne, sie auf den Fenstersitz neben Max gequetscht, der nicht zu bemerken scheint, wie viel Platz er mit seinen breiten Schultern und den gespreizten Schenkeln einnimmt.

Der orangefarbene Staub vor dem Fenster weicht allmählich einer üppigeren grünen Vegetation. »Das Nildelta«, verkündet jemand so, als würde das alles erklären. Sie fahren an einem Hirten vorbei, der neben der Straße Ziegen und Schafe hütet. Er hebt eine wettergegerbte Hand, um seine Augen abzuschirmen, und folgt mit ungerührtem Blick dem vorbeiziehenden Reisebus.

Doch Lily fällt es schwer, sich auf die Landschaft zu konzentrieren, so aufgeregt ist sie. Obgleich sie vorhin ein Ehepaar entdeckt hat, das sie aus der Touristenklasse kennt, ist dieses in einen anderen Bus gestiegen. Ihre Reisegruppe besteht ausschließlich aus Passagieren der ersten Klasse – mit Ausnahme von ihr und Edward natürlich –, und sie wird das Gefühl nicht los, dass man sie mit einer gewissen Herablassung betrachtet.

Und dann ist da auch noch die ungehörige Summe, welche die Campbells gezahlt haben, um sie mitfahren zu lassen. Lily hat sich zwar schon die ganze Zeit gefragt, wie reich Max und Eliza wohl sind, und kam aufgrund ihres Aufenthalts in der ersten Klasse zu dem Schluss, dass sie über einen gewissen Wohlstand verfügen müssen, doch jetzt gerät sie ins Grübeln. Womöglich sind diese zwölf Pfund, die sie für die zwei zusätzlichen Fahrkarten gezahlt haben, eine Kleinigkeit für sie – wie das Wechselgeld, das ihr Vater in den Hosentaschen klimpern lässt, wenn er nervös ist.

Dennoch reicht das nicht, um das Wispern der Demütigung zu dämpfen, das leise, aber beständig in ihren Ohren summt, und, schlimmer noch, den schalen Druck der Schuld den Campbells gegenüber. Ich habe nicht darum gebeten mitzukommen, ruft sie sich in Erinnerung. Doch dieses Wissen reicht nicht, um ihre Anspannung zu lösen oder ihr Unbehagen darüber zu zerstreuen, ihren Gönnern verpflichtet zu sein.

Edward für seinen Teil scheint von keinerlei Zweifeln dieser Art geplagt zu werden. Er und Eliza haben die Köpfe zusammengesteckt – ihr glattes schwarzes Haar neben seinen widerspenstigen dunklen Locken – und unterhalten sich angeregt. Edward sagt etwas, woraufhin beide lachen und Eliza den Kopf in den Nacken wirft.

Ich bin kein bisschen unterhaltsam, denkt sie panisch. Max Campbell bekommt nicht das, wofür er bezahlt hat.

Draußen sind immer öfter Gebäude zu sehen, und alles deutet darauf hin, dass sie bald in Kairo eintreffen; die Straßen werden wieder staubiger, die Häuser schmaler und höher. Aber als sie weiter in die Stadt vordringen und der Reisebus die neben den Automobilen dahinzockelnden Pferde und Karren überholt, öffnen sich die Straßen zu breiten, von Palmen gesäumten Boulevards mit imposanten Häuserzeilen und Bauwerken.

»Meine Damen und Herren, wir erreichen das Shepheard Hotel«, verkündet der ägyptische Führer, ein attraktiver junger Mann mit seidig schwarzem Haar, das ihm in die Augen fällt, und kastanienglänzender Haut.

Lily ist überrascht und auch etwas stolz, dass sie den gleichen Namen trägt wie das Hotel, in dem sie übernachten sollen, doch gerade als sie das den anderen gegenüber anmerken will, blickt sie an Max vorbei durch das gegenüberliegende Fenster und unterdrückt ein Keuchen. Das Hotel ist riesig – es nimmt einen kompletten Häuserblock ein –, und es ist unglaublich prachtvoll mit seiner hellen Steinfassade, den mit Holzläden versehenen Fensterreihen und dem gläsernen Vordach, das von grazilen schmiedeeisernen Säulen gestützt und von Palmen flankiert wird. Eine Reihe Markisen zieht sich über die gesamte Länge des Hotels, unter denen die Schaufenster von Boutiquen zu sehen sind, auch wenn Lily aus der Entfernung nicht erkennen kann, was sie verkaufen. Ganz oben auf dem Dach hängen zwei Flaggen schlaff in der reglosen Luft.

Drinnen ist es noch eindrucksvoller – ein weitläufiges Foyer, dessen hohe Decken von imposanten Marmorsäulen gehalten werden. In den samtbezogenen Sesseln, unter dem Blick zweier leicht bekleideter ägyptischer Statuen, sitzen die Gäste und lesen Zeitung oder trinken Tee. Eine großzügige Freitreppe erhebt sich am anderen Ende der Halle, teilt sich in zwei Zweige auf, die in entgegengesetzte Richtungen zu der oberen Etage emporsteigen.

Wenn Lily sich doch nur so weit entspannen könnte, um ihre Umgebung in sich aufnehmen zu können … um die Einzelheiten in ihr Gedächtnis zu bannen, damit sie den Raum in ihrem nächsten Brief nach Hause in seiner ganzen Pracht wiederaufleben lassen kann. *Ich kann mir ganz genau vorstellen, was du zu all dem hier sagen würdest, Mam. – »Nicht unbedingt gemütlich, oder?«* Doch stattdessen sind ihre Nerven zum Zerreißen gespannt, während die Sorgen an ihnen zupfen. Sie wird doch ganz gewiss kein eigenes Zimmer in diesem Palast bekommen. Wie viel würde das wohl kosten? Wie viel wird sie den Campbells schulden?

Als hätte sie ihre Gedanken erraten, dreht Eliza sich zu ihr um. »Wir haben zu viert zwei Doppelzimmer … das ist alles, was noch zu bekommen war.« Dann, als sie Lilys schockiertes Gesicht sieht, bricht sie in Lachen aus. »Kein Grund zur Sorge. Deine Tugend bleibt selbstverständlich unangetastet. Du und ich werden uns das ursprüngliche Zimmer teilen … Max und Edward können das andere haben.«

Edward hat das Gesicht abgewendet, doch Max gibt sich gar nicht erst die Mühe, sein Missfallen darüber zu verbergen, aus seinem ehelichen Bett verbannt zu werden.

»Könnte ich dich einen Moment sprechen?«, sagt er und führt seine Frau am Ellbogen an den Rand des weitläufigen persischen Teppichs, wo ein weiß gekleideter Kellner mit einem roten Fez auf dem Kopf reglos wie die Statuen hinter ihm verharrt.

»Er scheint nicht besonders glücklich«, flüstert Lily Edward zu, während sie Max Campbell zusehen, der mit aufgebrachten Gesten auf seine Frau einredet, die jedoch den Blick abwendet und maßlos gelangweilt in die Ferne schaut.

Edward antwortet nicht, und Lily bemerkt, dass sein Gesicht blasser ist denn je, während er seine langen Finger krampfhaft ineinander verschränkt. Sie fragt sich, ob er den Streit mit Helena auf dem Schiff bereut. Sie fragt sich, ob auch er sich wünscht, sie wären nie mitgekommen.

Stumm und steif stehen sie nebeneinander und warten. Die ägyptischen Statuen blicken hochmütig über ihre Köpfe hinweg, die Miniaturpalmen recken ihre fächerförmigen Blätter aus den Kübeln. Das melodische Klimpern feinsten Porzellans und das gelegentliche Rascheln von Zeitungspapier werden von den schweren Samtvorhängen und dem weichen Perserteppich verschluckt. Dies ist das glamouröseste Gebäude, in dem Lily jemals war, und dennoch kann sie sich nicht daran erinnern, sich jemals erbärmlicher gefühlt zu haben.

13

Das Zimmer, das Lily sich mit Eliza teilen soll, geht zur Straße hinaus und verfügt über zwei großzügige französische Fenster mit schmiedeeisernen Geländern. An der Decke hängt ein Ventilator, der sich mit einem steten, sanften Surren dreht, während ein paar Meter weiter ein großer Haken befestigt ist, von dem aus sich ein schlichtes weißes Moskitonetz wie eine Spinnwebe über das opulente Doppelbett spannt. Sie haben nur eine halbe Stunde, um sich frischzumachen, bevor der nachmittägliche Ausflug zu den Pyramiden losgeht, also ist kaum Zeit, sich das luxuriöse Badezimmer mit der freistehenden Badewanne mit den Klauenfüßen anzuschauen oder die Wandgemälde zu bewundern oder das *Bumm, Bumm, Bumm* ihres Herzens wahrzunehmen, als sie über die Absonderlichkeit dieser Situation nachdenkt, in der sie sich befindet, und sich abermals fragt, was sie hier eigentlich tut.

Unten im Foyer hat Edward sich bereits eine englische Zeitung besorgt und liest. Seine sonst so blassen Wangen sind fleckig gerötet. Ihr fallen wieder Helenas Worte ein: *Er wird nie vollständig geheilt sein.* Womöglich gibt es nichts Schlimmeres für ihn als das hier: diese extremen Temperaturschwankungen – von der erbarmungslosen Hitze draußen in die Kühle des Foyers – und die Peinlichkeit der gesamten Situation. Nervös schaut er auf, als er spürt, dass sich jemand nähert, um sich augenblicklich zu entspannen, als er sie erblickt. Er muss mich doch ein klein wenig mögen, denkt Lily. Wenn ich so ein Lächeln auf sein Gesicht zaubern kann.

»Gibt es Neuigkeiten von zu Hause?«, erkundigt sie sich.

»Die Sache mit Deutschland sieht düster aus. Hitler hat der polnischen Regierung eröffnet, dass er ihre Weigerung, bei der Annektierung Danzigs zu kooperieren, als Einladung zur Invasion betrachtet. Und wenn das passiert, sind wir selbst mehr oder weniger verpflichtet, in den Krieg zu ziehen.«

Lily hat das Gefühl, als würden sich kalte Finger um ihre Kehle schließen.

»Aber das würde Chamberlain doch nicht zulassen. Es gäbe bestimmt ein weiteres Abkommen… so wie mit der Tschechoslowakei.«

Edward zuckt die Schultern. »Vielleicht. Aber da ist auch noch die Sache mit Japan.«

Plötzlich wird ihm die Zeitung aus der Hand gerissen. »Keine Kriegsdiskussionen! Das ist viel zu langweilig, um auch nur ein Wort darüber zu verlieren. Herrje, wir befinden uns hier in einem der herrlichsten Hotels der Welt, und ihr zwei debattiert über Politik? Wollt ihr bitte sofort damit aufhören!« Eliza hält die Zeitung hinter ihrem Rücken und bedenkt Edward und Lily mit einem gespielt tadelnden Blick. Neben ihr, in weißer Leinenhose und hellblauem Hemd, steht Max, die Hände tief in die Taschen geschoben, den Blick in die Ferne gerichtet. Die Spannung zwischen den beiden ist nur zu deutlich.

»Setzt du dich im Bus neben mich, Lily?«, fragt Edward mit flehentlichem Unterton, als sie dem Führer aus dem Hotel folgen. »Bitte?«

Sie drängeln sich vor, damit sie sich auf einem der Zweiersitze niederlassen können, bevor die anderen eintreffen. Lily strahlt vor Freude über Edwards Bitte, bis sie seine verstohlenen Blicke über den Gang hinweg bemerkt, wo Eliza sich schmollend mit Max hingesetzt hat. Doch schon bald sind alle Gedanken an Edward oder Eliza wie weggewischt, als sie die staubigen, dicht bebauten Straßen der Stadt hinter sich lassen und auf der einen Seite von einer Reihe Palmen begrüßt werden, hinter denen der Nil zu erkennen ist, auf der anderen Seite von einer endlosen sandbedeckten Ebene. Und dort, in der Ferne, sind auch schon die unverwechselbaren Silhouetten der Pyramiden zu sehen, die sich spitz gegen den dunstigen Himmel abzeichnen.

Bei diesem überwältigenden Anblick muss Lily plötzlich an ihren lieben, stillen Vater denken. Wie sehr sie doch wünschte, seine große, weiche Hand zu halten, ihn hier an ihrer Seite zu haben, damit er all das mit ihr zusammen sehen könnte. Der Gedanke kommt unvorbereitet, und unwillkürlich verspürt sie einen heftigen Schmerz in der Brust. Beinahe so, als könne er ihre Traurigkeit spüren, schiebt Edward seine Hand unter ihren Arm.

»Man fühlt sich plötzlich so klein, nicht wahr?«, sagt er leise. »Wenn man sich nur all die Menschen vorstellt, welche die letzten fünftausend Jahre denselben Anblick genossen haben, und all jene, die nach uns kommen werden? Die eigenen Qualen scheinen mit einem Mal so unbedeutend, findest du nicht auch?«

Bevor Lily nachhaken kann, von was für Qualen Edward redet, wird sie von dem attraktiven ägyptischen Führer unterbrochen, der die Geschichte der Pyramiden von Gizeh referiert.

»Es ist geradezu unvorstellbar, dass einhunderttausend Männer dreißig Jahre lang daran gearbeitet haben, diese Bauwerke zu errichten, die Sie hier vor sich sehen«, beginnt er mit seinem schweren Akzent. »Doch wie haben sie diese Abermillionen Steinblöcke von jenen Felsen dort« – er deutet durch das Fenster auf die steilen Berge, die sich auf der anderen Seite des Nils erheben – »über den Fluss und durch die Wüste gebracht? Und wie schafften sie es anschließend, ohne die modernen Werkzeuge, die uns heutzutage zur Verfügung stehen, diese Monumente zu erbauen, die bis zu 140 Meter hoch sind? Es ist eines der größten und faszinierendsten Geheimnisse der Weltgeschichte.«

Als sie aus dem Reisebus schwärmen, ist es der Sand, der Lily zuallererst entgegenschlägt; er dringt in ihre Augen, ihre Nase und legt sich wie ein dünner Film auf ihre Lippen, sodass sie sich ganz körnig und fremd anfühlen. Dann kommt die Hitze und presst sich wie ein Bügeleisen auf ihre Haut. Sie befinden sich am Fuß der Cheops-Pyramide, die die höchste von allen ist, und nun hat auch Lily das Gefühl, winzig klein zu sein angesichts des Laufs der Geschichte, nur ein Sandkorn auf der Oberfläche der Zeit. Selbst die Campbells scheinen überwältigt von der Umgebung und lauschen in ungewohnter Stille, während der junge Führer ihnen mit seiner melodischen Stimme von Königen und Pharaonen, von Gräbern und Göttern erzählt.

Im Inneren der Pyramide folgen sie einem ansteigenden schmalen Korridor, und als sie eine gewaltige, beinahe acht Meter hohe Galerie mit Gewölbedecke betreten, deren Boden jedoch immer noch steil ansteigt, hämmert Lilys Herz bereits vor Anstrengung. Ihr Baumwollkleid klebt an der Rückseite ihrer Schenkel, während sie immer weiter in die altertümliche Halle vordringen. Am Ende erreichen sie eine große Steinstufe, deren Oberfläche so abgenutzt ist, dass sie beinahe spiegelglatt ist, und die über zwei Metallsprossen erklommen werden muss. Sie zupft den Stoff ihres Kleides von ihren Beinen, bevor sie auf die erste Sprosse tritt, und ist sich bewusst, dass ihr Haar feucht und wirr in ihr Gesicht hängt und Schweiß ihren Nacken hinabrinnt. Danach folgt ein niedriger Gang, der ebenso steil ansteigt und in dem sich die schwüle, abgestandene Luft sammelt. Max geht hinter ihr. Als sie einen Moment stehen bleiben muss, bis die Frau vor ihr wieder zu Atem kommt und weitergehen kann, spürt Lily zu ihrem Entsetzen Max, der sich von hinten an sie drängt, etwas Hartes, das sich gegen ihren Po presst, seinen heißen Atem an ihrem Ohr. Die Frau vor ihr setzt sich wieder in Bewegung, und Lily, die es nicht wagt, sich umzudrehen, stolpert weiter.

Sobald sie das Innere der Königskammer erreichen, tritt Lily rasch zur Seite. Sofort hat sie Zweifel, ob sie das wirklich gespürt hat. Es war so eng in dem schmalen Gang, ein Besucher hinter dem anderen. Wahrscheinlich wurde Max selbst von den Leuten hinter ihm nach vorne gedrängt. Nach und nach beruhigt sich ihr flacher, hektischer Atem, und sie riskiert einen Blick zu den anderen.

Eliza und Edward sind in ein Gespräch vertieft, die dunklen Köpfe zusammengesteckt. Max steht mit einem Ausdruck argloser Ruhe daneben. Er blickt nicht verschlagen drein, auch nicht lauernd oder lüstern. Sie hat sich alles nur eingebildet.

Der Raum, in dem sie sich befinden, ist kleiner als die

gewaltige Galerie und viel schlichter. Die einzige Zierde ist ein riesiger hohler Granitblock auf der einen Seite. Das, so klärt der Führer sie auf, sei der steinerne Sarkophag des Königs. Lily ist erleichtert zu hören, dass Grabräuber vor langer Zeit sämtliche sterblichen Überreste aus dem Inneren gestohlen haben. Dennoch, irgendetwas an dem Raum lässt sie schaudern, eine unheilvolle Präsenz, die über ihren Köpfen schwebt, wo die Decke aus gewaltigen, nahtlos aneinandergefügten Granitblöcken wie von Zauberhand oben gehalten wird.

Ihr Führer erklärt ihnen, dass Napoleon Bonaparte einst eine Nacht hier verbrachte und hinterher erschüttert war von dem, was auch immer er hier erfahren hatte. Erst kürzlich habe ein britischer Philosoph und Schriftsteller es geschafft, sich eine Nacht lang in der Kammer einschließen zu lassen, und behauptet, er habe eine tiefe spirituelle Erfahrung durchlebt, in der er sich von seinem Körper löste und vollkommen frei und ungebunden innerhalb der verschiedenen versteckten Teile der Pyramide herumschweifte.

»Ich selbst würde darauf verzichten, das zu tun«, schließt der Führer und schüttelt sich theatralisch. »Ich glaube, die Toten soll man in Frieden ruhen lassen.«

Und bei diesen Worten flackert vor Lilys innerem Auge ein Bild von Maggie auf… *ihre* Maggie. Ihr Gesicht, so wie es aussah, als sie sich das erste Mal in der Küche im Haus der Spencers am Ealing Park begegneten. Die großen, überaus sanften hellblauen Augen mit dem dunklen Ring um die Iris, als habe ein Kind sie mit königsblauer Tinte umrandet und dann einen Kohlestift genommen, um dunkle Wimpern hinzuzufügen. Blasse Züge, die immer noch den weichen, unfertigen Ausdruck der Jugend trugen, und ein schüchternes Lächeln, das zu fragen schien, ob sie überhaupt lächeln dürfe.

»Oh…« Das ist ihr wohl laut herausgerutscht, denn sofort ist Edward an ihrer Seite.

»Alles in Ordnung, Lily?«

»Ja, alles bestens.« Die Aufmerksamkeit ist ihr peinlich, und sie zwingt sich zu einem Lachen, um seine Sorgen zu zerstreuen. »Es ist nur die Hitze.«

Doch während sie einen weiteren steilen Korridor entlanggehen und eine zweite, weniger beeindruckende Kammer durchqueren, bevor sie beinahe kriechend durch einen niedrigen Gang zum Ausgang zurückkehren, gelingt es Lily nicht, jene Beklemmung abzuschütteln, die sie in der Königskammer verspürt hat, und auch nicht Maggies Gesicht.

Als sie endlich wieder draußen sind, atmet sie tief die heiße, sandige Luft ein.

»Also, ich würde ja unglaublich gern eine Nacht in der Kammer verbringen, du nicht auch, Lily?«, fragt Eliza, die jetzt neben ihr steht. »Was für ein Pech, dass es mittlerweile verboten ist. Das wäre wirklich famos. Wir könnten eine kleine Party schmeißen. Warum komme ich immer erst dann irgendwo an, wenn der Spaß schon vorbei ist?«

»Ach, ich weiß nicht, Darling«, wirft Max ein und kommt herübergeschlendert. »Wenn es darum geht, Spaß zu haben, scheinst du mir gar nicht so übel abzuschneiden.«

Während die Gruppe sich draußen versammelt, tauchen immer mehr Gestalten aus der staubvernebelten Luft auf, strömen um sie zusammen und strecken ihnen Andenken hin – Schnitzereien, Halsketten, Ohrringe.

Ihr Reiseführer, dessen Name Anwar lautet, wie einer der Mitreisenden herausgefunden haben will, wedelt mit dem Arm und spricht auf Arabisch auf sie ein, wobei jedes seiner kehligen Worte eine Drohung zu enthalten scheint.

»Meine Damen und Herren, falls jemand unter Ihnen das Gefühl haben sollte, sich heute noch nicht ausreichend sportlich betätigt zu haben« – es ertönt ein pflichtbewusstes Stöhnen bei Anwars kleinem Scherz –, »besteht nun die Möglichkeit, ein wenig auf der Außenseite der Pyramide herumzuklettern. Der Rest von uns wird sich derweil ausruhen, bevor wir zur nächsten Pyramide und zur weltberühmten Sphinx aufbrechen.«

Zwei der jüngeren Männer lösen sich augenblicklich von der Gruppe und beginnen damit, die riesigen Steinblöcke zu erklimmen. Lily, die immer noch durcheinander ist, schaut sich um. Eine zweite Gruppe Passagiere, die mit einem anderen Reisebus unterwegs war, ist zu ihnen gestoßen. Lily spürt, wie ihre bereits erhitzten Wangen zu brennen anfangen, als sie unter ihnen die ältere Dame entdeckt, die sie in Pompeji vor den Campbells gewarnt hat. Die Frau trägt einen Sonnenschirm und blickt gequält drein, als wäre der Besuch eines Weltwunders etwas, das man erdulden muss. Sie fängt Lilys Blick auf und schürzt missbilligend die Lippen.

Eliza ist währenddessen zu Anwar gegangen und befindet sich in einer angeregten Diskussion. Sie wirft den Kopf in den Nacken und lacht misstönend über etwas, das er sagt. Max steht da und schaut mit vor der Brust verschränkten Armen zu. Seine gesamte Erscheinung – groß und breit und kraftvoll – erscheint ihr plötzlich so überwältigend wie die Pyramide, die hinter ihm aufragt.

Lily fällt ein, wie sein Körper sich im Inneren gegen ihren gepresst hat.

»Ich glaube, ich werde auch ein Stück klettern«, sagt sie zu Edward.

Er wirkt erschrocken und blickt sich sofort in der Gruppe um, bis sein Blick schließlich an Max hängen bleibt. Er will nicht allein hierbleiben, wird Lily klar. Der einzige Außenseiter. Sie erkennt seine Gedankengänge, als wären es ihre eigenen.

»Warum willst du nicht…?«, setzt er an, doch sie zieht sich bereits auf den untersten Block hoch, und dann auf den nächsten. Ihr Drang, von Max wegzukommen, lässt sie ihre Angst aufzufallen beinahe vergessen und auch ihre Sorge, ihr Baumwollkleid könne ihre nackten Beine entblößen. Tapfer hebt sie ihren Fuß von einer Stufe zur nächsten. Lily war schon immer sportlich. Mit einem kleinen Bruder verstand sie schon früh, dass sie lernen musste, sich für Dinge zu interessieren, die er mochte – Laufen, Fußball, Tennis –, oder sich damit zu begnügen, immer alleine zu spielen. Sie ist bereits gute zehn Meter hoch, als sie merkt, dass Edward hinter ihr ist und nur mit Mühe mithält.

Er ist mir gefolgt, denkt sie, und der Gedanke umspült sie wie ein warmes, wohliges Bad.

»Du hättest mich ruhig vorwarnen können, dass du von Bergziegen abstammst«, keucht er, als er endlich auf gleicher Höhe ist. Verschwitzt schaut er hinab und schließt einen Moment die Augen. »Bitte sag mir, dass wir jetzt hoch genug sind. Wir hängen ja praktisch schon halb im Himmel.«

Lily folgt seinem Blick zu der Ansammlung von Menschen unter ihnen. Da ist Max, der emporschaut, auch wenn sie seinen Ausdruck nicht erkennen kann. Und Eliza, die immer noch neben Anwar steht, ihre Hand auf seinem Arm, ihr gelbes Kleid wie eine exotische Blüte in der Wüstenlandschaft.

»Noch nicht«, sagt sie und klettert wieder los, wobei sie aus einem Impuls heraus seine Hand packt, um ihn mit sich zu ziehen. Seine Handfläche ist weich wie ein Kissen, die Knochen seiner Finger zerbrechlich wie dürre Zweige. Sofort wird sie von Verlegenheit übermannt. Schnell lässt sie seine Hand wieder los und blickt entschlossen nach vorne.

Sie klettern noch weitere fünf Minuten. Und dann noch ein Stück. Die dunstige Sonne lässt die staubige Luft flimmern. Die beiden jungen Männer vor ihnen sind bei ihrem Wettstreit, wer zuerst die Spitze erreicht, aus ihrem Blickfeld verschwunden. Tief unter ihnen, so weit weg, dass sie nur noch Pünktchen in der unendlichen, sandbedeckten Weite sind, zieht der Rest der Reisegruppe weiter, selbst Elizas strahlendes Kleid wurde von dem Meer aus beigefarbenem Sand verschluckt.

Auf einem breiten Steinblock hält Lily inne – sie spürt die schmerzenden Muskeln ihrer Waden und Oberschenkel, ist sich ihres feuchten Haars bewusst, das sich vor Schweiß und Hitze lockt. Sie lehnt sich gegen den warmen Stein und wartet auf Edward. Schließt die Augen. Sie spürt ihn neben sich, keuchend vor Anstrengung. Er ist ihr so nah, dass die feinen Härchen auf ihren Armen sich aufstellen, um seine zu berühren.

»Lily?«

Als sie die Augen öffnet, ist sein Gesicht nur wenige Zentimeter von ihrem entfernt. Seine Augen sind wie kühle grüne Tümpel, in die sie sich sinken lassen kann, um alles von sich zu spülen. Plötzlich ist sein Mund auf ihrem, und es ist, als sei ihr gesamtes Wesen auf diese eine Stelle konzentriert, wo ihre Körper sich berühren. Sie öffnet ihre Lippen, und da ist seine Zunge, die sanft nach der ihren sucht.

Wie anders ist das als jene Küsse mit Robert… sein Mund ein gieriges Loch, das sie voll und ganz verschlingen wollte, seine riesigen Pranken, die ihren Körper betasteten wie ein Stück Fleisch.

Sie lösen sich voneinander. Langsam öffnet Edward die Augen. »Oh, Lily«, sagt er leise und fährt mit den Fingerspitzen ihr Gesicht nach, als würde er eine Brailleschrift entziffern. »Liebste Lily.« Dann lässt er den Arm sinken, und seine Miene verändert sich. »Es tut mir leid. Ich hätte das niemals tun dürfen…« Er beugt sich nach vorne und legt den Kopf in die Hände.

Lily ist vollkommen verwirrt. »Edward, alles ist in Ordnung«, beruhigt sie ihn. »Ich wollte das.«

Er blickt zu ihr auf und lässt die Hände auf die Knie sinken. Sein gequälter Ausdruck erschreckt sie.

»Was ist los?«, fragt sie. »Geht es dir nicht gut?« Und dann durchbohrt ein Gedanke sie wie eine brennende Nadel. »Gibt es jemand anderen?«

Eliza im gelben Kleid tanzt vor ihrem inneren Auge.

Über ihnen ist das Geräusch von Füßen zu hören, die von Stein zu Stein hüpfen, und die jungen Männer, die ihnen auf die Pyramide vorausgeeilt sind, tauchen wieder auf. »Ha! Weiter haben Sie es also nicht geschafft?«, ruft einer. Der Triumph macht ihn wohl übermütig. »Wir waren ganz oben auf der Spitze. Die Aussicht ist absolut umwerfend. Man kann praktisch bis ins gute, alte England sehen!«

»Ich denke, wir werden uns auf Ihr Wort verlassen müssen«, erwidert Edward und richtet sich auf. »Bist du bereit für den Abstieg, Lily?«

Sie nickt stumm.

Sie beginnen mit dem Abstieg und versinken von einer Stufe zur anderen tiefer in Schweigen. An einer Stelle, wo der Stein zwischen den Blöcken arg zerbröckelt ist und die Teile sich gelöst haben, bietet Edward ihr seine Hand, doch Lily senkt den Kopf und tut so, als hätte sie es nicht gesehen. Die gesamte Zeit über, während die Stimmen der jungen Männer vor ihnen von den Steinen widerhallen, versucht sie zu begreifen, was passiert ist… Doch der Kuss verschwimmt mit der flirrenden Hitze und der Absurdität dieses Tages zu einem Strudel wirrer Sinneseindrücke, in dem nichts klar ist und alles schmerzt.

Das Abendessen im Shepheard Hotel ist unglaublich mondän – ein riesiger Saal mit Säulen, die eine üppig verzierte gewölbte Decke stützen, gestärkte weiße Tischdecken, die zu den langen weißen Gewändern der Kellner passen. Max und Eliza sind viel zu sehr in ihren eigenen Streit verwickelt, um die gedämpfte Stimmung ihrer Gäste zu bemerken. Zumindest glaubt Lily das, bis Eliza sich abrupt an sie wendet.

»Stille Wasser sind tief, Lily, nicht wahr? Immer so ruhig und brav, und plötzlich raffst du die Röcke und kletterst wie ein Eingeborener diesen Steinhaufen hoch. Wie viele andere Geheimnisse verbirgst du noch vor uns? Das frage ich mich wirklich.«

Lily spürt, wie ihr die Hitze in die Wangen schießt. »Ich bin mit einem Bruder aufgewachsen, das ist alles«, erwidert sie.

»Ich finde das ja bewundernswert«, sagt Max und mustert sie so intensiv, dass sie unter dem Tisch die Finger in den mitternachtsblauen Chiffon ihres Kleides krallt. »Ich mag es, wenn eine Frau weiß, was sie mit ihrem Körper anstellen kann.«

»Max!« Eliza funkelt ihn tadelnd an, doch ob sie es ernst meint oder in gespielter Entrüstung, kann Lily nicht sagen.

»Ich habe lediglich von Sport geredet«, verteidigt sich Max, und seine Lippen verziehen sich unter dem Schnurrbart zu einem viel zu breiten Grinsen.

Nach dem Essen versucht Lily, sich unter dem Vorwand der Müdigkeit zu entschuldigen. Sie fürchtet sich davor, ein Bett mit Eliza zu teilen, und hofft so, bereits zu schlafen, bis ihre Zimmergenossin eintrifft.

Doch die Campbells wollen davon nichts hören. »Wir haben dich doch nicht entführt und den ganzen Weg mitgeschleift, damit du dich um neun Uhr ins Bett legst«, sagt Eliza. Sie lächelt, aber Lily kommt nicht umhin, sich wie ein Äffchen zu fühlen, das ein artiges Kunststück aufführen soll.

Also begeben sie sich zur *Long Bar*, die, wie Eliza sie aufklärt, mittlerweile als *St Joe's Parish* bekannt ist – zu Ehren des legendären Barmanns Joe Scialom. Eine von Elizas Bekannten, die im Frühjahr schon einmal hier war, hat ihr erzählt, dass sie unbedingt einen von Joes unvergleichlichen Cocktails probieren müsse.

»Wir nehmen vier von den Bastards«, sagt Eliza zu dem gepflegten Mann in weißem Jackett und schwarzer Fliege hinter der Bar.

Lily schnappt nach Luft, aber der Mann hinter der Bar schenkt ihnen nur ein strahlendes Lächeln und geht sofort dazu über, eine anscheinend tödliche Kombination aus Gin, Cognac, Limettensirup und Ingwerlimonade zu mischen. »Vier Suffering Bastards für die Herrschaften, bitteschön.«

»Göttlich!«, erklärt Eliza, kippt ihren hinunter und bestellt umgehend vier weitere, obwohl Lily gerade mal zwei Schluck genommen hat. Auch wenn sie Wein und ab und zu ein Bier durchaus gewohnt ist, trinkt Lily selten starken Alkohol, und sie kann bereits die ungewohnte Wärme spüren, die durch ihre Adern sickert.

Als sie Anwar, ihren Führer, erblickt, der an der Bar steht und mit einem der Hotelangestellten plaudert, ruft Eliza ihn zu sich und besteht darauf, dass er sich auf einen Drink zu ihnen gesellt.

»Ich fürchte, ich trinke keinen Alkohol«, sagt Anwar, doch während seine entschuldigenden Worte zögerlich sind, ist es sein Blick, der über Elizas korallenfarbenes Seidenkleid gleitet, keineswegs.

Während der Barmann für Anwar einen Cocktail aus Fruchtsäften und Sirup mischt, fängt die Band an zu spielen, und Eliza rückt näher zu ihm, um ihn besser verstehen zu können; ihr Gespräch wird für den Rest von ihnen von dem durchdringenden Klang eines Saxophons übertönt.

Max betrachtet den entblößten Rücken seiner Frau, der ihnen nun vollständig zugewandt ist – die Wirbelsäule grazil geschwungen –, und Lily kann sehen, wie ein Muskel an seinem Kiefer zuckt. Sie blickt zu Edward, in der Hoffnung, er werde etwas sagen, um die peinliche Stille zu durchbrechen, doch er blickt finster verschlossen drein. Sie zweifelt bereits an dem, was oben auf der Pyramide passiert ist. Kann dieser Mann, der jetzt seinen dunklen Schopf über das Glas beugt, wirklich derselbe sein, der seine Lippen auf ihre gelegt hat?

Max reißt Lily das Glas aus der Hand und knallt es auf die Theke.

»Wir tanzen«, sagt er. Und das ist keine Frage. Lily hat das Gefühl, dass man gewisse Dinge von ihr erwartet, eine Art Bezahlung dafür, dass sie hier sind – in dieser Bar, in diesem Hotel, in dieser fremden, exotischen Stadt –, anstatt eingepfercht neben Ida und Audrey in der Kabine zu liegen oder ihrer Freundin Maria Trost zu spenden.

Dennoch zögert sie und wirft einen hilflosen Blick zu Edward, der ihr ein kleines, schmallippiges Lächeln schenkt und sein Glas hebt.

Als sie auf der Tanzfläche sind, geht die Band zu einem beliebten Swing-Stück über, das Lily schon gehört hat. Normalerweise tanzt sie sehr gerne, aber im Moment scheint sie den richtigen Rhythmus nicht finden zu können. Max' Hand auf ihrer Taille sengt sich durch den dünnen Stoff ihres Kleides, bis sie sicher ist, dass seine Berührung einen Brandfleck auf ihrer Haut hinterlassen muss. Bitte mach, dass es bald vorüber ist, fleht sie stumm, während sie sich über die Tanzfläche führen lässt, den Blick starr auf Max' weiße Fliege gerichtet, damit sie ihm nicht in die Augen schauen muss.

Edward steht neben der Tanzfläche, nippt an seinem Cocktail und folgt aufmerksam ihren Bewegungen. Sie stellt sich vor, wie anders es wäre, seine weiche Hand zu halten, anstatt die von Max.

»Du bist so steif, Lily«, tadelt Max. »Du musst dich entspannen. Lass dich ein bisschen gehen.«

»Ich bin durchaus entspannt, danke. Vielleicht nur ein wenig müde.«

»Das überrascht mich nicht, nach all den Eskapaden dort oben auf der Pyramide.«

Lilys Herz macht einen nervösen Satz. Hat er gesehen, was zwischen ihr und Edward vorgefallen ist? Bei dem Gedanken wird ihr ganz schwindelig.

Zu Lilys unendlicher Erleichterung neigt sich das Lied dem Ende zu. Sie will sich gerade abwenden, um zur Bar zurückzukehren, als die Band schon wieder aufspielt. Dieses Mal ist es eine langsame Melodie, die sie sofort als *The Way You Look Tonight* erkennt – Fred Astaires und Ginger Rogers' erfolgreicher Hit. Max umklammert ihre Hand und ihre Taille fester und zieht sie an sich, sodass ihre Oberkörper sich eng aneinanderpressen. Unwillkürlich muss sie an den Gang in der Pyramide denken… etwas Hartes, das sich von hinten gegen sie presste.

»Du wirst ja ganz rot, Lily. Ist dir etwa heiß?«

Es ist, als könne er ihre körperlichen Reaktionen lesen, genauso wie Edward in der Lage scheint, ihre Gedanken zu lesen. Robert war genauso, obwohl sie damals zu jung war, um es zu begreifen. Etwas streift ihren Haaransatz über der Stirn, das muss Max' Schnurrbart sein, sein Mund ist nur ein Haarbreit von ihrer Haut entfernt.

Ein trällerndes Lachen ertönt von hinten, und als Lily sich umdreht, ist sie überrascht, Eliza in den Armen von Anwar zu sehen, ihrem jungen Reiseführer. Wie die Grenzen hier doch verwischen – illustre Gäste, die mit den Angestellten tanzen. Aber andererseits, ist es denn wirklich so viel seltsamer als ihr eigener Aufenthalt hier? Mit dieser Art von Leuten, denen sie früher Tee serviert und deren Häuser sie geputzt hätte?

Der Anblick seiner Frau scheint etwas in Max zu verändern. Er zieht Lily noch enger an sich, und seine Finger schließen sich so fest um die ihren, bis er sie beinahe zerquetscht. Als er spricht, hat seine Stimme jeglichen Anflug seiner üblichen kühlen Belustigung verloren.

»Ich liebe meine Frau. Kapiert?«

Es ist mehr ein Krächzen als eine menschliche Stimme. Hat Lily ihn recht verstanden? Sie will ihn gerade bitten, es zu wiederholen, als es aus ihm herausbricht.

»Warum muss er nur so starren? Das wird allmählich lästig.« Lily folgt Max' Blick zu Edward, der sie immer noch aus den Schatten abseits der Tanzfläche beobachtet.

Kurz flackert Freude in ihr auf, doch sofort ermahnt sie sich zur Vorsicht – die Vorstellung, dass diese zarte Sache zwischen ihr und Edward Max' eissplitterblauen Augen preisgegeben werden könnte, ist ihr unerträglich.

Das Lied endet. Lily weicht zurück und befreit ihre Hand aus Max' Griff.

»Ich bin furchtbar müde. Es war so ein aufregender Tag. Ich bin dir und Eliza wirklich sehr dankbar.«

Max macht eine wegwerfende Geste. »Spar dir deine Dankbarkeit, kleine Lily«, sagt er. »Das ist eine furchtbar langweilige und bürgerliche Tugend.«

Zurück im Hotelzimmer, klammert sich Lily an die äußerste Bettkante. Die Ereignisse des Tages spielen sich in Endlosschleife in ihrem Kopf ab, während sie sich verzweifelt wünscht, einschlafen zu können. Dennoch muss sie irgendwann eingedöst sein, denn einige Zeit später wird sie von Stimmen vor der Tür geweckt.

»Lass mich mit dir reinkommen.«

»Du meine Güte, du kannst wirklich anstrengend sein, wenn du betrunken bist, Max. Du weißt doch, dass Lily da drin ist.«

»Ja und. Ist doch nicht so, als hättest du das nicht zuvor schon gemacht.«

»Sei nicht so ein Schwein.«

Eine Bewegung, ein Knurren, ein gedämpftes »Hör auf!«. Dann wieder Max.

»Ich wette, du würdest nicht ›hör auf‹ sagen, wenn es dieser schmierige Kerl wäre, der seine Finger in deiner…«

Das Geräusch der Tür, die sich öffnet und rasch wieder schließt. Elizas schwerer Atem in der dichten Dunkelheit.

»Schlampe!«

Lily zuckt bei dem Wort zusammen; die Heftigkeit, mit der es ausgestoßen wurde, ist selbst durch die dicke Zimmertür hindurch spürbar.

Sie hört ein Rascheln von Satin, das Moskitonetz, das über den Boden schleift, dann, wie die Matratze nachgibt. »Lily? Bist du wach?«, fragt Eliza mit einer Stimme, die überraschend unbekümmert klingt.

Lily ist versucht, sich schlafend zu stellen, aber sie wird den Eindruck nicht los, dass Eliza es merken würde.

»Ja«, sagt sie mit einem Gähnen, in der Hoffnung, ihre Stimme möge angemessen schlaftrunken klingen. »Obwohl ich schrecklich müde bin.«

»Wirklich? Also ich hätte ja noch die ganze Nacht tanzen können, wenn das Orchester nicht schon zusammengepackt hätte und Max nicht so ein Langweiler wäre. Aber schlaf du nur ruhig weiter, und wenn ich in der Nacht anfange, dich aus dem Bett zu verdrängen, roll mich einfach auf meine Seite zurück, ja? Max behauptet steif und fest, ich wäre die habgierigste Bettgefährtin überhaupt. Ich erobere gerne jedes Eck der Matratze.

So ungefähr …« Eliza streckt die Arme und Beine wie ein Seestern von sich. Lily gibt sich Mühe, nicht zurückzuweichen, als sie Elizas Fuß spürt, der ihr Bein streift.

Sie schließt die Augen und versucht, ihre Atmung zu verlangsamen. Eine Weile ist da nur das Ächzen des Ventilators und das Summen der Moskitos am Fenster zu hören.

Dann dringt ein Flüstern durch die Dunkelheit. »Lily?«

Lily brummt, als wäre sie im Schlaf.

»Lily, hast du manchmal auch dieses Gefühl, dass du nur existierst, wenn du dich in den Augen eines anderen gespiegelt siehst?«

Lily bleibt still und lässt ihren Atem weiter ruhig fließen. Eliza seufzt, ein Geräusch so sanft wie die Gischt des Meeres. Doch jetzt neigt sich die Matratze wieder, noch einmal das schleifende Geräusch des Moskitonetzes, gefolgt vom leisen Tapsen von Schritten.

Sie geht bestimmt ins Bad, denkt Lily. Und so ist sie überrascht, einen Lichtbalken quer durchs Zimmer fallen zu sehen, als die Tür zum Flur sich öffnet, und das leise Klicken des Riegels zu hören, als Eliza sie hinter sich schließt.

14

11. August 1939

Lily ist so unglaublich froh, als sie die *Orontes* im Hafen von Port Suez warten sieht, dass sie beinahe in Tränen ausbricht. Es ist, als wären sie und Edward wochenlang fort gewesen, nicht vierundzwanzig Stunden. Sie kann es kaum erwarten, Audrey und Helena zu sehen und ein Gespräch zu führen, bei dem sie nicht das Gefühl hat, gleichzeitig fände ein weiteres unter der Oberfläche statt, an dem sie nicht beteiligt ist. Und sie will sich vergewissern, wie es Maria geht. Sie hat ein schlechtes Gewissen, dass sie ihre Freundin so bald nach dem schrecklichen Vorfall allein gelassen hat.

Aber vor allem anderen will sie von den Campbells und ihren ständigen Komplikationen fortkommen und sogar von Edward, der kurz angebunden und launisch war, seitdem sie sich um sechs Uhr in der Früh wie verabredet im Foyer des Hotels getroffen hatten. Max, der lautstark verkündete, den bestialischsten Kater aller Zeiten zu haben, blieb ebenfalls einsilbig. Lediglich Eliza, die nur eine halbe Stunde, bevor sie aufstehen sollten, ins Zimmer geschlüpft kam, ist heiter und lebhaft wie eh und je. Lily fragt sie nicht, wo sie in der Nacht war. Es ist besser, sie weiß es nicht.

Auf dem Weg vom Bus zum Schiff werden sie von einer

Horde Kinder verfolgt, die ganz besonders von Eliza fasziniert zu sein scheinen.

»Miiissis Siiiimpson… Miiissis Siiiimpson!«, skandieren sie, zupfen an ihrem Arm und lächeln zu ihr hoch, bevor sie sich tief verbeugen.

»Sie erinnern sie an die Lady, die König Edward gestohlen hat«, sagt Anwar, der sie zur Landungsbrücke begleitet. Heute Vormittag ist er wie verwandelt. Zurückhaltend. Unfähig, jemandem in die Augen zu sehen.

»Wallis Simpson, die skandalumwitterte Herzogin von Windsor?«, erwidert Eliza lachend. »Das ist wohl kaum ein Kompliment!«

»Es ist nur Ihr Haar«, murmelt Anwar.

Als er die Gruppe an der Landungsbrücke am Ende des Kais verabschiedet, schüttelt Anwar jedem von ihnen die Hand, doch erst als er zu Eliza kommt, löst er den Blick vom staubigen Boden und schaut auf. Da ist etwas in seinen Augen, das Lily nicht fassen kann, eine Frage, die zwischen ihnen in der Luft hängt, bis Eliza sich abwendet und die Landungsbrücke emporgeht.

»Max, bist du so gut und gibst unserem Anwar ein schönes, dickes Trinkgeld, ja?«, ruft sie ihrem Mann über die Schulter hinweg zu.

Zurück an Bord, bleiben Edward und Lily auf dem Touristendeck stehen, wo die Treppe zur ersten Klasse hinaufführt.

»Ich kann euch wirklich nicht genug danken«, sagt Edward zu einem unsichtbaren Fleck irgendwo zwischen Eliza und Max. »Ich werde mich den Rest meines Lebens an diesen Ausflug zu den Pyramiden erinnern.«

Lily hofft, dass ihr die Verlegenheit nicht anzusehen ist, als er den Schauplatz ihres Kusses erwähnt, von dem es ihr bereits scheint, als hätte er in einem anderen Leben stattgefunden. »Das Gleiche gilt für mich«, schließt sie sich an. »Vielen herzlichen Dank.«

»Unsinn«, sagt Eliza. »Ihr seid es, die uns einen Gefallen getan haben. Ohne euch wären wir doch vor Langeweile umgekommen. Stimmt's, Max?«

Max sagt nichts dazu, doch der Blick, den er Edward zuwirft, bevor er Eliza nach oben folgt, ist unerwartet kalt, und Lily fragt sich, ob er es ihnen sehr übel nimmt, sich in ihre zweiten Flitterwochen gemischt und eine intime Nacht an einem besonderen Ort mit seiner Frau ruiniert zu haben.

»Na schön. Ich denke, ich gehe jetzt lieber und lade meine Sachen in der Kabine ab.« Lily wendet sich zum Gehen, doch Edward legt ihr die Hand auf den Arm.

»Lily? Ich wollte dir noch sagen … wegen gestern. Ich hätte niemals …«

»Mach dir keine Sorgen. Wirklich. Das ist längst vergessen. Es war nur die Hitze.«

»Du darfst nicht denken, dass ich dich nicht absolut wundervoll fände, es ist nur so, dass ich nicht …«

»Ich weiß. Dir ging es lange nicht gut. Und das Letzte, was du brauchst, sind Komplikationen. Dasselbe gilt für mich. Wir haben uns lediglich von der Sonne und dem Ort hinreißen lassen.« Wie schwülstig sie doch klingt. Wie gekünstelt. Aber sie erträgt es einfach nicht, länger hier stehen zu bleiben; sie wagt es nicht, in sein Gesicht zu blicken, aus Angst vor dem Mitleid, das sie darin sehen könnte; sie will nicht, dass er sieht, wie ihre Hände zittern.

»Wir sind doch immer noch Freunde, Lily, nicht wahr?«

Was für ein Flehen in seiner Stimme. Wie sehr er sich

doch wünscht, alles möge wieder in Ordnung sein, der gestrige Kuss vergessen. Was kann sie darauf schon antworten, außer: »Natürlich. Wir sehen uns beim Mittagessen.«

Endlich ist sie erlöst und hastet hinunter zum Deck F, wo sie sorgfältig ihre Sachen wieder verstaut und dann die Sprossen zu ihrer Koje hinaufklettert, sich mit dem Gesicht zur Wand zusammenrollt und sich stumm ihren Tränen hingibt.

Sie wird vom Kabinensteward aufgeschreckt, der die Briefe vorbeibringt, die in Port Suez abgeholt wurden. Falls der Mann sich über ihre geröteten Augen wundert, so zeigt er es nicht.

»Schön, Sie wieder bei uns zu haben, Miss.«

Sie hat einen Brief von ihrer Mutter erhalten und einen zweiten von Frank. Sie liest den von Frank zuerst und muss beim Anblick der schlampigen Handschrift lächeln – die Buchstaben allesamt verschieden groß und großzügig mit Tintenklecksen verziert. Er beginnt damit, wie öde es doch zu Hause sei, und auch der Job in der Keksfabrik sei nicht viel besser und dass er hofft, dass es Krieg gibt, weil er dann wenigstens ein bisschen herumkommen würde; dann setzt er zu einer weitschweifigen und wirren Anekdote über seinen besten Kumpel Geoff an, der auf dem Nachhauseweg vom Pub versucht hat, die Tauben seines Nachbarn zu befreien. Dann endet der Brief abrupt mit dem Satz: »Mam hat mir gerade den Tee auf den Tisch gestellt, ich muss jetzt schließen.«

Der Brief ihrer Mutter ist länger, und allein ihre bemühte Handschrift auf dem Papier zu sehen, weckt ein jähes Heimweh in Lily. Die Mutter dankt Lily für ihren ersten Brief und teilt ihr mit, sie verfolge den Kurs des Schiffes im Atlas nach. Sie schreibt, Edward und Helena würden sehr sympathisch klingen, und warnt sie, es sich ja nicht mit Ida zu verderben. *Sie scheint mir einer dieser nachtragenden Menschen zu sein, die ständig einen Groll hegen.* Sie schreibt Lily, sie seien immer noch optimistisch, dass der Krieg vermieden werden könne und dass Chamberlain *keinen rechten Appetit auf so was hat.* Sie beschreibt ihren Besuch kürzlich bei ihrer Schwester Jean in Basingstoke und dass Jeans Schwiegertochter mit ihrem Baby zu Besuch kam. Jean nennt sie einen *Wonneproppen*, aber um ehrlich zu sein, würde *Dickerchen* eher der Wahrheit entsprechen. Sie erzählt von Lilys Vater und darüber, wie sehr das tägliche Gerede vom Krieg ihm zusetzt.

Lily war erst zwei Jahre alt und Frank gerade mal ein Säugling, als an der Front, nur wenige Schritte von ihrem Vater entfernt, eine Granate in die Luft ging, die ihm den unteren Teil seines rechten Beines wegriss und ihn in ein Koma fallen ließ, aus dem er erst zwei Wochen später wieder erwachte; fortan litt er unter furchtbaren Halluzinationen, die ihn wie aus dem Nichts überfielen, und verfügte über keinerlei Erinnerung an sein früheres Leben.

Ganz allmählich, mit der Hilfe von Lilys Mutter, verschwanden die schrecklichen Bilder, und er lernte, mithilfe einer Prothese zu gehen. Aber er musste sein gesamtes Leben neu erlernen – und er sprach nie wieder ein Wort. »Ist es, weil er nicht kann oder weil er nicht will?«, fragte Lily ihre Mutter immer wieder, als sie noch klein war. Einmal hatte eines der älteren Nachbarskinder ihr gesagt, dass die Deutschen ihm die Zunge abgeschnitten hätten, und wochenlang behielt sie diese Vorstellung für sich und wagte es kaum, ihren Vater anzuschauen, wenn er aß oder gähnte, aus Angst, einen entstellten Stummel in seinem Mund zu erblicken; bis sie es schließlich Frank erzählte und der wiederum ihrer Mutter, woraufhin ihre Mutter ihren Vater die Zunge rausstrecken ließ, um ihnen zu zeigen, dass sie immer noch da war.

Sie erhielt nie eine richtige Antwort auf die Frage, ob das Verstummen ihres Vaters selbst gewählt war, und nun ist sein Schweigen ebenso Teil ihres Lebens wie das kleine Reihenhaus in Reading oder die alte braune Ledertasche ihrer Mutter.

Als Lily das Ende des Briefes erreicht, liest sie beide noch einmal, ganz langsam, während das Heimweh ihr die Kehle zuschnürt. Gerade als sie sich für einen weiteren Weinkrampf wappnet, kommt Audrey mit Annie im Schlepptau in die Kabine geplatzt, die ihr mittlerweile folgt wie ein rothaariger Schatten.

»Du bist zurück! Das dachte ich mir schon, als ich all die anderen an Bord kommen sah. Die Pyramiden! Du Glückspilz. Ich könnte vor Neid platzen. Erzähl mir alles. Und lass ja kein Detail aus.«

Lily blickt in Audreys breites, liebes Gesicht und verspürt sogleich eine Welle von Scham. Was für ein Recht hat sie, in Selbstmitleid zu versinken, wenn sie gerade dabei ist, das Abenteuer ihres Lebens zu erleben? Sie erinnert sich an all die Nächte in der Pension in London, wenn sie nach einer Spätschicht in ihr Zimmer trat und die klamme Kälte sie in der Dunkelheit erwartete und wie ihr Herz immer ein kleines Stück zusammenschrumpfte, während sie sich fragte: *Ist es das? Soll das wirklich alles gewesen sein?* Und nun befindet sie sich auf einem Schiff – mit Afrika auf der einen und Asien auf der anderen Seite –, umgeben von neuen, interessanten Menschen, nachdem sie gerade erst eine Nacht in Kairos glamourösestem Hotel verbracht und eines der Weltwunder besucht hat.

Ich bin eine Idiotin, denkt sie.

Sie nimmt einen tiefen Atemzug, legt die Briefe zwischen die Seiten ihres Tagebuchs und klettert die Leiter hinunter; dann gesellt sie sich zu Audrey und Annie, die auf dem freien unteren Bett sitzen, wo sie ihnen die Ereignisse der letzten vierundzwanzig Stunden schildert, wobei sie lediglich den Kuss mit Edward und den Tanz mit Max auslässt sowie Elizas Schritte, die in den frühen Morgenstunden aus dem Hotelzimmer tapsten.

Als sie endet, ist sie schon viel fröhlicher und beschließt, all ihre wirren Gefühle hinter sich zu lassen und sich allein auf das zu konzentrieren, was vor ihr liegt. Zurück auf dem glühend heißen Deck, steht sie so lange an der Reling, wie sie die Hitze ertragen kann, und betrachtet die ägyptische Küste und ihre sandigen Berge, die in der dunstigen Hitze beinahe rosa leuchten und gemächlich an ihnen vorbeiziehen. Das Schiff kreuzt langsam durch das Rote Meer auf seinem Weg zu ihrem nächsten Zwischenhalt – Aden –, und es liegt eine Art Lebendigkeit in der Luft, die Unruhe von Leuten, die ungeduldig darauf warten, dass die Hitze endlich nachlässt, und über das Deck schlendern und sich immer wieder zu neuen Grüppchen zusammenfinden.

Sie entdeckt Maria am anderen Ende des Schiffes, wo sie in einem Kreis jüdischer Frauen sitzt und sich auf Deutsch unterhält.

»Lily!«, ruft Maria und steht auf, um sie zu begrüßen, auch wenn Lily ein leichtes Zögern zu spüren meint.

»Wie geht es dir?«, will Lily wissen.

Jetzt, da sie Marias Gesicht sieht – die dunklen Schatten unter den Augen und die tiefe, steile Furche auf der Stirn, die zuvor nicht da war –, fühlt Lily sich noch elender, ihre Freundin allein gelassen zu haben. Doch als sie sich entschuldigen will, bringt Maria sie rasch zum Schweigen.

»Lily, wenn du dir nur meinetwegen die Gelegenheit hättest entgehen lassen, die Pyramiden zu sehen, hätte ich nie wieder ein Wort mit dir gesprochen, und das wäre doch eine furchtbare Tragödie, oder nicht? Und jetzt erzähl mir alles.«

Und abermals beschreibt Lily ihre Reise, die bereits anfängt, die Beschaffenheit eines Traumes anzunehmen oder einer Geschichte, die jemand anderes erlebt hat.

Während sie spricht, spazieren sie und Maria unter dem Schatten des Vordachs das Deck auf und ab. Aus dem Speisesaal erklingt das Klappern von Besteck, das für das Mittagessen verteilt wird, während von den Passagieren, die auf den Liegen lümmeln, das stete Murmeln von Gesprächen zu hören ist, lediglich unterbrochen vom leisen Klatschen von Spielkarten auf den Tischchen oder dem Rascheln von Zeitungsseiten.

»Und wie hast du dich mit Edward Fletcher verstanden?« Maria blickt sie von der Seite an, und ein Lächeln spielt um ihre Lippen.

Lily läuft knallrot an. Ist es denn so offensichtlich? Weiß es eigentlich jeder? Ihr Unbehagen lässt sie schroffer klingen als beabsichtigt. »Wir sind Freunde. Nichts weiter.«

Maria sagt nichts, wartet nur, und schon bald gibt Lily nach.

»Es gab da einen Moment, als ich dachte, dass wir vielleicht mehr als nur Freunde sein könnten. Aber…« Sie verstummt. Wieder wartet Maria still, drängt Lily nicht, sondern lässt ihr Raum, mehr zu erzählen, falls sie das muss. »Na ja, ich glaube, nachdem er eine ganze Nacht hatte, um darüber nachzudenken, hat er es sich anders überlegt.«

»Und weißt du auch, warum?«

Lily zuckt kläglich mit den Schultern. »Ich bin einfach nicht die Richtige für ihn. Ich weiß, dass er mich mag, aber er sieht mich… na ja… er sieht mich nicht so an wie er beispielsweise Eliza Campbell ansieht. Aber das ist in Ordnung, wirklich. Ich bin nicht auf der Suche nach einer Schiffsromanze.«

Ihre Absicht, einen Tonfall der Bestimmtheit und Endgültigkeit in den letzten Satz zu legen, wird von ihrer zitternden Stimme durchkreuzt.

Maria greift nach Lilys Arm und hakt sich bei ihr unter. »Lily, hast du je darüber nachgedacht«, beginnt sie endlich und spricht langsam, als würde sie jedes Wort abwägen, »dass es eine Frage des – wie soll ich es nur ausdrücken? – eine Frage des Standes ist? Helena hat mir erzählt, dass sie aus einer hochgebildeten Familie kommt. Ihr Vater ist im – wie sagt man gleich? – Staatsdienst. Edward selbst hat Jura studiert, bevor er krank wurde. Bitte sei nicht gekränkt, liebste Lily, aber du bist auf dem Weg nach Australien, um Dienstmädchen zu werden. Meinst du nicht, seine Eltern würden sich eine bessere Partie für ihn erhoffen?«

Lily bleibt wie angewurzelt stehen. Plötzlich ist sie sich der überwältigenden Hitze bewusst und verspürt ein erneutes Brennen hinter ihren Augenlidern. Nun, da Maria es sagt, sieht sie ganz klar, dass es stimmt. Sie hat sich von diesem Schiff mit seinen losen gesellschaftlichen Grenzen dazu hinreißen lassen zu glauben, dass sie alle gleich wären. Aber schlagartig wird ihr bewusst, wie naiv das war. Auch wenn Helena und Edward in der Touristenklasse reisen so wie sie, würden sie sich daheim, in England, in ganz anderen Kreisen bewegen. Wie könnte Edward jemals seinen Eltern schreiben, dass er sich auf eine Beziehung mit einer einfachen Haushälterin eingelassen hat?

»Aber natürlich, Maria, du hast recht. So habe ich das noch überhaupt nicht gesehen. Wie dumm von mir.«

Jetzt ist es Maria, die bestürzt wirkt. »Lily, es war nicht meine Absicht, dich zu kränken. Ich wollte nur, dass du verstehst, dass seine Handlungen womöglich nichts mit Edwards Gefühlen für dich zu tun haben.«

Lily weiß, dass ihre Freundin sie aufmuntern möchte, doch nichts kann die schmerzhafte Erkenntnis mildern, dass sie sich von törichten Schulmädchenfantasien hat leiten lassen, anstatt von ihrem gesunden Menschenverstand. Sie war sich nach Robert so sicher gewesen, dass sie sich nie wieder von der Illusion einer solchen Liebe würde blenden lassen, und doch steht sie nun hier, als habe sie rein gar nichts dazugelernt.

Als sie die Treppe zum unteren Deck erreichen, dringt ein qualvoller Schrei zu ihnen empor und reißt Lily aus ihrer Selbstversunkenheit.

»Ein weiteres italienisches Baby ist auf dem Weg«, erklärt Maria. »Unser Steward hat es uns heute Morgen erzählt.«

»Nun sind es schon drei. Der Schiffsarzt muss vollkommen erschöpft sein.«

Jetzt wagt Lily es, den nächtlichen Übergriff anzusprechen. »Wie geht es mit den Ermittlungen voran? Hat man schon einen Anhaltspunkt, wer es getan haben könnte?«

Maria schweigt eine Weile. »Ich glaube nicht, dass es Ermittlungen gab. Als ich den Kapitän gestern Nachmittag traf, sagte er, es täte ihm leid, aber es gäbe nicht viel, was er tun kann. Er meinte, wenn ich am anderen Ende des Decks bei ›meinen Leuten‹ geblieben wäre, wäre das nie passiert.«

»*Deine* Leute?«

»Ich glaube, er meinte die anderen Juden.«

»Aber das ist doch Unsinn!« Die Entrüstung lässt Lily stehen bleiben. »Jemand hat dich angegriffen, Maria. Sie sind dazu verpflichtet herauszufinden, wer es war. Sie müssen alle befragen, für den Fall, dass jemand etwas gesehen hat.

»Es ist schon gut, Lily. Es ist vorbei.«

»Nein, es ist nicht gut. Ich werde einen Steward aufsuchen. Ich werde ihn bitten, eine Liste der Passagiere aufzusetzen, die auf dem Deck geschlafen haben, damit sie mit der Befragung anfangen können.«

»Lily, lass es!«

Maria hat so laut gesprochen, dass ein Ehepaar, das an einem nahe gelegenen Tisch Cribbage spielt, missmutig zu ihnen herblickt.

»Es ist gut«, wiederholt sie leiser. »Es ist vergessen.«

Doch den ganzen Nachmittag über wird Lily das nagende Gefühl von Ungerechtigkeit nicht los. Irgendwie ist ihr bewusst, dass sie sich auch darauf fixiert, um nicht an Edward denken zu müssen, dennoch findet sie es unsäglich, dass die Schiffsleitung, anstatt herauszufinden, wer verantwortlich für den Übergriff ist, offenbar versucht, Maria selbst die Schuld dafür zu geben.

An Bord des Schiffes ist es Brauch, dass der Kapitän einmal in der Woche im Speisesaal erscheint und von Tisch zu Tisch geht, um mit den Passagieren zu plaudern. Lily vermutet, das geschieht, um die Passagiere zu beruhigen, sie wissen zu lassen, dass das Schiff sich in fähigen Händen befindet. Der Kapitän ist ein kleiner, doch nichtsdestoweniger imposanter Mann mit einem ruhigen, bedächtigen Auftreten und einer Art und Weise zu sprechen, die seinen Worten unmittelbare Autorität verleiht. Der wöchentliche Besuch fällt auf das heutige Abendessen, und Lily beschließt, sich bei ihm zu erkundigen, was er unternimmt, um die Sache mit Maria aufzuklären, auch wenn sie bei der letzten Gelegenheit in seiner Gegenwart viel zu eingeschüchtert war, um etwas zu sagen.

Sie nimmt sich Zeit, um sich zurechtzumachen, und redet sich ein, es sei wegen des Kapitäns und keineswegs, weil Edward nur wenige Zentimeter von ihr entfernt sitzen wird. Der Badsteward ist erfreut, sie zu sehen.

»Ich habe Ihnen gestern Ihr Bad reserviert wie üblich, Miss, aber Sie sind nicht gekommen.«

Lily entschuldigt sich und macht sich im Geiste eine Notiz, ihm bei nächster Gelegenheit den zweiten Teil seines Trinkgelds zu geben, da sie beinahe die Hälfte ihrer Reise hinter sich haben. Er erinnert sie an ihren Bruder Frank, mit seiner rührenden Mischung aus Unerfahrenheit und übermütiger Heiterkeit. Auf einem Schiff voller unbekannter Menschen ist es beruhigend, jemanden zu haben, der sie an daheim erinnert.

In der Badewanne schrubbt sie sich mit dem gefilterten Meerwasser ab und genießt das prickelnde Brennen, als könne es nicht nur all den Staub und Schmutz von ihrem Ausflug nach Kairo abwaschen, sondern auch die restlichen Flocken der Scham, die sich an ihre Haut geheftet zu haben scheinen. Danach spült sie sich gründlich mit dem warmen, frischen Wasser aus der Schüssel ab, die wie üblich am Fußende der Wanne wartet. Es ist schon vergessen, denkt sie, während sie zusieht, wie das Wasser zwischen ihren Zehen abfließt. Alles ist vergessen.

Sie trägt ihren frisch gewaschenen marineblauen Rock, dazu eine ärmellose weiße Bluse und um den Hals den goldenen Seidenschal aus Gibraltar. Erst als sie bereits angekleidet ist, merkt sie, dass dies wohl eine Aufmachung ist, die eine Bibliothekarin tragen könnte. Für einen kurzen Moment denkt sie an Eliza in ihrem korallenroten Kleid und will sich beinahe schon wieder umziehen, doch dann hält sie inne. Umso besser, wenn sie wie eine seriöse, ältere Bibliothekarin aussieht.

Beim Abendessen besteht Helena darauf, neben ihr zu sitzen, damit sie alle Neuigkeiten hören kann. Lily ist dankbar, dass Edward in sicherem Abstand einen Platz weiter sitzt.

»Er hat mir überhaupt nichts erzählt«, beschwert sich Helena. »Nur dass die Pyramiden groß und alt sind und alles mit Sand bedeckt ist. Tja, welche Überraschung… Ich glaube, so viel wusste ich selbst!«

Also erzählt Lily ein bisschen von der Tour und von Anwar und wie die Pyramiden, kaum dass sie die letzten Häuser Kairos hinter sich gelassen hatten, schon vor ihnen auftauchten. Sie erzählt von den engen Gängen in der Cheops-Pyramide und der unheimlichen Königskammer.

»Und seid ihr auch von außen auf die Pyramide geklettert?«, will Helena wissen. »Die ganzen uralten Steinblöcke hoch?«

Verlegen und im Bewusstsein von Edwards Gegenwart, versucht Lily dennoch, ihren heiteren, unbekümmerten Tonfall beizubehalten. »Ja, ein paar von uns sind ein Stück hochgeklettert. Es ist anstrengender, als es aussieht!«

»Und das Hotel?«, fragt Helena. »War es sehr luxuriös? Es muss doch sicher mehr als sechs Pfund gekostet haben, damit jeder ein eigenes Zimmer bekommt.«

»Oh, wir hatten keine eigenen Zimmer.« Als Helenas Augenbrauen hochschießen, spürt sie, wie ihr die Röte in die Wangen steigt, und sie setzt rasch zu einer Erklärung der Schlafplatzverteilung an, nur um von Edward unterbrochen zu werden.

»Wir haben dort absolut grandiose Cocktails getrunken! Suffering Bastards hießen sie.«

Ein hörbares Luftschnappen ertönt von der anderen Seite des Tisches, und zu spät fällt Edward ein, dass Mrs. Mills und ihre fünfzehnjährige Tochter Peggy ebenfalls anwesend sind.

»Oh, das tut mir schrecklich leid. Bitte verzeihen Sie mir.«

In dem darauffolgenden Wirbel aus Entschuldigungen und Beteuerungen versandet zu Lilys Erleichterung das Gespräch über ihren kurzen Aufenthalt in Kairo.

Doch nun macht der Kapitän seine Runde, und Lily wappnet sich innerlich für ihr Vorhaben, ihn anzusprechen. George Price bekundet seine eigene Absicht, sich Gehör zu verschaffen. Die Italiener seien viel zu laut, erklärt er ihnen. Seine Kabine befinde sich direkt über ihrem Trakt, und er werde die ganze Nacht von Höllenlärm wachgehalten.

Als der Kapitän ihren Tisch erreicht, lauscht er mit respektvollem Schweigen Georges Klage. Dann ruft er den Steward herbei, der ihn zum Speisesaal begleitet hat und momentan neben der Tür wartet.

»Mr. Hodkin hier wird sich Ihre Beschwerde notieren«, sagt er. »Seien Sie versichert, dass wir uns dieser Angelegenheit voll und ganz annehmen werden.« Danach wirkt George besänftigt, geradezu stolz. Er plustert seine massige Brust auf. Nun ist Lily an der Reihe, doch erst als der Kapitän sich bereits zum Gehen wendet, findet sie den Mut, ihn anzusprechen.

»Herr Kapitän, ich habe mich gefragt«, beginnt sie, »ob es bereits einen Fortschritt bezüglich« – sie blickt zu Peggy Mills, dämpft dann ihre Stimme – »des Übergriffs gibt, der vorgestern Nacht auf dem Deck stattgefunden hat. Ich bin eine Freundin jener Maria Katz. Des Opfers.«

Der Kapitän, der Lily zuvor lediglich höflich mit seinem Blick gestreift hat, nimmt sie nun interessiert in Augenschein. »Miss?«

»Shepherd.«

»Nun, Miss Shepherd. Ich fürchte, wir haben die Ermittlungen zu diesem … *Vorfall* eingestellt.« Er hat tatsächlich eine Stimme, die einem blindes Vertrauen einflößt. Sie erwischt sich dabei, wie sie nickt, obwohl es nichts zu nicken gibt. »Wir haben Befragungen unter den anderen Passagieren durchgeführt, die in jener Nacht auf dem Deck geschlafen haben, und ich fürchte, wir haben Aussagen von verlässlichen Quellen, die darauf schließen lassen, dass es keinen Übergriff gab.«

Lily starrt ihn verständnislos an.

»Aber ich war doch dort«, sagt sie schließlich.

Sie versucht, sich an die Nacht zurückzuerinnern. Wie sie in der Dunkelheit aufgeschreckt ist … Marias Schrei.

»Ich habe gesehen …«

Aber *was* hat sie gesehen? Eine Gestalt? Einen Schatten, der alles, aber auch nichts hätte sein können.

»Ich habe Schritte gehört«, sagt sie.

Der Kapitän wendet den Blick nicht von ihren Augen. »Jemand hat laut geschrien. Natürlich gab es da Schritte.«

Dennoch begreift Lily nicht ganz. »Was für Quellen?«, fragt sie. »Sie sagten, Sie hätten es aus verlässlichen Quellen.«

»Eine der anderen Passagierinnen, die in der Nähe lag, hat bei meinem Zahlmeister ausgesagt, dass sie unter Magenschmerzen gelitten und die ganze Nacht kein Auge zugetan hat. Sie war hellwach, als Miss Katz zu schreien anfing, und schwor, keinen Angreifer gesehen zu haben.«

»Meine Güte«, sagt Clara Mills, wobei ihre Hand zu ihrem Hals hochflattert. »Wollen Sie damit sagen, dass es sich um eine Hysterikerin handelt, Herr Kapitän?«

»Es ist nicht an uns zu urteilen, was einen Menschen antreibt, Miss …«

»… Mills. Mrs. Clara Mills. Und das ist meine Tochter, Peggy. Wir reisen ganz allein, weswegen mich die Nachricht von dem Angriff auch so schockiert hat.«

»Jetzt müssen sie sich ja keine Sorgen mehr machen.«

»Aber diese Zeugin muss da etwas verwechselt haben«, protestiert Lily. »Maria ist ein wirklich vernünftiger Mensch. Sie würde sich so etwas nicht ausdenken.«

Der Kapitän hebt die Hand. »Wie ich schon sagte, Miss Shepherd, es ist nicht an uns, irgendwelche Beweggründe zu unterstellen. Es war eine sehr schwüle Nacht … womöglich hat die Dame eine Art Hitzeschlag erlitten.«

»Viel wahrscheinlicher ist, dass sie einen Aufruhr verursachen wollte«, mischt sich George Price nun ein. »Ihre Leute sind doch bekannt dafür.«

Wieder hebt der Kapitän die Hand, wie um den Mutmaßungen Einhalt zu gebieten. »Ich gehe davon aus, dass wir niemals die wahren Gründe erfahren werden. Das Beste, was wir tun können, ist diese unglückselige Angelegenheit hinter uns zu lassen. Aber seien Sie versichert, meine Damen, das Deck ist ein absolut sicherer Schlafplatz.«

Nach dem Abendessen begleitet Lily Helena und Edward in die Lounge, um einen Kaffee zu trinken. Die schockierende Nachricht über Maria hat vorübergehend jegliche Verlegenheit über das, was in Kairo passiert ist, verdrängt. Das Einzige, worüber die drei sich unterhalten können, ist diese merkwürdige Angelegenheit.

Das Ganze ist ein Irrtum. Da ist sich Lily sicher. Maria würde sich so etwas nicht ausdenken. So ein Mensch ist sie nicht. Und dennoch fragt Helena sie behutsam, wie sicher sie sich sein kann.

»Denk mal darüber nach, Lily. Wir alle zusammengewürfelt auf diesem Schiff, unter diesen beengten Verhältnissen, ohne Ausweg und mit unendlich viel Zeit, die es totzuschlagen gilt. Wir kommen einander viel schneller näher, als wir es in der echten Welt jemals tun würden. Doch was genau wissen wir wirklich über einander? Im Grunde nur das, was wir bereit sind, den anderen mitzuteilen. Maria könnte sonst wer sein. Genauso wie wir übrigens auch. Niemand von uns hat irgendeine Möglichkeit zu überprüfen, wer der andere ist.«

Unbehaglich blickt sich Lily in der Lounge um. Die meisten der Passagiere sind ihr mittlerweile bekannt, selbst jene, mit denen sie noch nicht gesprochen hat. Da ist die Familie aus Kent mit den drei pummeligen Söhnen, die zum Abendbrot immer die Ersten in der Schlange für den Kuchen und die Sandwiches sind. Und dann das frisch vermählte Brautpaar im Eck, das sich erst vor sechs Monaten bei einer abendlichen Tanzveranstaltung in Bexleyheath getroffen hat und auf dem Weg nach Australien ist, um ein neues Leben ohne die Einmischungen der Eltern zu beginnen. Kann es denn sein, dass sie alle sich neu erfinden? Lily kam nicht einmal auf die Idee, ihre Mitreisenden nicht für bare Münze zu nehmen. Ist sie zu vertrauensselig gewesen, indem sie an den winzigen Ausschnitt glaubte, den sie ihr zeigten, ohne sich der vollen Ausmaße des Eisbergs gewahr zu sein, der sich unter der Oberfläche verbarg?

Ein Passagier hat sich an den Flügel gesetzt und beginnt eine Melodie zu spielen, die Lily nicht kennt. Zu ihrer Überraschung stimmen seine beiden Gefährten ein und singen beherzt mit.

»Das sind Aussies«, sagt Helena, als sie Lilys neugierigen Blick bemerkt. »Sie sind in Port Said an Bord gekommen und haben bereits die Hälfte der Passagiere verschreckt.«

Lily dreht sich um, um sie genauer in Augenschein zu nehmen. Zwei der Männer sind jung, kaum älter als sie selbst, mit blondem Haar, das in einem starken Gegensatz zu ihrer tief gebräunten Haut steht. Der dritte scheint Mitte vierzig zu sein und ist so sonnengebräunt wie die anderen, doch sein braunes Haar ist an den Schläfen bereits etwas grau. Als sie sich dem Ende des Liedes nähern, kommt Applaus von den Passagieren, die ihnen am nächsten sitzen, und lachend und unter mehreren theatralischen Verbeugungen kehren sie zu ihren Plätzen zurück.

»Der Älteste von den dreien schaut dich die ganze Zeit an«, sagt Lily zu Helena.

Helenas Wangen nehmen augenblicklich Farbe an. »Sei nicht albern.«

»Doch, und eben erst hat er wieder geschaut.«

»Lily hat recht«, mischt sich Edward ein. »Er hat definitiv geschaut.«

Die drei spielen eine Runde Whist, und Lily ist froh, dass die Stimmung zwischen ihr und Edward wieder entspannter ist. Als sei der Kuss nie passiert. Beinahe. Nach einer Weile baut die Band ihre Instrumente auf, und auf dem Deck wird getanzt. Obwohl es draußen vollständig dunkel ist, ist die Luft heiß und schwül, als würde die Sonne immer noch niederbrennen, und die Paare gleiten träge umher, beinahe ohne die Füße vom Boden anzuheben.

Lily fragt sich, ob Edward sie zum Tanzen auffordern wird, sehnt sich danach, aber fürchtet sich auch. Sie betrachtet ihn, als er eine Zigarette anzündet, sie zwischen seinen wunderschönen schlanken Fingern hält, und muss den Blick abwenden, als er sie an seine Lippen führt. Vor zwei Wochen hat sie nicht einmal gewusst, dass Edward Fletcher existiert, und doch ist sie sich jetzt jeder einzelnen seiner Bewegungen nur zu bewusst, jeder Verlagerung seiner Haltung, jedes leisen, matten Seufzens.

Als sie Robert kennenlernte, war es zuerst seine Stimme gewesen, die sie anzog. Er hatte eine Art, ihren Namen zu sagen, als würde er ihn in seinem Mund schwenken wie einen edlen Wein. Natürlich hegte sie bei ihrer ersten Begegnung keinerlei Vorstellung davon, dass etwas zwischen ihnen passieren könnte. Sie hatte bereits sechs Wochen als Haushälterin für seine Eltern gearbeitet, als er das erste Mal über die Weihnachtsferien von der Universität heimkam. Sie waren freundlich zueinander. Nicht mehr. Doch während der Osterfeiertage suchte er häufiger ihre Gesellschaft, plauderte mit ihr, als wäre alles, was sie einander sagten, eine Art vertraulicher Scherz zwischen ihnen. Dann die Art, wie er »Li-ly« sagte – die erste Silbe etwas höher als die zweite. Ihr war klar – natürlich war es das –, dass nichts daraus werden konnte, dass nichts aus *ihnen* werden konnte, aber seine Stimme war wie feinstes Seidengarn, das er um sie herum spann; und als sie begriff, was er da tat, war es längst zu spät.

Warum muss sie gerade jetzt an Robert denken, da sie die halbe Welt umrundet hat, um vor dem zu fliehen, was er getan hat?

Jemand nähert sich ihrem Tisch und bleibt hinter dem Sofa stehen, auf dem sie sitzt.

»Drei ist doch eine recht ungeschickte Zahl für eine Partie Karten, oder nicht? Dürfte ich Sie womöglich davon überzeugen, einen vierten Spieler zu akzeptieren?«

Es ist der ältere Australier. Aus der Nähe kann Lily sehen, dass er zwar nicht sonderlich attraktiv ist, doch ein freundliches Gesicht hat, mit feinen weißen Linien um die Augenwinkel, wo das Lachen die Sonne davon abgehalten hat, die Haut zu bräunen.

»Sie dürfen durchaus«, erwidert Edward, und die beiden Männer tauschen einen Blick, den Lily mittlerweile als unausgesprochene Frage erkennt – »Sind Sie eine Bedrohung?« –, doch in diesem Fall wird die Deckung aufgegeben.

Der Neuankömmling stellt sich als Ian Jones vor. Er und seine beiden Freunde arbeiten als Ingenieure beim australischen Militär und waren in Ägypten, um Erkundungen für den Kriegsfall durchzuführen.

»Keine Sorge«, sagt er, als er Lilys Gesichtsausdruck bemerkt. »Das ist eine reine Vorsichtsmaßnahme.«

Reihum erzählen sie ihm ein wenig von sich selbst – die gekürzte Version der Geschichte, durch die sie sich definiert wissen wollen. Lily bemerkt das fröhliche Kräuseln der Fältchen um Ians Augen, als er erfährt, dass Edward und Helena Geschwister sind. Darum geht es also. Sie freut sich für ihre Freundin und hofft, dass Helena ihre Traurigkeit beiseitelegen kann, zumindest für die Dauer ihrer Reise.

Nach drei, vier Runden lässt ihre Motivation nach. Trotz der sich träge drehenden Ventilatoren ist die Luft einschläfernd warm.

»Helena, hätten Sie etwas dagegen, mit mir zu tanzen?«, fragt Ian mit seinem ungewohnt rauen Akzent.

Nach einem kurzen Zögern erhebt sich Helena und steckt eine Haarsträhne fest, die nicht festgesteckt werden muss, eine nervöse Angewohnheit, die Lily von sich selbst kennt. Ian fasst Helena am Ellbogen, um sie zwischen den tanzenden Paaren hindurchzuführen, und Edward und Lily bleiben alleine zurück.

»Ich hatte ganz vergessen, wie Helenas Lächeln aussieht«, sagt Edward und sieht seiner Schwester nach, bis sie aus dem Blickfeld verschwindet.

»Hat sie schon immer auf dich aufgepasst?«

Edward blickt gequält drein. Nickt. »Ich habe sie nie darum gebeten. Weißt du, Lily, manchmal kann die Liebe eine ebenso große Last sein wie die Gleichgültigkeit.«

Lily will ihn fragen, was er damit meint, schafft es jedoch nicht. Das Wort »Liebe« von seinen Lippen hat ihre eigenen versiegelt.

Sie schauen den Tänzern zu, bis Lily es nicht mehr erträgt. »Ich denke, ich sollte mich hinlegen«, sagt sie und steht hastig auf. »Ich habe letzte Nacht nicht besonders gut geschlafen.«

Sofort wünscht sie, sie hätte das nicht gesagt. Denkt er, sie bezieht sich auf den Kuss auf der Pyramide?

»Ich auch nicht«, sagt Edward, und sehr zu ihrer Verlegenheit sieht Lily, wie seine Wangen sich verfärben.

Auf ihrem Weg zur Kabine jedoch hebt sich ihre Laune wieder. Hat er nicht selbst gesagt, dass er letzte Nacht ebenfalls nicht schlafen konnte? Deutet das nicht darauf hin, dass er genauso wie sie wachgelegen und in seinem Kopf durchgespielt hat, was zwischen ihnen passiert ist? Dann fällt ihr ein, was Maria gesagt hat – dass seine Eltern sich Besseres für ihren Sohn erhoffen –, und matt schleicht sie weiter, in Richtung ihrer Kabine.

Du bist albern, ermahnt sie sich. Deine Gefühle sind ein einziges Auf und Ab, wie die Bewegungen des Schiffes selbst. Sie beschließt, in Zukunft besonnener zu sein. Die Reise ist beinahe zur Hälfte vorbei. Sie sollte die Zeit, die vor ihr liegt, genießen.

Dennoch, als sie sich im Spiegel betrachtet und bemerkt, dass sie im Lauf des Abends ihren Seidenschal irgendwo liegen gelassen hat, reicht das, um ihren Kopf gegen den Bettrahmen zu lehnen und stumm zu weinen.

15

13. August 1939

Der Swimmingpool ist zu einer Art rettender Lebensader geworden, ihre einzige Erholung von der erbarmungslosen Hitze. Die ermatteten Passagiere versammeln sich in Grüppchen unter dem Vordach und verlassen den Schatten nur, um für ein paar Minuten ins kalte Wasser zu tauchen, bevor sie sich wieder auf ihre Liegen zurückziehen.

Lily hat ihre anfänglichen Hemmungen verloren, sich der Öffentlichkeit im Badeanzug zu zeigen. Mittlerweile fühlt es sich eher falsch an, vollständig bekleidet zu sein und ihre erhitzte Haut unter mehreren Lagen Stoff zu verhüllen.

Beinahe alle Männer sind dazu übergegangen, kurze Hosen zu tragen, und die Frauen wedeln sich mit den bunten Fächern, die sie auf dem Bazar von Port Said gekauft haben, Luft zu. Die älteren Damen, die immer noch auf Korsetts unter ihren Kleidern beharren, sind auf den Sofas der Lounge gestrandet und ergehen sich in endlosen Tiraden über das »unmenschliche« Klima. Zu den Mahlzeiten essen die Passagiere nur die Hälfte der Menge zuvor, als würde allein das Kauen schon viel zu viel Kraft erfordern. Nicht einmal die Familie aus Kent mit den drei pummeligen Söhnen taucht frühzeitig in der Lounge auf.

»Jetzt weiß ich, wie Speck sich fühlen muss, wenn er in der Pfanne brutzelt«, stöhnt Audrey. Annie kichert, und Lily kann sich den Gedanken nicht verkneifen, dass, wenn Audrey sich wie Speck *fühlt*, Annie diejenige ist, die wie Speck *ausschaut*. Audreys rothaariger Schatten trägt einen glockenförmigen Hut, den sie mit einem Tuch unter dem Kinn festgebunden hat, um ihre bleiche Haut vor der Sonne zu schützen. Sie hat sich die Schultern bereits so schlimm verbrannt, dass ihre Haut sich schält und eine glänzende rosa Schicht darunter enthüllt. Nun trägt sie eine langärmelige Baumwollbluse, damit das nicht wieder passiert. Wann immer Lily auf Annies Kopftuch blickt, fühlt sie einen Stich des Bedauerns, ihren eigenen Seidenschal verloren zu haben. Obwohl sie überall auf dem Schiff danach gefragt hat, scheint niemand ihn gefunden oder abgegeben zu haben.

Ian Jones erzählt ihnen von Australien. Sie haben bereits von seiner harten Kindheit und Jugend gehört, in der er im Outback schuften und in einer Scheune schlafen musste. Doch er versichert ihnen, die Umstände hätten sich mittlerweile geändert und alle Angestellten würden einen »tariflichen« Lohn erhalten, was bedeutet, dass ein Gehaltsminimum festgesetzt wurde. Er erzählt Lily, dass »Lady Help« – wie Haushaltshilfen heutzutage dort genannt werden –, mindestens fünfunddreißig Schilling beziehungsweise zwei Pfund die Woche bekommen und wenn möglich eine separate Wohnung mit eigenem Badezimmer.

Obwohl Lily sich natürlich freut, das zu hören, stimmt das Gespräch sie eher betrübt; es erinnert sie daran, dass diese Reise tatsächlich nicht die Realität ist, sondern vielmehr ein hübscher Traum – eine Welt, in der

Dinge wie Arbeit und Geld auf magische Art und Weise aufgehört haben zu existieren –, und dass sie alle, wenn sie in Sydney ankommen, geradewegs wieder in das echte Leben zurückgeworfen werden. Sie wird wieder als Hausangestellte arbeiten müssen – etwas, wovon sie sich eigentlich geschworen hat, es nie wieder zu tun, nachdem sie das letzte Mal die Tür zu Roberts Haus hinter sich geschlossen hatte.

Sie und Maggie hegten einst so große Träume, was sie mit ihrem Leben anstellen könnten. Eine Stelle als Bürogehilfin für den Anfang. Vielleicht auch als Krankenschwester. Etwas Geld zur Seite legen. Die Welt bereisen. »Es ist mir egal, was wir tun, solange wir nur zusammen sind«, hat Maggie gesagt. »Ohne dich würde ich doch nie den Mut zusammenkratzen, diese Stadt zu verlassen, geschweige denn das Land.« Und hier ist Lily nun. Sieht sich die weite Welt alleine an.

Edward beschwert sich über den Geschmack der Salztabletten, die man ihnen gegeben hat. Zuerst verstand Lily nicht, warum sie die überhaupt brauchten, doch dann erklärte Ida ihr, das sei, um den Salzverlust durch das heftige Schwitzen auszugleichen … woraufhin Lily wünschte, sie hätte nicht gefragt. Die Salztabletten liegen zu den Mahlzeiten auf ihrem Gedeck. »Es ist mir aber peinlich, sie zu nehmen«, gestand Audrey ihr heute früh. »So wissen doch alle, dass ich schwitze.«

Sie sitzen wie üblich unter dem Sonnendach neben dem Swimmingpool. Als sie das erste Mal herkam, war Lily erleichtert, Maria nicht am Becken vorzufinden. Doch sogleich schämte sie sich dafür. Maria ist ihre Freundin. Sie muss Vertrauen in sie haben. Trotzdem hallen Helenas Worte in ihrem Kopf nach. Hier auf diesem Schiff wissen sie rein gar nichts über die Geschichte des anderen. Sie können weder den familiären Hintergrund ihrer neuen Bekanntschaften überprüfen noch ihre Nachbarn oder Vorgesetzten befragen. Alles, was ihnen zur Verfügung steht, ist das, was der andere beschließt, ihnen zu erzählen. Aber was, wenn das nicht ganz die Wahrheit ist?

Lily schreibt diese Frage in ihr Tagebuch, das auf ihrem Schoß liegt. Schnell streicht sie die Zeilen wieder durch.

Helena steht auf, um in den Pool zu gehen. Sofort ist Ian an ihrer Seite. Seit sie vorgestern Abend Karten gespielt haben, ist Ian so gut wie nie von ihrer Seite gewichen. Seine Verliebtheit ist nur zu offensichtlich, und Lily ist hin- und hergerissen; halb freut sie sich für ihn, halb wünscht sie, er würde sich ein bisschen mehr bedeckt halten, um sich nicht so verletzbar zu machen. Wenigstens so viel hat ihre Erfahrung mit Robert sie gelehrt.

»War das alles nur eine Lüge?«, erinnert sie sich, bei ihrem letzten Treffen gefragt zu haben. »All die Dinge, die du mir gesagt hast … all die Dinge, die du mir versprochen hast?«

Wenigstens hatte er den Anstand, beschämt dreinzuschauen. »Ich habe alles ernst gemeint«, erwiderte er dann. »Zu dem Zeitpunkt.«

Ians Anwesenheit in ihrer Gruppe zerstreut die Anspannung zwischen Lily und Edward. Oberflächlich betrachtet sind sie immer noch Freunde, genau wie zuvor. Die meiste Zeit schafft sie es, den sandigen Kuss auf den Stufen der Pyramide aus ihren Gedanken zu bannen. Und auch wenn er ihr in schwächeren Momenten ungebeten in den Sinn kommt, hat er doch den Anschein von etwas, das man bereits hinter sich gelassen hat, etwas, das einer anderen Person widerfahren sein könnte, in einem anderen Leben. Dennoch, trotz all ihrer Bemühungen, können die Dinge zwischen ihnen nicht gänzlich zur Normalität zurückkehren – etwas hat sich hartnäckig festgesetzt, ein paar Sandkörnchen in der einst so glatten Muschelschale ihrer Beziehung.

Während Lily Helena und Ian beobachtet, registriert sie eine aufkeimende Unruhe in der dumpfen Starre des Nachmittags, ein Auffrischen von Energie, ein Anspannen schlaffer Muskeln.

Ein Steward erscheint, ein junger, von Akne gezeichneter Mann, der steif und selbstgefällig dreinschaut, dicht gefolgt von dem extravagantesten breitkrempigen Strohhut, den Lily je gesehen hat. Unter dem Hut steckt Eliza Campbell, und sie sieht alles andere als glücklich aus.

»Gott sei Dank, dass ich euch gefunden hab«, stößt sie aus und kommt direkt auf Lily und Edward zu. »Du meine Güte, ich fing schon an zu glauben, dass es auf diesem ganzen Schiff keine kultivierte Gesellschaft mehr gibt und ich mich in die Wellen stürzen und nach Kairo zurückschwimmen muss!«

Eliza hat wieder ihre dunkle Sonnenbrille auf, sodass es unmöglich ist, ihren Ausdruck zu erkennen, aber es schaut ohnehin niemand auf ihr Gesicht. Die Aufmerksamkeit sämtlicher Leute am Swimmingpool ist von dem gefesselt, was Eliza Campbell anhat. Beziehungsweise nicht anhat. Sie trägt ein rotes, im Nacken geschnürtes Oberteil, das ihre Schultern vollkommen entblößt, und eine hochtaillierte, knallenge schwarze Shorts, die über ihren Oberschenkeln endet und kaum ihren Po bedeckt. Ihre Füße stecken in schwarzen, hochhackigen Pumps.

Obgleich die meisten der Frauen im Poolbereich Badeanzüge tragen – gestrickte Einteiler, die sich bei Nässe unangenehm vollsaugen –, würden sie nicht im Traum auf die Idee kommen, darin auf dem Schiff herumzustolzieren. Außerdem ist da etwas zutiefst Schockierendes an Elizas zierlicher Taille, der Kurve ihres Busens, die von den dünnen Trägern zusätzlich betont wird, sowie ihren cremefarbenen nackten Schenkeln.

Eine Liege wird herangetragen, und Eliza lässt sich elegant darin nieder, wobei sie ihren ausladenden Hut abnehmen muss, um sich zurücklehnen zu können.

Lily bemerkt das abrupte Verebben der Gespräche um sie herum, während die Passagiere begierig darauf lauschen, was Eliza sagen wird, und innerlich bereits ihre Konversation für das heutige Abendessen proben: *Habt ihr das gesehen? Habt ihr das gehört?*

Lily erblickt Maria, die an den Rand des Poolbereichs tritt und hineinspäht, als suche sie jemanden. Als sie Lily und Eliza entdeckt, winkt sie, kommt jedoch nicht herüber.

»Max benimmt sich unmöglich«, beschwert sich Eliza und zündet die Zigarette an, die sie soeben von Edward entgegengenommen hat. »Er ist so furchtbar miesepetrig … wahrscheinlich, weil er sein Leben damit verbringt, entweder angetrunken oder verkatert zu sein. Oder beides. Könnt ihr euch vorstellen, dass er seit unserer Rückkehr aus Kairo kein Wort mit mir gesprochen hat? Als wäre diese elende Hitze nicht genug, muss ich mich auch noch mit einem Ehegatten herumschlagen, der sich eher wie ein verzogenes Kleinkind benimmt als wie ein erwachsener Mann.«

»Ich denke, das Wetter schlägt uns allen aufs Gemüt«, sagt Helena.

»Ach, das ist doch noch gar nichts!«, wirft Ian mit seinem breitesten Akzent ein. »Probiert mal die Mittagshitze im Januar in Westaustralien aus und schaut, wie euch das gefällt!«

Eliza schiebt die Sonnenbrille ein Stück die Nase hinab und mustert Ian über den Rand hinweg. »Welch angenehme Überraschung«, sagt sie. »Ein Eingeborener!«

Ian lacht gutmütig, bevor sein Blick automatisch wieder zu Helena schwenkt, was Lily eine äußerst interessante Erkenntnis beschert: Ian scheint absolut unbeeindruckt von Eliza. Bisher waren die Leute auf ihrer Reise entweder geblendet, entsetzt oder fasziniert von ihr, sodass Ians Gleichgültigkeit eine gänzlich neue Erfahrung ist. Wie um ihre Theorie zu testen, schaut sie zu Edward, der sich seit Elizas Ankunft zu einer Partie Solitaire zurückgezogen hat und die Karten mit nachdrücklichem Schnalzen auf dem Tisch verteilt.

Eliza scheint verdutzt von Ians Desinteresse und feuert eine Frage nach der anderen ab, die er mit dem freundlichen, unverbindlichen Tonfall beantwortet, den er jedem gegenüber anschlägt. Selbst als Ians australische Kollegen näher kommen, begierig, Eliza vorgestellt zu werden, scheint das nicht Ians mangelnde Beachtung wettzumachen. Elizas stechender Blick folgt ihm, als er sich abermals Helena zuwendet. Schließlich springt sie abrupt auf und stößt dabei die Liege so heftig nach hinten, dass sie polternd über die Holzplanken schrammt.

»Ich kann diese Höllenhitze keinen Moment länger ertragen. Weißt du was, Lily, ich würde schrecklich gern deine Kabine sehen. Ich war noch nie dort. Würdest du sie mir zeigen?«

Lily ist völlig überrumpelt. Die Vorstellung von Eliza

in ihrer beengten Kabine, die sie sich mit Ida und Audrey teilen muss, ist so wie die eines exotisch gefiederten Papageis in einem schäbigen Taubenschlag. Doch Eliza steht erwartungsvoll da, und alle anderen schauen herüber. Lily erhebt sich zögernd von ihrem Stuhl.

»Ich glaube kaum, dass du viel Interessantes entdecken wirst«, sagt sie, greift nach ihrem Baumwollkleid, das über der Stuhllehne hängt, und zieht es über ihren immer noch feuchten Badeanzug.

»Unsinn. Ich möchte nur sehen, wo du lebst, damit ich mir dich vorstellen kann, wenn ich dort oben festsitze« – sie verdreht die Augen zum oberen Deck – »und vor Langeweile sterbe.«

Als sie davongehen, hakt Eliza sich bei ihr unter. Sie hat wieder den riesigen Hut aufgesetzt, und der Rand der Krempe kratzt über Lilys Wange, wann immer Eliza den Kopf dreht, was sie jedoch nicht zu merken scheint.

»Es macht dir doch nichts aus, wenn ich dich eine Weile von den anderen fortzerre, oder?«, fragt Eliza. »Ich bin nur nicht in der Stimmung für Gesellschaft.«

Sie spazieren gemächlich an der Reihe Segeltuchliegen vorbei, die tief in den Schatten des Vordachs gezogen wurden. Auf einer liegt Maria und blickt gedankenverloren in die Ferne, ein vergessenes Buch auf den Knien aufgeschlagen. Lily ist sich bewusst, dass sie ihre Freundin vernachlässigt hat, und bleibt stehen.

»Alles in Ordnung bei dir, Maria?«

»Oh ja. Mir geht es gut.« Maria lächelt, doch ihr Blick huscht unbehaglich zwischen ihr und Eliza hin und her.

»Wir wollten nur …«, setzt Lily an.

»Wir wollten uns gerade unter vier Augen unterhalten«, unterbricht Eliza sie und richtet den Blick hinter der schwarz getönten Sonnenbrille auf Maria. »Wir haben so viel zu besprechen. Ich hoffe, Sie entschuldigen uns.« Und damit zerrt sie Lily fort. »Ich habe dich gerettet«, sagt Eliza. »Du schuldest mir was.«

Jetzt bleibt Lily doch stehen. »Maria ist meine Freundin. Ich muss nicht vor ihr gerettet werden.« Sie hat noch nie so unverblümt mit Eliza gesprochen, und sie spürt, wie ihr Herzschlag schneller wird, dennoch fährt sie fort. »Und es ist mir egal, ob sie Jüdin ist oder nicht.«

Zu ihrer Überraschung lacht Eliza. »Mir ist es ehrlich gesagt auch egal, ob sie Jüdin ist. Von mir aus könnte sie auch Hindu oder Buddhist, Moslem oder Teufelsanbeter sein. Ich kann ihr sogar verzeihen, dass sie so fad ausschaut. Aber was ich nicht ausstehen kann, ist diese hochehrwürdige Art, diese furchtbare Aura von intellektueller Überlegenheit.«

»So ist sie doch überhaupt nicht!« Sie hat laut gesprochen, und Lily bemerkt, wie die Frau auf der Liege neben ihnen einen vielsagenden Blick mit ihrer Nachbarin wechselt.

Eliza blickt zerknirscht drein. Reumütig. »Es tut mir leid, Lily. Ich habe kein Recht, dir vorzuschreiben, mit wem du befreundet sein sollst und mit wem nicht. Verzeihst du mir?«

Lilys Zorn verdampft schlagartig. »Natürlich. Ich habe überreagiert.«

»Nein, hast du nicht. Du hast absolut recht. Ich werde immer so furchtbar besitzergreifend bei Menschen, die ich mag. Ich ertrage es einfach nicht, dass sie Freunde außer mir haben. Max schimpft mich andauernd deswegen.«

Lily öffnet die Tür, die zu den unteren Decks hinabführt. Die Luft in dem schmalen Treppenhaus ist zäh.

Als sie sich der Tür ihrer Kabine nähern, prickelt ihre Haut vor Scham. Sie fragt sich, ob Eliza sie mit anderen Augen betrachten wird, sobald sie erst einmal gesehen hat, wie Lily haust.

Doch Eliza scheint nicht im Mindesten abgeschreckt – trotz des säuerlichen Geruchs, der in der schwülheißen Luft hängt, und der Unterwäsche, die über dem Fußende von Audreys Koje trocknet.

»Das ist doch wirklich sehr reizend hier«, sagt sie und wirft sich auf die Tagesdecke der unbesetzten unteren Koje. »Setz dich zu mir, Lily, und erzähl mir was. Nie haben wir Zeit zu plaudern. Ich hatte gehofft, Kairo würde uns mehr Gelegenheit dazu geben, aber irgendwie scheint immer etwas dazwischenzukommen, nicht wahr?«

Lily nickt und setzt sich auf die Stelle, auf die Eliza geklopft hat.

»Erzähl mir mehr von dir, Lily. Was willst du mit deinem Leben anfangen?«

Lily zögert. »Ich denke, ich werde zwei Jahre in Australien bleiben … wenn man früher heimkehrt, muss man die gesamten Fahrtkosten zurückzahlen.«

»Und was dann? Zurück nach England?«

Lily nickt. »Ich stelle mir vor, eines Tages zu heiraten. Eine Familie zu gründen.« Er klingt so vorhersehbar, ihr Lebensplan. So brav. »Was ist mit dir, Eliza?«, fragt sie in dem Wunsch, von sich abzulenken. »Wollt ihr nicht auch Kinder haben, Max und du?«

Eliza zupft an dem Riemen über ihrem Kopf, der die Unterlage für die obere Matratze bildet. »Ich kann keine Kinder bekommen.«

Die Hitze schießt Lily in die Wangen. »Oh, es tut mir

schrecklich leid, dass ich gefragt habe. Wie ungeschickt von mir.«

»Sei nicht albern, Lily. Du konntest es schließlich nicht wissen. Und überhaupt, wer sagt denn, dass ich Kinder will?«

»Willst du?«

Eliza schweigt. *Zupf. Zupf. Zupf.* Sie nimmt einen tiefen Atemzug. »Ich hatte ein Kind. *Wir.* Wir hatten ein Kind.«

Lily erstarrt. Eliza und Max als Eltern? Das erscheint ihr ganz und gar unmöglich.

»Ein Mädchen. Olivia. Ach, sie war so ein kleines hässliches Baby, Lily. Ganz kahl, mit so einem mopsigen Gesicht. Max nannte sie immer Oliver, weil er meinte, sie sähe aus wie Oliver Hardy – du weißt schon, der von *Laurel und Hardy*. Aber ich habe sie natürlich vergöttert. Konnte nicht genug von ihr bekommen. Es hat mir nicht einmal was ausgemacht, dass sie mich bei der Geburt praktisch zerrissen hat – dieses große, dicke Ding –, sodass ich danach keine Kinder mehr haben konnte. Sie hat mir gereicht.«

Eliza spricht mit leiser, tonloser Stimme, die so anders ist als sonst. Es ist, als habe jemand alles Affektierte und Künstliche ausgewrungen. Lily findet es beinahe unerträglich rührend und nimmt ihre Hand; es ist ihre erste spontane Geste Eliza gegenüber.

»Du musst nicht darüber reden, wenn es zu schmerzhaft ist.«

»Sei nicht dumm, Lily. Es ist jetzt drei Jahre her. Ich habe mich damit abgefunden. Außerdem rede ich gern über sie. Max will nicht einmal, dass man ihren Namen in seiner Gegenwart erwähnt.«

»Was ist passiert?« Lilys Stimme ist so sanft wie die Gischt des Meeres, und einen Moment fragt sie sich, ob sie die Worte überhaupt gesagt hat. Aber dann spricht Eliza.

»Ich habe Olivia überallhin mitgenommen. Ich habe sie so sehr geliebt. Wir hatten natürlich Kindermädchen, aber ich wollte sie einfach bei mir haben. Sie war so fröhlich, weißt du. Sie weinte nie. Lächelte immerzu. Wir hatten eine Party in unserem Haus in Mayfair. Olivia war wie immer bei mir. Ich habe sie auf dem Boden abgelegt. Nur für einen Moment. Nur während ich losging, um jemandem ein Getränk zu holen.« Eliza schweigt einen Moment, bevor sie fortfährt. »Sie hat etwas gegessen. Etwas, das sie nicht hätte essen dürfen. Sie war so ein gieriges kleines Ding, hat immer alles in den Mund gesteckt. Zwei Tage später ist sie gestorben.«

»Oh!« Lily hat sich die Hand vor den Mund geschlagen. Sie weiß nicht, ob sie jemals so etwas Trauriges gehört hat. »Aber was hat sie denn gegessen?«, will sie wissen.

Eliza blickt Lily an, ihre erstaunlichen Augen sind beinahe violett in dem gedämpften Licht der Kabine. »Weißt du, was Kokain ist, Lily?«

Lily schüttelt den Kopf; sie weiß bereits, dass sie es nicht wirklich erfahren will.

»Das ist eine Droge. Max hat sie jahrelang genommen.«

»Aber ist das denn erlaubt?«

Eliza stößt ein lautes Lachen aus. »Wenn wir nur die Dinge tun würden, die erlaubt sind, wäre das Leben es nicht wert, gelebt zu werden. Wie auch immer. Jedenfalls hatte Max eine kleine Schale Kokain auf einem Beistelltisch stehen lassen – immer ist er seinen Freunden gegenüber so großzügig –, es sieht aus wie winzige weiße Kristalle. Olivia muss es für Zucker gehalten haben.«

»Aber das ist ja furchtbar! Armer Max, er muss sich schrecklich fühlen.«

Eliza blickt so abrupt auf, dass sie sich den Kopf an der oberen Koje anschlägt. »Das hoffe ich. Für den Rest seines Lebens.«

»Sag so etwas nicht, Eliza. Bitte. Es war ein Unglück. Ein furchtbares Unglück.«

Eliza funkelt Lily an, als könne sie ihr jeden Moment eine Ohrfeige geben. Dann wendet sie den Blick ab. »Weißt du, manchmal hasse ich ihn so sehr, dass ich ihn am liebsten umbringen möchte.«

Lily kann nicht glauben, dass sie richtig gehört hat. »Das meinst du nicht so.«

»Ach ja?«

Doch schon richtet Eliza sich wieder auf. Fasst sich. Setzt ein Lächeln auf. »Du hast recht. Natürlich nicht.« Ihre Stimme ist anders. Verhärtet.

»Und jetzt du, Lily. Ich habe dir mein innerstes Geheimnis verraten. Jetzt bist du dran. Wen hast du verloren? Und jetzt erzähl mir nicht von deiner lieben alten Großmutter. Ich weiß nämlich, dass du eine Geschichte mit dir herumträgst. Du wärst nicht auf diesem Schiff, wenn dem nicht so wäre. Wer hat dir das Herz nach allen Regeln der Kunst gebrochen?«

Lily spürt das heftige Klopfen in ihrer Brust. Sie hat nie darüber gesprochen. Mit niemandem. Und nun war Eliza ihr gegenüber so offen, so ehrlich. Es ist beinahe, als schulde sie ihr dieses Vertrauen.

»Ich hatte eine Freundin«, beginnt sie. »Sie hieß Maggie.«

Eliza richtet sich auf und lehnt sich ein Stück zu ihr vor, als lausche sie mit ihrem gesamten Körper.

»Sie ist vor achtzehn Monaten gestorben.«

»Also eine sehr enge Freundin. Wie ist sie gestorben?«

Lily schwankt. In der Kabine ist es plötzlich so heiß, so stickig, als bestünde die Luft aus Watte, die sich in ihre Nase schiebt, auf ihre Lider drückt. Sie schließt die Augen, doch das ist noch schlimmer, denn nun sieht sie das Zimmer mit dem dunkelgrünen Teppich wieder. Das Blut, das die Wand heruntertropft. Maggies Schreie. *Lily, muss ich sterben?*

»Lily, du weißt, du kannst mir alles erzählen. Du weißt, du kannst mir vertrauen.«

Lily nickt. Presst die Lippen zusammen. Beginnt. »Es gab da einen Mann. Er hieß Robert …«

Doch in diesem Moment stößt ein Schwall Luft herein, als die Kabinentür aufgerissen wird. Und da steht Ida. Das spitze Gesicht wirkt kränklich, trotz der Sonne draußen, das schwarze, viel zu dicke Kleid ist unter den Achseln von ausgebleichten Salzkreisen gezeichnet. Sie sieht zuerst zu Lily, die mit den feuchten Flecken, welche der Badeanzug auf ihrem Kleid hinterlässt, auf der Matratze sitzt, die Miene schwer von der Last ihrer unerzählten Geschichte.

»Lily?«

Erst jetzt fällt ihr Blick auf Eliza, die mit entblößten Beinen und Schultern in ihrer knappen Shorts neben ihr sitzt und all ihre makellose, zarte Haut zur Schau stellt.

»Was ist denn das?«

Idas Augen wirken in der dumpfen, hitzegetränkten Kabinenluft so pechschwarz wie ihr Kleid. Eliza starrt sie an wie ein scheußliches Insekt, das der Wind eben hereingeweht hat.

Lily steht auf und stellt die beiden Frauen einander vor, doch Ida sieht aus, als hätte sie eine Kröte verschluckt. *So viel nackte Haut*, kann man sie förmlich denken sehen, während ihr Blick über Eliza schweift.

»Du trägst deinen nassen Badeanzug unter der Kleidung? Du wirst dich noch verkühlen!«

»Verkühlen? Auf diesem Schiff?« Eliza lacht. Ihr gewohntes, sprödes Lachen. »Na, das wäre ja ganz was Neues!«

Sobald Lily und Eliza sich entschuldigt und die Kabine verlassen haben, saugen sie gierig den verbrauchten Sauerstoff in dem engen Korridor ein, als handle es sich um frische Bergluft.

16

14. August 1939

Lily verbringt die Nacht auf Deck. Die *Orontes* soll um fünf Uhr in der Früh in Aden, ihrem nächsten Zwischenhalt, einlaufen. Die Passagiere haben nur zwei Stunden an Land, und sie will nicht zu spät dran sein. Sie und die anderen, die dieselbe Idee hatten, übernachten vollständig bekleidet auf den Feldbetten, damit sie bereit sind, wenn das Schiff anlegt. Helena schläft an Lilys Seite. Lily hielt nach Maria Ausschau, bevor sie sich bettete – sie hatte immer noch ein schlechtes Gewissen, weil Eliza sie am Nachmittag so abgewimmelt hatte –, aber sie war nirgends zu sehen. Im Grunde ist es nicht wirklich überraschend. Die meisten Passagiere scheinen keine Lust auf einen solch frühen und kurzen Zwischenstopp in diesem unwirtlichen Klima zu haben.

Da sie Mühe hat, in der schwülen Hitze einzuschlafen, geht Lily ihr Gespräch mit Eliza noch einmal durch. *Ich hatte ein Kind. Wir. Wir hatten ein Kind.* Jetzt endlich ergibt Elizas Art Sinn, ihre vielen Spitzen und Kanten. Scharf genug, um zu verletzen. Was mag es wohl mit einem Menschen anstellen, ein Kind zu verlieren? Und was mag es mit einer Ehe anrichten? Lily weiß nicht sehr viel über Babys, doch in ihren tiefsten, schwächsten Momenten hat sie sich vorgestellt, wie es sich wohl anfühlen würde, jemanden zu haben, der vollkommen von einem abhängig ist, jemanden, der einen bedingungslos liebt. Dass ein Kind womöglich Sinn und Struktur verleihen könnte – diesem Leben, das doch manchmal beides vermissen lässt.

Robert hatte ab und zu von den Kindern gesprochen, die sie einst haben könnten. Und weil Lily jung und verliebt war – und weil ihre Mutter ihr immer gesagt hatte, sie sei als Dienstmädchen ebenso viel wert wie jede andere –, hatte sie sich erlaubt, nicht darüber nachzudenken, was seine Eltern dazu sagen würden. Seine Familie.

»Komm schon, Lily«, murmelte er dann mit seinen Lippen auf ihrem Hals, während sein Körper sich gegen den ihren drängte und sie gegen die raue Außenmauer des Hauses gepresst wurde. Die Finger der einen Hand, die ihre Brust kneteten, während die andere sich unter ihrem Rock nach oben schob. »Wir werden die hübschesten Babys überhaupt machen.« Diese Hitze, dort, wo ihre Körper aufeinandertrafen … wie alles in ihr zerschmolz, bis sie das Gefühl hatte, sich vollständig in seinem brennenden Zentrum auflösen zu müssen.

Doch immer hielt etwas sie zurück, ein letzter Funken Verstand. Die Stimme ihrer Mutter im Ohr. *Wo ist der Ring, Lilian?* Das Bewusstsein, dass ein um den Ringfinger geschlungener Grashalm nicht genug war. Aber, *oh*, wie überzeugend er doch sein konnte – mit seinen Worten, seiner Zunge, seinen Händen. Wie sie drängten, tasteten, begehrten. Mehr, mehr, mehr. Wie viel anders als der Kuss mit Edward in Kairo. Die herzzerreißende Zartheit, die darin lag.

Kurz nach vier Uhr geht die *Orontes* vor Anker. Es ist immer noch dunkel, und die Gebäude an Land heben sich lediglich als unscharfe dunkle Flecken vom tintenschwarzen Himmel ab.

Gegen fünf dämmert es allmählich, doch es herrscht immer noch eine bedrückende Atmosphäre; die Küste erscheint verschwommen, als würde man sie durch einen grauen, körnigen Filter sehen. Lily kann gerade einmal die kargen Berge ausmachen, die wie Riesen in der Ferne kauern. Die Passagiere sollen mit der Barkasse an Land gebracht werden, doch als sie sich an der Landungsbrücke versammeln, blicken sie nervös zu dem sich verdichtenden Himmel empor. Es hängt eine unangenehm pralle Schwere in der Luft, die Lily an die Sommerstürme zu Hause erinnert, wenn die Hitze immer weiter anschwillt, bis sie sich irgendwann entlädt.

»Werden wir Regenschirme brauchen?«, fragt eine der Frauen. Der diensthabende Steward lacht. »Da müssten sie wirklich Glück haben. Ich glaube, hier hat es seit Jahren nicht geregnet.«

Während Helena und Lily warten, stoßen Edward und Ian Jones zu ihnen. Es ist erstaunlich, wie schnell und einfach der Australier sich in ihre kleine Gruppe eingefügt hat; es ist, als sei er schon immer da gewesen. Lily ist froh über seine gut gelaunte, unkomplizierte Gesellschaft. Er scheint auch einen positiven Einfluss auf Edward zu haben, und von dessen gestriger Melancholie ist nichts mehr zu merken.

Trotz der frühen Morgenstunde werden sie, sobald sie an Land kommen, von Straßenhändlern überrannt, und die kleinen Buden und Lädchen entlang des Ufers haben allesamt geöffnet.

»Aber natürlich haben sie geöffnet, so verdienen sie ihren Lebensunterhalt«, sagt Ian. »Entweder mit den

Schiffen, die hier durchkommen, oder den Soldaten auf der britischen Militärbasis.«

Lily wusste bereits, dass sich in der Nähe ein Militärstützpunkt befindet. Sie hat sich an Bord mit einer jungen Frau unterhalten, die sich auf dem Weg nach Aden befand, um ihrem Offiziersgatten zu folgen. Man stelle sich nur vor, hier leben zu müssen, denkt sie. An diesem abgeschiedenen, verlassenen Ort. Aber als die nächste Barkasse anlegt und sie diese Frau sieht, wie sie hinauseilt, kaum dass das Boot vertäut ist, und sich in die Arme eines jungen Offiziers wirft, dessen Lächeln aussieht, als werde er gleich vor Glück platzen, ändert sie ihre Meinung. Vielleicht wird die Liebe ausreichen, um die Tristesse dieses Ortes zu überwinden.

Aden eilt der Ruf der billigsten Handelsstadt voraus, insbesondere, um Kameras, Feuerzeuge und dergleichen zu kaufen, und Edward hat sich vorgenommen, sich nach einer neuen Armbanduhr umzuschauen, da seine stehen geblieben ist, nachdem er versehentlich damit im Pool war. Lily hält sich an seiner Seite, während er von Laden zu Laden schlendert. Wohin sie auch gehen, werden sie von kleinen arabischen Kindern verfolgt, die Tabletts mit Schmuck vor sich hertragen.

Helena und Ian gehen voran; er hält mit seiner Hand ihren Arm umfasst, halb lenkend, halb beschützend.

»Sie scheinen so glücklich miteinander«, kann Lily sich einen Kommentar nicht verkneifen.

Edward blickt abrupt auf. »Es ist auf jeden Fall eine Abwechslung, sie mal wieder lächeln zu sehen.« Er lächelt, doch es liegt Härte in seinen Worten.

»Was ist los?«, fragt Lily. »Du kannst Ian doch gewiss gut leiden.«

»Ja natürlich. Nach allem, was ich bisher über ihn weiß, scheint er ein wirklich netter Kerl zu sein.«

»Was ist es dann?«

Edward kommt um eine Antwort herum, weil ein Junge an seinem Ärmel zupft. »Sie wollen Uhr? Ich haben Uhr.«

Lily lässt ihn stehen und betritt ein Geschäft, das wunderschöne Seidenkimonos verkauft. Die Gewänder sind von auserlesener Qualität – in schillernden Farben, mit aufwändigen Stickereien –, und es gibt sogar passende Pantoletten dazu. Ein roter Kimono sticht ihr besonders ins Auge – er hat dieselbe Farbe wie das Kleid, das Eliza trug, als Lily sie das erste Mal sah. »Das würde ganz bezaubernd an dir ausschauen, Lily«, sagt Helena, die den Laden betreten hat, ohne dass Lily es gemerkt hat.

Der erste Preis, den der Händler ihnen nennt, beläuft sich auf vier Pfund, aber Ian schafft es im Handumdrehen, ihn auf zwei Pfund, zehn Schilling herunterzuhandeln. Es ist immer noch zu viel für Lily. Sie weiß, wie begrenzt ihr Budget ist, das sie beim Zahlmeister zurückgelegt hat, und wie lange das Geld ihr reichen muss.

Als sie sich bereits zum Gehen wendet, tritt die junge Offiziersfrau, die sie auf dem Deck getroffen hat, durch die Tür. »Gehen Sie noch nicht«, sagt sie. »Mein Mann wird das für Sie regeln.«

Sie betont das Wort *Mann* so, als würde sie es ausprobieren wie ein neues Kleidungsstück. Tatsächlich stürzt sich der uniformierte junge Mann, den Lily vorhin im Hafen gesehen hat, umgehend in die Verhandlung mit dem Händler, bis der Preis auf zwölf Schilling heruntergehandelt ist. Überglücklich will Lily schon nach ihrer Geldbörse greifen, als der Offizier den Kopf schüttelt und sie stumm aus der Ladentür beordert. Sie sind keine paar Schritte weit gekommen, als der Händler sie zurückruft.

»Ich werde nichts verdienen, und ich habe sechs Kinder, die ich füttern muss, aber ich will sehr gerne die hübsche Lady glücklich machen.«

Der Preis wird auf acht Schilling festgesetzt. Das Geld übergeben, der Kimono in Papier gewickelt. Der Offizier blickt wie ein heroischer Eroberer drein, und seine junge Frau umarmt ihn so fest, als würden sie den Abschluss einer gefährlichen Mission feiern. Doch als sie den Laden verlassen, schafft Lily es nicht, in das bekümmerte Gesicht des Händlers zu blicken. Ihr ist klar, dass er niemals wagen würde, es sich mit dem britischen Militär zu verderben, das auf Dauer hier stationiert ist und unentbehrlich für seinen Lebensunterhalt sein muss.

»Glaubst du wirklich, er hat sechs Kinder, die er durchfüttern muss?«, fragt sie Edward.

Edward lächelt. »Wahrscheinlich. Aber immerhin hat er jetzt acht Schilling mehr, um sie durchzufüttern, als vor einer Stunde.«

Edward ist blendend gelaunt. Er hat sich eine Uhr und ein edles Papiermesser mit geschnitztem Elfenbeingriff gekauft, das er stolz auspackt und ihr zeigt. In dem körnigen Morgenlicht sieht der Griff aus wie ein Knochen.

Trotzdem wird Lily das Gefühl nicht los, dem Händler und seiner Familie unrecht getan zu haben. Die Atmosphäre draußen vor dem Laden ist bleiern und schwer, und der Himmel verschmilzt mit dem Meer zu einem eintönigen Grau. Sie ist froh, dass sie nur zwei Stunden bleiben. Der Ort hat etwas Erstickendes an sich, als würde die Luft von den massigen, kargen Bergen dahinter gefangen gehalten.

Immer noch kommen stets neue Händler auf sie zu, die scheinbar aus dem Nichts auftauchen. Plötzlich merkt Lily, dass sie Edward nicht mehr sehen kann und von einer Schar schnatternder arabischer Frauen umzingelt wurde, die allesamt von Kopf bis Fuß in Schwarz gehüllt sind, bis auf ihre Gesichter, die mit bunt gemusterten Tüchern verdeckt sind, die lediglich die Augen freilassen. Sie tragen Tabletts mit Perlenschmuck, und Lily überlegt, zwei Halsketten zu kaufen.

Eine der Frauen packt sie am Arm und bugsiert sie gestikulierend in Richtung eines Geschäfts ganz am anderen Ende der Ladenzeile. Offenbar hat sie vor, Lily über den gesamten Kai zu zerren, um ihr die wie auch immer gearteten Schätze zu zeigen, die dort warten mögen. Als Lily es endlich schafft, sich loszureißen, stellt sie beunruhigt fest, dass sie sich ein ganzes Stück von den meisten anderen Passagieren entfernt hat. Außer ihr befindet sich nur noch George Price an diesem Ende des Kais. Lily hat ihren Tischnachbarn die letzten Tage nicht viel zu Gesicht bekommen, wofür sie dankbar ist – er hat sehr mit der brütenden Hitze zu kämpfen und scheint die meiste Zeit in seiner Kabine verbracht zu haben.

Doch momentan ist er von einer Gruppe Kinder umzingelt, die allesamt versuchen, seine Aufmerksamkeit auf sich zu lenken und ihm ihre Kinkerlitzchen aufzudrängen. Jedes Mal, wenn er versucht wegzukommen, folgen sie ihm, bleiben eng an seiner Seite kleben, stellen sich ihm in den Weg. »Nein«, hört sie ihn sagen. Und plötzlich brüllt er: »Nein! Verschwindet!«

Aber einer der Jungen ist furchtlos. Er hängt beharrlich an Georges Arm und ruft wahllose englische Sätze. »Bitte. Guten Tag. Sehr schöne Geldbeutel. Sie mögen.

Sehr gut.« Er sieht aus wie zwölf, ist jedoch so klein und schmächtig geraten wie alle anderen.

»Lass mich los!« George hat immer ein gerötetes Gesicht, aber jetzt ist er puterrot.

Schon eilt Lily auf ihn zu, denkt, sie könne womöglich einschreiten, als – *klatsch!* – Georges Hand den Jungen seitlich am Kopf trifft, woraufhin der Kleine zu Boden stürzt. Anstatt die Gelegenheit zu nutzen, um sich davonzumachen, bleibt George vor dem Jungen stehen … und tritt zu. Wieder und wieder und wieder. Härter. *Oh! Oh nein, nicht!* Der Junge bedeckt sein Gesicht … seine Nase blutet. Totenstille hat sich über die Kinder gebreitet, und Lily ist entsetzt, als sie sieht, wie George sich über den Jungen beugt, die geballte Faust hinter seinen Kopf hebt, bereit sie niederschmettern zu lassen. Ohne nachzudenken, stürzt sie los und hechtet in die Schar Kinder, um sich zwischen George und den Jungen zu werfen, der sich zu einer Kugel zusammengerollt hat und stumm weint.

»Was glauben Sie eigentlich, was Sie hier tun?«, brüllt sie George an.

Georges Gesicht ist immer noch rot, sein gereckter Arm zittert, sein Atem kommt in kurzen, schnellen Stößen. »Sie wollten einfach nicht weggehen. Sie haben nicht aufgehört mich anzufassen.«

»Das sind Kinder. Nur Kinder.«

»Das verstehen Sie nicht, Lily. Sie sind nicht wie unsere Kinder zu Hause. Das hier ist Ungeziefer. Man muss Härte zeigen. Das ist es, was sie verstehen.«

Aus dem Augenwinkel sieht Lily dunkle Gestalten auf sie zukommen. Die Araberinnen haben bemerkt, dass etwas vor sich geht, und kommen näher, um herauszufinden, was los ist. Sie blickt auf den Jungen und ist erleichtert, als er sich rührt.

Ein Hupen erschallt vom Kai, dann ein lautes Rufen. Die letzte Barkasse ist dabei abzulegen.

»Wir müssen hier weg. *Sofort*«, zischt Lily. Sie presst ihren neuen Seidenkimono fest an die Brust, packt George am Arm und läuft gerade los, als die Frauen beinahe schon da sind. Sie wagt es nicht, sich umzusehen, aber sie hört das Schniefen des Jungen – ein leises Geräusch, das vom Dreck und der zähen, breiigen Luft verschluckt wird – und das erschrockene Flüstern der anderen Kinder.

Sie läuft jetzt schneller, den Blick fest auf die Barkasse und die Warteschlange davor gerichtet. Sie kann Edwards schlanke Gestalt ausmachen, der ein weißes, bis zu den Ellbogen hochgekrempeltes Hemd trägt. Und vor ihm Helena. Hinter ihnen ertönt ein gellender Schrei. Über ihre Schulter hinweg sieht sie eine Frau neben dem Jungen kauern und in ihre Richtung gestikulieren. Jetzt drehen sich alle nach ihnen um.

Sie wendet sich wieder der Barkasse zu, wo der letzte Passagier mittlerweile eingestiegen ist. Sie dürfen nicht ablegen, fleht sie stumm. Sie dürfen mich nicht hierlassen.

Die Frau schreit nun lauter, und Lily fängt an zu rennen. Sie hört Georges abgehackten Atem hinter sich. Jetzt brüllen auch die Männer und setzen ihnen nach. Die Ladenbesitzer treten nach draußen, um zu sehen, was vor sich geht.

»Warten Sie!«, ruft sie dem Steward zu, der gerade dabei ist, die Taue zu lösen. »Bitte, warten Sie!«

Ein Mann packt Lily am Arm. »Lady!«, knurrt er mit

rauer Stimme. »Lady!« Es scheint das einzige englische Wort zu sein, das er kennt. Sie schüttelt ihn ab. »Es tut mir leid«, keucht sie, ohne langsamer zu werden. »Es tut mir so leid.«

Sie hört George hinter sich. »Nehmen Sie gefälligst Ihre Finger weg! Lassen Sie mich!«

»Was ist passiert?«, fragt Edward und steht auf, um ihr Platz zu machen. »Lily? Alles in Ordnung?«

Sie nickt stumm, aber die Tränen rinnen ihr über die Wangen.

»Die haben ihr Angst eingejagt«, sagt George, der sich schwer auf einen Sitzplatz fallen lässt. »Diese Leute sind Wilde.«

Als das Boot ablegt und sich durch das graue, schwüle Wasser schiebt, wagt Lily es endlich, sich umzudrehen; sie sieht die schwarz verhüllte Mutter des Kindes, den einen Arm um ihren weinenden Sohn geschlungen, mit dem anderen wütend gestikulierend, als wolle sie ihnen befehlen zurückzukommen.

»George ist vollkommen unzurechnungsfähig. Ja, das ist er. Man kann doch nicht so auf ein Kind einschlagen.«

Edward beugt sich auf seiner Liege vor, sodass sein Kopf beinahe den von Lily berührt. Seit sie heute Morgen die Barkasse verlassen haben, ist er ihr kaum von der Seite gewichen. Sie weiß, dass er sich Vorwürfe macht, weil er zugelassen hat, dass sie von ihrer Gruppe getrennt wurde.

»Er hatte einen grauenhaften Ausdruck in den Augen, als hätte er jegliche Kontrolle verloren«, fährt Lily fort und schaudert bei der Erinnerung an Georges geröteten Kopf, seine erhobene, bebende Faust.

»Nun, wir sollten wohl lieber einen großen Bogen um ihn machen«, beschließt Helena. Sie ist zur Abwechslung alleine. Ian ist nach dem frühen Tagesanbruch in seine Kabine gegangen, um ein Nickerchen zu halten, und sie wirkt seltsam verletzlich. So schnell ist seine stete Gegenwart ein Teil von ihr geworden.

Einige der Passagiere haben sich zu einem Unterhaltungskomitee zusammengeschlossen, um den Stewards dabei zu helfen, ihre Mitreisenden für die Dauer der Überfahrt bei Laune zu halten. Gestern Abend gab es schon eine Zaubervorführung; heute organisieren sie einen Rummel und bauen am äußersten Ende des Decks provisorische Buden aus Segeltuch und Laken auf, die ihnen die Stewards besorgt haben und welche sie über Trockengestelle und Stühle drapieren.

Mrs. Collins, ihre Betreuerin, ist Mitglied des Komitees und damit beschäftigt, Anweisungen an einige der jüngeren Freiwilligen zu verteilen. »Ein wenig höher … Ein klitzekleines bisschen mehr nach links … Perfekt!« Audrey und Annie helfen ebenfalls und schleifen vergnügt Laken von den Kabinen aufs Deck.

Lily schließt die Augen und lehnt sich auf ihrer Sonnenliege zurück, plötzlich fühlt sie sich schrecklich erschöpft. Man hat ihnen versprochen, dass jetzt, da sie das Rote Meer verlassen und den Indischen Ozean erreichen, das Wetter sich ändern wird, aber bisher hat die drückende, trockene Hitze nicht nachgelassen. Im Geiste geht sie noch einmal die Szene im Hafen von Aden durch, sieht den Schädel des Jungen zurückfliegen, als Georges mächtige Pranke darauf trifft, sieht ihn zusammengerollt auf dem Boden liegen, sieht die Tränen, die sich zu klaren Bächen auf seinem staubbeschmutzten Gesicht sammeln. Sie erinnert sich an das Gefühl von Scham, als die Mutter des Jungen aufschrie, wahrscheinlich dachte die Frau, dass sie und George ein Paar seien.

»Ich hätte etwas tun sollen«, sagt sie jetzt zu Edward und Helena. »Ich hätte bleiben und dem Jungen helfen müssen.«

»Wie denn?«, fragt Edward. »Du sprichst nicht ihre Sprache.«

»Ich hätte es zumindest versuchen können. Stattdessen habe ich nur daran gedacht, wie ich schnellstmöglich wegkomme. Ich habe nicht an den Jungen gedacht, nur daran, wie ich das Boot erreiche, bevor es ohne mich ablegt.«

Die Niedergeschlagenheit und die Selbstvorwürfe lasten schwer auf ihr, und plötzlich verspürt sie ein großes Verlangen, Maria zu sehen. Wenn sie schon ihr schlechtes Gewissen wegen des arabischen Jungen nicht loswerden kann, so kann sie zumindest wiedergutmachen, dass sie ihre Freundin so lange vernachlässigt hat.

Sie findet Maria am gegenüberliegenden Ende des Decks, wo der Rummel stattfinden soll, in Gesellschaft eines jüdischen Ehepaars, das Maria als Mrs. und Mr. Neumann vorstellt. Sie waren gerade dabei, über die Situation in Österreich zu diskutieren, und Maria blickt ernst drein; die Augen hinter ihren runden Brillengläsern blinzeln hektisch, wie um einen unliebsamen Gedanken zu vertreiben. Sie sieht älter aus, denkt Lily. Die Reise hat sie altern lassen.

»Hast du Neuigkeiten von deinen Eltern?«, fragt Lily und bereut sogleich, die Frage nicht schon eher gestellt zu haben.

Maria schüttelt den Kopf.

»Das ist kein Wunder«, sagt Mrs. Neumann, eine zierliche Frau mit tiefen Falten neben dem Mund. Sie hat einen ausgeprägten Akzent, sodass Lily ihre Worte erst mit einer leichten Verzögerung versteht. »Österreich ist unter deutscher Kontrolle, und Deutschland ist im Krieg. Überall ist Chaos.«

»Vielleicht haben sie Wien schon verlassen, und du hast nur nichts von ihnen gehört, weil sie unterwegs sind«, schlägt Lily vor, verzweifelt darum bemüht, sie zu trösten.

Marias Augen leuchten auf. »Ja«, sagt sie rasch. »Das hoffe ich auch. Es wäre wohl sehr schwierig für sie, einen Brief zu schicken während ihrer Reise.«

»Ganz genau«, sagt Mr. Neumann. Aber Lily sieht den Blick, den die Ehegatten tauschen, und ihr schnürt sich die Brust zu.

Nachdem die Neumanns gegangen sind, bleiben Maria und Lily sitzen, um sich zu unterhalten.

»Ich bin so froh, dich wiederzusehen, Lily. Ich dachte schon, ich hätte etwas gesagt, was dich gekränkt hat.«

»Nein. Ganz und gar nicht. Ich war nur … abgelenkt. Sag, wie ist es dir ergangen?«

»Du meinst nach dem Übergriff an Deck?«

Lily nickt, doch sie spürt, wie ihr Körper sich versteift. Das ist das Gespräch, vor dem sie sich gefürchtet hat.

»Mir geht es gut. Wirklich. Aber ich glaube nicht, dass der Kapitän und seine Belegschaft die Sache wirklich ernst genommen haben. Niemand ist auf mich zugekommen, um mit mir darüber zu reden.«

»Maria, ist es möglich …? Könnte es sein, dass du dich geirrt hast? Könnte es sein, dass du das Ganze geträumt hast oder dass es an der Hitze und den ungewohnten Geräuschen an Deck lag?« Noch als sie spricht, weiß Lily, dass sie das nicht sagen sollte. Und ein Blick in Marias entsetztes Gesicht bestätigt nur, was sie bereits weiß.

»Du glaubst, ich hätte mir das ausgedacht?«

»Nein! Ich wollte nur herausfinden, ob es nicht eine andere Erklärung gibt.«

»Lily, ich weiß, was passiert ist. Ich war da. *Du* warst da.«

Sie klingt so gequält, dass Lily rasch das Thema wechselt, und eine Weile unterhalten sie sich über die Bücher, die sie gelesen haben oder gerne lesen würden. Danach schlendern sie in trautem Schweigen auf die andere Seite des Decks, um sich den Rummel anzuschauen. Tatsächlich geht eine leichte Brise vom Meer her, und Lily reckt ihr Gesicht in den Wind. Die kühlere Luft beruhigt sie. Die morgendliche Szene im Hafen von Aden scheint bereits fern. Als sie jetzt daran denkt, sieht sie es in körnigem Grau, wie einen Kinofilm in schlechter Bildqualität. Und auch wenn immer noch eine gewisse Befangenheit zwischen ihr und Maria herrscht, die am Anfang nicht da war, so spazieren sie zumindest zusammen und unterhalten sich, ganz ohne Groll.

Der Rummelplatz hat seit dem Nachmittag Gestalt angenommen. Die einzelnen Buden wurden mithilfe der Laken und Wäschegestelle aufgebaut und mit Öllampen versehen. In einer Bude steht ein Tisch, auf dem mithilfe von Messern und Gabeln mehrere Bahnen abgesteckt wurden, auf denen bis zu fünf Personen gleichzeitig eine Münze entlangrollen lassen können; der Gewinner erhält einen Bon für ein Getränk an der Schiffsbar. In einer anderen steht ein großes Einmachglas voll mit buntem Lakritzkonfekt; wer am schnellsten errät, wie viele Süßigkeiten sich darin befinden, gewinnt den ganzen Topf. Lily hat Lakritzkonfekt nie sonderlich gemocht; Maria behauptet, noch nie davon gehört zu haben, findet jedoch das Aussehen unappetitlich.

Sie gehen zur nächsten Bude, vor der ein Vorhang angebracht ist, den sie anheben müssen, bevor sie eintreten. Im Inneren befindet sich ein niedriger Tisch mit einer Öllampe, die mit einem bunt gemusterten Tuch abgedeckt ist und einen roten Schein verströmt. Eine Frau sitzt auf dem Teppich dahinter, einen Schal um Kopf und Gesicht gewickelt. Ihre Augen sind mit schwarzem Kajalstift umrandet, und obwohl sie Lily bekannt vorkommt, kommt sie nicht drauf, wer es ist.

Lily ist als Erste dran und setzt sich auf den Stuhl gegenüber der Wahrsagerin, die sogleich beginnt, mit den Händen über der Lampe herumzukreisen. »Ich sehen ein großes Abenteuer vor dir«, sagt die Frau mit leiser, dramatischer Stimme. »Und Liebe. Mit einem großen gutaussehenden Fremden aus einem unbekannten Land. Du wirst hin- und hergerissen sein, wo du dich niederlassen sollst, aber du wirst die richtige Entscheidung treffen.«

Lily lacht. Könnte es ein vorhersehbareres Schicksal für eine junge Frau auf einem Schiff nach Australien geben? Doch ein heimlicher, törichter Teil von ihr ist enttäuscht. Obwohl sie weiß, dass dies keine echte Wahrsagerin ist, sondern eine Passagierin, die eine Rolle spielt, hat sie dennoch auf etwas mehr Einblicke in sich selbst gehofft.

Nun ist Maria an der Reihe. Sie sitzt aufrecht wie eine Buchstütze, während die Wahrsagerin ihre übertriebenen Gesten über der flackernden Lampe vollzieht.

»Für dich sehe ich auch ein Abenteuer«, sagt sie, und

Lily gräbt ihre Finger in Marias Schultern. *Der Wahrsagerin sind wohl schon die Ideen ausgegangen,* wollen ihre Finger sagen. Doch dann fügt die unbekannte Frau hinzu: »Und großen Reichtum. Aber… ich sehe auch schmerzhafte Trennungen und Abschiede.«

Maria steht abrupt auf, und Lily sieht wieder, wie ihre Augen heftig blinzeln. Die Wahrsagerin ist verwirrt.

»Es tut mir leid, habe ich etwas gesagt, das…?«

Doch Maria zerrt bereits blindlings an dem Laken, das den Eingang verhängt, und eilt mit großen Schritten nach draußen.

Lily holt sie an der Reling ein. Maria blickt auf den endlosen Ozean hinaus, wo die Brise das Wasser aufgewühlt hat, sodass sich die Oberfläche kräuselt – eine Erleichterung nach all den Tagen flacher, lebloser Weiten, wo nichts sich rührte und es schien, als habe die Welt all ihre Konturen verloren.

»Maria?«

Voller Unbehagen ruft Lily sich Clara Mills' Frage an den Kapitän in Erinnerung – ob Maria womöglich eine Hysterikerin sei. Unsinn, natürlich. Aber trotzdem…

»Es tut mir leid, Lily«, seufzt Maria. »Ich habe die Sache zu ernst genommen.«

»Das ist doch vollkommen verständlich. In Anbetracht deiner Sorgen um deine Eltern.«

»Ach was«, sagt Maria. »Der Rummel ist nur ein kleiner Spaß. Alle haben so hart dafür gearbeitet.«

Dennoch macht sie keine Anstalten, sich zu rühren, und die Knöchel ihrer Hände, die sich an die Reling klammern, schimmern weiß im Mondlicht.

17

15. August 1939

Über Nacht schlägt das Wetter um, und das Schiff hebt und senkt sich spürbar mit den Wogen des Ozeans. Lily liegt in ihrer Koje und denkt an die Tiefe des Wassers unter ihnen, daran, wie weit sie von zu Hause entfernt sind. Seit Elizas Besuch in der Kabine vor zwei Tagen ist die Stimmung zwischen ihr und Ida angespannt, doch am Morgen, als Lily sich anzieht, beginnt die ältere Frau ein Gespräch.

»Ich nehme an, du vermisst deinen Seidenschal… den goldenen mit den Stickereien drauf.«

Lily versteht nicht ganz. Was weiß Ida über ihren verloren gegangenen Schal? »Hast du ihn etwa? Ist er bei dir gelandet?«

Ida schnaubt. »Was sollte ich denn bitte mit deinem Schal wollen?«

»Du hast ihn also nicht gefunden?«

»Nein. Aber ich weiß, wer ihn gefunden hat.«

Lily blickt in den Spiegel, betrachtet Idas Gesicht darin und ahnt, wie sehr sie dieses kleine Körnchen Macht genießt. Endlich fährt Ida fort.

»Er war es. Der von deinem Tisch. Der, der ausschaut, als ob er etwas mehr Fleisch auf den Rippen gebrauchen könnte.«

»Edward?«

Wie seltsam, dass Edward den Schal aufgelesen, aber nichts gesagt haben soll.

»Wann war das?«

»Neulich Abend. Du hast ihn in der Lounge auf dem Sofa liegen lassen. Ich habe gesehen, wie er ihn aufhob, als er glaubte, niemand würde ihn beobachten, und ihn vor sein Gesicht hielt. So…« Ida hebt ihr abgelegtes Nachthemd vom Bett auf und presst es an ihre Nase, atmet tief ein und streicht dann damit sanft über ihre Wange, so wie ein Kind seine Kuscheldecke liebkosen würde.

»Das glaube ich dir nicht.«

»Ganz wie du meinst.« Ida schnieft und beginnt damit, ihr Nachthemd zusammenzulegen, klemmt die Kanten zwischen ihre knochigen Finger und streicht es dann glatt.

»Es tut mir leid. Das habe ich nicht so gemeint. Ich verstehe nur nicht, warum er ihn mir nicht zurückgegeben hat, das ist alles.«

»Soweit ich das beurteilen kann, gibt es nur einen Grund, warum ein Mann einen persönlichen Gegenstand eines Mädchens behalten sollte. Weil er in sie vernarrt ist.«

Idas Mundwinkel verzieht sich zur Andeutung eines Lächelns, und Lily hat abermals den unbehaglichen Eindruck, dass sie um eine Vertraulichkeit gebeten wird. Es ist wie eine wirtschaftliche Transaktion. Ida hat ihr etwas gegeben, und nun wird im Gegenzug Lily um etwas gebeten. Und Lily möchte es versuchen. Wirklich. Aber…

»Ich glaube nicht, dass das hier der Fall ist.«

Ida wirkt enttäuscht, als würde Lily sie absichtlich

ausschließen. »Vergiss nicht, Lily, ich bin schon um einiges älter als du. Ich habe Erfahrungen mit jungen Männern.«

Lily fällt wieder der verstorbene Verlobte ein. Ihr ist durchaus bewusst, dass Ida mit dieser Bemerkung eine Tür offen gelassen hat, aber sie schafft es nicht, die richtige Frage zu stellen. Sie möchte diese Intimität abwehren, obwohl ihr mit Beschämung klar wird, wie einsam ihre Kabinennachbarin sein muss, um sich so anzubiedern.

»Ich bin sicher, dass er ihn nur vergessen hat, das ist alles«, sagt sie.

Etwas später – sie hat sich auf dem Deck niedergelassen –, lehnt sie sich auf ihrer Liege zurück und lässt sich das Gesicht von der Sonne bescheinen. Obwohl es immer noch heiß ist, macht die laue Brise, die vom Meer her weht, die Temperatur erträglicher, beinahe angenehm. Wenige Meter entfernt diskutiert ein Ehepaar mit gedämpften, aufgeregten Stimmen über die Möglichkeit eines baldigen Krieges.

»Archie müsste nicht gehen«, sagt die Frau, »nicht mit seinen schlechten Augen.« Sie hält inne. »Das stimmt doch, oder nicht? Sie würden ihn doch nicht zwingen, in den Krieg zu ziehen.«

»Dazu wird es nicht kommen«, erwidert der Mann. »Wir haben unsere Lektion beim letzten Mal gelernt.«

»Aber wenn, dann wäre Archie doch in Sicherheit, nicht wahr? Wegen seiner Augen.«

Das Gespräch hinterlässt einen schalen Beigeschmack. Lily muss an Frank denken; daran, wie weit von zu Hause sie sein wird; an ihre Eltern, falls beide ihre Kinder fort wären. Dann fasst sie sich wieder. Am Anschlagbrett werden nach wie vor zweimal täglich die aktuellen Nachrichten ausgehängt, und normalerweise ist immer etwas Positives zu berichten. Hitler sucht nach einer friedlichen Lösung. Eine britische Delegation ist gerade in Moskau und führt Verhandlungen bezüglich einer Allianz. Niemand hat Lust, geschweige denn die wirtschaftlichen Kapazitäten, für einen Krieg.

»Darf ich mich setzen?«

Der Mann vor ihr steht im Gegenlicht, sodass sie zuerst nur die aufragende schwarze Gestalt vor dem hellen Augusthimmel ausmachen kann. Sie blinzelt, und nach und nach zeichnen sich die Züge von George Price ab.

»Natürlich.«

Sie sagt es mit einem schnippischen Unterton, der deutlich macht, dass es reine Höflichkeit ist, keine Freundlichkeit. Trotzdem setzt er sich. Sie gibt sich Mühe, nicht auf seine platte Nase zu starren oder die geplatzten lila Blutkapillaren, die sich wie ein Feuerwerk unter seiner Haut ausbreiten.

»Ich denke, wir sollten uns über das unterhalten, was in Aden passiert ist«, sagt er, wobei er nicht wirklich Lily anschaut, sondern die hölzerne Armlehne ihrer Liege.

Er ist gekommen, um sich zu entschuldigen, denkt sie. Die Überraschung stimmt sie milder. »Wenn Sie wünschen.«

Sie sieht den Kopf des Jungen, der nach hinten geschleudert wird, die Biegung seines schmächtigen Rückens, als er auf dem Boden lag und versuchte, sich vor Georges Tritten zu schützen.

»Sie verstehen doch sicher, dass ich keine Wahl hatte. Ich habe es für Sie getan.«

»Für mich?« Jetzt richtet Lily doch den Blick auf ihn.

George nickt heftig, sodass sein mit Pomade nach hinten gelecktes Haar sich löst und ihm in dünnen Strähnen in sein Gesicht fällt.

»Ich habe gesehen, dass Sie von diesen Frauen bedrängt wurden. Ich wollte zu Ihnen, um Sie zu retten, aber diese Kinder ließen mich nicht. Sie haben sich mit ihren Händen an mich geklammert, damit ich nicht zu Ihnen gelangen konnte. Ich hatte keine andere Wahl.«

Lily wird übel, in ihrem Kopf dreht sich alles. So war es nicht. Das ist nicht, was passiert ist. Aber als sie an die Szene im Hafen zurückdenkt, lösen sich die Bilder bereits an den Rändern auf. Sie hatte sich doch längst von den Frauen befreit, als sie George entdeckte. Er hatte die Faust doch erhoben, bevor er sie sah.

Aber Sand und Staub wirbeln über die Bilder in ihrem Kopf und verzerren ihre Erinnerungen.

»Das ist nicht, wie ich es in Erinnerung habe«, sagt sie.

»Es war heiß, Lily, und staubig, und da waren so verflucht viele Leute überall, und ich wette, Sie haben kaum geschlafen. Sie haben das einfach missverstanden, das ist alles.«

»Das glaube ich nicht. Ich bin mir beinahe sicher …«

George unterbricht sie rasch. »Beinahe. Da hätten wir es ja.« Schließlich hebt er den Blick seiner schlammfarbenen Augen und richtet ihn auf sie. Der Eifer lässt sein Gesicht erstrahlen und seine schweren, dicklichen Züge wirken beinahe kindlich. »Die Sache ist die, Lily, es ist schlichtweg nicht klug von Ihnen, alleine an solchen Orten herumzulaufen. Eine Engländerin im Ausland, allein, ist ein leichtes Ziel für diese Art von Leuten.«

»Welche Art?«

»Leute, die keine Erziehung und keine Manieren haben, deren Kinder herumstreunen, andere Leute belästigen und sie berauben. Es ist nicht wirklich ihre Schuld, wissen Sie. Sie haben es nie anders gelernt.«

Lily weiß, dass er unrecht hat. Sie denkt an die Szene im Hafen zurück, an die Frau, die zu ihrem Sohn geeilt ist. Wie sie ihren Arm gehoben hat, geschrien hat – den Schrei einer verzweifelten Mutter. *Halt!* Doch George schaut sie an, will, dass sie ihm beipflichtet, sein Mund mit den wulstigen, feuchten Lippen geöffnet. Lily denkt daran, ihm zu widersprechen, verliert jedoch die Lust, noch bevor sie den Satz in ihrem Kopf formen kann. Welchen Sinn hätte es denn schon? Er sieht nur, was er sehen will. Und außerdem zweifelt sie nun an ihrer eigenen Erinnerung. Die Abfolge der Geschehnisse gerät in ihrem Kopf durcheinander. Es ist wohl besser, das Thema zu wechseln. Über etwas anderes zu reden.

»Freuen Sie sich denn, nach Neuseeland zu kommen?«, fragt sie und erinnert sich daran, dass er auf dem Weg ist, um seinem Onkel auf dessen kleiner Farm zu helfen.

Der Eifer weicht aus Georges Gesicht, als würde etwas austrocknen und in der Sonne verdorren.

»Nein. Warum sollte ich mich am Arsch der Welt verkriechen wollen? Entschuldigen Sie meine Ausdrucksweise. Das ist allein das Werk meines Vaters. Er hat alles in die Wege geleitet.«

»Aber Sie haben doch gewiss ein Mitspracherecht bei dem, was mit Ihnen geschieht. Hätten Sie nicht Nein sagen können?«

George blickt auf seine dicken Finger, und Lily sieht, wie eine dunkle Röte sich unter seinem Hemdkragen ausbreitet. »Mein Vater akzeptiert kein Nein«, erwidert er bitter. »Er ist Vizekommissar in Britisch-Indien.«

»Ein Amtsträger der britischen Krone? Und er schickt Sie nach Neuseeland, damit Sie nicht im Krieg mitkämpfen müssen?«

Die Empörung lässt Lilys Stimme lauter werden als beabsichtigt, und George schaut sich rasch um, ob es jemand gehört hat, bevor er sich wieder ihr zuwendet.

»Ich bin ein Einzelkind. Er will nicht, dass meine Mutter sich aufregt. Wenn es nach mir ginge, wäre ich an vorderster Front.«

»Gegen die Deutschen? Aber ich dachte, Sie bewundern alles an ihnen?«

»Nicht alles. Und an erster Stelle bin ich natürlich Patriot.«

Es gibt da etwas an George Price, das Lily zutiefst verstörend findet. Etwas, das über seine feuchten, fleischigen Lippen und seine stummeligen, abgekauten Finger hinausgeht, schlimmer noch als der Zorn, den er ständig mit sich herumträgt wie eine weitere Lage Kleidung.

Es ist das Unbeständige, das Unberechenbare. Diese plötzliche, erschreckende Wut. Die beunruhigende Entkoppelung von dem, was um ihn herum passiert, und seine unvorhersehbaren Reaktionen darauf.

»Nun«, sagt sie und will sich erheben. »Ich sollte jetzt lieber …«

Zu ihrem Entsetzen packt Georges klamme Hand plötzlich ihren Arm und zieht sie auf den Stuhl zurück. »Glauben Sie, Sie könnten mich mögen?«, platzt es aus ihm heraus.

»Wie bitte?« Lily versucht, ihre Hand loszureißen.

»Schauen Sie, die Sache ist die, Lily, ich glaube, Sie brauchen jemanden, der auf Sie aufpasst.«

Lily öffnet den Mund, um zu protestieren, doch noch während sie Luft holt, redet er weiter.

»Ich weiß, was Sie sagen wollen, und es ist die Wahrheit. Ich glaube nicht, dass meine Familie oder mein Vater sehr beeindruckt davon wären, dass ich eine Beziehung mit einem Dienstmädchen pflege, aber wie Sie schon sagten, ich bin ein erwachsener Mann. Ich treffe meine eigenen Entscheidungen.«

Georges Hand liegt immer noch auf ihrem Arm, ihre Haut klebt unter seiner feuchten Handfläche. Der Schock lässt sie verstummen, verlangsamt ihre Gedankengänge, sodass sie Mühe hat zu verstehen, was er da gerade von sich gegeben hat. Er will ihr den Hof machen, was wohl ein Kompliment sein muss – und doch ein Kompliment, das in eine Beleidigung gehüllt wurde. Seine Eltern wären nicht beeindruckt. Und jetzt kommt sie. Endlich. Die Wut. Sie schwillt ganz tief in ihrem Magen an, breitet sich aus, immer weiter, durch den angespannten, knotigen Kern, der in ihrem Inneren zu bersten droht.

George dreht sich schnell nach allen Seiten um, sein Blick schweift über das beinahe menschenleere Deck. Dann, gerade als Lily explodieren möchte, beugt er sich vor und presst seinen Mund auf ihren.

Oh, aber … Nein. Nein! Sein Mund ist aufgerissen … all diese heiße Nässe, diese dicke Zunge, die versucht, ihre Lippen auseinanderzupressen.

Endlich kehrt ihr Verstand zurück, und sie reißt sich los und schnappt keuchend nach Luft.

»Es tut mir leid, falls ich einen falschen Eindruck vermittelt habe …«, keucht sie. Dann hält sie inne. Warum entschuldigt sie sich?

Sie spürt seinen Speichel immer noch auf ihrem Mund

und wischt ihn mit dem Handrücken weg. Sie sieht, dass er diese Geste bemerkt, und seine Augen verengen sich zu winzigen Schlitzen.

»Ich nehme an, dass ich mich geehrt fühlen sollte, dass Sie überhaupt in Erwägung ziehen eine ... eine Verbindung mit mir einzugehen. Wo ich doch nur ein niederes Dienstmädchen bin und all das. Doch die Wahrheit ist, dass ich Ihre Gefühle nicht teile ... Das heißt, ich möchte nicht ...«

Nun ist er es, der aufsteht, sein Gesicht beinahe so dunkel wie seine Schuhe, die Nasenflügel gebläht.

»Sie sind ein Flittchen. Jawohl, das sind Sie, Lily Shepherd. Einen Mann erst heiß machen, dann abblitzen lassen. Ich habe Frauen wie Sie schon getroffen. Ganz brav, mit großen Augen ... *Oh, das ist mein erstes Mal allein in der Fremde!* Aber eigentlich seid ihr alle nur auf der Pirsch, auf der Suche nach einer guten Partie. Ich wette, Sie glauben, Sie kriegen etwas Besseres. Ist es das? Erwarten Sie nur nicht zu viel. Sie denken wirklich, dieser feige Edward würde sich Ihretwegen mit seiner Familie anlegen? Oder vielleicht glauben Sie ja auch, dass Sie Ihren guten Freund Mr. Campbell überreden können, seine Frau für Sie zu verlassen.«

Lily schnappt nach Luft, doch George scheint das als Bestätigung aufzufassen, dass er einen wunden Punkt getroffen hat. Als er weiterspricht, sind seine Worte nur noch ein Zischen zwischen seinen zusammengepressten Lippen.

»Sie sollten sich lieber vorsehen mit diesen Campbells. Sie haben keine Ahnung, wozu die fähig sind. Wenn Sie wüssten, was die getan haben ...«

»Falls Sie von dem Kind sprechen, ich weiß schon alles darüber.«

Für einen Augenblick stockt er irritiert. Dann verfällt er wieder in ein Knurren. »Ich weiß nichts von einem Kind. Aber wenn Sie das wahre Ausmaß ihrer Perfidität kennen würden, würden Sie merken, dass sie nur mit Ihnen spielen. Oder glauben Sie wirklich, er würde Sie sonst auch nur eines Blickes würdigen? Sie halten sich wohl für etwas ganz Besonderes …«

»Lily? Ist alles in Ordnung?«

Maria ist hinter ihr aufgetaucht und legt eine Hand auf Lilys zitternde Schulter.

George Price atmet schwer, sein schlammiger Blick zuckt von einer Frau zur anderen. »Keine Sorge. Ich gehe schon. Aber denken Sie daran, Lily, Sie sollten anfangen, sich Ihre Freunde mit mehr Bedacht auszuwählen.«

Dann ein letzter finsterer Blick, als wäre all das hier nur eine große Illusion – die gleißende Sonne, die auf dem Wasser glitzert, die unendliche Weite des strahlend blauen Himmels über ihnen, das Gelächter der Kinder, das vom Swimmingpool emporgeweht wird. Alles nur ein Traum, den die Meeresbrise aufgestört hat, denn die einzige Wirklichkeit besteht aus George mit all seiner Bitternis und seinem Zorn. Dann ist er fort. Hat auf dem Absatz kehrtgemacht und stapft wütend über das Deck davon, die Schultern hochgezogen, den Kopf gesenkt. Die Passagiere, die in die andere Richtung schlendern, weichen ihm aus, als er an ihnen vorbeigeht, als hätten sie Angst, sich eine Krankheit einzufangen.

Lily sinkt auf der Liege zurück. Maria geht neben ihr in die Hocke.

»Hat er dich belästigt, Lily? Was ist geschehen?«

Die Erinnerung kehrt wieder … der Kuss, Georges Mund, der sich über ihrem öffnet, als wolle er sie in sich einsaugen. Für einen Augenblick fürchtet sie, sich übergeben zu müssen, und reibt sich energisch mit dem Handrücken über den Mund.

Sie erzählt Maria, was geschehen ist, und ihre Freundin ist entsetzt.

»Wirst du ihn melden?«

Eine betretene Stille macht sich zwischen ihnen breit, während Lily sich erinnert, was geschehen ist, als Maria den Übergriff auf sie gemeldet hat, und sie fragt sich, ob ihre Freundin das Gleiche denkt.

»Nein. Ich werde nur versuchen, ihm aus dem Weg zu gehen.«

Sie gibt sich Mühe, ruhig und gefasst zu klingen, und hofft, Maria kann ihr nicht anhören, wie sehr es ihr bei dem Gedanken graut, dreimal täglich den Tisch mit George Price und seinen Zudringlichkeiten teilen zu müssen.

18

16. August 1939

An diesem Abend soll es einen Galaball geben. Die Passagiere, die sich mittlerweile ein wenig langweilen, stürzen sich auf die willkommene Abwechslung.

Den ganzen Tag über herrscht aufgeregtes Geflüster und Geschnatter an Bord. Die Frauen marschieren in und aus den Kabinen der anderen und probieren Kleider an. Die meisten von ihnen haben nur eine Reisetruhe dabei und deshalb ihre Abendgarderobe bereits mehrere Male zur Schau gestellt. Das gesamte Deck hallt von Bemerkungen wider wie: »Meine blauen Schuhe würden ganz zauberhaft zu deiner Taftrobe passen« und »dieses Ansteckstäußchen mit Rosen ist genau das Richtige für dein gelbes Seidenkleid«. Selbst die Männer scheinen von der freudigen Atmosphäre angesteckt, eilen durch die Gänge und vergewissern sich, ob ihre weißen Fliegen gestärkt und die schwarzen Fräcke ordentlich gebügelt sind.

Nur Lilys Stimmung ist gedämpft. Trotz des erfrischenden Wetterwechsels hat sie kaum geschlafen. Wann immer sie die Augen schließt, spürt sie Georges Lippen auf ihren und reißt die Augen schnell wieder auf.

Hat er recht?, fragt sie sich unwillkürlich. Bin ich eins dieser Flittchen, die Männer aufreizen, um sie sofort wieder abzuweisen? Es ist nicht das erste Mal, dass sie diese Anschuldigung gehört hat. Sie erinnert sich daran, wie sie mit Robert nach Einbruch der Dunkelheit auf der menschenleeren Wiese im Park lag, sie küssten einander, als müssten sie sterben, wenn sie aufhörten, kaum noch wissend, wo ihr Körper endete und seiner begann, während sie spürte, wie seine Finger am Saum ihrer Strümpfe nestelten. Sie wollte es. Aber auch nicht. Nicht so. Nicht im Park. »Ist schon gut, Lily. Ich werde vorsichtig sein. Ich weiß, wie es geht.« Und das war genug, um sie zurückweichen zu lassen und hastig ihre Kleidung zu glätten. Ja, *er* wusste, wie es ging, weil er es zuvor schon getan hatte. Sie war nicht die Erste. Woher sollte sie wissen, dass sie die Letzte sein würde? »Ich liebe dich, Lily. Ich möchte dich heiraten.« Aber etwas hielt sie zurück. Etwas ließ sie sich aufsetzen, ihr Haar feststecken. Doch nun war er wütend. »Du bist ein Flittchen, Lily. Das ist alles. Du kannst mich nicht ständig so reizen und dann abblitzen lassen. Aber nun gut, wenn du nicht willst, werde ich eben eine finden, die will.«

Es war sinnlos, ihm zu erklären, dass sie ihn wollte – nur nicht so, nicht da.

»Ich war geduldig, weiß Gott, das war ich. Aber sobald ich dich bitte, mir entgegenzukommen, verschließt du dich wie eine gottverdammte Nonne. Ein Mann verträgt nur ein gewisses Maß an Zurückweisungen. Ich werde mir eine Frau suchen, die ehrlich ist. Eine, die bereit ist, das zu beenden, was sie angefangen hat.«

Und die Frau, die er fand, war Maggie. Ihre Maggie. Alt genug, dass sich die jungen Männer auf der Straße nach ihr umdrehten, aber immer noch zu jung, um zu wissen, wie man zum Sohn des Hausherrn Nein sagt.

Helena findet Lily am Heck des Schiffes an der Reling vor, wo sie auf die schaumgekrönten Wellen blickt, die im Kielwasser des Schiffes aufgewühlt werden.

»Du hast aber nicht vor zu springen, oder?«, scherzt Helena. »Wir haben dich beim Frühstück vermisst.«

»Ich war nicht hungrig.«

Lily hatte George nicht sehen wollen, also beschloss sie, vorerst einen großen Bogen um den Speisesaal zu machen. Sie weiß selbst, dass dies keine langfristige Strategie sein kann. Irgendwann wird sie schließlich essen müssen.

»Dein Mr. Jones ist nicht bei dir?«

Helena wird rot. »Er ist ganz bestimmt nicht *mein Mr. Jones*.«

»Komm schon, Helena. Du müsstest blind sein, um nicht zu sehen, dass er den Boden verehrt, auf dem du gehst.«

»So einfach ist das nicht.«

»Weil du immer noch an den anderen denkst? Deinen ehemaligen Verlobten?«

Ein heftiges Kopfschütteln. »Weißt du, tatsächlich habe ich seit Tagen nicht mehr an ihn gedacht. Ich denke, ich kann ganz ehrlich sagen, dass ich über ihn hinweg bin.«

»Warum dann Ian keine Chance geben? Ihr zwei scheint so gut zusammenzupassen.«

»Das mag wohl stimmen, solange wir uns auf dem Schiff befinden. Aber …«

»Aber?«

»Ach, Lily, du musst doch auch sehen, dass es auf lange Sicht unmöglich ist. Er hat mit vierzehn die Schule verlassen. Er hat im Outback als Erntehelfer auf einer Zuckerrohplantage gearbeitet. Weiß Gott, was er sonst noch getrieben hat. Meine Eltern würden ihn nie im Leben akzeptieren.«

»Helena, deine Eltern sind Tausende Meilen entfernt. Wie sollten sie es überhaupt erfahren?«

»Lily, du verstehst das nicht … Sie haben uns geschrieben, um uns mitzuteilen, dass sie nach Australien kommen, sobald sie einige Angelegenheiten in England geklärt haben. Und wir beide, Edward und ich, wir sind abhängig von ihnen. Wir haben keine Aussicht auf ein eigenes Einkommen … nicht, seit Edward wegen seiner Erkrankung sein Studium abbrechen musste. Und überhaupt, Ian und ich kommen aus zwei völlig verschiedenen Welten. Für eine Schiffsromanze wäre das womöglich genug, aber es gibt keine Zukunft für uns.«

Lily lauscht mit wachsendem Verdruss. Das ist es also. Genau wie Maria gesagt hat. Der wahre Grund für Edwards ständigen Wankelmut. Sie ist nicht gut genug. Seine Eltern wären von seiner Wahl schockiert. Vielleicht wäre auch Lily genug für eine kleine Schiffsromanze, aber mehr eben nicht. Zu ihrem Entsetzen spürt sie, wie ihr heiße Tränen in die Augen schießen.

»Ich frage mich«, stößt sie hervor, »warum wir uns dann überhaupt die Mühe machen, Freundschaften zu knüpfen mit Menschen, mit denen wir im normalen Leben kein Wort sprechen würden. Vielleicht sollte jeder von uns einfach unter seinesgleichen bleiben.«

Damit dreht sie sich um und lässt Helena mit offenem Mund stehen.

Lily überspringt auch das Mittagessen und kann den Steward überreden, ihr stattdessen ein Sandwich zu bringen, das sie auf einer Liege im hintersten Winkel des

Schiffes verspeist, während sie ihr Tagebuch, das sie die letzten Tage vernachlässigt hat, auf den neuesten Stand bringt. Am Nachmittag macht Edward sie ausfindig.

»Helena meinte, du hättest dich heute Morgen nicht wohlgefühlt. Ich mache mir Sorgen um dich.«

»Das musst du nicht. Ich genieße nur ein bisschen die Ruhe, das ist alles.« Doch sofort bereut sie ihren barschen Tonfall. Es ist nicht seine Schuld.

Edward sieht sie gekränkt an. Er weiß nicht, wohin mit seinen Händen. »In diesem Fall …«

»Nein, bitte, setz dich, Edward. Es tut mir leid. Ich bin in einer seltsamen Verfassung.« Sie überlegt, ihm von George Price zu erzählen, kommt jedoch zu dem Schluss, dass es besser ist, wenn sie es für sich behält. Das Letzte, was sie momentan brauchen kann, ist, dass Edward George deswegen zur Rede stellt und mehr Öl ins Feuer gießt, wo sie doch nur vergessen will, dass es überhaupt passiert ist. Außerdem wäre es ihr unangenehm, mit Edward über diesen furchtbaren Kuss zu sprechen – nicht solange die Erinnerung an den anderen Kuss noch so frisch ist. »Die Hälfte unserer Reise ist schon vorbei«, sagt sie stattdessen. »Ich glaube, mir wird gerade bewusst, dass all das hier schon bald ein Ende haben wird, und was dann? Mich erwartet lediglich eine Stelle als Dienstmädchen, dabei dachte ich wirklich, ich hätte diesen Teil meines Lebens hinter mir gelassen.«

»Aber es gibt doch sicherlich andere Berufe, die du ergreifen könntest, oder nicht? Du bist so klug, Lily. Du könntest alles tun.«

Sie möchte ihn so schrecklich gerne fragen. Die Worte brennen ihr auf der Zunge. *Würde es denn einen Unter-*

schied machen? Wenn ich einen weniger beschämenden Beruf hätte, könntest du dann …? Würdest du dann …? Ihr kommt sogar der Gedanke, ihm von ihrem geheimen Wunsch zu erzählen, eines Tages Schriftstellerin zu werden – als könnten allein ihre Träume sie schon zu etwas Besserem machen. Aber natürlich tut sie es nicht. Stattdessen erzählt sie ihm von den anderen Arbeiten, die sie in ihrer Vergangenheit gemacht hat. Als Bürohilfe in Reading, nachdem sie die Stelle bei Roberts Eltern aufgegeben hatte. Dann der Umzug nach London und die Arbeit als Kellnerin. Stundenlang auf den Füßen sein, die späten Busfahrten nach Hause. Sie erzählt ihm von dem Stipendium an der höheren Mädchenschule und wie sie diese verlassen musste, um ihre Familie zu unterstützen. Sie ist darauf bedacht, nicht sentimental oder selbstmitleidig zu klingen. Es ist ihr wichtig, dass er sie weder bemitleidet, noch einen schlechten Eindruck von ihrer Familie bekommt, weil man von ihr erwartetet, ihren Beitrag zu den Lebenshaltungskosten zu leisten.

Während sie spricht, bleibt Edwards Blick ausschließlich auf ihr Gesicht gerichtet, als müsse er sich ihre Züge einprägen.

»Wenn ich dir so zuhöre, muss ich mich wirklich schämen, Lily«, sagt er schließlich und lächelt sein süßes, trauriges Lächeln. »Ich habe in meinem Leben nichts erreicht. Ein paar Jahre Studium für einen Beruf, den ich nie wirklich wollte. Und dann habe ich nur im Bett herumgelegen wie ein Baby.«

»Aber du warst krank!«

Er legt den Kopf in die Hände, sodass seine Finger sich in das widerspenstige dunkle Haar graben. Als er wieder aufschaut, ist sein Ausdruck voller Kummer. »Was für eine Verschwendung, Lily. Was für eine Verschwendung mein Leben doch war.«

Was wäre passiert, wenn nicht ein Ruf vom anderen Ende des Decks sie unterbrochen hätte? Hätte Lily sich vorgelehnt – so wie sie es sich wünschte, wie es sie drängte – und hätte seine Hand in ihre genommen, um ihn dazu zu zwingen, sich durch ihre Augen zu sehen? Hätte das Bild, das Ida in ihren Kopf gepflanzt hat – Edward, der sein Gesicht in ihrem Seidenschal vergräbt –, ihr so viel Kühnheit verliehen?

»Was um alles in der Welt treibt ihr hier hinten? Versteckt ihr euch etwa?«

Eliza ist wieder da; sie trägt ihre kurze schwarze Shorts und eine blaue ärmellose Bluse, die das Meeresblau in ihren Augen betont. Sie hat etwas über den Arm geschlungen – das pfirsichfarbene Seidenkleid, das Lily in ihrer Kabine anprobiert hat.

»Hier komme ich, um euch einen Liebesdienst zu erweisen, und ihr lasst mich das ganze Schiff hoch und runter rennen. Also wenn ich vor Hitze und Erschöpfung sterbe, ist das ganz allein eure Schuld.«

Eliza wirft Lily das Kleid in den Schoß und schwingt sich selbst auf eine Liege daneben; dann streift sie ihr schwarzes Haar von den Schultern und hebt es ein Stück an, um sich den Nacken von der leichten Brise kühlen zu lassen. Sie trägt blaue hochhackige Sandaletten, die sie theatralisch von den Füßen schleudert, wobei eine fast bis zur Reling schlittert.

»Ich dachte mir, du würdest es dir vielleicht für den Galaball heute Abend ausleihen wollen. Es sah göttlich aus an dir.«

»Danke, aber tatsächlich habe ich daran gedacht, den Ball ausfallen zu lassen.«

»Unsinn. Was zur Hölle soll man denn sonst tun auf dieser endlosen Höllenfahrt? So etwas will ich gar nicht erst hören. Du musst kommen. Los, Edward, sag es ihr!«

»Du musst kommen«, plappert er wie ein Papagei nach und lacht.

»Ihr beide habt doch wirklich keinen blassen Schimmer, wie es dort oben ist.« Eliza zeigt zum Erste-Klasse-Deck. »Als befände man sich unter lebenden Toten. Erinnert ihr euch noch an die Grabkammern in der Pyramide, die wir besichtigt haben? So ist es, jawohl. Begraben unter tausend Tonnen von uraltem Staub und Schutt.«

Seit dem Gespräch über ihre Tochter sieht Lily Eliza in einem völlig anderen Licht und betrachtet ihre vermeintliche Rücksichtslosigkeit eher als das Gefühl, nichts mehr zu verlieren zu haben. Trotzdem fragt sie sich, was diese Sache wohl war, die George ihr beinahe über die Campbells enthüllt hätte. Wenn der Skandal, von dem die ältere Frau in Pompeji sprach, nichts mit dem Tod ihres Kindes zu tun hat, worum könnte es sich dann handeln? Doch eigentlich möchte Lily überhaupt nicht darüber nachdenken. Sie hat eine tiefsitzende Abneigung gegen Tratsch, die man nur nachvollziehen kann, wenn man selbst lange Zeit Opfer davon war, und genau das ist es auch, was sie davon abhält, mit Edward und Helena über die Campbells zu reden. Vielleicht ist auch gar nichts vorgefallen, beschließt sie. Da wollte sich nur eine alte Tratschtante ein paar Minuten lang wichtig fühlen.

Eliza ist schon wieder wütend auf Max. Sie hatte in Aden von Bord gehen wollen – hatte danach »gelechzt« –, doch als der Steward in aller Herrgottsfrühe kam, um sie gemäß ihrer Anweisung zu wecken, schickte Max den Mann einfach weg, um prompt wieder einzuschlafen.

»Das hätte mich ja nicht gestört, nur dass er sich nicht einmal die Mühe gemacht hat, mich zu wecken, bevor er wieder in sein Alkoholkoma gefallen ist. Also habe ich den gesamten Aufenthalt verschlafen und bin erst aufgewacht, als alle schon wieder zurück an Bord waren. Und jetzt habe ich das Gefühl, seit Ewigkeiten auf diesem schrecklichen Schiff mit diesen schrecklichen Leuten festzustecken. Vor Ceylon legen wir keinen Zwischenhalt mehr ein, und bis dahin werde ich ganz sicher durchdrehen. Erzähl mir alles, was passiert ist. Jedes einzelne Detail.«

Edward und Lily wechseln einen Blick. George Price nimmt drohend Gestalt in Lilys Kopf an, wie er sich über den Jungen beugt, den Arm erhebt, die Faust ballt ... Schnell blinzelt sie das Bild weg.

»Du hast wirklich nicht viel verpasst«, sagt Edward.

Lily bedankt sich bei Eliza für das Kleid und willigt widerstrebend ein, zum Ball zu kommen. Sie weiß, dass sie George nicht für immer aus dem Weg gehen kann, also kann sie das erste Zusammentreffen genauso gut hinter sich bringen.

»Bleibst du auf dem oberen Deck?«, fragt sie Eliza.

»Wie bitte? Damit die alten Schachteln mich mit ihrem missbilligenden Schnauben traktieren können, während die jungen Dinger unverfroren mit meinem Ehemann flirten. Oh nein, ganz bestimmt nicht.«

Unten in ihrer Kabine drapiert Lily das Kleid sorgfältig über einem Bügel und hängt es an das Geländer ihrer Koje. Selbst in dieser nüchternen Umgebung verströmt das Kleid einen Glamour, der ihre Stimmung unwillkürlich aufhellt. Sie mag den Gedanken nicht, Eliza verpflichtet zu sein oder ein Almosen von ihr zu empfangen, aber andererseits ist sie erst fünfundzwanzig, viel zu jung, um nicht dem Zauber solch hübscher Dinge zu erliegen. Sie wird dieses Kleid tragen, nur eine Nacht, und genau wie dieses Schiff nicht das echte Leben ist, so wird auch diese Lily, die das pfirsichfarbene Kleid über ihren Körper streift und tanzend unter dem Sternhimmel über den Indischen Ozean wirbelt, nur eine Illusion sein.

Als Ida hereinkommt und das Kleid sieht, sagt sie eine Weile gar nichts. Ihr Blick wandert von dem zarten, schwebenden Saum zu den dünnen Trägern, die kaum breiter sind als Seidengarn.

»Ich wette, das hast du nicht von diesen Arabern gekauft.«

»Nein, Mrs. Campbell hat es mir geliehen.«

Ein Geräusch. Es könnte ein Lachen oder ein Schnauben sein – unmöglich, das bei Ida auszumachen. Sie tritt vor, greift nach dem Kleid, reibt die Seide zwischen Daumen und knochigem Mittelfinger, und Lily kann sich gerade noch davon abhalten, ihre Hand wegzuschlagen.

»Schön. Ein hübsches Kleid. Muss eine ganze Stange Geld gekostet haben. Was will sie denn im Gegenzug, Lily?«

»So ist es doch überhaupt nicht, Ida. Sie möchte nur nett sein. Sie will rein gar nichts von mir.«

Ida schaut sie an, und Lily ist überrascht, als sie so etwas wie Traurigkeit im fahlen Gesicht ihrer Reisegefährtin entdeckt.

»Niemand gibt einem so etwas umsonst, Lily. Merk dir meine Worte.«

Am Abend, als Lily den Speisesaal betritt, ist Idas unheilvolle Antwort längst vergessen. Alles an ihr scheint durch das Kleid einen Hauch verändert – von der Art, wie sie geht, und dem weichen Schwung ihrer Hüften, bis hin zu ihrer aufrechten Haltung, welche es dem seidigen Stoff erlaubt, sich in einem tiefen Bogen über ihren Rücken zu ergießen. Auch auf die Gefahr hin, altmodisch zu wirken, hat sie blütenweiße Satinhandschuhe übergezogen, die ihr bis über die Ellbogen reichen und einen strahlenden Kontrast zu ihrer sonnengebräunten Haut bilden.

»Ach du meine Güte! Wo ist bloß unsere Lily hin?«, fragt Helena, als sie sich dem Tisch nähert. Clara Mills spricht von einer »vollkommenen Verwandlung«, was in Lily die Frage aufwirft, wie schlimm sie davor ausgesehen haben muss. Edward erhebt sich und setzt zu einer übertrieben galanten Verbeugung an. »Du siehst aus wie eine Prinzessin«, erklärt er. »Ich denke, ich sollte mich zu deinen Füßen in den Staub werfen.«

Nur George sagt nichts, sondern lässt lediglich ein knappes »Guten Abend« verlauten. Sie kann nicht umhin, die weingefleckten Lippen zu bemerken, die wie zwei dicke lila Blutegel in seinem Gesicht sitzen, und ihr Herz krampft sich schaudernd zusammen.

Das gesamte Abendessen hindurch ist Edward ihr gegenüber außerordentlich aufmerksam. Er hat Wein bestellt und füllt ihr Glas auf, sobald es leer ist.

»Ich mag es, wie du dein Haar heute trägst«, sagt er, und sie verrät ihm nicht, dass sie und Audrey eine halbe Stunde damit verbracht haben, es aufzudrehen, festzustecken, wieder zu entrollen und die Nadeln zu lösen, bis sie beide die Nase gestrichen voll hatten.

Nach dem Essen gehen sie auf das Deck hinaus. Ian

hat sich ihnen angeschlossen und meldet sich freiwillig, die Getränke an der Bar zu besorgen, bevor sie »gerammelt voll« ist. Helena begleitet ihn, um ihm beim Tragen der Gläser zu helfen. Edward und Lily schlendern an die Reling vor und blicken schweigend hinaus in die Nacht, wo die Spiegelung des Mondes sich wie flüssiges Silber über die gläserne Oberfläche des Ozeans ergießt. Sie stehen so nah beieinander, dass Lily die Fasern seines schwarzen Fracks an ihrer nackten Schulter spüren kann.

Er wendet ihr sein Gesicht zu, und sie meint einen Ausdruck von Sehnsucht, aber auch Bedauern darin zu sehen.

»Ich wünschte…« sagt er, hält dann aber inne, und was auch immer sein Wunsch war, er wird mit der kaum spürbaren Meeresbrise davongetragen.

Ich wünschte, ich könnte dich aufschließen wie eine Schatztruhe, denkt Lily. Herausfinden, was sich in deinem Inneren verbirgt.

Eine Hand – groß, warm und schwer – legt sich auf ihre Schulter.

»Nun, wenn das nicht unsere reizende Miss Shepherd ist.«

Lily wirbelt herum und erblickt Max, der sie von Kopf bis Fuß mustert, als wäre sie eine Statue in einer Galerie.

»Also wenn ein Kleid meiner Frau *das* aus dir macht, sollte ich wohl darauf bestehen, dass sie dir sofort den gesamten Schrank aushändigt.«

»Also wirklich, Darling«, meldet sich Eliza, die hinter ihm auftaucht. »Ich glaube, der Kapitän hätte etwas dagegen, wenn ich splitterfasernackt auf seinem Schiff herumspazieren würde. Außerdem machst du das arme Mädchen ganz verlegen.«

»Lily? Bist du verlegen?«

Lily schüttelt stumm den Kopf, obwohl sie *sehr wohl* verlegen ist, und das nicht nur aufgrund dessen, was Max gesagt hat, sondern auch, *wie* er es gesagt hat. Als seien sie beide die einzigen Menschen hier und die anderen kaum wichtiger als die Reling oder die Liege neben ihnen.

Helena und Ian kehren beladen mit Gläsern von der Bar zurück, und Max muss Ian davon abhalten, auf der Stelle umzukehren, um noch zwei Drinks für die Campbells zu holen.

»Oh, ich bestehe darauf, selbst zu gehen. Ich fürchte, meine Frau hat einen äußerst kostspieligen Geschmack.«

»Das stimmt, ich trinke ausschließlich Champagner«, pflichtet Eliza ihm bei, die heute Abend in einem Kleid steckt, das beinahe denselben elfenbeinfarbenen Ton hat wie ihre Haut, sodass sie, wie sie gerade eben gescherzt hat, tatsächlich auf seltsame Weise nackt wirkt. »Das ist bei mir eine gesundheitliche Frage.«

Sobald ihr Mann außer Hörweite ist, sagt sie: »Ich entschuldige mich im Voraus für Max. Er hatte oben schon zwei große Scotch, und ich bin mir sicher, er wird den kleinen Abstecher zur Bar nutzen, um sich gleich noch zwei zu genehmigen. Dabei kann er ja so schrecklich anstrengend sein, wenn er betrunken ist.«

Als Max wiederkommt, eine Flasche Champagner in der einen Hand, ein paar langstielige Gläser zwischen den Fingern der anderen baumelnd, hat die Band bereits angefangen zu spielen, und die ersten wagemutigen Pärchen schieben sich über die Tanzfläche.

Ian Jones fordert Helena auf. »Aber ich habe noch gar nicht fertig getrunken«, sagt sie und hält ihr Glas hoch.

»Kein Problem. Ich helfe dir.« Er kippt das Glas in einem Zug. Er scheint die Campbells nicht zu mögen und Helena von ihnen weglotsen zu wollen.

Die anderen bleiben an der Reling stehen und sehen Helena und Ian nach, die sich zu den anderen Paaren gesellen.

»Es geht doch nichts über eine kleine Schiffsromanze, findet ihr nicht auch?«, sagt Eliza, und wie so oft kann Lily nicht ausmachen, ob sie es ernst meint oder nur scherzt. »Das wirklich Wunderbare daran – an so einem Techtelmechtel an Bord, meine ich – ist doch, dass es nicht zählt. Auf einem Schiff kann man tun und lassen, was immer man will, und sich so unmöglich benehmen, wie es einem beliebt, und wenn man an seinem Ziel angelangt ist, ist es trotzdem, als sei nie etwas passiert. Wenn das Schiff wieder davonsegelt, nimmt es alle deine Sünden mit sich.«

Lily, die stocksteif neben Edward verharrt, spürt, dass sie knallrot anläuft, und ist froh, dass sie in einem unbeleuchteten Winkel des Decks stehen, sodass niemand es sehen kann. Sie schaut zu Max, der Eliza mit einem finsteren Blick bedenkt. Was meinte sie wohl mit unmöglichem Benehmen? War das eine Art geheime Botschaft zwischen den beiden?

Edward scheint sich genauso unwohl zu fühlen. Sie bemerkt, dass er sein Glas fester umklammert. Er wird mich zum Tanzen auffordern, denkt sie. Und der Gedanke tröstet sie. Doch als Edward jemanden auffordert, ist es nicht sie, sondern Eliza.

»Jetzt, da ich weiß, dass du meine schrecklichen Tanzkünste vergessen wirst, sobald wir dieses Schiff verlassen haben, kann ich es endlich wagen, dich aufzufordern«, scherzt er.

Und plötzlich sind da nur noch Lily und Max an der Reling. Lily fragt sich, ob Max sich verpflichtet fühlen wird, sie aufzufordern. Aber er macht keinerlei Anstalten, während er sich ein weiteres überschäumendes Glas eingießt und versucht, Lilys aufzufüllen. Lily ist Champagner nicht gewohnt und spürt bereits die Wirkung der winzigen Menge, die sie getrunken hat. Sie legt die Hand über den Glasrand, und etwas von dem Champagner spritzt über ihre Finger.

»Entschuldige«, sagt Max.

Lily dreht sich wieder zum Wasser und reckt das Gesicht in die laue Brise. Sie ist sich seines Blicks bewusst, seines unverhohlenen Starrens.

»Erzähl mir von dir, Lily Shepherd.« Max' Stimme ist leise und träge, und er lässt ihren Namen über seine Zunge quellen wie den Rauch einer Zigarette.

»Da gibt es nicht viel zu erzählen«, erwidert sie. »Ich war Kellnerin. Ich werde Dienstmädchen sein. Ich habe einen Vater, eine Mutter und einen Bruder. Mein Leben ist sehr gewöhnlich.«

»Aber was ist mit *dir*? Was sind deine Träume? Deine Hoffnungen? Hast du vor, in Sydney einen Ehemann zu finden? Einen Haufen australischer Kinder zu gebären?«

Lily spürt, wie ihr das Blut in die Wangen schießt. »Ich habe nicht die Absicht, in Australien zu heiraten. Ich bleibe nur die ganzen zwei Jahre, damit ich die Reisekosten nicht bezahlen muss, danach werde ich nach England zurückkehren. Dort lebt meine Familie. Das hier ist lediglich ein kleines Abenteuer, bevor ich mich endgültig niederlasse. Was ist mit dir, Max? Habt ihr beide vor, in Australien zu bleiben?« Sie versucht, das Gespräch von sich abzulenken. Sie fühlt sich zu ungeschützt hier oben auf dem Deck, nur mit Max an ihrer Seite.

Max nimmt einen kräftigen Schluck von seinem Champagner. »Oh, ich denke, wir werden ein paar Monate bleiben. Dann wird es Eliza langweilig werden. Meine Frau langweilt sich schnell, aber das ist dir sicherlich schon aufgefallen.« Er schweigt einen Moment und richtet seinen Blick auf das Wasser, sodass der Mond silberne Streifen über sein Gesicht wirft. »Hat sie mit dir über Olivia gesprochen?«

»Eure Tochter? Ja. Sie hat es mir erzählt. Es tut mir so schrecklich leid.«

»Sie gibt mir die Schuld, weißt du.«

»Ich bin sicher, sie …«

»Ich wette, sie hat dir nicht erzählt, dass sie Olivia eine halbe Stunde dort allein gelassen hat.«

»Wo allein gelassen? Ich verstehe nicht ganz.«

»Auf dem Boden, in dem Zimmer. Eliza hat Olivia auf dem Boden abgesetzt, weil sie quengelig war, und sie im Nu vergessen.« Er nimmt einen weiteren Schluck. »Es gibt eins, das du verstehen musst, Lily, und das ist, dass Olivia wie eine Puppe für Eliza war. Wir hatten Kindermädchen – eine für tagsüber, eine für die Nacht –, aber Eliza bestand darauf, sie mit sich herumzutragen, als wäre ihre Tochter eine neue Handtasche oder Pelzstola. Sie ließ sogar extra Kleidchen für Olivia schneidern, damit sie zu ihrer Garderobe passten. Und damit trat sie eine richtiggehende Mode los … Alle ihre Freundinnen taten es ihr nach und begannen damit, ihre Babys zum Lunch mitzunehmen. Manchmal war es wie zur Fütterungszeit im Zoo. Aber natürlich griffen die Nannys ein, wenn die kleinen Quälgeister zu laut wurden, und nahmen sie den Damen ab.«

»Aber sie hat sie doch geliebt.« Lily ruft sich Elizas Ausdruck in Erinnerung, als sie über ihre Tochter sprach. Wie sanft ihre Züge dabei wurden.

»Oh, ja. Natürlich liebte Eliza sie. Mehr als alles andere, was sie je in ihrem Leben geliebt hat. Aber bei Eliza stößt die Liebe stets an Grenzen. Das hat mit ihrer Familie zu tun, mit ihrer ganzen Geschichte.«

»Ihre Mutter, meinst du?«

Max wirkt verblüfft. »Oh, sie hat es dir erzählt. Nun, das ist ungewöhnlich.«

Die Band setzt zu einem neuen Lied an, und das träge Saxophon verschmilzt mit der lauen Abendluft. Lily wartet drauf, dass die anderen wieder zu ihnen stoßen, aber niemand kommt. Als sie zur Tanzfläche blickt, kann sie dicht beieinander die dunklen Köpfe von Edward und Eliza erkennen und wendet rasch den Blick ab.

»Was ist dann passiert? Ich meine, auf der Party damals?«

»Olivia war den ganzen Tag schon unleidig gewesen. Ich glaube, sie hat gezahnt. Ich sagte Eliza, sie solle sie der Nanny übergeben, aber sie hatte ein winziges Kleid aus hellgrüner Seide anfertigen lassen, das perfekt zu ihrem eigenen passte. Also schickte sie die Nanny auf ihr Zimmer und nahm Olivia nach unten mit. Aber Olivia wollte sich nicht beruhigen. Sie kam in das Alter, in dem sie nicht mehr wie ein kleines Schoßhündchen herumgetragen werden wollte. Sie fing damit an, sich an Dingen hochzuziehen – du weißt schon, als Vorbereitung auf die ersten Gehversuche. Also zappelte und quengelte sie, bis Eliza es leid wurde und sie in einem Nebenzimmer absetzte, um die Nanny zu holen. Nur dass sie auf dem Weg abgelenkt wurde. Als es ihr wieder einfiel, war es zu spät.«

Lily weiß nicht, was sie darauf sagen soll. Die ganze Geschichte ist so furchtbar, und sie kann es sich nur allzu gut ausmalen.

»Aber natürlich gibt sie mir die Schuld«, fährt Max fort, »für das, was Olivia zugestoßen ist. Weil ich dieses Zeug habe herumliegen lassen. Sie mochte es noch nie. Es wird dir vielleicht schon aufgefallen sein, aber Eliza selbst benötigt nichts, um sich aufzuputschen, und sie machte keinen Hehl daraus, dass sie es für ein Zeichen der Schwäche meinerseits hielt. Seit damals erlaubt sie mir nicht mehr, dass ich mit ihr schlafe.«

»Und du? Gibst du ihr die Schuld?«

Max seufzt – ein hoffnungsloser Hauch, der mit der Brise davonweht. »Ich habe meine Tochter mehr geliebt als mein Leben. Und ich liebe meine Frau. Aber etwas ist zerbrochen.«

Ein Stück weiter das Deck hinunter, wo die Lichter der Bar und der Tanzfläche nicht hinreichen, sind Geräusche zu vernehmen. Lily kann lediglich zwei schattenhafte Gestalten erkennen, einen Mann und eine Frau, die unter der Abdeckplane eines Rettungsbootes hervorkriechen. Der Mann trägt etwas, das er auf die nächstbeste Sonnenliege fallen lässt. Eine Decke. Die Frau streicht ihren Rock glatt. Als sie an Max und Lily vorbeikommen, blicken sie starr geradeaus, als hätten sie sie nicht gesehen, und sie schweigen und lauschen dem *Klack, Klack, Klack* der Absätze der Frau auf den Planken.

»Was meinst du, Lily?«, sagt Max leise, nachdem sie

fort sind. »Wie wäre es, wenn wir eine kleine Runde in diesem Rettungsboot drehen – nur du und ich –, und einander für ein Weilchen glücklich machen? Wir müssen nichts tun. Nur dort liegen und einander festhalten. Ich bin so verdammt müde.« Im Mondlicht sind seine Augen nicht mehr splitterblau, sondern von einem blassen Grau, und sie blicken matt aus seinem breiten Gesicht. »Ich würde so gerne ein Weilchen bei dir ruhen, Lily. Nicht weil du so hübsch bist, obwohl du natürlich sehr hübsch bist, sondern weil du so nett bist und gut. Könnten wir nicht einfach irgendwo hingehen und gut zueinander sein?«

Er sieht so erschöpft und verzweifelt aus, dass Lily, die in ihrer benebelten Champagnerblase treibt, sich für einen Moment gestattet, sich vorzustellen, wie es wäre, wenn sie nachgeben würde … wie Max' starke, muskulöse Arme sich um ihren Körper anfühlen würden. Was das angeht, ist er Robert so ähnlich – groß und breitschultrig, mit jener Illusion von Festigkeit, die einen glauben lässt, man könne für immer dort lehnen und von ihm gestützt werden. Dann nimmt er einen weiteren Schluck von seinem Champagner, und sie merkt, wie betrunken er ist und wie betrunken sie selbst ist. Gerade als die Musik abermals wechselt – diesmal ein schnelles, jazziges Stück – tritt sie zurück, und in diesem Moment kehren Helena und Ian atemlos lachend zu ihnen zurück.

»Helena ist so eine Spielverderberin«, sagt Ian. »Dabei wollte ich gerade mit meinem weltberühmten australischen Quickstep angeben.«

»Es bricht mir das Herz, dass ich diesen Anblick verpassen muss«, lacht Helena.

Wie jung sie in diesem silbrigen Licht aussieht, mit

strahlenden Augen und dem frisierten Haar, das sich zur Abwechslung in sanften, seidigen Wellen um ihr Gesicht legt.

Sei glücklich, drängt Lily sie in Gedanken. Lass dir diese Chance nicht entgehen.

Mittlerweile sind auch Eliza und Edward wieder da; Edward hat sie galant durch die Menge nach draußen geführt, und seine Hand liegt immer noch auf ihrem Arm. Eliza schaut von Max zu Lily und wieder zurück, sagt jedoch nichts.

Edward geht zur Bar und kommt mit einer neuen Flasche Champagner zurück.

»Edward!« Helena versucht ihre Überraschung unter einem Ton gespielter Strenge zu verbergen, doch Lily kann förmlich dabei zusehen, wie der sorgenvolle Ausdruck sich in ihr Gesicht zurückschleicht.

»Das hier ist schließlich eine Party, Helena«, sagt Edward. »Wir sollten feiern, dass wir uns auf diesem Schiff inmitten des Indischen Ozeans befinden, weit weg von zu Hause, mit unseren wunderbaren neuen Freunden. Die Welt ist so groß, wir alle sind nur winzige Sandkörnchen, und nun sind wir hier, wir alle zusammen. Findest du nicht auch, dass es das wert ist, ein Glas darauf zu erheben?«

Lily hat Edward noch nie in dieser Stimmung erlebt. Sie vermutet, dass auch er betrunken sein muss. Er hat etwas Entschlossenes an sich – hart und scharf und spröde. Sie trinken ein Glas, dann bittet Ian sie zum Tanz. Vermutlich nur auf Helenas Drängen hin, aber trotzdem ist sie froh, von Max und den anderen fortzukommen, von der beklemmenden Anspannung, die sich plötzlich über sie gelegt zu haben scheint. Die Band spielt ein lebhaftes Stück, und es fühlt sich gut an, sich in der Musik zu verlieren, in dem vergnügten Lachen der Frau hinter ihr und dem holzigen Geruch der Zigaretten, der von einer Gruppe Männer neben der Bar herüberzieht.

»Wie kommt es eigentlich, dass sie immer hier unten sind, deine Freunde, die Campbells, meine ich?«, fragt Ian in seiner üblichen direkten Art.

»Sie behaupten, die Leute oben auf dem Deck seien allesamt Langeweiler. Aber ich denke, dass es andere Gründe geben könnte.«

»Und die wären?«

»Ach, eine Dame aus der ersten Klasse hat mir gesagt, dass sie in eine Art gesellschaftlichen Skandal in London verwickelt waren, vor dem sie flüchten mussten.«

»Und jetzt gehen ihnen die anderen Passagiere aus dem Weg?«

Lily zuckt die Schultern und bereut es, überhaupt etwas gesagt zu haben. Der Champagner hat ihre Zunge gelockert. »Du magst sie nicht besonders, nicht wahr?«, fragt sie Ian.

Er nagt auf seiner Lippe, als müsse er darüber nachdenken. »Es ist nicht, dass ich sie nicht mag ... Ich denke nur, dass sie beide gebrochene Seelen sind. Und Leute mit gebrochenen Seelen sind gefährliche Leute.«

Lily ist überrascht, den raubeinigen Australier so reden zu hören. Sie hätte ihm solch tiefgründige Gedanken nicht zugetraut. Oder besser gesagt, sie hätte ihm nicht zugetraut, sie in Worte fassen zu können.

»Also befinden wir uns wohl auf einer gefährlichen Reise, was?«, fragt sie neckisch.

Ian lächelt, doch er antwortet nicht.

Nach zwei Tänzen kehren sie zu den anderen zurück, nur um sie schweigend und aufs Meer blickend an der Reling vorzufinden.

»Ah, da bist du ja endlich!«, sagt Eliza, schnappt sich Lilys Hand und zieht sie zu sich. »Ich dachte schon, du hättest mich verlassen.«

»Nein. Ich bin immer noch hier«, erwidert Lily lahm und wünscht sich sofort, sie könne mehr wie Eliza mit ihren lockeren, belanglosen Bemerkungen sein.

Max hält ein Glas Scotch in der Hand. Er muss in ihrer Abwesenheit an der Bar gewesen sein. Selbst in dem gedämpften Licht kann sie sehen, dass sein Gesicht dunkler ist als sonst, vom Alkohol gerötet.

Ian erzählt von einer Bar in Sydney, wo er gerne hingeht und wo einer seiner Freunde einmal mit einem Kerl gewettet hat, er könne alle Drinks hinter dem Tresen durchprobieren. »Es ging ihm hundeelend«, sagt er.

Plötzlich fällt Max das leere Glas aus der Hand und zerschellt auf dem Boden. »Entschuldigt … tut mir leid.«

Einige winzige Glassplitter sind abgeprallt und haben sich in Lilys Saum verfangen, wo sie wie Kristalle im schwachen Licht aufblitzen.

»Tut mir leid«, wiederholt Max.

Ian geht einen Steward holen, um die Scherben aufkehren zu lassen, während der Rest von ihnen sich vom Ort des Ungeschicks entfernt. Max schwankt beim Gehen, und Lily kann sehen, wie Eliza die Augen verdreht.

»Meine Frau findet mich peinlich«, verkündet Max, als sie den Rand der Tanzfläche erreichen.

»Sei kein Esel.«

»Dann tanz mit mir, Darling.«

Max taumelt auf Eliza zu, die ihm geschickt ausweicht.

Er bedenkt sie mit einem Blick unverhohlener Wut. »Wage es ja nicht, deine Spielchen mit mir zu spielen, Eliza.« Für einen endlos scheinenden Moment funkeln sie sich herausfordernd an. Dann dreht er sich um und schwankt auf Lily zu.

»Du wirst mit mir tanzen, nicht wahr?«

Doch sie weicht bereits zurück, die Handflächen abwehrend gehoben, und schüttelt den Kopf. »Ich bin heute nicht in der Stimmung zu tanzen.«

In Wirklichkeit ist sie nicht in der Stimmung für Max. Es gab da einen Moment, drüben an der Reling, als sie endlich glaubte, den wahren Max Campbell zu sehen – ganz ohne sein aufgeblasenes Getue und ohne sein viel zu breites Grinsen. Als er von seiner Tochter erzählte, war sein Kummer aufrichtig, wenn auch furchtbar, und schien aus einem Ort in seinem Inneren zu kommen, der so verborgen war wie die Königskammer in der Pyramide von Gizeh. Doch all das macht *diesen* Max – mit seiner viel zu lauten Stimme und seiner betrunkenen Überheblichkeit – umso schwieriger zu ertragen. Abgesehen davon scheint er zum Tanzen nicht imstande. Es ist kaum zu glauben, dass er überhaupt noch aufrecht stehen kann.

Helena, als würde sie spüren, dass sie als Nächste dran ist, ruft nach Ian, der gerade dabei ist, dem Steward die Glasscherben zu zeigen. »Ian, komm doch zu uns.«

Und Ian, der die unausgesprochene Botschaft sofort vernimmt, kommt umgehend herübergeeilt, um sich an ihre Seite zu stellen.

Jetzt wird Max wütend. Seine Nasenflügel blähen sich. Er will seinen Tanz. Und er wird sich nicht abweisen lassen.

»Nun, wenn die Damen mir den Gefallen nicht tun wollen, werde ich mich wohl anderweitig umschauen müssen.«

Für einen entsetzlichen Moment glaubt Lily, er meine damit die anderen Frauen um sie herum, die allesamt einen großen Bogen um ihre Gruppe machen. Doch stattdessen stürzt er sich auf Edward, der, ebenfalls merklich angetrunken, etwas abseits stehen geblieben ist.

»Komm, Edward, du tanzt mit mir.«

Zuerst hält Lily es für einen Scherz. Und tatsächlich verzieht Max die Lippen. Das wölfische Grinsen ist zurück. Doch als er Edward am Arm packt, der zu perplex ist, um sich zu widersetzen, und ihn auf die Tanzfläche bugsiert, wird ihr klar, dass er es ernst meint.

Ein schockiertes Raunen geht durch die außenstehende Menge, als Max Edward grob an sich reißt, eine Hand um seine Taille geschlungen, die andere seitlich angehoben, Edwards Finger zwischen seine gequetscht.

Lily erwartet, dass Edward lacht und Max beiseiteschiebt, doch er scheint sich in einer Art Schockzustand zu befinden und strauchelt, als er versucht, mit Max Schritt zu halten, die Augen weit aufgerissen und starr.

»Was für eine Schmach«, murmelt ein älterer Herr neben Lily, während Max Edward in einem schwerfälligen Foxtrott über die Tanzfläche schiebt und sie die Pärchen um sie herum anrempeln. Ein junges Mädchen auf der gegenüberliegenden Seite fängt an zu kichern.

Max ist unnötig grob zu Edward, denkt Lily und beobachtet, wie seine Finger sich in den Stoff von Edwards Frack graben und wie er seinen Partner erst stößt, dann wieder herumzieht wie ein Stück totes Fleisch. Dennoch scheint Edward widerstandslos, beinahe in Trance.

Lily spürt etwas an sich vorbeistreifen, dann sieht sie, wie Helena auf die Tanzfläche stürmt. Verschwunden ist das junge, unbekümmerte Mädchen von vorhin. An ihrer statt streckt eine grimmig dreinblickende Frau den Arm aus, um ihren Bruder aus Max Campbells Griff zu befreien.

»Komm jetzt, Edward! Du kannst das nicht tun. Hör auf.«

Edward wird fortgerissen, und Helena scheucht ihn hastig von der Tanzfläche. Lily erwartet, sie würden vielleicht stehen bleiben, um das Ganze mit einem Lachen abzutun, nun, da das Drama vorbei ist, doch stattdessen drängen sie sich an Lily, Eliza und Ian vorbei, direkt auf die Tür zu, die zu den Kabinen hinunterführt, auch wenn Lily genug Zeit hat zu sehen, wie heftig Helena zittert.

Es war doch nur ein Scherz, denkt sie. Nur ein dummer Scherz.

Max, der allein auf der Tanzfläche zurückgeblieben ist, blickt verloren drein, als könne er nicht ganz verstehen, wie es zu all dem gekommen ist. Ein, zwei Sekunden taumelt er orientierungslos allein weiter – wie ein Huhn, dem soeben der Kopf abgeschlagen wurde –, dann sackt er in sich zusammen. Sofort ist Ian da, um ihn aufzufangen.

Als sie den Rand erreichen, wappnet Lily sich für einen Streit zwischen Ehegatten. Stattdessen scheint Elizas Miene sanfter zu werden, während sie Max betrachtet, und ihre übliche abgeklärte Belustigung weicht etwas anderem. Mitleid vielleicht. Oder gar Zuneigung.

»Komm schon, altes Haus«, sagt sie leise, mit einem künstlichen britischen Akzent, den Lily noch nie bei ihr gehört hat. »Lass uns dich hochbringen.«

Sie dreht sich zu Lily um und schenkt ihr ein bedauerndes kleines Lächeln, doch was genau sie bedauert, kann Lily beim besten Willen nicht sagen. Dann – mit Eliza auf der einen, Ian auf der anderen Seite, halb ziehend, halb tragend – bringen sie Max fort. Zurück bleibt nur eine aufgewühlte Lily, die zusieht, als ihre dunklen Gestalten im Mondlicht immer kleiner werden, bis sie mit den Schatten am Ende des Decks verschmelzen.

19

17. August 1939

In jener Nacht, in ihrem wirren, alkoholgeschwängerten Schlaf, träumt Lily wieder einmal von Maggie.

In ihrem guten braunen Rock kommt sie auf Lily zu – es ist jener, den sie nur in die Kirche und bei ihren Besuchen zu Hause trägt. Bloß dass die untere Hälfte jetzt schwarz ist vor Blut. Ihre blauen Augen blicken verdutzt aus dem zarten, herzförmigen Gesicht. Mit ihren achtzehn Jahren ist sie immer noch ein halbes Kind, ihre Persönlichkeit noch nicht ganz ausgebildet. »Hilf mir!« Maggie streckt flehend die Arme aus, und auch sie sind blutverschmiert. »Lily, bitte hilf mir …«

Lily erwacht erhitzt und klebrig von Champagner und Grauen, nur um festzustellen, dass es Audrey ist, nicht Maggie, die ihre Hilfe benötigt.

»Sie verbrennt innerlich«, sagt Ida, die neben Audreys Koje steht und ein feuchtes Tuch auf ihre Stirn legt.

Lily ist überrascht von der Zärtlichkeit, mit der Ida diese Pflicht ausführt. »Das ist nicht die Seekrankheit«, stellt Ida fest.

»Woher weißt du das? Es ist nicht ungewöhnlich, einen zweiten Anfall zu erleiden, selbst so spät während der Reise.«

Ida schüttelt den Kopf. »Es ist etwas anderes. Ich

habe damals 1918 zwei Schwestern durch die Spanische Grippe verloren. Ich erkenne die Zeichen.«

Die Furcht prickelt Lily im Nacken.

Sie schwingt sich aus ihrer Koje und klettert rasch die Sprossen hinab. Als sie sich Audrey nähert, muss sie ihre Freundin nicht einmal berühren, um die Hitze zu spüren, die von ihr ausgeht. Ihr hellblondes Haar klebt ihr nass im Gesicht, und ihre Haut ist schwitzig und gelb. Audrey öffnet die Augen und sieht Lily an. »Mam?«, sagt sie. »Mach das Fenster zu. Es ist so kalt.«

Der Schiffsarzt wird gerufen und informiert sie, dass eine Infektion an Bord ausgebrochen sei, er aber noch nicht sagen könne, worum es sich handelt. Ein älterer Passagier in der ersten Klasse sei betroffen sowie eines der italienischen Neugeborenen auf dem unteren Deck. Er überreicht Ida einige Tabletten, weist sie an, wann diese zu verabreichen sind, und erklärt, Audreys Körper müsse unbedingt gekühlt werden. Annie, die sich den ganzen Morgen mit bekümmerter Miene im Korridor herumgedrückt hat, kommt herein, setzt sich auf die leere Matratze und schaut Audrey an, als könne sie ihre Freundin allein durch ihren guten Willen heilen.

Gegen Mittag klopft es an der Tür, auch wenn sie bereits einen Spaltbreit offen steht, um jedwede noch so kleine Brise hereinzulassen. Edward steht in der Tür und blickt bleich und betreten drein.

»Ich wollte nach dir sehen… Du warst nicht beim Frühstück. Ich hoffe, du versuchst nicht, mir aus dem Weg zu gehen, obwohl ich es dir nicht verübeln könnte.«

In der Kabine ist es eng und stickig, und Lily ist sich nicht nur des unangenehmen Gestanks nach Schweiß, Krankheit und schaler Luft bewusst, sondern auch der

Gegenwart von Ida und Annie, die beide unverhohlen Edward anstarren.

»Lass uns eine Runde an Deck spazieren gehen. Ich könnte etwas frische Luft gebrauchen.«

Nach dem Dämmerlicht in der Kabine fühlt sich die Helligkeit draußen hart und metallisch an. Sie blinzelt und blickt über das Meer, hält angespannt nach einem Anzeichen von Land Ausschau. Immerhin sollen sie in Bälde Ceylon erreichen. Doch das Meer ist genauso wie immer. Ein endloser, flacher Teppich aus glitzernden Lichtreflexen.

Lily bemerkt, dass einige der anderen Passagiere sie anstarren, und ein Pärchen tuschelt ungehemmt, als sie an ihnen vorbeikommen. Sie hört das Wort »Tanz«, dann ein Kichern und wundert sich nicht, als Edward sie an das äußerste Ende des Decks führt, wo weniger Menschen zugegen sind.

»Macht es dir etwas aus, wenn wir uns hinsetzen?«, fragt er und greift nach zwei leeren Liegen, die ordentlich im Schatten verstaut wurden. »Ich fühle mich nicht sonderlich gut.«

»Das wundert mich ganz und gar nicht«, erwidert Lily, dann lenkt sie ein. »Um ehrlich zu sein, mir geht es auch nicht besonders. Und die Tatsache, dass wir uns den ganzen Vormittag um Audrey kümmern mussten, hat es nicht unbedingt besser gemacht.«

»Lily, es tut mir leid wegen gestern Abend. Ich meine, da kommst du und siehst so wunderhübsch aus, und ich habe nichts Besseres zu tun, als mich in einen betrunkenen Flegel zu verwandeln und dir den Abend zu ruinieren.«

Lily wendet das Gesicht ab, damit er ihre Freude bei dem Wort *wunderhübsch* nicht sehen kann.

»Ich war doch selbst nicht allzu nüchtern. Mir tut es leid, dass Max dich so auf die Tanzfläche gezerrt hat. Du schienst beinahe in einer Art Schockstarre zu sein.«

Jetzt ist es an Edward, den Blick abzuwenden. »Er hat nur herumgealbert. Helena ist wütend auf mich.«

»Warum?«

»Weil ich nicht weggegangen bin. Ich habe sie furchtbar in Verlegenheit gebracht.«

Lily ist überrascht, dass Helena sich so leicht in Verlegenheit bringen lassen soll, und noch viel mehr, dass ihr Zorn über Nacht nicht verraucht ist. Ganz offenbar gibt es da einiges an der Beziehung der Geschwister, das sie nicht versteht.

»Trotzdem ist er ein Idiot«, platzt es aus ihm heraus.

»Wer? Max Campbell?«

»Ja. Warum müssen die beiden denn ständig hier runterkommen? Warum bleiben sie nicht oben, unter ihresgleichen?«

Lily verkneift sich, ihn darauf hinzuweisen, dass er nicht besonders unglücklich über das Arrangement schien, als er mit Eliza tanzen durfte. Und das wiederum erinnert sie an das, was Max zu ihr sagte, während die anderen tanzten, und abermals muss sie ihr Gesicht abwenden, aus Furcht, was es preisgeben könnte. »Ich glaube, sie waren in London in eine Art Skandal verwickelt. Das ist es, wovor sie weglaufen, und es ist wohl auch der Grund, warum sie oben auf dem Deck nicht gern gesehen sind. Und dann …« Sie hält inne, ist sich nicht sicher, ob sie fortfahren soll. »Die Sache ist die, Eliza und Max hatten eine kleine Tochter, die unter schrecklichen Umständen starb. Sie geben sich die Schuld dafür. Und sich gegenseitig. Vielleicht glauben sie, dass es hier unten niemand weiß und sie nicht darüber reden müssen.«

Edward legt sich die Hand an den Mund, die Augen vor Entsetzen geweitet. »Oh, kein Wunder«, sagt er. Dann: »Mein Gott, wie grauenvoll.«

Eine Weile bleiben sie so sitzen, betrachten das Meer, den Himmel und sinnen nach über die hässliche, unbegreifliche Realität des Todes.

»Armer Max«, sagt Edward irgendwann leise. »Arme Eliza.«

Er schließt die Augen, und Lily glaubt schon, er sei eingeschlafen, doch dann klappt er sie wieder auf und schüttelt sich, als wäre er zu einem Entschluss gekommen. Er dreht sich zu ihr um. Wie grün seine Augen in diesem Licht doch sind. Wie Moos oder die geschliffenen Glasstücke, die man manchmal am Strand finden kann. Aus dem Speisesaal ist das Klappern von Besteck zu hören, das aufgeregte Geplapper der Leute. Die erste Sitzung fängt wohl an. Eine Frau kreischt vor Lachen. Edwards Blick ruht immer noch auf ihr, und die Zeit scheint ihren Atem anzuhalten.

»Ich mag dich so sehr«, sagt er. »Ich wünschte, ich könnte derjenige sein, der dich glücklich macht.«

Lily kann nicht schlucken, da ist plötzlich ein dicker Kloß in ihrem Hals. »Und wenn doch?«, flüstert sie.

Er mustert ihr Gesicht. Hier bin ich, denkt sie. Wenn du mich doch nur sehen könntest.

»Vielleicht. Ich glaube, ich würde es gerne versuchen.«

Behutsam nimmt er ihre Hand. Sie beugt sich zu ihm vor – nein, ihr Körper beugt sich vor, sodass ihrem Geist nichts anderes übrig bleibt, als ihm zu folgen –, und als ihre Lippen sich treffen, ist dieses Gefühl ihr so vertraut, als sei dieser Kuss etwas, das sie schon immer kannte, als sei er ein Teil von ihr selbst.

Lily ist es, die sich als Erste löst, als ihr plötzlich ein Gedanke kommt. »Deine Eltern wären entsetzt. Ich werde als Dienstmädchen arbeiten, vergiss das nicht.«

Edward lächelt. »Sie sind Tausende von Meilen weit weg. Und außerdem wären sie entzückt von dir. Wer wäre das nicht?«

So bleiben sie gemeinsam sitzen – in einer zusammengeschrumpften winzigen Welt, die nur sie beide umschließt –, bis Lily mit einem Schlag Audrey wieder einfällt … und Ida und Annie. Sie löst sich langsam, muss jedoch all ihre Willenskraft aufbieten, um sich zu erheben.

Sie denkt, dass Edward ihre Hand loslassen wird, wenn sie den belebteren Teil des Decks erreichen, doch zu ihrer Überraschung greift er sie noch fester. Die meisten der anderen Passagiere bemerken es nicht, so sehr sind sie es gewohnt, sie beide zusammen zu sehen, aber ein paar gehobene Augenbrauen sind doch zu erblicken, der eine oder andere Ellbogen, der seinen Nachbarn anstupst.

Sie kommen an Maria vorbei, die gerade vom Mittagessen zurückkommt.

»Lily, ich habe gehofft, mich mit dir unterhalten zu können. Oh …« Maria bemerkt ihre verbundenen Hände, und Lily versucht, sich loszumachen, doch Edward hält sie weiterhin fest. »Ach, schon gut. Das kann warten.«

Maria lächelt, doch da ist ein Zögern, das Lily irritiert. Und nun, wie um ihr Unbehagen zu verstärken, kommt auch noch George Price ums Eck. Edward hat ihn nicht bemerkt, also kann nur Lily den erschrockenen Blick auf seinem Gesicht sehen, der sich sogleich in verkniffene Gehässigkeit verwandelt, als er Maria und Edward wahrnimmt, und sich dann zu etwas ganz anderem verdüstert, als er Edwards Hand in der ihren sieht.

Bevor sie zur Kabine hinuntergehen, bleiben sie noch einmal an der Reling stehen.

»Siehst du diese Wolke?«, fragt Edward und deutet zu dem einzigen weißen Fleck auf dem endlos blauen Himmel über ihnen. »Das ist jetzt unsere, und wenn sie an der Sonne vorbeizieht, dürfen wir uns beide etwas wünschen … und was auch immer es ist, es wird in Erfüllung gehen.«

Während sie so darauf warten, dass die Wolke sich der Sonne nähert, vergisst sie George und Maria und, Gott möge ihr verzeihen, auch die arme Audrey. Lily nimmt alles, was sie sehen kann, alles, was sie hören und fühlen kann, ganz tief in sich auf – die Wärme der Sonne auf ihren Wangen, den salzigen Geruch, der vom Meer aufsteigt und sich mit dem schweren, süßen Duft des Biskuitkuchens vermengt, der heute wohl zum Dessert aufgetischt wird. Sie will all das fest in ihre Erinnerung bannen, sodass sie irgendwann in ferner Zukunft zurückblicken kann und denken: *Schau, wie glücklich ich doch war.*

Die Wolke ist nur noch ein winziges Stück von der Sonne entfernt.

»Bist du bereit?«, fragt Edward und drückt ihre Hand.

Doch gerade als die Welt für einen kurzen Moment in Grau getaucht wird und Lily ihre Augen schließt, um sich was zu wünschen, zerreißt ein Schrei die Stille um sie herum, und das Bild, das sie sich gerade erst eingeprägt hatte, zersplittert in tausend Stücke. Der Schrei kommt von unter Deck. Audrey, denkt sie. Und rennt los.

Als sie die Tür aufreißt, die zu den Kabinen führt, ertönt ein weiterer Schrei, noch qualvoller als der erste, und hallt durch das enge, metallene Treppenhaus, dass ihre Ohren davon klingeln. *Audrey. Audrey, Audrey, Audrey.*

Bis sie die Kabine erreicht, rinnen ihr bereits die Tränen über die Wangen. Die Tür ist geschlossen… ein schlechtes Zeichen, das weiß sie. Das ist ihre Strafe für diesen einen kostbaren Moment von Glück. Auch das hier wird ihre Schuld sein, genau wie das, was Maggie zugestoßen ist.

Doch als sie in die Kabine stürzt, ist da keine in Tränen aufgelöste Annie und auch keine Ida, die ein Laken über Audreys Gesicht zieht. Es erwartet sie auch nicht dieser unvergessliche Geruch nach Tod, der sie manchmal in ihren Träumen heimsucht. Was sie erwartet, ist Annie, die plaudernd in der unteren freien Koje liegt, Ida, die ein Handtuch in der Waschschüssel auswringt, und Audrey, die blass und erschöpft an ihrem Kissen lehnt, sich jedoch sammelt, als begreife sie endlich, wer und wo sie ist.

»Ich dachte«, keucht Lily. »Ich dachte…«

Ida will wissen, wer da so fürchterlich schreit. »Das geht einem ja durch Mark und Bein«, fügt sie hinzu.

Edward, der jetzt erst eintrifft, geht los, um sich zu erkundigen, und kommt mit zusammengepressten Lippen zurück, um ihnen mitzuteilen, dass das neugeborene Baby unten auf dem italienischen Deck gestorben ist.

Die Neuigkeit taucht sie alle in eine düstere Stimmung. Edward begibt sich auf die Suche nach seiner Schwester, während Lily in der Kabine bleibt, um Audrey, die völlig dehydriert ist und immer noch nicht ganz begreift, was mit ihr ist, ein Glas kühles Wasser einzuflößen. Lily ist erleichtert, dass Audrey das Schlimmste hinter sich zu haben scheint, dennoch macht sie sich Vorwürfe, dass sie, indem sie so inständig für Audreys Rettung betete, irgendwie dafür verantwortlich war, dass dem Baby das Schicksal zuteilwurde, welches ihrer Freundin bestimmt war. Es ist vollkommen unsinnig, das weiß sie. Lily ist nicht abergläubisch, nicht einmal besonders religiös – ihr Glaube an die Existenz eines höheren Wesens trägt eher allgemeine Züge –, doch der Tod des Babys hat sie tief verunsichert. Müssen denn immer andere Leute mit ihrem Leid für Lilys Glück bezahlen?

Später lassen sie Audrey schlafen, und Ida und Lily gehen aufs Deck, wo sie die feuchte Luft tief in sich einsaugen, als sei es reinster Sauerstoff. Die Teestunde in der Lounge ist schon vorbei, doch ein mitfühlender Steward bringt ihnen Sandwiches, die sie gierig auf den Sofas verschlingen. Es ist die Stunde des Abends, in welcher der Himmel sich von Blau zu Indigo verfärbt und die pralle orangefarbene Sonne sich zum Horizont hin senkt. Draußen spielen die Passagiere Karten, plaudern und schreiben Briefe, während vom Erste-Klasse-Deck ein Streichquartett erklingt und die eindringliche Melodie der Violine durch die laue Luft schwingt.

Wenige Augenblicke später verstummen die Gespräche und die Musik, und eine unheilvolle Stille senkt sich über das Schiff, als hielte das Meer selbst den Atem an.

»Der Motor hat angehalten«, flüstert Lily alarmiert. »Stimmt etwas nicht?«

»Es ist die Bestattung«, erklärt der Steward mit gedämpfter Stimme. »Für das Baby.«

Und tatsächlich erhebt sich nun ein lautes Weinen

und Wehklagen. Aufgewühlte Stimmen in einer fremden Sprache am anderen Ende des Decks.

»So bald schon!«, wundert sich Ida.

Der Steward nickt und stellt sich aufrechter hin, seine Miene düster. »Es ist wegen der Hitze«, erklärt er.

»Natürlich, da kann man einen Leichnam nicht ewig herumliegen lassen«, stimmt Ida ihm zu.

Lily und Ida treten auf das Deck hinaus, um dem verstorbenen Kind die letzte Ehre zu erweisen. Sämtliche Passagiere erheben sich, die Köpfe geneigt und dem anderen Ende des Decks zugewandt, wo die italienischen Frauen und eine Handvoll Männer, die meisten schwarz gekleidet, sich weinend und wiegend um die vertraute Gestalt des Schiffskaplans versammelt haben. Ein Steward, dessen weiße Uniform sich von den dunklen Farben der Trauernden abhebt, steht reglos an der Reling, in den Händen einen winzigen dunklen Kasten, bei dessen Anblick sich Lilys Herz schmerzhaft zusammenzieht. Sie schlägt sich die Hand vor den Mund, um einen leisen Schrei zu unterdrücken.

Das Streichquartett über ihnen hebt wieder an zu spielen, und kurz danach ist ein leises Summen zu hören, als die Passagiere der ersten Klasse zu *Abide with Me* ansetzen. Ihre Stimmen beginnen leise und zögerlich, gewinnen jedoch an Vertrauen und Lautstärke, bis sie die Worte beinahe über den weiten, gleichgültigen Ozean hinausschreien. Weiter unten auf Deck dreht sich der Steward um und hebt die kleine Kiste hoch, woraufhin eine der schwarz gekleideten Frauen zu Boden sinkt.

»Mein Gott, die arme Frau«, wispert Lily.

»Man kann nichts tun als weiterzumachen«, sagt Ida.

Die untergehende Sonne überzieht den Himmel mit

leuchtend apricotfarbenen Streifen, die Welt hüllt sich in ihre schönsten, strahlendsten Kleider, um das Kind zu verabschieden. Lily muss dabei an Maggies Beerdigung denken, die gegensätzlicher nicht hätte sein können. Nur sie und Maggies Eltern. Ihre Mutter, die von der Last des Kummers und der Schande beinahe zu Boden gedrückt wurde; der Vater, der aufrecht wie ein Laternenmast dastand und starr geradeaus blickte, als sei er am falschen Ort und versuche nun, das Beste aus der Situation zu machen. Und schließlich Lily selbst, immer noch wie betäubt von der grauenvollen Taxifahrt ins Krankenhaus mit Maggie, die so schwach war, dass Lily sie beinahe tragen musste, eingewickelt in einen langen Mantel, um das Blut auf ihrem Rock zu verbergen, und dicke Decken unter sie geschoben, damit sie nicht den Sitz vollblutete. »Hier ist das Taxigeld«, hatte die Engelmacherin zu Maggie gesagt, ihr Gesicht hart und voller Furcht. »Und vergiss nicht zu sagen, dass du es selbst gemacht hast. Zu Hause. Und sie…« – ein Fingerzeig auf Lily – »hat dich so vorgefunden. Oder wir werden alle hinter Gittern landen.« Die Ärzte glaubten natürlich kein Wort, aber sie hatten all das schon viel zu oft gesehen. Und kurz danach war es vorbei: *Muss ich sterben, Lily?*

Bis zur Beerdigung wusch Lily sich die Hände bei jeder sich bietenden Gelegenheit… um das Blut loszuwerden, obwohl es längst weg war. Der Himmel über dem Friedhof war schiefergrau und bleiern, als wäre er zu schwer, um dort oben zu bleiben, als müsse er jeden Moment auf sie herunterstürzen. Und dann der junge Vikar, der so unsicher war, was er denn nun sagen durfte und was nicht; der sie »Margaret dies« und »Margaret das« nannte, als würde er über jemand ganz anderen reden.

Kein Robert. Hatte sie wirklich erwartet, dass er kommen würde?

Die Musik verstummt, und das letzte Wort des Liedes verebbt in der herabsinkenden Dunkelheit. Mit einem leisen Brummen erwacht der Schiffsmotor zum Leben. »Wenigstens wird dieses kleine Würmchen keinen Krieg miterleben müssen«, sagt Ida und wendet sich ab, um zur Kabine zurückzukehren. Lilys Traurigkeit windet sich um ihren Hals wie der goldene Scheidenschal, den Edward ihr noch zurückgeben muss, doch sie bleibt wie angewurzelt stehen, die Hände an ihre Wangen gelegt, den Blick über das Deck gerichtet, bis auch die letzten schwarzen Gestalten von der Nacht verschluckt werden.

20

18. August 1939

»Wäsche! Anzüge! Wäsche! Anzüge!«

Das Geschrei reißt Lily aus einem tiefen, traumlosen Schlaf. Als sie aus dem Bullauge späht, erblickt sie eine Barkasse voller dunkelhäutiger Menschen, die sich aufgeregt unterhalten und zum Schiff hochrufen. Jetzt erst bemerkt sie, dass die *Orontes* sich in einem Hafen befindet, immer noch in einiger Entfernung zum Land.

Ceylon. Selbst das Wort klingt exotisch, man kann es völlig unmöglich einfach so von sich geben wie irgendeinen gewöhnlichen Namen.

Audrey schläft. Sie sieht besser aus als gestern, ihr Gesicht ist weniger gerötet und hitzig, doch an Land kann sie heute nicht. Selbst wenn der Doktor es nicht verboten hätte, ist Audrey zu schwach. Glücklicherweise hat Annie sich freiwillig gemeldet, um bei ihr an Bord zu bleiben. Doch das lässt immer noch die Sache mit Ida ungeklärt. Obwohl Lily ihrer bissigen Kabinengefährtin gegenüber nach dem gestrigen Tag etwas milder gestimmt ist, verspürt sie keinerlei Bedürfnis nach ihrer Gesellschaft. Ceylon ist einer der Orte, auf die sie sich am allermeisten gefreut hat, und sie hat keine Lust, sich diese Erfahrung von Ida mit einer ihrer schnippischen Bemerkungen ruinieren zu lassen.

Sie hofft, den Tag mit Edward verbringen zu können. Jetzt, da sie ordentlich ausgeschlafen hat und keine Nachwehen des Champagnerrausches mehr verspürt, kann Lily ihre Gefühle bezüglich der gestrigen Ereignisse wieder in die richtige Perspektive rücken. Der Tod des Babys war eine Tragödie, aber nicht ihre Schuld, und er hatte definitiv nichts mit ihr und Edward zu tun. Als sie jetzt an den gestrigen Mittag zurückdenkt, die Art, wie Edward »ich mag dich so gerne« sagte, gestattet sie sich, ein warmes Glühen in ihrer Brust zu verspüren statt eines schlechten Gewissens. Und falls da doch irgendwo noch ein kleines, winziges Fitzelchen Unbehagen ist angesichts der Art, wie er sagte: »Ich wünschte, ich könnte derjenige sein, der dich glücklich macht«, so schnipst sie es davon, bevor es sich festsetzen kann.

Ida liegt nicht in ihrem Bett. Sie hat die Angewohnheit, in aller Herrgottsfrühe ins Bad zu gehen, wenn es noch keine Schlange gibt, also nutzt Lily ihre Abwesenheit, um rasch in ihr luftiges hellgrünes Kleid zu schlüpfen, das sie auch während ihres Ausflugs nach Kairo getragen hat.

Elizas pfirsichfarbene Seidenrobe hängt immer noch am Fußende der Koje und blickt ihr vorwurfsvoll entgegen. Sie hätte sie schon zurückgeben sollen, aber wegen der gestrigen Ereignisse hat sie es schlicht vergessen. Wehmütig fährt sie mit den Fingern über den glatten, makellosen Stoff.

Nachdem sie sich die Zähne über der Waschschüssel geputzt hat, schlüpft Lily aus der Kabine und beschwichtigt ihr schlechtes Gewissen, indem sie sich einredet, dass Ida schon jemand anders finden wird, um die Stadt zu besichtigen. Auf dem Deck sieht sie Helena und Ian neben dem Speisesaal warten. Sie unterhalten sich über die traurigen Ereignisse des Vortages, und Lily beschließt, nicht nach Edward zu fragen, bricht jedoch ihren Vorsatz umgehend und platzt mit der Frage heraus: »Kommt dein Bruder nicht mit an Land?«

Ein seltsamer Ausdruck huscht über Helenas Gesicht – zu flüchtig, um ihn zu identifizieren. Bitte, lass sie froh sein, denkt sie. Es spielt keine Rolle, was ihre Eltern sagen oder denken, aber bitte lass wenigstens Helena es gutheißen.

»Er ist nur schnell los, um noch etwas Geld vom Zahlmeister zu holen«, erwidert Helena, dann lächelt sie besorgt. »Scheint ganz, als würden wir es viel zu schnell ausgeben.«

Lily spürt ein Zupfen an ihrem Ärmel. Als sie sich umdreht, erblickt sie Maria, die ihr dunkles Haar heute streng und wenig schmeichelhaft nach hinten gekämmt hat, was ihre ungewöhnlich langen Züge noch mehr betont. Wenn überhaupt, sieht Maria noch dünner aus als zu Beginn der Reise, und Lily fühlt einen Stich, als ihr einfällt, dass Maria mit ihr reden wollte. Wann ist sie einer dieser Menschen geworden, die ihre Freunde vergessen und vernachlässigen?

»Würde es euch etwas ausmachen, wenn ich mitkomme?«, fragt Maria. »Die Freundin, mit der ich die Stadt erkunden wollte, fühlt sich nicht wohl und muss im Bett bleiben, aber ich fände es furchtbar schade, Ceylon zu verpassen.«

»Natürlich kannst du mit uns kommen, Maria.« Lily hasst den kleinen verräterischen Teil in ihr, der Nein sagen will, um sich exklusiv für Edward freizuhalten. Sie hakt sich bei Maria unter und drückt ihren knochigen Arm.

Endlich kommt auch Edward, und Lily wagt es kaum, ihn anzuschauen. Er begrüßt sie freundlich, aber nicht anders als Maria, und macht sich dann daran, die Geldscheine in seinem Portemonnaie zu sortieren.

Sie besteigen eine Barkasse direkt neben dem Boot mit den Singhalesen, die den Passagieren immer noch lauthals anbieten, ihre Wäsche zu waschen oder Anzüge zu schneidern.

»Aber es ist doch gewiss unmöglich, einen Anzug an einem Tag anzufertigen?«, fragt Lily.

»Wenn man sich wirklich auf seine Arbeit konzentriert, ist alles möglich«, erwidert Maria.

Der erste Eindruck von Ceylon ist ernüchternd. Obwohl es ein klarer, strahlender Tag ist, liegt der Hafen selbst braun und trist da, und im Hintergrund erheben sich lediglich die Häuser von Colombo – keine Spur von den weißen, palmengesäumten Sandstränden, die Lily sich ausgemalt hat.

Sobald sie die Innenstadt mit den imposanten Kolonialbauten und belebten Straßen erreichen, hellt sich ihre Stimmung auf – überall Rikschas, die von Männern gezogen werden, deren Haut die Farbe von Melasse hat und die lediglich mit um die Lenden geknoteten weißen Tüchern bekleidet sind; Frauen in strahlend bunten Saris, die Wasserkrüge auf ihren Köpfen balancieren; Grüppchen halb bekleideter Kinder, die zwischen den Touristen hin und her rennen und sich ihnen plappernd an die Fersen heften, wobei sie sowohl Freundlichkeit als auch Abweisung mit demselben breiten Lächeln erwidern.

»Sie wollen Führer?«, fragt ein Junge mit rundlichen Wangen und schwarzem Leberfleck auf der Stirn, den

Lily auf den ersten Blick für eine Fliege hält. »Ich bringen Sie zu Bazar. Sehr schön. Ich tragen Tasche?«

Egal wie bestimmt Ian ihm mitteilt, dass seine Dienste nicht erforderlich seien, der Junge trottet einfach neben ihnen her.

Abseits der Hauptstraßen ändert sich die Atmosphäre. Die britischen Einflüsse in der Architektur sind nicht mehr zu sehen, und es liegt ein beißender Gestank nach Fisch und faulendem Obst in der Luft, der von den Marktständen kommt.

Lily, die vorangeht und sich mit Maria unterhält, rutscht beinahe auf etwas aus. Als sie auf den Boden blickt, bemerkt sie zu ihrem Entsetzen, dass sie in eine Blutlache getreten ist – die Sohlen ihrer weißen Sandalen sind dunkelrot gefleckt. Sie stößt einen Schrei aus und klammert sich an Maria fest, doch als Edward an ihre Seite geeilt kommt, bricht er in Lachen aus.

»Tut mir leid, Lily«, sagt er grinsend. »Ich wollte wirklich nicht lachen, aber das ist kein Blut, sondern der Saft von Betelnüssen. Die Männer hier mischen ihn mit Limonensaft und Gewürzen und kauen das Zeug, bis sie genug davon haben und es ausspucken. Ist dir das nicht aufgefallen?«

Und natürlich, nun, da sie darauf aufmerksam gemacht wurde, fallen ihr zum ersten Mal die Münder der singhalesischen Männer auf – die Zähne und Lippen blutrot verfärbt, als hätten sie rohes Fleisch gegessen.

»Ich komme mir so dumm vor«, sagt sie zu Maria, als sie kehrtmachen, um zum Zentrum zurückzukehren. »Ich werde den Rest des Tages lieber meinen Mund halten.«

Sie gehen die Informationsbroschüre durch, die sie

vom Schiff erhalten haben, und beschließen, alle zusammen einen Ausflug nach Mount Lavinia zu machen. Für fünf Schilling pro Person können sie außerdem mit einem der alten Tourenwagen, die sie in der Stadt gesehen haben, bis zu einem buddhistischen Tempel unweit von Colombo fahren. Man rät ihnen, einen englischsprachigen Führer mit sich zu nehmen. »Nehmen mich, Missy«, fleht der Junge mit dem Leberfleck. »Ich bester Führer von Colombo.«

Wie um sein Können unter Beweis zu stellen, klatscht der Junge in die Hände und bringt umgehend einen Tourenwagen zum Halten. Eigentlich ist hinten nur Platz für vier, doch irgendwie schaffen sie es, sich zu fünft hineinzuquetschen, während der Junge sich hinten an die offene Karosserie des Wagens hängt. Lily sitzt mehr oder weniger auf Edwards Schoß und verharrt stocksteif in dem Bemühen, sich möglichst dünn zu machen, um keinen Druck auf die Stellen auszuüben, an denen ihre Körper sich berühren und die sich für Lily glühend heiß anfühlen.

Sie tuckern in gemächlichem Tempo durch die Altstadt, wobei der Fahrer immer wieder hupt, um Einheimische zu vertreiben, die ihnen entweder zu Fuß oder auf dem Fahrrad in die Quere kommen. Währenddessen gibt ihr kleiner Führer einen wirren fortlaufenden Strom von Kommentaren von sich: »In diesem Haus leben böser, böser Mann«, sagt er und zeigt auf eine schäbige Hütte mit einem zerlumpten Vorhang vor der Tür. Ein modernes weißes Gebäude einige hundert Meter weiter hingegen verdient seine Anerkennung: »Das guter Ort. Britische Krankenhaus.«

Sie fahren an Mönchen in safrangelben Gewändern

vorbei und an mit Palmwedeln gedeckten Hütten, vor denen die Bewohner auf dem Boden hocken und auf kleinen Kohlepfannen ihre Mahlzeiten zubereiten. Als sie die Stadt hinter sich lassen, ändert sich der Anblick – Bauern, Männer wie Frauen, die auf den Feldern arbeiten, die Köpfe mit Stoff umwickelt, um sich vor der Sonne zu schützen; von Wasserbüffeln gezogene Karren, auf denen sich Holzscheite stapeln.

Der Tempel kommt in Sicht, ein buntes Gebäude abseits der staubigen Straße inmitten eines Bananenhains. Als sie aussteigen und darauf zugehen, können sie laute Stimmen vernehmen, und als sie ums Eck biegen, rutscht Lily das Herz in die Hose – vor ihnen, mit hochrotem Kopf, steht George Price, der wütend auf einen Mönch einredet, der wiederum aufgeregt auf eine Bank neben dem Eingang deutet. Vor der Bank liegt ein kleiner Teppich, auf dem sich mehrere Paar Schuhe reihen.

»Der Trottel weigert sich, seine Schuhe auszuziehen«, seufzt Ian. »Tja, ich hoffe nur, er steht gerne in der prallen Sonne herum, denn so werden sie ihn ganz bestimmt nicht reinlassen.«

George begrüßt sie knapp, wobei sein Blick über Lily und Maria hinwegschweift, als wären sie Luft. Er sieht ungepflegt aus, denkt Lily, sein Hemd ist zerknittert, als habe er darin geschlafen.

»Diese Leute versuchen, mir allen Ernstes weiszumachen, dass ich meine Schuhe ausziehen soll«, beschwert er sich lautstark. »Ich werde ganz sicher nicht barfuß herumlaufen. Ich bin doch kein Wilder.«

»Das ist natürlich Ihr gutes Recht«, sagt Edward zuckersüß, während er sich auf die Bank setzt, um seine Schuhe und Socken auszuziehen. »Aber so scheint dieser Ausflug für Sie eher unbefriedigend zu sein. Nur gut, dass es hier diese praktische Bank mit Blick auf die Straße gibt.«

Lily beugt sich schnell hinunter und löst die Riemen ihrer Sandalen, damit George ihr Grinsen nicht sehen kann. Als sie wieder aufblickt, sitzt George auf der Bank und zieht missmutig seine Schuhe aus. Bei näherem Hinschauen scheinen seine Augen geschwollen, das Weiß darin blutunterlaufen.

»Dann sollte ich denen hier besser Lebewohl sagen«, knurrt er, während er seine auf Hochglanz polierten Oxfords neben den anderen Schuhpaaren abstellt. »Ich glaube nicht, dass die noch hier sind, wenn wir zurückkommen.«

Der Mönch, der bei ihrer Ankunft mit George diskutiert hat, wendet sich an Helena und Ian. »Ihr Führer sehr guter Junge. Er passt auf Schuhe auf. Keine Diebe in buddhistischen Tempel.«

»Ich glaube, Sie haben ihn beleidigt, Kumpel«, sagt Ian zu George, als sie eintreten.

George starrt mit steinerner Miene geradeaus.

Der Mönch führt sie in das Tempelinnere, das aus mehreren kleinen Kammern besteht, die allesamt in hellen, leuchtenden Farben gestrichen sind. Es gibt mehrere Abbildungen von Buddha und sogar einen Abdruck von Buddhas Fuß. Aus einer der Kammern weht ihnen ein überwältigender Duft entgegen. Als sie dort ankommen, können sie sehen, dass der ganze Raum mit Frangipaniblüten ausgelegt wurde, die sich wie eine duftende, bunte Steppdecke über den gesamten Boden breiten. Der Mönch erklärt ihnen, dass die Blüten von den jungen unverheirateten Mädchen der umliegenden Dörfer arrangiert wurden, die am heutigen Tag ihr ganz besonderes Fest feiern.

Lily ist hingerissen von der Blütenpracht und den farbenfrohen Wandgemälden, doch hinter sich kann sie George murmeln hören, dass diese Heiden mal eine anständige englische Kirche besuchen sollten, um zu sehen, wie ein richtiges Gotteshaus aussieht.

Als sie wieder draußen sind, scheint der Junge mit dem Leberfleck seine Schuhwache überaus ernst zu nehmen; er besteht sogar darauf, ihnen beim Anziehen zu helfen, womit er Maria zum Lachen bringt, als er ihren rechten und linken Schuh verwechselt.

»Es hat doch keinen Zweck, dass Sie sich alle zusammen in einen Wagen quetschen. Zwei von Ihnen können genauso gut bei mir mitfahren«, verkündet George schroff, als sie alle wieder ihre Schuhe anhaben und zu den Wagen an der Straße zurückkehren. Es ist mehr ein Befehl, denn eine Einladung.

Lily spürt, wie sich ihre Brust zuschnürt, und hält den Blick starr auf den Boden gerichtet, damit sie sich nicht genötigt sieht, aus falscher Höflichkeit einzuwilligen und mit ihm gehen zu müssen. Aus dem Augenwinkel kann sie Maria sehen, die sie mit einem Blick aus ihren weit aufgerissenen Augen bedenkt, der nicht allzu schwer zu interpretieren ist: *Auf keinen Fall. Nicht ich.* Eine unangenehme Stille scheint sich aus dem trockenen Staub zu erheben, der von ihren Füßen aufgewirbelt wird, und das *Wusch, Wusch, Wusch* ihrer Kleidung klingt plötzlich übermäßig laut in der reglosen Mittagshitze.

Obwohl sie nicht zu ihm hinschaut, kann Lily sich vorstellen, wie Georges Gesicht sich zu der Farbe rohen Rindfleischs verdüstert.

Es ist Ian, der schließlich antwortet.

»Danke, aber ich glaube, wir passen ganz gut in einen Wagen. Außerdem fahren wir als Nächstes nach Mount Lavinia, also ist es wohl besser, wenn wir zusammenbleiben.«

Sie alle wissen, dass George höchstwahrscheinlich ebenfalls dorthin unterwegs ist – das ist die Tour, die im Schiffsführer empfohlen wird –, dennoch ist Lily Ian zutiefst dankbar, eine Ausrede gefunden zu haben.

Als sie sich wieder in den Wagen quetschen, herrscht eine gedämpfte Stimmung.

»Das war etwas unangenehm, findet ihr nicht auch?«, meint Helena.

»Dann sollte er eben nicht so ein furchtbarer Unsympath sein«, erwidert Edward. Diesmal sitzt er auf der anderen Seite des Wagens, mit seiner Schwester auf dem Schoß. Lily ist erleichtert, dass ihr die Aufregung, so an ihn gepresst zu sein, erspart bleibt. Edward wirkt heute distanziert, als sei gestern überhaupt nichts zwischen ihnen geschehen.

Maria sitzt halb auf Lily drauf. Seit sie im Tempel waren, hat sie kein Wort gesagt.

»Geht es dir gut, Maria?«, fragt Lily leise.

Maria nickt, antwortet jedoch nicht gleich. »Um die Wahrheit zu sagen, Lily, dieser Mann macht mich sehr nervös. Die Art, wie er mich anschaut … als hätte ich nicht das Recht, mich am selben Ort zu befinden wie er. Ich habe diese Art von Blick schon mal gesehen, damals in Österreich. Er macht mir Angst.«

Mount Lavinia entpuppt sich als imposantes, weiß getünchtes Hotel im Kolonialstil, das, umgeben von hohen, schlanken Kokosnusspalmen und flankiert von hellen

Sandstränden, auf einer Landzunge errichtet wurde. Endlich das Ceylon, von dem Lily geträumt hat.

Sie beschließen, auf der Hotelterrasse mit Blick auf den Badepavillon und den Strand einen Tee zu trinken, Dutzende Holzboote reihen sich dort unten aneinander, ihre einfachen Segel flattern in der beständigen Meeresbrise. Eine Gruppe Kinder spielt im Schatten eines Baumes im Sand. Ihr Lachen weht über die Terrasse wie sanfter Sommerregen.

Als die Teekarte gebracht wird, stehen so viele verschiedene Sorten zur Auswahl, dass Lily ganz verwirrt ist. Da sie nicht zugeben will, dass sie sich nicht auskennt, wartet sie, bis Helena bestellt hat, und nimmt dann dasselbe

»Ich wünschte, meine Eltern könnten hier sein«, sagt Lily.

»Vermisst du sie denn sehr?«, will Maria wissen.

Lily zögert. Obwohl sie es sich nicht gern eingesteht, ist die Wahrheit, dass ganze Tage vergehen, ohne dass ihr ihre Familie überhaupt in den Sinn kommt. Es passiert ständig so viel Neues auf dem Schiff, und gleichzeitig gibt es nichts, was sie an zu Hause erinnern könnte. Es ist, als sei sie ohne Geschichte und ohne familiären Zusammenhang wiedergeboren worden. Wenn sie es sich recht überlegt, ist Heimat nur mehr ein abstrakter Gedanke, der hin und wieder durch ihren Kopf streift. Dann fallen ihr Marias Eltern in Wien ein, die sich mit ihren Büchern in ihrer Wohnung versteckt halten, während überall um sie herum die Juden ihrer Bürgerrechte beraubt werden – aus öffentlichen Parks und Universitäten verbannt, ihre Geschäfte geschlossen, die Synagogen zerstört –, und dass schon seit Wochen keine Nachricht von ihnen kam.

»Verzeih mir, Maria. Das war wirklich unsensibel von mir. Ich wollte nicht über meine Eltern reden, während du hier sitzt und ganz krank vor Sorge bist.«

»Sei nicht albern, Lily. Es ist doch selbstverständlich, dass du an deine Eltern denken musst. Was ist mit dir, Helena? Ertappst du dich an exotischen Orten wie diesem auch dabei, dass du an deine Eltern denkst?«

Helena, die an ihrem Tee nippt, der zum Glück ganz ähnlich schmeckt wie der Tee daheim, wirft Edward einen Blick zu, den Lily nicht deuten kann.

»Unsere Eltern sind ziemlich … festgefahren in ihren Gewohnheiten. Ich glaube nicht, dass sie sich hier sonderlich wohlfühlen würden.«

»Vater würde sagen: ›Warum muss das alles hier so verdammt *anders* sein?‹« Edward lacht, aber es liegt eine Spur Bitternis darin. »Mein Vater sieht keinen Sinn in fremden Kulturen, Sprachen oder Bräuchen.«

»Ach, das stimmt doch gar nicht«, entgegnet Helena. »So schlimm ist er nicht.«

»Komm schon, Helena. Der Mann hat Angst vor Dingen, die er nicht versteht.«

»Es gibt gewisse Dinge, die kann man nicht verstehen.«

Die Geschwister funkeln einander herausfordernd an, und Lily spürt das Ungesagte, das zwischen ihnen in der Luft schwebt.

»Ach ja, immer diese Familien, was?«, sagt Ian in einem durchschaubaren Versuch, die Spannung zwischen ihnen zu entschärfen.

Nach dem Tee machen sie einen Spaziergang am Strand. Während Ian Edward und Maria eine lange Geschichte über seine erste Auslandsreise beim Militär erzählt, ziehen Helena und Lily ihre Schuhe aus und waten ins Wasser. Als sie den Vorschlag machte, hoffte Lily, Edward würde sich ihr anschließen, damit sie etwas Zeit zu zweit verbringen könnten, doch er blickte nicht einmal in ihre Richtung.

»Du wirkst nicht besonders glücklich, Lily. Stimmt etwas nicht?«

»Das kann überhaupt nicht sein. Schau uns doch nur an, wie wir im Indischen Ozean herumplanschen, so nah an Indien selbst, dass wir es beinahe berühren können. Man müsste schon sauer sein wie alte Milch, um hier unglücklich zu sein.«

Dennoch fixiert Helena sie mit ihren ruhigen grauen Augen, während Ian an Land etwas sagt, woraufhin Edward laut loslacht wie ein kläffender Welpe.

»Ich sehe doch, dass etwas ist, also werde ich einfach unumwunden fragen, denn ich kann nicht mitansehen, dass es dir elend geht. Ist es wegen Edward? Macht er dich unglücklich?«

»Nein!« Lily weiß, dass sie zu laut gesprochen hat. Die drei Gestalten am Strand halten in ihrem Gespräch inne und schauen zu ihnen her.

Lily wendet sich dem Meer zu, sodass sie ihnen allen den Rücken zuwendet. »Das heißt, vielleicht«, sagt sie leise. »Nur ein bisschen. Aber es ist nichts, was er getan hat. Edward ist stets ein perfekter Gentleman. Das Problem liegt bei mir. Ich weiß einfach nicht, woran ich bei ihm bin.« Sie beugt sich hinab und schöpft so viel Wasser wie möglich in ihre Handflächen, um ihre brennenden Wangen zu kühlen.

Helena steht mit bedrückter Miene vor ihr, und Lily bereut bereits, etwas gesagt zu haben. »Achte einfach nicht auf mich, Helena. Ich benehme mich idiotisch. Ich nehme an, das kommt davon, wenn man so viel Zeit miteinander auf einem Schiff verbringt. Vergiss bitte, dass ich überhaupt etwas gesagt habe.«

»Nein, Lily. Du hast recht. Edward benimmt sich … widersprüchlich. Und das tut mir leid.«

Lily hat das Gefühl, einen dicken Kloß in ihrer Kehle zu haben – als hätten sich die Teeblätter von gerade eben zu einer einzigen faserigen Masse dort zusammengeklumpt und würden ihr das Schlucken erschweren. »Liegt es daran, dass ich als Dienstmädchen arbeiten werde?«, fragt sie schließlich. Sie versucht, ihre Stimme gelassen klingen zu lassen, doch sie weiß, dass Helena ihr Zittern hören kann. »Ich weiß, dass deine Eltern diesbezüglich sehr traditionell eingestellt sind. Das sagtest du bereits, als du mir erklärt hast, warum es zwischen dir und Ian nicht klappen könnte. Ist es, weil ich nicht gut genug wäre?«

»Nein, Lily! Nein.« Helena beugt sich vor, nimmt eine von Lilys Händen zwischen ihre und dreht sie zu sich herum. »So etwas darfst du nicht denken. Glaube mir, meine Eltern würden dich mit offenen Armen empfangen.«

»Aber Ian …«

»Die Sache mit Ian ist etwas anderes. Bei mir ist es etwas anderes.«

»Weil du eine Frau bist?«

Helena seufzt. Eine lange Haarsträhne hat sich gelöst, und sie steckt sie geistesabwesend wieder fest.

»Alle Familien haben ihre eigene Art und Weise, mit Dingen umzugehen, nicht wahr? Haben ihre ganz eigenen Geheimnisse, die sie nicht preisgeben wollen. Manchmal glaube ich, dass unsere Familie auf Geheimnissen errichtet wurde. Es gibt Dinge, die ich dir nicht sagen kann, Lily… Dinge, die alles klarer machen würden. Aber glaube mir, wenn ich dir sage, dass meine Eltern dich ganz bestimmt nicht ablehnen würden.«

Als sie zum Wagen zurückkehren, sitzt ihr junger Reiseführer an eine Palme gelehnt da und wartet auf sie.

»Sie hatten guten Tee? Dieses Hotel sehr gutes Hotel. Bestes Hotel in ganzer Welt. Sie König von England erzählen von Hotel.«

Sie bitten den Jungen, sie als Nächstes zum Bazar zu bringen, der direkt an der Hauptstraße in Colombo liegt. Als sie vorhin an diesem Viertel vorbeigefahren sind, sah es sehr bunt, einladend und exotisch aus, mit indischer Musik, die aus allen Lädchen schallte. Doch als der Wagen hält, um sie hinauszulassen, müssen sie entsetzt feststellen, dass aus sämtlichen Radios westliche Musik dudelt und sie ihre Einkäufe zu *Doing the Lambeth Walk* tätigen sollen.

»Und ich dachte, einer der Vorzüge, so weit weg von zu Hause zu sein, wäre, dass ich dieses verflixte Lied nie wieder hören muss«, stöhnt Edward.

»Nein. Das sehr gutes Lied«, erklärt ihnen ihr kleiner Begleiter. »Sehr neu. Sehr modern.«

Lily wird von einem Lädchen angezogen, das wunderschöne Saris in strahlenden Farben verkauft, die sie an die Blüten in dem buddhistischen Tempel erinnern.

»Die sind bestimmt viel zu teuer«, beschließt sie.

»Sei nicht so pessimistisch«, entgegnet Edward. »Lass uns reinschauen und uns erkundigen.«

Zu fünft gehen sie auf die Tür zu, wobei sie sich an den Straßenhändlern vorbeidrängen müssen, die versuchen, sie mit Muschelketten zu ködern. Lily muss schlucken, als ihr der Seidenschal aus Gibraltar einfällt – wie lange her das schon scheint! –, und stellt sich Edward vor, der ihn aufhebt und an seine Nase drückt. Sie fragt sich, wo er ihn aufbewahrt, und verspürt eine beinahe unerträgliche Zärtlichkeit für ihn. Edward mit all seinen Geheimnissen. Und nun ist sie eines davon.

Im Laden selbst ist es unerwartet voll, und Lily erkennt einen der Erste-Klasse-Passagiere, einen attraktiven silberhaarigen Gentleman mit aristokratischem Gebaren und großen, gewölbten Nasenflügeln. Er wartet vor einer geschlossenen Umkleide weiter hinten im Laden, sein gesamter Körper erwartungsfroh nach vorne gebeugt.

Plötzlich wird die Tür aufgestoßen, und Eliza Campbell tritt heraus – eine blendende Erscheinung in einem hautengen Sari aus fuchsiafarbener Seide. Sie hat ihr Haar straff hochgesteckt, und der Ladenbesitzer eilt mit einer passenden pinkfarbenen Seidenrose heran, die er vorsichtig hinter ihr Ohr steckt. Das Ergebnis ist faszinierend, und Lily bemerkt, wie die anderen Kunden in ihren Gesprächen innehalten, um sich umzudrehen und zu starren.

»Was glauben Sie? Werde ich so als Eingeborene durchgehen?« Eliza legt die Hände vor ihrem Gesicht zusammen und neigt den Kopf, wie sie es bei den Singhalesinnen gesehen haben. Der silberhaarige Mann lässt ein Lachen los wie Kanonenfeuer.

»Sie, meine Liebe, sind die perfekte Eingeborene!« Seine Stimme ist tief und voll und klingt vage bekannt.

»Ach du meine Güte, das ist ja Anthony Hewitt«, flüstert Helena.

»Der Radiosprecher?«

»Ganz genau«, bestätigt Helena. »Meine Mutter hört ihn sich die ganze Zeit an. Sie meint, er sei der einzig wahre Maßstab, wie jeder Engländer klingen sollte. Ist es nicht so, Edward?«

Edward nickt, aber er wirkt nervös und nagt auf seiner Unterlippe. Lily hasst es, dass Eliza solch eine Wirkung auf ihn hat.

Jetzt erblickt Eliza sie durch den vollen Laden hindurch. »Lily! Edward!«

Innerhalb weniger Sekunden werden sie von ihr mitgerissen, um Elizas Begleiter vorgestellt zu werden, der sich tatsächlich als Anthony Hewitt entpuppt.

»Hat er nicht eine absolut göttliche Stimme?«, will Eliza wissen. »Ich könnte sie löffelweise verschlingen.«

Anthony Hewitt ist höflich und charmant, bleibt jedoch distanziert, und Lily gewinnt den Eindruck, dass er sich ärgert, Elizas Aufmerksamkeit teilen zu müssen. Sie selbst kriegt vor Aufregung keinen Ton heraus und ist hingerissen, weil ihr Leben sich so verändert hat. Noch vor einem Monat habe ich gekellnert, erinnert sie sich. Und jetzt lerne ich einen Star aus dem Radio kennen. Eliza befindet sich derweil offenbar in einem ihrer Stimmungshochs – ihre Augen glitzern, und sie spricht lauter als nötig.

»Max ist vorhin beleidigt abgezogen«, sagt sie. »Er war wirklich sehr anstrengend. Er wollte unbedingt in ein Hotel, um sich einen Drink zu genehmigen. Wir sind ein paar Straßen zuvor an einem vorbeigelaufen, und er wurde sehr ungehalten, als wir nicht reingehen wollten, nicht wahr, Anthony? Wahrscheinlich lehnt er gerade an der Bar mit seinem zweiten Scotch und langweilt alle damit zu Tode, was für ein unzumutbares Weib er doch hat.«

»Tja, dann muss er ein verdammter Idiot sein«, sagt Anthony.

Edward entfernt sich von dem Grüppchen, doch jedes Mal, wenn Lily sich ebenfalls abseilen will, hält Eliza sie zurück, indem sie ihr eine Frage stellt oder ihre Meinung zu diesem oder jenem Sari hören will – scheinbar blind für Anthony Hewitts wachsende Ungeduld. Lily denkt an Maria, die irgendwo vor dem Laden auf sie wartet. Eliza hat sie vorhin kaum eines Blickes gewürdigt, als sie Lily und Edward mit sich zog, um sie Anthony vorzustellen, und als Lily sich umdrehte, war ihre Freundin verschwunden. Sie hofft, dass sie bei den anderen ist. Es wird allmählich dunkel, und der Gedanke, Maria könne allein an diesem fremden Ort unterwegs sein, behagt ihr ganz und gar nicht.

Als sie es endlich schafft, sich loszumachen und den Laden zu verlassen – nachdem sie Eliza überzeugt hat, dass, nein, sie keine Saris anprobieren will, und nein, sie nicht glaubt, der rosafarbene sei wie für sie gemacht –, ist von ihren Freunden weit und breit nichts zu sehen. Sie geht aufs Geratewohl los, wobei sie sofort eine Schar Singhalesen auf sich zieht, die ihr allesamt etwas verkaufen oder sie irgendwohin bringen wollen. Sofort überfällt sie das Gefühl, wieder im Hafen von Aden zu sein, während sie sich, George Prices Atem im Ohr, an den arabischen Verkäufern vorbeidrängt und sieht, wie die Barkasse sich bereit macht, ohne sie abzulegen.

»Nein«, sagt sie, schüttelt den Kopf und späht durch die Menge hindurch nach einem bekannten Gesicht. »Nein, bitte …«

»Bitte«, wiederholen die Singhalesen beharrlich lächelnd. »Bitte. Dankeschön. Bitte. Dankeschön.«

Panik steigt in ihr empor, Schweiß tritt ihr auf die Stirn. Als ihr kleiner Führer von vorhin an ihrer Seite auftaucht, könnte Lily heulen vor Erleichterung. Er spricht wütend auf die Menge ein, die pflichtgemäß und immer noch lächelnd ein Stück zurückweicht, jedoch nicht ganz verschwindet.

»Das schlechte Leute. Sehr dumme Leute. Leute wissen nicht, wie benehmen.«

Der Junge wirkt aufrichtig bekümmert ob der Art seiner Landsleute und zuckt die Schultern, wie um zu sagen: *Was können wir schon tun, wir zivilisierten Menschen?*

»Hast du meine Freunde gesehen?«, fragt Lily ihn.

»Ja. Freunde!« Er bedeutet ihr, ihm zu folgen, und geht voran, wobei er jeden anbrüllt, der versucht, sie aufzuhalten. Schließlich erreichen sie einen Laden, der Tee in wunderhübsch verzierten Dosen verkauft. Helena und Ian sind drinnen und staunen über die Auswahl an Teesorten, die zum Verkauf stehen.

»Oh, Lily, kannst du glauben, dass sie hier einen Tee namens Gunpowder haben?«, ruft Helena aus. Ihre Wangen haben jene zarte Röte, an der Lily mittlerweile erkennt, dass sie ein Weilchen mit Ian allein war.

»Da kann das Frühstück gleich mit einem großen Knall losgehen!«, liefert Ian pflichtbewusst den erwarteten Scherz und setzt sogleich eine entschuldigende Miene auf, die sagt: *Na ja, irgendwer muss es doch sagen.*

Keiner von beiden hat Edward oder Maria gesehen.

In der Hoffnung, dass die zwei zusammen unterwegs sind, eilt Lily in Begleitung ihres kleinen Führers vor die Tür und bleibt einen Moment stehen. Mit wachsender Unruhe blickt sie erst in die eine, dann in die andere Richtung.

Sie sieht Eliza und Anthony Hewitt aus dem Sari-Geschäft treten; er mit einem großen, hübsch in Seidenpapier gewickelten Päckchen unterm Arm. Sie ist gerade dabei, ihm irgendeine amüsante Anekdote zu erzählen, während er sich in all seiner Größe und mit den aufgeblähten Nasenflügeln über sie beugt, als würde er den Duft einer faszinierenden Blume einsaugen. Lily tritt in den Eingang zurück, um nicht entdeckt zu werden. Als die beiden vorbeigegangen sind, betrachtet sie Anthony Hewitts Hand, die sachte zwischen Elizas Schulterblättern ruht, um sie durch die Menge zu führen, und die nun über ihren Rücken zu ihrem Hintern hinabgleitet, bevor Eliza sie mit einem trällernden Lachen wegschlägt.

Lily versteht die Campbells einfach nicht. Sie wird sie nie verstehen.

Doch obwohl Lily schockiert ist von dem, was sie gesehen hat, ist sie – auf eine gewisse Art, die sie selbst zutiefst beschämend findet – auch erregt von dem Anblick. Anthony Hewitts Hand, die sich so dreist über Elizas Körper bewegt, erinnert sie an Robert und wie er es liebte, jeden Zentimeter von ihr in Besitz zu nehmen, bis sie ihm im letzten Moment Einhalt gebot. Nicht weil sie das wollte, sondern weil sie musste. *Dann werde ich eben eine finden, die will,* hatte er beim letzten Mal gesagt. Auch Max Campbell und sogar George Price – allein bei dem Gedanken an ihn sträuben sich ihr die Haare – haben sich ihr mit ihren Bedürfnissen aufgedrängt. Nur Edward, der gute, liebe Edward, hält sich zurück. Und anstatt dankbar zu sein, fragt sie sich, was ihn abhält;

warum er nicht wie Anthony Hewitt versucht, sich tiefer und weiter voranzutasten.

»Lily! Ich bin ja so froh, dich zu sehen. Ich dachte schon, ich müsste allein zum Schiff zurückfinden.«

Maria ist außer Atem, als wäre sie gerannt. Ihr Haar steht wirr ab, und ein hitziges Rot überzieht ihre eingefallenen Wangen. »Es ist wirklich seltsam, Lily. Früher habe ich mich nie unwohl gefühlt, wenn ich allein auf Reisen war. Es hat mir nie Angst gemacht, auf eigene Faust eine fremde Stadt zu erkunden, aber in letzter Zeit bin ich immer so schrecklich nervös. Ich habe das Gefühl, verfolgt zu werden, egal, wohin ich gehe.«

Lily lacht und deutet auf die Singhalesen, die sich auch jetzt noch um sie scharen. »Das liegt womöglich daran, dass wir tatsächlich verfolgt *werden*.«

Maria stimmt ein, aber es ist wie ein Schatten ihres früheren Lachens. »Manchmal, auf dem Schiff, bilde ich mir ein, Schritte zu hören. Ich habe Angst, dass ich mich allmählich in eine verrückte alte Schachtel verwandle.«

Mit ihrem kleinen Führer haben sie abgesprochen, dass sie die kurze Strecke zum Schiff in einer Rikscha zurücklegen, nur damit sie sagen können, dass sie die Erfahrung gemacht haben. Lily hat in ihrem Kopf bereits den Brief nach Hause verfasst, in dem sie die Fahrt durch das abendliche Colombo beschreibt. Wie neidisch Frank doch sein wird, wenn er ihre Neuigkeiten über Ceylon liest. Die Rivalität aus Kindheitstagen ist noch nicht gänzlich verblasst.

Ian und Helena sind bereits da, aber von Edward keine Spur. Ihr Führer erzählt ihnen, er habe ihn in Richtung Schiff davongehen sehen, und Helena ist verärgert, dass er ihnen nicht Bescheid gesagt hat.

»Er kann manchmal so selbstsüchtig sein«, sagt sie, und Lily ist erstaunt über die Bitternis in ihrer Stimme.

Der erste Anflug von Unbehagen überkommt sie, während ihr Reiseführer mit dem Mann verhandelt, der die Rikschas organisieren soll, und Lily klar wird, dass jeder von ihnen eine eigene der kleinen Sänften kriegen soll, die wie eine Schubkarre gezogen werden. Es ist bereits Abend, und die Straßen und Gassen abseits der Bazars sehen allmählich dunkel und bedrohlich aus.

Als könne sie ihre Gedanken lesen, dreht Maria sich zu ihr um. »Lily, ich bin mir nicht sicher …« Aber da ist schon ihr kleiner Führer da und scheucht sie in ihre jeweilige Rikscha.

Lilys Fahrer – »Zieher« wäre wohl passender – ist klein und schmächtig, und sie macht sich ernsthafte Sorgen, wie er mit ihrem Gewicht zurechtkommen soll. Aber immerhin ist er jung, nicht so wie Marias Fahrer, der graues Haar und einen struppigen Bart hat, durch den sein obszön glänzender, von Betelnuss verfärbter Mund hindurchscheint, als hätte er ein blutiges Aas mit seinen Zähnen gerissen.

»Alles in Ordnung, Maria. Ich bleibe dicht bei dir.«

Doch als sie durch die nahezu menschenleeren Gassen losziehen, fällt Marias Fahrer immer weiter zurück, und obwohl Lily versucht, ihrem Fahrer zuzurufen, er möge langsamer machen, versteht er sie entweder nicht, oder er will sie nicht verstehen. Ab und an kommen sie an Imbissständen vorbei, und ein nicht sonderlich angenehmer Geruch schlägt ihr entgegen. Bis auf die vereinzelten flackernden Öllampen ist es vollkommen dunkel. Schattenhafte Gestalten zeichnen sich an den Straßenecken ab; Gruppen von Männern, die offenbar in eine Art

Glücksspiel vertieft sind, sitzen um Tische herum, und als sie vorbeifahren, halten sie im Spiel inne und starren Lily mit regloser, düsterer Miene an, bis sie den Blick abwenden muss. Sie reckt den Hals und späht in die Dunkelheit hinter sich, doch Marias Rikscha ist nirgends zu sehen. Als sie an einer Kreuzung anhalten, bemerkt Lily etwa fünfzehn Meter zu ihrer Linken ein großes heruntergekommenes Gebäude mit erleuchteter Fassade und die vertraute Gestalt von Max Campbell im Eingang. Also hatte Eliza recht – er hat den Nachmittag damit zugebracht, sich in einer Hotelbar zu betrinken. Während sie zu ihm hinüberschaut, tritt eine andere Gestalt an ihn heran und bleibt dicht vor ihm stehen – eine Frau in traditioneller singhalesischer Tracht, den Körper in einen Sari gewickelt –, doch Lily kann nur einen kurzen Blick erhaschen, als die Rikscha schon wieder losfährt und das Hotel aus ihrem Blickfeld verschwindet.

Wieder einmal ist Lily zutiefst verwirrt. Das Verhalten der Campbells macht sie nicht nur fassungslos, sondern auch furchtbar deprimiert. Das ist nicht, was Lily unter einer Ehe versteht oder verstehen möchte. War ihre Beziehung schon vor dem Tod ihrer Tochter so, fragt sie sich, oder war es die Trauer, die sie derart verzerrt und so fürchterlich entstellt hat?

Als sie im Hafen ankommen, folgen weitere Diskussionen zwischen ihrem Reiseführer und den Rikschafahrern, die anscheinend nicht mit den Konditionen einverstanden sind, die ihr Anführer ausgehandelt hat. Während sie streiten, späht Lily in die Dunkelheit und hält besorgt nach Marias Rikscha Ausschau. Als sie endlich um die Ecke biegt, sackt ihr gesamter Körper vor Erleichterung in sich zusammen.

»Gott sei Dank, dass du da bist!«, sagt sie und streckt ihre Hand aus, um Maria aus dem Wagen zu helfen und sie zu umarmen.

Doch Maria sagt nichts, ihre Züge sind ganz bleich, und als sie Lilys Hand nimmt, zittern ihre Finger.

»Was ist passiert, Maria? Hat der Fahrer dir etwas angetan?«

Maria schüttelt den Kopf, aber der Blick, den sie dem Mann zuwirft, ist voller Angst. Er hingegen grinst, sein zahnloser Mund eine klaffend rote Höhle aus Betelnuss-Eingeweiden.

Nachdem jeder von ihnen ihrem Reiseführer einen Schilling gezahlt hat – »Sie nehmen mich mit? Nach Amerika?« –, werden sie von der Barkasse zur *Orontes* zurückgebracht. Auf dem Erste-Klasse-Deck fängt das Schiffsorchester an zu spielen, und die sanfte Melodie von *Clair de Lune* schwebt zu ihnen herab, während sie über den mondbeschienenen Ozean dahingleiten. Aufgewühlt von Marias merkwürdigem Verhalten und Edwards scheinbarem Desinteresse, wenden sich Lilys Gedanken dem drohenden Krieg zu. Ist es das letzte Mal, dass diese Welt so schön sein wird?, fragt sie sich. Das Leben, so scheint es ihr im Moment, bewegt sich immerzu am Rande des Abgrunds, und das Glück ist so zerbrechlich, dass ein Windstoß reichen kann, um es in alle Winde zu zerstreuen.

21

21. August 1939

Tagelang haben sich die Passagiere nun jeden Abend an der Reling versammelt, um den Himmel zu beobachten, während sie sich dem Äquator nähern. Vorbei sind die langen, trägen Sonnenuntergänge vom Anfang ihrer Reise, als die Sonne in ihren leuchtendsten Farben gemächlich im Meer versank. Jetzt gibt es nur noch den Tag, und dann, als hätte jemand das Licht ausgeschaltet, ist es Nacht. Und was für eine Nacht – mit dem Kreuz des Südens, dessen Sterne wie Diamanten über der schwarzen Linie des Horizonts funkeln.

Sämtliche Gespräche drehen sich nur noch um die Zeremonie der Äquatortaufe, die abgehalten werden soll, wenn das Schiff die unsichtbare Grenze überquert, welche die Erde in ihre Nord- und Südhalbkugel teilt – das Ganze gekrönt von einem rauschenden Kostümball, der am Abend stattfinden soll. Es ist eine Tradition, die von allen großen Schiffen eingehalten wird, die diese Fahrt unternehmen, und an Bord kursieren die wildesten Geschichten, was die Zeremonie wohl beinhalten wird. Einem besonders hartnäckigen Gerücht zufolge werden alle Passagiere, die noch nie zuvor den Äquator überquert haben, von Neptun höchstpersönlich in den Swimmingpool geworfen. Lily gefällt die Vorstellung nicht, aber sie ist entschlossen, alles über sich ergehen zu lassen, was zu der Erfahrung dazugehört. Nicht so Ida.

»Wenn irgendwer mich auch nur anrührt, werde ich den Vorfall der Polizei melden, sobald wir in Australien ankommen.«

»Das würden sie nicht wagen«, flüstert Audrey, die sich mittlerweile vollständig von ihrer schweren Krankheit erholt hat und sich mit einem neuen Selbstvertrauen an Bord bewegt, das womöglich vom Gefühl herrührt, überlebt zu haben.

Zwischen Audrey und Ida hat sich eine neue Art von Nähe entwickelt. Nein, nicht Nähe, das hätte die kratzbürstige Ida nicht zugelassen, aber auf jeden Fall eine gewisse Wärme. Wenn jemand einen an seinem tiefsten Punkt gesehen hat, teilt man mit der Person etwas, das kaum zu erklären ist und noch weniger ungeschehen gemacht werden kann.

Lily gegenüber verhält sich Ida betont kühl. Als Lily sich schuldbewusst bei ihr erkundigte, wie denn ihr Tag in Colombo gewesen war, erwiderte sie lediglich, dass sie in die Stadt gegangen sei, jedoch das Gedränge und insbesondere die Gerüche abstoßend gefunden habe und somit sofort wieder auf das Schiff zurückgekehrt sei.

»All das rote widerliche Zeug, das sie auf die Straßen spucken, und dann der Gestank nach Fisch. Ich weiß ja nicht, wie du dir das antun konntest. Also mir hat es den Magen umgedreht.«

Bei Ida klingt es, als würde es Lily an gesundem Urteilsvermögen mangeln, aber Lily versucht, möglichst nicht daran zu denken, wie still es wohl auf dem menschenleeren Schiff war und wie viel Zeit Ida hatte, um ihren Groll zu hegen.

Die *Orontes* soll den Äquator am frühen Nachmittag erreichen, und Passagiere und Besatzung gleichermaßen sind zum Swimmingpool der ersten Klasse geladen, um diesen Moment mitzuerleben. Der weitläufige Pool ist mit Fahnen und Wimpeln geschmückt, und zu Lilys großer Erleichterung werden nur diejenigen in den Pool geworfen, die sich freiwillig dazu melden. Der Kapitän hat sich als Neptun verkleidet – Dreizack und Rauschebart inklusive – und erklimmt das Deck über die Reling, als sei er soeben aus dem Meer gestiegen.

Zwei der Stewards haben sich als Meerjungfrauen verkleidet, räkeln sich auf den auf Deck drapierten Kissen und schlagen träge mit ihren grünen Fischschwänzen, während einige Mitglieder der Besatzung so tun, als würden sie unter verschiedenen lustigen Vorwänden unfreiwillig in den Pool gestoßen oder geworfen.

Während das ausgelassene Gelächter über Deck hallt, lässt Lily den Blick über die Menge schweifen und hält Ausschau nach dem dunklen Haarschopf, den sie mittlerweile so liebgewonnen hat. Stattdessen bleibt ihr Blick an einem bekannten Paar eisblauer Augen hängen.

Max Campbell, der die Frau vor ihm um einen Kopf überragt, hebt eine Hand zum Gruß. Daumen und Zeigefinger der anderen Hand streichen über seinen Schnurrbart. Neben ihm steht Eliza mit ihrer Sonnenbrille und dreht sich um, um zu sehen, wem er winkt. Als sie Lily erblickt, verzieht sie das Gesicht, wie um zu fragen: *Was ist denn das für ein Blödsinn, den wir uns hier anschauen müssen?* Lily mustert die Gesichter um Eliza herum, aber Anthony Hewitt ist nirgends zu sehen.

Sie hat sich die letzten Tage bemüht, nicht an Hewitts Hand auf Elizas Hinterteil zu denken oder an den Anblick von Max, wie er mit einer unbekannten Frau an seiner Seite aus dem Hotel tritt. Sie kann sich vorstellen, was ihre Mutter zu dem Ganzen sagen würde – dass es keinen Unterschied macht, wie viel Geld man hat, denn wenn man über keinerlei Moral verfügt, hat man rein gar nichts. Nach ihrer Rückkehr aus Colombo erwartete sie in ihrer Kabine ein Brief von zu Hause, und nun hat sie ständig die Stimme ihrer Mutter im Ohr, die in einem fort das Schiff und die Leute an Bord kommentiert.

Ihre Mutter beharrt immer noch darauf, dass es keinen Krieg geben wird, dennoch, so schreibt sie, könne sie nicht umhin, sich zu wünschen, Frank wäre mit Lily auf dem Schiff, weit weg und in Sicherheit, nur für alle Fälle.

Am Beckenrand wurde eine Holzplanke aufgebaut, die wie eine Art Drehwippe über das Wasser geschwenkt werden kann. An dem äußeren Ende befindet sich ein Sitz, auf dem die Freiwilligen der Reihe nach Platz nehmen können und wo sie dann mit Schaum beschmiert und mit einem überdimensionierten Holzrasierer zum Schein geschoren werden, bevor sie im Wasser landen. Im Anschluss bekommt jeder von ihnen als Andenken an die Äquatorüberquerung eine Schriftrolle überreicht, während Lily und die anderen, die nicht bei dem Spaß mitgemacht haben, lediglich eine einfache Urkunde erhalten.

Danach strömen sie alle zu der Treppe zurück, die zu den unteren Decks führt. Lily kann aus dem Augenwinkel Eliza sehen, die auf sie zusteuert, und taucht schnell in dem dichten Gedränge unter. Sie ist nicht in der Stimmung für die Campbells mit ihren Komplikationen und Spielchen. Eliza jedoch ist nicht so leicht abzuhängen.

»Lily Shepherd!«, ruft sie mit schriller Stimme. Entweder merkt sie es nicht, oder es ist ihr egal, dass das halbe Schiff sich umdreht und sie anstarrt. »Lily Shepherd, bleib sofort stehen! Ich habe eine äußerst dringliche Angelegenheit mit dir zu besprechen.«

Lily überlegt einen Moment, sie zu ignorieren und sich einfach weiterzudrängeln, doch durch ihre jahrelange Arbeit als Bedienstete ist sie wohl oder übel darauf konditioniert zu kommen, wenn man sie ruft. Außerdem hat sie immer noch ihre Mam im Kopf, und Lilys Mutter würde sich niemals vor einer Verpflichtung oder einer Begegnung drücken.

»Was wirst du denn auf dem Kostümball tragen? Du musst es mir verraten! Meine Fantasie hat mich völlig im Stich gelassen. Ich denke schon darüber nach, ganz in Schwarz zu gehen, mit einem Schild um meinen Hals: *Der Tod von Eliza Campbells Fantasie*. Meinst du, das würde gehen?«

Sie versprüht dieselbe überschäumende Heiterkeit wie vor drei Tagen auf dem Bazar in Colombo. Lily mag es nicht, wie sie sich in den schwarzen Gläsern von Elizas Sonnenbrille spiegelt, als würde sie haltlos im dunklen Weltall schweben.

»Ehrlich gesagt habe ich nicht wirklich darüber nachgedacht. Ich glaube nicht, dass ich etwas Passendes dabeihabe.«

»Nun, dann musst du unbedingt mit mir kommen, damit wir etwas für dich finden. Vergiss nicht, es ist ein Wettbewerb. Willst du etwa nicht gewinnen? Außerdem, was sollen wir sonst tun, um uns den Nachmittag zu vertreiben? Diese Reise dauert ewig, und ich schwöre dir, ich verliere bald noch mein letztes Fünkchen Lebenswillen. Ich habe das Gefühl, als würden wir schon Jahrzehnte auf diesem Schiff feststecken. Bis wir in Sydney sind, bin ich bestimmt hundertzehn Jahre alt und zahnlos und klapprig.«

Und bevor Lily sich's versieht, stehen sie wieder in Elizas Kabine. Max liegt lesend auf dem Bett und hat eine schwarz gerahmte Brille auf, die Lily noch nie an ihm gesehen hat. Als er aufschaut, sind seine blauen Augen beunruhigend groß, und Lily muss den Blick abwenden.

»Ich habe uns Gesellschaft mitgebracht, Darling«, sagt Eliza unnötigerweise. »Ist das nicht wundervoll?« Sie dreht sich zu Lily um. »Wir kommen immer viel besser miteinander aus, wenn jemand bei uns ist.«

»Ich freue mich, dich zu sehen, Lily. Wir haben in Colombo die ganze Zeit nach dir Ausschau gehalten. Meine arme Frau musste sich sogar einen neuen Bekannten suchen, der sie zum Einkaufen begleitet, nicht wahr, Eliza? Und ich war gezwungen, mich den ganzen Nachmittag allein in einer Hotelbar zu betrinken. Sag, hast du denn gar kein schlechtes Gewissen?«

Lily hat kein schlechtes Gewissen, vielmehr ein Gefühl tiefen Unbehagens. Das Bild von Max, der mit einer fremden Frau das Hotel verlässt, ist noch viel zu frisch in ihrem Gedächtnis.

»Und? Habt ihr schon irgendwelche Verkleidungsideen für heute Abend?« Ihr unbeholfener Versuch, das Thema zu wechseln, hört sich selbst in ihren Ohren falsch an – als imitiere sie eine dieser überkandidelten Frauen, die sie im Haus der Spencers bedienen musste, wenn sie in Dreier- oder Vierergrüppchen hereinspaziert kamen, um mit hohen, quirligen Stimmen Belanglosigkeiten auszutauschen.

»Ich denke, ich werde wohl den Sari tragen, den ich in

Colombo gekauft habe«, seufzt Eliza. »Das ist zwar eine etwas einfallslose Wahl, aber was soll ich sonst anziehen? Aber jetzt lass uns im Ankleidezimmer schauen, was wir für dich finden können, Lily!«

Eliza reißt die Schranktüren auf und beginnt die Kleider durchzugehen; stirnrunzelnd verharrt sie erst bei einem, dann beim nächsten. Als sie am Ende der Reihe ankommt, bleibt sie einen Moment stehen und überlegt. Dann: »Ich hab's!«

Eliza zerrt etwas von einem der Bügel. Es ist die Fuchsstola, die Lily schon das letzte Mal hier gesehen hat.

»So!« Eliza wickelt die Stola um Lilys Hals. Sie ist schwerer, als Lily dachte, mit dem dicken Satinfutter und dem baumelnden Fuchskopf. »Ziemlich scheußlich, nicht wahr?«, flüstert Eliza und hält einen Moment inne, um die tote Kreatur zu betrachten. »Max hat sie mir gekauft, also muss ich so tun, als würde sie mir gefallen. Und jetzt noch das ...« Eliza hat einen Turban in der passenden rostroten Farbe aufgestöbert und setzt ihn vorsichtig auf Lilys Kopf. »Zum Schluss die Krönung ...«

Ein langer Zigarettenhalter wird zwischen Lilys Finger geschoben, und sie wird in die Kabine zurückbugsiert.

»Was meinst du, Max? Rate, wer sie ist? Stell dir zusätzlich ein dramatisches Make-up vor, die Augenbrauen höher, dunkler Lippenstift, ein schlichtes schwarzes Kleid. Komm schon ... es ist mehr als offensichtlich!«

Max scheint es nicht ganz so offensichtlich zu finden, also führt Eliza ihre Vision weiter aus.

»Filmstar. Du weißt schon. *Schwedin!*«

»Greta Garbo«, sagen Lily und Max gleichzeitig.

Lily blickt in den Spiegel. Natürlich ist es albern ...

und doch ist da etwas an ihren Augen, an der Art und Weise, wie sich ihr Haar unter dem Turban hervorkringelt.

»Es ist perfekt!«, verkündet Eliza. »Wenn ich erst mit deinem Make-up fertig bin, wirst du dich selbst nicht mehr von der echten Garbo unterscheiden können.«

»Was ist mit mir?«, fragt Max. »Wenn ihr zwei euch verkleidet, will ich nicht außen vor bleiben.«

Nun ist es Max' Kleiderschrank, der ungeduldig durchwühlt wird; und dann noch einmal, ohne dass Eliza etwas Passendes findet. Wie unmöglich es doch ist, sich auf diesem Schiff etwas Kreatives auszudenken, wo die Ressourcen auf den Inhalt von drei Kleidertruhen beschränkt sind.

Eine letzte Inspiration keimt in Elizas Kopf auf. »Aber natürlich, du wirst meinen Morgenmantel anziehen!«

Eliza greift nach einem geblümten Satinmorgenrock, der an einem Haken an der Tür des Ankleidezimmers hängt, wobei sie geflissentlich Max' skeptische Miene ignoriert.

»Oh, das ist einfach zu gut! Seht ihr diese drei Hüte, die ich hier habe? Sie sehen praktisch gleich aus.« Sie zaubert drei Pillbox-Hüte hervor – in Schwarz, Blau und Dunkelgrün, zwei mit Schleier, einer ohne.

»Du und Edward und … wie heißt dieser australische Kerl, in den Helena so vernarrt ist?«

»Ian?«

»Ganz genau. Du und Edward und Ian werdet seidene Morgenmäntel anziehen, mit einem hübschen Gürtel um die Taille, damit sie wie Kleider aussehen, und dazu diese Hüte. Ich habe einen alten schwarzen Schal, der sollte als Perücke durchgehen – eine dicke Schicht

Schminke ins Gesicht, und schon geht ihr als die berühmten Boswell Sisters!«

Lily muss lächeln. Bei Edward besteht womöglich eine Chance, aber es ist beinahe unmöglich, sich den großen, breit gebauten Max Campbell oder den ehemaligen Farmer aus dem Outback, Ian Jones, als Mitglieder des gefeierten amerikanischen Jazz-Trios vorzustellen. Dennoch muss sie zugeben, dass die Idee lustig ist – falls Eliza es denn schafft, Edward und Ian zum Mitmachen zu überreden. Zumal Edward Lily immer mehr wie schlüpfriges Quecksilber vorkommt, man kriegt ihn einfach nicht zu fassen.

Der Rest des Nachmittags vergeht rasch im Eifer der Vorbereitungen. Ian und Edward werden aufgespürt und – nach unterschiedlich ausgeprägtem Widerstand – überredet mitzumachen, während Helena wieder einmal wegen Unpässlichkeit im Bett bleibt. Eliza wuselt um Lily herum, als wäre sie ihre persönliche Schöpfung – eine kunstvolle Kreation aus Ton oder ein Gemälde, auf das sie besonders stolz ist.

Als es Zeit für den Ball ist, muss selbst Lily zugeben, dass sie eine gewisse Ähnlichkeit zu Greta Garbo aufweist. Eliza hat ihrem Mund mithilfe eines speziellen Stifts eine neue Form verliehen, sodass ihre Oberlippe geschwungen ist wie ein M, während die Unterlippe einen vollen Halbkreis bildet. Ihre Augenbrauen wurden in zwei dünnen, perfekt geschwungenen Bögen nachgezeichnet und ihr Gesicht seitlich etwas schattiert, um die Wangenknochen stärker hervorzuheben. Die Kombination aus Turban, Fuchsstola und Zigarettenspitze verleiht ihr den mondänen Glamour eines Filmstars, und Eliza hat zusätzlich ein Paar langer Diamantohrringe beigesteuert, um den Look zu vervollständigen. Lily bestand darauf, zumindest ihr eigens Kleid zu tragen – ein schlichtes schwarzes Wollkleid, das sie sich für offizielle Anlässe aufhebt. Es ist innen gefüttert, und sie weiß, sie wird vor Hitze vergehen, noch bevor der Abend begonnen hat, aber es ist ihr wichtig, dass sie nicht von Kopf bis Fuß in Elizas Sachen herumläuft. Als sie jedoch zur Frage des passenden Schuhwerks kommen, lässt Eliza nicht locker und borgt Lily ein Paar hochhackiger schwarzer Pantoletten, die an der Ferse offen sind, sodass kaum zu merken ist, dass Lilys Füße weitaus kleiner sind als Elizas.

Eliza selbst trägt den fuchsiafarbenen Sari, den sie in Colombo anprobiert hat. »Absolut göttlich«, waren Anthony Hewitts Worte. Sie hat die pinke Seidenblüte in ihr schwarzes Haar geflochten und ein pinkes tränenförmiges Mal zwischen ihre Augenbrauen geklebt, wie Lily es auf Bildern von Inderinnen in Büchern gesehen hat.

Als sie endlich mit ihrer Aufmachung zufrieden sind, rufen sie die Männer herein, die derweil vor der Campbell'schen Kabine herumgelungert und, dem Geruch nach zu urteilen, geraucht haben. Lilys Verwandlung sorgt für Furore – »du bist das absolute Ebenbild der Garbo«, erklärt Ian, während Edward, als niemand sonst zuhört, die Gelegenheit nutzt, um zu flüstern: »Wie schön du doch heute Abend bist«. Er ist in dieser seltsamen Stimmung, die Elizas Nähe immer bei ihm erzeugt – einsilbig, aber auch angespannt, als würde er ständig auf eine Art Zeichen warten.

Ansonsten jedoch herrscht eine Atmosphäre von beinahe fieberhafter Aufregung.

Jetzt sind die Männer dran.

Lily hat für das gemeinsame Vorhaben auch ihren

Morgenrock beigesteuert und freut sich insgeheim, als Eliza bestimmt, dass Edward ihn tragen soll, da er der Schlankeste von den dreien sei. Ian nimmt den von Helena, den Edward heimlich stibitzt hat, während seine Schwester schlief, und Max hat sich Elizas übergezogen, der sich gefährlich über seinen muskulösen Schultern spannt und ein gutes Stück über seinen Knien endet.

Eliza und Lily haben den schwarzen Schal zerschnitten (obwohl es Lily in der Seele wehtat, da das hübsche Stück kein bisschen alt oder verschlissen war) und behelfsmäßige Perücken daraus angefertigt, die sie mit Haarnadeln unter den Hüten befestigen. Dann machen Lily und Eliza sich an das Make-up. Lily ist halb erleichtert, halb enttäuscht, als Eliza sagt, sie wolle mit Edward beginnen. Es ist ein solch intimer Vorgang, das Schminken der Lippen, der Augen und Wangen – sie weiß nicht, wie sie das hätte tun sollen, ohne sich zu verraten.

Wie lustig sie doch aussehen, die drei Männer mit ihren albernen Perücken und Kleidern! Eine Kamera wird hervorgezaubert, und Fotografien werden gemacht – erst von den Männern, dann von Lily, die auf typische Garbo-Art mysteriös zur Seite blickt.

Max, der die Fotos schießt, murmelt: »hinreißend«, woraufhin Eliza Lily mit einem schmallippigen Blick bedenkt, der sowohl Stolz als auch Verärgerung ausdrücken könnte; Lily kann es unmöglich sagen.

Draußen auf dem Deck schlendern die Passagiere herum, tauschen Komplimente und lachen ausgelassen. Es gibt gleich mehrere Julius Cäsars, die sich Laken aus der Schiffswäscherei geborgt und über die Schultern geschlungen haben. Ein paar Australier haben ihre Gesichter geschwärzt und kommen als Aborigines, während einige Neuseeländer Grasröcke aus Bast angefertigt haben und ihre ureigene Version eines Maori-Kriegstanzes aufführen.

Es gibt Essen und Musik, und der nächtliche Himmel ist mit Sternen übersät, die hier auf dem Erste-Klasse-Deck so nahe scheinen, dass Lily den Eindruck hat, sie müsse sich nur strecken, um sie wie silberne Äpfel vom Himmel pflücken zu können. Und was das Schönste ist – Edward bleibt bei ihr, als hätte man ihn an ihrer Seite festgeklebt, selbst als Max sich beschwert, er würde ihre Gruppenverkleidung ruinieren, indem er sich abseits seiner »Schwestern« hält.

Einmal erblickt sie George Price, der eine Art Uniform trägt, und Lily versteckt sich rasch hinter einer Gruppe anderer Gäste, damit er sie nicht sieht. Sie plaudert mit Audrey und Annie, die sich als spanische Señoritas verkleidet haben; sie tragen lange schwarze Röcke und Spitzenschleier und haben bunte Fächer in der Hand, die sie sich zu Anfang der Reise in Gibraltar gekauft haben. Sie erzählen ihr, Ida habe sich steif und fest geweigert mitzukommen und behauptet, die Party würde ohnehin nur von Betrunkenen wimmeln, aber die Freundinnen glauben, der wahre Grund sei, dass Ida nichts anzuziehen hat als dasselbe olle schwarze Kleid wie immer. Lily entdeckt Maria, die neben dem jüdischen Ehepaar steht, das sie schon einmal mit ihr getroffen hat. Die drei sind kein bisschen verkleidet, sondern tragen lediglich ihre übliche triste Alltagskleidung. Maria wirkt erschöpft und müde. Als ihr wieder einfällt, wie aufgewühlt ihre Freundin nach der Rikschafahrt schien, geht Lily zu ihr hinüber.

»Du siehst wunderschön aus, Lily! Wie ein echter Filmstar.«

»Und du, Maria, wie ging es dir die letzten Tage?«

Marias Lächeln verblasst, und ihre Begleiterin, Mrs. Neumann, antwortet an ihrer Stelle.

»Ich fürchte, Maria hat schlechte Nachrichten. Von daheim. Ein Nachbar in Wien sagt, ihre Eltern wurden aus der Wohnung abgeholt und weggebracht. Eine Art Gefangenenlager, aber niemand weiß, wo. Niemand weiß, wie lange.«

Lily kann sich vorstellen, wie besorgt Maria sein muss – so weit weg von zu Hause, ohne helfen zu können, ohne zu wissen, wohin ihre Eltern gebracht wurden. Dennoch, wenn dieses Lager das Schlimmste ist, was passieren konnte, ist es glimpflich verlaufen. Bei dem Wort »Lager« muss sie unweigerlich an Zelte in einer hübschen Landschaft denken. Allerdings wird es wohl nicht besonders komfortabel sein, dahingehend macht sie sich keine Illusionen. Aber das geht bestimmt nur so lange, bis die Lage sich beruhigt hat und die deutsche Regierung beschließt, ob Marias Eltern zurück nach Wien dürfen oder zu ihrer Tochter nach England geschickt werden.

Die Jury kürt den Gewinner des Kostümwettbewerbs, und der Preis geht an einen älteren Herrn aus der Touristenklasse, der als Popeye, die Zeichentrickfigur, gekommen ist; im Grunde hat er sich nur eine Matrosenmütze aufgesetzt, sein falsches Gebiss entfernt und eine Tonpfeife in den Mundwinkel geschoben, an der er gut gelaunt pafft. Max, Edward und Ian werden zur allgemeinen Belustigung zu den Zweitplatzierten erklärt und machen mädchenhafte Knickse in Richtung Publikum, während sie ihre Pralinenschachteln entgegennehmen.

Das ist es, denkt Lily bei sich und saugt alles tief in sich ein – das Lachen der Partygäste, das leise Seufzen eines Saxophons, den betörenden Duft von Parfüm, als eine Dame in Satinrobe vorbeirauscht, das Gefühl von Edwards festem, warmem Arm an ihrem. Hier beginnt mein neues, mein echtes Leben. Hier, mitten auf dem Indischen Ozean, auf der unsichtbaren Linie, die sich um die Erdkugel spannt.

Lily entschuldigt sich, um auf die Damentoilette zu gehen. Sie hat Hemmungen, die Räumlichkeiten der ersten Klasse zu benutzen, also geht sie nach unten, wo sie sich mehr wie zu Hause fühlt. Auf dem Weg zurück eilt sie gerade über das Oberdeck, als sie beinahe die ältere Frau umrennt, die sie in Pompeji getroffen hat.

»Wie ich sehe, haben Sie meinen Ratschlag ignoriert«, bemerkt die Frau missbilligend und zieht das Kinn in das üppige Kissen ihres Gesichts zurück. »Mein Ehemann meint, ich solle Sie Ihre eigenen Fehler machen lassen, aber ich kann sehen, dass Sie noch jung sind und wahrscheinlich ohne Mutter reisen. Also möchte ich Ihnen noch einmal den guten Rat geben, sich von den Campbells fernzuhalten.«

Lily, beschwingt von den zwei Gläsern Champagner, die sie bereits intus hat, kann sich eine schnippische Antwort nicht verkneifen. »Nun, falls das mit dem Tod ihrer Tochter zu tun hat, darüber weiß ich bereits Bescheid.«

Jetzt wirkt die Frau verdutzt. »Nein. Natürlich weiß ich, dass ihr Baby gestorben ist – eine äußerst tragische Geschichte –, aber damit hat es nichts zu tun.«

Lily erinnert sich daran, wie Eliza ihr erzählt hat, dass Max' Familie sich große Mühe gegeben hatte, die genauen Umstände von Olivias Tod zu vertuschen. »Was dann?«

Die Frau schürzt die Lippen. Sie ist nicht verkleidet,

und Lily bemerkt, dass sie unter ihrem Kleid ein Korsett trägt. Lily schmort bereits in ihrem Wollkleid und mag sich gar nicht vorstellen, wie einengend so ein Korsett sein muss.

»Ich bin niemand, der zu Klatsch und Tratsch neigt. Jedoch sollten Sie wissen, was für Leute diese Campbells sind… was für eine Art Frau diese Mrs. Campbell ist. Entgegen der Geschichte, die sie an Bord herumerzählen, befinden sie sich hier keineswegs auf ihren zweiten Flitterwochen. Die Wahrheit ist, dass sie London überstürzt verlassen mussten. Sie – Mrs. Campbell – hatte eine *Liaison* mit einem verheirateten Mann. Und nicht mit irgendeinem verheirateten Mann, sondern dem Ehemann von Lady Annabel Wright, einer Cousine zweiten Grades des Königs, und, wichtiger noch, einer Verwandten von Max Campbell.«

Sie hält inne, als warte sie auf Lilys zutiefst schockierte Reaktion. Und Lily – vielleicht ist ihr die Greta-Garbo-Verkleidung zu Kopf gestiegen, denn normalerweise hätte sie bei solch einer Person verschüchtert gewartet, bis man sie entließ – macht Anstalten zu gehen.

»Danke, dass Sie mir Bescheid gesagt haben, aber ich sollte jetzt zurück zu meinen Freunden …«

»Sie ist gestorben.«

»Wie bitte?« Lily hat sich bereits abgewandt in Richtung der Reling. Aber man lässt sie nicht entkommen.

»Die junge Frau. Lady Annabel. Sie hat sich das Leben genommen. Konnte die Schande nicht ertragen. Was mich nicht wundert. Nun, die Campbells mussten danach die Stadt verlassen. Sie wären nirgendwo mehr willkommen gewesen. Und ob Sie es glauben oder nicht, aber Lady Annabels Ehemann hat Mrs. Campbell immer noch nachgestellt. Ich habe gehört, er sei ihr sogar bis in den Hafen gefolgt, als das Schiff ablegte.«

Jetzt fällt Lily der goldgelockte junge Mann wieder ein, der damals am Kai stand und zum Schiff hochblickte. *Geh nicht.* Was für ein Mensch würde so kurz nach dem Tod seiner Frau seiner Geliebten hinterherrennen? Das kann nicht wahr sein, beschließt Lily. Diese Frau ist von Eifersucht oder Boshaftigkeit getrieben. Solche Geschichten passieren nicht. Irgendetwas davon hätte sich doch in Elizas oder Max' Verhalten gezeigt.

»Ich muss jetzt wirklich gehen«, erwidert sie und stürzt davon, bevor die Frau noch etwas sagen kann.

Auf dem gesamten Weg zurück zu ihren Freunden ermahnt sie sich zu vergessen, was die Frau gesagt hat. Wahrscheinlich hat sie ein Hühnchen mit den Campbells zu rupfen oder ist einfach einer dieser Menschen, die gerne hässliche Gerüchte verbreiten. Lily wird sich den Abend bestimmt nicht davon verderben lassen.

Edward steht ein Stück abseits und nippt mit einem angespannten Lächeln unter der dicken Schicht Schminke an seinem Glas. Er wirkt erleichtert, als er sie sieht.

»Wo warst du so lange? Ich dachte schon, du wärst geflohen und hättest mich allein hier in diesem Aufzug stehen lassen! Geht es dir gut, Lily? Du siehst blass aus.«

»Ich wurde von einer Dame aus der ersten Klasse aufgehalten, die mir ein wirklich schockierendes Gerücht über – du weißt schon – erzählt hat…« Lily macht eine kurze Pause, um betont zu den Campbells zu schauen. »Natürlich ist nichts davon wahr, aber trotzdem.«

Edward tritt auf sie zu, um ihre Hand zu nehmen, doch gerade als er Lily an sich ziehen will, wird er zurückgerissen.

»Was glaubst du eigentlich, was du hier tust!?«

Helena steht keinen halben Meter entfernt, den Arm ihres Bruders fest gepackt, und zittert vor kaum unterdrückter Wut. Einen Augenblick denkt Lily, Helena würde sie meinen, doch dann wird ihr klar, dass die erboste Frage Edward gilt.

»Nach allem, was passiert ist«, fährt Helena fort und funkelt Edward an, ohne sich um die umstehenden Leute zu kümmern. »Alles, was ich durchmachen musste.«

Es ist, als wäre Lily unsichtbar. Und mit unerträglicher Klarheit überkommt die Erkenntnis sie, dass Helena sich in Grund und Boden schämt, ihren Bruder hier auf dem Erste-Klasse-Deck in den Armen einer ehemaligen Dienstmagd vorzufinden.

Doch Edward, anstatt für Lily einzustehen, scheint unter dem mächtigen Zorn seine Schwester einzuknicken; er reißt sich den Hut und die Perücke vom Kopf, gerade so, als wäre es ihm peinlich, dabei erwischt worden zu sein, sich zu amüsieren.

»Es tut mir leid«, sagt er. »Ich habe nicht nachgedacht.«

»Du denkst nie nach, nicht wahr, Edward? Du denkst nie an irgendwen sonst. Du denkst nie an mich.«

»Es tut mir leid«, sagt er noch einmal und streckt seine Hand aus, als könne er so den Kummer fortwischen, der sich tief in das Gesicht seiner Schwester gegraben hat. »Verzeih mir, Helena.«

Dann, einfach so, drehen sich die Geschwister um und lassen Lily allein zurück, die so starr und reglos dasteht, dass sie genauso gut tot sein könnte – so tot wie der Fuchs, der um ihren Hals hängt.

22

25. August 1939

Jetzt gibt es nur noch den Ozean.

Er ist jeden Morgen da, wenn Lily aufsteht, und jeden Abend, bevor sie zu Bett geht. Wasser, Wasser und noch mehr Wasser, aber kein Land in Sicht. Es ist, als gäbe es nur noch das Schiff. Trotz der Weite des Meeres, das sich endlos in alle Richtungen erstreckt, scheint die Welt auf die Größe des Schiffes geschrumpft zu sein.

Lily fühlt sich ausgehöhlt wie ein Kürbis – ihr Inneres ausgeschabt und achtlos weggeworfen.

Am Tag nach dem Kostümball ließ Edward sich überhaupt nicht blicken. Helena, die abgespannt wirkte, kam zum Frühstück herauf, ließ jedoch den leeren Stuhl ihres Bruders zwischen ihnen frei. Er sei unpässlich, sagte sie. Er sei damals in England so krank gewesen, dass jedwede Überreizung die Krankheit von Neuem aufflackern lassen könne. Nach dem Frühstück versuchte sie auf dem Weg aus dem Speisesaal mit Lily zu reden.

»Es tut mir leid wegen gestern Abend, Lily. Ich würde es dir gerne erklären.«

Doch Lily mochte sich Helenas unbeholfene Erklärungsversuche nicht anhören und ließ sie stehen.

Am darauffolgenden Tag, als Edward schließlich wieder im Speisesaal auftauchte – kreidebleich, die Augen in den Höhlen eingesunken wie zwei moosbedeckte Steine – konnte er sich kaum dazu überwinden, Lily ins Gesicht zu schauen, obwohl auch er wie seine Schwester zu einer Erklärung ansetzen wollte.

»Ich habe mich dir gegenüber unfair verhalten, Lily. Ich wünschte, ich könnte es dir erklären. Es ist nur … Helena hat so viel aufgegeben, um auf mich aufzupassen.«

»Bemüh dich nicht, es ist alles gut«, sagte Lily und bekam sogar ein Lächeln hin.

Während der Mahlzeiten unterhält sie sich nunmehr mit Clara und Peggy Mills, als seien ihre nicht enden wollenden Beschwerden über die Hitze, die schlechten Manieren der Australier und das Geschrei der italienischen Babys, von denen eines direkt unter ihrer Kabine schläft, die faszinierendsten Gesprächsthemen überhaupt. Manchmal mischt George Price sich ein, obwohl man es weniger ein Gespräch, denn eine verbale Attacke nennen kann, wenn er sich auf ihre Wörter und Sätze stürzt, um sie für seine eigenen unablässigen Tiraden zu vereinnahmen. Wenn sie sich also über Claras Sorge unterhalten, in einem Land leben zu müssen, das über so wenig Kultur verfügt wie Australien, ernten sie plötzlich einen Vortrag über die Hinterlist jüdischer Kultur und die absolute Notwendigkeit, die britische Kultur davon reinzuhalten, und zwar mit einem zutiefst verstörenden Eifer vorgetragen.

Seit ihrer unangenehmen Begegnung auf Deck, als George versucht hatte, sie zu küssen, ist so viel geschehen, dass Lily sich manchmal beinahe fragt, ob es wirklich passiert ist; doch sobald sie zu lange auf Georges dunkelrot glänzende Lippen schaut, kann sie sich an das nasse, schwammige Gefühl auf ihrem Mund erinnern und daran, wie sie sich selbst Stunden später noch mit der Hand über die Lippen wischte, als klebten die schleimigen Spuren seines Speichels an ihnen.

Elizas Turban und die Pelzstola warten verwaist in Lilys Kabine. Sie hat momentan nicht die Energie, sie ihr zurückzubringen, und Eliza wird sie ohnehin nicht brauchen, bis sie im winterlichen Australien angekommen ist. Die Campbells werden es nach dem Trubel des Kostümballs sicher ebenfalls ruhig angehen lassen, überlegt sie. Sie alle brauchen eine Pause voneinander.

Sie weigert sich, über Lady Annabel Wright nachzudenken, deren Herz durch die Affäre ihres Mannes mit Eliza angeblich so gelitten hat, dass sie sich das Leben nahm. *Bitte, geh nicht,* hört sie den jungen Mann auf dem Kai flehen. Aber nein, sie wird nicht darüber nachdenken. Und wenn sie nicht darüber nachdenkt, kann es auch nicht die Wahrheit sein.

Also bleibt der Fuchs über dem Fußende ihrer Koje hängen und betrachtet sie mit seinen toten schwarzen Augen, während sie schläft. Eines Nachts gelingt es ihm sogar, sich in ihre Träume zu schleichen, sich fest um ihren Hals zu schnüren … bis sie aufwacht in der Überzeugung, jemand würde sie würgen.

Auf der Suche nach einem ruhigen Plätzchen, um sich ihrem Tagebuch zu widmen, kommt sie auf dem Deck an Maria vorbei, die mit gesenktem Kopf auf einer Liege sitzt und einen Brief schreibt. Als Lily die zerlaufene Tinte bemerkt, wo Marias Tränen auf das Papier gefallen sind, ist es zu spät, um sich zurückzuziehen.

»Nein. Bleib, Lily. Bitte.« Maria greift nach ihrer Hand, und Lily versucht, nicht auf die geschwollenen Augen oder die nassen Spuren auf ihren hageren Wangen zu schauen. »Verzeih meinen albernen Gefühlsausbruch, Lily. Ich schreibe gerade meiner Schwester. Schau nur, wie verschwommen die Worte sind. Sie wird große Mühe haben, irgendwas davon zu entziffern. Ich kann sie förmlich hören: ›Du solltest eigentlich *auf* dem Wasser reisen, nicht *unter* Wasser.‹« Maria hat ihren Akzent verstärkt und eine bekümmerte Miene aufgesetzt, bei der Lily lächeln muss. Aber sogleich wird sie wieder ernst.

»Hast du immer noch keine Nachricht von deinen Eltern, Maria?«

Ein Kopfschütteln. Das widerspenstige Haar ist mittlerweile so trocken, dass die Spitzen in der Sonne hervorstechen wie ausgefranste Strohhalme. Die spröden Lippen pressen sich aufeinander.

»Ich bin sicher, dass es ihnen gut geht, Maria. Österreich ist ein zivilisiertes Land. Sie werden ältere Menschen wie deine Eltern gewiss mit Respekt behandeln.«

Maria bedenkt sie mit einem erbitterten Blick und öffnet den Mund, wie um zu widersprechen, klappt ihn dann aber wieder zu. »Und du, Lily? Was gibt es bei dir Neues? Ich habe dich die letzten Tage nicht mehr mit Edward gesehen.«

»Ach, das hat sich doch als nichts Ernstes herausgestellt. Nur ein kleiner Flirt auf See. Ein Zeitvertreib.« Lilys Mund verzieht sich schmerzhaft zu einem Lächeln.

»Ich hoffe, es hat dich nicht allzu sehr verletzt.«

»Nein. Überhaupt nicht. Mir geht es blendend.«

Sie versucht, dem Blick ihrer Freundin standzuhalten, als Maria ohne jegliche Vorwarnung gequält das Gesicht verzieht, sich nach vorne krümmt und die Arme um den Bauch schlingt.

»Maria? Was ist los? Geht es dir nicht gut?«

Keine Antwort.

Sollte sie etwas tun? Lily schaut sich auf dem Deck um, aber die einzigen anderen Passagiere, eine Vierergruppe Australier, sind in ihr Kartenspiel vertieft und haben nichts bemerkt.

Gerade als sie denkt, sie muss Hilfe holen, entspannt sich Marias zusammengekrampfter Körper, und sie richtet sich mit blasser, aber gefasster Miene wieder auf.

»Es tut mir leid, Lily. Du musst mich wohl für sehr sonderbar halten, aber ich habe seit einiger Zeit diese schrecklichen Magenkrämpfe. Sie kommen wie aus dem Nichts, und es fühlt sich an, als würde jemand mir die Hand in den Bauch stecken und sämtliche Eingeweide umdrehen.«

»Hast du schon mit dem Arzt gesprochen?«

»Was soll ich ihm denn sagen? Falls er nicht gerade da ist, wenn es passiert, habe ich ihm nichts zu zeigen. Außerdem ist es wahrscheinlich nichts. Nur der Wetterwechsel oder das Essen.«

Lily geht mit einem Gefühl des Unbehagens weiter. Die Veränderungen an Maria seit ihrer ersten Begegnung vor wenigen Wochen sind zu augenfällig, um sie nicht zu bemerken. Sie hat stark an Gewicht verloren, aber das haben viele Passagiere – die Hitze macht das Essen manchmal zu einer lästigen Pflicht. Nein, es ist mehr eine Veränderung an Maria selbst. Seit jener Nacht, in der sie auf dem Deck angegriffen wurde, scheint sie einen Teil von sich selbst verloren zu haben – ihre Leichtigkeit, das begeisterte Interesse an ihrer Umwelt. Und nun dieser plötzliche lähmende Schmerz wie aus dem Nichts. Lily hat Angst um ihre Freundin und fühlt sich gleichzeitig ohnmächtig.

Auf dem Weg zur Lounge wird sie von George Price abgefangen, und ihr Herz bleibt vor Schreck beinahe stehen. Sein Khaki-Hemd ist durchgeschwitzt, und selbst von seinem Haar, das mittlerweile so lang ist, dass er es sich ständig aus der Stirn streichen muss, tropft der Schweiß.

»Ich möchte mich erklären«, sagt er mit hochrotem Kopf.

Lily bleibt stehen und spannt jeden einzelnen Muskel an, sammelt ihre Kräfte. Scheinbar hat neuerdings jeder auf diesem Schiff etwas, das er ihr erklären möchte.

George führt sie zur Reling. Sie ist verblüfft, wie aufgeregt er scheint – sein Körper permanent in Bewegung, seine Finger, die an seinem Haar und am Stoff seiner Hose zerren, das Gewicht von einem Fuß auf den anderen verlagernd; selbst sein Gesicht scheint in ständiger Bewegung, das Zucken seines linken Augenlids, das zwanghafte Schniefen, bei dem sich seine breite, geknickte Nase runzelt.

»Ich habe nur…«, beginnt er, hält inne, zieht seine linke Schulter ans Ohr, als versuche er, etwas abzustreifen. »Ich dachte nur, dass Sie das wollten. Den Kuss, meine ich. Sie schienen dazu bereit zu sein.«

Über seiner Schulter zieht eine Reihe Vögel eine schwarze Naht über den blauen Stoff des Himmels.

»Da haben Sie falsch gedacht«, erwidert Lily und will schon weitergehen, doch er stellt sich ihr in den Weg.

»Sie halten mich für einen Feigling, Miss Shepherd.«

»Nein. Warum sollte ich?«

»Weil ich hier auf dem Schiff bin, auf dem Weg nach Neuseeland, wo doch alle Zeichen darauf hindeuten, dass England sich bald im Krieg befindet.«

»Nein! Ich schaue regelmäßig auf die Nachrichtentafel. Nichts deutet darauf hin, dass wir auf einen Krieg zusteuern.«

»Natürlich nicht. Der Kapitän möchte nicht die Verantwortung für irgendwelche Ausschreitungen an Bord übernehmen. Denken Sie nur an all die Itaker hier. Niemand von uns könnte noch sicher schlafen.«

»Meine Mutter schickt mir Briefe…«

»Die vor Tagen abgeschickt wurden, vor Wochen sogar. In dieser Zeit kann sich vieles ändern.«

Lily glaubt ihm nicht; sie weiß, dass er ein Fanatiker ist und ein Fantast zudem. »Es gibt Leute, die fantasieren über den Krieg wie andere Leute über Sex«, hat Robert ihr vor langer Zeit einmal gesagt, als es das erste Mal schien, England könne die alten Wunden mit Deutschland wieder aufreißen.

Aber dennoch.

»Ich möchte, dass Sie wissen, dass ich nichts damit zu tun habe. Es war mein Vater, der darauf bestand, dass ich fortgehe. Ich wäre mit Freuden geblieben. Er ist ein schwieriger Mensch. Wie ich bereits sagte, er akzeptiert kein Nein.«

»Das ist mir einerlei«, sagt Lily.

Etwas verändert sich in seiner Miene, seine Züge verhärten sich noch mehr als ohnehin. »Es ist ihretwegen, nicht wahr?«

»Von wem sprechen Sie?«

»Hören Sie auf mit Ihren Spielchen. Ich habe Sie mit ihr gesehen. Jeder an Bord hat Sie mit ihr gesehen. Mit der Jüdin. Am Anfang der Reise waren Sie noch nicht so. Sie waren offen. Freundlich und nett. Die Jüdin ist es, die Ihren Geist vergiftet hat.«

Endlich befreit Lily sich aus ihrer Starre, wendet sich wortlos ab und geht in die andere Richtung davon, bevor er sie aufhalten kann.

George ist verrückt, denkt sie. Und jetzt, da der Gedanke sich in ihrem Kopf festgesetzt hat, will er nicht mehr verschwinden. Frank hatte sie vor ihrer Abreise gewarnt – vor diesem ganz speziellen Wahnsinn, der dadurch entsteht, dass man zusammen auf einem Schiff eingepfercht ist, ohne Ausweg und tagtäglich dieselben Leute vor Augen. Er habe von jemandem gehört, erzählte er, der versucht hätte, alle seine Schiffskameraden mit der Axt umzubringen. Sie hätten ihn bis zum nächsten Hafen in einer Kabine einsperren müssen.

Beim Gedanken an ihren Bruder verspürt sie einen schmerzhaften Stich. Wie gern würde sie ihn doch sehen, jetzt, da alles an Bord so seltsam und traurig geworden ist.

Auf der anderen Seite des Schiffes findet Lily eine Liege, die aufgrund ihrer Lage in der prallen Sonne frei ist, und lässt sich erschöpft hineinsinken. Innerhalb weniger Sekunden fängt die Hitze auf ihren nackten Armen an zu prickeln. Trotzdem döst sie irgendwie ein, und ihr Unterbewusstes führt sie in jenes Zimmer in dem zwielichtigen Hinterhof in Basingstoke … zu Maggie: *Muss ich sterben, Lily?* Und zu dem Blut. Wer hätte gedacht, dass es so viel Blut geben kann?

Sie wacht mit rasendem Herzen und brennender Stirn auf, und sie weiß, dass ihre Haut sich bald zu einem zornigen Rot verfärben wird.

Sie beschließt, Audrey und Annie aufzusuchen. Die beiden sind die Einzigen, die auf dieser Reise unverändert geblieben sind, voller ungebrochener Begeisterung und Neugier. Doch die Suche in der Lounge und an der Bar erweist sich als vergeblich. Sie stolpert über Ida, die auf dem Weg in die Wäscherei ist. »Deine vornehmen Freunde haben dich also verlassen?«, fragt sie schnippisch. Hier oben auf dem Deck, im hellen Sonnenlicht, fällt ihr erstmals der schockierende Zustand von Idas Zähnen auf, gelb wie verdorbene Eiercreme.

Letztendlich zieht Lily sich mit ihrem sonnenverbrannten Gesicht in das angenehme Halbdunkel ihrer Kabine zurück. Ausnahmsweise stört sie nicht einmal der schale Geruch oder der Anblick von Idas grauem, verschlissenem Unterrock, der über dem Fußende ihres Bettes hängt.

Sie sucht ihren Waschlappen und befeuchtet ihn unter dem Wasserhahn, bevor sie in ihre Koje hochklettert und sich hinlegt, ohne sich überhaupt die Mühe zu machen, die Schuhe auszuziehen. Sie legt den gefalteten Lappen vorsichtig auf ihre flammend heißen Wangen, schließt die Augen und fragt sich, warum sie immer noch den schwarzen Blick des Fuchses durch ihre Augenlider hindurch spüren kann.

23

27. August 1939

Die Insel erscheint wie aus dem Nichts. Eine flache Scheibe Land, die nur von ein paar Palmen durchbrochen wird, oder zumindest hat es vom Schiffsdeck aus den Anschein. Man hat ihnen gesagt, dass es dahinter noch mehr Inseln gibt – ein ganzes Atoll, bestehend aus einer Anhäufung kleiner Inselchen –, doch diese sind für die schaulustigen Passagiere nicht sichtbar.

Einer der drei pummeligen Brüder, die immer am Anfang der Kuchenschlange stehen, ist der Erste, der sie entdeckt.

»Australien!«, schreit er aufgeregt. »Wir sind da!«

»Was für ein Riesentrottel du doch bist!«, gluckst einer seiner Brüder.

Schon bald stehen sie alle an der Reling, rufen und zeigen, und eine freudige Aufregung, die in keinerlei Verhältnis zur Größe und Bedeutung der Insel steht, macht sich breit. Es ist einfach bloß befreiend, nach all den Tagen, die sie nur vom Meer umgeben waren, Land zu sehen und sich zu vergewissern, dass sie doch nicht die einzigen Menschen in einer endlos leeren Wüste aus Wasser sind.

Lily und die Fletchers pflegen wieder höflichen Umgang miteinander, auch wenn nun ein großer Felsbrocken zwischen ihnen zu stehen scheint, sodass jedes Gespräch sich einen Weg drum herum bahnen muss, anstatt wie zuvor frei vor sich hin zu plätschern.

»Die Kokosinseln …«, liest Edward in der Broschüre, welche die Stewards austeilen. »Heimat der Familie Clunies-Ross, Nachfahren des schottischen Kapitäns John Clunies-Ross.«

»Und nicht nur seine, wie es aussieht«, sagt Helena mit Blick auf die Inselbewohner, welche mit kleinen Booten gekommen sind, um die Post einzusammeln, die von der Schiffsbesatzung in Weidenkörben hinabgelassen wird.

»Aber wie können sie denn hier leben, so abgeschnitten vom Rest der Welt?«, wundert sich Lily.

Ihr ist durchaus bewusst, dass man die Inseln schön finden kann, sogar idyllisch. Das Wasser ist türkisfarben und so klar, dass sie die Fische tief unter der Oberfläche schwimmen sehen kann; weißer Sand bedeckt den Inselstrand wie ein gestärktes Tischtuch. Aber irgendetwas an dieser abgelegenen Insel lässt sie trotz der feuchtschwülen tropischen Hitze schaudern. Was für Auswirkungen hat es wohl auf einen Menschen, hier draußen zu leben, so völlig isoliert?

»Ich mache mir Sorgen um Maria«, sagt sie. »Sie scheint nicht sie selbst zu sein.«

»Es muss sehr schwer sein, mit dieser Ungewissheit zu leben«, meint Helena. »Kein Wunder, dass sie nervös ist.«

Lily spricht nicht die Wahrheit aus – dass sie fürchtet, dass es um mehr geht als bloße Nervosität –, erwähnt nicht die beunruhigend tiefen Schatten unter Marias braunen Augen.

In achtundvierzig Stunden werden sie Fremantle erreichen, ihren ersten Halt in Australien; danach dauert es nur noch eine Woche, bis sie in Sydney einlaufen. Kann es wirklich sein, dass sie in weniger als zwei Wochen wieder arbeiten wird – kochen, putzen, Befehle entgegennehmen, die Welt durch die Fensterscheiben eines fremden Hauses betrachten?

Die Campbells tauchen wie immer ohne Ankündigung auf – bis auf diese leichte Energieschwankung an Deck, ein Aufwirbeln der trägen Luft, ein Raunen und Flüstern, das von den anderen Passagieren kommen könnte, aber vielleicht auch vom Meer selbst.

»Wir haben euch ja so vermisst! Oben war es die reinste Hölle.« Eliza trägt ihre Shorts und dazu ein gestreiftes, im Nacken gekreuztes Oberteil, das sich an ihren Körper schmiegt, als wäre es auf ihre Haut gemalt worden. Ihre Augen, diese ungewöhnlich schillernden Augen, sind heute von einem intensiven Blau, als hätten sie die Farbe des Meeres selbst angenommen, und Lily zuckt innerlich zusammen, als sie aufflackern und sie groß und unverwandt anstarren.

»Lily, wohin bist du denn beim Kostümball so plötzlich verschwunden? Wir haben dich überall gesucht.«

Wie immer wird Lily von Elizas exaltierter Art überrumpelt. Wie laut sie doch ist, wie achtlos den Gefühlen anderer Leute gegenüber, wie anstrengend… und doch auch so mitreißend und strahlend. Wenn Eliza auftaucht, scheint es, als wäre zuvor alles in ein Halbdunkel getaucht gewesen – wie wenn das Tageslicht so langsam schwindet, dass man nicht merkt, dass man im Dunkeln saß, bis jemand plötzlich das Licht einschaltet.

Max folgt ihr lässig, mit einer Zigarette zwischen den Fingern. Heute ist er es, der eine Sonnenbrille trägt, und Lily ist froh, nicht in seine Eissplitteraugen sehen zu müssen. Ihr fällt wieder ein, was ihr die ältere Dame beim Kostümball erzählt hat. *Das arme Mädchen!* Doch sie verscheucht die Erinnerung sofort wieder aus ihrem Kopf. Es ist nicht wahr, denkt sie. Sie hätten doch irgendetwas erwähnt.

»Ich bin froh, dass du gekommen bist. Ich muss dir noch deine Sachen zurückgeben«, sagt sie zu Eliza. »Ich glaube nicht, dass ich in Australien eine Gelegenheit haben werde, die Garbo zu geben.«

Eliza winkt träge ab. »Behalte sie. Sie sahen an dir ohnehin viel besser aus. Außerdem fand ich diesen Fuchs schon immer gruselig. Ich hatte ständig das Gefühl, er würde mich vorwurfsvoll anstarren und über mich richten.«

»Vielleicht hat er das ja, Darling«, sagt Max. »Nun, wäre das nicht äußerst interessant? Eliza Campbell … endlich zur Rechenschaft gezogen.«

Eine Stille spannt sich über die Gruppe wie das straffe Fell einer Trommel. Dann ertönt Elizas Lachen, schrill und ungehemmt.

»Sei dir gewiss, mein Schatz, am Jüngsten Tag wirst du einen Platz in der ersten Reihe bekommen.« Irgendetwas an ihr ist heute anders. Irgendetwas Wildes, Hitziges.

»Meine geliebte Frau hat seit dem Ball nicht mehr richtig geschlafen«, sagt Max. »Nur falls ihr euch wundern solltet, warum sie so überspannt ist und solchen Unsinn von sich gibt.«

»Wirklich, Eliza?«, fragt Helena. »Wie furchtbar. Du solltest vielleicht den Arzt bitten, dir etwas zum Einschlafen zu geben.«

»Oh, aber sie will nicht!«, spottet Max. »Sie denkt, der mangelnde Schlaf mache sie unbezwingbar.«

»Nicht unbezwingbar, Maxie. Nur lebendig.«

Zusammen gehen sie in die Lounge, um der drückenden Hitze zu entfliehen.

»Meine Güte, Lily, was ist denn mit deinem Gesicht passiert?«, fragt Max, als sie sich auf dem Sofa niederlassen, und nimmt seine Sonnenbrille ab, um sie aus der Nähe zu mustern.

»Ein Sonnenbrand. Das wird mir eine Lehre sein, in Zukunft nicht mehr in der prallen Sonne einzuschlafen.«

Zu Lilys großer Verlegenheit streckt er die Hand aus und streicht ihr über die Wange, die immer noch gerötet ist. Sie wendet den Kopf ab, um seiner Berührung auszuweichen, und begegnet dabei Edwards Blick. Sofort verzieht er seinen Mund zu einem Lächeln, doch erst nachdem sie den Ausdruck auf seinem Gesicht bemerkt hat. Er ist eifersüchtig, denkt sie. Und die Erkenntnis strömt warm und schmelzend durch ihre Adern.

Spielkarten werden geholt. Doch Eliza wirft immer wieder die Karten auf den Tisch, springt auf und geht unruhig umher. Die Luft sei zu stickig, jammert sie. Die Reise zu lang. Sie könne es kaum erwarten, endlich nach Sydney zu kommen, erklärt sie. Neue Leute. Neues Leben. Neue Partys.

»Ich fürchte, ihr werdet enttäuscht sein«, sagt Ian, der sich ihnen auf Helenas Beharren hin angeschlossen hat, obwohl er den Campbells normalerweise aus dem Weg geht. »Die australische Gesellschaft ist nicht ganz das, was ihr gewohnt seid. Ihr werdet uns für einen ziemlich barbarischen Haufen halten.«

»Wie lange habt ihr vor zu bleiben?«, fragt Helena.

»Bis meiner Frau langweilig wird«, erwidert Max.

Und sofort muss Lily wieder an die Dame aus der ersten Klasse denken, mit ihrem Korsett und dem missbilligenden Gesicht. Niemand will mit ihnen zu tun haben, hat sie gesagt. Obwohl Lily nicht in diesen Kreisen verkehrt, weiß sie durch ihre Arbeit in vornehmen Häusern genug, um sich vorstellen zu können, was das bedeutet. Sobald ein oder zwei Schlüsselfiguren der höheren Gesellschaft Eliza und Max den Zutritt zu ihren Dinners, Salons und Wochenendpartys verwehren, werden sie aus jedem anständigen Haus des Landes ausgeschlossen. Und was dann? Weiterziehen? Was für eine trostlose Vorstellung.

Lilys Gesicht fühlt sich ganz wund an, und sie entschuldigt sich, um in ihre Kabine zu gehen und etwas mehr Cold Cream aufzutragen. Sie hofft, sie werden ohne sie weiterspielen, aber sie bestehen darauf zu warten, bis sie zurückkommt.

»Alles ist so viel langweiliger, wenn du nicht dabei bist«, sagt Max.

»Du scheinst so einiges langweilig zu finden, Max«, sagt Edward mit dem süffisant-schnippischen Tonfall, der sonst Eliza vorbehalten ist.

Max bedenkt Edward mit einem Blick, der Lily seltsam frösteln lässt, obwohl seine Worte ungleich harmloser ausfallen. »Ich langweile mich eben schnell. Deswegen suche ich gerne nach Zerstreuung. Aber weißt du, Sportsfreund, selbst die Zerstreuungen werden irgendwann langweilig.«

Auf dem Rückweg zur Lounge erblickt sie Maria, die zusammengerollt auf einer Liege vor sich hin dämmert. Sie wirkt noch dünner als das letzte Mal, die Wangen bleich und eingefallen. Dennoch, als sie lächelt, kann Lily die fröhliche, aufgeweckte Frau von vor ein paar Wochen erkennen.

»Fühlst du dich immer noch unwohl?«, fragt Lily. Sie bleibt unbehaglich über ihre Freundin gebeugt stehen, ist sich jedoch bewusst, dass die anderen in der Lounge auf sie warten.

Marias Lächeln verblasst und weicht einem ängstlichen, erschöpften Ausdruck. »Oh, Lily, ich hasse es, mich ständig zu beschweren, aber die Schmerzen werden immer schlimmer. Und mittlerweile habe ich auch Kopfweh. Ich fürchte, ich bin ein hoffnungsloser Fall. Ich zerbröckele wie eine Sandburg. Wenn du mich das nächste Mal siehst, bin ich bestimmt nur noch ein Häufchen Sand auf einem Stuhl.«

»Aber was könnte der Grund für die Schmerzen sein?«

»Ich denke, es sind die Salztabletten. Ich scheine sie nicht zu vertragen, also habe ich aufgehört, sie zu nehmen.«

Einen Moment ist Lily verwirrt. »Du verträgst sie nicht? Aber es ist doch bestimmt gefährlich, sie nicht zu nehmen?« Die Passagiere bekommen immer noch die Salztabletten, um ihren Salzhaushalt zu regulieren und einer Dehydrierung vorzubeugen. »Warst du denn beim Arzt?«

Maria nickt, und Lily bemerkt zum ersten Mal eine münzgroße kahle Stelle auf ihrem Hinterkopf, direkt hinter dem Ohr. Sie schaut etwas genauer hin und entdeckt eine weitere Stelle am Scheitel.

»Er hat mir Tabletten gegen die Schmerzen gegeben. Sie machen mich ganz komisch im Kopf, als wäre ich – mir fällt das Wort nicht ein – dieser Glaskasten, in dem die Fische leben. Ich bin dort drin und schaue dem Treiben der Welt durch ein dickes Glas hindurch zu. Ich habe ihm nicht gesagt, dass ich die Salztabletten nicht nehme. Er ist nicht unbedingt ein Mann, der einem Vertrauen einflößt. Willst du dich ein bisschen zu mir setzen, Lily?«

»Ich wünschte, ich könnte, aber man erwartet mich.« Lily wedelt vage in die Richtung der Lounge.

»Natürlich. Ich glaube, ich sollte ohnehin etwas schlafen. Ich bin so müde. Die Nächte sind zurzeit so schlimm.«

Zurück in der Lounge, ist Lily immer noch tief besorgt; sie kann sich nicht konzentrieren und wird dreimal in Folge Letzte.

»Das kauzige kleine Ehepaar dort drüben sieht die ganze Zeit zu uns her«, bemerkt Eliza, die wieder einmal ihre Karten abgelegt hat und sich umschaut.

Lily folgt ihrem Blick und erkennt die Neumanns, die sie schon mehrmals mit Maria getroffen hat und die nun am Eingang zur Lounge stehen. Mr. Neumann hat seinen Hut abgenommen und hält ihn fest an die Brust gedrückt wie einen Glücksbringer. Mrs. Neumann begegnet Lilys Blick und winkt. Die Neumanns kommen auf den Tisch zu, wobei sie vorsichtig um die Sofas, Tische und Sessel herumgehen, auf denen es sich die Passagiere bequem gemacht haben, um der Schwüle draußen zu entgehen.

»Ach du meine Güte, der sieht ja aus wie ein Leichenbestatter«, zwitschert Eliza. »Glaubt ihr, er hat ein Maßband in der Jackentasche und reißt es gleich raus, um uns alle zu vermessen, nur für den Fall, dass wir in einen Sturm geraten?«

Lily erwidert nichts darauf, aber die wunde, sich schälende Haut auf ihren Wangen brennt vor Verlegenheit.

»Miss Shepherd?« Mrs. Neumann wirkt in der stattlichen Umgebung des Salons mit seinen hohen Decken und klobigen Möbeln unscheinbar und winzig. »Können wir reden?«

Ihr Akzent ist schwer und harsch, und Lily kann Elizas Belustigung über den Tisch hinweg spüren.

»Natürlich.« Sie folgt ihnen auf das Deck hinaus. Sie tragen dieselbe Kleidung wie immer, und Lily fällt ein, dass viele der jüdischen Passagiere nur über eine Garnitur verfügen.

»Wir sorgen uns für Maria«, sagt Mr. Neumann, als sie draußen sind. »Sie hat viele Schmerzen.«

»Und seit ein paar Tagen hat sie ihr Salz nicht genommen«, fügt seine Frau hinzu.

Lily sagt, ja, sie wisse das, und gibt in Kürze ihr Gespräch mit Maria wieder.

»Sie werden mit dem Arzt sprechen?«, fragt Mrs. Neumann, auch wenn es mehr wie ein Befehl denn wie eine Bitte klingt.

»Ich? Aber ich …«

»Unser Englisch ist nicht gut«, sagt Mr. Neumann. »Ihnen wird er mehr zuhören. Sie werden ihm von dem Salz erzählen. Fragen Sie, was er ihr für die Schmerzen gibt.«

Wie könnte sie ablehnen? Die Neumanns bitten sie aus reiner Sorge um diesen Gefallen. Außerdem muss Lily immer noch an Marias Gesicht denken, als sie fragte: »Willst du dich einen Moment zu mir setzen?« Das kurze Aufflackern von Hoffnung in ihrem ausgemergelten Gesicht.

Vor dem Sprechzimmer des Arztes bleibt Lily einen Moment stehen und holt tief Luft. Sie kommt aus einer Familie, in der Ärzte verehrt und, wenn überhaupt, nur im Notfall konsultiert werden. Sie ist es nicht gewohnt, sie aufzusuchen, als würde sie auf einen Plausch vorbeischauen. Im Grunde ist sie es überhaupt nicht gewohnt, sie aufzusuchen oder anzusprechen.

Dr. Macpherson sitzt an seinem Schreibtisch und kritzelt etwas in ein dickes, ledergebundenes Notizbuch. Er ist ein gedrungener Mann mittleren Alters mit einer hummerroten Glatze.

»Es gehört nicht zu meinen Aufgaben, den Zustand meiner Patienten zu diskutieren, Miss Shepherd«, erklärt er auf seine missbilligende schottische Art, sobald Lily stockend ihr Anliegen vorgebracht hat. »Dennoch werde ich in diesem Fall eine Ausnahme machen, aus reiner Sorge um das Wohlergehen der jungen Dame. Die Sache ist die: Ich gehe nicht davon aus, dass diese unerklärlichen Schmerzen physischer Natur sind.«

Lily starrt ihn verständnislos an. »Aber ich war bei ihr, als sie einen Anfall hatte. Sie hatte schreckliche Schmerzen. Sie hat vor Kurzem sogar aufgehört, ihre Salztabletten zu nehmen, für den Fall, dass die Schmerzen daher kommen.«

»Ich sage nicht, dass Miss Katz diese Schmerzen nicht tatsächlich durchlebt, Miss Shepherd. Nur dass ich glaube, dass ihre Quelle eher psychologischer als physiologischer Natur ist.«

»Aber Sie haben ihr doch Medizin gegen ihre Schmerzen gegeben?«

Dr. Macpherson schüttelt seinen kahlen roten Kopf. »Ich habe Ihrer Freundin Medizin für ihre Nerven gegeben, Miss Shepherd. So wie ich das verstanden habe, ist es nicht das erste Mal auf dieser Reise, dass Miss Katz Zeichen psychosomatischen Verhaltens gezeigt hat.«

»Ich verstehe nicht …«

»Soweit ich weiß, hat sie zu einem früheren Zeitpunkt berichtet, im Schlaf auf dem Deck angegriffen worden zu sein.«

»Ja, aber …«

»Der Kapitän wurde später von einer Passagierin, die die gesamte Zeit über wach gewesen war, darüber informiert, dass niemand auch nur in die Nähe von Miss Katz gekommen sei.«

Eine dunkle Gestalt. Schritte. Und schon beginnt Lilys Kopf, das, was sie glaubt, gesehen und gehört zu haben, umzuwandeln und die Reihenfolge der Geschehnisse anzuzweifeln. Hätte nicht Maria selbst diese Gestalt sein können? Und die Schritte diejenigen von Mrs. Collins oder einer anderen Passagierin, die von Marias Schrei herbeigerufen worden waren? Nein. Aber …

»Sie war nicht … ist nicht … Sie ist kein Mensch, der eine Notlage vortäuschen würde, nur um Aufmerksamkeit zu erregen.«

»Keine Aufmerksamkeit, Miss Shepherd. Zumindest nicht zwingend. Ich weiß, dass Miss Katz sich große Sorgen um ihre Eltern macht. Die meisten von uns sind in der Lage, unsere Ängste erfolgreich zu bewältigen, indem wir sie in unserem Geist verarbeiten. Aber unglücklicherweise schaffen das manche Menschen – manche Frauen – eben nicht. In diesen Fällen manifestieren sich ihre Sorgen und Probleme auf körperlicher Ebene – eine mysteriöse Erkrankung, ein nicht nachweisbarer Übergriff …«

»Sie wollen damit sagen, dass sie …«

»Ich fürchte, Ihre Freundin ist eine Hysterikerin, Miss Shepherd. Das ist meine Diagnose. Seien Sie sich jedoch versichert, dass die Medizin, die ich ihr gegeben habe, sehr wirksam ist und Miss Katz sich schon bald ruhiger fühlen sollte. Dennoch sollten Sie sie dazu ermutigen, ihre Salztabletten zu nehmen. Tatsächlich könnte das Weglassen dazu führen, dass sich genau jene Symptome manifestieren, über die sie klagt!«

Als Lily danach das Gespräch noch einmal im Kopf durchgeht, ist es das Wort »Hysterikerin« – jene verhasste Bezeichnung, die zuallererst von Clara Mills ausgesprochen wurde –, die sich festsetzt wie ein Knochensplitter in ihrem Hals.

Als sie die Neumanns, die auf ihre Rückkehr warten, auf Deck erblickt, verlangsamt Lily ihre Schritte, um sich zurechtzulegen, was sie sagen soll. Aber als sie keine fünf, sechs Meter von ihnen entfernt ist, bleibt sie ganz stehen. Dann, bevor die Neumanns sich umdrehen und sie sehen können, schlüpft sie durch die nächstbeste Tür.

24

29. August 1939

Australien.

Was hat sie erwartet?

Lily weiß es nicht. Nur dass es nicht das hier war.

Zuerst ist es nur ein Strich am Horizont, eine vage Ahnung von Land, nichts wirklich Greifbares. Die Passagiere auf Deck spähen angestrengt in die Ferne, halten nach irgendeinem Orientierungspunkt Ausschau. »Wo ist es, Mama?«, fragt ein kleines Mädchen neben Lily. »Ich kann es nicht sehen.«

Endlich zeichnet sich eine Silhouette ab. Ein Leuchtturm. Und dahinter ein verschwommener Fleck. Das kleine Mädchen ist enttäuscht. »Ist das Australien, Mama? Ist das Australien? Es ist kleiner als daheim!«

Doch nun nimmt der Küstenstreifen Gestalt an und dahinter eine Stadt. Vielmehr eine Ansammlung von Häusern. Nichts Großes oder Beeindruckendes.

»Die nächste Stadt ist Perth, und die ist eine halbe Stunde entfernt«, erklärt Ian, als müsse er sich für die mangelnde Großartigkeit seines Heimatlands entschuldigen. »Das, was man da sieht, ist nur Fremantle.«

Trotzdem kommt Lily nicht umhin, angesichts des Eingangstors zu Westaustralien einen Stich der Enttäuschung zu verspüren. Selbst der Hafen erweist sich beim

Näherkommen als bescheidener, verschlafen wirkender Fleck – nicht annähernd so beeindruckend wie Tilbury, wo sie losgefahren sind, und ohne jenes rege, geschäftige Treiben der anderen Hafenstädte, in denen sie bisher angelegt haben.

Ich bin da, denkt sie. Dieser Kontinent wird die nächsten zwei Jahre meine Heimat sein. Doch obwohl sie ihren Geist zwingt, die Worte zu verarbeiten, verspürt sie nichts. Keine Aufregung. Keine Ehrfurcht, weil sie ein neues Kapitel ihres Lebens aufschlägt.

Es ist früher Nachmittag, und seit sie an diesem Morgen aufgewacht ist, hat sie eine Veränderung des Klimas festgestellt. Es ist immer noch heiß und sonnig, doch weiter draußen auf dem Meer fühlte sich die Luft bereits frischer an, und selbst hier, als sie sich dem Hafenkai nähern, ist klar, dass die Schwüle der letzten Tage verschwunden ist. Dennoch wollte Lily kein Risiko eingehen und hat sich einen breitkrempigen Strohhut von Helena ausgeliehen, um ihr sonnenverbranntes Gesicht zu schützen. Und wenn das mit sich bringt, dass er sie auch vor den Neumanns, vor Maria und vor George Price abschirmt … nun ja, das war nicht ihre Absicht. Nein, wirklich, war es nicht.

Auf dem Kai hat sich ein Grüppchen Menschen versammelt, um einige der australischen Passagiere zu begrüßen, deren Reise hier endet. Als das Schiff näher kommt, wird Lily von einem Chor seltsamer Rufe überrascht, die von den wartenden Familien und Freunden kommen: *»Coo-ee! Coo-ee!«*; und nun hallt derselbe Rufe von den Aussies an Bord zurück: »Coo-ee!« Die erste Silbe lang, die zweite nur angedeutet, ein Zungenschlag wie das missbilligende »Äh!« einer alten Dame.

»Jetzt schau nicht so schockiert, Lily«, lacht Ian sie aus. »Das ist ein typischer Aussie-Gruß, das ist alles.«

Er besteht darauf, dass Lily und Helena den Ruf nachzuahmen versuchen, was das kleine Mädchen, das von der Größe Australiens so enttäuscht war, unverzüglich dazu animiert einzustimmen; und spätestens da halten sie sich alle die Bäuche vor Lachen. Alle bis auf die Mutter des Mädchens, welche die Nase rümpft und wegschaut, als würde sie sich an einen anderen Ort fortwünschen.

Die *Orontes* wird den ganzen Tag im Hafen von Fremantle bleiben, daher haben viele der Passagiere sich vorgenommen, einen Ausflug nach Perth zu unternehmen. Der Zug geht einmal die Stunde, und so ist genug Zeit, um sich in Ruhe alles anzuschauen. Die Fletchers wollen ebenfalls nach Perth, und Ian ist begeistert von der Idee, sie in ihrer ersten australischen Stadt herumzuführen, doch Lily beschließt, nicht mitzufahren. Obwohl die Dinge zwischen ihnen oberflächlich betrachtet wieder beim Alten sind, gibt es immer noch einen Rest von Anspannung.

Fremantle wirkt auf den ersten Blick wie eine recht angenehme Stadt, um sich ein paar Stunden lang die Zeit an Land zu vertreiben – sauber und ruhig, das Wetter nicht zu heiß … im Grunde das Ebenbild eines netten englischen Sommertags. Die flachen Häuser kauern gemütlich am Boden, dazwischen immer wieder üppiges Grün, das jedoch ganz anders ist als das gedämpfte Schuluniformgrün der englischen Bäume. Hier ist es vielmehr das lebendige, leuchtende Grün unreifer Äpfel.

Während sie noch in der Schlange vor der Landungsbrücke ansteht, huscht ihr Blick über das Deck, um nach

Maria oder den Neumanns Ausschau zu halten. Falls Lily sie sieht, wird sie anbieten, den Tag mit ihnen zu verbringen, beschließt sie, um ihr schlechtes Gewissen zu beruhigen, weil sie sich vor dem freundlichen alten Ehepaar versteckt hat, anstatt ihnen zu berichten, was der Arzt gesagt hat. Sie begegnet dem Blick von George Price, der ebenfalls ansteht, um von Bord zu gehen, und sein Gesicht nimmt sofort die Farbe von Rotwein an. Er wendet den Blick ab und vollführt eine seltsame zuckende Kopfbewegung. Doch von den Neumanns ist weit und breit nichts zu sehen, und Lily verspürt eine tiefe Erleichterung.

Es fühlt sich merkwürdig an, das erste Mal einen Fuß auf australischen Boden zu setzen – oder besser gesagt auf australische Holzplanken –, in dem Wissen, dass jenseits dieser Stadt der Kontinent liegt, den sie lernen muss, als ihre neue Heimat zu akzeptieren. Lily erinnert sich an einen Urlaub am Meer mit ihren Eltern, als sie noch ein Kind war. Dorset, glaubt sie. Vielleicht auch Devon. Sie und Frank auf Händen und Knien im Sand buddelnd. »Wir machen weiter, bis wir in Australien ankommen«, hat sie verkündet, und Frank, der um einiges jünger war, glaubte, es sei tatsächlich möglich, und wollte nicht aufhören, ehe sie mit eigenen Augen die Kängurus gesehen hätten. Und nun ist sie hier. Sie hat sie alle zurückgelassen.

Die anderen sind bestürzt, als sie verkündet, dass sie sich ihnen beim Ausflug nach Perth nicht anschließen wird. »Bitte, komm mit, Lily«, flüstert Edward, als sie an der Kreuzung stehen bleiben, wo Lily abbiegen will, um in die Stadt zu gelangen, während sie geradeaus Richtung Bahnhof müssen. Aber Lily hat sich bereits entschieden. Außerdem ist Edward immer noch in dieser seltsamen Stimmung – schreckhaft und in sich selbst versunken, ohne eine Spur des ungezwungenen Charmes, den er zu Beginn ihrer Reise an sich hatte.

Wie sie so allein durch diese fremde Stadt spaziert, fühlt sie sich ungemein befreit. Es ist so lange her, dass sie allein war, und sie merkt, wie sehr sie ihre eigene Gesellschaft vermisst hat. Die Häuser, an denen sie vorbeikommt, sind allesamt einstöckige Kolonialbauten mit hübschen, bunt gestrichenen Fassaden, jedes mit einer Holzveranda und einer kleinen Rasenfläche davor. Lily hat bereits von den Weihnachtssternbäumen mit den großen roten Blättern gehört, aber es gibt auch Hibiskusbüsche, an denen flammend rote und orangefarbene Blüten prangen, dazwischen immer wieder große Büschel Pampasgras mit den bärtigen blassbraunen Federn, die aus einem Rock grüner Binsen hervorsprießen. Sie kann geradezu spüren, wie sich ihre Stimmung mit jedem Schritt hebt.

Die Geschäfte befinden sich ebenfalls in flachen, eingeschossigen Gebäuden. Lily kommt an einer Obst- und Gemüsehandlung mit exotischen Früchten vorbei, deren Besitzer mit einem Grüppchen italienischer Passagiere in ihrer Muttersprache plaudert; sie wirken überglücklich und erleichtert, gleich bei ihrem ersten Streifzug im neuen Heimatland auf ein freundliches Gesicht gestoßen zu sein. Einige der Italienerinnen, die auf dem Schiff unter der Last von Babys, Wäschebergen und einer ewig anhaftenden Aura von Armut viel älter wirkten als Lily, entpuppen sich hier als junge und in so manchem Fall wunderschöne Frauen mit schwarzem glänzendem Haar und dunklen freudestrahlenden Augen.

Während sie weiter die breiten Gehwege entlangspaziert, kommt Lily nicht umhin, sich neugierig die Passanten anzuschauen und sie mit den Leuten zu vergleichen, die sie aus London und Reading kennt. Überraschenderweise sind die Gegensätze nicht unmittelbar ersichtlich. Es sind eher die kleinen Unterschiede, die ihr ins Auge stechen – die Tatsache, dass die jungen Frauen ihre Babys eher sitzend, in kleinen wendigen Kinderwagen herumschieben als liegend in großen geflochtenen Korbwagen; zudem sind praktische Einkaufsnetze daran befestigt. Die Werbeplakate und Reklametafeln bewerben eine verwirrende Mischung aus geläufigen Produkten wie *Oxo*-Brühwürfeln und anderen ihr vollkommen unbekannten Marken.

Sie kauft eine Zeitung und einige Postkartenhefte – sechs farbige Ansichten der Stadt samt Umgebung, zusammengefaltet und mit einem Schreibfeld auf der Rückseite. Als sie an einem gepflegt wirkenden Hotel vorbeikommt – auch das mit einer Veranda im Kolonialstil und Schwingtüren –, beschließt sie, dort etwas zu trinken, um in Ruhe die Zeitung zu lesen und einen Brief nach Hause zu schreiben.

Das Foyer des Hotels ist hübsch eingerichtet und angenehm kühl, mit dick gepolsterten Sofas und Pflanzkübeln, in denen kleine Palmen stecken. Lily lässt sich in einen Ledersessel sinken und bestellt eine Ingwerlimonade bei einem äußerst redseligen Kellner, der, als er ihren Akzent hört, darauf besteht, ihr zu erklären, wo sie hinreisen muss (Fremantle natürlich und Sydney, aber nicht nach Melbourne oder Neuseeland, die bei ihm den Ruf haben, viel zu britisch und viel zu bieder zu sein). Endlich wird er weggerufen, und sie kann in Ruhe ihre

Zeitung lesen, die recht verwirrende Informationen bezüglich der Möglichkeit eines Krieges zu bieten hat. Je weiter ihre Reise voranschritt, desto spärlicher wurden die Nachrichten, die sie an Bord bekamen. Doch nun, als Lily sich über die politischen Ereignisse informiert, die sie während der langen dahindümpelnden Tage auf dem Indischen Ozean verpasst hat, krampft sich ihr der Magen zusammen. Deutschland hat, so scheint es, einen Nichtangriffsvertrag mit der Sowjetunion geschlossen, mit dem Versprechen, dass keiner von beiden sich mit den Gegnern des anderen verbünden wird. Bevor sie England verließ, schien es noch sicher, dass Russland einen Pakt mit England und Frankreich schließen würde, daher lässt dieser Schritt nichts Gutes erahnen. Vor ein paar Tagen hat Chamberlain seinerseits einen Pakt mit Polen geschlossen, in welchem er dem Land im Falle eines Angriffs durch Deutschland Schutz zusicherte. Und doch gibt es Hoffnung. Nach Meinung des Zeitungsredakteurs wird das neue britische Abkommen Hitler dazu zwingen, sich seinen Expansionskurs noch einmal gründlich zu überlegen.

Lily ist beinahe am Ende des Artikels angelangt, als eine Hand sich über ihre Schulter streckt und die Zeitung zuklappt.

»Du darfst nicht weiterlesen. Ich verbiete es dir. Nachrichten sind nicht gut für deine Gesundheit.« Eliza schwingt sich in den Sessel gegenüber von Lily. Sie hat wieder den riesigen Hut auf und ihre Sonnenbrille auf der Nase. Lily blickt automatisch zum Eingang, in Erwartung Max' breite Schultern oder aber die silberne Mähne von Anthony Hewitt zu sehen, doch da steht niemand.

»Er ist nicht da«, sagt Eliza, ohne klarzustellen, wen sie meint. »Ich bin ihm entwischt, als wir in den Zug eingestiegen sind. Habe mich vorgedrängelt und bin direkt aus der nächsten Tür wieder raus!«

Sie scheint auf einen bewundernden Kommentar von Lily zu warten, doch Lily weigert sich, ihr den Gefallen zu tun, also fährt Eliza fort.

»Ich muss ihn unbedingt loswerden. Er wird allmählich lästig.«

Ah, also redet sie doch von Anthony Hewitt. Elizas nächste Aussage bestätigt Lilys Vermutung.

»Weißt du, Lily, ich glaube, ich war so hin und weg, dieser Stimme zu lauschen, dass mir gar nicht auffiel, was diese Stimme eigentlich von sich gab. Dieser Kerl ist ein ausgewachsener Esel. Vollkommen in sich selbst und das Bild verliebt, das die Welt von ihm hat. Weißt du was? Als wir in Ceylon waren, kam der Hotelmanager mit der Rechnung, und dieser Trottel dachte allen Ernstes, man würde ihn um ein Autogramm bitten!«

Eliza lässt den Kellner kommen, und noch bevor er zu irgendwelchen Reiseempfehlungen ausholen kann, bestellt sie knapp einen Gimlet, was ihn so aus dem Konzept zu bringen scheint, dass er abrupt verstummt.

Lily will gerade fragen, was mit Max ist, als Eliza ihren Hut und die Sonnenbrille abnimmt.

»Oh Gott!« Lily schlägt sich die Hand vor den Mund. »Was um Himmels willen …?«

Die Haut um Elizas linkes Auge ist dunkellila verfärbt, und das Weiß darin ist nicht weiß, sondern ein schreckliches Rot.

Eliza verzieht das Gesicht. »Ich weiß. Grässlich, nicht wahr?«

»Aber was ist denn passiert?«

»Ach, du weißt schon. Max.«

Nein, Lily weiß es nicht. Sie weiß überhaupt nichts. Sie denkt an Max Campbell, an seine Glassplitteraugen, seine breiten, kräftigen Hände. Aber dennoch. Das hier doch nicht. »Er hat dich geschlagen? Mit Absicht?«

Eliza lächelt. »Ach, Lily, sei nicht so dramatisch. Ja, er hat mich geschlagen. Ich wollte sogar, dass er mich schlägt. Ich habe ihn gereizt und gereizt, bis er es endlich getan hat. Schau!« Sie streckt Lily ihre rechte Hand hin, zeigt Lily die aufgeschürften Knöchel. »Ich musste ihn ein paarmal schlagen, bis er sich revanchiert hat. Das hat verdammt wehgetan.«

»Aber warum?«

»Um mich lebendig zu fühlen, Lily. Warum denn sonst? Ich bin all dessen so müde. Ich bin es müde, immerzu zu suchen und zu suchen... nach irgendwas, das mich etwas fühlen lässt... nach einer neuen Sache, einem neuen Menschen. Nie zu schlafen, nur für den Fall, dass ich dieses Etwas verpassen könnte. Weißt du, wie es ist, nach etwas zu suchen, von dem du weißt, dass du es niemals finden wirst? Nach etwas, das endlich allem einen Sinn gibt? Manchmal nehme ich Max' Rasierklinge im Bad, um meine Haut aufzuritzen, nur um den Schmerz zu spüren, um *irgendetwas* zu spüren.« Eliza hält einen Moment inne, bevor sie weiterspricht. »Also habe ich ihn gereizt, bis er mich geschlagen hat, und weißt du was? Für einen Moment hat es funktioniert. Genau in dem Moment, als der Schmerz in meiner Augenhöhle explodierte, fühlte ich mich tatsächlich lebendig.«

Lily lässt sich mit klopfendem Herzen in ihrem Sessel zurücksinken. Ihr Mund steht immer noch offen. Wie wenig sie doch über das Leben weiß, wie wenig sie versteht. Sie dachte, durch das, was Maggie zugestoßen ist, wäre sie so lebensklug, so erfahren, und doch weiß sie nichts. Sie hat keine Ahnung davon, was Männer und Frauen einander antun können; davon, wie dehnbar eine Ehe sein kann, während sie Formen und Gestalten annimmt, von denen Lily keinerlei Vorstellung hatte.

»Bitte, Lily. Jetzt schau nicht so schockiert.«

Eliza klingt plötzlich erschöpft. Beinahe bezwungen. Der Kellner kommt mit dem Gimlet, und Eliza hebt die Hand an den Kopf, um ihr Auge vor seinem Blick abzuschirmen.

»Weißt du, Lily, ich bewundere dich so sehr«, sagt sie, sobald er wieder fort ist. »Du bist so viel mutiger und stärker als ich. Nein, wirklich, schau dich nur an. Du machst diesen großen Schritt hier, begibst dich auf dieses riesige Abenteuer, und das ganz allein. Ich wünschte, ich hätte deinen Mut, aber den habe ich nicht. Ich habe nicht den Mut, Max zu verlassen, obwohl ich weiß, dass wir uns letzten Endes gegenseitig zerstören werden. Ist das nicht schrecklich dumm?«

»Hasst du ihn denn wirklich so sehr für das, was Olivia zugestoßen ist?«, fragt Lily.

Eliza schaut sie an, als habe sie etwas völlig Unverständliches von sich gegeben. »Ich könnte Max nie hassen. Nicht wirklich. Er ist mein Mann. Ich liebe ihn. Aber ich werde ihm niemals verzeihen, nie. Das ist auch der Grund, warum ich nicht mit ihm schlafen kann. Es treibt ihn in den Wahnsinn.«

Eine Weile sitzen sie schweigend da und trinken. In Elizas Glas treibt eine einzelne Limonenscheibe, und sie fischt sie mit den Fingerspitzen heraus, vergräbt ihre

Zähne darin und zuckt angesichts der Säure zusammen. Sie hat einen Großteil der manischen Energie der letzten Tage eingebüßt, und Lily fühlt sich ermutigt, sie endlich nach dem schrecklichen Gerücht zu fragen, das die Frau aus der ersten Klasse ihr erzählt hat.

Eliza lauscht schweigend ihrer Frage und fährt mit der Zungenspitze über den Rand ihres Glases. Schließlich seufzt sie. »Armer Rupert.«

»Rupert?«

»Rupert war der Ehemann. Es wundert mich, dass du ihn nicht auf dem Kai gesehen hast, als das Schiff ablegte. Ein wirklich schöner Mann. Du kannst ihn gar nicht übersehen haben.«

»Aber ich …«

»Tatsache ist, das mit Annabel tut mir leid. Natürlich tut es mir leid. Sie war eine reizende Person, wirklich, leider viel zu sensibel. Aber ich mochte sie.«

»Aber warum hast du es dann getan?«

»Was schätzt du, Lily, wie alt ich bin?«

Lily ist von dem plötzlichen Themenwechsel überrumpelt und hat Mühe, sich wieder zu sammeln.

»Ich weiß nicht. Neunundzwanzig?«

Eliza lacht. »Du bist wirklich lieb, Lily. Ich bin vierunddreißig, beinahe fünfunddreißig. So gut wie mein ganzes Leben wurde ich von den Männern definiert, die mich begehrten. Aber die Männer werden sich nicht viel länger nach mir umschauen, und was dann? Was werde ich dann sein?«

»Es gibt andere Dinge im Leben, Eliza.«

Aber all die anderen Dinge, die Lily aufzählen will, scheinen nicht zu passen. Eliza wird nie einen Beruf ergreifen. Sie kann keine Kinder mehr haben. Sie scheint nicht einmal irgendwelche Hobbys zu pflegen. Einmal, als sie Lily mit einem Buch erwischte, verkündete sie, sie hasse es zu lesen, denn nach ein paar Minuten würden die Buchstaben vor ihren Augen anfangen zu tanzen.

»Ich weiß, dass du auf Reue hoffst – wegen Annabel Wright, meine ich –, und es tut mir ja auch schrecklich leid. Ich war wirklich am Boden zerstört. Aber sie hätte es sowieso getan. Wenn nicht meinetwegen, dann wegen der nächsten Frau. Und es hätte ganz sicher eine nächste gegeben. Rupert ist einfach diese Art Mann. Er liebt es zu sehr, verliebt zu sein.«

»Aber warum konnte er nicht einfach in seine Frau verliebt bleiben?« Lily ist sich bewusst, wie naiv sie klingen muss. Wie töricht. Dennoch kann sie nicht anders. In Gedanken sieht sie den jungen Mann auf dem Kai, mit seiner glatten Karamellhaut, und sie will ihn herumwirbeln, die Zeit zurückdrehen und ihn zu seiner Frau zurückschicken, nach Hause, in die Zeit, bevor sein Blick auf Eliza Campbell fiel. Sie will einfach, dass die Welt so ist, wie ihre Eltern sie glauben ließen. Man verliebt sich, man bleibt zusammen, in Krankheit und Gesundheit, in guten wie in schlechten Zeiten. »Es gibt Männer, die in ihre Frauen verliebt bleiben«, sagt sie hitzig. »Max liebt dich.«

»Was genau der Grund ist, warum ich ihn nicht lieben kann. Verstehst du das denn nicht? In jeder Beziehung gibt es einen, der liebt, und einen, der geliebt wird. Es ist nur mein gemeines Glück, dass in diesem Fall ich diejenige bin, die geliebt wird, nicht andersherum. Ach, wenn ich doch wenigstens diejenige wäre, die liebte, dann hätte ich eine Funktion. Wie gut, dass Max keine weibliche Aufmerksamkeit benötigt, um sein Selbstwertgefühl zu stärken. Für manche Frauen gibt es nichts Attraktiveres als einen treu liebenden Ehemann.« Bei diesen Worten schaut sie Lily von der Seite an, doch Lily blickt entschlossen weg.

Als sie ausgetrunken haben, beschließen sie, einen Spaziergang zum nächstgelegenen Strand zu machen. Eliza ist es leid, dass man sie wegen ihres blauen Auges anstarrt, das trotz des dämmrigen Lichts die Aufmerksamkeit der anderen Gäste auf sich zieht.

Ein kurzer Spaziergang führt sie an einen ausgedehnten Sandstrand, der von einer Reihe Bäume abgeschirmt wird und trotz der angenehmen Temperatur nahezu verlassen daliegt; lediglich ein paar Frauen sitzen beisammen und schauen ihren kleinen Kindern zu, die im seichten Wasser herumtollen.

»Lass uns einen großen Bogen um die machen«, sagt Eliza, als sie die Gruppe erblickt. »Wer kann denn bitte das ständige Geschrei ertragen, das diese Kinder von sich geben?«

Doch als sie sich an einer Stelle etwa zwanzig Meter entfernt niederlassen, bemerkt Lily, wie Elizas Blick immer wieder zu den Frauen zurückhuscht, von denen zwei ihre Babys auf dem Schoß tanzen lassen; bemerkt den hungrigen Blick in Elizas Augen. Unwillkürlich verspürt Lily ein dumpfes Knacken in ihrem Herzen. Um sie beide auf andere Gedanken zu bringen, erzählt sie Eliza von Marias unerklärlichen Schmerzen und was der Doktor gesagt hat, nur um sich sofort wieder schuldig zu fühlen, Marias Probleme als Konversationshilfe benutzt zu haben.

»Das überrascht mich nicht im Mindesten«, sagt Eliza, die ihre Schuhe ausgezogen hat und durch das seichte

Wasser vor Lily watet, die im Sand sitzen geblieben ist. »Ihre Leute haben einen Hang zum Theatralischen. Du solltest dir einmal die abenteuerlichen Geschichten anhören, die sie darüber verbreiten, was die Deutschen den Juden in Österreich und der Tschechoslowakei angeblich antun.«

»Aber könnte es nicht sein, dass diese Geschichten wahr sind? Zumindest einige?«

Eliza verzieht das Gesicht unter der breiten Hutkrempe, wobei sie die Nase so rümpft, dass ihre Brille sich auf und ab bewegt. »Lily, mein Schatz, nur Barbaren könnten diese Dinge tun, die sie den Deutschen vorwerfen. Lass mich dir eins sagen: Ich habe in meinem Leben etliche Deutsche kennengelernt, und auch wenn ich nicht immer mit ihnen einer Meinung war, waren sie recht kultiviert und anständig. Nein, ich fürchte, es ist eine Tatsache, dass die Juden eine überaus blühende Fantasie haben. Ich sage damit nicht, dass es die Schuld deiner Freundin Maria ist. Wahrscheinlich ist es in ihrem Blut.«

Eine Gestalt nähert sich ihnen vom anderen Ende des Strands, schmal und dürr und schwarz gekleidet. Lily stöhnt innerlich, als ihr die Erkenntnis dämmert.

»Hier steckst du also«, sagt Ida. »Es freut mich zu sehen, dass du beschlossen hast, Perth sausen zu lassen. Ich verstehe einfach nicht, warum jemand sein Geld für eine Zugfahrt ausgeben sollte, wenn doch hier, direkt beim Schiff eine nette kleine Stadt wartet.«

Sie richtet ihre Worte ausschließlich an Lily, als könnte sie Eliza nicht sehen, die direkt vor ihr in der sanften Brandung steht.

Lily erstarrt. Der Moment dehnt sich qualvoll in die

Länge. Ida zögert in ihrem langen schwarzen Kleid, dessen Saum sich auf einer Seite mit Meerwasser vollgesogen hat.

Lily überlegt, ob sie Ida anbieten soll, sich zu setzen, rollt die Worte in ihrem Mund, aber irgendwie wollen sie nicht herauskommen. Stattdessen spricht Eliza.

»Ja, das ist in der Tat eine wirklich nette Stadt. Sie haben absolut recht. Ich denke, Sie werden eine schöne Zeit haben. Sie liegt gleich dort drüben.« Sie deutet den Strand entlang in die Richtung, aus der sie und Lily gekommen sind. Die unterschwellige Botschaft kann nicht missverstanden werden, und Idas dunkle Augen verhärten sich in ihrem hageren, verkniffenen Gesicht zu kleinen schwarzen Kieseln.

»Du solltest dich vorsehen«, sagt sie zu Lily. »Jetzt, da wir in Australien sind, solltest du besser darauf achten, was du tust und mit wem du es tust. Denk dran, in weniger als einer Woche wirst du dir eine Stelle suchen müssen. Du willst doch nicht, dass potenzielle Arbeitgeber Dinge hören, die sie abschrecken könnten.« Damit stolziert sie weiter, und obgleich Lily schockiert ist von dem, was Ida gerade gesagt hat und wie unverblümt sie es in Elizas Gegenwart ausgesprochen hat, so muss sie doch widerwillig Idas aufrechten Gang bewundern, die Art, wie ihr spitzes Kinn sich in die Richtung reckt, in die sie geht, als würde es ihr den Weg weisen.

»Was für eine unangenehme Person«, bemerkt Eliza. »Ich weiß nicht, wie du es aushältst, mit ihr in einer Kabine zu sein.«

Als ob die Entscheidung bei Lily läge.

Lily denkt über das nach, was Ida soeben gesagt hat. Dass es nur noch eine Woche hin ist, bis sie sich nach einer Stelle umschauen muss. Dann blickt sie zu Eliza mit ihrer Sonnenbrille und dem teuren hellblauen Sommerkleid, das sie so achtlos mit Salzwasser vollspritzt. Es gab da einen Moment heute, als sie beinahe das Gefühl hatte, sie seien Freundinnen, sie und Eliza. Doch jetzt kann sie sehen, dass es eine Kluft zwischen ihnen gibt, so groß wie der Indische Ozean.

25

30. August 1939

»Lily?«

Die Stimme ist kaum lauter als ein Seufzen, und zuerst glaubt sie, sie habe das Säuseln des unruhigen Meeres mit ihrem geflüsterten Namen verwechselt. Doch da hört sie es wieder.

»Lily.«

Verwirrt blickt sie sich um. Wieder einmal steht sie am hintersten Ende des Decks, wohin sich die meisten Passagiere nicht bemühen und wo sie sich bis gerade eben allein wähnte.

Zu ihrer Überraschung rührt sich der Deckenhaufen auf einer der Liegen neben ihr, und Marias zerzaustes Haar taucht auf, gefolgt vom Rest ihres Körpers.

Beim Anblick ihrer Freundin muss Lily ein Keuchen unterdrücken. Maria hatte schon immer einen blassen Teint, doch nun ist ihre gelbliche Haut von einem dunkelroten Ausschlag überzogen, und ihre Augen blicken groß und glasig aus ihren Höhlen.

»Was ist los mit dir, Maria? Dir geht es doch etwa nicht immer noch schlecht? Nimmst du denn die Medizin, die der Arzt dir gegeben hat?«

Maria nickt, doch selbst die geringste Bewegung scheint ihr Qualen zu bereiten, denn sie legt sich die

Hand an die knochige Brust. »Oh, Lily, was ist nur mit mir? Ich nehme die Tabletten, und doch geht es mir schlimmer und schlimmer. Ich glaube, sie sind schuld, ich glaube, sie machen, dass meine Haut so furchtbar aussieht.« Ihre Finger streichen über ihre knochigen, gefleckten Wangen. »Es ist, als würde mein Geist ständig vor mir selbst wegspringen, als hätte ich keinerlei Kontrolle über ihn, und doch fühlt sich mein Körper an, als würde er verkümmern und langsamer werden, bis ich nur noch wie eines dieser Tiere bin, die man im Garten findet. Schwarz und widerwärtig. Wie nennt man sie doch gleich? Nacktschnecken, ja, so heißen sie. Mein Körper ist wie eine Nacktschnecke.«

»Und die Schmerzen?«

»Die sind immer noch da. Aber weißt du, Lily, jetzt bin ich fast erleichtert, wenn ich sie spüre. Das klingt seltsam, nicht wahr? Aber der Schmerz, er sagt mir, dass ich immer noch einen Körper habe. Ich bin keine Nacktschnecke ganz ohne Gefühle.«

Lily muss an Eliza denken und an das, was sie in Fremantle erzählt hat – dass sie sich mit Max' Rasierklingen schneidet, nur um etwas zu fühlen. Wie eigenartig, dass beide solch ähnliche Gedanken hegen, auch wenn es in Elizas Fall Schmerzen sind, die sie sich selbst zufügt.

Und bei Maria?, fragt eine verräterische Stimme in ihrem Kopf. Kann es sein, dass sie sich lediglich einbildet, von Schmerzen befallen zu sein, so wie der Doktor meinte? Einen Moment überlegt Lily, Maria zu erzählen, was sie weiß – dass die Tabletten, die sie verschrieben bekommen hat, für ihre Nerven sind, nicht für das, wovon sie glaubt, dass es sie plagt. Plötzlich kommt ihr der Gedanke, dass es womöglich die Tabletten selbst sind, die einige von Marias Symptomen hervorrufen – den Ausschlag, ihre unkontrollierten Gedankensprünge. Ihr fällt das Medikament ein, das ihrem Vater vor Jahren verschrieben wurde und von dem seine Haut so sehr juckte, dass er sich ständig blutig kratzte, und das ihm solche Albträume bescherte, dass er sich, vor Grauen geschüttelt, in den hintersten Winkel seines Betts kauerte und auf irgendwelche Kreaturen deutete, die überhaupt nicht da waren.

Und noch ein anderer Gedanke kommt ihr: »Könnten die Symptome von einem Salzmangel herrühren, seit du aufgehört hast, die Salztabletten zu nehmen?«

Maria schüttelt den Kopf und zuckt sogleich gequält zusammen. »Ich nehme sie wieder, Lily. Das ist es nicht. Aber weißt du, was das Schlimmste ist? Schlimmer noch als die Schmerzen? Ich mache mir allmählich Sorgen um meinen Geisteszustand. Ich fühle mich die ganze Zeit, als würde mich jemand beobachten… Und dann diese Albträume, von denen ich dir erzählt habe, in denen ich verfolgt werde? Sie sind mittlerweile so schlimm, dass ich überhaupt nicht mehr schlafe.«

»Lily? Da bist du ja! Ich habe dich überall gesucht.«

Audrey wirkt außer Atem, als wäre sie gerannt, ihre Wangen rosig, das Haar von der Hitze gelockt.

»Oh!« Jetzt erst hat sie Maria unter den Decken bemerkt. Ihre hellblauen Augen weiten sich schockiert, bevor sie sich wieder Lily zuwendet. »Mrs. Collins schickt mich. Es gibt Papierkram, den wir ausfüllen müssen, bevor wir in Sydney ankommen. Formulare und so.«

Lily dreht sich zu Maria und hebt die Hände in einer hilflosen Geste: *Da kann man wohl nichts machen.* Doch ein Teil von ihr – wenn sie ehrlich ist, ein großer Teil –

ist froh, eine Ausrede zum Gehen zu haben. Maria macht ihr Angst mit diesem dunkellila Ausschlag im Gesicht und den eingesunkenen Wangen.

Marias Hand schießt hervor, ihre knochigen Finger schließen sich um Lilys Handgelenk wie ein Schraubstock. »Lass uns später treffen«, sagt sie drängend. »Bitte, Lily. Ich ertrage es nicht, so lange allein zu sein. Früher habe ich die Einsamkeit geliebt, aber jetzt fürchte ich meine eigene Gesellschaft. Bitte, sag, dass du kommst.«

»Natürlich.«

Doch Maria ist nicht überzeugt. Sie verstärkt ihren Griff. »Wann, Lily? Heute Nachmittag? Hier? Um fünf?«

»Ja, ich werde da sein.«

»Versprichst du es, Lily?«

»Ich verspreche es.«

Doch als Lily in der Lounge sitzt, während Mrs. Collins ihnen verschiedene Papiere aushändigt, die sie lesen und unterzeichnen müssen, und ihnen noch einmal das Prozedere für die Stellenvermittlung bei ihrer Ankunft erklärt, verspürt sie Furcht. Die Verschlechterung von Marias Gesundheitszustand ist einfach zu drastisch. War der Doktor nicht voreilig, als er darauf beharrte, dass die Krankheit nur in ihrem Kopf stattfände?

Als das Treffen zu Ende ist und die anderen Mädchen aus der Lounge strömen, legt Mrs. Collins sanft die Hand auf Lilys Arm.

»Können wir uns einen Moment unterhalten, Lily?«

Lily sinkt wieder auf ihren Stuhl zurück.

»Ist alles in Ordnung mit Ihnen, meine Liebe? Ich wollte mich nicht in Ihre Bekanntschaften an Bord einmischen. Sie sind jung und unverheiratet, und da ist es nur natürlich, dass Sie auf solch einer Reise etwas die

Zügel schießen lassen. Ich nehme an, das ist die erste längere Freizeit, die Sie seit Ihrer Schule hatten, und warum sollten Sie sich auch nicht amüsieren? Trotzdem mache ich mir Sorgen, wie viel Zeit Sie in der Gesellschaft dieser Campbells und mit Miss Katz verbringen. Um offen zu sein, finde ich keinen von ihnen einen angemessenen Umgang für eine junge Dame in Ihrer Situation.«

Lily spürt, wie sie rot anläuft, gerade so, als wäre sie wieder in der Schule und würde von der Lehrerin gerügt.

»Ich bin sicher, Sie haben die schockierenden Gerüchte über Mrs. Campbell und den Ehemann jenes armen Mädchens gehört, das gestorben ist. Und auch Miss Katz hat Sie meiner Meinung nach in die Irre geführt – diese ganze schlimme Angelegenheit mitten in der Nacht auf dem Deck. Dabei hat sich herausgestellt, dass es gar nichts war, nur das Hirngespinst einer jungen Frau mit einer überbordenden Fantasie.«

»Aber das wissen wir doch nicht. Niemand kann das mit Sicherheit sagen.«

Mrs. Collins blinzelt sie überrascht an. »Es gab eine Zeugin, meine Liebe.«

»Ja, aber woher sollen wir wissen, dass diese Zeugin glaubwürdig ist? Wir wissen doch nicht einmal, wer es ist.«

»Das stimmt doch nicht. Das hat man Ihnen gewiss gesagt.«

»Was hat man mir gesagt?«

Mrs. Collins blinzelt abermals und lehnt sich in einen Streifen Sonnenlicht zurück, das den blonden Flaum auf ihren Wangen erleuchtet, an dem sich störrische Puderstäubchen festklammern.

»Es war Ihre eigene Freundin, die es bezeugt hat. Ihre Kabinennachbarin Ida.«

Warum hat Ida ihr nichts gesagt? Sie versteht das alles nicht. Lilys Kopf fühlt sich ganz dumpf an. Sie versucht, sich an die Nacht auf dem Deck zu erinnern, versucht, sich vor Augen zu rufen, wer in den Feldbetten neben ihnen lag. Doch ihr wattiges Hirn macht es ihr unmöglich, die Bilder aufleben zu lassen oder die einzelnen Dinge sinnvoll zu verknüpfen.

Nachdem sie die Lounge verlassen hat, tritt sie nach draußen und wendet sich in die entgegengesetzte Richtung des Decks, um Maria nicht zu begegnen.

»Da ist sie ja! Höchstpersönlich.« Edward hat einen Arm ausgestreckt, sodass sie dagegen läuft. Er und Helena stehen unter dem Sonnendach neben dem Swimmingpool, der aufgrund des wechselhaften Wetters ausnahmsweise leer ist. Edward lächelt breit, und seine grünen Augen leuchten. Helena hingegen wirkt angespannt. Die Arme eng vor der Brust verschränkt, wie um sich selbst davon abzuhalten zu flüchten.

»Eliza war gerade unten. Sie braucht noch zwei Leute für eine Partie Karten, aber Helena ist so eine Spielverderberin und weigert sich mitzukommen.«

»Wir haben bereits darüber gesprochen. Wir hatten eine Abmachung.«

»Ja, aber hier geht es nur darum, ein bisschen in der Lounge zu sitzen, umgeben von anderen Leuten. Außerdem langweile ich mich so schrecklich auf diesem Deck … wenn ich noch einen weiteren Nachmittag in dieselben öden Gesichter schauen muss, werde ich noch explodieren.«

Edward klingt nicht wie er selbst. Tatsächlich klingt

er ganz wie Eliza. Lily registriert die Ähnlichkeit mit einem dumpfen Schlag der Erkenntnis. Trotz allem, was zwischen ihr und Edward passiert ist, ist es immer noch Eliza, an der sich sein Verhalten orientiert; Eliza, auf die sich sein Unbewusstes fixiert.

»Edward. Du hast die Gerüchte gehört. Alle haben sie gehört. Du weißt, was passiert ist. Eine Frau ist gestorben wegen Eliza Campbell.«

»Das wissen wir nicht mit Sicherheit. Und überhaupt, ich dachte, du gibst nichts auf Tratsch. Hast du mir das nicht selbst gesagt?« Edward funkelt seine Schwester an, und da ist eine neue Härte und Spannung zwischen ihnen, spröde und unnachgiebig. Jetzt wendet er sich an Lily. »Kommst wenigstens du mit mir, Lily? Bitte! Oder willst du die nächsten Stunden lieber damit zubringen, dasselbe olle Meer durch dieselbe olle Reling anzuschauen, während dieselben ollen Leute vorbeilaufen und dieselben ollen Sachen sagen?«

Sobald er es ausspricht, wird Lily bewusst, dass sie sich nichts sehnlicher wünscht, als ganz weit weg von hier zu sein. Und obwohl sie kein großes Bedürfnis hat, Edward dabei zuzusehen, wie er sich in Elizas Gegenwart in einen Schuljungen verwandelt, haben die Stunden in Fremantle mit Eliza ihr doch das Gefühl gegeben, dass es da, wenn auch keine Freundschaft, so doch wenigstens eine gewisse Verbundenheit zwischen ihnen gibt. Sie wirft einen Blick auf Edwards Uhr, die locker um sein Handgelenk hängt und deren rundes silbernes Ziffernblatt sich hell von seiner goldenen Haut abhebt.

Fünfzehn Uhr dreißig. Reichlich Zeit, um hochzugehen, ein paar Runden Karten zu spielen und eine andere Luft zu schnuppern, bevor sie sich wie versprochen mit

Maria trifft. »Ich komme mit, aber nur eine Stunde, dann muss ich gehen«, sagt sie.

Doch als sie und Edward auf die Treppe zugehen, folgt ihnen Helenas Missbilligung wie ein unheilvoller Schatten.

Wie immer, wenn sie Max Campbell mehrere Tage nicht gesehen hat, trifft seine schiere Präsenz sie wie ein Schock. Seine eindrucksvolle Größe, die breiten Schultern. Die eisblauen Augen – die *pick, pick, pick* – auf einen einhacken, bis man wie eine Eierschale unter ihnen zerbricht. Seine pure Kraft und Energie.

Er ist bei bester Laune, geradezu überschäumend, und waltet über den Kartentisch, als wäre er der Gastgeber eines exklusiven Dinners. Selbst Eliza scheint ihm heute hörig zu sein, sitzt still an seiner Seite und konzentriert sich voll und ganz auf die Karten, ohne die Geduld zu verlieren, als sie und Max drei Partien in Folge an Lily und Edward verlieren. Einmal sieht Lily die ältere Dame im Korsett die Lounge betreten und wie angewurzelt stehen bleiben, als könne sie nicht glauben, was sie da sieht, bevor sie auf dem Absatz kehrtmacht.

»Ich kann es kaum erwarten, morgen nach Adelaide zu kommen«, sagt Eliza. »Endlich ein Hauch von Zivilisation. Na ja, zumindest relativ betrachtet.«

»Was habt ihr beide vor? Habt ihr schon etwas geplant?«, fragt Edward die Campbells.

Lily wünschte, er würde nicht so übereifrig klingen. Er gibt so viel von sich preis, denkt sie. Und dann, bevor sie sich davon abhalten kann: *Wenn ich ihm doch nur genug gewesen wäre.*

»Wir werden in die Stadt gehen, wir werden die nächste Bar aufsuchen, und wir werden die größte und teuerste Flasche Champagner bestellen, die wir kriegen können, und darauf trinken, wenigstens einen verdammten Tag von diesem Schiff runter zu sein«, erwidert Max.

Zum ersten Mal fragt sich Lily, was die Campbells wohl machen werden, wenn sie schließlich in Sydney ankommen. In wie vielen Bars können sie sitzen, wie viel Champagner können sie noch trinken, bis sie begreifen, dass sie trotzdem dieselben zwei Menschen sind, die sie waren, bevor sie England verließen?

»Das klingt nach einem Heidenspaß«, sagt Edward, und Max richtet sein Lächeln auf ihn, obwohl Lily sehen kann, dass sein Kiefer angespannt ist.

»Oh, ich glaube nicht, dass das dein Ding ist, Kumpel.«

Sie spielen weiter, und Lilys Blick fällt auf die Wanduhr, als es gerade halb fünf durch ist. »Ich sollte gehen.« Doch sie sagt es auf die Art und Weise, wie Leute etwas sagen, wenn sie wünschen, vom Gegenteil überzeugt zu werden.

»Sei nicht so eine Langweilerin«, entgegnet Eliza dann auch. »Du hast immer noch genug Zeit.«

In zwanzig Minuten werde ich mich entschuldigen und aufbrechen, sagt Lily sich. Und doch rückt der Zeiger auf fünf vor fünf, und sie sitzt immer noch dort. Nur noch fünf Minuten. Immerhin braucht es nicht so lange, die Treppe hinunterzusteigen und das Deck zu überqueren. Dennoch schaut sie weiter zu, wie der Minutenzeiger vorrückt. Drei Minuten nach. Fünf Minuten. Es wird schon nicht so schlimm sein, wenn sie ein bisschen zu spät kommt. Zehn Minuten. Fünfzehn.

»Ich bin spät dran«, seufzt sie und macht einen halbherzigen Versuch aufzustehen. »Ich habe es Maria versprochen.«

»Deine Freundin ist doch kein Kleinkind«, erwidert Max.

»Sie wirkt insgesamt etwas sehr bedürftig«, fügt Eliza hinzu und vergisst dabei all die Male, bei denen sie selbst erklärt hat, keine Sekunde länger ohne Lilys Gesellschaft überleben zu können. »Du musst dich von ihr abseilen, Lily, oder du wirst in Australien ankommen und herausfinden müssen, dass du sie überhaupt nicht mehr loswirst.«

»Nein. Das stimmt nicht. Sie geht in Melbourne von Bord. Außerdem will ich sie überhaupt nicht loswerden.«

Trotzdem bleibt sie sitzen.

Um fünf Uhr dreißig gesteht Lily sich endlich ein, dass sie nicht gehen wird. Sie schafft es nicht, Maria gegenüberzutreten. Noch nicht zumindest. Es ist ihr einfach zu unheimlich, wie ihre Freundin sich verändert hat – dieser Ausschlag, die Art, wie sich ihre knochigen Finger um Lilys Handgelenk krallten.

Als sie und Edward direkt aus der ersten Klasse zum Abendessen nach unten gehen – heute ist sie zu spät dran für ein Bad –, hält sie dennoch nach Maria Ausschau. Sie bereut bereits, ihr Versprechen nicht gehalten zu haben, und will es ihr erklären. Doch Maria ist in der früheren Sitzung und taucht nicht auf.

Nun, da das Ende der Reise naht – es ist kaum noch eine Woche hin –, herrscht eine seltsame Stimmung am Tisch. Clara Mills, welche die gesamte Überfahrt darüber gejammert hat, eine allein reisende Frau mit der Bürde eines Kindes zu sein, macht sich nun Sorgen, wie es wohl sein wird, mit ihrem Ehemann wiedervereint zu sein.

»Er war so lange in Australien … ich fürchte sehr, er könnte etwas von seiner kultivierten Art verloren haben. Was ist, wenn er Freunde hat, mit denen ich nicht zurechtkomme? Außerdem hat er ein Haus recht weit außerhalb der Stadt gekauft. Peggy und ich werden wohl sehr einsam sein.«

Helena spricht kaum ein Wort mit Edward oder Lily und verbringt den Großteil der Mahlzeit mit dem Rücken zu ihnen, in eine Unterhaltung mit George Price vertieft. Nun, so vertieft, wie man eben mit ihm sein kann. George ist, wenn überhaupt, noch sprunghafter und nervöser als bei ihrer letzten Begegnung auf Deck. Seine Hände sind permanent in Bewegung – heben das Besteck auf, legen es wieder ab, streichen das Haar glatt, zupfen an der Haut seines Arms, als müsse er ihre Qualität überprüfen. Sein Blick huscht ruhelos durch den Raum, selbst als Helena versucht, das Gespräch auf seine Zukunft in Neuseeland zu lenken.

»Wie lange werden Sie denn in Sydney bleiben, bevor es nach Neuseeland weitergeht?«

»Nicht lange.«

»Einen Tag? Eine Woche?«

»Eine Nacht, denke ich.«

Und die gesamte Zeit über zucken seine Finger vom Kopf zum Messer, vom Arm zum Gesicht und wieder zurück, als würde Stillhalten den Tod bedeuten.

Lily ist froh, als das Abendessen endlich vorbei ist und sie den Speisesaal verlassen können, doch ihre Laune sinkt sogleich, als sie ein vertrautes Ehepaar an der Reling stehen sieht, das mit sorgenvoller Miene die Passagiere mustert, die herausgeströmt kommen.

»Miss Shepherd? Hier drüben!«

Wie immer hält Mr. Neumann seinen grauen Filzhut in den Händen und dreht ihn wie ein Steuerrad. Der äußere Rand der Krempe glänzt speckig vom ständigen Anfassen.

Lily spürt, wie das Gewicht ihres schlechten Gewissens sich über sie senkt, sodass sie sich sofort ein Stück kleiner fühlt. Sie hätte den Neumanns berichten sollen, was der Arzt ihr gesagt hat. Sie hätte sich nicht vor ihnen verstecken dürfen. Was ist nur aus ihr geworden? Sie war doch sonst immer so offen und ehrlich im Umgang mit anderen Menschen; war in dem Teehaus, in dem sie arbeitete, bekannt dafür. »Frag Lily, von ihr wirst du eine ehrliche Antwort bekommen«, sagten ihre Kolleginnen immer, wenn es wieder einmal Streit gab, wer an der Reihe war, die Kannen auszuspülen oder den Tisch mit dem unheimlichen Kerl zu bedienen, der allen eine Gänsehaut bescherte, auch wenn er nie wirklich etwas sagte, wofür man ihn hätte rauswerfen können.

Die vogelgleiche Mrs. Neumann tritt vor, doch Lily kann unmöglich den Vorwurf ertragen, den sie gleich hören wird.

»Es tut mir leid«, platzt sie verzweifelt heraus, um ihr zuvorzukommen. »Ich weiß, ich hätte wegen des Doktors zu Ihnen kommen sollen, aber …«

Mrs. Neumann hebt ihre winzige Hand, zart wie ein trockenes Blatt. »Nein, nicht der Doktor. Nein. Nicht das. Wir suchen Maria. Sie war nicht beim Abendessen.«

»Vielleicht ist sie in ihrer Kabine. Als ich sie vorhin gesehen habe, ging es ihr nicht gut.«

»Nein. Wir waren in ihrer Kabine.«

»Womöglich ist sie eingeschlafen.«

»Nein.« Mr. Neumann schüttelt den Kopf. »Wir haben ihre Freundin gefragt. Nicht wirklich Freundin. Die Frau mit ihr im Zimmer. Kein Mensch hat sie gesehen.«

Jetzt mischt Edward sich ein. »Es gibt so viele Orte, an denen sie sein könnte. Die Wäscherei. Die Bibliothek. In irgendeiner stillen Ecke auf Deck eingeschlafen. Ich bin sicher, es gibt keinen Grund zur Sorge, aber um sie zu beruhigen, werden wir Ihnen natürlich bei Ihrer Suche helfen.«

Sie beschließen, dass die Neumanns das untere Deck mit der Wäscherei absuchen sollen, während Edward und Lily sich das Touristendeck vornehmen.

»Findest du es nicht auch rührend, wie besorgt die Neumanns um das Wohlergehen ihrer Freundin sind?«, fragt Edward, als sie ohne Maria die Bibliothek verlassen.

Lily nickt, doch sie bringt kein Wort hervor. Die Angst schnürt ihr die Kehle zu, sodass sie kaum noch Luft bekommt, und ein Gefühl von Schuld lastet schwer auf ihrer Brust.

Als sie am Heck des Schiffes angelangen, ist dort niemand zu sehen, nur der Deckenhaufen, unter dem Maria vorhin lag. Die beklemmende Spannung unter Lilys Rippen verwandelt sich in einen drückenden Schmerz.

Edward kommt eine Idee. »Hast du nicht gesagt, dass es ihr schlecht ging, als du sie heute Mittag gesehen hast? Vielleicht ist sie beim Arzt?«

Lily will, dass es die Wahrheit ist, also ignoriert sie die Stimme, die ihr in Erinnerung ruft, wie abschätzig Dr. Macpherson bezüglich Marias Leiden war. Wie gleichgültig. Sie kann sich kaum vorstellen, dass Maria sich in das Sprechzimmer des Doktors geflüchtet haben könnte. Und tatsächlich bestätigt sich ihre Vermutung, als sie vor der geschlossenen Sprechzimmertür stehen und ein vorbeikommender Steward ihnen mitteilt, dass der Doktor momentan auf dem oberen Deck mit dem Kapitän zu Abend speist.

Sie begegnen wieder den Neumanns, die ebenfalls kein Glück bei ihrer Suche hatten, obgleich eine der Italienerinnen ihnen erzählt hat, dass sie eine Frau, auf die Marias Beschreibung passe, heute Nachmittag auf dem hinteren Deck am Heck des Schiffes gesehen habe.

»Sie stand alleine, und sie schaute.« An dieser Stelle legt Mr. Neumann die Hand an die Stirn und dreht sich nach links und nach rechts, um zu veranschaulichen, wie jemand Ausschau hält. »Die Italienerin sagt, sie hat auf jemand gewartet.«

Und da explodiert der Druck in ihrem Inneren zu einem stechenden, heftigen Schmerz. Edward meldet sich freiwillig, um sicherheitshalber auf dem Erste-Klasse-Deck nachzuschauen, auch wenn sie sich nicht vorstellen können, was sie dort oben suchen sollte. Als er zehn Minuten später zurückkehrt, schließt Lily die Augen, damit sie die besorgte Furche zwischen seinen Augenbrauen nicht sehen muss.

Mittlerweile ist es auf den äußeren Bereichen des Decks abseits der beleuchteten Lounge und des Speisesaals stockfinster. Helena und Ian, die sich ihnen angeschlossen haben, bestehen darauf, dass es an der Zeit ist, die Schiffsleitung zu informieren, und Ian geht zum Kapitän, der widerwillig eine Suche anordnet.

»Er hat ziemlich deutlich gemacht, dass er keine große Lust hat«, berichtet Ian später. »Meinte, dass Miss Katz sich in Anbetracht ihrer Vorgeschichte höchstwahrscheinlich irgendwo verkrochen hat und das Drama um ihre Person genießt.«

Die Nachricht spricht sich in Windeseile auf dem gesamten Schiff herum, und schon bald schließen sich die anderen Passagiere ihrer Suche an. Sie durchforsten das Deck mithilfe von Sturmlaternen und Taschenlampen, stochern in sämtlichen dunklen Ecken herum und heben auch die Abdeckplanen der Rettungsboote an – zur großen Verlegenheit von mehr als nur einem turtelnden Liebespärchen.

Ein Schrei ertönt vom Heck des Schiffes, wo Lily Maria heute Mittag begegnet ist. Etwas wurde an der Reling gefunden. Der Gegenstand wird in die Lounge gebracht, wo Lily und Edward sich gerade mit dem Kapitän unterhalten. Lily keucht auf, als sie Marias Schildpattbrille erkennt. Eines der Gläser gesplittert.

Um dreiundzwanzig Uhr gibt es keinen Zentimeter des Schiffes, der nicht durchsucht worden wäre. Der Kapitän und der Zahlmeister nehmen Lily, Edward und die Neumanns mit in das Zahlmeisterbüro, um eine offizielle Vermisstenanzeige aufzunehmen. Er fragt, wann sie das letzte Mal mit Maria gesprochen oder sie gesehen haben und wann sie bemerkt haben, dass sie verschwunden ist. Erst jetzt wird Lily sich der Uniform des Kapitäns und des Zahlmeisters bewusst, und sie fragt sich, wie sehr diese dazu beitragen, dass der Akzent der Neumanns so viel schwerer und unverständlicher geworden ist und sie nach Worten suchen, die ihnen vorhin noch leichter über die Lippen zu kommen schienen.

Als sie an der Reihe ist, beschreibt sie Marias Zustand heute Mittag – den Ausschlag in ihrem Gesicht, den besorgniserregenden Gewichtsverlust. Sie lässt aus, dass sie sich um siebzehn Uhr mit Maria hätte treffen sollen. Die Worte nehmen in ihrem Geist Gestalt an, nur um in ihrem Mund wie Seifenblasen zu zerplatzen. Dass sie

Maria vergeblich warten ließ, während sie in der ersten Klasse Tee trank und Karten spielte; dass Marias Elend sie abstieß; dass sie fürchtete, die anderen Passagiere könnten sie durch ihre Verbindung mit Maria mit anderen Augen sehen.

Also schweigt sie. Und auch Edward sagt nichts. Und ihr gemeinsames Schweigen ist wie ein Ballon, der schmerzhaft in ihrem Inneren anschwillt und ihr den Atem raubt. Hätte Edward sie nicht in letzter Sekunde gehalten, sie wäre zu Boden gesunken. Er schiebt sie auf einen Stuhl und hält weiter ihre Hand. Eine Kristallkaraffe mit Whiskey wird aus einem Mahagonischrank geholt.

»Du stehst wohl unter Schock«, sagt Edward und sieht sie besorgt an, als sie trinkt.

»Was wird jetzt passieren?«, fragt sie schließlich und windet sich unter dem Blick so vieler Augenpaare, die auf ihr ruhen.

»Wir werden über Funk die Polizei in Adelaide verständigen«, erklärt der Kapitän freundlich. »Sie werden mit Ihnen reden wollen. Mit Ihnen allen.«

»Und Maria?«

»Ich fürchte, in Anbetracht der gegenwärtigen Tatsachen werden wir Miss Katz als auf See vermisst melden müssen.«

Lily schwankt auf ihrem Stuhl, und Edward legt den Arm um ihre Schultern.

»Glauben Sie, dass jemand sie gestoßen haben könnte?«, fragt Edward und spricht damit Lilys Gedanken laut aus. »Die zerbrochene Brille könnte doch auf einen Kampf hinweisen, nicht wahr?«

Der Kapitän tauscht einen Seitenblick mit dem Zahlmeister. »Wir werden natürlich alle Eventualitäten an die Polizei weitergeben, jedoch sollten Sie im Hinterkopf behalten, dass Miss Katz allem Vernehmen nach nervöse Neigungen hatte. Hinzu kommt ihre Vorgeschichte mit jenem eingebildeten Übergriff auf Deck.«

Die Neumanns haben sich Mühe gegeben, der Unterhaltung zu folgen, und sie brauchen ein paar Sekunden, bis der Sinn der Worte sich ihnen erschließt. Mr. Neumann ist nun sichtlich aufgebracht.

»Sie würde nicht vom Schiff springen. Sie war kein solcher Mensch. Sie war ein guter Mensch. Intelligent.«

»Ich fürchte, das wäre nicht das erste Mal, dass ich so etwas miterlebe«, erwidert der Kapitän. »Es gibt Menschen, die nur schlecht damit zurechtkommen, sich so lange Zeit unter so beengten Verhältnissen auf See zu befinden. Sie entwickeln Wahnvorstellungen. Manchmal wollen sie sich selbst Schaden zufügen oder auch anderen Menschen.«

»Das passiert nicht häufig«, sagt der Zahlmeister, »aber es passiert.«

Lily sieht Marias verängstigtes Gesicht vor sich, den schrecklichen Ausschlag, den wilden Ausdruck in ihren Augen. *Oh. Aber…* Lily hat sie im Stich gelassen. Genauso wie sie Maggie im Stich gelassen hat. *Muss ich sterben, Lily?* Blut an den Wänden. Blut auf dem Teppich. Blut sogar in Lilys Haar, sodass sich, als sie es zu Hause über der Badewanne auswusch, das Wasser rosa verfärbte.

»Es ist meine Schuld«, sagt sie zu Edward, als er sie am Ende dieses schrecklichen, albtraumhaften Abends zu ihrer Kabine begleitet. »Ich war ihr keine gute Freundin. Und nun ist sie fort, und ich werde nie die Möglichkeit haben, ihr zu sagen, dass es mir leidtut. Ich glaube nicht, dass ich damit leben kann.«

Am Fuß der engen Treppe schließt Edward sie in seine Arme und hält sie so fest, dass sie nicht mehr weiß, wessen Herzschlag sie spürt – seinen oder ihren. Und als er sich schließlich lösen will, klammert Lily sich noch fester an ihn, denn sie weiß, wenn sie ihn loslässt, wird sie allein mit sich selbst zurückbleiben. Und sie ist der letzte Mensch, mit dem sie allein sein will.

26

31. August 1939

Als Lily am nächsten Morgen mit schwerem, whiskeyvernebeltem Kopf aufwacht, haben sie bereits in Adelaide angelegt. Sie verspürt einen kurzen Anflug freudiger Aufregung, bevor die Erinnerung an Maria zurückkehrt und sie von einer Welle des Grauens überwältigt wird.

»Alles in Ordnung, Lily?« Audrey wirkt besorgt, aber auch verschüchtert, als habe Lilys Nähe zu der schrecklichen Tragödie sie auf eine andere gesellschaftliche Stufe erhoben.

Selbst Ida scheint betroffen und schickt sorgenvolle Blicke in Lilys Richtung, während sie sich ankleidet. »Eine furchtbare Sache«, sagt sie. Und ausnahmsweise schwingt kein abfälliger Unterton mit.

Jetzt erst fällt es Lily wieder ein. »Warum hast du mir nicht gesagt, dass du in jener Nacht die Zeugin auf dem Deck warst?«

Lily hat Ida nie zuvor schuldig dreinblicken sehen, doch nun ist es so weit.

»Das sollte vertraulich bleiben. Sie hätten das nicht weitersagen dürfen.«

»Ich verstehe aber immer noch nicht, warum ...«

Doch Ida ist fort. Mit einem Rascheln ihrer Unterröcke

und einem Schwall säuerlicher Luft durch die Kabinentür entschwunden.

Das seltsame Benehmen ihrer Kabinennachbarin rückt rasch in den Hintergrund, als Lily das Deck betritt und bemerkt, dass sich die Welt über Nacht verändert hat. Vorbei ist die schwüle Hitze der letzten Tage. Trotz des strahlenden Sonnenscheins liegt eine spürbare Frische in der Luft, und Lily zieht ihren weißen Cardigan fester um sich.

»Lily, die Polizei von Adelaide möchte sich mit dir unterhalten.«

Edward kommt an ihre Seite geeilt, als habe er auf sie gewartet. Sein ernster Ausdruck tilgt das letzte heimliche Fünkchen Hoffnung in ihr, Maria könnte während der Nacht wiederaufgetaucht sein … vielleicht mit einem feuchten Lappen auf dem Kopf, weil sie gestürzt und bewusstlos irgendwo liegen geblieben war, wo niemand sie finden konnte.

»Sind sie schon hier?« Ihr Mund ist staubtrocken, und als Edward sie die Stufen zum oberen Deck hinaufführt, sind ihre Beine viel zu schwer, um sie anzuheben.

Die Polizisten warten im Büro des Kapitäns, einem großen, quadratischen Raum mit mehreren hohen Stühlen auf der einen und einem imposanten ovalen Mahagonitisch auf der anderen Seite. Die Neumanns sitzen am gegenüberliegenden Ende des Tisches und scheinen durch die schweren Möbel noch weiter geschrumpft zu sein, wie die kleinen Figuren, die Lily als Kind in ihrem Puppenhaus stehen hatte. Bei dem Gedanken muss sie beinahe laut lachen und schlägt sich die Hand vor den Mund, um den Laut zu ersticken. Sie ist dabei, die Kontrolle zu verlieren.

»Ah, Miss Shepherd.« Die Stimme des Kapitäns ist ernst und gewichtig, und Lily stellt sich unwillkürlich vor, wie er sie heute Morgen ausgewählt hat, als würde er sich für ein Hemd entscheiden. Und wieder möchte sie lachen. »Was für eine tragische Angelegenheit. Ich hoffe, Sie konnten heute Nacht etwas schlafen.«

Die zwei Polizisten werden vorgestellt: der eine ist Ende dreißig, mit blauen Augen, die so eng beieinanderstehen, dass es scheint, als würde er die ganze Zeit auf seine eigene Nase starren; der andere noch so jung, dass eine Schar Pickel sich wie Kieselrauputz über die untere Hälfte seines Gesichts zieht. Lily muss sofort an Marias Ausschlag denken, und ein leises Stöhnen entschlüpft ihr, das sie mit einem Räuspern überspielt.

Sie gehen die Fakten durch; Marias letzte dokumentierte Begegnungen und Aufenthaltsorte werden beschrieben. Dieses Mal erwähnt Lily ihre Verabredung mit Maria, zu der sie nicht erschienen ist.

»Davon haben Sie gestern Abend gar nichts gesagt«, tadelt der Zahlmeister. Seine attraktiven, löwenartigen Züge verziehen sich einen Moment betrübt.

»Ich habe mich geschämt«, erwidert Lily.

»Warum sind Sie nicht hingegangen?«, fragt der ältere Polizist. »Sie haben selbst gesagt, dass Miss Katz nicht sie selbst schien. Warum sind Sie nicht hingegangen, um sich zu vergewissern, dass es ihr gut geht?«

Lily versucht zu schlucken, kann jedoch nicht. Sie blickt zu Edward. Flehend.

»Wir haben Karten gespielt«, eilt er ihr zur Hilfe. »Mit ein paar Freunden auf dem oberen Deck. Wir haben nicht gemerkt, wie die Zeit verfliegt.«

Es ist eine Lüge. Und alle wissen es.

»Werden Sie nachforschen«, wendet sich nun Mr. Neumann direkt an den Polizisten, »ob jemand etwas Böses getan hat zu Miss Katz? Denken Sie an den Angriff in der Nacht. Denken Sie an die zerbrochene Brille. Es ist möglich.«

Der Polizist runzelt die Stirn und verkneift sich einen Blick zum Kapitän oder Zahlmeister. »Wir nehmen alle Hinweise sehr ernst«, sagt er, »aber wir müssen auch den Tatsachen ins Gesicht sehen. Miss Katz hat sich zusehends unberechenbar verhalten. Manchmal macht das Meer das mit den Menschen. Und wir dürfen nicht vergessen, dass sie sich in äußerster Sorge um ihre Familie in Österreich befand. Das hier sind schwere Zeiten für viele von uns. All diese Unsicherheit. Es würde mich nicht wundern, wenn wir in Zukunft mehr derartige Dinge erleben.«

Nachdem sie das Büro verlassen haben, schwirren diese Worte in Lilys Kopf herum. *Mehr derartige Dinge.* Als ob Marias spurloses Verschwinden Teil einer Bewegung wäre, einer Mode … wie kürzere Röcke zu tragen oder Jazzmusik zu hören.

»Es tut mir so leid, Lily«, sagt Edward, als sie die Treppe wieder hinuntergehen. »Wir hätten dich gestern nicht davon abhalten dürfen, dich mit Maria zu treffen.«

Dabei waren es Eliza und Max, die Lily abgehalten haben. Edward selbst hat kein Wort gesagt. Aber andererseits, denkt Lily, waren sie und Edward in ihrem Schweigen genauso daran beteiligt – in ihrer Unfähigkeit, für das einzustehen, was richtig ist. Sie erinnert sich jetzt, wie Ian sie beim Galaball vor den Campbells gewarnt hat: *Ich denke nur, dass sie beide gebrochene Seelen sind. Und Leute mit gebrochenen Seelen sind gefährliche Leute.*

Doch jetzt stellt sich heraus, dass sie diejenige ist, die gefährlich ist. Sie. Lily.

Sie suchen nach Helena und Ian, und Lily lässt sich überreden, mit an Land zu gehen.

»Der Tapetenwechsel wird dir guttun«, sagt Helena. »Das Schiff ist voller Erinnerungen.«

»Aber so kannst du nicht an Land gehen«, wendet Ian ein und deutet auf Lilys dünnen Cardigan. »Lass dich nicht von der Sonne täuschen. An Land ist es frisch, vor allem nach den Temperaturen, die wir die letzten Wochen gewohnt waren.«

»Ich bringe dir was Warmes zum Anziehen«, bietet Edward an, verschwindet unter Deck und kommt ein paar Minuten später mit Lilys leichtem dunkelblauem Leinenblazer und Elizas Fuchsstola wieder.

Lily hat nicht die Energie zu protestieren, schiebt folgsam die Arme in die Jackenärmel und wickelt den Pelz um ihren Hals. Als sie in einer Reihe das Boot verlassen, sieht sie die Neumanns, die sie vom anderen Ende des Decks beobachten – ihr Ausdruck aus der Entfernung ist unmöglich zu entziffern, ihre Gesichter blasse, leere Ovale.

Später, wenn Lily sich an diesen freien Tag in Adelaide erinnert, wird sie ihn wie eine Aneinanderreihung von Bildern in der Diaschau sehen, nicht wie einen Ort, den sie selbst besucht hat. Sie wird in ihrem Geist den Zug sehen, der sie die kurze Strecke vom Hafen in die Innenstadt fuhr. Dann Adelaide selbst – sauber, hell und weiß getüncht, mit breiten Straßen, Gebäuden im Kolonialstil und Bäumen mit leuchtend lila Blüten, die Ian zufolge Jacaranda heißen. Ein elegantes Einkaufszentrum. Eine schicke neue Kunstgalerie. Frauen in luftigen Baumwollkleidern in den fröhlichsten Farben – rosa und mint, vanillegelb und hellblau –, und das trotz des frischen Windes, sodass Lily sich auf einmal viel zu aufgetakelt vorkommt und die Fuchsstola in ihre Handtasche stopft.

Adelaide ist keine große Stadt, daher laufen sie an den touristischeren Flecken unweigerlich anderen Passagieren über den Weg. Da ist George Price, der am Fenster eines Restaurants sitzt, den Kopf so tief über eine Zeitung gebeugt, dass seine Nase praktisch das Papier berührt. Und die Campbells, die in einer Kunstgalerie stehen und sich mit amüsiertem Staunen einige Aborigine-Malereien zeigen lassen. *Wir haben das von deiner Freundin gehört, Lily. Wie schrecklich für dich. Komm her.* Und plötzlich findet sie sich in Max Campbells bärenhafter Umarmung wieder, aus der sie nach einer Weile – Sekunden? Minuten? – aufschaut, um Elizas irritierten Ausdruck zu bemerken, aber auch Edwards Gesicht.

Mittagessen gibt es in einem großen, modernen Fish-and-Chips-Restaurant, in dem man sich, anstatt am Tisch bei einer Kellnerin zu bestellen, selbst an einer Theke bedient. Normalerweise hätte Lily das interessant gefunden und sich alles eingeprägt, um es in ihrem nächsten Brief an Frank beschreiben zu können, doch heute ist es nur ein weiteres Detail, das an ihr vorbeirauscht, obwohl der Fisch – Brasse, kein Kabeljau oder Scholle – wirklich köstlich ist; genauso wie die kleinen in Teig ausgebackenen Kartoffelscheiben. Die ganze Zeit über reden die anderen mit ihr, und sie antwortet, doch im Nachhinein wird sie keine Ahnung haben, worum sich das Gespräch drehte.

Als sie wieder im Hafen eintreffen, sind die Polizisten immer noch da und unterhalten sich mit einer Gruppe Stewards und Küchenangestellter. Zwei der australischen Passagiere, die in Adelaide das Schiff verlassen, sind in Tränen aufgelöst, als sie ihren Freunden, die sie an Bord gewonnen haben, endgültig Lebewohl sagen müssen, während ein Trupp schottischer Musiker samt Dudelsäcken sich versammelt hat, um ein paar Landsleute zu verabschieden, die sich auf die relativ kurze Reise von Adelaide nach Melbourne oder Sydney machen.

Normalerweise liebt Lily diesen Teil an der Reise – wenn sie den Menschen beim Wiedersehen und beim Verabschieden zuschauen kann, dem Lachen und Weinen, während sie ihre Gefühle offenlegen und für diesen einen Moment frisch und verletzlich sind. Doch heute fällt es ihr kaum auf.

Auf einmal befinden sich mehr Aussies als Briten an Bord. Die Bar quillt über von australischen Männern, die wild entschlossen sind, die »Poms«, wie die Engländer hier genannt werden, in die Freuden des australischen Biergenusses einzuführen. Edward ist irgendwohin verschwunden, doch sie erwischt sich dabei, dass sie dankbar ist, eine Pause von den Komplikationen zu haben, die seine Gegenwart mit sich bringt. »Darf ich dir einen Drink spendieren?«, fragt Ian. Aber Lily hat gerade die Neumanns entdeckt, die in einer Ansammlung ähnlich düster gekleideter Leute am anderen Ende des Decks stehen, und sie hat das Gefühl, wenn sie jetzt auch nur einen Schluck Bier zu sich nimmt, muss sie sich übergeben.

Lily entschuldigt sich zeitig, unter dem Vorwand, sie sei erschöpft. Sie weiß nicht, was sie Ida sagen soll, und fürchtet sich vor der Konfrontation, wo doch ihr Kopf im Moment so vernebelt ist, aber die Kabine ist glücklicherweise leer.

Zu ihrer Überraschung merkt Lily, dass sie in der Tat schrecklich erschöpft ist, und trotz des zusehends wilden Seegangs schläft sie sofort ein. Doch ihr Schlaf ist unruhig, ihre Träume sind fieberhaft und unzusammenhängend. In einem Traum sitzt ihre Mutter zu Hause am Küchentisch, nur dass es nicht wirklich Lilys Mutter ist, sondern Marias Schwester, die fragt: »Wo ist sie? Was hast du mit ihr gemacht?« In einem anderen fährt der ältere Polizist sie irgendwohin, ohne ein Wort zu sprechen, und sie weiß in diesem Traum, dass sie etwas Schreckliches verbrochen hat. Schließlich träumt sie den Traum, den sie schon einmal hatte, in jener Nacht oben auf dem Deck – Lily und Maria in einem kleinen Boot, das immer weiter aufs Meer hinaustreibt, nur dass da nicht mehr Edward bei ihnen sitzt, sondern Maggie mit ihrem blutgetränkten Rock. Genauso wie in jener Nacht schreckt Lily aus dem Schlaf, und für den Bruchteil einer Sekunde ist sie wieder auf dem Deck – noch während sie aus dem Traum auftaucht, sieht sie eine Gestalt neben Marias Bett kauern, hört den Schrei, gefolgt vom Trommeln der sich entfernenden Schritte.

»Es ist passiert«, sagt sie laut im Dämmerlicht der Kabine zu der Gestalt in der unteren Koje, von der sie weiß, dass es Ida ist. »Genau wie sie es gesagt hat.«

Irgendwie gelingt es ihr, sich diese neugewonnene Klarheit zu bewahren, und sie hält sie den Rest der Nacht fest, während die Wellen das Schiff durchschaukeln und irgendwo vor dem Bullauge die Küste Australiens mit ihnen Kurs hält. Als schließlich der neue Tag anbricht und Audrey aus der Kabine schlüpft, um auf die Toilette zu gehen, kann Lily es nicht länger für sich behalten.

»Du hast gelogen«, sagt sie zu Ida, die immer noch nur ein Deckenhaufen im Bett ist.

»Wie bitte?«

»Du hast gelogen, dass in der Nacht niemand auf Deck war. Ich erinnere mich jetzt, dass jemand dort war. Ich habe ihn gesehen.«

»Ich weiß nicht, wovon du sprichst.« Ida setzt sich auf; im trüben Kabinenlicht sieht ihr Haarnetz aus, als würde ein Helm ihr hageres, blasses Gesicht umrahmen. Lily verliert die Beherrschung, und all die Traurigkeit, all der Selbsthass der letzten sechsunddreißig Stunden schießen an die Oberfläche wie bittere Galle.

»Maria hat sich das nicht ausgedacht. Sie wurde angegriffen. Du warst es, die gelogen hat, weil du bösartig und verbittert bist!«

»Sie dachte, sie wäre was Besseres als ich.«

»Was?«

»Was für ein Theater sie damals veranstaltet hat, als ich auf dem Deck gestürzt bin... von wegen, sie wolle mir aufhelfen. Wie überaus gnädig. ›Alles in Ordnung?‹«, äfft Ida sie mit einem hässlich affektierten Lächeln nach. »Dachte wohl, ich könnte das Grinsen in ihrem Gesicht nicht aus einem Kilometer Entfernung sehen. Und wie ihr dann ständig beisammensaßt, nur ihr zwei, du und sie, wie ihr euch beieinander eingeschmeichelt habt... Und wenn *ich* einmal vorbeikam, warst du verschlossen, als wäre ich es, die unwillkommen sei, als wäre sie was Besseres als ich. *Sie*. Die von nirgendwoher kam. Die nichts hatte.«

Ida ist erst vor wenigen Sekunden aufgewacht, doch sie bebt bereits vor Wut, und Lily wird plötzlich bewusst, dass es daran liegt, dass ihre Wut nie fern von der Oberfläche brodelt. Und dann kommt ihr noch ein anderer Gedanke.

»Sie meinte, jemand würde sie beobachten. Ihr folgen. Warst du das? Warst du's? Hast du sie über die Reling gestoßen?«

»Sei nicht albern. Ich bin doch keine Verbrecherin. Ich würde nie jemandem was antun. Ich war aufrichtig schockiert, als man sie vermisst gemeldet hat. Frag Audrey. Und überhaupt, wenn jemand ihr etwas angetan hat, dann *er*.«

»Wer?«

»Er, der an ihr herumgemacht hat. Der Kerl von deinem Tisch.«

Lily ist zuerst so verblüfft, dass sie nur an Edward denken kann. Ida lügt, denkt sie. Das würde er niemals tun. Dann – endlich – stolpern ihre herumirrenden Gedanken über George Price. »Du hast ihn gesehen? Du bist eine Zeugin… Wir müssen es dem Kapitän melden.«

»Sei nicht albern. Ich werde meine Geschichte ganz sicher nicht revidieren.«

»Dann werde ich es ihm eben sagen. Ich werde ihm sagen, dass du ihn angelogen und diese ganzen Ermittlungen zu einer einzigen Farce gemacht hast.«

Zu ihrer Überraschung bricht Ida in Lachen aus. Ein trockener, heiserer Klang, der sich wie Husten einen Weg aus ihrem Inneren bahnt. »Tja, und *ich* werde ihm sagen, dass du es dir ausgedacht hast. Wer würde dir denn jetzt noch glauben, nach all der Zeit? Sie werden doch nur denken, dass du geistig genauso unausgeglichen bist wie deine Freundin. Sie werden sagen, dass du nur nach Aufmerksamkeit heischst.«

Die Tür wird aufgerissen, und Audrey, die offenbar nichts von der Spannung merkt, die über dem Raum hängt, kommt hereingeplatzt. »Könnt ihr glauben, dass wir morgen schon in Melbourne sein werden? Dann nur noch zwei Tage, und wir kommen in Sydney an. Die Zeit rast, und ich will sie bloß noch packen und ihr sagen, sie soll ein bisschen langsamer machen.« Jetzt endlich scheint sie etwas zu bemerken, und ihr Lächeln fällt in sich zusammen. »Oh, Lily. Es tut mir so leid. Du bist immer noch außer dir wegen deiner Freundin. Was bin ich nur für ein Trampel!«

Einen Moment lang spielt Lily mit dem Gedanken, Audrey brühwarm zu erzählen, was sie soeben erfahren hat, und sie so zu zwingen, Partei zu ergreifen. Doch irgendetwas hält sie davon ab. Idas Stimme in ihrem Kopf. *Wer würde dir denn jetzt noch glauben?*

»Ich brauche frische Luft«, sagt sie stattdessen und rutscht in ihrer Hast fortzukommen beinahe die Leiter hinab. Als sie draußen auf das Deck tritt, weht ein kühler Wind, und sie sie hält ihm seufzend ihr heißes Gesicht entgegen.

27

1. September 1939

Ian sitzt in der Bar und trinkt ein Bier, obwohl es noch nicht einmal zehn Uhr vormittags ist. Ausnahmsweise kräuseln sich seine Augen nicht mit seinem typischen Lächeln, und so kann Lily die zarten Netze sehen, die sich an den Augenwinkeln weiß von seiner ansonsten tief gebräunten Haut abheben.

»Ist Helena nicht bei dir?«

Lily ist es mittlerweile so gewohnt, die beiden zusammen zu sehen, dass sie unwillkürlich nach Helena Ausschau hält, obwohl sie ganz offensichtlich nicht da ist.

Ian schüttelt den Kopf. »Sie ist oben … verkehrt mit der königlichen Gesellschaft.«

»Königlich?«

»Die hochverehrten, ach so feinen Campbells. Es spielt ja keine Rolle, dass ihre moralischen Standards niederer sind als die von Hunden oder dass die werte Dame, so man den Gerüchten glauben will, den Tod einer jungen Frau auf dem Gewissen hat. Sie kommen aus reichem Hause, also müssen sie besser sein als Leute wie ich.«

Ian klingt so gar nicht wie er selbst, und Lily fragt sich, wie viele Bier er wohl schon getrunken hat.

»Du glaubst doch nicht wirklich, dass Edward und Helena sich von Geld beeindrucken lassen?«

Er seufzt schwer. »Nein. Nicht wirklich. Aber ihre Eltern offenbar schon. Ich mag Helena. Ich meine, ich mag sie wirklich.« Er bedenkt Lily mit einem vielsagenden Blick, und sie kann sehen, wie sein Adamsapfel schmerzhaft seine Kehle hoch- und runterwandert. »Aber sie hat eine Heidenangst vor ihrem Vater. Sie beide. Und der Vater wäre auf keinen Fall einverstanden mit mir.«

»Du hast doch eine gute Arbeit. Du bist Ingenieur.«

»Ja, aber schau dir doch an, wo ich herkomme, Lily. Mein Vater war ein Säufer. Ich habe mit zwölf Jahren die Schule geschmissen, um auf anderer Leute Farmen zu schuften. Nur indem ich mich der Armee angeschlossen habe, bekam ich überhaupt die Möglichkeit, etwas aus meinem Leben zu machen. Nach allem, was ich von Fletcher Senior gehört habe, wird das aber nicht reichen. Wie auch immer, genug von mir. Wie geht es dir denn heute, Lily? Ich weiß, dass du Maria sehr gernhattest. Wir alle. Sie war ein wirklich nettes Mädchen. Es ist nicht richtig, was ihr widerfahren ist.«

Einen Augenblick glaubt Lily, sie müsse weinen. Sie blickt auf die Tischplatte und konzentriert sich auf einen makellos runden Tropfen Bier, der sich in das Holz saugt. Sie spielt mit dem Gedanken, ihm von Ida und George Price zu erzählen, doch sie schafft es nicht, die Worte an dem Kloß in ihrem Hals vorbeizupressen.

Womöglich errät Ian ihre Gefühle, denn er schlägt vor, nach draußen zu gehen, um etwas frische Luft zu schnappen. Obwohl die See immer noch unruhig ist und die Luft kühl, lässt die Sonne alles in einem klaren, hellen Licht erscheinen, und Lilys ungeweinte Tränen trocknen im Wind. Helena nähert sich mit ernster Miene, gefolgt von Edward. Er hat den typischen Ausdruck im Gesicht, an dem Lily mittlerweile erkennen kann, wenn er auf irgendeine Art und Weise mit den Campbells in Kontakt war. Verschlossen. Innerlich aufgewühlt. Obwohl er die Hände tief in die Jackentaschen geschoben hat, kann Lily durch den Wollstoff hindurch erkennen, wie sie nervös herumzucken.

»Na, hattet ihr Spaß oben?«

Falls Helena irgendeine Spur von Sarkasmus in Ians Frage kennt, so geht sie nicht darauf ein. »Nicht wirklich«, sagt sie. »Eliza und Max haben ein paar neue Freunde aufgegabelt – einen australischen Schauspieler namens Alan Morgan und seine Frau. Anscheinend ist er ziemlich berühmt, obwohl ich nie etwas von ihm gehört habe.«

»Und ihr wart nicht an ihnen interessiert?«, fragt Lily.

»Nein«, sagt Helena. »Obwohl Eliza äußerst angetan schien.«

Lily muss nicht zu Edward schauen, um den Ausdruck zu erraten, den sie dort vorfinden wird.

»Ich weiß gar nicht, warum sie uns überhaupt eingeladen haben«, sagt er aufgebracht. »Unsere Gesellschaft war nicht im Geringsten gefragt.«

»Um mit ihren Schoßhündchen anzugeben höchstwahrscheinlich«, murmelt Ian.

»Keine Schoßhündchen. Spielzeug«, berichtigt Helena ihn. Sie schaudert, als eine heftige Böe vom offenen Meer herüberfegt.

Sofort stellt Ian sich an ihre Seite, um sie abzuschirmen. »Ist dir kalt? Soll ich dir etwas zum Umlegen bringen?«

Lily glaubt, einen Cardigan in ihrer Tasche zu haben, doch als sie diese öffnet, findet sie darin lediglich Elizas Fuchsstola, die sie in Adelaide hineingestopft hat.

»Das wird dich warmhalten«, sagt sie und wickelt sie um Helenas Hals, bevor sie widersprechen kann.

Edward zündet sich eine Zigarette an und lehnt sich über die Reling, sodass die Asche ins Meer fällt und der Wind ihm die schwarzen Locken aus dem Gesicht weht.

Helena und Ian sind ein paar Schritte weiter in ein Gespräch versunken, und Ian beugt seine Lippen so nah an ihr Ohr, dass die Worte über den Wind hinweg nicht zu verstehen sind. Lily ist froh, dass die beiden abgelenkt sind, damit sie Edward endlich erzählen kann, was sie gerade von Ida erfahren hat, doch bevor sie den Mund öffnen kann, unterbricht er sie.

»Nur noch drei Tage«, sagt er und zieht an seiner Zigarette, sodass sich seine hohlen Wangen noch stärker abzeichnen. »Ich kann es kaum erwarten, dass diese Reise endlich zu Ende ist.«

Es ist wie ein Schlag ins Gesicht. Wenn wir erst in Sydney ankommen, werde ich ihn nie wiedersehen, denkt sie. Und er freut sich darüber. Die Tränen, die sich vorhin angekündigt haben, quellen nun über, und sie wendet blinzelnd das Gesicht ab. »Es tut mir leid, dass wir dich alle so langweilen«, sagt sie.

Jetzt erst versteht er und streckt die Arme von sich. Eine Geste der Entschuldigung. »Es tut mir leid, Lily. Ich habe damit nicht gemeint …«

Doch sie bleibt nicht stehen, um zu hören, was er nicht gemeint hat. Stattdessen schreitet sie schnellen Schrittes über das Deck, ohne weiter gegen ihre Tränen anzukämpfen.

Ein Stück weiter vorne erblickt sie Clara und Peggy Mills, die ihr entgegenkommen, und im Bewusstsein der heißen Tränen, die ihr übers Gesicht rinnen, schlüpft sie schnell in die Bibliothek. Es ist ein kleiner Raum, der gewöhnlich kaum genutzt wird, und so ist sie erstaunt zu sehen, dass einer der Ledersessel von einem Mann belegt ist, dessen Gesicht vollständig hinter einer Zeitung verschwindet. Erst als die Tür hinter ihr zugefallen ist und er erschrocken aufblickt, erkennt sie, dass es George Price ist.

»Sie …« Das Wort ist ein Wispern, ihre Stimme ist irgendwo in ihrer zugeschnürten Kehle verloren gegangen. Sie versucht es noch einmal. »Ich weiß, was Sie getan haben. Auf dem Deck in jener Nacht. Ich weiß, dass Sie es waren, der Maria Katz angefasst hat.«

Georges eigentümlich trübe Augen schweifen über ihren Körper und an ihr vorbei. Mit seiner freien Hand fährt er sich wieder und wieder durchs Haar, und helle Schuppen rieseln auf die Schultern seines dunkelblauen Jacketts.

»Sie können nicht …«, beginnt er, dann hält er inne. »Das ist nicht wahr.« Seine Stimme ist dünn und wenig überzeugend.

»Man hat Sie gesehen.«

Jetzt schwenkt sein Blick wieder zu ihr zurück, gleitet jedoch beinahe sofort wieder ab, als könne er keinen Halt finden.

»Falls jemand irgendwas gesehen hätte, hätte derjenige das damals gesagt. Sie sind aufgebracht, Miss Shepherd. Ich kann sehen, dass Sie geweint haben. Sie sind sicher durcheinander. Aber ich möchte Ihnen dringend raten, die Zeitung zu lesen und sich zu informieren, was in der Welt draußen los ist. Was Maria Katz zugestoßen ist, ist rein gar nichts, verglichen mit dem, was uns allen bevorsteht. Der Krieg sitzt uns dicht im Nacken. Sie sollten über den Tellerrand hinausschauen. Wir müssen vorbereitet sein.«

»Wenn uns der Krieg so dicht im Nacken sitzt, wie kommt es dann, dass Sie nach Neuseeland fahren? Sie laufen davon, nicht wahr?« Der Zorn hat ihre Tränen verdampfen lassen, und plötzlich hat sie das Gefühl, womöglich jeden Moment in Flammen aufzugehen.

»Ich habe doch bereits gesagt, dass es das Werk meines Vaters war.«

»Wie überaus passend für Sie, nicht wahr? *Papa hat gesagt, ich muss gehen. Ich hatte keine Wahl.*« Sie setzt eine hohe kindliche Stimme auf, um ihn zu verspotten, und spürt eine tiefe Befriedigung, als sich seine Lippen zu einer schmalen, wütenden Linie verziehen. Sie setzt nach. »Ich weiß, dass Sie Maria in der Nacht etwas angetan haben. Und es würde mich nicht wundern, wenn Sie auch mit ihrem Verschwinden zu tun hätten.«

George springt auf und lässt dabei die Zeitung fallen. Seine feisten Wangen haben nun die Farbe von Blutwurst, und sein gesamter Körper bebt. Er schiebt sein Gesicht so dicht vor ihres, dass sie die spritzenden Speicheltröpfchen spürt, als er spricht.

»Sie sollten sich vorsehen, Miss Shepherd. Ich weiß, dass Sie sich für etwas Besonderes halten mit ihren moralisch verkommenen Bonzenfreunden, mit denen Sie herumscharwenzeln – oh ja, das ganze Schiff weiß, was die beiden getan haben! –, aber vergessen Sie nicht, im Grunde sind Sie nur eine Dienstmagd. Und in drei Tagen, wenn Ihre sogenannten Freunde alle zu irgendwelchen Bällen gehen und in schicken Restaurants zu Abend speisen, werden Sie diejenige sein, die ihnen das Essen serviert, während sie sich nicht einmal an Ihren

Namen erinnern werden… Und was Miss Katz angeht, vergessen Sie nicht, dass, sobald wir im Krieg sind, die Hälfte der Leute hier an Bord unsere Feinde sein werden. Ich habe ihr nichts angetan, aber ich kann nicht behaupten, dass es mir leidtäte, dass sie tot ist.« Und damit stapft er mit einem lauten Knall zur Tür hinaus, während Lilys Atem sich in reißenden, schmerzenden Streifen ihrer Lunge entreißt. *Ich kann nicht behaupten, dass es mir leidtäte, dass sie tot ist.* Die Worte wirbeln durch Lilys Kopf, bis ihr schwindlig ist.

Sie stürzt aus der Bibliothek, fest entschlossen, den Zahlmeister oder Kapitän aufzusuchen, um ihnen mitzuteilen, was sie weiß, doch auf dem Weg dorthin sieht sie Mrs. Collins in der Lounge sitzen. Als Lily Mrs. Collins erzählt, was Ida ihr gesagt hat, gräbt sich eine tiefe Furche in die Stirn der alten Frau.

»Wird sie eine offizielle Stellungnahme abgeben, um das zu bestätigen?«

Lily holt tief Luft. »Ich weiß nicht. Ich denke, nicht.«

Die Furche gräbt sich noch tiefer. Ida wird geholt. Und streitet alles ab.

»Lily war die letzten zwei Tage nicht sie selbst«, sagt sie zu Mrs. Collins. »Ich fürchte, Miss Katz' Verschwinden hat sie sehr durcheinandergebracht.«

»Also haben Sie ihr rein gar nichts darüber gesagt, dass Sie einen Angriff auf dem Deck bezeugt hätten?«

Ida schüttelt den Kopf. »Tatsächlich habe ich das genaue Gegenteil gesagt – dass ich diejenige war, die bezeugt hat, dass es *keinen* Angriff gab. Wie ich bereits sagte, ich glaube, Lily, die Ärmste, ist momentan sehr leicht durcheinanderzubringen. Das ist nur allzu verständlich, angesichts dessen, was ihrer Freundin zugestoßen ist. Und dann steht sie auch noch unter dem Einfluss dieser Campbells, die allem Anschein nach keinen Deut besser sind als ihr Ruf.«

»Du lügst!«, ruft Lily. »Du bist eine Lügnerin!«

»Es reicht!« Mrs. Collins klingt strenger, als Lily sie je gehört hat.

Ida wird entlassen, und jetzt sind da nur noch Lily und Mrs. Collins, die auf einem Sofa im Eck sitzen.

»Sie lügt«, wiederholt Lily. »Ich werde den Kapitän informieren, damit er es der Polizei in Melbourne übermitteln kann.«

»Ich kann Sie nicht davon abhalten, Lily. Aber ich möchte Ihnen raten, sich das ganz genau zu überlegen. Zunächst einmal klagen Sie jemanden eines sehr ernsten Verbrechens an … und George Price entstammt einer angesehenen Familie. Sein Vater arbeitet für die Regierung in Britisch-Indien, vergessen Sie das nicht. Zudem klagen Sie damit auch Ida an, eine Falschaussage getätigt zu haben. Und das könnte für eine Frau in Idas Position ernsthafte Konsequenzen nach sich ziehen. Zweitens wird Ihr Wort gegen das der beiden anderen stehen.«

»Ich kann doch nicht einfach schweigen.«

»Denken Sie an Ihre Zukunft, Lily.« Mrs. Collins legt ihre Hand auf Lilys zitternden Arm. »Wenn der Kapitän und die Polizei Sie als Unruhestifterin abstempeln, könnte sich das Ganze gegen Sie wenden. Ich muss Sie sicher nicht daran erinnern, dass, wenn wir in drei Tagen in Sydney ankommen, die Vorstellungsgespräche mit Ihren potenziellen Arbeitgeberinnen anstehen – allesamt Damen der Gesellschaft. Eine Angelegenheit wie diese könnte äußerst abschreckend wirken, und sollte es Ihnen nicht gelingen, sich eine Stelle zu sichern … nun ja, dann werden Sie ganz auf sich allein gestellt sein. Mittellos. Tausende Meilen von zu Hause entfernt.«

Lily öffnet den Mund, um etwas zu erwidern. Dann besinnt sie sich eines Besseren. Schluckt.

»Aber wenn Maria in jener Nacht auf dem Deck wirklich angegriffen wurde, was sagt uns dann, dass es nicht wieder passiert ist? Was, wenn sie nicht gesprungen ist, sondern gestoßen wurde … und ich habe nichts gesagt?«

»Wenn!« Mrs. Collins klingt triumphierend, als hätte Lily mit diesem kleinen Wörtchen ihre Niederlage eingestanden. »Genau das ist es doch, Lily. Da steht ein großes, dickes *Wenn*. Und Sie setzen Ihre gesamte Zukunft dafür aufs Spiel. Ist das wirklich ein Risiko, das Sie eingehen wollen?«

Lily schweigt, und Mrs. Collins wittert ganz offenbar eine Kapitulation, denn ihre Stimme wird sanfter.

»Meine Liebe, Sie haben einen furchtbaren Schock erlitten. Ich bin sicher, dass wir uns alle schrecklich fühlen wegen dem, was der armen Frau zugestoßen ist. Aber Sie haben exzellente Dienstzeugnisse und Referenzen aus England vorzuweisen. Sobald wir in Sydney sind, werden Sie sich Ihre Position nach Belieben aussuchen können, da bin ich mir sicher. Ich glaube, dass Sie sich in Australien ein gutes Leben aufbauen können … Ihre Familie stolz machen. Ich würde es nur sehr ungern sehen, dass Sie all das aufs Spiel setzen für eine – offen gesagt – abwegige Anschuldigung, die zudem, und das muss ich Ihnen ehrlich sagen, höchst unglaubwürdig ist.«

Nachdem sie die Lounge verlassen hat, geht Lily zum Heck des Schiffes und lässt sich auf die Liege sinken, auf der Maria das letzte Mal saß. Einen Moment meint sie Marias Traurigkeit zu atmen, doch der schneidende

Wind fegt solche trüben Gedanken rasch beiseite. Der Deckenhaufen ist verschwunden, und es wird bitterkalt auf dem Deck, von beiden Seiten den rauen Elementen preisgegeben. Dennoch bleibt Lily liegen und blickt angespannt durch die Streben der Reling. Doch sie sieht weder den Himmel, an dem sich die grauen Wolken ballen, noch die aufgewühlte, metallische See. Auch bemerkt sie nicht die Bewegung auf dem oberen Deck hinter ihr, wo Eliza mit dem Arm wedelt, um ihre Aufmerksamkeit auf sich zu ziehen – neben ihr ein Mann mit dünnem schwarzem Schnurrbart und lackschwarzem Haar, das glänzt wie ein polierter Lederschuh. Stattdessen ist da nur ein Bild, das sich im Inneren von Lilys Kopf abzeichnet, nur ein Gesicht, das sie sieht, als sie die Arme um ihren durchfrorenen Körper schlingt.

George Price.

28

2. September 1939

Mit schweren Lidern betrachtet Lily die Menge im Hafen von Melbourne. Da sie es auf keine weitere Auseinandersetzung mit Ida ankommen lassen wollte, ist sie letzte Nacht viel zu lange wach geblieben, bis sie wirklich sicher sein konnte, dass ihre Kabinennachbarin schlief. Und heute ist sie in aller Herrgottsfrühe aufgestanden, um hinauszuschlüpfen, bevor die anderen wach wurden. Doch jetzt, obwohl der Tag klar und frisch ist, fühlt sie sich, als sähe sie die Welt durch einen dichten Nebelschleier hindurch.

Auf dem Kai herrscht reges Treiben. Viele der Passagiere verlassen das Schiff heute endgültig und suchen ungeduldig die wartende Menge nach einem bekannten Gesicht ab. Ein paar Leute halten Plakate mit den Namen derjenigen hoch, die sie abholen sollen. Sie haben jenen nervösen erwartungsvollen Blick von Menschen, die auf das Beste hoffen, sich jedoch gleichzeitig für das Schlimmstmögliche wappnen.

Zusätzlich zu der Menge, die auf die *Orontes* wartet, gibt es vereinzelte Menschentrauben, die wegen der anderen Schiffe gekommen sind, und so bietet sich den Passagieren ein abwechslungsreicher, bewegter Anblick.

Jenseits der grauen Hafenanlage erstreckt sich die

australische Küste mir ihren langen goldgelben Sandstränden, und dahinter spannt sich die unscharfe Silhouette der Dandenong Mountains über den Horizont.

Das Schiff wird den ganzen Tag über in Melbourne bleiben – reichlich Zeit für die zwanzigminütige Zugfahrt in die Stadt, also muss Lily sich nicht beeilen, von Bord zu kommen. Abgesehen davon fühlen sich ihre Knochen bleischwer an, sodass ihre Bewegungen träge und matt sind.

Jemand tippt ihr auf die Schulter, eine leichte, zurückhaltende Berührung.

Da stehen die Neumanns. Er mit seinem Hut auf dem Kopf und einer abgewetzten Aktentasche in der Hand, die verdächtig leicht aussieht; sie mit ihrem braunen Rock, einer einfachen Bluse und einer Jacke in einer undefinierbaren Farbe, irgendwo zwischen Graubraun und einem stumpfen Grün.

»Wir verlassen das Schiff hier, Miss Shepherd«, sagt Mr. Neumann. »Wir wollen nur Lebewohl sagen.«

Seine winzige, vogelartige Frau blickt Lily prüfend ins Gesicht. »Ihnen geht es nicht so gut, Miss Shepherd?«, sagt sie. Eine dieser Fragen, die mehr eine Feststellung scheint und auf die Lily nur schwer antworten kann. Plötzlich ist sie sich ihres wirren, ungekämmten Haars bewusst, der knittrigen Falten in ihrem dunkelblauen Leinenrock.

Sie erwägt, ihnen zu erzählen, was sie über George Price und den Übergriff in jener Nacht erfahren hat, geht in ihrem Kopf durch, was sie sagen könnte. Doch sie weiß, dass sie nichts sagen wird. Maria ist verschwunden, und nichts wird sie je wieder zurückbringen. Lily jedoch ist immer noch hier, kurz davor, ein neues Leben in einem Land zu beginnen, in dem sie niemanden kennt und wo sie nichts zu bieten hat bis auf die Dienstzeugnisse, die sie mit sich führt. Mrs. Collins hat recht: Sie kann sich den Luxus nicht erlauben, Anklagen zu erheben, die sich nicht nachweisen lassen.

»Ich habe nicht gut geschlafen. Das ist alles. Mir war nicht bewusst, dass Sie in Melbourne von Bord gehen. Wo sind Ihre ganzen Sachen?«

Zu spät fällt ihr ein, was Maria ihr über jene jüdischen Passagiere erzählt hat, die nur die Kleider mit sich nehmen konnten, die sie bei ihrer Flucht am Leibe trugen, und sie spürt beschämt, wie ihr die Hitze in die Wangen steigt.

»Wir werden Marias Schwester schreiben. Wir werden ihr erzählen, was passiert ist«, sagt Mr. Neumann. »Sorgen Sie sich nicht. Sie waren eine gute Freundin.«

Doch als Lily ihnen nachblickt – zwei magere Gestalten mit aufrechtem Gang und verschlissener Kleidung –, wird ihr bewusst, dass das nicht die Wahrheit ist. Sie war keine gute Freundin, und sie weiß, dass sie ihr ganzes Leben lang ein Mal der Schande in ihrem Herzen tragen wird. Immer.

Die Fletchers und Ian Jones stoßen zu ihr. Sie haben ausgemacht, zusammen an Land zu gehen.

»Warum seid ihr so ernst?«, fragt Lily, als sie bemerkt, dass auch der sonst so unbeschwerte Ian mit grimmiger Miene vor sich hinblickt.

»Hast du es denn nicht gehört?« Edward wirkt nervös und blass und gleichzeitig so schmerzlich jung, dass Lily den Blick abwenden muss. »Jemand kam vorhin mit einer Zeitung an Bord. Deutschland ist in Polen einmarschiert.«

Zuerst verspürt Lily Erleichterung, dass es um niemanden geht, den sie direkt kennt. Doch dann blickt sie sich zwischen den Passagieren auf Deck um, und ein fester Klumpen Angst ballt sich in ihrer Magengrube.

»Du erinnerst dich doch bestimmt, dass Chamberlain versprochen hat, dass wir in den Krieg ziehen, falls Hitler Polen angreift, oder?«

»Ja, aber das heißt doch noch lange nicht, dass es passieren wird. Er könnte einen Rückzieher machen so wie letztes Jahr.«

»Ja, das könnte er«, stimmt Helena ihr zu.

»Aber es ist unwahrscheinlich«, entgegnet Edward.

Jetzt muss Lily an Frank denken und wie sie als Kinder gemeinsam mit seinen Zinnsoldaten spielten und er immer England sein durfte, weil es schließlich seine Soldaten waren, während sie der Feind sein musste, welcher auch immer es an dem Tag war ... manchmal Deutschland, ein anderes Mal Frankreich oder Spanien oder sogar Amerika. Sie erinnert sich an sein ungestümes Gebrüll – »Zum Angriff!« – und die dramatischen, langwierigen, heroischen Todeskämpfe seiner kleinen metallenen Soldaten. Wird er jetzt ein echter Soldat werden? Sie kann es nicht ... *will* es nicht glauben.

Die bedrückende Neuigkeit liegt wie ein Schatten über ihrer kleinen Gruppe, während sie an Land gehen und auf den Zug warten, der sie in die Stadt bringen soll. Die Spannung zwischen Helena und Edward scheint seit dem Vortag nur noch angewachsen zu sein, und Lily findet sich in der unangenehmen Rolle der Vermittlerin wieder; gemeinsam mit Ian, dessen Widerstreben in seiner steifen Haltung und seinem permanenten motorenhaften Räuspern mehr als offensichtlich ist.

Der Zug ist voll von Passagieren der *Orontes* und anderer Schiffe, die im Hafen angelegt haben, doch während viele von ihnen genauso ernst und besorgt scheinen, wirken andere entschieden vergnügt.

»Aussies«, bemerkt Ian und beäugt eine laut feiernde Gruppe Nachtschwärmer in ihrem Waggon. »Ihr müsst eins verstehen: Obwohl die Bande mit England natürlich stark sind und wir, wenn England in den Krieg zieht, ebenfalls mitziehen, scheint Europa hier doch sehr weit weg.«

»Tja, ich würde am liebsten umdrehen und auf kürzestem Weg nach Hause zurückkehren«, sagt Edward. »Wie sieht das denn aus, wenn wir in Zeiten wie diesen unser Land verlassen?«

»Du würdest dich freiwillig zum Dienst melden?«, fragt Lily.

»Natürlich.«

Edwards Antwort provoziert auf Helenas Seite ein ungeduldiges Schnauben. »Um Himmels willen, Edward. Sei nicht albern. Sie würden dich ja wohl kaum nehmen.«

Edward zuckt zusammen, als hätte man ihn geschlagen. Als Lily sieht, wie sein Ausdruck sich von Stolz zu Kränkung und schließlich zu Wut wandelt, fühlt Lily mit ihm.

Den Rest der Fahrt bringen sie schweigend hinter sich. Lily lehnt die Stirn gegen das Fenster und betrachtet die eingeschossigen Häuser der Melbourner Vorstädte, die in allen Größen und Formen auf großzügigen Grundstücken verstreut stehen und so ganz anders sind als die dicht stehenden, eintönigen Reihenhäuser in London. Als sie das Zentrum erreichen, verändert sich das Stadtbild; hier beherrschen Hochhäuser und große Büroblöcke die

Skyline. Als sie aus dem Zug steigen, finden sie sich in einer geschäftigen, florierenden Großstadt wieder, die weitgehend an die Städte zu Hause erinnert, nur dass hier Straßenbahnen fahren, keine Busse.

Die Haupteinkaufsstraße ist voller riesiger Geschäfte, und es gibt ein Kino, in dem gerade der Film *Auf Wiedersehen, Mr. Chips* läuft, den Lily in London bereits gesehen hat, was ihr eine Ewigkeit her erscheint. Genauso ergeht es ihr, als sie an einem Schallplattenladen vorbeikommen und ihnen abermals *The Lambeth Walk* aus der offenen Tür entgegenschallt, gefolgt von Kay Kysers *Three Little Fishies*, das zu Hause in England die Ohren der Zuhörer schon lange überstrapaziert hat.

Lily stöhnt. »Ich habe das Gefühl, ich hätte die halbe Welt umrundet, nur um in der Zeit zurückzureisen.«

Alle hängen ihren Gedanken nach, während sie die Hauptstraße entlangspazieren, und Lily bleibt absichtlich länger an den Schaufenstern stehen, nur um etwas Abstand zwischen sich und die anderen zu bringen. Die Boutiquen stellen allesamt Sommerkollektionen aus – luftige Kleider und Badebekleidung in heiteren Farben. Lily findet es befremdlich, dass bald der Sommer anfangen soll, wo ihr Körper sich doch für den Winter wappnet.

»Hab dich!«

Lily macht erschrocken einen Satz nach vorne und knallt um ein Haar mit dem Kopf gegen die Schaufensterscheibe. Eliza löst sich aus ihrer Entourage und klatscht in die Hände.

»Meine Güte, du solltest mal dein Gesicht sehen, Lily!« Eliza trägt das scharlachrote Kleid, das sie anhatte, als Lily sie das erste Mal sah, dazu ihre schwarze Sonnenbrille. »Darf ich vorstellen, Lily? Das ist Alan Morgan. Er ist ein Filmstar, also musst du sehr, sehr nett zu ihm sein, damit er auch aus dir einen Star macht. Würde sie auf der Leinwand nicht göttlich aussehen, Alan? Hast du dir diese Augen mal angesehen?«

Alan Morgan hebt seine Sonnenbrille an, um Lilys Kamerauglichkeit besser abzuschätzen. Seine Augen sind groß und schokoladenbraun. Er hat dichte, kohlrabenschwarze Wimpern, ebenso schwarzes Haar und einen dünnen, akkuraten Oberlippenbart. Lily ist sich ihrer zerzausten Haare und der wahllos zusammengesuchten Kleider nur allzu bewusst, bei ihrer frühmorgendlichen Flucht aus der Kabine hat sie angezogen, was ihr zwischen die Finger gekommen ist.

»Sehr englisch«, befindet er schließlich.

»Lily!« Max schaut sie an, als wäre es Jahre her, dass sie sich das letzte Mal gesehen haben. Er greift nach ihrer Hand und küsst sie, wobei seine Lippen sich fest auf ihre Haut pressen. Er steht neben einer Dame, die wohl die Frau des Schauspielers sein muss. Nicht wirklich *Frau*, berichtigt sich Lily, als sie einander vorgestellt werden. Mädchen trifft es eher. Cleo Morgan wirkt wie ein heimatloses Kind mit ihrem schlaffen Händedruck, der so flüchtig ist, als würde Lily nach einem Windhauch schnappen.

»Ich bin ebenfalls Schauspielerin«, sagt sie mit leiser, atemloser Stimme. Dann, als Lily kein Anzeichen des Erkennens zeigt, fügt sie hinzu: »Mein Künstlername dürfte Ihnen mehr sagen: Cleopatra Bannister.«

Lily wird durch Alan Morgan aus ihrer Verlegenheit gerettet. »Sei kein Dummkopf, Cleo. Du hast seit drei Jahren in keinem Film mehr mitgespielt, und selbst wenn, hattest du wohl kaum die Hauptrolle. Ich glaube eher nicht, dass dein Ruhm bis nach England reicht, du etwa?«

Sie kommen an einem Kaffeehaus vorbei, in dem die Gäste auf Barhockern an einer Theke mit Blick auf die Straße sitzen und Köche mit hohen weißen Mützen Krapfen mit einem Loch in der Mitte frittieren. »Oh, Doughnuts!«, platzt es aus Lily heraus. »So einen wollte ich immer schon mal probieren!«

Und so müssen sie alle hineingehen, obwohl Cleo erklärt, dass sie unmöglich ein ganzes von diesen Dingern essen könne, wobei sie entsetzt das Exemplar auf Lilys Teller anstarrt, als sei es eine Bombe, die jeden Moment hochgehen könne.

»Sie ist wirklich ein liebes, kleines Ding, aber so furchtbar geistlos … als würde man Konversation mit einem sehr hübschen Stück Holz treiben«, flüstert Max ihr ins Ohr. Er steht hinter ihr, da es nicht genug Hocker für alle gibt. Sein Atem ist heiß und feucht und riecht nach Whiskey. »Ich musste sie jetzt zwei ganze Tage ertragen, weil meine geliebte Gattin dachte, dass es unterhaltsam wäre, mit ihrem Mann zu verkehren. Ich kann gar nicht sagen, wie froh ich bin, dich zu sehen, Lily.« Seine Lippen streifen die Spitze ihres Ohrs, und sie spürt das sanfte Kratzen seines Schnurrbarts.

Nachdem sie das Kaffeehaus verlassen haben, weicht Max nicht von Lilys Seite und macht sie immer wieder auf irgendwelche interessanten Dinge aufmerksam, während sie die Hauptstraße entlangschlendern – bunte Plakatwände, ein ungewöhnlich geschnittenes Kleid. Wo sie auch hingehen, starren die Leute Alan Morgan an, doch er gibt vor, es nicht zu bemerken. Eine ältere Frau bleibt stehen und bittet ihn um ein Autogramm, das er ihr mit beeindruckender Unfreundlichkeit überreicht. »Warum müssen es immer die alten Fregatten sein, die mich fragen?«, beschwert er sich im Anschluss.

Die Morgans haben gerade eine Europa-Rundfahrt hinter sich. Sie haben mit einem früheren Schiff einen Zwischenstopp in Adelaide eingelegt, um Cleos Schwester zu besuchen, und befinden sich nun auf dem Rückweg nach Sydney. Ihre Reise hat Alan seine Heimat vergällt, die er nun viel zu primitiv und unkultiviert findet. »Als wir in Paris waren …«, sagt er, und findet den denkbar unvorteilhaftesten Vergleich für Australien. »Als wir in Mailand waren …« Er hält den australischen Akzent für unfassbar vulgär und behauptet, alle Aussie-Frauen hätten *Bauernpranken*.

»Siehst du jetzt, wie unerträglich dieser Kerl ist?«, flüstert Max. »Und nun, da sie sich die beiden so eifrig zu Freunden gemacht hat, wird unsere arme Eliza ihn leider nicht mehr los!«

In der Tat scheint Eliza, die mit Alan vorausgeht, außerordentlich erpicht, Max und Lily bei jeder sich bietenden Gelegenheit ins Gespräch einzubeziehen.

»Was sagst du da, Max? Warum flüstert ihr beiden?«

»Nichts, was dich interessieren würde, Darling.«

Eliza funkelt erst ihn erbost an, dann Lily. Als Antwort darauf schiebt sich Max noch näher an Lily heran, sodass sein Schenkel ihre Hüfte streift.

Es ist nicht nur Eliza, die sich durch Max' Aufmerksamkeit Lily gegenüber ausgeschlossen zu fühlen scheint. Auch Edward blickt immer wieder zu ihnen her, und mit jedem Mal wird die Furche auf seiner Stirn tiefer. Der Bürgersteig gestattet es nur, zu zweit nebeneinander zu gehen, und Edward hat die geistlose Cleo als Partnerin abbekommen. Obwohl Lily anfangs einen Stich der Eifersucht verspürte, als sie die beiden zusammen sah und bemerkte, wie Edward, der normalerweise der Schmächtigste unter den Männern war, über das zarte, ätherische Mädchen emporragte, so merkte sie schnell, dass die beiden Mühe hatten, ein Gespräch am Laufen zu halten.

Beim Lunch in einem Restaurant, in dem die Kellnerin Alan so intensiv anstarrt, dass sie den schmalen Tisch verfehlt und ihnen frisches Besteck bringen muss, sitzt Max gegenüber von Lily, sodass sich ihre Knie berühren. Doch Lily ist zu müde und zu ermattet, um sich daran zu stören. Alan Morgan erzählt ihnen von einem luxuriösen Menü, das sie in Capri serviert bekommen haben und bei dem ihnen der Hummer vor der Zubereitung lebend und mit den Scheren schnappend zur Ansicht an den Tisch gebracht wurde. Er erwähnt den Namen eines italienischen Filmregisseurs, von dem Lily noch nie gehört hat.

»Sie haben das ganze Restaurant für uns geschlossen. Ich dachte, das sei wegen Righelli, der dort wie ein König verehrt wird, aber er sagte: ›Nein, Alan, mein Freund, das ist alles für Sie.‹«

Unter dem Tisch presst sich Max' Knie fester gegen ihres.

»Unsere arme Lily hier hat eine schwere Zeit hinter sich«, wechselt Eliza das Thema. »Sie hat sich mit einer Jüdin aus Deutschland angefreundet, die sich als äußerst labile Person entpuppte und über Bord sprang. Das war wirklich sehr schockierend, deswegen müssen wir sie unbedingt aufheitern.«

Eliza sagt das alles in einem plaudernden Tonfall, als würde sie lediglich eine unterhaltsame Anekdote zum Besten geben, und so braucht Lily einen Moment, bis ihre Entrüstung sie einholt. Doch dann lodert eine weiß glühende Flamme hell in ihrer Brust auf.

»Maria war nicht aus Deutschland, sondern aus Österreich. Und sie war nicht labil. Sie ist nicht…« Einen Moment lang überlegt Lily, ihnen von George Price zu erzählen, von dem, was Ida ihr gesagt hat, aber irgendetwas hält sie zurück. Ihr Selbstschutz vielleicht.

»Nun, jetzt, da der Krieg vor der Tür steht, werden sie alle herkommen«, sagt Alan Morgan. »All diese Menschen, die Europa nicht will. Als wäre dieses Land nicht rückständig genug! Ich schätze mal, Sie sind glimpflich davongekommen…« Er sieht Edward kalt an. »Ein junger, alleinstehender Bursche wie Sie wäre doch der Erste, der eingezogen würde, um sein Land zu verteidigen, wenn Sie nicht hier abgetaucht wären.«

»Meinem Bruder ging es nicht gut«, entgegnet Helena hitzig. »Wir sind nur aus gesundheitlichen Gründen nach Australien gekommen. Sobald er sich erholt hat, werden wir selbstverständlich zurückkehren.«

Edward selbst sagt nichts, doch Lily kann sehen, wie seine Finger sich um sein Messer klammern.

Als sie nach der Rückfahrt aus dem Zug steigen und gerade zum Schiff gehen wollen, erblickt Lily ein Stück vor ihnen George Price, der wie immer allein unterwegs ist. Sie macht sich nicht die Mühe, ihren Schritt zu verlangsamen. Er wird sie sicherlich ebenso wenig sehen wollen wie sie ihn. Umso überraschter ist sie, als George stehen bleibt und wartet, bis sie ihn eingeholt haben. Er hält eine britische Zeitung in der Hand. Lily schaudert, als sie die Schlagzeile liest: DEUTSCHE BOMBEN ÜBER POLEN. MOBILMACHUNG IN ENGLAND. Frank, denkt sie. Mein kleiner Bruder.

»Haben Sie das gesehen?« George tippt auf die Zeitung. Seine Augen glitzern. »Wir ziehen in den Krieg. Es steht außer Frage. Jetzt ist alles anders.«

Seine Äußerungen sind ausschließlich an Lily gerichtet; George scheint sich der Gegenwart der anderen nicht einmal bewusst – der Campbells, der Fletchers, des aufgeblasenen Alan Morgan und seiner fragilen Gattin.

»Wir sind an Bord von Feinden umzingelt. Von Italienern, von Deutschen. Ich habe das schon die ganze Zeit gesagt, aber niemand wollte auf mich hören. Tja, jetzt befinden wir uns im Krieg. Alles ist anders.«

»Aber Sie, Sie sind nicht im Krieg, nicht wahr, George?« Lily kann einfach nicht anders. »Ihr Vater hat sein Schäfchen hübsch ins Trockene gebracht, nicht wahr, damit Sie sich die Hände nicht schmutzig machen müssen?«

»Es gibt mehr als nur eine Art, in einem Krieg zu kämpfen, Miss Shepherd.« George bewegt sich in einem fort – bewegt die Hände, die Finger, die Füße, verlagert sein Gewicht, selbst seine Augenwinkel zucken wie bei einem Krampfanfall.

»Wie gut, dass wir nur noch zwei Tage an Bord haben«, bemerkt Eliza fröhlich. »Wie könnten wir sonst in Ruhe schlafen in dem Wissen, von all diesen Feinden umzingelt zu sein?«

George scheint ihren ironischen Unterton nicht zu bemerken. »Ich hoffe, der Kapitän wird sie jetzt alle von Bord werfen.«

»Das kann er nicht, solange wir niemandem den Krieg erklärt haben«, entgegnet Helena aufgebracht. »Das Ganze könnte genauso gut noch abgewendet werden. Wir standen schon einmal kurz davor.«

George schüttelt den Kopf. Sein Haar ist fettig und ungekämmt. »Es ist Krieg. Und wir müssen auf der Hut sein. Sehen Sie jetzt, dass ich recht hatte?« Er blickt wieder direkt Lily an. Diese hervorquellenden Augen, diese fleischigen Lippen. »Was auch immer dieser Österreicherin zugestoßen ist, bedeutet jetzt nichts mehr – nicht, wenn so viele unserer eigenen Leute sterben werden. Was macht da schon einer mehr oder weniger von denen aus?«

Seine Worte werden von einem kollektiven Ausruf der Empörung beantwortet. »Schämen Sie sich!« Lily schießt nach vorn und spürt gleichzeitig, wie jemand ihren Arm packt, sie eilig an George vorbei über den Kai und die Landungsbrücke hoch auf das Schiff führt. Sie spürt mehr als sie sieht, dass die anderen hinter ihnen zurückbleiben. Sie hört nur noch das Rauschen des Blutes in ihren Ohren, ihren kurzen, abgehackten Atem.

Sobald sie auf dem menschenleeren Deck angekommen sind, wird sie zur anderen Seite des Schiffes geführt. Vor ihnen das offene Meer, das von kleineren Schiffen und Fischerbooten übersät ist.

»Atmen!«, befiehlt Max Campbell. Und sie gehorcht, saugt in tiefen, gierigen Zügen die salzige Luft ein.

Und als er seine Arme um sie legt, lässt sie ihn gewähren, denn Edward ist nicht bei ihr, und all ihre Kraft ist dahin. Max in seinem unbestreitbaren, körperlichen, pulsierenden, überwältigenden, blutpumpenden Sein scheint in diesem Augenblick das Einzige, was in dieser Welt noch einen Sinn ergibt.

29

3. September 1939

»Mir ist bewusst, dass ich dir gegenüber nicht fair war.«

Edward schreitet in der Bibliothek auf und ab – schon die ganze Zeit, seit er Lily gefragt hat, ob sie unter vier Augen reden können. Eine bedrückende Aura umgibt ihn.

»Ich war inkonsequent und so mit mir selbst beschäftigt, dass ich nicht über deine Gefühle nachgedacht habe. Ich wünschte, ich könnte alles zurücknehmen und von vorne anfangen. Diese ganze verdammte Reise. Ich würde alles anders machen. Alles.«

Lily sitzt in dem Ledersessel, in dem sie erst zwei Tage zuvor George Price überrascht hat, und hat Mühe, Edward zu folgen. Ich liebe ihn nicht, denkt sie unvermittelt. Und diese Erkenntnis trifft sie wie ein schmerzlicher Verlust.

In dem kühlen, schroffen Morgenlicht wirkt Edward schrecklich blass und plötzlich auch viel zu zerbrechlich für den weiten, unerbittlichen australischen Himmel.

»Was ist es, das du nicht erzählst?«, fragt sie ihn jetzt. »Ich weiß, dass du etwas vor mir verheimlichst. Ich merke es doch daran, wie du und Helena euch anschaut… an dem, was sie sagt.«

Endlich schaut Edward ihr in die Augen, und angesichts des blanken, unverhüllten Flehens in seinem Blick spürt sie, wie ein Teil von ihr zu Staub zerfällt.

»Ich wünschte, ich könnte es dir sagen, Lily. Ich *möchte* es dir sagen. Manchmal fühlt sich die Last dessen, was ich nicht sage, so schwer an, als müsste sie mich zerquetschen. Aber ich kann nicht. Ich habe es versprochen.«

»Wem versprochen?«

»Meinem Vater. Lily, du musst verstehen, dass er ein sehr schwieriger Mensch ist. Helena und ich hatten schon immer Angst vor ihm. Nicht körperlich, obwohl er durchaus gewalttätig sein kann. Aber er beharrt auf Regeln und ist kein Mann, mit dem man sich anlegt.«

»Doch du hast es getan? Dich mit ihm angelegt, meine ich?«

Edward nickt. »Und es bis zum heutigen Tag bereut!« Er versucht es mit einem scherzhaften Tonfall. Vergeblich. »Aber, Lily, bitte, du musst wissen, dass mein erbärmliches Verhalten nichts mit dir zu tun hat. Du bist wunderbar. Du bist mutig und stark und hübsch und liebenswert, und du verdienst nur das Beste. Was auch der Grund ist, warum ich dich bitten muss, dich von Max Campbell fernzuhalten.«

Ah, darum geht es also. Als Lily und Max Campbell sich gestern Nachmittag nach ihrer Rückkehr aus Melbourne diese wenigen Momente allein auf Deck gegönnt hatten, war ihre Abwesenheit natürlich nicht unbemerkt geblieben. Als sie danach wiederkamen, zog Edward sich in sein angespanntes Schweigen zurück, während Eliza sich mit einigen bissigen Bemerkungen zufriedengab.

Lass sie machen, hat Lily gedacht. Sie selbst war zu müde für all das. Erschöpft bis ins Mark. Max bot ihr

Halt, und was noch wichtiger war, er war direkt, was seine Bedürfnisse und Begierden anging. Sie wusste, was er sich von ihr wünschte – da gab es kein Rätselraten, keine Suche nach unterschwelligen Botschaften. Seit Marias Verschwinden ist alles aus dem Lot geraten, was ihr einst selbstverständlich schien und woran sie glaubte. Da ist George Price mit seiner offenen, schamlosen Freude über Marias Verschwinden; da gibt es gute Menschen wie Mrs. Collins, die ihr dennoch raten, nicht das Richtige zu tun, nicht die Wahrheit zu sagen; und dann natürlich Edward selbst mit seinem Wankelmut, seinen Avancen und Rückziehern, seiner Leidenschaft und seinem Schweigen. Für ein paar wenige Minuten – gestern Nachmittag, in Max Campbells kräftigen Armen, das Gesicht an seine Brust gelehnt –, fühlte sie sich schwerelos. Leicht. Konnte sie wieder atmen.

Das Gefühl dauerte nicht lange an. Lily wich zurück, als ihr wieder einfiel, wo sie waren. Wer sie waren.

»Ich glaube nicht, dass es dich etwas angeht, mit wem ich Umgang pflege«, sagt sie jetzt und wird mit einem kurzen Anflug von Befriedigung belohnt, als sie seine Verzweiflung sieht.

»Du hast recht, Lily. Ich verdiene das. Aber bitte glaube mir, wenn ich sage, dass ich dabei nur an dich denke. Die Campbells sind keine netten Menschen, Lily.«

»Oh, verstehe. Also muss ich mich von Max fernhalten, weil die beiden keine netten Menschen sind, aber es ist natürlich vollkommen in Ordnung, wenn du Eliza hinterherschmachtest, ist es so?«

»Was um Himmels willen meinst du damit?«

»Ach, Herrgott noch mal, Edward, sei doch wenigstens einmal ehrlich. Du bist ein vollkommen anderer Mensch, wenn du in ihrer Nähe bist. Du kannst kaum sprechen. Du bist ein wandelndes Nervenbündel. Gib es doch einfach zu!«

»Nein, Lily. Das stimmt nicht.«

Aber sie ist bereits aufgestanden und wendet sich zur Tür. Sie hat genug von seinen Heucheleien und Ausflüchten.

»Lily, warte!«

Aber sie ist schon fort. Schreitet das Deck entlang. Morgen, so sagt sie sich. Morgen werden sie alle in Sydney ankommen, und ihr neues Leben wird beginnen, und all das – die Reise, Edward, Maria, George, die Campbells – werden vergangen sein. Und wenn sie eines Tages daran zurückdenkt, wird es ihr wie ein Traum erscheinen. Sie wird als Dienstmädchen oder Haushälterin arbeiten, und es wird ihr ganz und gar unmöglich erscheinen, dass sie einst in Gesellschaft von Rechtsanwälten und Salonlöwen, Filmstars und Radiosprechern verkehrt haben soll. Zumindest was das angeht, hatte George Price recht: Sie wird in ihre Welt zurückkehren und die anderen in ihre.

Aber zuerst ist da noch dieser letzte Tag, den es hinter sich zu bringen gilt und der in einem weiteren Galaball gipfelt. Es gab anfangs Gerüchte, er würde angesichts der Nachricht von Deutschlands Einmarsch in Polen abgesagt, doch der Kapitän verfügte – vielleicht auch im Hinblick auf die explosive Mischung von Nationalitäten an Bord –, dass alles wie geplant vonstattengehen sollte, da es noch keine offizielle Kriegserklärung gegeben hatte.

Es ist das Letzte, wonach Lily der Sinn steht – sich herausputzen und feiern. Doch die Vorbereitungen sind bereits in vollem Gange. Die Stewards sind seit Stunden damit beschäftigt, die Tanzfläche mit Blumen und Wimpeln zu schmücken, und auf dem gesamten Schiff verabredet man sich zu kleinen privaten Abschiedspartys. Die meisten Reisenden haben bereits damit begonnen zu packen, da das Schiff morgen in aller Herrgottsfrühe im Hafen von Sydney einlaufen wird, und so herrscht ein reges Kommen und Gehen zwischen den Kabinen und dem Deck.

»Vergiss nicht, in der Wäscherei nachzuschauen!«, hört sie eine Frau die Treppe hinunterrufen. »Wir wollen doch nichts vergessen!«

Vor ihrer Kabinentür holt Lily tief Luft. Sie ist Ida die letzten zwei Tage aus dem Weg gegangen, aber sie kann das Packen nicht länger hinauszögern. Sie hofft, dass niemand da ist, oder zumindest bloß Audrey. Aber sehr zu ihrem Unmut ist da nur Ida, die mit kerzengeradem Rücken auf ihrem Bett sitzt, sodass der Scheitel ihres straff nach hinten gekämmten Haars die Unterseite von Audreys Koje streift. Ihr Koffer liegt geöffnet auf der Matratze neben ihr; es ist ein ziemlich ramponiertes Exemplar, und Lily kann nicht anders, als einen Anflug von Mitleid zu verspüren, als sie sieht, wie wenige Kleidungsstücke Ida in ihr neues Leben mitnimmt.

Ohne ein Wort zu sagen, zieht Lily ihre Truhe unter der unbenutzten Koje hervor und geht dann in der Kabine umher, um ihre Habseligkeiten einzusammeln. Wer hätte gedacht, dass sich in wenigen Wochen so viel ansammeln kann? Außer ihrer Kleidung liegen da Haarbürsten, Cremes, kleine Andenken ihrer Besuche an Land. Lily fällt jetzt auch der goldene Seidenschal ein, den Max Campbell ihr in Gibraltar gekauft hat, und sie verspürt einen Anflug von Ärger. Warum hat Edward ihn mitgenommen? Es ist ihr selbst peinlich, als sie daran denkt, wie geschmeichelt sie sich gefühlt hat bei der Vorstellung, dass er ihn in seiner Kabine aufbewahren könnte, um ihn ab und an hervorzuholen und seine Nase darin zu vergraben, in der Hoffnung, einen Nachhall ihres Duftes darin aufzuspüren. Falls Edward ihr gegenüber jemals solche Empfindungen hegte, sind diese so tief unter seinen anderen Problemen und Gefühlen vergraben, dass sie genauso gut überhaupt nicht existieren könnten.

Sie zieht eine Schublade auf, holt einen kleinen Stapel Cardigans hervor und beginnt damit, sie noch einmal zusammenzulegen, um sie ordentlich in ihrer Reisetruhe zu verstauen. Die ganze Zeit über ist sie sich Idas starren Blicks bewusst, der sich in ihren Rücken bohrt. Zweimal räuspert sich Ida, wie um etwas zu sagen, doch es kommt nichts. Schließlich stößt sie hervor: »Ich habe nie gewollt, dass deiner Freundin etwas Schlimmes zustößt.«

Lily sagt nichts, fährt nur damit fort, ihre Strickjacken neu zusammenzulegen und in ihrer Truhe zu verstauen.

»Es ist nicht einfach«, setzt Ida noch einmal an. »Es ist nicht einfach, wenn man niemanden hat, auf den man sich verlassen kann, als auf sich selbst. Keine Familie. Keinen Ehemann. Mein John ist nun schon ganze elf Jahre tot und immer noch denke ich jeden Tag an ihn. Ich bin nicht gut darin, Freundschaften zu schließen. Du hast Glück, dass du diese Gabe hast. Ich nicht. Ich dachte … Ich hatte gehofft … dass wir vielleicht … du und ich …« Wieder räuspert sie sich hinter Lilys Rücken. »Doch dann hast du ihr den Vorzug gegeben! Dieser Miss Katz. Ich habe es persönlich genommen. Ich weiß, dass ich das nicht hätte tun sollen, aber so war es nun mal. Trotzdem, ich wollte nie, dass sie verletzt wird. Es ist mir wichtig, dass du, was auch immer du sonst von mir denkst…, dass du zumindest das weißt.«

Jetzt dreht sich Lily schließlich doch zu ihr um.

»Du wirst deine Zeugenaussage dennoch nicht widerrufen?«

Ida schüttelt den Kopf. »Was geschehen ist, ist geschehen. Ich kann meine Stellensuche nicht gefährden. Außerdem wird dieser junge Mann ohnehin von seiner Familie weggeschafft werden. Irgendetwas stimmt nicht mit ihm; irgendetwas ist mit seinem Kopf. Und der Kapitän hat mit den Nachrichten über Deutschland gerade ganz andere Sorgen.«

Lily wendet sich ab, um weiterzupacken. Nach ein paar Minuten hört sie, wie die Kabinentür sich öffnet und dann wieder schließt, als Ida hinausgeht.

Bevor sie über das nachdenken kann, was Ida gerade gesagt hat, klopft es an der Tür, und ohne eine Antwort abzuwarten, platzt Eliza herein.

»Rette mich, Lily! Ich bin auf der Flucht vor diesem grauenhaften Ehepaar!«

Unwillkürlich muss Lily lächeln, als Eliza sich notdürftig hinter Audreys Morgenmantel versteckt, der immer noch an der Tür hängt.

»Alan Morgan ist wirklich ein schweres Kaliber«, stimmt sie ihr zu. »Aber Cleo ist doch ganz harmlos, oder nicht?«

Eliza wirft in einer abschätzigen Geste den Kopf zurück. »Ich schätze schon, aber sie macht mich wirklich nervös. Ich habe ständig Angst, dass eine Windböe sie davontragen könnte. Ich musste Max schon ermahnen, in ihrer Nähe keinen Zigarettenrauch auszupusten, damit sie nicht von Bord gefegt wird.«

Elizas Blick fällt auf Lilys Kleidertruhe.

»Wie organisiert du doch bist … jetzt schon zu packen. Ich werde wohl wie gewöhnlich bis zur letzten Minute warten. Oder es ansonsten den Kabinensteward machen lassen. Oh, ich bin ja so froh, dass diese endlose Reise vorüber ist, du nicht auch?«

Als Lily nicht antwortet, schlägt sie sich die Hand vor den Mund.

»Ich bin so eine Idiotin. Hör nicht auf mich. Natürlich freust du dich nicht darauf, wo du doch danach in irgendeinem öden Haus für irgendeine öde Familie wirst arbeiten müssen. Aber du weißt doch, dass wir einander trotzdem die ganze Zeit sehen werden. Du hast doch auch freie Tage, stimmt's?«

Lily nickt, obgleich sie genauso gut wie Eliza weiß, dass das nie passieren wird. »Ich schätze, du wirst ein volles Programm mit Partys und Bällen und allem Drum und Dran haben, sobald du in Sydney ankommst, oder?«, fragt Lily und geht wieder dazu über, ihre Sachen zusammenzulegen.

»Ja. Ich denke schon.« Eliza seufzt. »Aber was, wenn sich nichts ändert, Lily?« Ihre Stimme klingt plötzlich ganz matt.

»Wie meinst du das?«

»Ich denke die ganze Zeit: *die nächste Party … die nächste Stadt … die nächste Affäre …* Letztlich warte ich darauf, dass die eine kommt, die alles ändert. Aber was ist, wenn das alles ist? Was, wenn da nur *ich* bin?«

Lily dreht sich um und findet Eliza zusammengesunken auf Idas Bett vor.

»Na ja, wie auch immer«, sagt Eliza, setzt sich wieder aufrecht hin und kehrt zu ihrem gewohnt heiteren Tonfall zurück. »Lass uns nicht von solchen Dingen sprechen, wo es doch Wichtigeres zu bereden gibt… zum Beispiel, was du auf den Ball heute Abend anziehst. Ich hoffe, du hast vor, das Pfirsichfarbene zu tragen. Es steht dir einfach göttlich.«

Sie deutet auf das Seidenkleid, das Lily sorgfältig über das Fußende gelegt hat, um es ihr zurückzugeben.

»Ich denke, eher nicht«, sagt Lily. »Ich habe ein eigenes Kleid, das den Zweck genauso gut erfüllen wird.«

»Davon will ich nichts hören. Das Pfirsichkleid ist wie für dich geschaffen.«

»Ich habe Nein gesagt!« Lilys Worte, die harscher hervorgestoßen wurden als beabsichtigt, lassen beide erschrocken zusammenfahren. »Tut mir leid. Ich wollte nicht undankbar erscheinen. Ich glaube einfach nur, dass es an der Zeit für mich ist, mich wieder daran zu erinnern, wer ich bin.«

Eliza blickt sie aufmerksam aus diesen merkwürdig violetten Augen an, und Lily hat das Gefühl, als würde sie sie zum ersten Mal wirklich sehen. Dann erhebt sie sich und greift nach der pfirsichfarbenen Robe.

»Natürlich. Du hast absolut recht. Wie immer. Du solltest das tragen, was du für angemessen hältst. Du wirst ohnehin umwerfend darin aussehen, egal was es ist. Nur noch eine Sache, Lily.« Sie ist bereits auf dem Weg zur Tür und zögert, als müsse sie genau abwägen, was sie gleich sagen wird. »Schenke Max heute Abend nicht allzu viel Beachtung, ja? Ich weiß, dass er sehr charmant sein kann, wenn er will, aber er sammelt verletzliche Menschen wie andere Männer Schmetterlinge.«

Sie sagt »verletzliche Menschen«, doch Lily weiß, sie meint »verletzliche Frauen«. Frauen wie sie.

»Es gibt eine Sache, an die du denken musst …«, fährt Eliza fort. »Max weiß nicht, wie er aufhören kann, mich zu lieben. Das ist seine Tragödie.« Sie hält inne, dann fügt sie leise hinzu: »Und meine.«

30

Als Lily in den Badspiegel schaut, kann sie nicht glauben, dass dies ihr eigenes Gesicht ist, das ihr entgegenblickt. Sie hat das Gefühl, während dieser Reise zehn Jahre gealtert zu sein, dennoch strahlt die Frau im Spiegel in jugendlicher Frische, ihre goldene Haut passt perfekt zu ihren bernsteinfarbenen Augen und dem von der Sonne aufgehellten kupfern schimmernden Haar. Wie unwahrscheinlich scheint es ihr doch, dass die letzten fünf Wochen sich nicht in ihrem Gesicht abgezeichnet haben sollen.

Vor der Badezimmertür lümmelt der junge Steward herum. Ermutigt durch die Tatsache, dass dies der letzte Tag ihrer Reise ist, sagt er: »Ich freue mich zwar darauf, eine Weile an Land zu kommen, aber es wird mir leidtun, Ihr Gesicht nicht mehr zu sehen, Miss.«

Auf dem gesamten Schiff herrscht eine äußerst merkwürdige Stimmung, als befänden sie sich in einem Schwebezustand zwischen dem, was real ist und was nicht, zwischen Abschied und Ankunft, zwischen der Drohung eines Krieges und den Verheißungen der Zukunft. Vielleicht ist das der Grund, warum Lily lächelt und dem Badsteward – aufrichtig und von Herzen – sagt, ihr gehe es genauso. Und auch wenn eher unwahrscheinlich ist, dass sie es tun wird, beschließt sie, falls doch, mit einer Zuneigung an ihn zu denken, die seine Rolle in ihrem Leben bei Weitem übertrifft. So ist es eben gerade an Bord – die kleinsten Dinge werden unverhältnismäßig vergrößert, die großen Dinge, so wie Marias Verschwinden, zu einem Nichts reduziert, zu einem Flüstern in der Brise, dem schwachen Seufzen des Meeres.

Zum Dinner erscheint sie in dem cremefarbenen Satinkleid, das Max Campbell vor all diesen Wochen mit Wein überschüttet hat. Sie begrüßt Edward höflich, aber distanziert, wobei sie sich Mühe gibt, nicht zu bemerken, wie attraktiv er in seinem schwarzen Frack und der weißen Fliege aussieht. Ich liebe ihn nicht, ruft sie sich in Erinnerung. Doch ihre Überzeugung gerät bereits ins Wanken. Er bestellt beim Kellner eine Flasche Wein und gießt ihr, ohne zu fragen, ein Glas ein. »Friedensangebot?«, flüstert er und schiebt es ihr zu.

Sie kann sehen, dass er sich Mühe gibt, gelassen und fröhlich zu wirken, doch seine Hände, die den Wein eingießen, zittern, und einmal, als er sich unbeobachtet wähnt, sackt er mit geschlossenen Augen auf seinem Stuhl zusammen, und seine schlanken Finger spreizen sich über seiner bleichen Stirn.

Clara Mills erklärt, sie sei zu nervös, um zu essen. »Ich kann vor lauter Sorge, was uns erwartet, nicht schlafen«, sagt sie zu Lily. »Die Australier, die wir bisher getroffen haben, waren so fürchterlich ungehobelt. Und Peggy und ich werden oft ganz allein sein.«

Die Aussicht, mit ihrer Frau Mama in einem abgeschiedenen Haus am anderen Ende der Welt zu landen, scheint die Stimmung der Tochter nicht zu heben, die sich gleich noch ein Stück Brötchen in den Mund schiebt und in beleidigtem Schweigen darauf herumkaut. Sie hat zugenommen seit Beginn der Reise, bemerkt Lily abermals, und verspürt einen Anflug von Mitgefühl. Es ist nicht einfach, mit fünfzehn von allem fortgerissen zu werden, was man kennt.

Sie spürt, wie George Price am Tisch Platz nimmt, weigert sich jedoch aufzuschauen – nicht dass es ihn weiter stören würde. Er hat ein Buch mitgebracht, eine Art politisches Manifest, wie es scheint, und blättert das gesamte Abendessen hindurch darin – sehr zum Unmut von Clara Mills, die Lily anvertraut, dass dies lediglich ein Vorgeschmack auf die rüpelhaften Manieren sei, die sie in Australien zu erwarten hätten.

Das Abendessen selbst ist opulenter als sonst, und es gibt speziell angefertigte Speisekarten für alle Passagiere, die herumgereicht werden, um sie zu unterschreiben und als Andenken zu behalten. Edward braucht eine ganze Weile, um die ihre zu unterschreiben, und Lily spürt, wie sie rot wird, als sie liest, was er geschrieben hat: *Für immer dein, Edward.*

Helena trägt wieder das taubengraue Kleid, das so gut zu ihren Augen passt. Obwohl sie sich von der kurzen Aufregung mitreißen lässt, als es darum geht, die Speisekarten zu unterzeichnen, wirkt sie bedrückt; und später, als ein junger Mann am Nebentisch aufsteht, um zu verkünden, dass er seiner Liebsten, die er am ersten Abend der Überfahrt kennenlernen durfte, einen Heiratsantrag gemacht und sie Ja gesagt habe, strömen Tränen über Helenas Wangen.

Nachdem das Essen abgeräumt wurde, setzt sich einer von Ians Aussie-Freunden ans Klavier, und alle Australier stimmen fröhlich in *Waltzing Matilda* ein, gefolgt von *Along the Road to Gundagai*. Dann spielt einer der britischen Passagiere die Anfangsmelodie von *In the Shade of the Old Apple Tree*, und Clara Mills ist empört, als ein jugendlicher Witzbold die zweite Zeile frech zu »There's a hole in your drawers I can see« abändert.

Danach gehen sie auf das Deck, während im Speisesaal die Tische beiseitegeräumt werden, um einen Tanzbereich im Inneren für all jene Gäste zu schaffen, denen es draußen zu kühl ist. Überall um sie herum finden sich Grüppchen zusammen, um Adressen und Umarmungen auszutauschen, man stellt sich in steifen Posen auf, damit letzte Fotografien gemacht werden können.

»Ich habe immer noch Elizas Fuchsstola«, sagt Helena zu Lily. »Ich muss sie ihr später zurückgeben. Wird sie heute Abend denn herunterkommen?«

Lily zuckt die Schultern. Aber tief in ihrem Inneren weiß sie, dass sie die Campbells nicht zum letzten Mal gesehen haben. Und als sie an gestern denkt, an Max' Arme, die sie so fest hielten, kann sie nicht anders, als Freude darüber zu verspüren.

Ian gesellt sich mit seinen australischen Freunden zu ihnen, die geradezu überschäumen vor Freude, so bald schon zu Hause zu sein. Obwohl es frisch ist, ist die Nacht relativ ruhig, und der sternenklare Himmel erinnert Lily plötzlich an die schwarze, mit winzigen Perlen bestickte Samttasche, die Roberts Mutter gehörte. Das gekrümmte Lächeln des Halbmonds hängt am Himmel.

»Wie gefällt Ihnen Ihr letzter Abend? Ich nehme an, Sie freuen sich darauf anzukommen.«

George Price steht wie üblich zu dicht bei ihr, und Lily tritt automatisch einen Schritt zurück.

»Wie Sie wissen, werde ich in Neuseeland sein, aber ich denke nicht, dass es allzu umständlich wäre, nach Sydney zu kommen«, fährt er fort. »Wir könnten einander immer noch sehen.« Da erblickt George etwas in Lilys Gesicht, das selbst er in seiner Stumpfheit als Ekel erkennen muss, denn er ändert seine Taktik. »Hören Sie, Lily, diese ganze schlimme Angelegenheit tut mir leid. Aber jetzt ist sie doch vorbei, und die Lage bezüglich Deutschland ändert ohnehin alles. Leute wie Sie und ich müssen zusammenhalten, Miss Shepherd. Ich meine, Lily. Wir wissen nicht, wem wir sonst trauen können. Aus diesem Grund bin ich gewillt, darüber hinwegzusehen, dass Sie eine Stelle als Dienstmädchen anstreben.« Noch bevor Lily ganz begreifen kann, was er damit meint, fährt er fort. »Meinem Vater wird es zwar nicht gefallen, aber ich bin gewappnet. Immerhin bin ich ein erwachsener Mann.«

Und ohne eine Vorwarnung stürzt er vor und presst sich mit seinem Körper gegen sie.

»Wie können Sie es wagen!« Sie springt angewidert zurück, und ihre Stimme zittert. »Ich will nichts mit Ihnen zu tun haben. Nichts! Ich würde Sie nicht wiedersehen wollen, selbst wenn Sie der letzte Mann auf dieser Erde wären!«

Jetzt ist er es, der sie ungläubig anstarrt, die Augen hervorgequollen, die feuchten Lippen im Mondlicht glänzend. »Oh, ich verstehe. Jetzt verstehe ich vollkommen. Sie denken wohl, Sie könnten etwas Besseres kriegen. Sie haben immer noch einen anderen im Visier, nicht wahr? Nach wie vor Edward Fletcher oder Max Campbell, nehme ich an. Und Sie glauben wirklich, dass einer von den beiden Sie noch anschauen wird, wenn wir erst einmal in Sydney gelandet sind? Was glauben Sie, wie Mr. Fletcher Sie in Gesellschaft vorstellen wird? ›Das ist meine Frau, Lily. Sie ist Küchenmagd‹?«

Lily wirbelt wortlos herum und kehrt zu ihrer Gruppe zurück, deren Zahl mittlerweile durch die Ankunft der

Campbells angewachsen ist. Während sie versucht, sich zu fassen, und nur mit Mühe die Tränen zurückdrängt, bemerkt sie sehr zu ihrem Unmut, dass Alan und Cleo Morgan ebenfalls mitgekommen sind und sich auf dem Touristendeck umschauen wie Besucher in einem Zoo.

»Endlich bist du da!«, begrüßt Max sie. »Jetzt kann die Party losgehen.«

Er ist lauter als sonst, und Lily bemerkt die zwei leeren Flaschen Champagner auf dem Tisch neben ihm. Er öffnet eine neue Flasche und gießt Lily ein Glas ein, das sie, obwohl sie bereits beim Abendessen Wein getrunken hat, in drei großen Schlucken leert, um ihre rasenden Nerven zu beruhigen. Es wird umgehend wieder aufgefüllt.

Eliza erstrahlt in einem bodenlangen silbernen Kleid mit spinnwebzarten Trägern und einem Rückenausschnitt, der so tief fällt, dass er zwei Grübchen am Ende ihrer Wirbelsäule entblößt, die unter der weißen Nerzstola hervorblitzen. Ihr schwarzes Haar ist mit silbernen Kämmen zurückgesteckt, und auserlesene Diamanten funkeln an ihren Ohrläppchen. In diesem Moment, da Lily sie mit den Augen einer zukünftigen Bediensteten ansieht, scheint sie so unerreichbar wie einer der Sterne am nächtlichen Himmel über ihr.

»Warum mussten sie unbedingt herunterkommen? Warum können wir diese Nacht nicht für uns allein haben?«

Edwards Stimme in ihrem Ohr klingt erstickt, als würde ihm etwas die Luft abschnüren, doch Lily bedenkt ihn lediglich mit einem schneidenden Blick. Er ist in Gegenwart der Campbells immer angespannt, aber heute Abend hat er offenbar große Mühe, seine Gefühle unter Kontrolle zu halten. Plötzlich kann Lily es nicht länger ertragen. Sie wendet sich abrupt der Gruppe zu.

»Wer will mit mir tanzen?«, fragt sie, kühn vom Alkohol und im Bewusstsein, dass dies ihre letzte Nacht ist und sie nichts mehr zu verlieren hat. Sie sieht, wie Edward den Mund öffnet, doch bevor er ein Wort sagen kann, ist Max bereits vorgetreten, wie sie es von ihm gewusst… nein, wie sie es *gehofft* hat.

»Welcher heißblütige Mann könnte da schon widerstehen?«, sagt er und führt sie schwungvoll zur Tanzfläche, wo die Band gerade zu *Begin the Beguine* angesetzt hat.

Er packt ihre rechte Hand und zieht sie viel zu eng an sich, doch ausnahmsweise ist es Lily egal. Lass sie doch alle schauen. Lass sie missbilligend die Nasen rümpfen. Es sind dieselben Menschen, die sich nicht die Mühe machen wollten, Maria kennenzulernen, die kaum ihren Tod zur Kenntnis genommen haben. Der Champagner ist ihr zu Kopf gestiegen, ihr ist etwas schwindlig, und es fühlt sich so gut an, Max Campbells Arm um ihre Taille zu spüren, fest und eng wie ein Gürtel, der sie aufrecht hält.

»Edward guckt aber böse«, sagt sie und muss kichern, als sie hört, wie undeutlich ihr das letzte Wort über die Lippen kommt.

»Armer Edward«, sagt er. »Armer, verlorener Edward.«

Sie will ihn gerade fragen, was er damit meint, als die Band zu einem Jitterbug aufspielt, und schon bald verfallen sie und Max in ein schrilles Lachen, als sie hilflos versuchen, bei dem wilden Rhythmus mitzuhalten. Sie kann Eliza am Rand der Tanzfläche sehen, die an Alan Morgans Schulter vorbei in ihre Richtung blickt.

»Deine Frau hat mich vor dir gewarnt«, sagt sie zu Max, der das äußerst amüsant zu finden scheint.

»Dann kannst du die Schuld wohl nur dir selbst geben«, erwidert er.

Sie tanzen noch eine Weile, bevor sie taumelnd zu den anderen zurückkehren. Es wird noch mehr Champagner bestellt. In ihrer Nähe werfen ein paar ausgelassene junge Aussies bunte Luftschlangen in die Nacht. Lily erkennt Ians Freunde, die aneinandergeklammert etwas singen, woraufhin die anderen in brüllendes Gelächter ausbrechen. Sie kehren nach Hause zurück, denkt sie. Und die Vorstellung, dass dieser ihr fremde, unbekannte Ort für diese jungen Männer all das darstellt, was sie kennen und lieben, verblüfft sie für einen Moment.

Sie ist erstaunt, Ian in der Gruppe zu sehen – er ist bei Weitem der Älteste und zudem der Einzige, der sich ihrem ausgelassenen Treiben nicht anschließt. Sie schaut sich nach Helena um, wundert sich, warum Ian die Gelegenheit nicht nutzt, diesen letzten Abend mit ihr zu verbringen, und entdeckt sie mit elender Miene neben Cleo Morgan. Die junge Schauspielerin trägt ein gestreiftes Cape über ihrem Satinkleid und zerrt es eng um ihren Hals, als könne jeden Moment jemand kommen und es ihr entreißen. Ihre Rehaugen huschen ängstlich umher, wohl in Erwartung eines Angriffs.

Ihr Ehemann beäugt unterdessen seine lärmenden, rauen Landsmänner mit einem Ausdruck kühler Geringschätzung, während Edward und Eliza in ein Gespräch versunken sind. Edward scheint aufgewühlt und kaum in der Lage, seine Finger im Zaum zu halten, die unablässig durch sein Haar fahren, und Eliza legt beschwichtigend eine Hand auf seinen Arm.

Doch schon nimmt Max Lily die Champagnerflöte aus der Hand und führt sie wieder zur Tanzfläche. Sie weiß, sie ist betrunkener, als sie es jemals in ihrem Leben war, doch gleichzeitig ist sie froh darüber, denn so muss sie nicht länger über George Price oder Maria nachdenken; oder darüber, dass Edward Fletcher ein Stückchen ihres Herzens abgebrochen hat und sie nicht glaubt, dass es jemals wieder ganz heil sein wird; und auch an Eliza und ihre Traurigkeit muss sie nicht mehr denken, die unter der perfekten Oberfläche schlummert wie mattes Blech unter einer glänzenden Schicht Blattgold.

Die Tanzfläche wimmelt von Menschen, die entschlossen sind, die letzten Tropfen Freude aus ihrer Reise zu saugen. Morgen schon könnte alles Mögliche passieren. Wer weiß, vielleicht befinden sie sich im Krieg. Doch heute Nacht werden sie tanzen, trinken und lachen und sich gegenseitig Geheimnisse anvertrauen, in dem sicheren Wissen, dass sie einander nie wiedersehen werden.

Und inmitten dieses fröhlichen Tobens, der Aufregung und des Lärms hält Max Campbell sie so fest, dass sie kaum noch Luft bekommt, und doch gefällt es Lily, so gehalten zu werden, so fest zusammengequetscht zu werden, bis sie das Gefühl hat, außerhalb ihres Körpers zu sein… ein anderer Mensch, wenn auch nur für eine Weile. Und Max murmelt ihr Dinge ins Ohr mit seinem heißen, alkoholgetränkten Atem, und sie will, dass er weiter murmelt, denn sie spürt, wie sie unter seiner Hitze vergeht, und das ist ihr nur recht.

Sie sind jetzt außerhalb der Sicht der anderen, umgeben von einem Gewühl tanzender Leiber, und Max schmiegt sich immer enger an sie, bis sein Schnurrbart über ihre Wange streicht. Und nun führt er sie durch die Menge zum anderen Ende der Tanzfläche, fort von den anderen, bis sie die Körper hinter sich gelassen haben und draußen auf dem Deck stehen, das sich in der Dunkelheit verliert.

Lily zittert angesichts der plötzlichen Kälte, und augenblicklich legt sich Max' Arm um ihre Schultern wie ein schwerer, wärmender Mantel. Immer noch raunt er ihr Worte ins Ohr. »Wir zwei passen so gut zueinander, Lily. Lass mich dich glücklich machen. Nur diese eine Nacht. Lass mich dir etwas geben, woran du dich erinnern kannst, während du in Sydney irgendeine langweilige Arbeit tust. Du bist so hübsch, Lily, so lieb. Du verdienst es, dich gut zu fühlen. Bitte lass mich dir dieses Gefühl geben.«

Seine Worte sind wie ein warmes, wohliges Bad, in das sie vollständig eintauchen will.

Sie befinden sich nun am äußersten Ende des Schiffs, wo die Rettungsboote vertäut sind – schwarze klobige Gestalten, die in der Finsternis kauern. Lily weiß, was hier vor sich geht, sie hat genug Pärchen mit wirrem Haar und verrutschter Kleidung hervorkriechen sehen. Dennoch leistet sie keinen Widerstand, als er sie zum hintersten Boot führt, und beide lachen, als sie beinahe über ein zusammengerolltes Tau stolpern. Und als er die schwere Abdeckplane anhebt, tritt sie in das Boot, als würde sie sich zum Abendessen an einem Tisch niederlassen. Sie lässt ihren Körper bestimmen, was er braucht – ihren Körper, der sich danach sehnt, sich gehenzulassen, gehalten zu werden, sich begehrt zu fühlen, und, nur für diesen einen Moment, auch geliebt.

Die Abdeckplane hängt zu tief, als dass sie sitzen könnten, daher nimmt Max seinen Smoking ab und breitet ihn auf dem Boden des Boots aus. Dann, immer noch kichernd, legen sie sich hin, seine Arme um ihren Körper geschlungen, seine Worte in ihrem Ohr, und sie verspürt dieses befreiende Gefühl, sich aller Gedanken, aller

Zweifel, aller moralischen Zwänge entledigen zu dürfen. »Meine hübsche, liebe Lily«, flüstert er. »Du bist so gut, so tröstend und so freundlich ... du weckst in mir den Wunsch, ein besserer Mensch zu sein.« Und die ganze Zeit über wandert seine Hand über ihren Körper, küssen seine Lippen ihren Mund, kratzt sein Bart über ihre Wange.

Sie meint, Geräusche in der Nähe zu hören, aber sie achtet nicht darauf. Das hier ist ihre Chance. Diese, und nur diese. Um endlich zu wissen, was die anderen Menschen wissen, um zu tun, was die anderen Menschen tun.

Jetzt ist seine Hand unter ihrem Kleid, unter der cremefarbenen, dünnen Seide, die ihrer Mutter nicht gefiel, als sie das neue Kleid zum ersten Mal sah, und, *oh* ... jetzt hat sie ihre Mutter in ihren Kopf gelassen ... Rasch versucht sie, sie wieder da rauszukriegen, aber dort steht sie nun im hintersten Winkel, mit ihrem besten Leinenhut. Und Max' Hand erreicht Lilys Oberschenkel, wo ihr Strumpfhalter auf ihr Höschen trifft, doch er schiebt seine Hand daran vorbei, zerrt es beiseite, genauso wie Robert es versucht hat. Und jetzt ist es nicht nur die Mutter, die in Lilys Kopf ist, sondern auch Maggie. Die kleine Maggie mit ihrem herzförmigen Kindergesicht.

»Wenn du nicht willst, werde ich eben eine finden, die will«, hat Robert gesagt, nachdem Lily ihn jenes letzte Mal von sich gestoßen hatte. Maggie hatte nie auch nur eine Chance.

»Ich wollte nicht, Lily. Ich wusste, dass er dir das Herz gebrochen hatte, aber ich wusste nicht, ob ich Nein sagen darf«, schluchzte sie später, als sie zu Lily kam, um ihr von dem Baby zu erzählen. »Ich hatte gar nicht die Möglichkeit, Nein zu sagen. Er hat nie gefragt. Hat es nur getan.«

Max stöhnt in ihr Ohr. »So wunderschön«, murmelt er, während seine Finger tiefer gleiten.

Es war Lily, die sich umhörte und die Sache in die Wege leitete. Robert hatte ihr das Geld dafür unter der Bedingung gegeben, dass sein Name nie erwähnt würde. Da gab es dieses letzte schreckliche Gespräch, bei dem er ihr nicht in die Augen schauen konnte … doch als er ihr die Geldscheine überreichte, versuchte er, ihre Hand zu greifen. »Es warst immer nur du, die ich wollte, Lily. Sie hat mir nichts bedeutet.« Das war der Moment, in dem Lily ihn als das erkannte, was er war – ein selbstsüchtiger, rückgratloser Mensch mit einem hohlen Kern. Und als Lily und Maggie das Haus betraten, wusste Lily es. Sie sah es an dem verhärmten, verbitterten Gesicht der Frau, am widerlich grünen Teppich und am lieblosen, kahlen Hinterzimmer, in dessen Mitte nur ein alter Tisch stand. Sie wusste, dass es nur böse enden konnte. Und doch ließ sie Maggie sich auf den Tisch legen. Ließ die Frau tun, was sie tat. Heute zweifelt sie an ihren eigenen Beweggründen. Könnte es sein, dass sie wollte, dass Maggie bestraft wurde? Sie glaubt es nicht. Sie *will* es nicht glauben. Sie wusste gleich, dass Maggie, wenn nicht genötigt, so doch überrumpelt worden war. Warum also hat sie es nicht aufgehalten?

»Ist es normal, dass da so viel Blut ist?«, fragte sie die Frau.

»So läuft es eben!«, fuhr diese sie an. »Babys sind nun mal keine Püppchen – das müsst ihr Mädchen lernen. Sie sind aus Fleisch und Blut, genau wie ihr.«

»Lass mich hinein«, sagt Max. Seine Stimme schwer von Verlangen, seine Finger, die sich an seiner eigenen Kleidung zu schaffen machen.

Doch nun ist Lily wieder in dem Zimmer, sieht all das Blut, und selbst die Frau behauptete nicht mehr, dass das normal sei. Das Blut war überall. Auf den Wänden. Auf dem Teppich.

»Verfluchte Scheiße«, zischte die Frau, was Lily beinahe ebenso sehr schockierte wie das Blut selbst. »Sie verblutet.«

Und Maggie, die so klein und verängstigt auf dem Tisch lag. *Muss ich sterben, Lily?* Wobei sie nur in Lilys Gesicht blickte, und Lily hielt ihre Hand und sagte: »Nein, natürlich nicht«, während die ganze Zeit das Blut weiter aus ihr herausfloss. Dick und warm und klebrig.

»Du musst sie ins Krankenhaus bringen«, sagte die Frau. »Sie kann hier nicht bleiben.« Aber es war zu spät. Viel zu spät.

Immer noch nestelt Max an seiner Hose.

»Nein«, sagt Lily, die mit einem Schlag wieder zu sich kommt. Aber Max ist so groß. So unbeweglich.

»Schsch, meine Süße, alles wird gut. Du wirst es genießen.«

»Nein, wirklich nicht.« Sie versucht, ihn von sich zu schieben. Aber es ist, als würde sie einen Felsbrocken wegschieben wollen oder das Schiff selbst.

Panik durchströmt sie, aber sie weiß, sie kann nichts tun; weiß, dass es passieren wird. Und es ist ganz allein ihre Schuld. Aber gerade als sie sich innerlich für seinen Übergriff wappnet, vernimmt sie ein Rascheln und dann die Stimme eines Mannes: »Hier drunter …« Dann ein anderer Mann, die Stimme etwas näher: »Hier? Aber warum …?« Doch da wird die Plane schon hochgehoben, und ein grelles Licht fällt in ihre Augen.

Und hinter dem Licht ist Edward.

31

Ein säuerlicher Geschmack schießt Lily in den Mund, sie setzt sich kerzengerade auf und streicht ihr Kleid glatt. Das Herz hämmert ihr in der Brust. Der Schock hat sie schlagartig nüchtern gemacht, und sie sieht die Szene in allzu klarer Deutlichkeit – sie und Max Campbell, ein verheirateter reicher Mann und ein angehendes Dienstmädchen. Wie überaus gewöhnlich. Wie abgeschmackt.

Das Licht stammt von einer Taschenlampe, die von einem zweiten Mann gehalten wird, und erst als er sie etwas herabsenkt, sodass Lily nicht mehr geblendet wird, erkennt sie George Price.

»Sehen Sie jetzt, was sie wirklich ist?«, stößt George geifernd hervor, als Lily aus dem liederlichen Boot steigt. »Ich habe Ihnen einen Gefallen getan.«

Dann stapft er über das Deck davon und nimmt die Taschenlampe mit sich. Eine Weile sagt niemand etwas, und sie lauschen Georges dumpfen Schritten, die sich über das Deck entfernen, während vom anderen Ende des Schiffs die schmelzende Stimme des Sängers zu hören ist, der *Heart and Soul* zum Besten gibt.

Sobald sich Lilys Augen an das schwache Licht gewöhnt haben, kann sie im Mondschein Edwards blasses, schweißbedecktes Gesicht ausmachen, seine dunklen Augen, den starren Blick.

»Er hat mir gesagt, du willst mich sehen«, sagt er mit

heiserer, gepresster Stimme, die so ganz anders klingt als sonst. »Er hat mit keinem Wort erwähnt … Ich hätte es nie …«

Hinter sich kann sie hören, wie Max sich gemächlich aufrichtet und seine Kleidung richtet.

»Nichts für ungut, Kumpel«, sagt er zu Edward, der zusammenfährt, als hätte man ihn geschlagen. Da ist etwas zutiefst Beunruhigendes an der Art, wie Edward Max anstarrt. Lily kann kaum noch atmen.

»Nichts für ungut?« Edwards Stimme klingt immer noch gebrochen und merkwürdig in der Dunkelheit. »Du wagst es, das zu sagen?«

Als sie das leidenschaftliche Beben in seiner Stimme hört, gibt etwas in Lily nach. *Er muss sie wirklich lieben.*

»Es tut mir leid«, sagt sie, wobei ihre Stimme über den Schluchzer in ihrer Kehle strauchelt. »Edward. Es tut mir leid. Mir war nicht bewusst, dass du etwas für mich empfindest, sonst hätte ich niemals … Ich hätte nie …«

Edward sieht sie nicht an, und Max hinter ihr scheint nur leidlich beeindruckt.

»Komm, sei ein braver Junge, und reg dich nicht so auf«, sagt er zu Edward, und sie kann den Spott in seiner Stimme hören. »Du willst doch nicht wieder in der Klapse landen.«

Lily schnappt nach Luft; sie kann nicht glauben, dass Max sich auf derart grausame Art über Edwards Krankheit lustig machen und sein Sanatorium mit einer Irrenanstalt vergleichen würde.

Edward hält den Kopf starr erhoben. Sein wilder Blick ist voll und ganz auf Max gerichtet, als würde er durch eine ihr ganz und gar unbegreifliche Kraft dort festgehalten.

Sie versucht es noch einmal.

»Edward, ich will, dass du weißt, dass nichts passiert ist…«

Edward dreht sich zu ihr um, doch sofort wünscht sie, er hätte es nicht getan, denn in seinem Blick liegt solch ein Kummer, solch eine Trostlosigkeit, dass sie es nicht ertragen kann. Sie hebt die Hand, um seine Wange zu berühren, doch Edward weicht vor ihr zurück. Und schon ist er fort, eilt über das Deck davon, eine einsame schattenhafte Gestalt, die sich flüchtig vor dem sternenübersäten Himmel abzeichnet.

»Lily.« Max legt seine Finger auf ihren Nacken, doch Lily schlägt sie weg.

»Meine Güte!« Er hebt beide Hände in gespielter Kapitulation. »Keine Sorge. Edward wird es niemandem erzählen, und dem anderen Trottel wird sowieso niemand ein Wort glauben. Außerdem ist deine Tugend immer noch intakt. Leider…« Er lächelt. Als sei das alles nur ein Spiel gewesen.

»Ich gehe in meine Kabine«, sagt sie mit belegter Stimme.

»Sei nicht dumm. Wenn du jetzt verschwindest, werden alle wissen, dass etwas passiert ist. Wir müssen zurückkehren und so tun, als wäre alles wie immer. Wahrscheinlich haben sie nicht einmal gemerkt, dass wir fort waren.«

Lily ist nicht überzeugt, aber sie kann sich genauso wenig vorstellen, in diesem Zustand Ida gegenüberzutreten, die sich mit Sicherheit schon zurückgezogen hat.

Sie einigen sich darauf, dass Max sich sofort zu den anderen begibt, während Lily erst einmal in die Damentoilette geht, um sich frisch zu machen, bevor sie nachfolgt.

Als sie dort steht und sich im Spiegel betrachtet, bemerkt sie eine Rötung neben ihrem Mund, wo Max' Schnurrbart über ihre Wange gekratzt hat, und sie klatscht sich wütend Wasser ins Gesicht, damit sie verschwindet.

»Geht es dir schon besser?«, fragt Helena, als Lily schließlich wieder zur Gruppe stößt. »Max meinte, du hättest einen Schwindelanfall gehabt. Du siehst in der Tat etwas blass um die Nase aus.«

»Mir geht es schon viel besser«, schafft Lily zu erwidern. »Es war nett von Max, dass er bei mir geblieben ist.«

»Oh, das ist Max, wie er leibt und lebt«, sagt Eliza. »So ein überaus *guter* Mann.« Sie bedenkt Lily mit einem langen, abschätzenden Blick, und Lily spürt, wie sie unter ihm zusammenschrumpft.

Helena ist fahrig; immer wieder huscht ihr Blick zu Ian hinüber, der in der Nähe steht und mit seinen offensichtlich angetrunkenen Landsmännern plaudert. Lily weiß nicht, was zwischen den beiden vorgefallen ist, aber sie nimmt an, Ian hat sie gefragt, ob sie sich nach ihrer Ankunft weiterhin in Sydney treffen könnten; und Helena hat – mit Rücksicht auf ihren tyrannischen Vater, der selbst aus dieser Entfernung eine seltsame Macht über seine Kinder auszuüben scheint – abgelehnt.

»Hast du Edward gesehen?«, fragt Helena sie jetzt und richtet ihren leeren Blick auf Lily. »Ich dachte, er sei nur kurz an die Bar gegangen, aber er ist jetzt schon so lange verschwunden.«

Bei der Erwähnung seines Namens schnürt sich Lily das Herz zusammen.

Jetzt wird Helenas Blick von etwas hinter Lilys Schulter abgelenkt. »Wie überaus merkwürdig!«, entfährt es ihr verblüfft. »Ich habe exakt das gleiche Winterkostüm, das auch diese Frau trägt… und die gleiche Brosche.«

Lily dreht sich um und erblickt eine unbekannte Frau, die auf sie zukommt. Sie trägt ein dunkelgrünes Samtkostüm und einen farblich passenden Hut mit Schleier. Dazu eine grüne Handtasche und makellose weiße Handschuhe, als würde sie zu einer Reise aufbrechen, nicht an einem Ball teilnehmen. An ihrer Brust steckt eine Brosche in der Gestalt eines Vogels.

Lily dreht sich wieder zu Helena um und erschrickt angesichts der Totenblässe auf dem Gesicht ihrer Freundin.

»Nein!«, entfährt es Helena keuchend, und Lily kann sie gerade noch auffangen, bevor sie zu Boden sinkt.

»Was ist denn los, Helena?«

Aber sie hätte genauso gut gar nichts sagen können, denn Helenas Aufmerksamkeit ist voll und ganz auf die fremde Frau gerichtet, die nun nahe genug ist, dass man ihre Züge unter dem Schleier ausmachen kann.

Während ihr Gehirn sich noch abmüht zu verarbeiten, was sie da sieht, hört sie, wie Max und Eliza, die ihr offenbar einen Schritt voraus sind, scharf einatmen.

Die Frau ist Edward.

»Hallo«, sagt er und stellt sich zu der Gruppe, als sei es das Normalste von der Welt. Seine Lippen sind mit pflaumenfarbenem Lippenstift geschminkt, und sein sonst so widerspenstiges Haar ist ordentlich unter dem Hut festgesteckt, den Lily nun als denjenigen erkennt, den Edward sich am Abend des Kostümballs ausgeliehen hat. Als sie nach unten blickt, sieht sie, dass er seine Füße in ein Paar grüner Absatzschuhe gezwängt hat, die sie zu Anfang der Reise schon an Helena gesehen hat.

»Ich glaube, du hast dich in der Kleiderordnung vertan«, sagt Eliza ruhig. »Der Kostümball war letzte Woche.«

»Ja, geh schnell und zieh dich um. Sei ein braver Junge«, sagt Max, und Lily hat den Eindruck, dass, obgleich sein Lächeln breiter geworden ist, der Rest von ihm äußerst angespannt ist. Geradezu verkrampft. Die Hand, die den Scotch hält, zittert, sodass die Eiswürfel darin klirrend gegen das Glas stoßen.

Edward fixiert Max mit seinen dick mit Kajal umrandeten Augen. »Gefällt es dir nicht, Max? Gefalle ich dir so etwa nicht? Wie komisch, wo es dir in Kairo doch so gut gefallen hat und in dem Hotel in Colombo. Weißt du nicht mehr?«

Jetzt fällt Lily wieder ein, was sie von der Rikscha aus gesehen hat. Der Lichtkegel eines Hotelschilds. Max mit einer Frau im Sari. Eine furchtbare Übelkeit steigt tief aus ihrem Inneren empor.

»Ich glaube, du hast zu viel getrunken«, zischt Max, und Lily bemerkt, wie die Leute um sie herum, die Edwards Ankunft zuerst nicht zu bemerken schienen, sich umdrehen, um zu sehen, was für ein Aufruhr das ist.

»Ich dachte, du würdest wirklich etwas empfinden«, stößt Edward nun leidenschaftlich hervor. »Für mich.«

»Ach du meine Güte, würdest du bitte erwachsen werden. Du solltest endlich aufhören, Lust mit Verlangen zu verwechseln und Verlangen mit Liebe. Einem verhungernden Mann ist es egal, was er isst. Ich liebe meine Frau. Und wenn ich sie nicht haben kann, dann nehme ich mir eben, was da ist. Das war immer die Abmachung.«

Der Teil von ihr, der nicht verzweifelt darum bemüht ist zu verstehen, was da gerade vor sich geht, vernimmt

Max' Worte – *dann nehme ich mir eben, was da ist* –, und sie hat das Gefühl, sie muss sich übergeben.

Eliza, deren Blick die gesamte Zeit auf Edward gerichtet war, als könne sie winzige Löcher durch seine Haut bohren, wendet sich nun ihrem Ehemann zu.

»Was hast du jetzt schon wieder angestellt?«, zischt sie.

Doch nun passiert etwas anderes, etwas, das Lily alle anderen Gedanken und Befürchtungen beiseitedrängen lässt. Edward hat die grüne Handtasche geöffnet und etwas Langes, Glänzendes herausgezogen, das im Licht aufblitzt.

Die Handtasche fällt zu Boden, und Edward bleibt reglos stehen – das Papiermesser, das er in Aden gekauft hat, an sein Handgelenk gepresst; den Saum des weißen Handschuhs nach unten geschoben, sodass die Klinge sich direkt in seine Haut drückt. Ein Keuchen geht durch die umstehenden Zuschauer.

»Was tust du da!?«, kreischt Helena. »Edward, bitte … Hilf doch jemand! Haltet ihn auf!«

»Es tut mir leid«, sagt er, als sein Blick weg von Max und zu seiner Schwester schnellt. Seine zitternde Hand hält immer noch das Messer an seine Adern gepresst, aber seine Stimme ist seltsam ruhig. »Ich habe dir immer nur Kummer bereitet. Vielleicht wirst du jetzt frei sein, um dein Leben zu leben. Aber weißt du was, Helena, ich bin froh, dir endlich gezeigt zu haben, wer ich bin. Und letztendlich bin es doch nur ich, Edward, oder nicht? Und das hier sind nur Kleider. Gar nicht so schlimm, siehst du?«

Ian ist an Helenas Seite geeilt. »Nimm das Messer runter«, drängt er Edward mit leiser, kontrollierter Stimme.

»Was auch immer geschehen ist, es wird vergessen sein. Wir sind jetzt in Australien. Alles ist anders.«

»Vergessen?«, wiederholt Edward. »Mein Vater wird niemals vergessen.«

»Aber er ist Tausende Meilen weit weg. Auf der anderen Seite der Welt«, drängt Ian. »Niemand hier kennt dich. Was auch immer du getan hast, es liegt hinter dir.«

Edward zögert, und Lily sieht, wie sich seine Augen mit Tränen füllen, als würde er diese Möglichkeit zum ersten Mal überhaupt in Betracht ziehen.

Helena schließt sich Ian an. »Er hat recht. Niemand hier weiß, wer wir sind. Das Leben kann neu anfangen. Wir können all das hinter uns lassen … alles, was in England passiert ist … was auch immer auf dieser Reise passiert ist. All das liegt hinter uns.«

Edward nimmt das Messer Stück für Stück von seinem Handgelenk weg.

Nur Zentimeter von ihr entfernt, spürt Lily, wie Eliza sich entspannt, als habe sie den Atem angehalten. Sie tritt auf Edward zu. »Ja, denk nur mal darüber nach«, sagt sie, und ihre Stimme trieft nur so von Belustigung und Hohn. »Ein Neuanfang. Vielleicht könntest du ja mit meinem Ehemann ein Zuhause in Sydney gründen. Ihr seid doch so ein reizendes Paar.«

Das ist zu viel für Max. »Nimm diesen Hut ab!«, sagt er erbost und macht einen Satz auf Edward zu. »Er gehört meiner Frau. Es steht dir nicht zu, ihn zu tragen. Du siehst lächerlich aus.«

Später wird Lily sich fragen, ob ihr Geist wohl ausgeblendet hat, was als Nächstes passierte. Oder ob sie den Moment wirklich nicht mitbekam, als Edward, der erschrocken Max' Hand auf seinen Kopf zuschnellen sah, schützend den Arm hob, ohne an das Messer zu denken, das er immer noch umklammert hielt, sodass die Stahlklinge mit voller Wucht auf Max' Brust traf und sich bis zum Heft darin vergrub.

Sie wird sich nur an Cleo Morgans Schrei erinnern; daran, wie sie sich umdrehte und das blutgesprenkelte Gesicht der Schauspielerin sah, das sie an Masern denken ließ; an Max' Mund, der ein vollkommen rundes, überraschtes O formte. Sie wird sich auch an Edward selbst erinnern, der reglos dastand, und daran, wie ihr ein einziger wahnsinniger Gedanke durch den Kopf schoss: »Er ist zu einer Salzsäule erstarrt.«

Danach geht alles schnell, als würde eine Filmrolle in der falschen Geschwindigkeit abgespult. Max fällt mit einem grässlichen, knackenden Geräusch, das die restlichen Jahre ihres Lebens in Lilys Kopf widerhallen wird, zu Boden. Das Messer ragt aus seinem Brustkorb empor, und da ist ein perfekter roter Kreis auf seinem weißen Hemd, der sich in beständigem, gemächlichem Tempo ausbreitet. Dann Eliza mit einem Schrei, der nicht der eines Menschen ist. Eliza, die neben Max auf die Knie fällt und mit beiden Händen am Griff des Messers zerrt, in dem Versuch es herauszureißen. Etwas in Lily erwacht schlagartig zum Leben.

»Nicht!«, schreit sie, doch es ist zu spät. Das Messer ist draußen, und nun schießt das Blut in einem hohen Bogen in die Luft. Eliza versucht, die Wunde mit ihren Händen zu bedecken.

»Ich liebe dich!«, ruft sie ihrem Ehemann zu. »Ich liebe nur dich.«

Aber Max' Gesicht, das immer noch jenen überraschten Ausdruck zeigt, als wäre er unerwartet einer alten

Liebe über den Weg gelaufen, bleibt starr. Nur in seinem Mundwinkel sprudeln kleine Blasen hervor und verwandeln sich in einen rosa Schaum, der Lily an die Pink Ladys denken lässt, die sie vor all den Wochen zusammen in der Erste-Klasse-Lounge getrunken haben, zu einer Zeit, die bereits einem anderen Leben zu entstammen scheint.

Trotz Elizas Versuch, es aufzuhalten, quillt das Blut zu allen Seiten hervor, genauso wie damals bei Maggie auf dem Tisch der Engelmacherin. Eliza ist voll davon, ihr silbernes Kleid tiefrot; Blut trocknet auf ihrer Stirn, wo sie sich mit der Hand über das Gesicht gefahren ist.

Ian reißt ein Tischtuch vom nächstbesten Tisch, um die Blutung zu stillen, aber es ist sofort durchtränkt.

»Atmet er noch?«, fragt Helena mit brüchiger Stimme. Sie steht neben Edward, beide sind sie erstarrt.

Ein leichtes, kaum wahrnehmbares Kopfschütteln von Ian, gefolgt von einem grauenvollen Schrei, als Eliza über dem Körper ihres leblosen Ehemanns zusammensinkt. Ihre Schulterblätter stechen unter der Haut ihres gebeugten Rückens empor wie abgebrochene Flügel.

Als der Kapitän vor Ort eintrifft, hat jemand Max bereits mit einem sauberen weißen Tischtuch bedeckt, und Eliza wurde fortgeführt. Indes hat Edward angefangen, so heftig zu zittern, als würde sein gesamter Körper von Krämpfen geschüttelt.

»Helft ihm doch!«, fleht die paralysierte Helena die Menge entsetzter Zuschauer an, doch niemand rührt sich.

Am Ende ist es Lily, die das Nächstbeste schnappt, was ihr in die Hände fällt – die Fuchsstola, die Helena mitgebracht hat, um sie Eliza zurückzugeben –, und sie um Edwards bebende Schultern wickelt. Sie hat immer noch Mühe zu begreifen. Max kann nicht tot sein. Edward kann kein Mörder sein. Stattdessen muss es der Rest der Welt sein, der irgendwie aus dem Lot geraten ist und in eine Illusion abgleitet. Die Schuld wird sich ganz sicher woanders finden.

Der Kapitän weiß nicht, was er mit Edward tun soll. Es hat an Bord bereits Todesfälle gegeben. Morde sogar. Doch nichts wie das hier. Niemanden wie Edward.

»Wir werden sie … ihn … in Gewahrsam nehmen müssen.« Er wendet sich an Lily, als könne Edward selbst es unmöglich verstehen.

Seine Worte lösen Helena aus ihrer Starre, und sie springt an die Seite ihres Bruders. »Nein. Bitte!«, fleht sie. »Es war ein Unfall. Er wusste nicht, was er tat.« Sie packt Edwards Arm und zerrt an seinem Ärmel. »Sag es ihm. Erklär ihm, dass es ein Unfall war.«

Edward reißt sich aus seiner Benommenheit, seine Augen richten sich wie zum ersten Mal auf das Chaos, das er angerichtet hat.

»Es tut mir leid, Helena«, sagt er so sanft, dass Lily nicht zu atmen wagt, um keines der Worte zu überhören. »Ich habe es versucht. Ich habe es wirklich versucht.« Sein Blick wendet sich zu Lily, und sie denkt, wenn es möglich wäre, vor Traurigkeit zu sterben, so würde er es mit Sicherheit tun. »Lily. Bitte. Verzeih mir. Ich habe dir unrecht getan.«

Doch nun scheint der Kapitän zu wissen, wie zu verfahren ist, und zwei Stewards werden zu Edward beordert. Die sprachlose Menge teilt sich, um sie hindurchzulassen, und als sie ankommen, stellen sie sich links und rechts von Edward auf, die Arme an ihren Seiten, als wollten sie ihn nicht anfassen.

»Bringt ihn in mein Büro«, befiehlt der Kapitän.

Als sie ihn wegführen wollen, tritt Helena vor, um ihren Bruder zu begleiten, doch der Kapitän hält sie auf.

»Ich fürchte, Sie müssen hierbleiben, Miss Fletcher.« Er wendet sich an die umstehenden Passagiere. »Es tut mir furchtbar leid, dass Sie Zeugen einer derart erschütternden Szene werden mussten … insbesondere die Damen. Darf ich Ihnen vorschlagen, sich in die Lounge zu begeben, wo die Stewards Ihnen Getränke bringen werden, während Sie auf den Zahlmeister warten, damit er Ihre Aussagen aufnehmen kann.«

Die Stewards begleiten Edward in Richtung des Oberdecks. Als sie an der ausgestreckten Gestalt von Max vorbeikommen, ist das Tuch, das dessen Gesicht bedeckt, bereits mit roten Punkten übersät, und Edward taumelt. Lily macht unwillkürlich einen Schritt auf ihn zu. *Bitte,* fleht sie die Stewards stumm an, *bitte, lasst ihn nicht fallen.* Doch Edward fasst sich, richtet sich auf, und sie gehen weiter.

Als sie aus dem Blickfeld verschwunden sind, ist die Luft um Lily herum unerträglich stickig. Sie nimmt aus dem Augenwinkel eine Bewegung wahr, und als sie sich umdreht, sieht sie Helena, die zu Boden gesunken ist. Neben ihr kauert Ian, seinen Arm um ihre Schultern gelegt, und flüstert beruhigend auf sie ein.

»Hilf mir, sie aufzurichten«, sagt er zu Lily. »Wir müssen sie hier wegbringen.«

Mit Helena zwischen sich, machen sie sich auf den Weg zu den Kabinen, werden jedoch vom Zahlmeister abgefangen. Als Hauptzeugen ist es ihnen verboten, den

Tatort zu verlassen, sagt er. Doch unter den gegebenen Umständen wolle er ihnen erlauben, abseits der anderen Passagiere zu warten.

Lily versucht zu begreifen, was diese Umstände wohl sind, von denen der Zahlmeister da spricht, aber sie scheinen zu grotesk, als dass ihr Verstand sie verarbeiten könnte. Sie werden in die Bibliothek geschickt, wo man Helena in einem der Ledersessel Platz nehmen lässt. Lily setzt sich in den Sessel gegenüber, während Ian dicht neben Helena stehen bleibt, als sei er durch ein unsichtbares Band an sie gefesselt.

Erst sagt niemand was, und als Lilys Ohren sich an die plötzliche Stille gewöhnt haben, kann sie die Geräusche des Schiffes ausmachen – das leise Grollen der Motoren, das gedämpfte Murmeln der Passagiere aus der Lounge. Sie hört ein Klopfen, laut und eindringlich, und stellt fest, dass es ihr eigenes Herz ist, das gegen ihren Brustkorb hämmert.

»Ich schulde euch beiden eine Erklärung«, sagt Helena schließlich. Sie hat sich in dem Sessel eingerollt, die Füße unter den Körper gezogen, wie um sich in ein kleines Kind zurückzuverwandeln, das nicht mit solch einer Tragödie fertigwerden muss.

»Das brauchst du nicht«, erwidert Ian. »Was auch immer es ist, es kann warten, bis diese Angelegenheit – diese ganze schreckliche Sache – vorüber ist.«

Es wird nie vorüber sein, denkt Lily. Doch sie sagt es nicht.

»Ich möchte es euch aber sagen. Es gibt nichts mehr zu verheimlichen. Und wenn ich jetzt nicht spreche, werde ich noch verrückt...« Sie holt tief Luft. »Edward hatte keine Tuberkulose. Und er war auch nicht im Sanatorium. Zumindest nicht diese Art von Sanatorium... Er war schon immer anders als die anderen Jungen, schon als Kind. Zart besaitet... verträumt. Viel zu empfindlich gegen Kränkungen jeder Art, sodass ich, so kommt es mir zumindest vor, meine gesamte Kindheit damit verbrachte, ihn zu beschützen. Schon als kleiner Junge liebte mein Bruder es, sich zu verkleiden, und mein Vater prügelte ihn deswegen windelweich. Unser Vater ist sehr unbeherrscht, und Edward hatte immer schreckliche Angst vor ihm... Es gab *Dinge*, die in Edwards Jugend passierten und die mir große Sorgen bereiteten. Er hatte nur sehr wenige Freunde, aber hin und wieder lud er über die Ferien einen Jungen zu uns nach Hause ein, doch ich konnte sehen, dass es keine ganz gewöhnliche Freundschaft war.«

»Inwiefern nicht gewöhnlich?«, fragt Ian.

»Zu intensiv. Zu eng.«

Ein dunkles Rot breitet sich über Helenas blasses Gesicht, und Lily verspürt ein tiefes Gefühl von Angst, das sich in ihr breitmacht.

»Als er in Cambridge sein Studium aufnahm, dachte ich, das könnte helfen. Ich dachte, er würde an einem der anderen Colleges vielleicht ein nettes Mädchen kennenlernen. Er verstand sich mit Frauen so viel besser als mit seinen männlichen Altersgenossen. Aber stattdessen freundete er sich mit einer Gruppe junger Männer an, die allesamt Schauspieler und Künstler waren und sich extravagant kleideten. Mein Vater verbot Edward jeglichen Umgang mit ihnen, drohte ihm, den Geldhahn zuzudrehen, aber er hörte nicht auf. Und dann, in seinem dritten Studienjahr, gab es einen furchtbaren Skandal.« Sie hält inne und schluckt schwer. »Es tut mir leid«, sagt sie. »Ich habe noch nie mit jemandem darüber geredet. Es ist zu schmerzhaft.«

»Dann tu es nicht«, sagt Lily. Was auch immer Helena sagen will, Lily weiß, dass sie es nicht hören möchte, weiß, dass sie danach nicht mehr derselbe Mensch sein wird.

»Meine arme Lily«, sagt Helena. »Es tut mir furchtbar leid, aber jetzt wird alles herauskommen, und es ist besser für dich, wenn du es von mir hörst … Es gab da diesen Jungen, den Sohn eines bekannten Politikers. Edward sprach oft von ihm und brachte ihn während jener Weihnachtsferien nach Hause mit. Ich konnte sofort sehen, dass es keine gewöhnliche Beziehung war, dass sie wieder etwas übermäßig Intensives an sich hatte.« Sie holt tief Luft. »Sie wurden erwischt. In einem Hotelzimmer in Cambridge.« Ein weiterer tiefer Atemzug. »Edward war als Frau verkleidet.«

Ein metallischer Geschmack steigt Lily in den Mund; sie hat das Gefühl, sich übergeben zu müssen. Robert hat ihr einmal von einem Jungen an seiner Schule erzählt, der gern Frauenkleider trug und jede Gelegenheit ergriff, eine Frauenrolle in einem Schultheaterstück zu ergattern. Robert hat es Lily als lustige Anekdote erzählt, um sie zu schockieren. Er benutzte ein besonderes Wort, wenn er über ihn redete, und Lily kann immer noch den Ausdruck von Abscheu sehen, als er es aussprach. Ein *Perverser.*

»Es gab einen fürchterlichen Skandal, obwohl der Vater des Jungen verhindern konnte, dass die Sache in die Zeitungen kam. Wir zogen in eine andere Gegend von England, wo uns niemand kannte, und unser Vater ließ Edward in eine psychiatrische Anstalt einweisen. Entweder das oder das Gefängnis. Die letzten fünf Jahre war er immer wieder dort und musste furchtbare, schmerzhafte Behandlungen über sich ergehen lassen. Insulininjektionen, die Krampfanfälle nach sich zogen, gefolgt von einem schrecklichen todesähnlichen Schlaf; und erst kürzlich experimentelle Elektroschocks für sein Gehirn, von denen er tagelang Kopfschmerzen hatte. Schließlich schaltete unsere Mutter sich ein und überzeugte unseren Vater, es sei besser, ihn fortzuschicken, irgendwohin, wo niemand wusste, was passiert war. Ihre Wahl fiel auf Australien.«

»Und du wurdest als sein Kindermädchen mitgeschickt?«, fragt Ian. Er klingt bitter.

»Wohl eher als Gefängniswärterin«, entgegnet Helena. »Aber es machte mir nichts aus. Nach besagtem Skandal verließen wir Herefordshire und versuchten, an der Südküste von vorne anzufangen, doch irgendwann holten uns die Gerüchte auch dort ein, und Henry, der Mann, den ich heiraten wollte, löste unsere Verlobung. Er meinte, es tue ihm leid, aber er könne nicht in so eine Familie hineinheiraten. Er sei sicher, ich werde das verstehen. Zunächst hat die Neuigkeit die Schule nicht erreicht, an der ich arbeitete, aber dann hörte eine der Mütter davon, und der Schulleiter befand, meine Anwesenheit bringe die Schule in Verruf. Danach machte es mir nichts aus, England zu verlassen. Ich hatte nichts mehr, was mich dort hielt.«

»Ihr müsst mich wirklich für eine Idiotin gehalten haben«, platzt es aus Lily heraus. »Du konntest doch sehen, was ich für Edward empfand. War das eine Art Scherz für euch?«

»Nein!« Helena blickt sie entsetzt an. »Lily, das darfst

du nicht denken. Edward mochte dich sehr gern. Liebte dich sogar. Er wollte so unbedingt normal sein, um unseren Vater stolz zu machen. Ich glaube, er hat sich selbst eingeredet, dass es mit dir klappen könnte. Und ich war so verzweifelt, dass ich ihm glaubte.«

Lily fällt ein, wie Helena in Colombo darauf beharrt hat, dass ihre Eltern nichts gegen eine Verbindung zwischen Edward und ihr hätten. Natürlich nicht. Wenn Lily das Einzige war, was die Fletchers vor weiteren Skandalen bewahren konnte, war es doch kein Wunder, dass man sie mit offenen Armen empfangen hätte. Ihr fällt nun auch der Seidenschal ein und wie sie sich eingebildet hat, dass Edward ihn behalten hatte, weil er nach ihr roch. Jetzt kommt ihr der Gedanke, dass er ihn wahrscheinlich behalten hatte, um ihn selbst zu tragen, wenn er allein in seiner Kabine war. Wie töricht sie doch war.

»Und Max?«, fragt Ian, woraufhin Lily mit einem Anflug von Übelkeit der Leichnam einfällt, der draußen auf dem Deck liegt.

»Die Campbells sind Libertins«, sagt sie bitter. »Für sie waren wir nur Spielzeug, dessen einzige Funktion darin bestand, sie während ihrer Reise zu unterhalten. Natürlich wollte Max dich, Lily, aber da er dich nicht haben konnte, verlegte er sich eben auf Edward. Und Edward deutete das närrischerweise in eine Liebesgeschichte um.«

Plötzlich fügt sich alles. All die Male, die Lily glaubte, Edward würde Eliza anstarren, war es in Wahrheit ihr Ehemann, von dem er die Augen nicht lassen konnte. Wenn er Elizas Eigenarten, ihre affektierte Art zu sprechen nachahmte, war das keine Hommage an sie, sondern die Hoffnung, wenn er Max' Frau nacheiferte, werde ihn das näher zu Max bringen. Und die Male, die er Lily küsste, waren nichts anderes als schambehaftete Reflexe auf das, was er gerade mit Max getrieben hatte.

»Ich habe es ihm gesagt. Ich habe es ihm immer wieder gesagt«, fährt Helena fort. »Oh Grundgütiger, was wird jetzt nur mit ihm geschehen?«

Sie vergräbt das Gesicht in den Händen, und ihre Schultern werden von schweren Schluchzern geschüttelt. Lily erwartet, Ian würde zum Trost zu ihr eilen, doch stattdessen kaut er gedankenverloren an seiner Unterlippe.

»Hast du mich deshalb von dir gestoßen?«, fragt er nun. »Weil du dachtest, ich wäre angewidert so wie dein idiotischer Verlobter Henry?«

Helena nickt mit gesenktem Kopf. »Ich wusste, dass es irgendwann herauskommen würde, und eine weitere Zurückweisung hätte ich nicht ertragen.«

»Hast du so eine geringe Meinung von mir? Herrgott, Weib, ich liebe dich! Weißt du das denn nicht?«

Und da endlich blickt Helena zu ihm auf, die grauen Augen weit geöffnet, und trotz ihres tiefen Kummers kann Lily einen schwachen Funken Hoffnung in ihrem Ausdruck sehen, als Ian neben ihr auf die Knie sinkt, sie in seine Arme schließt und immer und immer wieder ihr Gesicht küsst.

Dieser Augenblick ist so qualvoll in seiner vollendeten Zärtlichkeit, dass Lily den Blick abwenden muss.

32

4. September 1939

Wie Lily es schafft, in dieser schrecklichen letzten Nacht zu schlafen, ist ihr selbst ein Rätsel. Aber sie schläft. Sie wird von Audrey geweckt, die sie am Arm schüttelt, und setzt sich benommen auf.

Die Ereignisse der vergangenen Nacht holen sie eins nach dem anderen ein, als würde sie wiederholt einen Schlag ins Gesicht bekommen. Sie und Max im Rettungsboot. Edward, der die Abdeckplane anhebt. *Nichts für ungut, Kumpel.* Die Frau in Grün, die auf sie zukommt, und die plötzliche Erkenntnis, wer hinter dem Schleier steckt. Das Messer. Max. *Oh, Max.* Elizas Schreie. Danach die Bibliothek und Helenas schockierende Enthüllungen, gefolgt vom Zahlmeister mit seinen endlosen Fragen. Und dann, endlich, ihre Kabine.

Wie ist es nur möglich, dass eine Nacht absolut alles verändern kann?

»Wie spät ist es?«, fragt sie Audrey.

»Sechs Uhr. Wir kommen gerade in Sydney an. Alle sind oben auf dem Deck, um zu schauen. Aber wenn du zu müde bist, nach allem, was passiert ist…«

»Nein.« Lily schwingt bereits die Beine aus ihrer Koje. »Ich will es sehen.«

Nun, da sie wach ist, ist ihr die Vorstellung unerträglich, in ihrem Bett liegen zu bleiben und die letzte Nacht in einer Endlosschleife wieder und wieder zu durchleben.

»Ida ist schon oben«, sagt Audrey. »Sie wollte nicht, dass ich dich wecke.«

»Ich nehme an, sie kann es kaum erwarten, mir unter die Nase zu reiben, dass all ihre Warnungen sich bewahrheitet haben.« Lily ist überrascht von ihrer eigenen Bitterkeit.

»Ganz ehrlich, Lily, sie schien kein bisschen überheblich oder schadenfroh.«

Oben auf dem Deck herrscht gerade diese seltsame Stunde vor dem Morgengrauen, wenn die Welt noch zwischen Nacht und Tag hängt, zwischen Traum und Realität. Über die ganze Länge der Reling haben sich kleine Grüppchen versammelt, entweder stehend oder bequem auf Liegen sitzend, und betrachten das Land, das sich schemenhaft durch den grauen Dunst des anbrechenden Morgens abzeichnet. Als sie sich mit Audrey und Annie an die Reling stellt, ist sie sich der neugierigen Blicke der anderen Passagiere bewusst, des Flüsterns, das ihr folgt. *Sie war dort. Sie ist in die ganze Sache verstrickt.*

Die aufgehende Sonne wirft einen gelben Schein über die Meeresoberfläche und brennt den Dunst weg, um den Küstenstreifen dahinter zu enthüllen. Ein Aussie, der in der Nähe steht, beginnt die einzelnen Strände aufzuzählen, als sie an ihnen vorbeiziehen – Clovelly, Coogee, Bronte, Tamarama. Er ruft jeden Namen so inbrünstig aus, als hätte er ihn selbst erfunden. Sie kommen an Bondi Beach vorbei, so nah, dass sie die Brandung sehen können, die donnernd über den Sand rollt.

Das ist meine neue Heimat, sagt Lily zu sich selbst. Aber die Worte haben keine Bedeutung.

Vor ihnen ragen imposante Klippen ins Meer, gekrönt von einem Leuchtturm, der wie eine Badehütte in fröhlichen roten und weißen Streifen gestrichen wurde. Die Morgensonne lässt ihn aufleuchten wie eine lodernde Fackel.

»Der South Head«, sagt der kundige Australier. »Und das dort in der Ferne ist der North Head. Willkommen in Sydney, Leute!«

Die *Orontes* schwenkt in einer Kurve am South Head vorbei, wobei sie sich dicht an der Küste hält. Eine Meile weiter weg markiert der North Head den anderen Torpfosten zum Hafen von Sydney. Trotz der Schrecken der letzten Nacht ist Lily überwältigt von dem schieren Ausmaß der Kulisse, die sich ihr bietet – all die kleinen Buchten und Meeresarme mit den goldenen Flecken Sand, die Häuser, die sich zwischen die üppigen Bäume schmiegen, die ziegelgedeckten Dächer, die im Licht der neugeborenen Sonne funkeln.

»Könnt ihr es glauben?«, fragt Audrey. »Könnt ihr wirklich glauben, dass wir da sind?«

Der Aussie zählt nun die Namen dieser neuen, kleineren Strände auf. Watsons Bay, Parsley Bay, Nielsen Park. Durch die Fülle von Jachten, Schlauchbooten und Fischerbötchen hindurch, die das Meer sprenkeln, kann Lily bereits die auf und ab tanzenden Köpfe der frühmorgendlichen Schwimmer ausmachen. Obwohl es erst September ist, also immer noch Frühling in Australien, ist es bereits so warm, dass Lily ihr dünner Cardigan reicht.

Ein kleiner Schlepper taucht seitlich des Bootes auf.

»Die *Captain Cook*«, erklärt der Aussie. »Sie eskortiert die großen Linienschiffe in den Hafen.«

Lily blickt fasziniert auf die großartige Harbour Bridge,

die noch nicht einmal ein Jahrzehnt alt ist und sich majestätisch über das glitzernde Wasser vor ihnen spannt.

Plötzlich muss Lily an Eliza denken. Mit der ganzen albtraumhaften Geschichte um Edward und Helena war es ihr gelungen, die Gedanken an Max und den Anblick seines toten Körpers auf Deck bis an den äußersten Rand ihres Bewusstseins zu verdrängen. Aber nun erklingt seine Stimme wieder in ihrem Ohr. »Hübsche, liebe Lily«, hört sie ihn mit diesem gedehnten, belustigten Bariton sagen. Der Schrei, als Eliza sich über ihn beugte, die Art, wie sie »Ich liebe nur dich!« rief.

»Ich muss zu Eliza«, sagt Lily, an Audrey gewandt, und an der Art, wie Audrey zu Annie schaut, weiß sie, dass sie über die Ereignisse der letzten Nacht gesprochen und sich darauf geeinigt haben, sie nicht damit zu bedrängen.

Lily quetscht sich an den Passagieren hinter ihnen vorbei und bahnt sich den Weg zum Erste-Klasse-Deck. Da die Aufmerksamkeit der meisten Leute auf die Küste gerichtet ist, schafft sie es, unbemerkt zu den Kabinen im unteren Bereich zu schlüpfen. Vor Elizas Tür verlässt sie beinahe der Mut, und sie zögert einen Moment, bevor sie klopft.

»Ja?«

Lily ist so überrascht, als Eliza sich auf ihr zaghaftes Klopfen hin meldet, dass sie eine Sekunde braucht, um zu antworten.

»Ich bin's, Lily.« Als Lily die Tür öffnet, liegt die Kabine im Halbdunkel; die Jalousien vor dem Fenster sind zugezogen, und die Sonne ist zu einem schwachen Dunst dahinter reduziert. Lily blinzelt in der plötzlichen Dunkelheit. Als ihre Augen sich allmählich daran gewöhnen, erkennt sie, dass Eliza in einen seidenen, eng um die

Taille geschnürten Morgenrock gewickelt auf dem Bett liegt. Ihr Haar breitet sich wie ein Fächer über das Kissen, und sie hat ihr Make-up abgewischt, doch selbst in dem dämmrigen Licht kann Lily den Streifen dunklen eingetrockneten Blutes sehen, den sie an ihrem Haaransatz nicht erwischt hat.

Als sie näher kommt, erblickt sie ein Fläschchen mit Pillen auf dem Nachttisch.

»Hat mir der Arzt zur Beruhigung gegeben«, sagt Eliza matt.

Lilys Mund fühlt sich so trocken an wie Sandpapier. »Es tut mir so schrecklich leid«, sagt sie, aber in ihren Ohren klingt sie wie eine Schauspielerin, die eine leere Zeile aufsagt.

»Die Leute werden mich wohl für sehr fahrlässig halten«, erwidert Eliza. »Erst verliere ich eine Tochter und jetzt auch noch einen Ehemann.«

Lily will den dunklen Fleck auf Elizas Stirn nicht anstarren müssen, also schaut sie sich im Zimmer um, und ihr Blick verweilt auf einem Jackett an der Kabinentür, das Max gehörte.

Lily fängt an zu weinen, als ihr klar wird, dass er dieses Jackett nie wieder tragen, nie wieder diesen Kamm auf dem Frisiertisch verwenden und nie wieder eine Zigarette aus dem Silberetui anzünden wird, das auf seinem Nachttisch liegt.

Max ist tot. Genauso wie Maria. Während sie, Lily, weiterlebt. Ihr Verstand kann das nicht akzeptieren.

»Ich muss dir sagen, was ich getan habe«, beginnt sie. »Es ist alles meine Schuld. Wenn ich nicht mit Max mitgegangen wäre …«

»Es reicht.« Eliza hebt die Hände an die Ohren. »Ich will

es nicht hören. Max hat seine eigenen Entscheidungen getroffen, Lily. Wenigstens das solltest du ihm zugestehen.«

Sie schweigen, während sie darüber nachdenken, wohin Max' Entscheidungen ihn geführt haben.

»Was willst du jetzt tun?«, fragt Lily schließlich. »Wirst du nach Hause zurückkehren? Nach London oder vielleicht Amerika?«

»Nach Hause?« Zum ersten Mal sieht Eliza beinahe wieder lebendig aus. »Hast du es denn nicht gehört? Chamberlain hat offiziell den Krieg erklärt. Niemand von uns wird nach Hause zurückkehren. Ich fürchte, wir sitzen hier fest.«

»Oh!« Lily schlägt sich die Hand vor den Mund. Obwohl es nicht unerwartet kommt, bleibt die Nachricht dennoch ein Schock. Ihr armer Bruder. Ihre armen Eltern. Sie denkt an die Tausenden von Meilen, die sie von ihrer Familie trennen.

Eliza schließt die Augen und wirkt auf einmal jünger, aber paradoxerweise gleichzeitig viel älter als sonst. Während Lily sich noch immer von der erschütternden Neuigkeit erholt, steht sie eine Weile nur da und schaut sie an.

»Du bist müde«, sagt sie schließlich. »Ich werde dich lieber allein lassen.« Aber gerade als sie gehen will, öffnen sich Elizas Augen flatternd. Welch merkwürdige Farbe sie doch haben, selbst in diesem Dämmerlicht.

»Du wirst das schon schaffen, Lily. Alles wird gut. Schau dich an. Du bist jung und willensstark, und du hast bereits herausgefunden, dass nur du allein in dieser Welt für dein Glück sorgen kannst. Lass dich durch das hier – durch alles, was passiert ist – nicht davon abbringen. Ich wünschte, ich hätte nur ein Fünkchen von deiner Stärke. Aber die habe ich nicht. Ich schätze, ich werde schnellstmöglich wieder heiraten müssen. Jetzt schau nicht so schockiert. Ich habe Max geliebt. Mein armer Max. Aber ich bin nicht gut darin, allein zu sein.«

»Es tut mir so leid«, versucht Lily es noch einmal, aber Eliza hat ihre Augen bereits wieder geschlossen. Sie hebt die Hand zu einer vagen Geste – ob zum Zeichen der Kenntnisnahme oder um sie wegzuschicken, wird Lily nie herausfinden. »Leb wohl, Eliza«, sagt sie schließlich. »Ich wünsche dir alles Gute.«

Als sie die Kabinentür öffnet, schwingt Max' Jackett an seinem Kleiderbügel, als würde er zum Abschied winken, und als sie in ihre Kabine zurückkehrt, wartet Mrs. Collins dort auf sie.

»Ach, da sind Sie ja, meine Liebe. Ich bin froh, dass Sie wieder auf den Beinen sind. Das ist die richtige Einstellung. Lassen Sie uns die tragische Geschichte von gestern Nacht hinter uns lassen. Ich bin gekommen, um Ihnen die drei Pfund für die ursprüngliche Überfahrt zurückzuerstatten, die wir für Sie verwahrt haben. Sie werden einen Teil davon brauchen, um für Ihr Zimmer beim Christlichen Verein Junger Frauen zu bezahlen.«

Lily und Audrey kommen beide vorerst im CVJF in Sydney unter, während Ida und einige der anderen Mädchen in anderen Unterkünften wohnen werden.

»Heute Abend werden Sie sich ein bisschen erholen können, und für morgen, in aller Frühe, haben wir die ersten Vorstellungsgespräche mit potenziellen Arbeitgeberinnen ausgemacht. Ich habe gehört, dass elf, zwölf Damen kommen sollen, also bin ich sicher, dass Sie sich Ihre Position werden aussuchen können. Glücklicherweise hat der Kapitän Ihren Namen aus allen offiziellen Berichten bezüglich der Sache mit dem armen Mr.

Campbell rausgehalten. Sie sind natürlich als Zeugin vermerkt, aber alle anderen *Verbindungen* wurden außen vor gelassen.«

Lily spürt die Hitze in ihren Wangen. In diesem Wort, *Verbindungen*, schwingen so viele unausgesprochene Bedeutungen mit.

»Ihre Truhe wird direkt zum CVJF geschickt, zusammen mit Audreys Koffer, also können Sie beide heute Nachmittag ganz frei und unbeschwert in der Stadt herumschlendern.«

»Ich fühle mich kein bisschen unbeschwert«, erwidert Lily. »Haben Sie die Nachricht aus England gehört, Mrs. Collins?«

Die ältere Frau, die in irgendwelchen Papieren und Formularen herumkramt, hält plötzlich inne und presst die Lippen zusammen, wie um ein Seufzen zurückzuhalten. »Dass wir uns im Krieg befinden? Ja, meine Liebe, das habe ich gehört. Es scheint mir einfach unmöglich, dass eine weitere Generation das durchleben soll, was wir schon durchgemacht haben.«

Lily fällt ein, dass Mrs. Collins Witwe ist, und ihr kommt der Gedanke, dass sie ihren Mann womöglich im Krieg verloren hat. Wie gefühllos von mir, nicht einmal nachgefragt zu haben, schilt sie sich. All die Menschen auf diesem Schiff, diese Passagiere, jeder von ihnen trägt seine eigene private Tragödie mit sich herum, doch sie war blind für all das.

Nachdem Mrs. Collins fort ist, packt Lily die kleine Umhängetasche, die sie mit sich von Bord nehmen will, wobei sie behutsam ihren Stapel Briefe von daheim einpackt, den sie mit einem roten Band zusammengeschnürt hat, und das Tagebuch, das all ihre Eindrücke der letzten Wochen enthält. Dann sieht sie sich ein letztes Mal in der Kabine um. Sie erinnert sich daran, wie sie den Raum das erste Mal mit Frank und ihren Eltern gesehen hat, und ein scharfer Splitter Heimweh durchbohrt ihr Herz.

Oben auf dem Deck herrscht ein einziges Chaos. Passagiere, die sich untereinander oder den Freunden und Familienmitgliedern in der wartenden Menge auf dem Kai hektisch etwas zurufen. Stewards, die hin und her eilen, um in letzter Minute noch die eine oder andere Besorgung zu erledigen – eine Tasche, die in einer Kabine der ersten Klasse vergessen wurde, eine Rechnung, die beglichen werden muss. Der junge Badsteward erblickt Lily und winkt, und sie erkennt ihn beinahe nicht im hellen Sonnenlicht von Sydney.

»Man hat uns gesagt, wir könnten noch nicht vom Schiff runter«, erklärt ihr Audrey, die immer noch mit Annie an der Reling steht. »Nicht solange die Polizei nicht fertig ist.«

Mit einem Anflug von Panik bemerkt Lily nun den Polizeiwagen, der am anderen Ende des Kais parkt. *Oh, Edward.* Ihr Herz fühlt sich an, als würde es in ihrer Brust anschwellen und schmerzhaft von innen gegen ihre Rippen pressen.

Ida erscheint neben ihr und legt eine Hand auf Lilys Arm.

»Ich nehme an, du kommst, um mir zu sagen: ›Ich hab's dir doch gesagt‹?«, fährt Lily sie an.

Ida lässt die Hand fallen, als hätte Lily ihr eine Ohrfeige verpasst. Aber sie stolziert nicht davon, sie bleibt stehen.

»Ich wollte dir nur sagen, dass du das hier überleben wirst, auch wenn du jetzt denkst, dass du es nicht kannst. Du musst einfach nur immer einen Fuß vor den anderen setzen, Schritt für Schritt.«

Zuerst ist Lily so verdutzt, dass sie kein Wort herausbringt, doch bis ihre Lippen ein Dankeschön formen können, ist Ida bereits in der Menge verschwunden. Sie überlegt, ihr zu folgen, doch bevor sie sich auch nur rühren kann, bemerkt sie, dass ein Stück weiter das Deck hinunter etwas passiert – es wird still. Die Leute verharren inmitten all dessen, was sie gerade tun, genau wie die Figuren in Pompeji all die Menschenalter zuvor.

Die Menge neben ihr teilt sich, und jetzt kann Lily sehen, was ihre Aufmerksamkeit fesselt. Zwei Polizisten mit hochroten Gesichtern und ausdruckslosen Mienen schreiten gesetzt über das Deck. Der Ältere ist korpulent, mit sandblondem Haar, und schwitzt heftig, während der Jüngere ihn mit seiner schlaksigen, linkischen Gestalt um einiges überragt.

Zwischen den beiden, die Handgelenke gefesselt, geht Edward.

Entsetzt muss Lily feststellen, dass er immer noch die Frauenkleidung von gestern Nacht trägt – das grüne Samtkostüm und den Hut, die hochhackigen Schuhe und Eliza Campbells Fuchsstola. Er schaut starr geradeaus, als er vorbeigeführt wird, als könne er die Gesichter der Passagiere nicht sehen, an denen er vorübergeht – die vor Entsetzen weit aufgerissenen Augen, die faszinierte Erregung. Ein Mann bedeckt die Augen seiner Frau, als könne der schiere Anblick Edwards sie irgendwie verderben.

Und jetzt hat das unpassende Dreiergespann beinahe die Stelle erreicht, an der Lily steht. Sie sind ihr so nah, dass sie das Zittern von Edwards Händen in den weißen

Handschuhen sehen kann, und ihr geschwollenes Herz fühlt sich an, als müsse es bersten. Sie gehen vorbei, keine zwei Meter von ihr entfernt, sodass Lily sich sicher ist, dass Edward das Rauschen des Blutes in ihren Ohren hören kann. Doch falls er es tut, so zeigt er es mit keiner Miene, den Blick immer noch fest auf einen Punkt in der Ferne gerichtet. Endlich, bevor er wieder von der Menge verschluckt werden kann, findet sie ihre Sprache wieder.

»Edward!«

Abrupt bleibt er stehen und dreht sich um, wobei er den jungen Polizisten beinahe zum Stolpern bringt.

»Ich komme dich besuchen!«, ruft sie.

Und da breitet sich dieses traurige, süße, vertraute Lächeln über sein Gesicht, und obgleich der Schleier des Huts seine Augen bedeckt, meint Lily das Schimmern von Tränen durch das zarte grüne Netz zu erkennen.

»Danke, Lily«, erwidert er. »Dann habe ich etwas, worauf ich mich freuen kann.«

Damit dreht er sich um und geht mit seiner Eskorte weiter, doch Lily sieht, wie er seinen Rücken aufrichtet und die Schultern durchdrückt. Und obwohl sie Mrs. Collins' missbilligendem Blick begegnet, ist sie froh, gesprochen zu haben.

Helena tritt an sie heran.

»Warum haben sie ihn sich nicht wenigstens umziehen lassen?«, platzt es aus Lily heraus, nachdem sie zugesehen haben, wie Edward und seine Eskorte den Kai überquert und den Polizeiwagen erreicht haben.

»Oh, sie haben es versucht«, erwidert Helena bekümmert. »Aber er hat sich geweigert. Meinte, dies sei die letzte Möglichkeit für ihn, der Mensch zu sein, der er wirklich ist.«

»Also konntest du dich mit ihm unterhalten?«

»Kurz. Ja. Mein Gott, Lily, er hat ihn wirklich geliebt. Max Campbell. Kannst du dir das vorstellen? Mein armer Bruder. Armer Max.«

»Wohin bringen sie ihn jetzt?«

»Auf das Polizeirevier. Ich komme nach, sobald wir das Schiff verlassen dürfen.«

»Wirst du zurechtkommen, Helena?«

Ian, der an Helenas Seite getreten ist, antwortet an ihrer Stelle. »Keine Sorge, Lily. Ich werde mich um sie kümmern.« Er legt den Arm fest um ihre Schulter, und sie schmiegt den Kopf unter sein Kinn.

»Hast du das ernst gemeint?«, fragt Helena Lily. »Dass du ihn besuchen wirst?«

»Natürlich.« Bis zu diesem Moment hat Lily nicht wirklich darüber nachgedacht, was das bedeutet, doch jetzt wird ihr bewusst, dass, was auch passiert, Edward immer noch Edward ist und sie sich ein Leben ohne ihn nicht vorstellen kann.

»Ich danke dir, Lily«, sagt Helena.

Schließlich wird durchgegeben, dass die Passagiere von Bord dürfen, und auf dem Schiff brechen sofort wieder Hektik, Gedränge und aufgeregtes Geschrei aus. Von ihrem Platz an der Reling aus sieht Lily George Price, der als einer der Ersten unten auf den Kai tritt, und ihr Mund wird ganz trocken, als sie an Maria denkt und die Rolle, die er bei ihrem Verschwinden spielte. Er wird von einem großen hageren Mann in schwarzem Anzug begrüßt, der sein Onkel sein muss. Die beiden schütteln sich steif die Hände, und als sie ihnen dabei zusieht, wie sie schweigend davongehen, wird Lily bewusst, dass das Leben mit diesem Mann auf einer abgeschiedenen Farm mitten im Nirgendwo sich auch als eine Art Gefängnis herausstellen könnte. Unwillkürlich muss sie schaudern bei dem Gedanken, wie sein Leben verlaufen wird, falls er es nicht schafft, seine inneren Dämonen zur Ruhe zu betten.

Clara Mills steht mit ihrer Tochter Peggy ebenfalls schon unten und hält ihre Tasche fest an die Brust gepresst, als könnte jemand sie stehlen wollen. Ein stattlicher dunkelhaariger Mann in grauem Anzug tritt auf sie zu; er küsst beide flüchtig auf die Wangen, dann schwingt er die Tasche über seine Schulter und geht in die Richtung zurück, aus der er gekommen ist, wobei er es seiner Frau und seiner Tochter überlässt, ihm zu folgen oder auch nicht.

Auch für Lily ist es Zeit zu gehen. Sie kann Audrey und Annie bereits unten warten sehen. Sie wirft einen letzten Blick auf das Schiff, das mehr als fünf Wochen ihr Zuhause gewesen ist, doch auf einmal ist alles zu viel, und eine gewaltige Woge der Trauer spült über sie hinweg.

Einen Moment fürchtet sie, ihre Knie könnten unter ihr nachgeben, und sie klammert sich an die Reling, in der Überzeugung, dass sie nicht weitergehen kann. Dann blickt sie zum kobaltblauen Himmel hinauf, zur Sonne, die sich funkelnd in der majestätisch geschwungenen Stahlbrücke widerspiegelt, zum Hafen, in dem es von Leben in all seiner chaotischen, komplizierten Vielfalt nur so wimmelt, und sie richtet sich auf und tritt auf die Landungsbrücke. Den Blick auf einen Punkt in der Ferne gerichtet, genau wie Edward, setzt sie einen Fuß vor den anderen und geht auf den staubigen Kai zu, der ihr Tor zu Australien bildet. Schritt für Schritt.

Auszug aus »Eine Frau von Welt« – dem 2006 beim *Sydney Morning Herald* erschienenen Porträt der Lilian Dent

»Sämtliche Zeilen verschwimmen, alle Wahrheit wird durch den Akt der Nacherzählung zur Fiktion.« So drückt es Rosy Dixon aus – Heldin aus *Weite Reise*, Lilian Dents erstem und nach wie vor meistgeliebtem Roman. Und es gibt keine Zeilen, die verschwommener sind als jene, welche die Inspiration für dieses Buch abgeben. Der Tod von Max Campbell an Bord des Schiffes, auf welchem Lily Shepherd, wie sie damals noch hieß, in ein neues Leben nach Australien aufbrach, sorgte damals für einen großen Skandal. Obwohl sie sich bis zu ihrem Tod im Jahre 2005 weigerte, sich dazu oder zu ihren Verstrickungen mit den Beteiligten zu äußern, ist mehr als deutlich, dass die Ereignisse des Jahres 1939 einen tiefen und nachhaltigen Einfluss sowohl auf Lilian Dents Schreiben als auch die Themen hatten, zu denen sie Zeit ihres Schaffens immer wieder zurückkehrte – so auch das mysteriöse Verschwinden einer österreichischen Jüdin namens Maria Katz, mit der sich Dent auf eben dieser Reise angefreundet hatte. Die folgenden Dokumente wurden von ihrer Biografin Henrietta Lock entdeckt, die nach dem Tod der Autorin Zugang zu deren Archiven gewährt bekam – und zwar von ihren zwei fürsorglichen Kindern, Thomas und Francis, die sich zeitlebens schützend vor ihre Mutter stellten.

Beim ersten Dokument handelt es sich um einen Brief von Arthur Price, dem Onkel von George Price, der einen Brief seines Neffen weiterleitet. Die biografischen Details zu George Price bleiben recht bruchstückhaft. Wir wissen, dass er der Sohn von William Price war, eines Vizekommissars der britischen Krone in Indien, und dass er auf der *Orontes* nach Sydney und von dort aus weiter nach Neuseeland reiste, wo er mit seinem Onkel auf dessen abgeschiedener Farm lebte und arbeitete. Mittlerweile geht man davon aus, dass Price jahrzehntelang an einer Psychose litt, die nie diagnostiziert, geschweige denn behandelt wurde und aufgrund derer er sich, wie es der Brief seines Onkels nahelegt, im Jahre 1965 das Leben nahm. Oberflächlich betrachtet scheint der beigefügte Brief von George Price eine Art Beichte am Totenbett zu sein, in der er die Verantwortung für den tragischen Tod der Jüdin Maria Katz übernimmt. Price war Mitglied der faschistischen und erklärtermaßen antisemitischen British Union gewesen, bevor er nach Australien aufbrach, somit wäre das nicht weiter verwunderlich. Jedoch sollte man solche Annahmen aufgrund der offenbar sehr labilen geistigen Verfassung von George Price während seiner letzten Lebensjahre mit einer gewissen Vorsicht betrachten.

Das zweite Dokument ist ein äußerst bedeutungsvoller Fund – ein Brief von Edward Fletcher, der im Jahre 1940 wegen Mordes mit bedingtem Vorsatz an Max Campbell zu zweiundzwanzig Jahren Gefängnis verurteilt wurde und den viele als die Inspiration für die Figur des Rupert Longbridge, des Helden aus *Weite Reise*, betrachten. Obgleich der Brief keine sonderlich wichtigen Themen anschneidet, zeigt er dennoch ganz klar die tiefe emotionale

Verbundenheit zwischen Lilian Dent und Edward Fletcher, aber auch zwischen Lilian Dent und Helena Fletcher, Edwards Schwester, deren Familie ein enges Verhältnis mit den Dents pflegte. Das Thema der auf die Probe gestellten Freundschaft und Loyalität sollte eines der tragenden Grundmotive in Lilian Dents Werk bleiben.

Das dritte und letzte Dokument ist ein Telegramm von Max Campbells Witwe, Eliza, die später die Ehefrau von Lord Henry Cullen wurde. Mag es auch schwer sein, anhand dieser knappen Nachricht viel abzuleiten, ist es doch aufschlussreich, dass Lady Cullen noch Jahre nach der schicksalhaften Reise mit Lilan Dent in Kontakt blieb, aber auch, dass Lilian Dent sich entschied, ihr Telegramm all die Jahre aufzubewahren. Die Geschehnisse auf der *Orontes* hatten zweifelsohne eine tiefgreifende Wirkung auf die Reisenden und verbanden sie auf eine derart elementare Art und Weise miteinander, die für den Rest ihres Lebens Bestand haben sollte – und darüber hinaus.

Dokument 1

Gully Tree Farm
Starvation Hill Road
Oxford, Waimakariri
Neuseeland

6. Juli 1965

Sehr geehrte Mrs. Dent,

ich bin der Onkel von George Price, an den Sie sich als Mitreisenden an Bord der »Orontes« damals im Jahre 1939 erinnern dürften, als Sie noch Lily Shepherd hießen. Es tut mir leid, Ihnen mitteilen zu müssen, dass George vor drei Monaten verstorben ist, unter Umständen, die ich hier nicht offenlegen möchte. Er hat einen Brief für Sie hinterlassen, den ich schweren Herzens beifüge. Ich überlasse es Ihnen zu entscheiden, was Sie mit den darin enthaltenen Informationen anfangen möchten.

Mit freundlichen Grüßen
Arthur Price

Liebe Lily,

ich nehme an, Sie werden überrascht sein, nach mehr als einem Vierteljahrhundert von mir zu hören und zu erfahren, dass ich Ihre Entwicklung mit großem Interesse verfolgt habe, seit ich vor vierzehn Jahren einen Zeitungsartikel anlässlich der Veröffentlichung Ihres Romans »Weite Reise« über Sie las. Ich freue mich, dass Sie sich mit Ihrer Familie und Ihren Büchern ein erfolgreiches Leben aufgebaut haben. Ich beneide Sie. Ich selbst habe nie geheiratet. Sie können sich vorstellen, dass die Gelegenheiten hier draußen eher spärlich gesät waren, zudem glaube ich, dass mein schlichter Charakter mir bei diesem Vorhaben ebenfalls keinen großen Dienst erwies. Das Leben war hart, und es wird mir nicht leidtun, es hinter mir zu lassen.

Wie dem auch sei, bevor ich es tue, würde ich mich gerne von einer Bürde befreien, die in letzter Zeit schwer auf mir lastete – eine Sache, die sich vor all den Jahren an Bord der »Orontes« ereignete. Sie werden sich gewiss noch daran erinnern, wie die Lage damals war, kurz vor Ausbruch des Krieges. Dass es kein Falsch und kein Richtig gab und unsere Reisegefährten über Nacht zu Feinden wurden? Ich glaube mittlerweile, dass jene merkwürdige Situation einen zeitweiligen Wahnsinn über mich brachte. Manchmal blicke ich zurück auf die Geschehnisse und frage mich, ob sie überhaupt je passiert sind.

Sie erinnern sich gewiss noch an jene Österreicherin, Maria Katz? Wir waren, was sie betraf, nicht einer Meinung, und es machte mich damals wütend, dass es ihr irgendwie gelungen war, Ihre Freundschaft und Zunei-

gung zu gewinnen. Es schien mir, als habe sie Ihren Geist zu meinen Ungunsten vergiftet. Eines Nachts, als alle Passagiere im Freien auf dem Deck übernachteten, schlich ich mich hinauf und legte, während sie schlief, meine Hände auf sie. Ich möchte Ihnen hiermit versichern, dass dies kein Übergriff sexueller Natur war. Ich wollte Maria Katz lediglich Angst einjagen, damit sie sich zurückzog und Sie endlich in Ruhe ließ. Ich folgte ihr an Bord und auch an Land und sorgte dafür, dass sie meine Schritte hinter sich hören konnte, schlüpfte jedoch rechtzeitig davon, wenn sie sich umdrehte. Ich hatte einmal mitgehört, wie sie Ihnen erzählte, dass sie nach ihrer Flucht aus Österreich von Albträumen geplagt wurde – von Leuten, die sie verfolgten –, und mir wurde klar, dass meine Nachstellungen ihre Ängste weiter anfachen würden. Als jedoch Ihre Freundschaft davon unberührt blieb, beschloss ich, einen Schritt weiter zu gehen – ich tauschte ihre Salztabletten durch die Lithiumsalze aus, die mir mein Arzt zu Hause in England verschrieben hatte, wenn ich mich nicht ganz wie ich selbst fühlte. Wie Sie sich bestimmt noch erinnern können, wurden die Salztabletten auf unseren Plätzen ausgelegt, bevor wir zum Essen kamen, und so war es ein Leichtes für mich sie auszutauschen.

Ich muss hierbei anmerken, dass dies kein Scherz für mich war, Lily. Miss Katz' Leiden bereiteten mir keinerlei Freude. Ich betrachtete sie damals – und betrachte sie noch heute – als meine Feindin. Ja, mein Vater hatte mich aus der unmittelbaren Nähe des Krieges weggeschafft, dennoch sah ich mich als Soldat, der seinen Beitrag dazu leistete, die Welt zu einem sichereren Ort zu machen. Sie in Sicherheit zu bringen, Lily!

Und doch beharrte Maria Katz hartnäckig auf Ihrer Freundschaft und versuchte bei jeder Gelegenheit, mich zu übertrumpfen. An jenem letzten Tag sah ich sie mit Ihnen sprechen und hörte, wie sie Sie anbettelte, sich am Nachmittag mit ihr zu treffen. Ich konnte Ihnen ansehen, wie unangenehm es Ihnen war, und als Sie nicht wie verabredet auftauchten, kam ich zu dem Schluss, dass Sie jemanden brauchten, der diesem Verhalten Einhalt gebot. Ich wollte ihr lediglich verbieten, Sie weiterhin zu belästigen, doch sie war wie von Sinnen. Sie dachte, ich wäre gekommen, um ihr wehzutun, und sprang wie eine wild gewordene Kreatur zur Reling. Ich stürzte vorwärts, um sie festzuhalten. Um sie aufzuhalten natürlich. Aber sie missverstand meine Absicht und entriss sich mir. Es kam zu einem Gerangel, und ich gebe zu, dass ich in jenem Moment die Kontrolle verlor. Nach wenigen Sekunden war alles vorbei.

In den Tagen, Monaten und Jahren, die folgten, sagte ich mir immer wieder, Miss Katz sei nur ein weiteres Opfer des Krieges. Um die Wahrheit zu sagen, ich dachte nicht oft an sie. Es geschahen zu dieser Zeit so viele grauenvolle Dinge auf der Welt, und dies war nur ein Unglücksfall unter anderen. Doch in letzter Zeit kommt sie mir wieder öfter in den Sinn. Ich sehe sie sogar in meinen Albträumen. Wer hätte gedacht, dass ich mich nach all den Jahren noch an ihr Gesicht erinnern könnte? Und doch, ich erinnere mich.

Das ist der Grund, warum ich Ihnen dieses Geständnis machen wollte. In der Hoffnung, diese ganze Angelegenheit damit zur Ruhe betten zu können. Sie waren immer gut und gerecht, Lily. Daran erinnere ich mich noch ganz deutlich. Ich weiß, dass Sie nicht allzu hart über mich richten werden. Im Krieg ist alles anders, nicht wahr?

Ihr Freund
George Price

Dokument 2

Besserungsanstalt Goulburn, 12. Februar 1951

Meine liebste Lily,

wie sehr ich mich gefreut habe, Deinen Brief mit all den schönen Neuigkeiten zu empfangen. Als sie mich den ganzen Weg von Sydney nach Goulburn verlegten, fürchtete ich schon, wir könnten den Kontakt verlieren, und so kannst Du Dir meine Erleichterung vorstellen, als ich Deine wohlbekannte, unordentliche Handschrift auf dem Umschlag sah. (Mach nicht so ein Gesicht. Sie IST unordentlich. Unordentlich, aber auch so lieb und teuer.)

Lily, ich kann Dir gar nicht sagen, wie stolz ich auf das bin, was Du erreicht hast. Du hast einen Roman veröffentlicht! Ich wusste doch schon immer, dass du einen vernünftigen Nutzen für dein hübsches Köpfchen finden würdest. Ich hoffe, Du wirst Dich immer noch an mich erinnern, wenn Du erst eine reiche und berühmte Schriftstellerin bist. Vielleicht könntest Du mir ja eine signierte Ausgabe Deines Buches für die Gefängnisbibliothek schicken, sobald es herauskommt – das würde mir sicher einige Punkte auf der Beliebtheitsskala hier einbringen.

Ach, Lily, bitte fühle Dich nicht schlecht, wenn Du mir Dein Leben drüben in Sydney schilderst. Es bereitet mir solche Freude, mir vorzustellen, wie Du und Dein Mann und Helena und Ian mit all den Kindern einen schönen sonnigen Sonntagnachmittag am Strand verbringt. Was für ein wundervolles Leben Ihr Euch doch aufgebaut habt. Du wirst Deinen Eltern so viel zu zeigen haben, wenn sie Dich nächste Woche besuchen kommen. Ich mag mir gar nicht vorstellen, wie aufgeregt Du sein musst.

Bitte, hör auf, Dir um mich Sorgen zu machen, Lily. Mir geht es gut. Auch wenn ich es schrecklich finde, so weit weg von Euch allen zu sein, behagt mir mein neues Heim ganz gut. Ich habe endlich einen Nutzen für mein abgebrochenes Jurastudium gefunden, indem ich einigen meiner Kameraden hier bei ihren Prozessen und Berufungsverfahren helfe. Sie nennen mich schon »Euer Ehren«, und wir alle müssen dabei herzlich lachen.

Mir geht es genauso wie Dir, ich kann nicht glauben, dass unsere Fahrt mit der Orontes *schon zwölf Jahre her ist. Es fühlt sich in jeglicher Hinsicht an wie gestern. Aber wie Du weißt, liebe Lily, können wir nicht in der Zeit zurückreisen. Egal, wie sehr wir es uns manchmal wünschen. Und ungeachtet des Ortes, an dem ich mich gerade befinde, und der schrecklichen Sache, die ich getan habe, bin ich hier mehr ich selbst, als ich es in England jemals war. Ich würde lügen, wenn ich behaupten würde, ich sei glücklich. Aber ich habe meinen Frieden gefunden.*

Dein Edward

Dokument 3

August 1942

GRÜSSE VON DER FRISCH GEBACKENEN LADY CULLEN STOPP SEIT ZWEI WOCHEN VERHEIRATET STOPP FAHREN MORGEN NACH NYERI KENIA STOPP FALLS DIE LÖWEN MICH FRESSEN IST MEIN PFIRSICHKLEID DEIN STOPP ELIZA

Anmerkungen der Autorin

Gegen Ende des Jahres 2015 stöberte ich im Bücherregal meiner Mutter herum, als mir ein kopiertes Spiralbuch mit einem laminierten Umschlag zwischen die Finger fiel, auf dem das verblichene Foto einer lächelnden jungen Frau zu sehen war, die im Stil der Dreißigerjahre gekleidet auf dem Deck eines Schiffes stand. Da ich nichts Besseres zu tun hatte, fing ich an, in dem Buch zu blättern, und stellte fest, dass es sich um die Memoiren einer vor Jahren verstorbenen Freundin meiner Mutter namens Joan Holles handelte, die als junge Frau an einem Regierungsprogramm teilgenommen hatte, das assistierte Überfahrten nach Australien für all diejenigen anbot, die gewillt waren, sich in einem der vornehmen britischen Haushalte dort anstellen zu lassen. Zu jener Zeit herrschte in der Neuen Welt Mangel an jungen, gut ausgebildeten Hilfskräften, und Organisationen wie der *Church of England Migration Council* halfen dabei, junge Britinnen zu rekrutieren, die bereit waren, als Dienstmädchen, Köchinnen oder Haushälterinnen zu arbeiten; im Gegenzug erhielten sie die Gelegenheit, etwas von der Welt zu sehen.

Die Memoiren basierten auf den Tagebüchern, die Joan während ihrer fünfeinhalbwöchigen Reise von London nach Sydney führte. Darin hält sie bis ins Detail all die Orte fest, die sie während der Überfahrt ansteuerten; was sie trug, wie viel die Dinge kosteten, welche Musikstücke die Schiffsband spielte ... Sie berichtet von den Freundschaften, die sie während der Reise schloss, von den Flirts an Bord, von den Bällen und den Kostümpartys.

Doch darüber hinaus gelingt es ihr auf jenem Schiff, das im Juli 1938 in See sticht und im September desselben Jahres sein Ziel erreicht, die gesellschaftlichen Nuancen und Spannungen einer im Wandel begriffenen Welt einzufangen. Joan und die anderen jungen Frauen, die im Rahmen des Regierungsprogramms mitfuhren, reisten in der Touristenklasse, in direkter Nachbarschaft zu gebildeten Leuten in angesehenen Berufen und Angehörigen der britischen Mittelschicht. Das obere Deck war für die wohlhabenden Familien und Debütantinnen bestimmt, für erfolgreiche Geschäftsmänner und die eine oder andere Prominenz. Während das Schiff Europa durchquerte, nahm es – sehr zum Unmut der britischen Passagiere – auch Italiener auf, die sich auf dem untersten Deck drängten, wo auch die Wäschereien untergebracht waren; hinzu kamen Juden aus Österreich und Deutschland, die sich auf der Flucht vor den Nazis befanden. Im drohenden Schatten des Zweiten Weltkriegs wurde das Schiff zu einem Pulverfass politischer und gesellschaftlicher Spannungen.

Sobald ich die Memoiren durchgelesen hatte, wurde mir klar, dass dieses Szenario, das Joan so trefflich beschrieb, alle Elemente für einen spannenden historischen Kriminalroman bot. Die Zeit kurz vor Ausbruch des Krieges. Darin die abgeschottete Welt des Schiffes mit ihrem klaustrophobischen, explosiven Mix aus verschiedensten gesellschaftlichen Gruppierungen und Klassen. Eine junge Frau, die alles, was sie kennt, hinter sich lässt und sich auf den Weg in eine verheißungsvolle Zukunft begibt, während sie das erste Mal in ihrem Leben mit Menschen aus allen sozialen Schichten in Berührung kommt – sowohl Briten als auch Ausländern.

Auf dem Schiff selbst sind die Passagiere gezwungen, miteinander auszukommen, und das in der immer schlimmer werdenden höllischen Hitze – tagein, tagaus, ohne die Möglichkeit, voneinander loszukommen oder sich aus dem Weg zu gehen. Muss es da nicht unweigerlich zu Spannungen kommen? Insbesondere mit dem drohenden Krieg vor Augen. Was, wenn an Bord dieses Schiffes etwas passierte? Etwas Schreckliches? Wie würde eine junge Frau, die nie zuvor England verlassen hat, damit umgehen?

Ich beschloss, die Handlung des Buches ein Jahr nach hinten zu verlegen, sodass das Schiff im Juli 1939 in England ablegt, als der Krieg wahrscheinlich, aber noch keineswegs unumgänglich scheint. Ich entwarf meine Heldin als eine lebhafte junge Frau namens Lily Shepherd, die sich zwar auf der Flucht vor einem furchtbaren Geheimnis befindet, aber dennoch fest entschlossen ist, jedes Fünkchen Abenteuer aus dieser einmaligen Reise zu holen. Als das Schiff fünfeinhalb Wochen später Sydney erreicht, sind zwei Menschen tot, und die Welt befindet sich im Krieg. Nichts wird je wieder sein, wie es war.

Obwohl ich schon einige andere Bücher geschrieben habe, ist dies mein erster historischer Roman, und ich musste lernen, den Balanceakt zwischen Fakten und Fiktion zu meistern. Auch wenn Joan Holles' Memoiren einen Ausgangspunkt von unschätzbarem Wert boten, ist Lily Shepherds Geschichte dennoch gänzlich ihre eigene. Dasselbe gilt für die anderen Figuren, die sie auf ihrer

Reise kennenlernt – die Campbells, die Fletchers, George Price, Maria Katz – und die ebenfalls nur auf den Seiten dieses Buches existieren.

Wie immer bei historischen Romanen habe auch ich mir einige Freiheiten bezüglich der historischen Tatsachen erlaubt. Obwohl das Schiff, auf dem Lily mitfährt – die *Orontes* –, denselben Namen trägt wie ein echter Passagierdampfer, der dieselbe Route zwischen London und Sydney bediente, sind sein Aufbau und seine Betriebsabläufe meiner Fantasie zuzurechnen.

Das britische Regierungsprogramm der assistierten Überfahrten existierte in verschiedenen Formen über mehrere Jahrzehnte des 20. Jahrhunderts hinweg. Während die große Mehrheit der Briten, die es in Anspruch nahmen, in den drei Jahrzehnten nach dem Zweiten Weltkrieg nach Australien reisten, gab es auch gezielt geförderte Auswanderungen zwischen den zwei Weltkriegen, die sich vor allem an junge Leute richteten – insbesondere an junge Frauen mit Erfahrungen im haushälterischen Bereich. Obwohl diese Überfahrten bis weit in das Jahr 1939 anhielten, ist das Abfahrtsdatum 29. Juli erfunden.

Während ich das Buch schrieb, recherchierte ich die Geschichten vieler junger Frauen, die wie Joan und Lily den Entschluss fassten, Heimat und Familie hinter sich zu lassen, um ans andere Ende der Welt zu reisen, manche früher, andere zu einem viel späteren Zeitpunkt. Die Umstände weichen erheblich voneinander ab, aber Hoffnungen und Träume der Frauen sind sich auf berührende Art und Weise allesamt ähnlich. Ein besseres Leben. Liebe und Freundschaft. Abenteuer.

Dieses Buch ist für sie.

Danksagung

Ein großes Dankeschön an Joan Holles, deren Tagebücher mir die Inspiration für dieses Buch lieferten, und an meine Mutter, die ein äußerst gutes Gespür bewies, als sie vor all den Jahren beschloss, ihre Freundin zu werden.

Riesigen Dank an meine Agentin, Felicity Blunt, die sagte: »Warum versuchst du es nicht einmal mit etwas Historischem?«, und die an jeder Entwicklungsphase dieses Buches beteiligt war, von der Eröffnungsszene bis hin zur Sicherstellung der bestmöglichen Verlagsheimat. Aber auch an Melissa Pimentel bei Curtis Brown, die so hart dafür gearbeitet hat, dass Lilys Story auch in allen vier Himmelsrichtungen gelesen wird (na ja, fast allen).

Mein ewiger Dank gilt Jane Lawson bei Transworld und Beverly Cousins bei Penguin Random House Australia für ihre Reaktionen auf *Das Versprechen der Freiheit*, wie sie sich jeder Schriftsteller von einem Verleger erträumt. Ich freue mich unglaublich, in den fähigen Händen des Transworld-Teams zu sein, vor allem in denen der unvergleichlichen Alison Barrow. Ein besonderes Dankeschön an Alisons Vater, Bill Barrow, für seine hochgeschätzten Anmerkungen. Außerdem ein aufrichtiges Dankeschön an Richard Ogle für seine fantastische Covergestaltung.

Vielen Dank an all die Menschen, die sich die Mühe machten, meine blindwütigen Rechercheanfragen zu beantworten, vor allem Holly Pritchard und Jill Chapman beim Australischen Nationalarchiv und Rachael Marchese bei der Victoria League; außerdem an das Church of England Record Centre. Danke auch an Dr. Paula Hamilton von der Technischen Universität Sydney, die mich auf die Oral-History-Sammlung der Australischen Nationalbibliothek aufmerksam machte, welche unter anderem faszinierende Berichte britischer Frauen beinhaltet, die am Ende ihrer Reise als Haushaltshilfen in Australien arbeiteten.

Buchblogger gehören zu den großzügigsten Menschen überhaupt, denn sie sind es, die ihre Zeit hergeben, um allen von den Büchern zu erzählen, die sie lieben. Danke an Cleopatra Bannister, Bloggerin der Extraklasse, die bei einer CLIC-Sargent-Wohltätigkeitsauktion gewann, sodass eine der Figuren in diesem Buch nach ihr benannt wurde, und die dabei half, Geld für krebskranke Kinder und Jugendliche zu sammeln.

Mein letztes Dankeschön bekommen meine zwei Leserinnen der ersten Stunde – Rikki Finegold und Amanda Jennings. Die Pink Ladys gehen auf mich!